Dominique Gauthier
E-2006

D0532667

COLLECTION FOLIO

Philip Roth

La tache

*Traduit de l'américain
par Josée Kamoun*

Gallimard

Titre original :

THE HUMAN STAIN

© *Philip Roth, 2000*
All rights reserved.
© *Éditions Gallimard, 2002, pour la traduction française.*

Philip Roth est né à Newark aux États-Unis en 1933. Il vit dans le Connecticut.

Son premier roman, *Goodbye, Colombus* (Folio n° 1185) lui vaut le National Book Award en 1960. Depuis, il a reçu de nombreux prix aux États-Unis : en 1987 pour *La contrevie* (Folio n° 2293), en 1992 pour *Patrimoine* (Folio n° 2653) et en 1995 pour *Le théâtre de Sabbath* (Folio n° 3072). *Pastorale américaine* (Folio n° 3533) a reçu le prix du Meilleur livre étranger en 2000 et *La tache* le prix Médicis étranger en 2002.

ŒDIPE :

Quel est le rite de purification? Comment faudra-t-il l'accomplir?

CRÉON :

En bannissant un homme, ou par l'expiation du sang par le sang.

SOPHOCLE
Œdipe roi

De notoriété publique

À l'été 1998, mon voisin, Coleman Silk, retraité depuis deux ans, après une carrière à l'université d'Athena où il avait enseigné les lettres classiques pendant une vingtaine d'années puis occupé le poste de doyen les seize années suivantes, m'a confié qu'à l'âge de soixante et onze ans il vivait une liaison avec une femme de ménage de l'université qui n'en avait que trente-quatre. Deux fois par semaine, elle faisait aussi le ménage à notre poste rurale, baraque de planches grises qu'on aurait bien vu abriter une famille de fermiers de l'Oklahoma contre les vents du Dust Bowl dans les années trente, et qui, en face de la station-service, à l'écart de tout, solitaire, fait flotter son drapeau américain à la jonction des deux routes délimitant le centre de cette petite ville à flanc de montagne.

La première fois que Coleman avait vu cette femme, elle lessivait le parterre de la poste : il était arrivé tard, quelques minutes avant la fermeture, pour prendre son courrier. C'était une grande femme maigre et anguleuse, des cheveux blonds grisonnants tirés en queue-de-cheval, un visage à l'architecture sévère comme on en prête volontiers aux pionnières des rudes commencements de la Nouvelle-Angleterre, austères villageoises dures à la peine qui, sous la férule du pasteur, se laissaient docilement incarcérer dans la moralité régnante. Elle s'appelait Faunia Farley, et plaquait sur sa garce de vie l'un de ces masques osseux et inexpressifs qui ne cachent rien et révèlent une solitude immense. Faunia habitait une chambre dans une laiterie du coin, où elle aidait à la traite des vaches pour payer son loyer. Elle avait quitté l'école en cinquième.

L'été où Coleman me mit dans la confidence fut celui où, hasard opportun, on éventa le secret de Bill Clinton jusque dans ses moindres détails mortifiants, plus vrais que nature, l'effet-vérité et la mortification dus l'un comme l'autre à l'âpre précision des faits. Une saison pareille, on n'en avait pas eu depuis la découverte fortuite des photos de Miss Amérique dans un vieux numéro de *Penthouse* : ces clichés du plus bel effet, qui la montraient nue à quatre pattes et sur le dos, avaient contraint la jeune femme honteuse et confuse à abdiquer pour devenir par la suite une pop star au succès colossal. En Nouvelle-Angleterre, l'été 1998 s'est distingué par une tiédeur, un ensoleillement délicieux, et au base-ball par un combat de titans entre un dieu du *home-run* blanc et un dieu du *home-run* café-au-lait. Mais en Amérique en général, ce fut l'été du marathon de la tartuferie : le spectre du terrorisme, qui avait remplacé celui du communisme comme menace majeure pour la sécurité du pays, laissait la place au spectre de la turlute ; un président des États-Unis, quadragénaire plein de verdeur, et une de ses employées, une drôlesse de vingt et un ans folle de lui, batifolant dans le bureau ovale comme deux ados dans un parking, avaient rallumé la plus vieille passion fédératrice de l'Amérique, son plaisir le plus dangereux peut-être, le plus subversif historiquement : le vertige de l'indignation hypocrite. Au Congrès, dans la presse, à la radio et à la télé, les enfoirés à la vertu majuscule donnaient à qui mieux mieux des leçons de morale, dans leur soif d'accuser, de censurer et de punir, tous possédés par cette frénésie calculée que Hawthorne (dans les années 1860, j'aurais été pour ainsi dire son voisin) avait déjà stigmatisée à l'aube de notre pays comme le « génie de la persécution » ; tous mouraient d'envie d'accomplir les rites de purification astringents qui permettraient d'exciser l'érection de la branche exécutive — après quoi le sénateur Lieberman pourrait enfin regarder la télévision en toute quiétude et sans embarras avec sa petite-fille de dix ans. Non, si vous n'avez pas connu 1998, vous ne savez pas ce que c'est que l'indignation vertueuse. L'éditorialiste William F. Buckley, conservateur, a écrit dans ses colonnes : « Du temps d'Abélard, on savait empêcher le coupable de recommencer », insinuant par là que pour prévenir les répréhensibles agissements du président (ce qu'il appelait ailleurs son « incontinence charnelle ») la destitution, punition anodine, n'était pas le meilleur remède : il aurait mieux valu appliquer le châtiment infligé au XIIe siècle par le couteau des sbires du chanoine Fulbert au chanoine Abélard, son collègue coupable de lui avoir ravi sa nièce, la vierge Héloïse, et de l'avoir épousée. La nostalgie nourrie par Buckley pour la castration, juste rétribution de l'incontinence, ne s'assortissait pas, telle la fatwa lancée par l'ayatollah Khomeiny contre Salman Rushdie, d'une gratification financière propre à susciter les bonnes volontés. Elle était néanmoins dictée, cette nostalgie, par un esprit tout aussi impitoyable, et des idéaux non moins fanatiques.

En Amérique, cet été-là a vu le retour de la nausée ; ce furent des plaisanteries incessantes, des spéculations, des théories, une outrance incessantes ; l'obligation morale d'expliquer les réalités de la vie d'adulte aux enfants fut abrogée au profit d'une politique de maintien de toutes les illusions sur la vie adulte ; la petitesse des gens fut accablante au-delà de tout ; un démon venait de rompre ses chaînes, et, dans les deux camps, les gens se demandaient : « Mais quelle folie nous saisit ? » ; le matin, au réveil, les femmes comme les hommes découvraient que pendant la nuit, le sommeil les ayant affranchis de l'envie et du dégoût, ils avaient rêvé de l'effronterie de Bill Clinton. J'avais rêvé moi-même d'une banderole géante, tendue d'un bout à l'autre de la Maison-Blanche comme un de ces emballages dadaïstes à la Christo, et qui proclamait « ICI DEMEURE UN ÊTRE HUMAIN ». Ce fut l'été où, pour la millionième fois, la pagaille, le chaos, le vandalisme moral prirent le pas sur l'idéologie d'untel et la moralité de tel autre. Cet été-là, chacun ne pensait plus qu'au sexe du président : la vie, dans toute son impureté impudente, confondait une fois de plus l'Amérique.

Parfois, le samedi, je recevais un coup de fil de Coleman. Il m'invitait chez lui, sur l'autre versant de la montagne, après dîner, pour écouter de la musique, faire une partie de rami à un penny le point, ou bien passer une heure ou deux dans son séjour, à boire du cognac ; ainsi l'aidais-je à traverser ce qui était pour lui la soirée la plus pénible de la semaine. L'été 1998, en effet, cela faisait à peu près deux ans qu'il vivait seul dans la grande maison de planches blanche où il avait élevé ses quatre enfants avec Iris, sa femme, laquelle était morte d'une attaque du jour au lendemain, en plein milieu de la bataille qui l'opposait lui-même à la faculté depuis que deux de ses étudiants l'avaient dénoncé pour racisme.

14

Il avait fait presque toute sa carrière à Athena. C'était un extraverti à l'intelligence aiguë, un homme de la ville, charmeur, main de fer dans un gant de velours, qui tenait du guerrier et du manipulateur, aux antipodes, en somme, du latiniste-helléniste pédant — comme le prouvait le club de conversation latine et grecque qu'il avait monté du temps qu'il n'était qu'un jeune assistant hérétique. Son vénérable panorama de la littérature grecque en traduction — qu'on appelait DHM, des Dieux, des Héros et des Mythes — connaissait un franc succès auprès des étudiants, précisément à cause de tout ce qu'il y avait de direct, de franc, d'énergique (qualité rare chez les universitaires) dans son comportement. « Vous savez comment commence la littérature européenne ? demandait-il à ses étudiants après avoir fait l'appel, lors du premier cours. Elle commence par une querelle. » Sur quoi il prenait son *Iliade* et lisait à la classe les premiers vers : « "Chante, divine muse, la colère désastreuse d'Achille... Commence au début de la querelle qui opposa Agamemnon, le roi des hommes, au grand Achille." Or, qu'est-ce qu'ils se disputent, ces deux hommes puissants, ces deux âmes violentes ? C'est aussi primitif qu'une rixe de bar. Ils se disputent une femme. Une fille, pour mieux dire. Une fille volée à son père, une fille enlevée à la faveur des combats. Seulement voilà, Agamemnon préfère de loin cette fille à sa femme, Clytemnestre. "Clytemnestre ne la vaut pas, dit-il, ni quant au visage, ni quant au corps." Vous conviendrez que c'est une manière assez directe d'expliquer pourquoi il refuse de la rendre. Lorsque Achille exige qu'il la rende à son père pour apaiser Apollon, dieu que son rapt a jeté dans une colère meurtrière, Agamemnon refuse ; il ne s'exécutera que si Achille lui donne sa captive en échange. Voilà rallumée la fureur d'Achille. Car Achille carbure à l'adréna-line ; c'est la tête brûlée la plus inflammable, la plus explosive qu'un écrivain ait jamais pris plaisir à dépeindre ; qu'il s'agisse de son prestige ou de ses appétits, c'est la machine à tuer la plus sensitive de toute l'histoire de la guerre. Le fameux Achille, qu'on s'aliène sitôt que son honneur est égratigné. Par sa fureur despotique sous l'outrage — l'outrage de devoir rendre sa captive —, Achille, ce grand héros, s'isole lui-même, prend une position de défi contre la société dont il est le glorieux protecteur, et qui a tant besoin de lui. C'est donc une querelle, une querelle autour d'une jeune fille et de son jeune corps, des délices de la voracité sexuelle ; voilà comment, pour le meilleur et pour le pire, dans cette atteinte à la pré-rogative phallique, à la *dignité* phallique d'un prince-guerrier dont c'est le flux vital, voilà comment débute la grande littérature d'imagination en Europe, et voilà pourquoi, près de trois mille ans plus tard, nous commencerons par là aujourd'hui... »

Lorsqu'il avait été engagé par l'université, elle ne comptait encore qu'une poignée de Juifs parmi ses professeurs, et dans toute l'Amérique il fut peut-être le premier à pouvoir enseigner au département de Lettres classiques ; quelques années auparavant, l'uni-versité avait bien eu son Juif, E.I. Lonoff, le nouvelliste aujourd'hui quasi oublié à qui j'avais moi-même rendu une visite mémorable du temps que j'étais apprenti-écrivain, fraîchement publié, et que, en butte aux ennuis, je recherchais avidement la caution d'un maître. Pendant toutes les années quatre-vingt et jusque dans les années quatre-vingt-dix, Coleman avait aussi été le premier et d'ailleurs le seul Juif doyen de l'université d'Athena ; puis, en 1995, lorsqu'il avait quitté ses fonctions pour terminer sa carrière comme il l'avait commencée, c'est-à-dire en enseignant, il avait repris deux de ses anciens cours sous l'égide du programme de Langues et Littératures qui avait absorbé le département de Lettres classiques, et qui était dirigé par le professeur Delphine Roux. Du temps qu'il était doyen, et qu'il jouissait du soutien plein et entier d'un jeune président d'université ambitieux, Coleman avait repris une faculté vieillotte qui ressemblait au château de la Belle au bois dormant. Au prix de quelques passages de rouleau compresseur, il avait liquidé cette sinécure pour gentlemen-farmers en encourageant de manière musclée la vieille garde caduque à demander sa retraite anticipée — en suite de quoi il avait recruté de jeunes assistants ambitieux et remanié de fond en comble les programmes offerts. Il est quasiment certain que s'il avait pris sa retraite à son heure, sans anicroche, on aurait eu droit à un volume d'hommages, à une série de conférences Coleman Silk érigées en institution, à une chaire de lettres classiques à son nom ; étant donné le rôle qu'il avait joué dans la renaissance de l'université au xxe siècle, il n'est pas exclu que le Pavillon des Humanités, ou même North Hall, l'édifice-phare de l'université, aurait été rebaptisé en son honneur après sa mort. Dans le petit monde universitaire où il avait passé le plus clair de sa vie, les ressentiments, les controverses et même les inquiétudes qu'il avait inspirés auraient été oubliés de longue date, son nom aurait été, au contraire, glorifié à jamais.

Ce fut à peu près au milieu du second semestre où il avait recommencé d'enseigner à plein-temps que Coleman prononça le mot scélérat qui devait le pousser à rompre lui-même tout lien avec l'université — ce seul mot scélérat parmi les millions prononcés à voix haute pendant les années où il avait enseigné et administré, ce mot qui, selon lui, était la cause directe de la mort de sa femme.

La classe comptait quatorze étudiants. Les premiers cours, il avait fait l'appel pour retenir leurs noms. Comme au bout de cinq semaines il y avait encore deux noms qui demeuraient sans écho, Coleman avait ouvert le cours de la sixième en demandant : « Est-ce que quelqu'un connaît ces gens ? Ils existent vraiment, ou bien ce sont des zombies[1] ? »

Un peu plus tard dans la journée, à sa grande surprise, son successeur, le nouveau doyen, l'avait convoqué pour répondre d'une accusation de racisme émanant des deux étudiants absents qui se trouvaient être noirs, et qui, malgré leur défection, avaient promptement été mis au courant de la formule par laquelle il avait publiquement soulevé le problème de leur absentéisme. Coleman répondit au doyen : « J'évoquais la possibilité qu'ils n'aient qu'une existence ectoplasmique ; est-ce que ça peut faire le moindre doute ? Ces deux étudiants n'avaient pas suivi un seul cours, c'est tout ce que je savais d'eux. J'employais le mot dans son sens communément reçu, son sens premier, « zombie », spectre, fantôme. Je n'avais pas la moindre idée de la couleur de leur peau. Sinon, moi qui fais très attention à ne jamais heurter la sensibilité des étudiants, je n'aurais jamais employé un mot pareil. Comprenez bien le contexte ; j'ai dit : Est-ce qu'ils existent *ou* est-ce que ce sont des zombies ? L'accusation de ces étudiants est spécieuse. Elle est absurde. Mes collègues le savent bien, mes étudiants aussi. Le problème — le seul, d'ailleurs —, c'est l'absentéisme de ces deux élèves, leur fumisterie flagrante et inexcusable. Et le

1. L'équivoque n'est pas parfaitement traduisible, le mot « *spook* » signifiant « spectre », mais aussi, en argot d'il y a une cinquantaine d'années, l'équivalent de « bougnoule » ou « bamboula ». *(N.d.T.)*

plus amer, c'est que cette accusation n'est pas seulement infondée, elle est aberrante. » Considérant qu'il en avait dit plus qu'assez pour sa défense et que le chapitre était clos, il rentra chez lui.

Or je me suis laissé dire que les doyens, même modèle courant, du fait qu'ils sont une manière d'État-tampon entre les professeurs et la haute administration, se font immanquablement des ennemis. Ils n'accordent pas toujours les augmentations de salaire qu'on leur demande, ni les places de parking les plus convoitées parce que les plus commodes, ni les grands bureaux auxquels les professeurs considèrent avoir droit. Dans les départements en position de faiblesse, en particulier, les candidatures ou les promotions sont régulièrement rejetées. Les pétitions émanant d'un département pour avoir davantage de postes, ou d'heures de secrétariat, restent presque toujours sans effet, de même que les demandes de décharge d'horaires ou les requêtes pour éviter de faire cours au petit matin. Le remboursement des frais de déplacement pour se rendre à des colloques universitaires est régulièrement refusé, etc., etc. De surcroît, Coleman n'avait *pas* été un doyen modèle courant ; les professeurs dont il s'était débarrassé, les méthodes qu'il avait employées pour le faire, ce qu'il avait aboli, ce qu'il avait institué, l'audace avec laquelle il avait fait son travail malgré une résistance acharnée lui avaient valu des inimitiés qui allaient au-delà de celles de quelques mécontents, de quelques ingrats dont il aurait froissé la vanité. Sous la protection de Pierce Roberts, le jeune et beau président aussi fougueux que chevelu qui, sitôt à son poste lui-même, l'avait nommé doyen en lui disant : « Il va falloir que ça change, et ceux qui ne seront pas contents n'auront qu'à partir en préretraite ou planter leurs choux ailleurs », il avait tout

19

chamboulé. Huit ans plus tard, à mi-parcours de la carrière de Coleman, Roberts acceptait une promotion prestigieuse, la présidence du Big Ten, dix grandes universités du Midwest, fort de la réputation de tout ce qui avait été accompli en un temps record à Athena. Or, cet accomplissement, la faculté ne le devait pas à son président de charme, qui était surtout un excellent collecteur de fonds, et qui, s'étant bien gardé de monter au créneau lui-même, quittait Athena sa réputation intacte. Cet accomplissement, on le devait à la détermination de son doyen.

Coleman n'était pas doyen depuis un mois qu'il convoquait déjà pour un entretien tous les professeurs, y compris plusieurs mandarins issus de vieilles familles du comté qui avaient fondé matériellement et financièrement l'université, et qui, sans avoir vraiment besoin de cet argent pour vivre, n'étaient pas fâchés de percevoir un salaire. Chacun d'entre eux s'était vu demander à l'avance de se munir de son curriculum ; pour le cas ou tel ou telle ne l'aurait pas apporté parce qu'il jugeait la chose indigne de lui, Coleman l'avait de toute façon sur son bureau. Il les retenait une bonne heure, plus parfois, jusqu'à ce que, ayant démontré avec quelque argument que les choses avaient enfin changé à Athena, il commençât à les faire transpirer. Il n'hésitait d'ailleurs pas à démarrer l'entretien en feuilletant le CV, avec cette question : « Mais en somme, ces onze dernières années, vous avez fait quoi au juste ? » Lorsqu'ils lui répondaient, comme un nombre écrasant d'entre eux, qu'ils publiaient régulièrement des articles dans les *Athena Notes*, lorsqu'il avait entendu une fois de trop les cuistreries philologiques, bibliographiques et archéologiques qu'ils allaient récupérer au fil des ans dans leurs fonds de thèses pour les « publier » dans le bulletin trimestriel ronéotypé et relié de carton gris qu'on n'archivait nulle part ailleurs sur terre qu'à la bibliothèque d'Athena, il osait enfreindre le code des bonnes manières universitaires en déclarant, paraît-il : « En d'autres termes, vous recyclez vos déchets ? » Il ne se contenta pas de supprimer les *Athena Notes* en remboursant ses fonds — d'ailleurs insignifiants — au donateur, beau-père du rédacteur en chef. Afin d'encourager les retraites anticipées, il força les plus caducs des professeurs antiques et solennels à abandonner les cours qu'ils ressassaient depuis vingt ou trente ans pour leur attribuer les cours d'anglais et d'histoire générale de première année, ainsi que le nouveau programme d'orientation des arrivants, qui se déroulait durant les dernières chaleurs de l'été. Il supprima le prix du Meilleur Chercheur de l'année — bien mal nommé — et alloua les mille dollars à un autre chapitre. Pour la première fois dans l'histoire de la faculté, il exigea un dossier en règle avec description détaillée du projet pour toute demande d'année sabbatique rémunérée, demande rejetée la plupart du temps. Il récupéra la salle à manger des professeurs, avec ses allures de club et ses lambris de chêne dont on disait avec orgueil qu'ils étaient les plus beaux du campus ; il la rendit à sa vocation première, qui était d'accueillir les séminaires des meilleurs étudiants, contraignant ainsi les professeurs à manger à la cafétéria avec les élèves. Il remit en vigueur les réunions de professeurs — alors que son prédécesseur s'était fait des amis en ne les convoquant jamais, il demandait au contraire au secrétariat d'y contrôler l'assiduité, si bien que même les mandarins qui ne devaient que trois heures de cours par semaine furent obligés de faire acte de présence. Ayant déniché dans le règlement de la faculté un article stipulant que les comités exécutifs n'avaient pas de légitimité, il argua que ces obstacles encombrants au changement ne s'étaient développés que par la tradition et les conventions, et les abolit pour diriger les réunions selon son bon plaisir, mettant à profit chacune d'entre elles pour annoncer parmi les prochaines mesures qu'il allait prendre les plus susceptibles de susciter des ressentiments accrus. Sous sa direction, la promotion devint plus difficile et — ce fut peut-être ce qui choqua le plus — il ne fut plus question d'être promu automatiquement selon son grade sur le simple fait d'être un professeur populaire ; ni d'obtenir une augmentation de salaire qui ne soit pas liée au mérite. Bref, il introduisit la concurrence, il rendit la faculté compétitive, « en somme », nota un de ses ennemis de la première heure, « un comportement juif typique ». Chaque fois qu'il se formait un comité de mécontents pour aller se plaindre au président, Pierce Roberts soutenait indéfectiblement Coleman.

Pendant les années Roberts, tous les jeunes gens brillants que Coleman recrutait l'appréciaient parce qu'il leur faisait de la place et qu'il engageait des assistants de valeur parmi les étudiants de troisième cycle de Johns Hopkins, Harvard et Cornell ; c'était la « révolution de la qualité », disaient-ils volontiers. Ils l'appréciaient parce qu'il tirait l'élite dominante de son petit club, qu'il menaçait l'image qu'elle se faisait d'elle-même, ce qui a le don d'excéder un professeur pontifiant. Tous les anciens, qui constituaient la partie faible du collège des professeurs, n'avaient survécu que parce qu'ils se considéraient avec complaisance comme des sommités — le plus grand érudit sur l'an 100 de notre ère, etc. Une fois contestés d'en haut, leur confiance en soi s'élimait, et en l'espace de quelques années on les vit presque tous disparaître. Époque exaltante ! Mais un jour Pierce Roberts prit ses hautes fonctions à l'université du Michigan, et on vit arriver Haines, son successeur. Il n'avait pas de raison particulière d'être loyal envers Coleman et, contrairement à Roberts, ne témoignait pas d'indulgence envers sa vanité écrasante et son ego autocratique qui avaient permis de faire le ménage en si peu de temps. Alors, à mesure que les jeunes gardés par Coleman et ceux qu'il avait recrutés à l'extérieur devenaient des anciens, la réaction contre le doyen Silk se mit en place. Il n'en avait jamais pris la mesure avant de compter ceux qui, tous départements confondus, ne semblaient pas fâchés que le vieux doyen ait qualifié ses deux étudiants apparemment inexistants d'un mot qui se définisse non seulement par le premier sens du dictionnaire, qu'il soutenait être seul pertinent en l'occurrence, mais aussi par les connotations injurieuses et racistes qui avaient permis à ses deux étudiants noirs en question de l'attaquer.

Je me rappelle très bien le jour d'avril, il y a deux ans, où, à la mort d'Iris Silk, la folie s'est emparée de Coleman. Moi qui saluais tel ou tel membre de la famille quand nos chemins se croisaient à la supérette ou à la poste, je ne connaissais pas vraiment les Silk, et je ne savais pas grand-chose d'eux avant cette date. J'ignorais même que Coleman avait grandi à moins de dix kilomètres de chez moi, dans la toute petite ville d'East Orange, comté d'Essex, New Jersey, et que, diplômé en 1944 de son lycée d'East Orange, il avait quelque six ans d'avance sur moi, élève au lycée voisin, à Newark. Coleman n'avait pas fait d'efforts pour me connaître ; quant à moi, si j'avais quitté New York pour m'enterrer sur une petite route à flanc de montagne dans les Berkshires, au fond d'un champ dans une bicoque de deux pièces, ce n'était pas pour me faire de nouvelles connaissances ou m'intégrer à une communauté. Les premiers mois, j'avais bien été invité à dîner, à prendre le thé, à un cocktail, à descendre dans la vallée donner une conférence à l'université, ou même à faire un speech informel lors d'un cours de littérature si je préférais, mais j'avais poliment décliné, de sorte que mes voisins et l'université me laissaient vivre et travailler en solo.

Et puis, cet après-midi-là, il y a deux ans, après avoir pris ses dispositions pour les obsèques d'Iris, Coleman avait sauté dans sa voiture pour venir tambouriner à ma porte. Il avait quelque chose d'urgent à me dire mais ne tenait pas en place — il ne resta pas assis trente secondes pour m'expliquer clairement de quoi il s'agissait. Il se levait, se rasseyait, arpentait nerveusement la pièce où je travaille, parlait fort et très vite, tendant même le poing de manière menaçante quand il estimait à tort devoir souligner son propos. Il fallait que j'écrive quelque chose pour lui — c'était presque un ordre. S'il écrivait son histoire dans toute son absurdité, sans rien changer, personne n'y croirait, personne ne la prendrait au sérieux ; on dirait que c'était un mensonge risible, qu'il affabulait pour se justifier : sa disgrâce ne pouvait pas être due au seul fait qu'il ait prononcé le mot « zombies » en classe. Tandis que si moi, écrivain de métier, je racontais l'histoire...

Il perdait toute retenue, et à le regarder, à l'écouter — je ne le connaissais pas, mais c'était de toute évidence un homme accompli, un homme d'un certain poids, à présent complètement déjanté — j'avais l'impression d'assister à un grave accident de la route, à un incendie ou à une explosion abominable, bref, à un désastre public qui méduse autant par son invraisemblance que par son côté horrifique. Sa démarche désordonnée m'évoquait ces poulets dont je me suis laissé dire qu'ils continuent d'avancer après qu'on leur a coupé la tête. Elle avait bel et bien été tranchée, la tête qui logeait le cerveau cultivé du doyen de la faculté et du professeur de lettres classiques naguère inattaquable ; ce que j'avais sous les yeux, c'était son corps décapité qui décrivait des cercles désordonnés.

Alors qu'il n'était jamais entré chez moi avant ce jour-là, qu'il connaissait à peine le son de ma voix, je devais, toutes affaires cessantes, écrire comment ses ennemis à Athena, en voulant l'atteindre lui-même, avaient abattu sa femme. Ils avaient créé de toutes pièces une fausse image de lui, en le taxant de fautes qui n'étaient pas les siennes et ne pouvaient pas l'être ; et ainsi, non contents d'avoir jeté le discrédit sur une carrière menée avec le plus grand sérieux et le plus grand dévouement, ils avaient tué la femme qui était son épouse depuis plus de quarante ans. Ils l'avaient tuée tout aussi efficacement que s'ils l'avaient mise en joue pour lui loger une balle en plein cœur. Il fallait que j'écrive pour raconter telle et telle absurdité de l'affaire, moi qui, à l'époque, ne savais rien de ses misères à l'université et qui ne faisais encore qu'entrevoir vaguement la chronologie du calvaire que, depuis cinq mois, ils avaient enduré, lui et la défunte Iris Silk : l'immersion punitive dans les réunions, les audiences, les commissions, les documents et les lettres soumis à la hiérarchie universitaire, à des comités de collègues, à un avocat noir bénévole pour représenter les deux étudiants... les accusations, les dénégations, les contre-accusations, la bêtise obtuse, l'ignorance, le cynisme, les erreurs d'interprétation grossières et délibérées, les explications à redonner sans cesse, laborieuses, les questions de la partie civile — et sur tout cela, partout, en permanence, le sentiment d'irréalité. « Le meurtre de ma femme ! criait Coleman en se penchant pour taper du poing sur mon bureau. Ces gens-là ont tué ma femme ! »

Le visage qu'il me montrait, à trente centimètres du mien de surcroît, était aujourd'hui bosselé et déformé ; ce visage d'homme âgé mais encore séduisant, juvénile et soigné, était étrangement repoussant, ravagé selon toute vraisemblance par les effets toxiques des émotions qui le parcouraient. Vu de près, ce visage était talé et abîmé comme un fruit tombé de son étal et dans lequel les chalands successifs ont donné des coups de pied au passage.

Il y a quelque chose de fascinant dans ce que la souffrance morale peut faire à quelqu'un dont la faiblesse ne saute pas précisément aux yeux. C'est plus insidieux que l'œuvre de la maladie, parce que ça ne se soulage pas par une perfusion de morphine, une péridurale, ou une opération chirurgicale. Une fois que cette souffrance vous tient, on dirait que la mort seule peut vous en libérer. Sa réalité brutale ne ressemble à rien d'autre.

Assassinée. C'était selon Coleman la seule explication à la mort inopinée de cette femme de soixante-quatre ans, en parfaite santé, à la présence impressionnante : peintre abstrait, ses toiles dominaient les expositions de la région, et elle administrait elle-même de manière autocratique l'association des artistes de la ville ; poète, le journal local publiait ses œuvres ; militante, dans son jeune temps très politisée, elle avait pris la tête de l'opposition universitaire locale aux abris antiatomiques, au strontium 90, et enfin à la guerre au Vietnam ; une femme qui avait ses idées, intransigeante, peu diplomate, une vraie tornade, impérieuse, reconnaissable à cent mètres par sa chevelure, auréole hirsute de cheveux blancs crêpelés ; fallait-il qu'elle fût forte en effet pour que cet homme pourtant redoutable, ce doyen qui avait la réputation de passer sur son prochain comme un rouleau compresseur, ce doyen qui avait fait l'impossible pour mettre au monde l'université d'Athena, ne réussît à la dominer qu'au tennis.

Dès que Coleman fut en butte aux attaques, cependant, une fois l'enquête ouverte sur cette accusation de racisme — non seulement par le nouveau doyen mais aussi par une petite organisation noire et par un groupe de militants noirs de Pittsfield —, le délire caractérisé de cette situation eut pour vertu d'effacer les innombrables problèmes du couple, et cette autorité impérieuse qui entrait en conflit avec l'indépendance opiniâtre de son mari depuis quatre décennies, Iris Silk la plaça au service de sa cause. Eux qui ne dormaient plus dans le même lit depuis des années, qui supportaient chacun assez mal la conversation de l'autre ou ses amis, les Silk, donc, étaient de nouveau côte à côte, tendant le poing à la figure de ceux qu'ils détestaient davantage qu'ils ne parvenaient à se haïr mutuellement dans leurs pires moments. Tout ce qu'ils avaient en commun quarante ans plus tôt, quand ils étaient amants et camarades, à Greenwich Village, du temps qu'il terminait sa thèse à l'université de New York, qu'elle venait tout juste d'échapper à ses dingues de parents anarchistes et posait pour les cours de dessin de l'Art Students' League, déjà armée de sa chevelure volumineuse et foisonnante, les traits larges, voluptueuse, avec les allures théâtrales d'une grande prêtresse parée de bijoux folkloriques, d'une grande prêtresse biblique d'avant les synagogues, tout ce qu'ils avaient en commun au Village (sauf la passion érotique) éclata de nouveau au grand jour... jusqu'au matin où elle se réveilla avec une migraine atroce et un bras engourdi. Coleman l'emmena à l'hôpital en urgence, mais, le lendemain, elle était morte.

« Ils voulaient ma peau et c'est la sienne qu'ils ont eue », me dit Coleman plus d'une fois au cours de cette visite inopinée — il s'empressa de le répéter le lendemain après-midi à chaque personne venue aux obsèques. Il n'en démordait pas ; aucune autre explication ne lui paraissait plausible. Depuis la mort de sa femme, depuis qu'il avait admis que ses épreuves ne me tentaient pas comme sujet romanesque, et qu'il avait bien voulu reprendre les documents empilés sur mon bureau ce jour-là, il travaillait à son propre livre, où il expliquait sa démission de l'université d'Athena. Ce livre était une autobiographie qu'il intitulait *Zombies*.

Il y a une petite station FM à Springfield qui, le samedi soir, interrompt ses programmes classiques de six heures à minuit pour passer de la musique de big bands en début de soirée, puis du jazz. De mon côté de la montagne, on ne capte que des parasites sur cette fréquence, mais du côté de chez Coleman, la réception est bonne, et les soirs où il m'invitait à boire un verre, dès que je descendais de voiture me parvenait cette sirupeuse musique de danse que les jeunes de notre génération entendaient en permanence à la radio et dans les juke-box pendant les années quarante. Coleman passait cette musique à plein volume, non seulement sur la chaîne du séjour, mais sur la radio de son chevet, sur celle de la salle de bains, près de la douche, et celle de la cuisine à côté du coffre à pain. À quelque occupation qu'il puisse vaquer dans la maison, le samedi soir, il n'en perdait pas une minute jusqu'à ce que la station cesse d'émettre à minuit, après une demi-heure de Benny Goodman, rituel hebdomadaire.

Curieusement, me dit-il, la « grande musique » entendue toute sa vie d'adulte ne l'avait jamais remué comme ce bon vieux swing le faisait encore aujourd'hui : « Tout stoïcisme m'abandonne, et alors mon désir de ne pas mourir, de ne jamais mourir est presque insupportable. Et il me suffit d'écouter Vaughn Monroe. » Certains soirs, chaque phrase de chaque chanson prenait un sens si bizarrement capital qu'il finissait par se mettre à danser tout seul le fox-trot, cette danse monotone, sans inspiration, où il suffisait de traîner les pieds et de se laisser porter par le rythme, mais aussi cette danse fabuleusement efficace pour se mettre dans l'ambiance quand il la dansait avec les filles du lycée d'East Orange, contre lesquelles il plaquait à travers son pantalon ses premières érections dignes de ce nom. Pendant qu'il dansait, me dit-il, rien de ce qu'il éprouvait n'était simulé, ni la terreur (de l'anéantissement) ni l'extase (à l'écoute de « Tu soupires et c'est une chanson, tu parles et j'entends des violons »). Les larmes qu'il versait étaient spontanées, même s'il était le premier surpris de constater que dès qu'il entendait Helen O'Connell et Bob Eberly chanter les strophes alternées de *Green Eyes* toute résistance l'abandonnait, et même s'il n'en revenait pas de constater combien il était facile pour Jimmy et Tommy Dorsey de le transformer en vieillard vulnérable, personnage qu'il n'aurait jamais cru être. « Mais que les gens nés en 1926 essaient un peu de rester tout seuls chez eux un samedi soir de 1998, et d'écouter Dick Haymes chanter *Those Little White Lies*. Qu'ils essaient un peu, et qu'ils viennent me dire s'ils n'ont pas enfin compris la doctrine célèbre sur les vertus cathartiques de la tragédie. »

Lorsque je me suis glissé chez lui par la porte-moustiquaire de la cuisine, sur le côté de la maison,

Coleman était en train de faire la vaisselle de son dîner. Comme il était penché sur l'évier, que le robinet coulait, que la radio jouait à tue-tête, et qu'il chantait avec Frank Sinatra jeune *Everything Happens to Me*, il ne m'a pas entendu entrer. La nuit était chaude. Il portait un short en jean et des mocassins, point final. De dos, cet homme de soixante et onze ans n'en paraissait pas plus de quarante — mince, vigoureux, quarante ans. Il devait mesurer un mètre soixante-huit, soixante-dix au grand maximum, ses muscles n'étaient pas spectaculaires et pourtant on sentait beaucoup de force en lui ; de l'athlète de lycée, il avait largement gardé le tonus, la vélocité, le besoin d'action que nous appelions le peps. Ses cheveux aux boucles serrées, qu'il coupait très court, avaient pris la couleur du porridge, si bien que de face, malgré le nez retroussé qui lui donnait un air gamin, il faisait moins jeune que s'il n'avait pas blanchi. Et puis il avait des crevasses profondes de part et d'autre des lèvres, et dans ses yeux noisette, tirant sur le vert, on lisait, depuis la mort de sa femme et sa démission de la faculté, beaucoup, beaucoup de résignation et d'épuisement spirituel. Coleman avait cette joliesse incongrue, ce visage de marionnette presque, que l'on voit aux acteurs vieillissants jadis célèbres à l'écran dans des rôles d'enfants espiègles, et sur qui l'étoile juvénile s'est imprimée, indélébile.

En somme, il demeurait dans l'ensemble un homme soigné et séduisant pour son âge ; c'était un Juif à petit nez et mâchoires saillantes, un de ces Juifs aux cheveux crêpus, au teint clair, vaguement jaune, qui possèdent un peu de l'aura ambiguë des Noirs pâles qu'on peut prendre pour Blancs. Du temps qu'il était dans la marine, à la base de Norfolk, en Virginie, vers la fin de la Seconde Guerre mondiale, son nom ne le désignant pas comme juif et pouvant aussi bien être un nom de Noir, un jour, dans un bordel, on l'avait pris pour un nègre essayant de faire illusion, et on l'avait jeté à la porte. « Viré d'un claque de Norfolk pour être noir, viré de l'université d'Athena pour être blanc. » J'avais souvent entendu ce type de propos dans sa bouche, ces deux ans-là, ses diatribes sur l'antisémitisme noir, et sur ses collègues, des traîtres, des lâches, manifestement décrits tels quels sans modification dans son livre.

« Je me suis fait virer d'Athena pour être le type de Juif blanc en qui ces salauds ignares voient leur ennemi. C'est lui qui a fait leur malheur, en Amérique. C'est lui qui les a enlevés, dans leur paradis. Et c'est lui qui les tient en lisière depuis toujours. C'est quoi la source majeure des souffrances des Noirs, sur cette planète ? Ils connaissent la réponse sans se donner la peine de venir en cours. Pas la peine d'ouvrir un livre. Pas la peine de lire, ils le savent, pas la peine de penser, tiens ! C'est qui, le responsable ? Les mêmes monstres de l'Ancien Testament qui sont responsables de la souffrance des Allemands.

« Ils l'ont tuée, Nathan. Qui aurait cru, pourtant, qu'Iris ne tiendrait pas le choc ? Elle était forte, elle était grande gueule, même, n'empêche qu'elle n'a pas résisté. Leur forme d'imbécillité a eu raison d'une walkyrie comme ma femme. Des "zombies". Et qui était prêt à prendre mon parti, sur place ? Herb Keble ? Du temps que j'étais doyen, c'est moi qui l'ai fait entrer, Herb Keble. Quelques mois à peine après avoir pris mes fonctions. Je l'ai fait entrer non seulement comme le premier Noir en sciences sociales, mais comme le premier Noir à remplir autre chose que des fonctions de gardien. Seulement Herb, devant le racisme des Juifs comme moi, il s'est radicalisé : "Je peux pas prendre ton parti sur cette affaire-là, Coleman, il va falloir que je sois avec eux." Voilà ce qu'il m'a dit lorsque je suis allé le trouver pour lui demander son soutien. Il m'a dit ça en face. *Il va falloir que je sois avec eux.* Eux !

« Il fallait voir Herb aux obsèques d'Iris. Effondré, ravagé. Quoi, il y a eu mort d'homme ? Il n'avait jamais voulu la mort de personne, Herbert. Tout ce battage, c'était seulement pour la course au pouvoir. Pour avoir davantage voix au chapitre dans l'administration de la fac. Ils exploitaient une situation opportune, c'est tout. C'était une manière de pousser Haines et l'administration à faire ce qu'ils n'auraient jamais fait autrement. Amener plus de Noirs sur le campus, plus d'étudiants noirs, plus de professeurs noirs. L'enjeu, le seul enjeu, c'était d'être mieux représentés. Dieu sait qu'on ne voulait la mort de personne. Ni la démission de personne, d'ailleurs. Ça l'a déconcerté, ça, Herbert. Pourquoi il démissionnait, Coleman Silk ? Personne n'allait le virer. On n'aurait jamais osé. Ils agissaient comme ça par simple opportunisme. Ils voulaient juste me garder encore un peu sur des charbons ardents. Pourquoi est-ce que je n'avais pas eu la patience d'attendre ? Le semestre suivant, qui se serait encore rappelé cet incident ? Cet incident — vous parlez d'un incident ! — qui leur avait fourni un sujet mobilisateur, bienvenu dans un endroit aussi arriéré sur les questions raciales qu'Athena. Pourquoi j'avais démissionné ? Le temps que je donne ma démission, les choses s'étaient pratiquement tassées, merde, alors pourquoi partir ? »

Lors de ma précédente visite, je n'avais pas plus tôt passé la porte que Coleman me brandissait un nouveau document au visage, un parmi les centaines qu'il archivait dans des boîtes étiquetées « Zombies ». « Tenez. C'est l'une de mes distinguées col-

32

lègues. Elle parle d'un des deux étudiants qui m'ont attaqué — en fait c'est *une* étudiante qui n'est jamais venue à mon cours, qui a échoué dans tous ses autres cours sauf un, et encore, elle y allait rarement. Je me figurais qu'elle avait échoué parce que, loin de maîtriser les contenus, elle n'arrivait même pas à les aborder, mais il est apparu qu'elle avait échoué parce qu'elle était trop intimidée par le racisme émanant de ses professeurs blancs pour s'enhardir à assister au cours. Ce racisme même que j'avais exprimé dans mon choix de terme. Au cours d'une de ces réunions, de ces audiences, appelez ça comme vous voudrez, ils m'ont demandé : "À votre avis, quels sont les facteurs qui ont conduit cette étudiante à l'échec ? — Les facteurs ? j'ai dit. Le désintérêt, l'arrogance, l'apathie. Les problèmes personnels, allez savoir !" Mais, ils m'ont demandé : "à la lumière de ces facteurs, quelles recommandations positives lui avez vous faites ? — Aucune. Je ne l'ai jamais vue. Si j'en avais eu l'occasion, je lui aurais recommandé de quitter la fac. — Pourquoi ? — Parce qu'elle n'avait rien à y faire."

« Laissez-moi vous lire des passages de ce document. Écoutez un peu. Il a été rédigé par une de mes collègues qui soutient Tracy Cummings, parce qu'elle voit en elle une personne que nous ne devons pas juger avec trop de hâte ou de sévérité, et encore moins décourager ou rejeter. Tracy a besoin de nos nourritures spirituelles, au contraire. Tracy, il faut la comprendre — il faut savoir, nous dit ce professeur, d'où elle vient. Je m'en vais vous lire les dernières phrases. "Tracy vient d'un milieu assez difficile en ce sens qu'elle est séparée de ses parents depuis la classe de seconde et vit chez des cousins. Le résultat, c'est que les réalités d'une situation ne sont pas ce qu'elle gère le mieux. C'est un défaut que je reconnais

33

chez elle. Elle n'en est pas moins prête à changer d'attitude dans la vie ; elle le souhaite et elle en est capable. Ce que j'ai vu naître en elle au cours de ces dernières semaines, c'est une prise de conscience de sa tendance grave à refuser la réalité." Toutes phrases composées par une certaine Delphine Roux, directrice du département de Langues et Littératures, qui fait entre autres un cours sur le Grand Siècle en France. *Une prise de conscience de sa tendance à refuser la réalité.* Ah, ça suffit ! Assez ! C'est écœurant, c'est vraiment trop écœurant. »

Voilà ce que j'observais, la plupart du temps, quand je venais lui tenir compagnie le samedi soir : cet homme encore si plein de vie était rongé par sa disgrâce et son humiliation. Le grand homme avait été abattu et il avait encore honte de sa défaite. Ça ressemblait à ce qu'on aurait pu observer si on était tombé à l'improviste sur Nixon à San Clemente, ou Jimmy Carter en Géorgie, avant qu'il n'ait commencé d'expier sa défaite en se faisant charpentier. C'était très triste. Et pourtant, malgré ma sympathie pour l'épreuve qu'il avait traversée, pour tout ce qu'il avait perdu injustement, et pour sa quasi-incapacité à se libérer de l'amertume, il y avait des soirs où, au bout de quelques gouttes de cognac, je ne parvenais que par miracle à garder les yeux ouverts.

Mais le soir dont je parle, quand nous nous sommes installés tout naturellement sur la terrasse dont il faisait son bureau l'été, il aimait le monde autant qu'on peut l'aimer. Il avait tiré deux bières du réfrigérateur en quittant la cuisine, et nous étions assis face à face de part et d'autre d'une longue table posée sur des tréteaux, avec au bout vingt ou trente cahiers de brouillon divisés en trois piles.

« Eh bien, voilà où nous en sommes, a dit Coleman désormais méconnaissable, calme, libéré de ce

qui l'oppressait. C'est fini. Voilà *Zombies*. J'ai fini
mon premier jet hier, j'ai passé la journée d'aujour-
d'hui à le relire, et il m'est monté une nausée à
chaque page. La violence de l'écriture manuscrite a
suffi à m'inspirer le plus grand mépris pour l'auteur.
Que je passe même un quart d'heure à écrire ça...
alors, deux ans... C'est à cause d'eux qu'Iris est
morte ? Mais qui va le croire ? Je n'y crois plus tellement moi-même. Pour faire un livre de ces jérémiades, pour en effacer la rage écorchée, et en faire
l'œuvre d'un être humain sensé, il faudrait encore
deux ans, sinon plus. Et qu'est-ce que ça m'apporte-
rait, sinon de me faire penser à "eux" encore deux
ans ? Non pas que je me sois laissé aller à leur par-
donner. Ne vous y trompez pas. Je les déteste, ces
salauds, ces enfoirés, je les déteste comme Gulliver
déteste le genre humain quand il rentre de son séjour
chez les chevaux. Je les déteste, ils m'inspirent une
véritable aversion viscérale. Quoique ces chevaux,
moi, je les ai toujours trouvés ridicules. Pas vous ? Ils
me faisaient penser à l'establishment *wasp* que j'ai
trouvé quand je suis arrivé à l'université.

— Vous êtes en grande forme, Coleman, il vous
reste à peine une lueur de votre ancienne folie. Il y a
trois semaines, un mois, je ne sais plus quand je vous
ai vu, vous pataugiez dans votre sang.

— C'est à cause de ce bouquin. Mais je l'ai relu et
c'est de la merde, et j'en ai fini avec. Je sais pas faire
ce que font les pros. Quand j'écris sur moi, je n'arrive
pas à maîtriser la mise à distance créatrice. De page
en page, c'est toujours la réalité brute. Une parodie
de mémoire d'autojustification. Les explications,
c'est peine perdue. » Il ajouta avec un sourire : « Kis-
singer nous pond quatorze cents pages d'élucubra-
tions de cette veine tous les deux ans, mais moi j'ai
pas su. J'ai beau paraître aveuglément sûr de moi

dans ma bulle narcissique, je ne suis pas de taille. J'arrête. »

Or, quand un écrivain relit ce qui lui a coûté deux ans de travail (ou même un an, ou même six mois) pour découvrir qu'il s'est irrémédiablement fourvoyé et abattre sur sa prose le couperet de la critique, il se trouve en général plongé dans un désespoir suicidaire qu'il peut mettre des mois à surmonter. Et voilà que Coleman, au contraire, en abandonnant un premier jet aussi mauvais que celui de *Zombies*, avait réussi non seulement à réchapper du naufrage de son livre, mais aussi du naufrage de sa vie. Sans ce livre, il paraissait désormais exempt de tout désir de régler ses comptes, libéré de l'urgence de laver son nom, ou d'inculper ses adversaires de meurtre ; le sentiment d'injustice qui le momifiait naguère l'avait abandonné. Un tel changement d'attitude chez un homme que l'événement a martyrisé, je ne l'avais vu qu'à la télévision, quand Nelson Mandela était sorti de sa prison en pardonnant à ses geôliers alors qu'il avait encore dans l'estomac son dernier rata de taulard. Ça me dépassait ; au début, j'ai même eu du mal à y croire.

« Alors vous déclarez forfait en lançant gaiement : "C'est trop fort pour moi." Vous abandonnez tout ce travail, toute cette haine — et le vide que votre indignation vous laisse, vous comptez le remplir comment ?

— Je ne vais pas le remplir. » Il a pris les cartes et le calepin où il inscrivait la marque, nous avons déplacé nos chaises contre la partie de la table où il n'y avait pas de papiers. Il a battu les cartes, j'ai coupé, il a donné. Et puis, dans cet étrange état de contentement et de sérénité qui était le sien depuis qu'il s'était semble-t-il affranchi de son mépris envers tous les gens d'Athena qui l'avaient délibérément, dans leur mauvaise foi, méjugé, maltraité, et traîné dans la boue, qui l'avaient plongé pour deux ans dans une entreprise misanthrope aux proportions swiftiennes — il s'est mis à parler avec des accents lyriques des jours enfuis, des jours glorieux où la coupe de sa vie débordait, et où il mettait son génie de l'attention au service du plaisir, qu'il engrangeait et couvait de ses soins.

Puisqu'il avait cessé de s'enliser dans sa haine, nous allions parler des femmes. Oui, c'était bien un nouveau Coleman ; ou un ancien, peut-être, le plus ancien des Coleman adultes, le Coleman le plus satisfait qui ait jamais existé. Pas l'homme d'avant l'affaire des zombies et la calomnie, mais un Coleman uniquement contaminé par le désir.

« Quand j'ai quitté la marine, je me suis trouvé une chambre au Village, a-t-il commencé en rassemblant ses cartes, il me suffisait de descendre dans le métro. C'était comme d'aller à la pêche. Je descendais dans le métro, et je remontais avec une fille. Et puis... —, il a fait une pause pour ramasser la carte que je venais de jeter — tout d'un coup, j'ai obtenu mon diplôme, je me suis marié, j'ai eu un poste, des gosses — la pêche, c'était terminé.

— Vous n'y êtes jamais retourné ?

— Presque jamais. Sans mentir. Pour ainsi dire jamais. Autant dire jamais. Vous entendez ces chansons ? » Les quatre radios jouaient dans la maison même depuis la route, impossible de ne pas les entendre. « Après la guerre, ces chansons étaient à la mode. Quatre ans, cinq ans de chansons et de filles, tous mes idéaux étaient comblés. J'ai retrouvé une lettre, aujourd'hui, en débarrassant mes dossiers "zombies", j'ai retrouvé une lettre d'une de ces filles. La fille avec un grand F. Après que j'ai eu mon premier poste, à Adelphi, sur Long Island, Iris attendait notre fils Jeff, cette lettre est arrivée. Elle mesurait pas loin d'un mètre quatre-vingt, cette fille. Iris était une grande femme, elle aussi, mais pas comme Steena. Iris était opulente. Steena, c'était encore autre chose. Steena m'a écrit en 1954, et la lettre a refait surface aujourd'hui, pendant que je déblayais mes dossiers. »

De la poche revolver de son short, Coleman a tiré la lettre de Steena dans son enveloppe d'origine. Il n'avait toujours pas passé de tee-shirt, et maintenant que nous avions quitté la cuisine pour la terrasse, je ne pouvais pas m'empêcher de le remarquer — la nuit de juillet était tiède, mais pas à ce point. Je n'avais encore jamais soupçonné que sa vanité considérable pût s'étendre à son anatomie. Mais à présent, cette façon d'exhiber son corps bronzé me semblait dénoter davantage que le simple fait d'être bien dans sa peau. J'ai eu tout loisir d'observer les épaules, les bras, et la poitrine d'un homme plutôt petit, encore mince et séduisant, car même si le ventre n'était plus tout à fait plat, bien sûr, rien ne débordait dangereusement — en somme le physique d'un adversaire qui, en sport, se serait imposé par la ruse et la tactique plus que par la force brute. Et tout cela m'avait échappé jusque-là, parce que je ne l'avais jamais vu torse nu, ni autrement que dévoré par la rage.

M'avait échappé de même le petit tatouage bleu à la Popeye, sur le haut de son bras droit, au niveau de l'épaule, les mots « US Navy » s'inscrivant entre les bras crochus d'une petite ancre tout juste esquissée, le long de l'hypoténuse de son deltoïde. C'était le symbole minuscule, à supposer qu'il en faille un, de ces milliers de circonstances dans la vie d'autrui, de cette avalanche de détails, qui constituent la nébuleuse d'une biographie humaine — un symbole minuscule pour me rappeler pourquoi notre compréhension d'autrui ne peut être, au mieux, qu'approximative.

« Alors vous l'avez gardée, cette lettre, vous l'avez toujours ? dis-je. Il faut croire qu'elle en valait la peine.

— C'était la lettre qui tue. Il m'était arrivé quelque chose que je n'avais pas compris jusqu'à cette lettre. J'étais marié, j'avais un travail d'adulte responsable, nous allions avoir un enfant, et je n'avais pas compris que les Steena, c'était fini. Avec cette lettre, j'ai réalisé que les choses sérieuses avaient commencé pour de bon, la vie sérieuse, consacrée aux choses sérieuses. Mon père tenait un bar du côté de Grove Street, dans East Orange. Vous êtes un gars de Weequahic, vous, vous ne connaissez pas East Orange. C'était dans les quartiers pauvres. Mon père était un patron de bar juif comme il y en avait dans tout le New Jersey, et bien sûr ils avaient tous des liens avec les Reinfeld et le milieu — ils n'avaient pas le choix, s'ils voulaient survivre au milieu. Mon père n'était pas un dur, mais pas un enfant de chœur non plus, et il voulait que j'aie une vie meilleure. Il est mort d'une attaque quand j'étais en terminale. J'étais fils unique. La prunelle de leurs yeux. Il ne voulait même pas que je vienne travailler dans son bar quand les types humains qu'on y rencontrait ont commencé à m'amuser. Tout dans la vie, le bar y compris, le bar surtout, me poussait à être un élève studieux, et de ce temps-là, si j'ai fait du latin au lycée, puis à la fac, si j'ai fait du grec, à une époque où les langues mortes étaient encore au centre des études traditionnelles, c'était bien parce qu'il n'y avait pas de meilleur gage de sérieux pour un fils de patron de bar. »

Il y a eu un bref échange de cartes entre nous, puis Coleman a abattu son jeu pour me faire voir qu'il avait gagné. Pendant que je distribuais, il a repris son histoire. Il ne me l'avait jamais racontée ; il ne m'avait jamais raconté autre chose que les tenants et aboutissants de sa haine pour la faculté.

« Alors voilà, une fois que j'ai réalisé les rêves de mon père, que je suis devenu un professeur d'université ultra-respectable, je me suis dit, comme mon père, que la vie sérieuse n'en finirait jamais. Qu'elle ne pouvait pas finir, une fois qu'on avait acquis ses titres. Elle a fini, pourtant, Nathan. Il m'a suffi de dire "ou bien est-ce que ce sont des zombies" pour me retrouver sur le cul. Quand Roberts était là, il aimait bien dire aux gens que si j'avais réussi dans mon rôle de doyen, c'était parce que j'avais appris les bonnes manières dans un bar. Le président Roberts, qui était issu de la grande bourgeoisie, aimait bien penser qu'il avait son gros bras de bistrot garé en face. Devant la vieille garde en particulier, il affectait de m'aimer pour le milieu dont je venais ; mais nous savons bien que les non-Juifs ont horreur de ces histoires de Juifs sortis de leurs taudis. Oui, il y avait une part de moquerie chez Pierce Roberts, et même oui, à bien y réfléchir, déjà... » Mais il s'est repris. Il ne voulait pas en dire davantage. Il en avait fini avec sa névrose de monarque déchu. Le grief qui refuse de mourir est par là même déclaré défunt.

Revenir à Steena. Se remémorer Steena l'aide énormément.

« Je l'ai rencontrée en 1948, a-t-il dit. J'avais vingt-deux ans, ma bourse de GI pour étudier à l'Université de New York, j'avais fait mon service dans la marine, elle en avait dix-huit et n'était à New York que depuis quelques mois. Elle faisait un petit boulot, et elle allait à la fac, aussi, mais aux cours du soir. C'était une fille du Minnesota, indépendante. Sûre d'elle, en apparence, en tout cas. Danoise d'un côté et islandaise de l'autre. L'esprit vif. Intelligente. Jolie.

Grande. Merveilleusement grande. Sculpturale quand elle était couchée. Je ne l'ai jamais oubliée. Je suis resté deux ans avec elle. Je l'appelais Volupté, du nom de la fille de Psyché, qui incarnait pour les Romains le plaisir des sens. »

Là-dessus il a posé son jeu, a pris l'enveloppe qu'il avait fait tomber près du tas de cartes défaussées, et en a tiré la lettre. C'était une lettre de deux pages, tapée à la machine. « Nous nous étions rencontrés par hasard dans la rue, a-t-il expliqué. J'étais venu en ville pour la journée, et voilà que je tombe sur Steena, qui devait avoir vingt-quatre, vingt-cinq ans, à l'époque. On s'est arrêtés, on a bavardé, je lui ai dit que ma femme était enceinte, elle m'a dit ce qu'elle faisait, nous nous sommes fait la bise pour nous dire au revoir, et voilà tout. Et puis, une semaine plus tard, à peu près, cette lettre m'est parvenue à l'université. Elle est datée. Elle l'avait datée, là. Le 18 août 1954. "Cher Coleman, dit-elle, j'ai été très heureuse de te voir à New York. Si brève qu'ait été notre rencontre, après t'avoir vu, j'ai éprouvé une tristesse automnale, peut-être parce que les six ans écoulés depuis notre première rencontre mettent en évidence de façon déchirante que toute cette époque de ma vie est 'révolue'. Tu es superbe et je suis contente de te savoir heureux. Tu as été tout à fait courtois. Tu n'as pas *fondu sur moi*. J'avais pourtant l'impression que c'était précisément ce que tu faisais quand je t'ai rencontré, au temps où tu louais cette chambre en sous-sol, dans Sullivan Street. Tu te revois ? Tu étais incroyablement doué pour fondre sur ta proie, quasiment comme les oiseaux, quand ils survolent la terre ou la mer et qu'ils repèrent quelque chose qui bouge, qui éclate de vie, et qu'ils plongent, ou qu'ils visent, et s'en saisissent. Quand je t'ai rencontré, ta puissance de vol m'a stupéfiée. Je me revois dans ta chambre, la première fois. Je suis arrivée, je me suis assise sur une chaise. Toi, tu arpentais la pièce ; de temps en temps tu te perchais sur un tabouret, sur le lit. Tu avais un lit de l'Armée du Salut, tout pouilleux, avant qu'on fasse nos fonds de poches pour s'acheter Le Matelas. Tu m'as offert un verre, que tu m'as tendu avec une expression de surprise incroyable et de curiosité, comme si ça tenait du miracle que j'aie des mains pour tenir le verre, une bouche pour boire, ou même, simplement, que je me sois matérialisée dans ta chambre, le lendemain de notre rencontre dans le métro. Tu parlais, tu posais des questions, parfois tu y répondais, avec un sérieux imperturbable et pourtant de façon hilarante ; moi je faisais tous mes efforts pour te donner la réplique, mais je n'avais pas la conversation aussi facile que toi. Si bien que je te rendais tes regards intenses, et que j'absorbais, que je comprenais bien plus de choses que je n'aurais cru. Mais je ne trouvais pas les mots pour combler la distance créée par le fait que je semblais t'attirer, et que toi, tu m'attirais. Je ne cessais de me dire : "Je ne suis pas prête. Je viens seulement d'arriver dans cette ville. Pas tout de suite. Mais bientôt, après d'autres échanges, si j'arrive à trouver ce que je veux dire." ("Prête" à quoi, je ne saurais pas dire. Pas seulement à faire l'amour. Prête à *être*.) Mais à ce moment-là, Coleman, tu as fondu sur moi, tu as traversé la moitié de la pièce en un clin d'œil ; j'étais sidérée, mais ravie. C'était trop tôt, mais ça ne l'était pas. »

Il a cessé de lire en entendant, à la radio, les premières mesures de *Bewitched, Bothered and Bewildered* chanté par Sinatra. « Il faut que je danse, dit-il, vous dansez ? »

Je me suis mis à rire. Non, ce n'était plus le héros vengeur de *Zombies*, le personnage féroce, amer, en état de siège, qui avait pris la vie en aversion parce qu'elle le rendait fou. Ce n'était pas même un autre homme, c'était une autre *âme*. Une âme de gamin, en plus. Entre la lettre de Steena et le fait de le voir torse nu, j'avais une représentation éclatante de ce que Coleman Silk avait été jadis. Avant de devenir doyen de choc, puis docte professeur de lettres classiques — et bien avant d'être le paria d'Athena — il avait été, outre un garçon studieux, un garçon charmant, un séducteur. Plein d'élan. Espiègle. Un diablotin, même, un faune, un chèvre-pied au nez retroussé. Jadis, avant que les choses sérieuses ne prennent le pouvoir dans sa vie.

« Quand vous m'aurez lu le reste de la lettre, ai-je répondu à son invitation à danser. Lisez-moi la lettre de Steena jusqu'au bout.

— Elle avait quitté son Minnesota depuis trois mois quand on s'est rencontrés. Il m'a suffi de descendre dans le métro pour la remonter avec moi. Eh oui, ça se passait comme ça, en 1948. » Puis, reprenant le fil de la lettre : « "J'étais très éprise de toi, mais j'avais peur que tu me trouves trop jeune, fade, sans intérêt, provinciale, et puis d'ailleurs tu sortais déjà avec une fille 'intelligente, charmante et belle', même si tu ajoutais avec un sourire en coin : 'Je ne crois pas qu'on va se marier, elle et moi', et comme je te demandais pourquoi, tu m'avais répondu : 'Mettons que je commence à m'ennuyer.' Ce qui t'assurait que je ferais l'impossible pour ne pas t'ennuyer, quitte à disparaître, si nécessaire, pour éviter d'en arriver là. Enfin, voilà. J'en ai assez dit. Je ne devrais même pas t'importuner par mes discours. Je te promets de ne plus jamais le faire. Porte-toi bien, porte-toi très très bien. Bien tendrement, Steena."

— Ça se passait comme ça, en 1948, alors...

— Venez, on danse.

— D'accord, mais vous me chantez pas dans l'oreille.

— Allez, debout. »

On s'en fout, me disais-je, on sera bientôt morts tous les deux, de toute façon. Alors je me suis levé, et là, sur la terrasse, Coleman Silk et moi nous nous sommes mis à danser le fox-trot. Il conduisait et je le suivais de mon mieux. Je me rappelais le jour où il avait fait irruption dans mon studio après avoir réglé les obsèques d'Iris, fou de douleur, fou de rage, et où il m'avait dit qu'il fallait que je lui écrive ce livre sur toutes les incroyables absurdités de son histoire, dont le sommet avait été le meurtre de sa femme. On aurait cru que cet homme-là ne retrouverait jamais le goût de la niaiserie de la vie, et que tout ce qu'il pouvait y avoir de ludique, de léger en lui, était perdu corps et biens, avec sa carrière, sa réputation, et sa redoutable épouse. S'il ne me vint même pas à l'idée de lui rire au nez, et de le laisser danser sur sa terrasse puisque bon lui semblait, pour m'amuser du spectacle, si je lui tendis la main, et le laissai me passer un bras autour de la taille pour me pousser rêveusement sur le parterre d'ardoise, peut-être était-ce parce que je m'étais trouvé là ce fameux jour où le corps d'Iris était encore tiède, et où j'avais vu le visage de Coleman.

« Pourvu qu'un des pompiers volontaires ne passe pas sur la route, ai-je dit.

— Ouais, a-t-il répondu, il ne faudrait pas que quelqu'un vienne me taper sur l'épaule en me disant : "Je te pique ta cavalière." »

Nous avons continué à danser. Il n'y avait rien d'ouvertement charnel dans ce contact, mais du fait que Coleman portait un short en jean pour tout vêtement, et que ma main reposait aussi naturellement sur son dos tiède que sur celui d'un chien ou d'un cheval, c'était plus qu'une parodie. Il me guidait sur ce sol de pierre avec une sincérité à demi sérieuse, sans parler du bonheur spontané d'être en vie, en vie par la bouffonnerie du hasard, en vie sans raison — le bonheur qu'on éprouve, enfant, lorsqu'on vient d'apprendre à faire de la musique avec un peigne et du papier hygiénique.

C'est seulement quand nous nous sommes rassis que Coleman m'a parlé de sa maîtresse. « J'ai une liaison, Nathan, j'ai une liaison avec une femme de trente-quatre ans. Je ne peux pas vous dire le bien que ça m'a fait.

— La danse est finie, vous n'êtes pas obligé.

— Je croyais être incapable d'éprouver quoi que ce soit. Mais quand ça vous revient, si tard dans la vie, du jour au lendemain, de façon totalement imprévue, et même indésirée, quand ça vous revient, et qu'il n'y a rien qui dilue la chose, qu'on n'est pas en train de se battre sur vingt-deux fronts, qu'on n'est plus au fond du délire quotidien... quand on ne vit plus que ça...

— Et qu'elle a trente-quatre ans.

— Et inflammable, avec ça. C'est une femme de feu. Elle m'a fait retrouver le vice du sexe.

— "La Belle Dame sans Merci te tient sous son empire."

— Il faut croire. Je lui demande : "C'est comment, pour toi, avec un type de soixante et onze ans?" et elle me répond : "C'est parfait, avec un type de soixante et onze ans. Il a des comportements bien établis, il va plus changer. On sait ce qu'il est, on est à l'abri des surprises."

— Qu'est-ce qui l'a rendue si sage?

— Les surprises, justement. Trente-quatre ans de surprises sauvages l'ont amenée à la sagesse. Mais c'est une sagesse très étroite, antisociale. Une sagesse sauvage, elle aussi. Celle de quelqu'un qui n'attend plus rien. C'est là sa sagesse, et sa dignité, mais c'est une sagesse négative, ce n'est pas celle qui vous fait avancer, jour après jour. Voilà une femme que la vie essaie de broyer à peu près depuis qu'elle est née. Tout ce qu'elle a appris vient de là. »

Je me suis dit, il a trouvé quelqu'un avec qui parler ; et puis j'ai pensé, moi aussi, j'ai trouvé quelqu'un avec qui parler. Dès l'instant qu'un homme commence à vous parler de sexe, ce qu'il dit renvoie à vous autant qu'à lui. Neuf fois sur dix, ça ne se produit pas, et ce n'est peut-être pas plus mal, mais il est vrai que si on n'arrive pas à un certain degré de franchise sur le sexe, et qu'on préfère faire comme si on n'y pensait jamais, alors l'amitié masculine est incomplète. La plupart des hommes ne trouvent jamais un tel ami ; un tel ami est chose rare. Mais quand on le trouve, quand deux hommes s'accordent sur cette part essentielle de la vie d'homme, sans avoir peur d'être jugés, réprouvés, enviés, ou surpassés, quand ils sont confiants que leur confiance ne sera pas trahie, leur rapport humain peut être très fort, et il peut en résulter une intimité inattendue. Il n'est sans doute pas coutumier de ce type de rapports, me disais-je. Mais comme il est venu vers moi dans ses pires moments, plein de cette haine que j'ai vue l'empoisonner pendant des mois, il se sent libre auprès de moi, comme auprès de quelqu'un qu'on a eu à son chevet pendant qu'on traversait une terrible maladie. Ce qu'il éprouve n'est pas tant l'envie de se vanter que l'énorme soulagement de ne pas avoir à garder pour lui quelque chose d'aussi stupéfiant, d'aussi neuf que sa renaissance pleine et entière à lui-même.

« Où l'avez-vous trouvée ? ai-je demandé.

— J'étais passé prendre mon courrier à la poste,

46

en fin de journée; elle lessivait le parterre. C'est la blonde maigre qui fait parfois le ménage à la poste; elle fait partie des agents d'entretien titulaires, à Athena. Elle est femme de ménage à plein-temps là où j'ai été doyen. Cette femme n'a pas un sou vaillant. Faunia Farley, c'est son nom. Faunia n'a absolument rien à elle.

— Et pourquoi?

— Elle a eu un mari. Il la battait avec une telle brutalité qu'elle s'est retrouvée dans le coma. Ils avaient un élevage de vaches laitières. Il le gérait tellement mal qu'il a fait faillite. Elle avait deux enfants. Une chaufferette s'est renversée, le feu a pris et les deux enfants sont morts asphyxiés. À part les cendres de ses enfants qu'elle garde sous son lit dans une boîte en fer, elle n'a rien qui vaille quelque chose sinon une Chevy de 83. La seule fois que je l'aie vue au bord des larmes, elle me disait: "Je sais pas quoi faire des cendres." Les catastrophes rurales l'ont pressée comme un citron, il ne lui reste même plus de larmes. Dire qu'elle a eu dans la vie des débuts d'enfant riche, privilégiée! Elle a grandi dans une maison immense, au sud de Boston, des cheminées dans les cinq chambres, les plus belles antiquités, de la porcelaine de famille — tout était ancien, là-dedans, et d'excellente origine, y compris la famille elle-même. Elle est d'ailleurs capable de parler étonnamment bien, quand elle veut. Mais elle est tombée si bas dans l'échelle sociale, et de si haut, que son langage est tout de même sacrément hétéroclite. Elle s'est retrouvée exilée du monde qui aurait dû être le sien. Déclassée. Il y a une réelle démocratisation, dans sa souffrance.

— Quelle est l'origine de ses malheurs?

— L'origine de ses malheurs, c'est son beau-père. C'est le mal tel qu'il existe dans la grande bourgeoisie. Ses parents ont divorcé quand elle avait cinq ans. Son Crésus de père a pris sa ravissante mère en flagrant délit d'infidélité. La mère aimait l'argent, elle a donc épousé un autre homme argenté. Et ce riche parâtre était toujours après Faunia. Il a commencé à la peloter le jour de son arrivée. Cette enfant blonde, angélique, il passait son temps à la tripoter, à lui mettre un doigt, c'est quand il a voulu la baiser qu'elle est partie. Elle avait quatorze ans. Sa mère a refusé de la croire. On l'a emmenée chez le psychiatre. Faunia lui a raconté ce qui se passait, au bout de dix séances, il a pris le parti de son beau-père. "Il a pris le parti de ceux qui le payaient, dit Faunia, comme tout le monde." La mère a eu une liaison avec le psychiatre, après. Voilà l'histoire, comme elle la raconte, voilà ce qui l'a lancée dans la vie d'une gamine des rues qui doit se débrouiller toute seule. Elle s'est enfuie de chez elle, de son lycée, elle est partie dans le Sud, elle y a travaillé, elle est revenue par ici, elle a pris tous les boulots qui se présentaient, et à vingt ans elle a épousé un fermier, plus âgé qu'elle, un ancien du Vietnam, en se disant que s'ils travaillaient dur, s'ils élevaient des gosses, s'ils faisaient tourner la ferme, alors elle pourrait avoir une vie stable, comme tout le monde, même s'il était un peu débile, surtout s'il était un peu débile. Elle se disait qu'elle gagnerait peut-être à être la tête pensante du couple. Elle s'est dit qu'elle aurait l'avantage. Elle se trompait. Ils n'ont eu que des ennuis. La ferme a périclité. "Cet abruti, me dit-elle, il a acheté un tracteur de trop." Et il la battait régulièrement. Il la battait comme plâtre. Vous savez ce qu'elle présente comme le meilleur moment de leur vie commune ? L'événement qu'elle appelle "la grande bataille de bouse chaude". Un soir, ils étaient dans l'étable après la traite et ils se disputaient, et puis

48

voilà qu'à côté d'elle une vache chie une grosse bouse ; alors Faunia en ramasse à pleines mains, et la balance à la figure de Lester. Il riposte et ça commence comme ça. Elle me dit : "Cette bataille de bouse chaude, c'est peut-être le meilleur moment qu'on a connu ensemble." Pour finir, ils étaient couverts de bouse et ils hurlaient de rire, alors ils se sont lavés au jet dans l'étable, et ils sont rentrés baiser. Mais ça, c'était pousser la plaisanterie trop loin. Ça ne valait même pas un pour cent de la rigolade de la bataille. Baiser avec Lester n'a jamais été un plaisir pour elle — selon Faunia, il s'y prenait mal. "Même pour baiser comme il faut, il était trop débile." Quand elle me dit que je suis l'amant idéal, je lui réponds que bien sûr, après Lester, elle peut toujours le croire...

— Et se battre depuis l'âge de quatorze ans contre tous les Lester de l'existence à coups de bouse chaude, ça l'a rendue comment, à trente-quatre ans, à part sauvagement sage ? Dure ? Sagace ? Enragée ? Folle ?

— Cette vie de bataille l'a endurcie, sur le plan du sexe, c'est une dure, sans aucun doute, mais ça ne l'a pas rendue folle, pour autant que j'aie pu le voir jusqu'ici. Quant à la rage, si elle en a — et pourquoi n'en aurait-elle pas ? —, ce doit être une rage fugace, une rage qui n'en est pas une. Et pour quelqu'un qui semble vraiment n'avoir jamais eu de chance, elle ne s'apitoie pas sur son sort — ou, en tout cas, pas en ma présence. Mais alors, sagace, non. Elle dit parfois des choses qui peuvent le paraître. Elle dit : "Tu devrais peut-être me considérer comme une compagne de ton âge, mais qui paraît plus jeune. Je crois que j'en suis là." Quand je lui ai demandé : "Qu'est-ce que tu attends de moi ?" elle m'a répondu : "De la camaraderie. Peut-être un peu de savoir. Du sexe. Du plaisir. T'en fais pas, rien de plus." Un jour que je lui disais qu'elle avait une sagesse au-dessus de son âge, elle m'a répondu : "J'ai une sottise au-dessus de mon âge." Elle était manifestement plus intelligente que Lester, mais sagace ? Non. Par certains côtés, Faunia aura toujours quatorze ans, elle sera aussi peu sagace que possible. Elle a eu une liaison avec son patron, le gars qui l'a engagée, Smoky Hollenbeck. Lui, c'est moi qui l'ai fait entrer. Il administre les bâtiments. C'était une vedette du foot, ici. Dans les années soixante-dix, je l'ai connu étudiant. À présent, il est ingénieur civil. Il embauche Faunia dans son personnel d'entretien, et, au moment même où il l'engage, elle comprend ce qu'il a en tête : elle l'attire. Il est coincé dans un mariage morne, mais il ne lui en veut pas pour ça. Il ne la regarde pas avec mépris en pensant : Pourquoi tu t'es pas casée, pourquoi tu continues de traîner partout et de coucher avec tout le monde ? Ce n'est pas lui qui aura des complexes de supériorité bourgeoise. Il fait tout ce qu'il faut faire, et il le fait très bien. Il a une femme et des gosses — cinq gosses —, il est marié autant qu'on peut l'être, c'est un héros du sport qui est resté à la fac, on l'admire, on l'aime, en ville — mais il a un don : il sait sortir de son personnage. On ne l'imaginerait pas quand on parle avec lui. C'est le conformiste intégral, qui fait tout ce qu'il doit faire comme il doit le faire. On croirait qu'il est totalement dupe de son personnage. On croirait qu'il va se dire : Cette pétasse avec sa vie de merde, qu'elle se tire de mon bureau. Mais pas du tout. Contrairement à tout Athena, il n'est pas prisonnier de la légende de Smoky Hollenbeck au point de ne pas penser : Voilà de la chatte et de la vraie, j'aimerais bien la baiser. Ou d'être incapable de passer à l'acte. Il la baise, Nathan. Il couche avec elle et une autre femme de ménage. Il les baise ensemble.

50

Ça dure six mois. Et puis arrive sur place une femme dans l'immobilier, récemment divorcée, et elle entre dans la danse. C'est le multiplex de Smoky. Son tiroir secret à triple fond. Mais au bout de six mois, il largue Faunia — il la vire du circuit. Je ne savais rien de tout ça avant qu'elle me le dise. Et si elle me l'a dit, c'est qu'un soir, au lit, les yeux chavirés, elle m'a appelé par son nom. Elle m'a chuchoté : "Smoky." À cheval sur mon Smoky ! Le fait qu'elle ait fait partie de son ménage à trois et quatre m'a donné une idée plus juste de cette luronne. Et fait monter les enchères ! Ça m'a quand même dopé le moral, je dois dire : c'était pas un amateur, le type. Je lui demande comment fait Smoky pour recruter ses hordes, et elle me dit : "À la force de la bite. — Explique-toi. — Tu sais, quand une baiseuse entre dans une pièce, un homme le sait. Eh ben, dans l'autre sens, c'est pareil. Il y a des gens, ils peuvent toujours se déguiser, tu comprends pour quoi ils sont là." Il n'y a guère qu'au lit qu'elle fasse montre de sagacité, Nathan. D'une sagacité physique spontanée qui a le premier rôle, en l'occurrence, le second rôle étant tenu par l'audace transgressive. Au lit, rien n'échappe à l'attention de Faunia. Sa chair a des yeux, sa chair voit tout. Au lit, c'est un être unifié, cohérent, puissant, dont le plaisir est de passer les bornes. Au lit, Faunia, c'est une lame de fond. Peut-être est-ce la contrepartie de cette vie de mauvais traitements. Quand on descend dans la cuisine, que je bats une omelette, qu'on se met à table tous deux, c'est une gamine. Ça aussi, c'est peut-être une conséquence des mauvais traitements. J'ai en face de moi une gamine incohérente, distraite, au regard vide. Ça ne se produit que là, mais chaque fois qu'on mange, c'est pareil, je me retrouve avec ma môme. On dirait que c'est son seul côté filial. Elle n'arrive pas à se tenir droite, elle est incapable d'aligner deux phrases qui se tiennent. Toute cette non-chalance avec laquelle elle semble prendre le sexe et la tragédie disparaît, et je me retrouve là, à avoir envie de lui dire : "Ne te vautre pas sur ta chaise, évite de plonger la manche de mon peignoir dans ton assiette, essaie d'écouter ce que je te dis, et puis regarde-moi, bon Dieu, quand tu me parles."

— Et vous le lui dites ?

— Je ne crois pas que ce serait une bonne idée. Non, je ne le lui dis pas — tant que je préfère préserver l'intensité de ce que nous vivons ensemble. Je pense à cette boîte en fer, sous son lit, où elle conserve les cendres dont elle ne sait pas quoi faire, et j'ai envie de dire : "Ça fait deux ans. Il est temps de les enterrer. Si tu ne peux pas les mettre en terre, va à la rivière et répands-les depuis le pont. Laisse-les flotter, laisse-les partir au fil de l'eau. Je vais venir avec toi, on fera ça tous les deux." Mais je ne suis pas le père de cette fille ; ce n'est pas le rôle que je joue dans cette affaire. Je ne suis pas son professeur, je ne suis plus le professeur de personne. J'ai enseigné, j'ai corrigé, j'ai conseillé, j'ai fait passer des examens, j'ai éclairé les esprits, je suis à la retraite. Je suis un homme de soixante et onze ans, avec une maîtresse de trente-quatre, ce qui me rend indigne, dans notre bon État du Massachusetts, de donner des leçons à qui que ce soit. Je prends du Viagra, Nathan. C'est ça, La Belle Dame sans Merci. Toute cette turbulence, ce bonheur, je les dois au Viagra. Sans le Viagra, je ne vivrais rien de tout ça. Sans le Viagra, j'aurais une image du monde appropriée à mon âge, et des intentions toutes différentes. Sans le Viagra, j'aurais la dignité d'un vieux monsieur libéré du désir, et qui se conduit comme il faut. Je ne serais pas en train de faire quelque chose d'insensé. Je ne serais pas en train de faire quelque chose d'inconvenant, de téméraire, qui m'attire de l'opprobre et qui risque d'être désastreux pour toutes les personnes concernées. Sans le Viagra, je continuerais, sur le déclin de mon âge, à entretenir la largeur de vue détachée d'un homme de culture et d'expérience, qui a pris sa retraite à l'issue de bons et loyaux services après avoir depuis longtemps renoncé aux plaisirs de la chair. Je continuerais de tirer des conclusions philosophiques profondes sur l'existence, et d'avoir une influence morale apaisante sur les jeunes, au lieu de me replonger dans ce perpétuel état d'urgence qu'est l'intoxication sexuelle. Grâce au Viagra, je viens de comprendre les transformations amoureuses de Zeus. C'est comme ça qu'on aurait dû appeler le Viagra, du Zeus. »

Est-il stupéfait de me faire ces confidences ? C'est bien possible. Mais il s'en trouve trop animé pour s'arrêter. La pulsion est la même que celle qui l'a poussé à danser avec moi. Oui, ai-je pensé, ce n'est plus d'écrire *Zombies* qui lui permet de rebondir après son humiliation, c'est de baiser Faunia. Mais ça n'est pas la seule chose qui le pousse. Il y a le désir de laisser sortir la bête en lui, de libérer cette force — l'espace d'une heure, de deux heures, peu importe la durée, de donner libre cours à la nature. Il est resté marié longtemps. Il a eu des gosses. Il a été doyen de la faculté. Pendant quarante ans, il a fait ce qu'il avait à faire. Il avait du boulot, et la nature, la bête en lui, il les a remisées dans une boîte. Or voilà que cette boîte est ouverte. Le doyen, le père, le mari, l'universitaire, le lecteur de livres, le conférencier, celui qui corrigeait les devoirs, qui mettait des notes, c'est fini. Certes, à soixante et onze ans, on n'est plus la bête joyeusement assoiffée de sexe qu'on était à vingt-six. Mais il reste des vestiges de la bête, des vestiges de la nature — et il renoue avec ces vestiges. Et ça le rend heureux, il est reconnaissant de cet état de fait. Il est même plus qu'heureux, il est en émoi, et le voilà lié à elle, déjà profondément lié à elle à cause de cet émoi. Ce n'est pas la famille qui lui fait cet effet — la biologie n'a que faire de lui, aujourd'hui. Ce n'est pas la famille, ni les responsabilités, ce n'est pas le devoir, ce n'est pas l'argent, ce n'est pas le partage d'une philosophie, ou l'amour de la littérature, ce n'est pas les grandes discussions sur de grandes idées. Non, ce qui le lie à elle, c'est cet émoi. Demain, il développera un cancer, et boum. Mais aujourd'hui, l'émoi est là.

Pourquoi me le raconter ? Parce que, pour qu'il puisse s'y abandonner librement, il faut que quelqu'un le sache. Il est libre de s'abandonner, me disais-je, parce qu'il n'y a pas d'enjeu. Parce qu'il n'y a pas d'avenir. Parce qu'il a soixante et onze ans, et elle trente-quatre. Il n'est pas là pour apprendre, pour faire des projets, mais pour l'aventure ; il est dans cette liaison pour la même raison qu'elle : pour le plaisir. Ces trente-sept années d'écart lui donnent beaucoup de licence. Lui, le vieillard qui connaît pour la dernière fois la charge sexuelle. Quoi de plus émouvant, pour qui que ce soit ?

« Bien sûr, je ne peux pas m'empêcher de me demander ce qu'elle fait avec moi, elle. Qu'est-ce qui lui passe par la tête, au fond ? C'est une expérience nouvelle et excitante d'être avec un homme qui pourrait être son grand-père ?

— Il faut croire que ce type de femme existe. Tous les autres types se rencontrent, pourquoi pas celles pour qui c'est une expérience excitante ? Écoutez, il y a manifestement un service, quelque part, une agence fédérale qui traite le cas des vieux messieurs, et c'est cette agence qui l'envoie.

— Moi, quand j'étais jeune, je n'allais jamais avec des femmes laides. Mais dans la marine, j'avais un copain, Farriello, les laides, c'était sa spécialité. À Norfolk, si on allait à un bal paroissial, à une soirée pour troufions, il se dirigeait tout droit vers la fille la plus laide. Quand je me moquais de lui, il me disait que je ne savais pas ce que je perdais. Elles sont frustrées, il me disait. Elles sont pas aussi belles que les princesses que tu choisis, alors elles font tout ce que tu veux. La plupart des hommes sont bien bêtes, ils savent pas ce qu'ils perdent. Ils comprennent pas que si on aborde la femme la plus laide, c'est celle qui sera la plus extraordinaire. À condition de la débloquer, bien sûr. Mais si on y arrive? Si on y arrive, on sait pas très bien quoi faire au début, tellement elle est vibrante. Tout ça parce qu'elle est laide. Qu'on ne la choisit jamais. Qu'elle fait tapisserie pendant que les autres dansent. Voilà l'effet que ça fait d'être un vieillard. C'est comme d'être un laideron. On fait tapisserie au bal.

— Alors Faunia est votre Farriello?

— En quelque sorte, a-t-il dit avec un sourire.

— Ma foi, en tout cas, grâce au Viagra, vous n'êtes plus torturé par l'écriture de ce bouquin.

— Je crois que c'est ça. Je crois que c'est vrai. Cette ânerie de livre. Et je ne vous ai pas dit que Faunia est illettrée? J'ai découvert ça un soir qu'on avait pris la voiture pour aller dîner dans le Vermont; elle savait pas lire le menu. Elle l'a balancé. Quand elle veut afficher un air de mépris, elle a une façon de retrousser une moitié de lèvre supérieure, à peine, et de dire ce qu'elle a sur le cœur. C'est donc avec un air de mépris qu'elle a dit à la serveuse : "La même chose que pour lui, kif-kif."

— Puisqu'elle est allée à l'école jusqu'à l'âge de quatorze ans, comment se fait-il qu'elle ne sache pas lire?

— Il semble que sa capacité de lecture ait disparu

avec l'enfance où elle avait appris. Je lui ai demandé comment c'était possible, mais elle s'est contentée de rire. "Ç'a été facile", elle m'a répondu. Les bons esprits éclairés d'Athena ont essayé de la persuader de suivre des cours d'alphabétisation, mais elle n'a rien voulu savoir. "Et toi, ne va pas essayer de m'apprendre. Tu peux me faire ce que tu veux, ce que tu veux, elle m'a dit ce soir-là, mais viens pas me faire chier avec ça. J'ai déjà du mal à entendre parler les autres. Mais si tu commences à m'apprendre, si tu me forces, si tu m'obliges à apprendre à lire, ce sera toi qui me pousseras à bout." Sur tout le chemin du retour, je n'ai pas ouvert la bouche, et elle non plus. Nous n'avons plus échangé un seul mot avant d'arriver chez moi. "Baiser une femme qui sait pas lire, c'est trop pour toi, elle m'a dit, tu vas me larguer parce que je suis pas quelqu'un de bien, quelqu'un de légitime, qui sait lire. Tu vas me dire : Apprends ou barre-toi. — Non, je vais te baiser encore bien plus fort du fait que tu ne saches pas lire. — Tant mieux, alors, on se comprend. Je baise pas comme celles qui savent lire, et je veux pas qu'on me baise comme elles. — Je vais te baiser pour ce que tu es. — Excellente idée", elle a dit. On riait déjà tous les deux. Faunia a le rire de la barmaid qui cache une batte de base-ball sous le comptoir en cas de grabuge ; elle a ri de son rire, de son rire de bagarreuse. "J'en ai vu de toutes les couleurs, moi, m'sieur", vous savez, le rire facile et vulgaire des femmes qui ont un passé ; et elle était déjà en train de me défaire la braguette. Mais elle avait mis dans le mille, j'avais bien décidé de la quitter. Sur tout le chemin du retour, je m'étais dit exactement ce qu'elle pensait. Mais je n'en ferai rien. Je ne vais pas lui imposer ma précieuse vertu. Ni me l'imposer à moi-même. C'est fini. Je sais que ces choses-là se paient. Je sais qu'on ne peut pas prendre d'assurance dessus. Je sais que ce qui vous fait revivre peut aussi vous tuer. Je sais qu'à l'origine de toutes les erreurs qu'un homme peut commettre, il y a en général un coup d'accélérateur sexuel. Mais pour l'instant, je m'en fous. Je me réveille le matin, il y a une serviette de toilette par terre, de l'huile pour bébé sur la table de nuit. Qu'est-ce que ça fait là ? Et puis je me rappelle. Ça fait que je suis revenu à la vie. J'ai replongé dans le tourbillon. Parce que c'est ça, Être, avec un grand E. Je ne la quitterai pas, Nathan, je l'appelle déjà Volupté. »

Il y a quelques années, on m'a opéré d'un cancer de la prostate ; cette intervention, quoique réussie, n'a pas été sans séquelles fâcheuses, inévitables en pareil cas lorsque les nerfs sont touchés et qu'il y a des cicatrices internes : je suis incontinent. En rentrant de chez Coleman, je me suis empressé donc de jeter la protection hygiénique que je porte nuit et jour, glissée dans mon slip, comme on glisse un hot-dog dans le pain. Étant donné qu'il faisait chaud ce jour-là, que je ne sortais pas en public, j'avais essayé de m'en tirer en passant un simple caleçon de coton sur la serviette hygiénique plutôt qu'un slip en plastique ; résultat, un peu d'urine avait suinté et je découvris en rentrant une auréole sur le devant de mon pantalon kaki, assortie d'une légère odeur désagréable — les serviettes sont désodorisantes, mais là, il passait quelque chose. Coleman et son récit m'avaient tellement passionné que j'en avais oublié de me contrôler. Tout le temps que j'étais chez lui, à boire de la bière, à danser avec lui, à suivre avec attention cette description si claire, à la rationalité si prévisible, par laquelle il s'appliquait à rendre moins déstabilisant le tour que sa vie avait pris, j'en avais négligé de me surveiller comme je le fais tant que je ne dors pas, si bien que ce qui m'arrive de temps en temps m'était arrivé ce soir-là.

Certes, aujourd'hui, je ne me laisse plus abattre par une mésaventure de ce genre comme lors des mois qui ont suivi l'opération, où je commençais à gérer le problème de manière empirique, moi qui avais toujours eu ma liberté et mes aises, en tant qu'adulte maîtrisant parfaitement les fonctions de son corps, et en mesure de vaquer, depuis une soixantaine d'années, à ses occupations quotidiennes sans se soucier de l'état de ses sous-vêtements. Pourtant, il me vient un accès de détresse lorsque je suis confronté à une aggravation du handicap ordinaire qui fait désormais partie de ma vie. Et je suis encore au désespoir de constater que ce type de contingences, qui définit en somme la petite enfance, ne pourra jamais trouver d'amélioration.

L'opération m'a en outre rendu impuissant. Ce remède médical qui venait de sortir en 1998 et qui, depuis sa récente sortie sur le marché, semblait bien fonctionner comme un élixir-miracle, en rendant leur puissance à Coleman et à bien d'autres hommes âgés mais en bonne santé, ne peut rien pour moi à cause des dégâts causés aux nerfs par l'opération. Pour les gens comme moi, le Viagra ne marche pas, mais quand bien même il aurait été efficace, je doute que j'en aurais pris.

Car je tiens à le préciser, ce n'est pas l'impuissance qui m'a réduit à cette existence de reclus. Bien au contraire. Je vivais et travaillais depuis dix-huit mois déjà dans cette maison de deux pièces au fond des Berkshires, lorsqu'un examen médical de routine a dépisté un cancer de la prostate, et, un mois plus tard, après les examens complémentaires, je suis allé à Boston me faire opérer. Ce que je veux dire, c'est qu'en m'installant ici je m'étais délibérément retiré de la sarabande du sexe, et cela, non pas parce que mes pulsions ni même mes érections auraient faibli de manière significative, mais parce que je n'arrivais plus à faire face aux exigences exorbitantes du sexe, à trouver l'esprit, la force, la patience, l'illusion, l'ironie, l'ardeur, l'égoïsme, la résistance — ou bien la solidité, l'astuce, la malhonnêteté, la dissimulation, la duplicité, le professionnalisme érotique nécessaires pour vivre avec ses implications déroutantes et contradictoires. Le résultat, c'est que le choc opératoire à la perspective de l'impuissance permanente a été atténué par l'idée que cette intervention me vouait seulement à m'en tenir à mon renoncement volontaire ; elle n'avait finalement fait qu'appliquer de manière radicale une décision prise par moi-même, sous la pression de toute une vie d'imbroglios, mais prise à une époque de puissance sexuelle pleine et entière et toujours mobilisée, où la manie téméraire de l'homme de répéter l'acte jusqu'à plus soif se donnait libre cours, sans être entravée par des problèmes physiologiques.

Ce n'est que lorsque Coleman me parla de lui et de sa Volupté que toutes mes illusions réconfortantes sur la sérénité qu'apporte une retraite éclairée s'évanouirent, et que je perdis complètement l'équilibre. Je restai éveillé jusqu'au matin, sans plus de pouvoir sur mes pensées que n'en aurait un fou, hypnotisé par leur couple, lui comparant la loque que j'étais devenu. Je demeurai éveillé sans même m'empêcher de reconstruire en imagination cette « audace transgressive » à laquelle Coleman refusait de renoncer. Et ce fox-trot que nous avions dansé ensemble, moi l'eunuque inoffensif, et lui qui participait encore à la frénésie érotique avec toute sa puissance et sa vitalité, me semblait tout à coup fort éloigné des charmes de l'autodérision.

Comment peut-on dire : « Non, ça ne fait pas partie de la vie », alors qu'il n'en est rien. L'infection du sexe, cette corruption rédemptrice qui désidéalise l'espèce, et nous remet en mémoire, pour jamais, de quelle matière nous sommes faits.

En milieu de semaine suivante, Coleman a reçu la lettre anonyme longue d'une phrase avec sujets, apparent et réel, verbes et compléments, plus adjectifs et adverbe choisis avec soin, hardiment rédigée d'une grosse écriture sur une feuille de papier machine blanc. C'était un message de vingt et un mots, accusateur, qui remplissait toute la page.

> Il est de notoriété publique
> que vous exploitez sexuellement
> une femme opprimée et illettrée
> qui a la moitié de votre âge.

L'adresse comme la lettre elle-même avaient été écrites au stylo bille rouge. Malgré le cachet de la poste (New York), Coleman avait reconnu d'emblée l'écriture : c'était celle de la jeune Française qui avait été son chef de département après qu'il avait quitté ses fonctions de doyen pour revenir à l'enseignement, et qui avait compté parmi les plus acharnés à le dénoncer comme raciste et à le sanctionner d'avoir lancé cette insulte à ses étudiants noirs absents.

Dans ses dossiers *Zombies*, sur plusieurs des documents relatifs à son affaire, il avait trouvé des échantillons d'écriture le confirmant dans l'idée que Delphine Roux, du département de Lettres, était son corbeau. Elle n'avait d'ailleurs pris la peine d'écrire en lettres d'imprimerie que les deux premiers mots, et n'avait pas fait d'effort pour lancer Coleman sur une autre piste en déguisant son écriture. Peut-être en avait-elle l'intention au départ, mais il fallait croire qu'elle y avait renoncé, ou qu'elle l'avait oubliée au-delà du « il est de notoriété publique que ». Sur l'enveloppe, elle avait même laissé les barres des 7, dans l'adresse et le code postal, trahir ses origines européennes. Cette négligence, curieuse dans une lettre anonyme, à cacher les signes de son identité, aurait pu s'expliquer par un état d'agitation extrême qui l'aurait empêchée de réfléchir avant la mise à feu de la lettre, seulement voilà, celle-ci n'avait pas été postée sur place, et en toute hâte, mais bien, à en juger par le cachet de la poste, transportée à quelque deux cents kilomètres au sud avant d'y être glissée dans une boîte. Peut-être la jeune femme se figurait-elle qu'il n'y avait rien d'assez caractéristique, d'assez excentrique dans son écriture pour qu'il puisse l'avoir gardée en mémoire depuis le temps où il était doyen. Peut-être avait-elle oublié les documents relatifs à l'affaire, les notes prises lors de ses deux entretiens avec Tracy Cummings et transmises à la commission d'enquête universitaire en même temps que le rapport final signé par elle. Peut-être ne se rendait-elle pas compte que, à la demande de Coleman, la commission lui avait fait parvenir photocopie des notes originales et de toutes les autres données relatives à la plainte déposée contre lui. Ou encore il lui était égal qu'il découvrît qui de la faculté avait éventé son secret ; peut-être voulait-elle le narguer par la menace agressive d'une accusation anonyme, et du même coup lui laisser entendre qu'aujourd'hui son accusateur était loin d'être sans pouvoir.

L'après-midi où Coleman m'a appelé pour me demander d'examiner cette lettre anonyme, tous les échantillons de l'écriture de Delphine Roux étaient soigneusement disposés sur la table de cuisine ; il y avait à la fois les originaux et les photocopies qu'il avait déjà parcourus, et sur lesquels il avait déjà encerclé, en rouge, chaque trait de stylo qu'il voyait reproduire ceux de la lettre anonyme. Il en ressortait essentiellement des lettres isolées, un s, un x, ici un mot terminé par un e à grande boucle, là un e qui ressemblait à un i parce qu'il était niché contre le d qui le précédait, mais plus courant dans son dessin quand il précédait le t. Cependant, si les similitudes étaient déjà assez notables, lorsqu'il me montra l'enveloppe où son nom s'étalait en regard des endroits où il apparaissait dans les notes d'entretien avec Tracy Cummings, je me suis dit qu'il avait incontestablement épinglé la coupable qui croyait l'épingler.

Il est de notoriété publique
que vous exploitez sexuellement
une femme opprimée et illettrée
qui a la moitié de votre âge.

Tandis que je tenais la lettre en main avec toutes les précautions possibles et que — à sa demande — je réfléchissais au choix des mots et à leur déroulement linéaire comme je l'aurais fait pour un poème d'Emily Dickinson, Coleman m'a expliqué que c'était Faunia, avec sa sagesse sauvage, et non pas lui, qui avait imposé le secret sur cette liaison que Delphine Roux avait découverte et menaçait à mots couverts de révéler. « Je veux pas qu'on se mêle de ma vie. Je veux pouvoir m'envoyer en l'air sans qu'on me mette la pression, tranquillement, en douce, une fois par semaine, avec un homme qui a tout vécu, et qui est bien peinard. Et ça, putain, ça regarde personne ! »

Mais la personne que « ça regardait », c'était surtout Lester Farley, son ex-mari. Non pas d'ailleurs qu'il ait été le seul à la brutaliser dans sa vie — « Comment veux-tu, je me débrouille toute seule depuis l'âge de quatorze ans, alors... » Quand elle avait dix-sept ans, par exemple, et qu'elle travaillait comme serveuse en Floride, son petit ami de l'époque, non content de la frapper et de saccager son appartement, lui avait volé son vibromasseur. « Ça, ça m'a fait de la peine », commentait-elle. Ces mauvais traitements avaient toujours pour cause la jalousie. Elle avait regardé un autre homme, elle avait encouragé les regards d'un autre homme, elle n'avait pas expliqué de manière convaincante où elle avait passé l'heure précédente, elle avait dit ce qu'il ne fallait pas, sur le ton qu'il ne fallait pas, elle avait signifié (comment, elle se le demandait !) qu'elle n'était qu'une traînée, une salope pas fiable qui le trompait — quelle que soit la raison, quel que soit l'homme, il la bourrait de coups de poing et de coups de pied, et elle se retrouvait à hurler au secours.

Lester Farley l'avait envoyée deux fois à l'hôpital l'année précédant leur divorce, et il habitait encore quelque part dans les montagnes ; depuis sa faillite, il travaillait pour la municipalité à l'entretien des routes, et comme il ne faisait aucun doute qu'il était toujours fou, elle avait peur pour Coleman, disait-elle, autant que pour elle, si jamais son ex-mari découvrait ce qui se passait. Elle soupçonnait que c'était la raison pour laquelle Smoky l'avait larguée précipitamment : il avait dû se heurter à Farley, ou même avoir une altercation avec lui puisque Les Farley, qui pistait chroniquement sa femme, avait découvert sa liaison avec son patron, malgré les précautions que ce dernier prenait dans le choix des lieux de ses frasques, toujours bien cachés au fin fond de bâtiments anciens dont seul l'administrateur pouvait connaître l'existence, et auxquels lui seul pouvait avoir accès. Pour téméraire qu'il ait pu paraître de recruter ses maîtresses parmi les femmes de ménage et de leur donner des rendez-vous galants sur le campus, il était cependant aussi méticuleux dans l'organisation de ses plaisirs que dans son travail pour l'université. Avec la même efficacité qu'il dégageait les routes du campus par temps de blizzard, il savait, le cas échéant, se débarrasser de l'une de ses partenaires.

« Qu'est-ce que je pouvais faire ? m'a demandé Coleman. Je n'étais pas contre l'idée de cacher notre liaison, avant même d'avoir entendu parler de cet ex-mari violent. Je me doutais qu'il allait arriver quelque chose dans ce genre-là. Sans parler du fait que j'ai été le doyen de cette fac dont elle nettoie les chiottes, j'ai soixante et onze ans et elle trente-quatre. Déjà, ça aurait suffi, je pouvais en être sûr. Alors quand elle m'a dit que ça ne regardait personne, je me suis dit, elle prend les choses en main, pas la peine que je mette la question sur le tapis. On va jouer aux amants adultères ? Pas de problème ! C'est pour ça qu'on allait dîner dans le Vermont, et que si on vient à se croiser à la poste, on ne se dit même pas bonjour.

— Peut-être qu'on vous a vus dans le Vermont. Peut-être qu'on vous a vus en voiture tous les deux.

— C'est vrai, c'est probablement ce qui s'est passé. C'est peut-être même Farley qui nous a vus. Ça faisait bientôt cinquante ans que je n'avais pas eu de rendez-vous avec une fille, Nathan, bon Dieu ! Je pensais que le restaurant... quel imbécile !

— Mais non, ça n'avait rien d'une imbécillité. Non, non, vous vous êtes mis à étouffer. Écoutez, Delphine Roux, je ne prétends pas comprendre pourquoi il lui importe si passionnément de savoir qui vous baisez depuis que vous êtes à la retraite, mais puisque nous savons qu'il y a des gens qui ont du mal à supporter ceux qui ne se plient pas aux conventions, mettons qu'elle fasse partie de ces gens. Mais pas vous. Vous, vous êtes libre. Vous êtes libre et indépendant. Libre, indépendant, et vieux. Vous avez beaucoup perdu en quittant le campus, mais voyez ce que vous avez gagné. Ce n'est plus à vous d'éclairer qui que ce soit, c'est vous qui l'avez dit. Il ne s'agit pas d'un test pour voir si vous savez ou non vous émanciper des contraintes sociales quelles qu'elles soient. Vous avez beau être en retraite, vous n'en êtes pas moins un homme qui a passé presque toute sa vie au sein d'une communauté universitaire, de sorte que, si j'ai bien compris, cette liaison est pour vous très insolite. Peut-être que vous n'avez jamais voulu rencontrer Faunia. Ou vous croyez peut-être que ça serait mal d'avoir voulu la rencontrer. Mais les défenses les plus fortes sont criblées de faiblesses, et voilà que s'insinue la dernière des choses que vous auriez prévue. À soixante et onze ans, vous rencontrez Faunia. En 1998, vous rencontrez le Viagra ; et c'est le retour de quelque chose que vous aviez presque oublié. Cet énorme réconfort. Ce pouvoir brut. Cette intensité qui désoriente. Elle tombe du ciel, la dernière folie amoureuse de Coleman Silk. Pour autant que l'on sache, sa dernière folie amoureuse de dernière *minute*. Alors les détails de la biographie de Faunia Farley forment un contraste invraisemblable avec la vôtre. La dame ne correspond pas au modèle de partenaire érotique dicté par les convenances à un homme de votre âge et de votre statut — à supposer que partenaire érotique on lui accorde. Et les conséquences du fameux mot "zombies" que vous avez prononcé, elles lui correspondent à ce modèle de décence ? Et l'attaque d'Iris ? Ignorez cette lettre d'une sombre bêtise. Pourquoi la laisseriez-vous vous empêcher de vivre ?

— Une lettre *anonyme* d'une sottise absurde. Qui

peut bien m'avoir envoyé une lettre anonyme ? Quel être doué de raison envoie des lettres anonymes ?

— Peut-être que ça se fait, en France. Est-ce qu'on n'en trouve pas beaucoup chez Balzac ? Chez Stendhal ? Il n'y en a pas dans *Le Rouge et le Noir* ?

— Ça ne me rappelle rien.

— Écoutez, pour une raison ou pour une autre, tout ce que vous faites doit être mis sur le compte de l'absence de scrupules, et tout ce que fait Delphine Roux doit l'être sur le compte de la vertu. La mythologie est pleine de géants, de monstres et de dragons, non ? En vous définissant comme un monstre, elle se définit comme une héroïne. C'est comme ça qu'elle terrasse le dragon. C'est comme ça qu'elle venge les êtres sans défense qui sont votre proie. Elle donne à tout ça une dimension mythologique. »

Au sourire indulgent qu'il m'a fait, je vis bien que je ne nous avançais pas à grand-chose en débitant, même pour rire, une interprétation pré-homérique de l'accusation anonyme. « Ce n'est pas dans la construction d'un mythe que vous allez trouver comment fonctionnent ses mécanismes mentaux, me dit-il. Elle n'aurait pas l'imagination qu'il faut pour fabriquer du mythe. Son *métier**[1] à elle, ce sont les histoires que les paysans racontent pour expliquer leurs misères. Le mauvais œil. Les envoûtements. J'ai envoûté Faunia Farley. Son *métier**, ce sont les contes folkloriques, avec des sorcières et des sorciers. »

À présent, nous nous amusions, et je me rendais compte que, dans mes efforts pour le distraire des ravages de son dépit en défendant la priorité du plaisir, je venais de donner un coup de pouce à sa

---

1. Les mots en italique suivis d'un astérisque sont en français dans le texte original.

sympathie pour moi, tout en laissant ouvertement paraître ma sympathie pour lui. J'en débordais, et je le savais. Je m'étonnais moi-même d'être si désireux de lui plaire ; j'en faisais trop, j'expliquais trop, je m'impliquais trop, je m'excitais trop, comme un môme qui pense avoir trouvé son alter ego auprès du gamin qui vient d'arriver dans le quartier, si bien qu'il est irrésistiblement happé par cette cour qu'il va lui faire, qu'il ne se conduit pas comme d'habitude, et qu'il se découvre bien davantage qu'il ne le voudrait. Mais depuis qu'il avait tambouriné à ma porte, le lendemain de la mort d'Iris, pour me proposer d'écrire *Zombies*, je m'étais laissé aller, sans le moindre calcul ni la moindre arrière-pensée, à une amitié sérieuse avec Coleman Silk. Je ne m'intéressais pas à sa situation par pur plaisir intellectuel. Ses problèmes m'importaient, et ce malgré ma détermination à ne consacrer le peu de temps qui me reste qu'aux exigences quotidiennes de mon travail, à ne me laisser absorber que par une masse de travail, en quête de cette seule aventure — au point de n'avoir même pas de vie privée à moi, encore moins celle d'un autre.

C'est avec déception que j'ai pris conscience de tout cela. Pour renoncer à la société, s'abstenir de toute distraction, s'imposer le détachement de toute ambition professionnelle et de toute illusion sociale, de tout poison culturel, et de toute intimité séduisante, pour s'astreindre à la réclusion rigoureuse des ermites qui se claustrent dans des cellules, des cavernes ou des huttes au fin fond des forêts, il faut une trempe plus opiniâtre que la mienne. Dans ma solitude, je ne tenais que depuis cinq ans — cinq ans passés à lire et à écrire à quelques kilomètres sur les hauteurs de la Madamaska Mountain, dans une agréable maison de deux pièces située entre un petit étang et, par-delà un chemin de terre, des broussailles et un marécage de cinq hectares où les oies sauvages migratrices du Canada trouvent refuge chaque soir, et où un patient héron bleu pêche, solitaire, tout au long de l'été. Le secret, si l'on veut vivre dans le tumulte du monde tout en maintenant la douleur au plus bas, c'est d'entraîner autant de gens que possible dans ses illusions ; le secret, pour vivre seul ici, loin de l'agitation des imbroglios, des séductions, des attentes, et surtout à l'écart de sa propre intensité, c'est d'organiser le silence ; de considérer la plénitude du sommet de la montagne comme un capital, et le silence comme une richesse qui connaît une progression exponentielle. De considérer ce silence qui vous encercle comme un privilège acquis par choix, et d'y trouver votre seul ami intime. Le truc, pour citer Hawthorne une fois de plus, c'est de faire son miel de « la communication d'un esprit solitaire avec lui-même ». Le secret, c'est de faire son miel de l'héritage de Hawthorne, des morts talentueux.

Il m'avait fallu du temps pour affronter les difficultés résultant de ce choix, du temps et une patience de héron pour faire taire le désir de tout ce qui avait disparu de ma vie, mais au bout de cinq ans, j'étais devenu si habile à découper mes journées au bistouri qu'il n'y avait plus une seule heure de cette existence, où il ne se passait rien, qui ne comptât pour moi. Qui ne fût nécessaire, stimulante, même. Je ne me laissais plus aller au désir pernicieux d'une autre vie, et la dernière chose que j'aurais pu supporter, croyais-je, c'était de retrouver la compagnie durable de quelqu'un. La musique que j'écoute après dîner n'est pas un palliatif du silence, mais bien sa substantiation : écouter de la musique une heure ou deux, le soir, ne me prive pas du silence — la musique, c'est le silence réalisé comme un rêve. Les matins d'été, au saut du lit, je nage une demi-heure dans l'étang, et le reste de l'année, après une matinée passée à écrire — tant que la neige ne rend pas la randonnée impossible —, je passe deux heures par les chemins de montagne presque tous les après-midi. Il n'y a pas eu de rechute au cancer qui m'a coûté ma prostate. J'ai soixante-cinq ans, je suis en pleine forme, je travaille beaucoup — et je connais la musique. J'ai *intérêt* à la connaître.

Alors, puisque j'ai fait de mon isolement radical une existence riche, pleine, solitaire, pourquoi, de but en blanc, me sentirais-je en manque ? En manque de quoi ? Ce qui n'est plus là n'est plus là. On ne peut pas assouplir la rigueur, défaire les renoncements. En manque de quoi ? La réponse est simple : en manque de tout ce qui m'inspirait de l'aversion ; de tout ce à quoi j'avais tourné le dos. L'imbroglio de la vie.

C'était ainsi que Coleman était devenu mon ami, et que j'étais sorti de ma vie spartiate, seul dans ma maison isolée, faisant face aux mauvais coups du cancer. Coleman Silk m'avait fait rentrer dans la vie sur un air de fox-trot. D'abord la faculté d'Athena, et puis moi. C'était un catalyseur, cet homme-là. Au vrai, cette danse qui avait scellé notre amitié, c'était elle aussi qui me faisait prendre sa ruine pour sujet ; son déguisement pour sujet. Et qui faisait que je considérais comme un problème à résoudre par moi-même la présentation adéquate de son secret. C'est ainsi que je perdis la faculté de vivre à l'écart de la turbulence et de l'intensité que j'avais fuies. Il m'avait suffi de trouver un ami, et toute la malfaisance du monde s'était engouffrée par cette brèche.

Dans le courant de l'après-midi, Coleman m'a emmené à une dizaine de kilomètres de chez lui, jusqu'à un petit élevage de vaches laitières, pour me présenter Faunia, qui y faisait parfois la traite en échange de son hébergement. L'entreprise, lancée quelques années plus tôt, appartenait à deux divorcées écologistes qui s'étaient spécialisées dans l'étude de l'environnement à l'université, et qui, issues de familles de fermiers de la Nouvelle-Angleterre, avaient mis leurs ressources en commun ainsi que leurs jeunes enfants — six en tout —, qui, elles se plaisaient à le dire à leurs clients, n'avaient pas besoin de regarder *Sesame Street* pour savoir d'où vient le lait. Elles relevaient le défi presque impossible de gagner leur vie en vendant du lait cru. C'était une entreprise unique en son genre, qui n'avait rien à voir avec les grandes laiteries, rien d'impersonnel ou d'industriel, et où la plupart de nos contemporains auraient eu du mal à reconnaître une laiterie. Elle s'appelait L'Élevage biologique ; elle produisait et mettait en bouteilles le lait cru qu'on trouvait dans les supérettes du coin, ainsi que dans certains supermarchés, et qu'on vendait aussi sur place aux consommateurs qui en achetaient un minimum de dix litres par semaine.

Il n'y avait que onze vaches, toutes des Jersey de pure race, toutes dotées comme autrefois d'un nom de vache au lieu d'une étiquette dans l'oreille. Comme leur lait n'était pas coupé avec celui des grands troupeaux, où l'on introduit toutes sortes de produits chimiques, comme il n'était pas compromis par la pasteurisation, ni atomisé par l'homogénéisation, il prenait la nuance, et même le parfum quasi insoupçonnable, de ce que les vaches mangeaient au fil des saisons — une alimentation exempte d'herbicides, de pesticides, ou d'engrais chimiques ; et comme il était plus riche en nutriments que le lait coupé, il était très prisé des gens du coin, qui avaient à cœur de servir à leur famille des aliments naturels plutôt que standardisés. La ferme avait de solides partisans, surtout chez ceux qui s'étaient réfugiés dans la région pour y élever leurs enfants ou pour y prendre leur retraite, loin de la pollution, de l'énervement et des vicissitudes de la grande ville. L'hebdomadaire local publiait régulièrement une lettre à la rédaction émanant d'une de ces personnes qui venaient de retrouver une meilleure qualité de vie parmi ces routes de campagne, et qui parlaient du lait de L'Élevage biologique sur un ton révérencieux, ce lait qui était, plus qu'une boisson savoureuse, la matérialisation d'une pureté paysanne rafraîchissante et douce, dont leur idéalisme mis à mal par la ville avait grand besoin. Ces lettres étaient émaillées de références à la bonté et à l'âme — comme s'il fallait voir dans le verre de lait de L'Élevage biologique un rite de rédemption autant qu'une bénédiction nutritive. « Quand nous buvons le lait de L'Élevage biologique, notre corps, notre esprit et notre âme, en un grand tout, y trouvent leur nourriture. Divers organes de notre corps reçoivent son intégrité et l'apprécient d'une manière qui nous échappe peut-être. » Voilà le genre de phrases qui venaient sous la plume d'individus pourtant adultes et sensés, libérés des vexations qui leur avaient fait fuir New York, Boston et Hartford ; ils avaient pris plaisir à se mettre à leur bureau pour les écrire, en faisant semblant d'avoir sept ans.

Coleman qui, en tout et pour tout, ne consommait sans doute pas plus de lait que le demi-verre quotidien qu'il versait sur ses céréales du petit déjeuner, comptait cependant parmi les abonnés de la ferme à douze litres par semaine. Cela lui permettait de l'avoir sur place, sortant quasiment des pis de la vache — de prendre en voiture le long chemin des tracteurs jusqu'à l'étable, d'y entrer et d'y trouver son lait au réfrigérateur. S'il avait pris ces dispositions, ce n'était pas pour bénéficier de la ristourne offerte à partir de douze litres, mais parce que le réfrigérateur se trouvait à l'entrée de l'étable, et à cinq mètres seulement du box où l'on trayait les bêtes, une par une, deux fois par jour, et où, à cinq heures de l'après-midi, quand il arrivait, Faunia, qui venait de finir sa journée à l'université, assurait la traite plusieurs fois par semaine.

Il se contentait de la regarder travailler. Quoiqu'il y eût rarement du monde alentour, à cette heure-là, il n'entrait pas dans le box, et il laissait Faunia travailler sans qu'elle ait besoin de lui faire la conversation. Souvent, ils ne se disaient rien, parce que ce silence intensifiait leur plaisir. Elle savait qu'il la regardait ; sachant qu'elle le savait, il la regardait plus avidement encore. Et s'ils ne pouvaient pas s'accoupler à même la terre de l'étable, peu importait. Il leur suffisait d'être seuls ensemble *ailleurs* que dans son lit, il leur suffisait d'être obligés de maintenir cette évidence : séparés par des obstacles sociaux insurmontables, ils jouaient leur rôle d'ouvrière de ferme et de professeur d'université à la retraite, ils jouaient avec un art consommé, elle, le rôle de la femme de trente-quatre ans, maigre et vigoureuse, l'illettrée pauvre de mots, la paysanne primitive, toute en muscles et en os, qui rentre, fourche en main, ayant récuré après la traite matinale, lui, celui de l'homme de soixante et onze ans, intellectuel, latiniste et helléniste accompli, un cerveau, en somme, un cerveau vaste et divers, empli du vocabulaire de deux langues anciennes. Il leur suffisait de se conduire comme deux personnes qui n'ont absolument rien en commun, sans oublier cependant qu'ils pouvaient atomiser, pour en extraire l'essence orgasmique, tout ce qui, autour d'eux, était irréconciliable, les décalages humains qui produisaient toute l'énergie. Il leur suffisait d'éprouver l'excitation de la double vie.

Au premier coup d'œil, il n'y avait rien qui indiquât du tempérament dans la grande femme décharnée, dégingandée, maculée de boue, en short, tee-shirt et bottes de caoutchouc que je vis avec le troupeau cet après-midi-là, et en qui Coleman voyait, lui, sa Volupté. Les créatures qui dégageaient une autorité charnelle, c'étaient celles dont le corps prenait toute la place, les vaches couleur crème, aux vastes flancs dansants pareils à des vaisseaux, aux panses en barrique, aux pis gonflés de lait, boursouflés jusqu'à la caricature ; les vaches sans souci ni conflit, qui se mouvaient lentement, chacune d'entre elles une industrie lourde de six cents kilos et plus, une usine à plaisir, des bêtes aux grands yeux pour qui mâcher à un bout de leur corps la nourriture dispensée par une mangeoire tandis qu'on les suçait à l'autre par quatre, oui quatre, infatigables bouches mécaniques — pour qui cette stimulation sensuelle par les deux bouts n'était que leur droit au plaisir. Chacune d'entre elles baignait dans son existence bestiale béatement exempte de spiritualité : gicler, ruminer, chier, pisser, brouter, dormir — telle était toute leur *raison d'être**. De temps en temps, m'avait expliqué Coleman, un bras humain dans un long gant de plastique plonge dans le rectum pour retirer le purin, puis, en suivant la paroi rectale, guide l'autre bras pour introduire un fusil-seringue jusqu'aux canaux reproducteurs et y déposer du sperme. De cette façon, les vaches procréent sans être importunées par le taureau, elles sont dorlotées jusque dans leur grossesse, puis assistées quand elles mettent bas — une affaire pleine d'émotion pour tous les gens concernés, disait Faunia — même par des nuits de blizzard où le thermomètre descend au-dessous de moins dix. Tout ce que la chair offre de plaisirs, y compris celui de savourer tout à loisir, à pleine bouche, leur interminable rumination. Peu de courtisanes auront aussi bien vécu, sans parler des ouvrières.

Parmi ces créatures de plaisir, dans l'aura qui émanait d'elles, cette fusion terrienne généreuse avec la fécondité femelle, c'était Faunia qui trimait comme une bête de somme, et qui semblait, mince silhouette encadrée par les vaches, un pathétique poids mouche de l'évolution. Elle les appelait dans l'enclos à ciel ouvert où elles se vautraient paisible-ment dans un mélange de foin et de bouse : « Allez, Daisy, fais pas chier ! Allez, Maggie, là, bien sage. Bouge ton cul, Flossie, vieille garce ! » Elle les prenait au collet, les poussait, les cajolait pour leur faire tra-verser la gadoue de la cour et monter la marche de la salle de traite au sol bétonné ; il lui fallait pousser ces monumentales Daisy et Maggie vers la mangeoire jusqu'à ce qu'elles soient bien assujetties par l'étan-çon ; alors, elle leur mesurait puis leur versait leur ration de vitamines et d'aliments, désinfectait leurs tétons, les essuyait et, amorçant la montée de lait par quelques coups de poignet, fixait sur les pis les bols de succion articulés sur le bras mobile ; elle ne ces-sait de s'activer, de se concentrer sans répit sur tous les stades de la traite, mais, offrant un contraste outré avec la placidité têtue des bêtes, elle ne se départait jamais de sa diligence d'abeille jusqu'à ce que le lait coule à flots dans le tube transparent pour remplir le seau en inox ; alors seulement, elle restait là en toute quiétude, vérifiant du regard que tout fonctionnait, et que la vache elle-même était tran-quille. Puis de nouveau elle s'activait, massait un pis pour s'assurer que la vache avait bien été vidée de son lait, libérait le téton, versait sa ration à la vache qu'elle s'apprêtait à traire après avoir dégagé la précédente de l'étançon ; elle prenait le grain pour la vache suivante, assujettie à l'autre étançon, et puis, dans les limites assez étroites de la salle, elle reprenait au collet la vache traite, et, manœuvrant sa masse, lui donnait une poussée, un coup d'épaule, en lui disant sur un ton sans réplique : « Sors de là, sors de là, dehors », pendant qu'elle la ramenait à la boue de l'enclos.

Faunia Farley : jambes maigres, bras maigres, poignets fins ; les côtes et les omoplates saillantes ; pourtant, dans l'effort, on voyait que ses membres étaient durs et quand elle tendait la main vers quelque chose, que son corps s'étirait, on lui découvrait une poitrine étonnamment généreuse ; aussi, lorsque, à cause des mouches et des moucherons qu'attirait le troupeau, elle se giflait le cou ou le dos, on devinait qu'elle pouvait être folâtre, malgré ses airs collet monté. On voyait que ce corps ne se réduisait pas à sa maigreur fonctionnelle, à sa sévérité ; c'était une femme vigoureuse, en équilibre instable entre la fin de la maturité et le début du déclin, une femme dans la force de la fleur de l'âge, dont les premiers cheveux blancs n'étaient qu'un charme de plus, précisément parce que ses pommettes aiguës de Yankee, la ligne de ses maxillaires et son long cou indéniablement féminin n'avaient pas encore été déformés par l'âge.

« Je te présente mon voisin, lui a dit Coleman quand elle a pris le temps d'essuyer sa transpiration dans le creux de son bras. Voici Nathan. »

Je ne m'attendais pas à trouver quelqu'un de posé. Je m'attendais à trouver davantage de rébellion ouverte. Elle a signifié qu'elle m'avait vu d'un simple geste du menton, mais c'était un geste qui en disait long ; c'était même un menton qui en disait long. Le tenir haut levé, ce menton, comme elle le faisait en permanence, lui donnait, disons, de la virilité. Sa réaction même avait quelque chose de viril, d'implacable, avec aussi, dans ce regard direct, un je-ne-sais-quoi de la fille des rues. L'expression de quelqu'un pour qui le sexe et la trahison sont le pain quotidien. L'expression d'une fugitive, et d'une femme en butte à l'exaspérante ténacité de la poisse. Ses cheveux, d'un blond doré, à ce stade poignant où rien ne pourra les empêcher de blanchir, étaient retenus sur sa nuque par un élastique, mais une boucle lui tombait sans cesse sur le sourcil pendant qu'elle s'affairait, et comme, en regardant dans notre direction sans mot dire, elle la releva d'un revers de main, je remarquai pour la première fois un trait infime qui, peut-être à tort, et parce que je cherchais un indice, me parut révélateur : la plénitude bombée d'un petit croissant de chair entre la crête du sourcil et la paupière supérieure. C'était une femme aux lèvres minces, au nez droit, aux yeux bleu clair, avec de belles dents et des mâchoires saillantes ; ce surplus de chair, juste au-dessous du sourcil, était son seul trait exotique, son seul emblème de séduction érotique, comme un renflement de désir. D'autant plus obscures, troublantes, la platitude, la dureté de son regard.

En somme, Faunia n'était pas la sirène ensorcelante qui vous coupe le souffle, mais une femme nette, dont on se disait qu'elle avait dû être très belle, enfant. Ce qui était vrai, puisque Coleman me la dépeignait comme une petite fille aux boucles dorées, affligée d'un riche beau-père toujours après elle, et d'une mère incapable de la protéger.

Nous restâmes à la regarder traire les onze vaches

une par une — Daisy, Maggie, Flossie, Bessy, Dolly, Jeunesse, Tendresse, Bécasse, Emma, Copine, et Jill ; à la regarder accomplir les mêmes gestes avec chacune ; et quand ce fut fini, et qu'elle se mit à évoluer dans la salle contiguë aux murs chaulés, avec les grands éviers, les jets d'arrosage et les bacs à stériliser jouxtant la salle de traite, nous l'avons regardée par la porte mélanger la solution à base de soude et les agents nettoyants, et après avoir séparé les tuyaux absorbants des tuyaux verseurs, et les tétines du bras, et les deux seaux de leur couvercle, après avoir démonté entièrement l'appareillage de traite qu'elle avait apporté avec elle dans la salle, se mettre à en nettoyer chaque pièce, tube, valve, joint, bonde, plaque, doublure, bouchon, disque et piston avec toutes sortes de brosses dans des éviers pleins d'eau jusqu'à ce que tout soit récuré, immaculé, stérilisé. Avant que Coleman récupère son lait et que nous reprenions sa voiture, lui et moi étions restés debout près du réfrigérateur pas loin d'une heure et demie et, sa phrase de présentation mise à part, aucun d'entre nous n'avait soufflé mot. On n'entendait plus que les froissements d'aile et le gazouillis des martinets de l'étable, qui nichaient là, et qui passaient dans un bruissement sous les poutres, vers la porte derrière nous ; et les petites billes qui dégringolaient dans la mangeoire quand elle secouait le seau de nourriture au-dessus, et les lourds sabots que les vaches traînaient sur le sol de la salle de traite, pendant que Faunia, qui les dirigeait en les poussant et en les traînant, les plaçait dans l'étançon, dont résultait le bruit de succion, la respiration douce et profonde de la pompe à lait.

Ils étaient enterrés depuis quatre mois que je me rappelais encore cette séance comme une pièce de théâtre où je n'aurais eu qu'un rôle muet, rôle qui est en somme le mien aujourd'hui ; nuit après nuit, le sommeil me fuyait, car mon imagination me clouait là, sur les planches, avec les deux acteurs vedettes et le chœur des vaches, à observer cette scène, jouée à la perfection par l'ensemble de la troupe : le vieillard amoureux qui regarde travailler la femme de ménage-fille de ferme, sa dulcinée secrète ; cette scène d'émotion, d'hypnose, de subjugation sexuelle, dans laquelle tout ce que la femme fait aux vaches, la façon dont elle les manipule, les touche, s'occupe d'elles, leur parle, tout cela, sa fascination se l'approprie avidement ; cette scène où je voyais un homme sous l'emprise d'une force si longtemps réprimée en lui qu'elle en était presque éteinte révélait à mes yeux la résurgence de son pouvoir stupéfiant. C'était un peu, me disais-je, comme de voir Aschenbach regarder fiévreusement Tadzio, son désir sexuel porté à incandescence par l'immédiateté angoissante de la mortalité ; à ceci près que nous n'étions pas dans un luxueux hôtel du Lido, ni dans un roman allemand, ni même, à l'époque, dans un roman américain. C'était le cœur de l'été, nous nous trouvions dans une étable du nord-ouest de notre pays, en Amérique, l'année de la procédure de destitution du président et, à ce point des choses, nous ne relevions pas davantage du roman que les vaches ne relevaient de la mythologie ou de la taxidermie. La lumière et la chaleur du jour (ce bonheur-là !), la quiétude étale de la vie de chaque vache calquée sur celle de ses sœurs, le vieillard amoureux qui étudiait la souplesse de la femme énergique et efficace, l'adoration qui montait en lui, cette expression qui donnait à penser qu'il n'avait jamais rien vécu d'aussi bouleversant, et puis ma propre attente complaisante, ma propre fascination devant leur disparité marquée sur l'éventail humain, devant la non-uniformité, la variabilité, l'irrégularité féconde des associations dictées par le sexe, avec l'injonction qui nous était faite, aux humains comme aux bovins, aux êtres hautement différenciés comme à ceux qui l'étaient tout juste, injonction de vivre, non pas seulement de survivre mais de vivre, de continuer à prendre, à donner, à nourrir, à traire, à reconnaître de bon cœur, pour l'énigme qu'elle est en effet, la vaine éloquence du vécu — tout cela, oui, recevait le cachet du réel à travers des dizaines de milliers d'impressions infimes. Si copieux, si abondant, surabondant, dans sa plénitude sensorielle, le détail de la vie, qui en est la rhapsodie. Et Coleman et Faunia, morts tous deux aujourd'hui, pris dans le flot de l'inattendu, au fil des jours, des minutes, détails eux-mêmes dans cette surabondance.

Rien ne dure et pourtant rien ne passe. Et rien ne passe justement parce que rien ne dure.

Les ennuis avec Les Farley commencèrent plus tard dans la soirée, lorsque Coleman, qui avait entendu bouger dans les buissons devant chez lui, décida qu'il ne s'agissait pas d'une biche ou d'un raton laveur. Quittant la table de cuisine où Faunia et lui venaient de finir leurs spaghetti, il sortit sur le pas de la porte et, dans le clair-obscur du soir d'été, aperçut un homme qui courait à travers champs, en direction du bois, derrière la maison. « Hé vous, là-bas, arrêtez! » cria-t-il; mais sans s'arrêter ni se retourner, l'homme disparut promptement sous les arbres. Depuis quelques mois, ce n'était pas la première fois que Coleman avait le sentiment d'être épié par un homme caché à deux pas de la maison; mais jusque-là, l'heure était toujours trop tardive, il faisait trop sombre pour être sûr d'avoir affaire aux mouvements d'un voyeur plutôt qu'à ceux d'un animal. En outre,

Coleman s'était toujours trouvé tout seul. C'était la première fois que Faunia était là, et ce fut elle qui, sans avoir besoin de voir la silhouette de l'homme couper à travers champs, identifia l'intrus comme son ex-mari.

Après leur divorce, dit-elle à Coleman, Farley l'espionnait sans arrêt ; mais au cours des mois qui avaient suivi la mort de leurs enfants, à l'époque où il l'accusait de les avoir tués par négligence, il la harcelait de manière terrifiante. Deux fois il avait surgi comme par maléfice, une fois sur le parking d'un supermarché, et une autre fois à une station-service — et il avait crié par la fenêtre de son pick-up : « Pute, assassin ! Salope, assassin ! T'as tué mes enfants, espèce de salope ! » Souvent, le matin, quand elle se rendait à l'université, en regardant dans le rétroviseur, elle découvrait son pick-up, et, derrière le pare-brise, son visage dont les lèvres articulaient : « Tu as tué mes gosses ! » Parfois, quand elle rentrait chez elle après le travail, il était sur la route, derrière elle. À cette époque-là, elle habitait encore dans la partie intacte du bungalow-garage où les enfants avaient été asphyxiés lors de l'incendie ; c'était parce qu'elle avait peur de lui qu'elle avait pris une chambre à Seeley Falls, puis, après une tentative de suicide ratée, qu'elle s'était installée à la ferme biologique, où les deux fermières et leurs enfants étaient presque toujours présents, ce qui réduisait le danger de se faire accoster par lui. Depuis son deuxième déménagement, le pick-up de Farley n'apparaissait plus si souvent dans son rétroviseur, et comme il ne se manifestait plus depuis plusieurs mois, elle avait espéré qu'il était parti pour de bon. Mais à présent, elle en était sûre, il devait avoir découvert ses relations avec Coleman, et, rendu furieux par tout ce qui l'avait toujours rendu furieux chez elle, il recommençait à l'épier comme un fou, caché derrière chez Coleman pour voir ce qu'elle y faisait. Ce qu'*ils* y faisaient.

Cette nuit-là, quand Faunia reprit sa voiture, sa vieille Chevy — Coleman préférait qu'elle la gare dans la grange, où on ne la voyait pas —, il décida de la suivre de près dans sa propre voiture sur les dix kilomètres de trajet, jusqu'à ce qu'elle soit en sécurité sur le chemin de terre longeant la grange de la ferme. Puis, sur tout le chemin du retour, il regarda dans son rétroviseur s'il n'était pas suivi lui-même. Une fois arrivé, il parcourut la distance qui le séparait de la maison en balançant un enjoliveur tout autour de lui dans l'espoir de tenir ainsi en respect celui qui serait tapi dans le noir.

Le lendemain matin, après avoir passé huit heures au lit à se colleter avec ses soucis, il décida de ne pas porter plainte auprès de la police de l'État. Comme on ne pouvait établir avec certitude l'identité de Farley, la police ne pourrait rien contre lui, et si l'on venait à savoir que Coleman l'avait contactée, sa démarche ne ferait qu'accréditer les rumeurs circulant déjà sur l'ancien doyen et la femme de ménage. À l'issue de cette nuit d'insomnie, Coleman n'avait pas pour autant renoncé à tout effort. Après le petit déjeuner, il téléphona à Nelson Primus, son avocat, et l'après-midi même il se rendit à Athena pour lui parler de la lettre anonyme; ignorant les avis de ce dernier, qui lui suggérait de ne plus y penser, il parvint à lui faire écrire la lettre suivante à Delphine Roux, qu'ils adressèrent à l'université : « Chère mademoiselle Roux, je représente Mr Silk. Il y a quelques jours, vous lui avez envoyé une lettre anonyme pleine d'allégations offensantes et diffamatoires. Voici le contenu de votre lettre : "Il est de notoriété publique que vous exploitez sexuellement une femme opprimée et illettrée, qui a la moitié de votre âge." Hélas pour vous, vous vous êtes mêlée de quelque chose qui ne vous regarde pas. Ce faisant, vous avez violé les droits légaux de Mr Silk et vous vous exposez à des poursuites. »

Quelques jours plus tard, Nelson Primus recevait trois petites phrases sèches de la part de l'avocat de Delphine Roux. La deuxième, Coleman l'avait soulignée en rouge, niait purement et simplement que Delphine Roux fût l'auteur de la lettre : « Aucune de vos assertions n'est fondée, et elles sont, de fait, diffamatoires. »

Coleman obtint immédiatement de Nelson Primus le nom d'un expert-graphologue à Boston, qui analysait les écritures pour le compte d'entreprises privées, d'agences gouvernementales, et de l'État. Le lendemain, il prenait sa voiture et roulait trois heures jusqu'à Boston pour lui remettre en main propre les échantillons de l'écriture de Delphine Roux ainsi que la lettre anonyme et l'enveloppe. Il reçut les résultats de l'analyse au courrier de la semaine suivante. « À votre demande, disait le rapport, j'ai examiné et comparé les spécimens attestés de Delphine Roux avec la lettre anonyme et l'enveloppe en question, envoyées à Coleman Silk. Vous m'avez demandé de déterminer l'auteur de ces documents. Mon examen couvre des données graphiques telles que l'inclinaison des lettres, leur espacement, leur formation, la régularité horizontale, la pression sur le stylo, la proportion, la hauteur des lettres les unes par rapport aux autres et la façon dont elles sont reliées, la formation des lettres initiales et terminales. Sur la base des documents fournis, mon opinion de professionnel est que la main qui a écrit les échantillons connus de l'écriture de Delphine Roux est bien celle qui a rédigé la lettre anonyme en question et son enveloppe. Meilleures salutations, Douglas Gordon, expert-graphologue agréé. » Lorsque Coleman apporta le rapport de l'expert à Nelson Primus, en lui demandant d'en envoyer copie à l'avocat, Primus n'opposa plus d'objections, malgré son chagrin de voir Coleman presque aussi enragé qu'au temps de ses démêlés avec la faculté.

Il s'était écoulé huit jours en tout depuis le soir où il avait vu Farley s'enfuir dans les arbres, huit jours durant lesquels, avait-il jugé, il vaudrait mieux que Faunia ne vienne pas et qu'ils se contentent de communiquer par téléphone. Pour que personne ne soit tenté de les espionner, il s'était abstenu d'aller chercher son lait à la ferme, et il était resté chez lui autant que possible, tout en ouvrant l'œil, à la nuit close surtout, pour voir si quelqu'un venait fouiner alentour. Il avait en outre dit à Faunia de rester vigilante à la ferme, et de regarder dans son rétroviseur dès qu'elle se déplaçait. « C'est à croire qu'on menace la sécurité publique ! lui avait-elle dit en riant de son rire si particulier. — Non, avait-il répondu, la santé publique. Nous ne sommes pas aux normes du ministère de la Santé. »

Au bout de huit jours, ayant confirmé l'identification de son corbeau à défaut d'établir l'identité de son visiteur du soir, Coleman décida qu'il avait fait tout ce qui était en son pouvoir pour se défendre de ces intrusions déplaisantes, provocatrices. Lorsque Faunia l'appela pendant la pause-déjeuner en lui demandant : « Alors, la quarantaine est levée ? » il se sentit enfin assez soulagé de son anxiété — ou du moins décida qu'il l'était — pour lui donner le feu vert.

Comme il l'attendait sur les sept heures, il avala une pilule de Viagra à six heures, et, après s'être versé un verre de vin, sortit s'installer dans un transat avec le téléphone pour appeler sa fille. Iris et lui avaient élevé quatre enfants, deux fils qui avaient passé la quarantaine, tous deux scientifiques, professeurs d'université, mariés et pères de famille, et vivant sur la côte Ouest, puis les jumeaux, Lisa et Mark, encore célibataires, en fin de trentaine, vivant tous deux à New York. Tous les enfants Silk sauf un tâchaient de monter voir leur père dans les Berkshires trois ou quatre fois l'an, et ils restaient en contact téléphonique avec lui une fois par mois. L'exception, c'était Mark, en conflit avec son père depuis sa naissance, et qui, de temps en temps, coupait les ponts.

Coleman appelait Lisa parce qu'il venait de se rendre compte qu'il ne lui avait pas parlé depuis un mois sinon deux. Peut-être s'abandonnait-il seulement à un fugace sentiment de solitude qui serait passé à l'arrivée de Faunia, mais toujours est-il qu'il était loin de se douter, avant son appel, de ce qui l'attendait. Et il est clair que la dernière chose qu'il recherchait était un surcroît d'agressivité, surtout de la part de cette enfant dont la seule voix — douce, mélodieuse, adolescente encore malgré les douze années difficiles passées à enseigner dans le Lower East Side — avait le don infaillible de l'apaiser, de le calmer, et même parfois de le faire retomber amoureux de sa fille comme par le passé. Sans doute faisait-il ce que fait le parent vieillissant quand, pour cent raisons diverses, il téléphone de très loin afin de s'entendre rappeler opportunément les anciens repères. L'histoire de leur tendre affection, sans équivoque et sans interruption, faisait de Lisa la dernière personne, parmi ses proches, avec qui il avait envie d'entrer en conflit.

Quelque trois ans plus tôt — avant l'incident des zombies, donc —, au moment où elle se demandait si elle ne venait pas de commettre une erreur monu-

mentale en laissant tomber l'enseignement traditionnel pour rééduquer à la lecture les enfants en difficulté, il était allé à New York voir comment elle allait.
Iris était vivante, alors, et bien vivante, mais ce
n'était pas sa formidable énergie qu'avait réclamée
Lisa — elle ne désirait pas être secouée comme sa
mère savait secouer les gens —, non, elle avait préféré le doyen de la faculté, avec sa manière ordonnée,
méthodique de démêler les imbroglios. Iris lui dirait
à coup sûr de foncer, en conséquence de quoi elle se
sentirait dépassée par la situation, piégée ; lui, au
contraire, si elle lui faisait ressortir qu'elle avait tort
de s'acharner, était bien capable de lui dire qu'il ne
tenait qu'à elle de limiter les dégâts en démission-
nant — ce qui, a contrario, lui donnerait le cran de
continuer.

Il ne s'était pas contenté de veiller tard avec elle
dans son salon, le premier soir, pour l'écouter raconter ses misères ; le lendemain, il s'était rendu à l'école
pour voir ce qui consumait son énergie. Et il l'avait
vu, d'ailleurs : quatre séances consécutives d'une
demi-heure, chacune avec un enfant de six ou sept
ans comptant parmi les élèves les plus en retard du
cours préparatoire ou élémentaire, puis ensuite, jusqu'au soir, des séances de quarante-cinq minutes
avec des groupes de huit enfants qui n'étaient pas
plus avancés en lecture que ceux qu'elle avait pris en
cours particulier, mais pour qui il n'y avait pas
encore assez d'enseignants formés au programme
intensif.

« Les effectifs des classes normales sont trop élevés pour que les instituteurs arrivent à atteindre ces
enfants, lui expliqua Lisa. Moi aussi, j'ai été institutrice. Ces enfants en difficulté, il y en a trois sur
trente, trois ou quatre. C'est pas trop mal. Le reste de
la classe progresse, ça t'aide à tenir le coup. Au lieu

de prendre le temps de se consacrer aux cas désespérés, les profs les traînent bon an mal an en pensant, ou en faisant semblant de penser, qu'ils suivent le gros de la troupe. On les traîne comme ça en CE1, puis au CE2, puis au cours moyen, et là, ils n'y arrivent plus du tout. Mais ici, je n'ai que ces élèves en échec, ceux qu'on n'arrive pas à atteindre, qui restent en plan ; et moi qui prends l'enseignement et mes élèves tellement à cœur, ça m'affecte tout entière, ça affecte tout mon monde. Et puis le personnel d'encadrement, à l'école, il vaut rien, papa. On a une principale qui n'a aucune vision claire de ce qu'elle veut, c'est la pagaille, les gens font "pour le mieux", au jugé — ce qui n'est pas forcément le mieux, justement. Quand je suis arrivée, il y a douze ans, c'était formidable. La principale était vraiment bien. Elle avait réussi à bouger toute l'école. Mais maintenant il a défilé vingt et un profs, en quatre ans. C'est beaucoup. On a perdu beaucoup de gens très bien. Il y a deux ans, j'ai choisi d'enseigner dans la section de rééducation à la lecture parce que l'enseignement traditionnel me bouffait l'énergie. Dix ans comme ça, jour après jour, c'était plus possible. »

Il la laissa parler, ne dit pas grand-chose, et comme elle n'était plus très loin de la quarantaine, refréna sans mal son envie de la prendre dans ses bras, cette fille malmenée par la réalité, comme il se figurait qu'elle refrénait son envie de prendre dans ses bras l'enfant de six ans qui ne savait pas lire ; Lisa avait toute l'intensité de sa mère sans en avoir l'autorité. Cette femme qui n'existait que pour les autres, affligée d'un altruisme incurable, se trouvait toujours, en tant qu'institutrice, au bord de l'épuisement. De surcroît, elle était le plus souvent flanquée d'un petit ami en demande, qu'il fallait traiter avec sollicitude, pour qui elle se mettait en quatre — et qui finissait immanquablement par trouver sa virginité éthique pure et sans tache ennuyeuse comme la pluie. Lisa était jusqu'au cou dans l'engagement moral, elle s'impliquait trop pour s'autoriser à décevoir l'attente d'autrui, et elle n'avait pas la force de perdre ses illusions sur sa force. C'était pourquoi elle ne quitterait jamais les programmes de rééducation à la lecture ; c'était aussi pourquoi l'orgueil paternel qu'elle inspirait à Coleman était grevé par l'inquiétude, et même, parfois, mêlé d'un agacement à la limite du mépris.

« Quand tu as trente gamins dont tu dois t'occuper, avec des niveaux différents, des vécus différents, et qu'il faut que ça roule, lui disait-elle, trente gamins différents, qui t'arrivent d'horizons différents et qui apprennent de trente manières différentes, il faut le gérer, tout ça. Ça implique beaucoup de paperasse. Beaucoup de tout. Mais c'est rien, comparé à ce que je fais ici. Bien sûr, même ici, même dans la section de rééducation à la lecture, il y a des jours où je pense "aujourd'hui, j'ai été bonne", mais le plus souvent j'ai envie de sauter par la fenêtre. Je me casse la tête à me demander si c'est vraiment la bonne filière pour moi. Parce que je m'investis beaucoup, au cas où tu ne t'en serais pas aperçu. Je veux faire les choses "comme il faut", et c'est une vue de l'esprit — chaque enfant est différent, chaque enfant est un cas désespéré, et je suis censée arriver pour tout arranger. Bien sûr que tout le monde perd pied avec les enfants qui n'arrivent pas à apprendre. Qu'est-ce que tu veux faire d'un gosse qui sait pas lire ? Penses-y — un gosse qui sait pas lire. C'est difficile, papa. Ton ego s'y laisse bouffer, quand même, tu sais. »

Lisa, qui est le souci incarné, Lisa la consciencieuse, étrangère à l'ambivalence, qui ne veut exister

que pour rendre service, Lisa aux illusions inalté-
rables, à l'idéalisme incommensurable. Téléphone à
Lisa, se dit-il, loin de se douter qu'il puisse un jour
entendre dans la voix de sa folle de fille, de sa sainte
de fille, la contrariété métallique avec laquelle elle
reçoit son appel.

« Tu as une voix bizarre.

— Ça va.

— Qu'est-ce qui ne va pas, Lisa ?

— Rien.

— Le programme d'été, les cours, ça va ?

— Ça va.

— Et Josh ? (Le dernier en date.)

— Ça va.

— Comment vont tes gamins ? Qu'est-ce qu'il
devient, le petit qui n'arrivait pas à reconnaître la
lettre n ? Il est quand même arrivé au niveau dix ? Ce
petit dont le nom était plein de n... Hernando.

— Tout va bien. »

Il demanda alors sur un ton léger : « Et moi, tu ne
me demandes pas comment je vais ?

— Je sais comment tu vas.

— Tu crois ? »

Pas de réponse.

« Qu'est-ce qui te mine le moral, ma chérie ?

— Rien. » Un rien, et c'est le second, qui signifie
on ne peut plus clairement « et ne m'appelle pas
chérie ».

Il se passait quelque chose d'incompréhensible.
Qui le lui avait dit ? Et d'abord, qu'est-ce qu'on lui
avait dit ? Quand il était lycéen, puis étudiant, après
la guerre, il avait fait les études les plus exigeantes ;
doyen d'Athena, il s'était nourri des problèmes posés
par sa tâche ardue ; accusé dans l'incident des zombies, il n'avait jamais baissé les bras contre cette
fausse accusation ; sa démission elle-même n'avait

rien d'une capitulation ; c'était une protestation outragée, une manifestation délibérée de son mépris sans mélange. Mais au cours de ces années où il avait toujours gardé la tête haute face aux fardeaux, aux revers ou aux chocs de l'existence, il ne s'était jamais, même à la mort d'Iris, senti aussi désemparé que quand Lisa, incarnation d'une gentillesse à la limite de la niaiserie, avait fait passer dans le seul mot « rien » toute l'hostilité à laquelle elle venait, pour la première fois de sa vie, de trouver un objet.

Or, au moment même où le « rien » de Lisa distillait ses implications funestes, Coleman vit un pick-up s'engager sur le chemin goudronné qui menait chez lui — rouler au pas sur deux mètres, freiner, rouler de nouveau au ralenti, puis freiner encore... Il se leva d'un bond, s'avança d'un pas incertain sur l'herbe coupée de la pelouse, tendant le cou pour mieux voir l'intrus, puis il se mit à courir en criant : « Hé vous, là, qu'est-ce que vous fabriquez ? » Mais le pick-up prit aussitôt de la vitesse et disparut avant qu'il n'ait eu le temps de s'approcher pour distinguer quoi que ce soit de pertinent sur le conducteur ou le véhicule. Incapable de reconnaître une marque, ni même, à cette distance, si le pick-up était neuf ou usagé, il ne put en retenir que la couleur, un gris moyen.

Et à présent, la communication avait été coupée, soit qu'il ait involontairement appuyé sur le bouton « off » en courant sur la pelouse, ou que Lisa elle-même ait raccroché de propos délibéré. Il refit le numéro ; ce fut une voix d'homme qui lui répondit. « C'est Josh ? demanda Coleman. — Oui. — Ici Coleman Silk, le père de Lisa. — Lisa n'a pas envie de parler », répondit l'homme après un silence ; et il raccrocha.

Ce devait être l'œuvre de Mark. Pas de doute. Personne d'autre ne pouvait être en cause. Ça ne pouvait pas être ce con de Josh, qui était-il, d'ailleurs ? Coleman ne voyait pas du tout comment Mark pouvait avoir découvert sa liaison avec Faunia, pas plus en somme que Delphine Roux ou qui que ce soit d'autre, mais pour l'instant, peu importait. C'était lui qui avait harcelé sa sœur jumelle avec le crime de leur père. Car pour ce garçon, ce ne pouvait être qu'un crime. Depuis qu'il était en âge de parler, ou presque, il croyait dur comme fer que son père était contre lui ; il était du côté de ses deux fils aînés, ce père, parce que c'étaient des aînés, de brillants élèves, et qu'ils intériorisaient sans rechigner les prétentions intellectuelles de leur père ; il était du côté de Lisa, la petite fille chérie de la famille, sans conteste la chouchoute de papa ; mais il était contre Mark parce que tout ce qu'était sa sœur, adorable et adorante, vertueuse, touchante, noble jusqu'à la moelle, il ne l'était pas, il refusait de l'être.

La personnalité de Mark était sans doute la plus difficile que Coleman ait eue non pas à comprendre — car les ressentiments du jeune homme ne se comprenaient que trop —, mais à affronter comme un problème. Ses jérémiades et ses bouderies avaient commencé avant qu'il fût en âge de fréquenter la maternelle ; bientôt il s'était insurgé contre ses parents et leur façon de voir, et malgré toutes les tentatives faites pour l'apaiser, cette attitude s'était sclérosée avec les années jusqu'au tréfonds de son être. À l'âge de quatorze ans, il soutenait Nixon à cor et à cri alors que le reste de la famille faisait campagne pour qu'on emprisonne le président à perpétuité ; à seize ans, il était devenu juif orthodoxe tandis que tous les autres, dignes descendants de parents athées anticléricaux, n'étaient plus guère juifs que de nom. À vingt ans, il avait fait enrager son père en quittant l'université Brandeis où il ne lui manquait plus que deux semestres pour avoir ses diplômes, et à présent, aux abords de la quarantaine, après avoir entrepris et largué une demi-douzaine de boulots qu'il jugeait indignes de lui, voilà qu'il s'était découvert la fibre d'un poète épique.

Cette hostilité irréductible envers son père lui avait fait prendre le contre-pied de tout ce que sa famille était, mais aussi, chose plus amère, de ce qu'il était lui-même. Ce garçon intelligent, cultivé, à l'esprit rapide et à la langue acérée n'avait jamais pu dépasser son symptôme filial, de sorte qu'à trente-huit ans, devenu poète épique d'inspiration biblique, il en était arrivé à cultiver l'aversion qu'il avait laissée régir sa vie avec l'arrogance de celui qui n'a réussi nulle part. C'était sa compagne dévouée, une jeune femme très pratiquante, nerveuse et dénuée d'humour, qui les faisait vivre avec son salaire de prothésiste à Manhattan, dans leur sordide studio de Brooklyn sans ascenseur, où il écrivait ses poèmes bibliques dont même les magazines juifs ne voulaient pas ; des poèmes interminables sur Absalon lésé par son père David, Ésaü lésé par son père Isaac, Joseph lésé par son frère, David encourant les foudres du prophète Nathan pour ses relations coupables avec Bethsabée — autant de poèmes qui, sous un voile d'une transparence grandiose, tournaient toujours autour de l'idée fixe sur laquelle il avait misé — et perdu — sa vie.

Comment Lisa avait-elle pu l'écouter ? Comment avait-elle pu prendre ses accusations au sérieux, elle qui savait bien ce qui l'avait régi, toute sa vie ? Mais il était vrai que sa générosité envers son frère — quelque infondée qu'elle ait considéré sa vindicte — remontait presque à leur naissance. D'une nature bienveillante, affligée de la mauvaise conscience des chouchous dès la maternelle, elle avait toujours tendu une oreille pleine de mansuétude aux griefs de son frère et fait office de consolatrice dans les querelles familiales. Devait-elle pousser la sollicitude envers l'élément le moins favorisé de leur tandem jusqu'à faire sienne cette accusation délirante ? D'ailleurs, de quoi l'accusait-on, lui, le père ? Quel méfait avait-il commis, quelle blessure infligée à ses enfants pour que les jumeaux aillent se liguer avec Delphine Roux et Les Farley ? Et les deux autres, ses petits savants, leurs scrupules vertueux les mettaient-ils dans les mêmes dispositions ? Au fait, ceux-là, à quand remontait leur dernier coup de fil ?

Il se rappelait à présent l'heure effroyable qu'il avait passée chez lui, après les obsèques d'Iris ; à ce souvenir, il frémissait encore, sous le coup des accusations formulées par Mark avant que ses deux frères aînés arrivent pour le boucler de force jusqu'au soir dans son ancienne chambre. Les jours suivants, avant leur départ à tous, il avait préféré considérer que c'était le chagrin qui dictait à son fils ce qu'il avait osé dire ; mais il n'en avait rien oublié pour autant, et n'oublierait jamais. Markie avait commencé à le traîner dans la boue quelques minutes seulement après leur retour du cimetière. « C'est pas la faute de la fac. Pas la faute des Noirs. Pas la faute de tes ennemis. Maman, c'est toi qui l'as tuée. C'est ta faute. Tu l'as tuée comme tu anéantis tout ce qui t'entoure ! Parce qu'il faut que tu aies raison ! Parce que tu refuses de t'excuser, parce que tu as toujours raison à cent pour cent, aujourd'hui, c'est maman qui est morte ! Alors que ça aurait pu s'arranger en toute simplicité, en vingt-quatre heures, si seulement tu avais été capable de t'excuser, une fois dans ta vie. "Excusez-moi, j'ai eu un mot malheureux." Il n'en fallait pas plus, mon grand homme de père, il te suffisait d'aller trouver ces étudiants, de dire que tu étais désolé, et maman ne serait pas morte ! »

Tout à coup, sur sa pelouse, Coleman fut saisi d'une indignation qu'il n'avait pas éprouvée depuis le lendemain de l'esclandre de Mark, lorsqu'il avait rédigé et soumis sa démission à la faculté, le tout en une heure de temps. Il savait qu'il était injuste d'éprouver de tels sentiments à l'égard de ses enfants. Il savait, depuis l'affaire des zombies, que l'indignation, lorsqu'elle atteint ces proportions, est une forme de folie, une forme de folie qui le guettait. Il savait qu'une indignation pareille ne peut mener à aucune approche raisonnée et méthodique du problème. En tant qu'éducateur il savait éduquer, en tant que père avoir des réactions paternelles, en tant qu'homme de soixante-dix ans passés, il savait qu'on ne doit jamais considérer une situation comme irréversible et sans appel, surtout au sein d'une famille, comporterait-elle un fils bourrelé de rancune. Et il n'avait pas attendu l'affaire des zombies pour savoir ce qui peut aigrir et gauchir un homme qui se croit victime d'une injustice. Il le savait par la colère d'Achille, la fureur de Philoctète, les fulminations de Médée, la folie d'Ajax, le désespoir d'Électre et la souffrance de Prométhée : il s'ensuit des horreurs sans nombre quand le paroxysme de l'indignation conduit à exercer des représailles au nom de la justice, et qu'on entre dans le cycle de la vengeance.

Et heureusement qu'il le savait, car il n'en fallut pas moins, il fallut bien toute la prophylaxie de la tragédie attique et de la poésie épique pour l'empêcher de téléphoner à Mark sur-le-champ, en lui disant qu'il était un petit con, et qu'il l'avait toujours été.

L'affrontement avec Farley ne se produisit que quelque quatre heures plus tard. Pour autant que je puisse reconstituer les faits, afin de s'assurer que personne ne les espionnait, Coleman était sorti sur le seuil de l'entrée, sur celui de la cuisine et sur celui de la porte de derrière six ou sept fois depuis l'arrivée de Faunia. Ce ne fut que vers dix heures du soir — ils étaient tous deux dans la cuisine, derrière la porte moustiquaire, dans les bras l'un de l'autre en train de se dire au revoir — qu'il parvint à surmonter son indignation corrosive et laissa se réaffirmer la dernière affaire véritablement sérieuse de sa vie, se laissa submerger par cette ivresse d'une dernière liaison, cette « aventure tardive des sentiments » dont parle Mann à propos d'Aschenbach. Alors que Faunia était sur le départ, il se trouva enfin en proie à un tel besoin d'elle qu'on aurait cru que rien d'autre ne comptait, et rien d'autre ne comptait en effet, ni sa fille, ni ses fils, ni l'ex-mari de Faunia, ni Delphine Roux. Ça n'est pas seulement la vie, c'est la fin de la vie. Ce qui était insupportable, ce n'était pas cette hostilité ridicule qu'ils avaient suscitée tous les deux ; c'était qu'il était en train de boire la dernière coupe de sa vie, et le fond de cette coupe même, qu'il était temps, plus que jamais, de renoncer aux conflits, d'oublier les réfutations, de se défaire de la conscience avec laquelle il avait élevé ces quatre enfants pleins de vie, persisté dans son mariage orageux, influencé ses collègues récalcitrants et guidé de son mieux les étudiants médiocres d'Athena, pour leur faire traverser une littérature vieille de deux mille cinq cents ans. Il était temps de céder, de se laisser guider, lui, par ce besoin élémentaire. En passant outre à leurs accusations, leurs réquisitoires, leur verdict. Apprends donc avant de mourir, s'objurguait-il, à vivre hors de la juridiction de leur réprobation stupide, haïssable, exaspérante.

L'affrontement avec Farley. L'affrontement de cette nuit-là avec Farley, avec un éleveur de vaches laitières qui avait fait fiasco, malgré ses bonnes intentions, un employé de la voirie qui se dévouait à sa municipalité malgré l'aspect dégradant de la besogne ; un Américain loyal qui avait servi son pays au cours non pas d'une seule campagne mais de deux, qui était retourné au combat pour finir cette saleté de taf. Qui s'était relevé, qui était reparti, parce que, quand il était rentré dans ses foyers, tout le monde avait dit qu'il n'était plus le même et qu'on ne le reconnaissait plus ; il avait bien vu que c'était vrai : ils avaient peur de lui. Il rentre de cette guerre de jungle, et non seulement on le félicite pas, mais il fait peur ; si c'est comme ça, autant rempiler. Il s'attendait pas à être accueilli en héros, d'accord, mais de là à ce qu'on le regarde de travers. Alors il rempile, et cette fois, il en veut. Il a la haine. Il est gonflé à bloc. C'est un guerrier offensif. Parce que, la première fois, il était pas si va-t-en-guerre. La première fois, il était Les le tranquille, il savait pas ce que c'était d'être au désespoir. La première fois, c'était le petit gars des Berkshires hyper-confiant qui sait pas que la vie peut ne pas valoir un clou, qui a jamais pris un médicament, qui a jamais eu de complexes vis-à-vis de personne, Les l'insouciant, pas l'asocial, avec des tas d'amis, des bagnoles qui vont vite et tout le toutim. La première fois, il a coupé des oreilles, mais c'est parce qu'il était sur place, et que ça se faisait, c'est tout. Il faisait pas partie de ces gars qui, dès qu'ils arrivaient dans cette jungle sans loi, étaient impatients d'en découdre, ceux qui étaient déjà déjantés au départ, ou pas mal agressifs, si bien qu'ils sautaient sur la première occase de se déchaîner, ils démarraient au quart de tour. Il y avait un mec dans son unité, le Grand qu'on l'appelait, il était pas arrivé

95

depuis un ou deux jours qu'il éventrait déjà une femme enceinte. Farley, lui, pour vraiment s'y mettre, il lui a fallu toute sa première campagne. Mais la deuxième fois, dans cette unité où il y avait plein de gars qui rempilaient comme lui, et qui étaient pas revenus juste pour tuer, ou pour se faire un peu de blé, avec ces mecs qui cherchaient toujours à aller sur le devant des combats, ces forcenés qui reconnaissaient l'horreur mais qui savaient que c'était le meilleur moment de leur vie, alors oui, il est devenu forcené lui aussi. Sous les feux de l'ennemi, quand on court se mettre à l'abri et que ça pète de tous les côtés, on peut pas ne pas avoir peur, mais on peut entrer en fureur, avoir sa poussée d'adrénaline ; alors la deuxième fois, il entre en fureur. La deuxième fois, il te fait un putain de massacre. Il vit, là, dangereusement, plein pot, il vit l'excitation et la peur, et y a rien dans la vie civile qui fasse le poids à côté de ça. Il se met mitrailleur en hélico. Ils sont en train de les perdre, leurs hélicos, il leur faut des mitrailleurs en vol. Un moment donné, ils en réclament, il fait ni une ni deux, il se porte volontaire. Il va être là-haut, à dominer l'action, tout paraît petit de là-haut, et crois-moi qu'il mitraille comme un dingue. Tout ce qui bouge. La mort et la destruction, c'est ça qu'il crache, le mitrailleur. Avec l'avantage supplémentaire que ça t'oblige pas à crapahuter dans la jungle tout le temps. Seulement voilà, quand il rentre chez lui, c'est pas mieux que le premier coup, c'est pire. C'est pas comme les gars de la Seconde Guerre mondiale, les mecs ils ont eu tout le voyage en bateau, ils ont pu se relaxer, y avait du monde pour s'occuper d'eux, leur tâter le pouls. Pour lui, pas de transition. Un jour il est au Vietnam à mitrailler depuis son hélico, à voir exploser les hélicos, il est dans les airs, à voir exploser ses potes, il vole tellement bas qu'il sent la barbaque qui grille, il entend les cris, il voit des villages entiers partir en fumée, et puis le lendemain, le voilà revenu dans les Berkshires. Pour le coup, il se sent plus chez lui, et en plus, à présent, les trucs qui lui passent par la tête lui font peur. Il a plus envie d'être avec les autres, il sait plus rire, il sait plus blaguer, il a l'impression de plus faire partie de leur monde, il se dit qu'il a vu et fait des choses qui ont tellement rien de commun avec ce qu'ils connaissent, il a plus de rapport possible avec eux, ni eux avec lui, à présent. On lui a dit qu'il pouvait rentrer chez lui. Rentrer chez lui, mais comment ? Il y a pas d'hélicoptère, chez lui. Il reste tout seul et il boit. Et quand il fait appel à la Veterans' Association, il s'entend répondre que tout ce qu'il veut c'est de l'argent, alors que lui, il sait bien que ce qu'il veut, c'est de l'assistance. Au début, il a essayé d'obtenir une aide du gouvernement, et ils lui ont donné des pilules pour dormir, alors, le gouvernement, qu'il aille se faire foutre ! On l'a traité comme de la merde. Vous êtes jeune, qu'ils lui ont dit, vous allez vous en sortir. Alors, lui, il essaie de s'en sortir. Puisqu'y a rien à attendre du gouvernement, il va falloir s'en sortir tout seul. Seulement, après deux campagnes, c'est pas si facile de revenir et de s'installer tout seul. Il est pas calme. Il est agité. Il tient pas en place. Il boit. Il pète les plombs pour un rien. Et puis y a ces choses qui lui passent par la tête. Mais quand même il essaie : pour finir il se fait la totale, l'épouse, le foyer, les gosses, la ferme. Lui il a envie d'être tout seul, mais elle, elle veut s'installer, et faire tourner la ferme avec lui, alors il se force à en avoir envie, lui aussi. Ces trucs que voulait Les le tranquille, il s'en souvient, il y a dix ans, quinze ans, avant le Vietnam, il essaie de les vouloir de nouveau. Seulement voilà, il arrive pas à avoir des sentiments pour eux. Il est à

table, dans la cuisine, il mange avec eux, et puis rien.
Y a pas moyen de passer d'hier à aujourd'hui. Mais
quand même, il essaie encore. Une ou deux fois, il se
réveille en pleine nuit et il est en train d'étrangler sa
femme, mais c'est pas sa faute — c'est la faute au
gouvernement. Il la prenait pour l'ennemi, putain !
Qu'est-ce qu'elle croyait qu'il allait lui faire ? Elle
savait qu'il allait s'en sortir. Il lui a jamais fait de mal,
ni à elle ni aux gosses. C'est rien que des mensonges.
Elle, elle pensait qu'à elle. Il aurait jamais dû la laisser partir avec les gosses. Elle a attendu qu'il soit en
désintox — c'est même pour ça qu'elle voulait qu'il y
aille. Soi-disant qu'elle voulait qu'il guérisse, pour
qu'ils puissent vivre ensemble de nouveau, mais en
fait elle s'est servie de ça contre lui, pour embarquer
les gosses, les lui enlever. La salope. La connasse.
Elle l'a bien eu. Il aurait jamais dû la laisser partir
avec les gosses. C'était un peu sa faute à lui, vu ce
qu'il buvait, ils auraient pu le mettre en désintox de
force, mais il aurait mieux valu qu'il les dézingue
tous quand il l'a dit. Il aurait dû les tuer, elle et les
gosses. Du reste, il l'aurait fait, sans la désintox. Et
elle le savait, elle savait qu'il les aurait tués comme
un rien si elle essayait de les lui enlever. C'était lui le
père, si quelqu'un devait les élever, c'était bien lui. Et
s'il pouvait pas s'occuper d'eux, il valait mieux qu'ils
soient morts. Elle avait pas le droit de lui voler ses
gosses. Elle les lui vole, et puis elle les lui tue. C'est la
facture pour ce qu'il a fait au Vietnam, voilà ce qu'ils
disaient tous, en désintox, tout se paie et ci et là, mais
c'est pas parce que tout le monde le dit que ça change
quelque chose. Ben oui, c'était la facture, et tout se
payait, la mort des gosses, le charpentier avec qui elle
baisait. Celui-là, il se demandait bien pourquoi il
l'avait pas tué. Au début, il a juste senti la fumée. Il
était dans les buissons au bord de la route, et il les

regardait, lui et elle, dans le pick-up du charpentier. Ils s'étaient garés devant la maison. La voilà qui descend, l'appartement qu'elle loue se trouve au-dessus d'un garage, sur l'arrière d'un bungalow — et la voilà qui monte dans le pick-up. Y a pas de lumière, pas de lune, mais il sait ce qui se passe. Puis il sent la fumée. Sa seule manière de survivre, au Vietnam, c'est que le moindre changement, un bruit, l'odeur d'un animal, le moindre petit mouvement dans la jungle, il le détectait avant tout le monde. Dans la jungle, il était aux aguets comme s'il y était né. Il voyait pas la fumée, il voyait pas les flammes, il voyait que dalle tellement il faisait noir, et puis tout d'un coup, il sentait la fumée, et les engins passaient au-dessus de sa tête, et il se mettait à courir. Eux ils le voient venir, et ils croient qu'il va voler les gosses. Il savent pas qu'il y a le feu à la maison. Ils pensent qu'il est devenu dingue. Mais lui, il sent la fumée, il sait que ça vient de l'étage, et il sait que les gosses sont là-haut. Il sait bien que sa femme, cette garce, cette connasse abrutie, va rien faire, vu qu'elle est dans le pick-up en train de sucer le charpentier. Il passe devant eux en courant. Il sait plus où il est, à présent, il oublie où il est, tout ce qu'il sait, c'est qu'il va entrer, monter l'escalier. Alors il enfonce la petite porte, et il monte en courant là où il y a le feu. C'est là qu'il voit les gosses sur les marches, ils sont blottis en haut des marches, ils suffoquent, et c'est là qu'il les recueille. Ils sont roulés en boule l'un contre l'autre, en haut des escaliers, il les prend dans ses bras, et il fonce dehors. Ils sont vivants, il en est sûr. Il pense pas qu'il y ait le moindre risque qu'ils soient pas vivants. Ils ont peur, c'est tout. Alors il lève les yeux, et qui il voit devant la porte, en train de le regarder ? Le charpentier. Là il pète les plombs. Il sait plus ce qu'il fait. Il saute à la gorge du mec, il commence à lui serrer le kiki, et cette salope, au lieu d'aller vers les gosses, elle a peur qu'il lui étrangle son amant, putain! cette salope de merde, elle s'inquiète pour son amant, dès fois qu'il le tuerait, au lieu de s'inquiéter pour ses gosses. Et ils s'en seraient sortis, les gosses. C'est pour ça qu'ils sont morts. Parce qu'elle en a rien eu à foutre, d'eux. Elle en a jamais rien eu à foutre. Ils étaient pas morts quand il les a pris dans ses bras. Ils étaient encore tièdes. Il sait comment c'est, un mort. On va pas la lui faire, après deux campagnes au Vietnam. La mort, il la renifle, s'il le faut. Il sait quel goût elle a. La mort, ça le connaît. Ils étaient pas morts, point final. C'est l'amant qui allait se retrouver mort, sauf que les flics, qui sont de mèche avec le gouvernement, se sont ramenés avec les flingues, et c'est là qu'ils l'ont bouclé. Cette salope tue ses gosses, par négligence, et c'est lui qu'on boucle! Mais bon Dieu de merde, faut pas déconner, quand même. Elle faisait pas attention à eux, cette salope! Elle faisait jamais attention à eux. C'est comme la fois où il avait les boules, qu'il pensait qu'ils allaient tomber dans une embuscade. Il aurait pas pu dire pourquoi, mais il le savait qu'il y avait un piège, et personne l'a cru, alors qu'il avait bel et bien raison. Un officier à la con, un nouveau, arrive dans la compagnie, et il veut pas l'écouter, si bien que des mecs se font tuer. Des mecs se font brûler, un enfer! C'est comme ça que des connards causent la mort de tes deux meilleurs potes. On l'écoute pas. On veut pas lui faire confiance. Il est revenu vivant, non? Il est revenu entier, avec ses bras et ses jambes, il est revenu avec sa bite — tu sais ce qu'il faut pour ça? Mais elle l'écoute pas, jamais! Elle lui tourne le dos, et elle tourne le dos à ses gosses. C'est rien qu'un ancien du Vietnam qui a pété les plombs. Mais il sait les choses, bon Dieu de merde! Et elle elle sait rien. Et est-ce qu'on la boucle, cette grosse conne ? Non, c'est lui qu'on boucle, qu'on neutralise à coups de drogues. On le remet en cabane, on veut plus le laisser sortir de la VA de Northampton. Il a rien fait d'autre que ce qu'on l'a formé à faire : voir l'ennemi, tuer l'ennemi. On t'entraîne pendant un an, on essaie de te tuer pendant un an, et quand tu fais ce à quoi on t'a formé, on te colle la camisole et on te bourre de saloperies. Il a fait ce qu'on l'avait formé à faire, et pendant ce temps-là sa putain de femme a tourné le dos à ses gosses. Il aurait dû les tuer tous pendant qu'il était encore temps. Surtout lui. L'amant. Il aurait dû leur couper la tête, à ces enfoirés. Il se demande bien pourquoi il l'a pas fait. Qu'il s'approche pas de lui, celui-là. Si jamais il le retrouve, cet enfoiré, il va te le tuer tellement vite qu'il saura même pas d'où ça lui tombe ; et personne saura que c'est lui, parce qu'il sait travailler sans bruit. Parce que c'est à ça que le gouvernement l'a formé. C'est un tueur qualifié, grâce au gouvernement des États-Unis. Il a fait son boulot. Il a fait ce qu'on lui a dit de faire. Et c'est comme ça qu'on le remercie, merde ! on le colle à la réanimation, on l'envoie dans la bulle ! Lui, dans la bulle, merde ! Même un chèque, ils veulent pas le lui donner. Pour tout ça, il s'en tire avec vingt pour cent d'invalidité ! Vingt pour cent ! Il fait vivre un l'enfer à sa famille, et qu'est-ce qu'on lui donne ? Vingt pour cent. Et encore, faut ramper. « Alors, racontez-moi ce qui s'est passé », ils lui disent, les petits assistants sociaux, les petits psychologues, avec leurs diplômes. « Vous avez tué un homme, au Vietnam ? » Y a un homme qu'il a *pas* tué, au Vietnam ? Tuer, c'était pas ça qu'il était censé faire, là-bas ? C'était pas pour ça qu'on l'envoyait ? Pour buter les bridés, merde ! On a dit tous les coups sont permis, O.K., tous les coups il les a faits. Tout tourne autour du mot tuer. Tuer des bridés! Comme si cette question suffisait pas dans la connerie, faut qu'ils lui filent un psychiatre chinetoque, un bridé, merde; il a servi son pays, et on est pas foutu de lui trouver un toubib qui parle anglais, merde! Tout autour de Northampton, il y a des restaus chinois, des restaus vietnamiens, des épiceries coréennes, et pour lui? T'es viet, t'es niacoué, tu t'en sors, on te file un restau, on te file un commerce, une épicerie, t'as une famille, tu fais des bonnes études. Mais pour lui, peau de balle; parce qu'on voudrait qu'il soit mort. Ils regrettent qu'il soit revenu. Il est leur pire cauchemar. Il était pas censé revenir. Et puis voilà l'autre, le prof de fac, maintenant. Tu veux que je te dise où il était, celui-là, quand le gouvernement nous a envoyés là-bas avec un bras attaché dans le dos? C'était lui qui menait ces saloperies de manifs contre la guerre. Quand ils vont en fac, on les paie pour qu'ils fassent cours, qu'ils fassent cours à nos gosses, pas pour qu'ils protestent contre la guerre au Vietnam. On nous a pas laissé une chance, merde! Ils disent qu'on a perdu la guerre, c'est pas nous qui l'avons perdue, la guerre, c'est le gouvernement. Seulement ces profs chicos, quand ça leur chantait, au lieu de faire cours, ils allaient défiler contre la guerre; et lui qui a servi son pays, voilà le remerciement. Pour toute la merde qu'il a connue là-bas. Impossible de dormir une nuit complète. Y a vingt-six ans qu'il a pas fait une bonne nuit. Résultat, résultat de tout ça, sa femme s'en va sucer un prof de fac de rien, un youpin? Y en avait pas des masses de youpins, au Vietnam, s'il se souvient bien. Ils avaient pas le temps, ils passaient leurs diplômes. Salaud de Juif! Ils ont un truc qui déconne, ces salauds de Juifs. Même physiquement, ils sont tarés. Et c'est ça qu'elle suce! Putain, mais dégueule, mec! À quoi ça a servi, tout ça? Elle a pas idée de ce que c'est. Elle a jamais connu la merde, elle. Il lui a jamais fait de mal, ni à elle ni aux gosses. « Oh, mon beau-père, il a été moche avec moi. » Il lui mettait un doigt, le beau-père. Il aurait dû la baiser, tiens, ça lui aurait remis les idées en place. Les gosses seraient vivants, aujourd'hui. Et lui, il serait comme tous les autres gars qui ont leur famille, leur belle bagnole. Au lieu d'être bouclé dans un asile pour les anciens du Viet-nam. Il est sous Thorazine, voilà tout le remercie-ment. On le bourre de Thorazine, il peut même plus marcher droit, tu parles d'un remerciement. Et tout ça parce qu'il s'est cru de retour dans la jungle.

Tel était le Lester Farley qui sortit des fourrés en rugissant. Tel était l'homme qui fonça sur Coleman et Faunia alors qu'ils étaient encore derrière la porte de la cuisine, l'homme qui sortit de l'obscurité des fourrés, sur le flanc de la maison, dans un rugisse-ment. Et ce n'était qu'une petite part de ce qui lui passait par la tête, nuit après nuit, depuis le début du printemps et jusqu'en ce commencement d'été, pendant qu'il se cachait des heures d'affilée, replié sur lui-même, immobile, en proie à toutes ces émo-tions, dissimulé là pour la voir faire ça. Faire ce qu'elle faisait pendant que ses deux gosses étaient en train de s'asphyxier dans la fumée. Et elle le faisait même pas avec un type de son âge, cette fois, ni même de l'âge de Farley. C'était même pas son patron, Hollenbeck, l'Américain modèle, le sportif, la vedette. Lui, au moins, il pouvait lui donner quelque chose en retour. Se faire Hollenbeck, ça méritait presque du respect. Mais maintenant, elle était tellement déjantée qu'elle était prête à faire ça pour rien avec n'importe qui. Maintenant c'était un Juif imbu de lui-même, avec sa face jaunâtre de Juif grimaçant de plaisir et ses vieilles mains tremblantes qui lui serraient la tête. Une femme qui suce un vieux Juif, y en avait pas deux, fallait que ça tombe sur lui ! Ce coup-ci, cette traînée, cette meurtrière, cette pleurnicheuse pompait dans sa bouche de pute le foutre liquide d'un vieux dégueulasse de Juif, et pendant ce temps-là, Rawley et Les junior étaient toujours morts.

La facture. C'était sans fin.

C'était comme de voler, c'était comme le Vietnam, c'était comme le moment où on s'éclate. Tout d'un coup, ça le rendait encore plus dingue de savoir qu'elle faisait une pipe à ce vieux Juif que de penser qu'elle avait tué les gosses. Farley part comme une fusée, il gueule, le professeur juif gueule, lui aussi, le professeur juif soulève un enjoliveur, et c'est seulement parce que Farley est venu sans armes — ce soir-là il arrive directement de son entraînement de pompier volontaire, il a pas pris un seul des flingues dont son sous-sol est plein — qu'il leur fait pas sauter le caisson. Pourquoi il a pas tendu la main pour attraper cet enjoliveur, le lui arracher et mettre un point final à tout ça, va savoir. Il en aurait fait des merveilles, pourtant, avec cet enjoliveur. « Pose ça ou je te fracasse la cervelle avec, pose ça, putain ! » Et le Juif a posé son enjoliveur. Il a bien fait, le Juif, de le poser.

Après son retour chez lui, cette nuit-là (il se demande bien comment il est rentré, du reste) et jusqu'aux petites heures du matin, il aura d'ailleurs fallu cinq mecs, cinq mecs de la brigade des pompiers, des potes à lui, tous, pour le maîtriser et lui passer la camisole avant de l'emmener à Northampton — Lester a tout revu, tout, en même temps, là, dans sa propre maison. Il a dû supporter la chaleur, la pluie, la boue, les fourmis géantes, les abeilles tueuses, là sur le lino de sa maison, à côté de la table de cuisine ; il a eu la diarrhée, des maux de tête, il a souffert de la faim, de la soif, il s'est retrouvé à court de munitions, il croyait sa dernière nuit arrivée, il attendait la fin, Foster sautant sur le piège à cons, Quillen en train de se noyer, lui-même en train de se noyer ou presque, perdant les pédales, balançant des grenades dans toutes les directions et braillant : « Je veux pas mourir », les avions de guerre déboussolés, qui leur tirent dessus ; Drago qui perd une guibole, un bras, son nez, le corps brûlé de Conrity qui lui colle aux mains, impossible d'obtenir qu'un hélico se pose, l'hélico dit qu'il peut pas atterrir parce qu'on lui tire dessus, et lui, tellement furieux, puisqu'il sait bien qu'il va mourir, il tire sur l'hélico pour l'abattre, il tire sur son propre appareil — c'est la nuit la plus inhumaine qu'il ait jamais connue, et la voilà de nouveau, cette nuit, dans le merdier où il habite, la nuit la plus longue de sa vie ; il est pétrifié dans tous ses gestes, les gars braillent, se chient dessus, chialent, il s'attendait pas à entendre chialer comme ça, des gars touchés au visage, qui meurent, qui rendent le dernier soupir et qui meurent, il a le sang de Conrity qui lui coule sur les mains, Drago pisse le sang, Lester essaie de secouer un mort pour le réveiller, il braille, il gueule sans arrêt : « Je veux pas mourir ! » Pas de temps mort pour la mort, pas de pause pour la mort, cavale pas possible, répit pas possible. Faut te colleter avec la mort jusqu'au matin, et de toutes tes tripes. La peur aux tripes, la rage aux tripes, aucun hélicoptère veut se poser, et le sang de Drago, là, ici même dans sa putain de baraque, qui pue, une horreur. Jamais il aurait cru que ça pouvait puer comme ça. TOUT SE VIT À FOND, TOUT LE MONDE EST LOIN DE CHEZ LUI, ET TOUT LE MONDE A LA HAINE, LA HAINE, LA HAINE, LA RAGE !

Presque jusqu'à Northampton — à la fin les gars tiennent plus, ils le bâillonnent —, Farley creuse, creuse dans la nuit. Et le matin, quand il se réveille, il s'aperçoit qu'il a couché dans la tombe d'un mec, avec les asticots. « S'il vous plaît, il crie, arrêtez, j'en peux plus ! pas ça ! » Alors ils ont pas le choix, faut bien le boucler.

À l'hôpital des Vétérans — un endroit où il a fallu l'emmener de force et d'où il n'arrête pas de fuguer depuis des années, depuis toujours : puisqu'il fuit l'hôpital d'un gouvernement qui l'a laissé tomber —, on le boucle au trou, on l'attache au lit, on le réhydrate, on le stabilise, on le détoxifie, on le désintoxique, on traite sa cirrhose, tous les matins, à sa thérapie de groupe, il raconte comment sont morts Rawley et Les junior. Il leur raconte, à tous, ce qui s'est passé, et ce qui s'est pas passé quand il a vu les visages asphyxiés de ses deux petits gamins, et qu'il a compris qu'ils étaient morts.

« J'étais paralysé, il explique, j'étais paralysé, bordel. Pas d'émotions. J'étais paralysé devant la mort de mes deux gosses mêmes. Mon fils, on lui voyait plus que le blanc des yeux, il avait plus de pouls, son cœur battait plus. Il respirait plus, merde, mon fils ! Mon fils, mon petit Les, le seul fils que j'aurai jamais. Pourtant je ressentais rien. C'était comme si j'avais un étranger devant moi. Pareil pour Rawley. C'était une étrangère. Ma petite fille. Vietnam de merde, c'est ta faute, tout ça ! Depuis toutes ces années que la guerre est finie, c'est encore ta faute ! Mes sentiments, je sais plus où j'en suis, de mes sentiments. C'est comme si on m'avait cogné sur le coin de la figure avec un bout de bois, il se passe rien. Et puis voilà qu'il se passe quelque chose, un truc énorme, et je ressens rien, bordel ! Mes gosses sont morts, mais mon corps est engourdi, et dans ma tête, c'est le vide. Tout ça, c'est à cause du Vietnam. J'ai jamais pleuré pour mes gosses, jamais. Il avait cinq ans et elle huit. Je me suis dit : "Pourquoi je ressens rien ? Pourquoi je les ai pas sauvés ? Pourquoi j'ai pas pu les sauver ?" C'est la facture. Tout se paie. J'arrêtais pas de penser au Vietnam. Toutes les fois où j'ai cru que j'étais mort. C'est comme ça que je me suis mis à comprendre que je peux pas mourir. Pour la bonne raison que je suis déjà mort. Je suis déjà mort au Vietnam. Je suis un homme mort, bordel ! »

Le groupe de thérapie était constitué d'anciens du Vietnam comme Farley, plus deux gars de la guerre du Golfe, des geignards qui avaient pris un peu de sable dans les yeux au cours d'une guerre de quatre jours. Une guerre de cent *heures*. Passées à attendre dans le désert. Les anciens du Vietnam, eux, à leur retour de guerre, ils avaient connu le pire — le divorce, les bitures, la drogue, la police, la taule, le fond délétère de la dépression, les crises de larmes incontrôlables, l'envie de hurler, l'envie d'écrabouiller, les mains qui tremblent, le corps plein de tics, le visage crispé, les suées des pieds à la tête, à revivre les éclats de métal, les explosions aveuglantes, les membres arrachés, à revivre l'exécution des prisonniers et des familles, des vieilles femmes et des enfants. Alors, tout en hochant la tête quand il parle de Rawley et de Les junior, tout en comprenant pourquoi il a rien ressenti en les voyant les yeux blancs puisqu'il était déjà mort lui-même, ces gars qui étaient vraiment malades se sont accordés sur un point (et ç'a été l'un des rares moments où ils ont été capables de parler d'autre chose que de leur propre cas, de se pencher sur celui d'un autre qui arpentait les rues prêt à mordre, à demander « pourquoi ? » au ciel, qui ne recevait pas le respect auquel il avait droit, et qui ne serait heureux qu'une fois mort, enterré et oublié) :

il valait mieux que Farley laisse tout ça derrière lui et qu'il continue à vivre.

Continuer à vivre sa vie. Il sait que c'est de la merde, sa vie, mais c'est tout ce qu'il a. Continuer, donc, O.K.

Libéré de l'hôpital fin août, il était bien décidé à faire ça. Et avec l'aide d'un petit groupe de soutien où il s'était inscrit, et d'un type en particulier qui marchait avec une canne et qui s'appelait Jimmy Borrero, il y a réussi, au moins à moitié. C'était dur, mais avec l'aide de Jimmy, il y arrivait à peu près, il était sur la bonne voie depuis presque trois mois, jusqu'en novembre. Mais là, et c'était pas à cause de quelque chose que quelqu'un lui aurait dit, ou qu'il aurait vu à la télé, ou parce qu'il allait encore passer un Thanksgiving sans famille, mais parce que c'était plus fort que lui, Farley, il n'avait pas pu empêcher le passé de monter comme une vague, de monter, de l'obliger à passer à l'acte, à réagir — au lieu que tout ça soit derrière lui, c'était devant.

Une fois de plus, pas d'erreur, c'était sa vie.

II

Le punch

Le lendemain, lorsque Coleman descendit à Athena s'enquérir des mesures à prendre pour que Farley ne s'introduise plus jamais chez lui, son avocat, Nelson Primus, lui dit ce qu'il ne voulait pas entendre : il devait songer à mettre un terme à ses amours. La première fois qu'il avait fait appel à Primus, c'était au tout début de l'affaire des zombies. Comme le jeune avocat avait été de bon conseil, que ses manières abruptes et sa présomption juvénile n'étaient pas sans lui rappeler les siennes au même âge (l'homme allait droit à l'essentiel sans faire de sentiment, et il ne se donnait pas la peine de cacher cette attitude derrière la rondeur rassurante qui caractérisait ses confrères en ville), c'était chez lui qu'il était venu porter la lettre de Delphine Roux.

Primus avait tout juste passé la trentaine, il était marié à une jeune philosophe que Coleman avait engagée quelque quatre ans plus tôt, et il était père de deux jeunes enfants. Dans une petite ville universitaire de Nouvelle-Angleterre comme Athena, où la plupart des professions libérales s'habillaient décontracté, ce jeune homme grand, mince, souple et sportif, d'une beauté lisse, à la chevelure noir corbeau, arrivait tous les matins à son cabinet dans d'impeccables costumes sur mesure, des chaussures noires étincelantes, et des chemises blanches amidonnées sobrement marquées à ses initiales ; cette mise dénotait non seulement une assurance sans faille et un sens de son importance personnelle, mais aussi le dégoût du négligé sous toutes ses formes ; elle suggérait en outre que Nelson Primus aspirait à autre chose qu'à un cabinet au-dessus du concessionnaire Talbot, en face du campus. Sa femme enseignait dans cette ville, donc il y travaillait. Pour l'instant, pas pour longtemps. C'était un jeune fauve en costume strict et boutons de manchette, un jeune fauve prêt à bondir.

« Je ne doute pas que Farley soit un psychopathe, dit-il, pesant ses mots avec une minutie nerveuse sans quitter Coleman Silk de son œil aigu. Je ne serais pas rassuré si je l'avais à mes trousses. Mais est-ce qu'il était à vos trousses avant que vous ayez une liaison avec son ex-femme ? Il ne savait même pas qui vous étiez. La lettre de Delphine Roux, ça n'a rien à voir. Vous avez voulu que j'écrive à cette femme. J'étais contre, mais je l'ai fait pour vous. Vous avez voulu qu'un expert analyse son écriture. J'étais contre, mais je vous ai trouvé un graphologue. Vous avez voulu que j'envoie l'analyse graphologique à son avocat. J'étais contre, mais je me suis exécuté. J'aurais préféré que votre tempérament vous porte à traiter cette tracasserie mineure par le mépris, mais j'ai fait ce que vous m'avez dit de faire. En revanche, Lester Farley, ça n'est pas une tracasserie mineure. Delphine Roux ne lui arrive pas à la cheville, ni pour la folie ni pour la vindicte. Le monde de Farley, c'est celui où Faunia a tout juste réussi à survivre, et qu'elle traîne avec elle, bon gré mal gré, quand elle passe votre porte. Lester Farley travaille à la voirie, c'est bien ça ? Qu'on réussisse à le faire interner, et tout votre petit bled paisible ne parlera plus que de l'affaire. Bientôt, on en fera des gorges chaudes ici même, et dans toute la fac; et alors, vous serez en butte à un puritanisme malveillant qui va vous traîner dans la boue bien au-delà de ce que vous avez connu au départ. Je me souviens à quel point l'hebdomadaire local s'est mépris sur l'accusation ridicule formulée contre vous et sur le sens de votre démission : "L'ancien doyen quitte la faculté déshonoré par son racisme." Je me souviens de la légende, sous votre photo : "L'épithète infamante qu'il a employée en cours force le professeur Silk à prendre sa retraite." Je me rappelle ce que vous avez subi, à l'époque, et je pense comprendre ce que vous subissez aujourd'hui, alors je vois d'ici ce que vous subirez quand tout le comté sera au courant de vos sexcapades, vous le type qui a dû quitter la fac déshonoré par une accusation de racisme. Loin de moi l'idée que ce qui se passe entre les murs de votre chambre regarde quelqu'un d'autre que vous. Je sais bien qu'on ne devrait plus en être là. Nous sommes en 1998. Ça fait tout de même des lustres que Janis Joplin et Norman O. Brown y ont mis bon ordre. Seulement ici, dans les Berkshires, il reste des gens, des péquenots comme des universitaires, qui n'auront jamais le bon goût de renoncer à leurs vieilles valeurs pour se mettre au pas de la révolution sexuelle. Des pratiquants étriqués, des maniaques des convenances. Et croyez-moi, ils ont les moyens de vous mettre le feu au train, et moins agréablement que votre Viagra. »

Mon Viagra, tiens, t'as trouvé ça tout seul, petit malin, se disait Coleman. Tu frimes, mais c'est vrai que tu m'as bien aidé par le passé, je ne vais pas t'interrompre ni te remettre en place, même si tu m'agaces un maximum avec ta pertinence. La compassion est ton moindre défaut ? Ça ne me gêne pas.

111

Je t'ai demandé conseil, je t'écoute jusqu'au bout. Ce serait bête de faire une bourde faute d'avoir été averti.

« Bien sûr que je peux vous obtenir un mandat d'internement, poursuivit Primus. Mais est-ce que ça va le restreindre ? Ça va mettre le feu aux poudres, au contraire. Je vous ai trouvé un expert-graphologue, je peux vous obtenir son internement, je peux même vous trouver un gilet pare-balles. Mais ce que je ne peux pas vous procurer, et que vous ne connaîtrez jamais tant que vous serez avec cette femme, c'est une vie sans scandale, sans censure, sans Lester Farley. La paix intérieure qui vient de n'avoir personne à ses trousses, personne qui vous caricature, ou qui vous snobe, ou qui vous méjuge. Tiens, au fait, est-ce qu'elle est séronégative ? Vous lui avez fait faire des analyses, Coleman ? Vous mettez des préservatifs, Coleman ? »

Il a beau se croire très affranchi, un vieux qui baise, ça le dépasse, hein ? Ça lui paraît carrément anormal. Mais qui peut se douter à trente-deux ans, qu'à soixante et onze, rien n'a changé ? Alors lui il se dit : Mais comment et pourquoi il fait ça ? Ma virilité de vioque et ses ravages, quel casse-tête ! Moi non plus, à trente-deux ans, je n'aurais pas compris. À part ça, il disserte sur la marche du monde avec l'autorité d'un homme qui aurait dix, vingt ans de plus. Or quelle expérience peut-il avoir, quelle connaissance des problèmes de l'existence, pour pontifier de cette façon-là avec un type qui a le double de son âge ? Très très peu, voire aucune.

« Et si vous ne mettez rien, vous, Coleman, est-ce qu'elle fait quelque chose de son côté ? Et si elle dit qu'elle prend des précautions, est-ce que vous pouvez lui faire confiance ? Même les femmes de ménage dans la dèche savent travestir la vérité, à l'occasion, et parfois même pour trouver remède aux avanies qu'elles ont subies. Qu'est-ce qui se passera si Faunia Farley se retrouve enceinte ? Elle peut se faire le raisonnement de beaucoup de femmes depuis que Jim Morrison et les Doors ont déstigmatisé la bâtardise. Elle pourrait n'en faire qu'à sa tête, l'envie pourrait lui prendre d'avoir un enfant avec un distingué professeur à la retraite, malgré tous vos sages raisonnements. Avoir un enfant avec un distingué professeur, après en avoir eu avec un raté dérangé, ça la changerait, ça lui doperait le moral. Et une fois enceinte, si elle décide qu'elle ne veut plus faire la boniche, qu'elle ne veut plus rien faire du tout, un tribunal éclairé n'hésitera pas à vous enjoindre d'entretenir et l'enfant et sa mère célibataire. Moi, bien sûr, je peux vous représenter au cours du procès en paternité et, le cas échéant, je me battrai pour qu'on ne vous prenne pas plus de la moitié de votre retraite. Je ferai tout ce qui est en mon pouvoir pour m'assurer qu'il reste encore quelque chose sur votre compte en banque quand vous passerez le cap des quatre-vingts ans. Écoutez-moi, Coleman, c'est un marché de dupes, à tous égards. Si vous allez consulter un expert en hédonisme, il vous tiendra un autre langage. Mais, moi, je suis juriste, et c'est un triste marché de dupes. Si j'étais vous, j'éviterais de croiser le chemin de Lester Farley, avec ses griefs de cinglé. Si j'étais vous, je déchirerais le contrat Faunia, et je me tirerais. »

Ayant dit tout ce qu'il avait à dire, Primus se leva de son bureau, vaste surface bien cirée qu'il s'abstenait scrupuleusement d'encombrer de paperasses et de dossiers, pour n'y laisser trôner que les photos encadrées de sa jeune universitaire d'épouse et de leurs deux bambins ; la surface de ce bureau représentait à la perfection l'ardoise propre, vierge ; à sa

vue, force était de conclure qu'aucun dysfonctionne-
ment personnel ne handicapait ce jeune homme
disert, ni faiblesse de caractère, ni extrémisme de
vues, ni pulsions incontrôlées, ni même la possibilité
d'une étourderie ; aucun secret bien ou mal gardé ne
ferait jamais surface pour le priver des gratifications
professionnelles et de la réussite bourgeoise qu'il
escomptait. Il n'y aura pas de zombies dans la vie de
Nelson Primus, pas de Faunia Farley, pas de Lester
Farley, pas de Markie pour le mépriser, pas de Lisa
pour l'abandonner. Il s'est verrouillé, et il ne laissera
aucune scorie pénétrer ses défenses pour le mettre
dans son tort. Mais est-ce que je ne m'étais pas verrouillé, moi aussi, et avec la même rigueur ? Étais-je
moins vigilant dans la poursuite de mes buts légi-
times, d'une vie estimable, bien équilibrée ? Avais-je
moins d'assurance quand je marchais au pas derrière
mes scrupules inexpugnables ? Étais-je moins arrogant ? N'est-ce pas exactement en ces termes que je
m'en suis pris à la vieille garde lors de mes cent premiers jours comme sbire de Roberts ? N'est-ce pas
ainsi que je les ai rendus fous, poussés vers la sortie ?
N'étais-je pas tout aussi plein de la même morgue ?
Pourtant, il n'a fallu qu'un mot. Un mot qui n'est nullement le plus ulcérant, le plus haineux ou le plus
horrifiant de la langue anglaise, mais qui a suffi pour
mettre à nu cette vérité de mon être que tous ont vue,
pesée, et jugée fautive.

L'avocat n'avait pas mâché ses mots, il les avait
quasiment tous assortis d'une mise en garde sarcas-
tique à la limite de la réprimande, et il s'était refusé
à atténuer son propos sous la moindre circonlocu-
tion par égard pour son distingué client à l'âge vénérable. Il fit le tour de son bureau pour l'accompagner
sur le palier et, une fois là, poussa la prévenance jusqu'à l'escorter au bas des marches, dans la rue enso-

leillée. C'était largement à l'instigation de Beth, sa femme, qu'il avait voulu dire à Coleman tout ce qu'il avait à dire et de la manière la plus explicite, au risque de lui paraître peu charitable ; il espérait ainsi épargner à cet ex-ponte de la faculté une déchéance pire encore que celle qu'il avait connue. L'affaire des zombies, coïncidant avec la mort subite de sa femme, avait si grièvement déstabilisé le doyen que non content d'avoir démissionné sur un coup de tête, au moment même où cette affaire spécieuse était en train de se tasser, voilà que deux ans plus tard il demeurait incapable de discerner son intérêt à long terme. Primus avait presque le sentiment que le camouflet injuste n'avait pas suffi à Coleman Silk ; on aurait dit qu'avec l'opiniâtreté retorse de celui que maudit le destin, de celui qui s'est attiré les foudres d'un dieu, il s'acharnait à provoquer une agression dégradante au dernier degré, une injustice suprême qui justifierait à jamais ses griefs. Ce type qui avait joui d'un pouvoir considérable à l'échelle de son petit monde était non seulement incapable de se défendre contre les intrusions d'une Delphine Roux et d'un Lester Farley, mais, et c'était tout aussi domma-geable pour son image déjà entamée, incapable de se blinder contre les pitoyables tentations permettant au mâle vieillissant de compenser tant bien que mal la perte de son tempérament et de sa virilité. Primus devinait à l'attitude de Coleman qu'il avait vu juste quant au Viagra. Nouvelle menace chimique, pensait le jeune homme. Pour le bien qu'il lui fait, son Via-gra, ce serait pas pire s'il fumait du crack.

Une fois dans la rue, ils se serrèrent la main. « Coleman, dit Primus (le matin même, alors qu'il lui annonçait son rendez-vous avec le doyen Silk, sa femme lui avait dit combien elle regrettait qu'il ait quitté l'université, elle avait répété son mépris à l'égard de Delphine Roux et du rôle qu'elle avait joué dans l'affaire des zombies), Coleman, Faunia Farley n'est pas de votre monde. Hier soir, vous avez pu vous faire une idée assez juste du monde qui l'a faite ce qu'elle est, qui l'a étouffée, et dont, pour des raisons que vous connaissez aussi bien que moi, elle n'arrivera jamais à se sortir. Dans ces conditions, il peut se produire des choses pires que l'incident d'hier soir, bien pires. Vous ne vous battez plus dans un monde où vos collègues essaient de vous détruire, de vous chasser de votre poste pour vous remplacer par un homme à eux. Vous ne vous battez plus contre un gang d'élitistes égalitaires bien élevés, qui dissimulent leurs ambitions personnelles derrière de nobles idéaux. Cette fois, vous vous battez dans un monde où la brutalité ne prend pas la peine de se draper dans la rhétorique humaniste. Le sentiment essentiel de ces gens vis-à-vis de l'existence, c'est qu'ils se sont fait baiser jusqu'à l'os, et depuis le début. Le préjudice que la faculté vous a fait subir a beau être abominable, c'est ce qu'ils vivent chaque minute de leur... »

Tout à coup, dans le regard de Coleman, Primus vit clairement s'inscrire *Ça suffit !* Il était temps de se taire. Pendant toute leur rencontre, il avait écouté en silence, réprimant ses sentiments, essayant de rester ouvert et d'ignorer la délectation flagrante que Primus mettait à chapitrer, fleurs de rhétorique à l'appui, un universitaire de presque quarante ans son aîné sur les vertus de la prudence. Pour se calmer, Coleman s'était dit : S'en prendre à moi leur fait du bien à tous, ça les défoule de me dire que j'ai tort. Mais lorsqu'ils furent tous deux dans la rue, il ne parvint plus à isoler la forme du fond — ni à s'abstraire de l'homme de pouvoir qu'il avait toujours été, et qu'on traitait avec déférence. Parler sans détours à son client n'obligeait pas Primus à un tel raffinement de sarcasmes. Si son propos était de le mettre en garde comme un avocat persuasif, il aurait été plus efficace en maniant le persiflage avec le dos de la cuillère. Mais il fallait croire qu'il s'était laissé emporter par la haute opinion qu'il avait de lui-même, brillant sujet destiné à un brillant avenir — moyennant quoi ce vieux crétin ridicule à qui un ersatz pharmaceutique rendait sa virilité pour dix dollars la pilule lui avait inspiré une ironie sans bornes.

« Vous maîtrisez une éloquence hors du commun, Nelson. Quelle perspicacité, quelle aisance ! Vous maîtrisez à merveille la période interminable, d'un ampoulé ostentatoire. Et quel mépris débordant pour le moindre problème humain auquel vous ne vous êtes jamais confronté ! » La tentation était terrible de prendre cet insolent fils de pute au collet pour l'envoyer traverser la vitrine de chez Talbot. Mais il se retint, fit un pas en arrière et, d'une voix à dessein aussi feutrée que possible, il énonça — sans pour autant mesurer ses paroles comme il aurait pu : « Je ne veux plus jamais entendre ta voix qui dégouline d'autosatisfaction, petit enfoiré, ni voir ton faciès d'hypocrite, Blanche-Neige. »

« Blanche-Neige ? dit Primus à sa femme, ce soir-là. Je sais bien qu'il ne faut pas demander compte aux gens de ce qu'ils disent sous le coup de la colère, quand ils pensent qu'on s'est servi d'eux, qu'on a attenté à leur dignité. Mais enfin, est-ce que j'avais l'air de vouloir l'agresser ? Bien sûr que non. C'est pire à présent. C'est pire, parce qu'il est déboussolé, ce vieux, et que je voulais l'aider. Il va s'obstiner dans son erreur jusqu'à la catastrophe, alors que je voulais l'en empêcher. Il a cru que je l'agressais alors qu'en

117

fait j'essayais maladroitement de l'impressionner, je voulais qu'il me prenne au sérieux. J'ai raté mon coup, Beth, j'ai foiré de A à Z. Peut-être parce que c'était moi qui étais intimidé. Ce type, avec sa petite taille et sa silhouette frêle, c'est une force de la nature. Je ne l'ai pas connu du temps qu'il était doyen, grand manitou. Moi, je ne l'ai connu que dans les ennuis. Mais il a de la présence. On voit bien pourquoi il intimidait les gens. Quand tu l'as en face de toi dans ton bureau, il occupe l'espace. Écoute, je saurais pas dire d'où ça vient. C'est difficile de se faire une idée sur quelqu'un qu'on a vu une demi-douzaine de fois dans sa vie. Peut-être que je me suis conduit bêtement. Mais, en tout cas, je me suis conduit comme un bleu. J'en ai pas raté une : la psy-chopathologie, Norman O. Brown, la contraception, le sida. Je savais tout sur tout, et en particulier sur ce qui s'est passé avant ma naissance. Incollable. J'au-rais dû être concis, pragmatique, neutre, j'ai fait de la provocation. Je voulais l'aider, je l'ai offensé. J'ai aggravé son problème. Non, je peux pas lui en vou-loir de m'avoir dit sa façon de penser, mais tout de même, chérie, pourquoi "Blanche-Neige"? »

Coleman n'était pas retourné sur le campus d'Athena depuis deux ans, et il évitait autant que pos-sible de se rendre en ville. Il avait cessé de haïr les membres de la faculté jusqu'au dernier, mais il ne voulait plus aucun commerce avec eux, de peur que, s'il s'arrêtait bavarder, même de sujets futiles, il se trouve incapable de cacher sa souffrance, ou de cacher qu'il la cachait ; et s'il allait vibrer d'indigna-tion, ou pire, perdre toute retenue et se lancer dans une complainte intarissable et trop détaillée, un blues de l'homme lésé ? Quelques jours après sa démission, il avait ouvert un compte en banque et pris une carte d'achats dans un supermarché à Blackwell, petite ville industrielle en crise, sur la rivière, à vingt-cinq kilomètres d'Athena. Il s'était même inscrit à la bibliothèque municipale, bien décidé à y recourir malgré l'exiguïté du fonds, pour ne plus jamais déambuler entre les rayons de celle d'Athena. Il s'était inscrit au YMCA de Blackwell, et au lieu d'aller nager à la piscine du campus en fin de journée, et de travailler sur un tapis du gymnase d'Athena, selon une habitude vieille de près de trente ans, il faisait des longueurs deux fois par semaine à la piscine du centre sportif de Blackwell, moins agréable. Il lui arrivait même de monter au gymnase délabré et, pour la première fois depuis qu'il avait passé sa licence, quoique à un tempo bien plus lent qu'alors, de s'entraîner en tapant dans le petit sac de vitesse avant de taper dans le gros sac de frappe. Il mettait deux fois plus de temps pour aller à Blackwell, au nord de chez lui, qu'à descendre les routes de montagne jusqu'à Athena, mais là-bas il risquait moins de rencontrer ses ex-collègues, et lorsqu'il les rencontrait en effet, il pouvait leur adresser un signe de tête sans sourire et vaquer à ses affaires avec moins de charge affective que s'il s'était trouvé dans les vieilles rues charmantes d'Athena, où il n'y avait pas un panneau, pas un banc, pas un arbre, un monument du campus qui ne lui rappelât d'une façon ou d'une autre la stature qui était la sienne avant qu'on le stigmatise comme le raciste de la fac et que tout change à jamais. La ribambelle de boutiques, en face du campus, n'était même pas là avant que sa nomination au poste de doyen n'amène du sang neuf — toutes sortes de gens, professeurs, étudiants, parents d'étudiants. En somme, avec le temps, il avait refondu la communauté à mesure qu'il avait secoué la torpeur de la fac. La boutique d'antiquités moribonde, le restaurant infâme, l'épicerie de survie, le débit de boissons cambrousard, le coiffeur péquenot, le magasin de vêtements pour hommes d'un autre âge, la librairie au fonds étique, la pharmacie mal éclairée, le salon de thé cucul, la taverne déprimante, le marchand de journaux sans journaux, la boutique de magie énigmatique et vide — tous avaient cédé la place à des établissements où l'on pouvait manger convenablement, boire un bon café, acheter des médicaments sur ordonnance, trouver une bonne bouteille, un livre traitant d'autre chose que des Berkshires, et faire des achats vestimentaires qui ne se limitent pas à des caleçons longs bien chauds pour l'hiver. Cette « révolution de la qualité » qu'on le louait d'avoir imposée aux professeurs de l'université ainsi qu'à ses programmes, il l'avait, sans s'en douter d'ailleurs, étendue aux commerces de la grand-rue. Ce qui ne faisait qu'accroître la souffrance et l'étonnement de s'y sentir à ce point étranger.

À présent, deux ans après les faits, il n'appréhendait pas tant leurs agressions — Delphine Roux exceptée, qui se souciait encore de Coleman Silk et de l'affaire des zombies ? — qu'il n'était las de sa propre amertume à peine enfouie et toujours prête à se galvaniser ; dans les rues d'Athena, il éprouvait, pour commencer, une aversion plus grande envers lui-même qu'envers ceux qui, par indifférence, lâcheté ou ambition, n'avaient pas levé le petit doigt pour le défendre. Ces gens instruits, ces gens qui avaient écrit des thèses, et qu'il avait engagés lui-même parce qu'il les croyait capables d'une pensée rationnelle et indépendante, n'avaient finalement manifesté aucun désir de soupeser les charges absurdes contre lui et d'en tirer les conclusions qui s'imposaient. Il était raciste, et tout à coup, à l'université d'Athena, c'était l'épithète la plus chargée d'affect qu'on pouvait vous appliquer. Et au sein de la faculté, chacun s'était laissé gagner par ce pathos, par peur de porter préjudice à son dossier et à sa promotion ultérieure. « Raciste », il avait suffi de prononcer le mot avec une autorité officielle pour que ses alliés prennent leurs jambes à leur cou jusqu'au dernier.

Pousser jusqu'au campus ? C'était l'été, il n'y avait pas cours. Après presque quarante ans à Athena, après tout ce qu'il avait dû faire pour arriver, après tout ce qui avait été détruit ou perdu, pourquoi pas ? D'abord lui avait échappé le mot « zombies », à présent « Blanche-Neige » — qui sait quelle tare abjecte il dévoilerait la prochaine fois qu'il emploierait sans arrière-pensée une expression désuète, un idiome au charme quasi suranné. On se révèle ou on cause sa propre perte en employant le mot parfait. Qu'est-ce qui fait qu'on se grille, qu'on sabote camouflage, couverture, déguisement ? Le mot juste, précisément, celui qu'on a prononcé spontanément, sans réfléchir.

« Pour la millième fois, je vous répète que j'ai dit "zombies" parce que je pensais "zombies". Mon père tenait un bar, mais il était pointilleux sur le choix des mots, et moi j'ai repris ce flambeau-là. Les mots ont un sens. Il n'était pas allé au-delà de la cinquième, mon père, mais ça, il le savait. Il rangeait deux objets derrière le bar pour arbitrer les querelles entre clients : une matraque et un dictionnaire. Le dictionnaire est mon meilleur ami, me disait-il. Il en est de même pour moi aujourd'hui. Or, ouvrant le dictionnaire, qu'est-ce qu'on trouve au mot "zombies" ? *Familier*. Fantôme ; spectre. — Mais, monsieur le doyen, ce n'est pas dans ce sens qu'on l'entend. Laissez-moi vous rappeler l'origine antillaise. Voilà dans quel sens on l'entend, et vous voyez d'ailleurs bien la logique de cette phrase : "Est-ce que l'un d'entre vous les connaît, ou est-ce que ce sont des Noirs que vous ne connaissez pas ?" — Monsieur, si mon intention avait été de dire : "Est-ce que quelqu'un les connaît ou est-ce que vous ne les connaissez pas parce qu'ils sont noirs", je l'aurais dit. "Est-ce que vous les connaissez, ou bien est-ce que personne ne les connaît puisqu'il se trouve que ce sont deux étudiants noirs ? Est-ce que l'un d'entre vous les connaît ou est-ce que ce sont des Noirs que personne ne connaît ?" Si j'avais voulu dire ça, croyez bien que je l'aurais dit, exactement en ces termes. Mais comment aurais-je pu savoir qu'ils étaient noirs puisque je ne les avais jamais vus, de mes yeux vus, et que je ne les connaissais que de nom ? Pour moi, à coup sûr c'étaient des étudiants invisibles ; or le mot qui désigne une personne invisible, un fantôme, un spectre, c'est le mot "zombies", que j'ai employé sans penser à ses origines antillaises. Mais alors vous allez me dire que je les ai traités de morts-vivants, de monstres, de sous-hommes, d'animaux ! Tant que vous y êtes... »

Un dernier regard sur Athena, et que se parachève la disgrâce.

Silky Silk. Silk le Soyeux, le Styliste. Ce nom-là, il y avait bien cinquante ans et plus que personne ne le lui avait donné, et pourtant, il s'attendait presque à s'entendre héler : « Hé, Styliste ! » comme si, au lieu de traverser la grand-rue d'Athena pour grimper la colline en direction du campus, pour la première fois depuis sa démission, il se retrouvait à East Orange remontant Central Avenue après les cours. Oui, il se retrouvait sur Central Avenue avec sa sœur Ernestine, et il l'écoutait lui confier l'histoire de fou qu'elle avait surprise la veille au soir, où le docteur Fensterman, le médecin juif, grand chirurgien de l'hôpital où maman travaillait à Newark, était venu rendre visite à leurs parents. Pendant que Coleman était au gymnase, qu'il s'entraînait à la course avec son équipe, Ernestine, rentrée à la maison, faisait ses devoirs dans la cuisine; de là, elle avait entendu le docteur Fensterman, installé au salon, expliquer à ses parents pourquoi il était crucial, pour lui comme pour son épouse, que leur fils Bertram sorte du lycée *valedictorian*, c'est-à-dire premier de sa classe. Cette place de premier, les Silk le savaient, c'était Coleman qui la détenait, Bertram n'étant que deuxième, à une note près. La note en question était un B, le seul que Bert ait eu sur son livret du précédent trimestre, un B en physique, un B à un devoir qui méritait de toute évidence un A, et qui séparait les deux meilleurs élèves de la terminale. Bert voulait comme son père embrasser une carrière médicale, expliqua le docteur à Mr et Mrs Silk, mais pour cela, il était capital qu'il ait un dossier sans la moindre faille, et pas seulement en premier cycle universitaire, mais depuis la maternelle. Les Silk n'étaient peut-être pas au courant des quotas discriminatoires institués pour empêcher les Juifs de s'inscrire en faculté de médecine, surtout à Harvard et Yale, où le docteur Fensterman et madame étaient cependant persuadés que Bert ne manquerait pas de s'imposer parmi les meilleurs des meilleurs si on lui en donnait la chance. À cause des quotas ridicules réservés aux Juifs dans les facultés de médecine, le docteur lui-même avait dû poursuivre ses études en Alabama, où il s'était trouvé aux premières loges pour voir le handicap qu'avaient à surmonter les gens de couleur. Il savait que le préjugé de l'université contre les étudiants de couleur était bien pire encore que celui contre les Juifs. Il savait quels obstacles les Silk avaient dû surmonter pour devenir une famille noire modèle, au-dessus du lot. Il connaissait les tribulations traversées par Mr Silk depuis que son officine d'opticien avait fait faillite pendant la Crise. Il savait que Mr Silk avait, comme lui, suivi des études à l'université, et qu'en travaillant comme maître d'hôtel dans les chemins de fer — c'est comme ça qu'il disait « serveur », Coleman — il exerçait un emploi sans rapport avec son niveau d'études et de qualification. Quant à Mrs Silk, il la connaissait pour travailler avec elle à l'hôpital. Il n'y avait pas de meilleure infirmière dans l'établissement, selon lui ; il n'y en avait pas de plus intelligente, de plus compétente, de plus fiable, de plus capable que Mrs Silk, y compris la surveillante elle-même. À son avis, Gladys Silk aurait dû depuis longtemps être nommée infirmière-chef du service de chirurgie. L'une des promesses qu'il tenait à leur faire était de tenter tout ce qui relevait de son influence auprès du directeur du personnel pour procurer le poste à Mrs Silk lorsque la titulaire, Mrs Noonan, prendrait sa retraite. Il était en outre tout disposé à leur consentir un « prêt » de trois mille dollars, sans intérêts et non remboursable, payable en une fois, lorsque Coleman partirait à la faculté et qu'ils devraient inévitablement faire face à un surcroît de dépenses. En échange, il n'en demandait pas autant qu'ils le croyaient sans doute. Deuxième de sa classe, *salutatorian*, Coleman resterait tout de même le meilleur élève de couleur de la promotion 1944, et de plus, le meilleur élève de couleur qui soit jamais sorti du lycée d'East Orange. Avec sa moyenne, il avait même des chances de se retrouver meilleur élève de couleur de tout le comté, voire de l'État ; et sa place de deuxième ne le gênerait en rien pour s'inscrire à l'université Howard. Les risques que cette place lui complique la vie étaient négligeables.

Il n'avait donc rien à perdre, tandis que les Silk, eux, gagneraient trois mille dollars, à consacrer aux études de leurs enfants. En outre, grâce à l'appui, à la caution du docteur Fensterman, Gladys Silk pourrait fort bien devenir en quelques années la première infirmière-chef de couleur d'un étage hospitalier dans la ville de Newark. Quant à Coleman, on ne lui demandait rien d'autre que de choisir ses deux matières les plus faibles, et d'y obtenir un B aux examens de fin d'année. Il reviendrait alors à Bert d'avoir des A partout, y parvenir serait son engagement dans ce contrat. S'il décevait tout le monde en ne travaillant pas assez pour réussir, alors, les deux garçons finiraient l'année à égalité, ou peut-être même que Coleman serait premier. Le docteur Fensterman ne reviendrait pas sur ses promesses pour autant. Il allait sans dire que cette transaction serait tenue confidentielle par les parties en présence.

Cette nouvelle réjouit si fort Coleman qu'il lâcha le bras d'Ernestine pour se mettre à caracoler dans la rue ; dans son exubérance, il courut de Central Avenue jusqu'à Evergreen Street et retour, en criant : « Mes deux matières les plus faibles ? Mais lesquelles ? » On aurait cru qu'en lui attribuant des points faibles le docteur Fensterman avait raconté la blague la plus drôle de l'année. « Et qu'est-ce qu'ils ont dit, Ern ? Il a répondu quoi, papa ? — J'ai pas pu entendre, il parlait trop bas. — Et maman, qu'est-ce qu'elle a dit ? — Je sais pas, j'ai pas pu l'entendre non plus. Mais ce qu'ils ont dit après le départ du docteur, ça je l'ai entendu. — C'est quoi, raconte ! — Papa a dit : "J'avais envie de le tuer, cet homme !" — Et maman ? — "Il a fallu que je me morde la langue", voilà ce qu'elle a dit, "je me suis mordu la langue". — Mais tu n'as pas entendu ce qu'ils lui ont répondu, à lui. — Ça non. — Eh bien moi je vais te dire une chose, je marche pas. — Non, bien sûr! — Oui, mais si papa lui a dit oui de ma part? — T'es pas fou, Coleman! — Écoute, Ernie, trois mille dollars, papa les gagne pas en un an, trois mille dollars, tu te rends compte! » À l'idée que le docteur Fensterman puisse offrir à son père un gros sac de papier plein d'argent, il se remit à courir comme un perdu jusqu'à Evergreen Street et retour, en sautant des haies imaginaires : depuis des années, il était champion de son lycée pour les courses de haies au sprint, et s'était classé deuxième au cent mètres. Encore un triomphe, se disait-il. Encore un triomphe, un record pulvérisé par le grand, l'incomparable, le seul et unique Silky Silk! Il était premier de sa classe, certes, vedette de la piste, mais il n'avait tout de même que dix-sept ans. Tout ce que la proposition du docteur Fensterman signifiait pour lui, c'était qu'il était de la plus haute importance pour tout le monde. Il n'avait pas encore assez de recul pour prendre la mesure des choses.

À East Orange, où la population était essentiellement blanche — composée d'Italiens pauvres, habitant en lisière d'Orange ou du premier arrondissement de Newark, et d'épiscopaliens riches occupant les belles maisons d'Upsala et de South Harrison —, les Juifs se trouvaient encore moins nombreux que les Noirs. C'étaient pourtant eux et leurs enfants qui tenaient la plus grande place dans la vie extrascolaire de Coleman. Aujourd'hui, le docteur Fensterman venait d'offrir trois mille dollars pour qu'il s'efface au profit de son fils Bert, mais il y avait eu tout d'abord Doc Chizner, qui l'avait pour ainsi dire adopté l'année précédente, où Coleman s'était inscrit aux cours du soir de son club de boxe. Doc Chizner était un dentiste qui adorait la boxe. Il ne ratait pas un match — il allait en voir à Jersey quand il y en avait à Laurel Garden ou à Meadowbrook Bowl; il allait en

voir à New York au Garden et à Saint Nick's Arena.
Les gens disaient : « On croit s'y connaître en boxe
tant qu'on a pas assisté à un match à côté de Doc.
Mais ce jour-là, on s'aperçoit qu'on n'a pas vu le
même match ! » Doc officiait aux tournois amateurs
de tout le comté d'Essex, y compris les Gants d'or de
Newark. Et les parents juifs de tout le secteur,
Orange, Maplewood, Irvington et même Weequahic
dans le sud-ouest de Newark, envoyaient leurs fils à
ses cours pour qu'ils apprennent à se défendre. Coleman, lui, savait. Mais il s'était retrouvé chez Doc
Chizner parce que son père avait découvert que
depuis sa deuxième année de lycée, après l'entraînement à la course, tout seul — et jusqu'à trois fois par
semaine — il filait en douce au Newark Boys Club,
au-dessous de High Street au cœur des taudis de
Newark, dans Morton Street, et qu'il s'entraînait en
secret à la boxe. Au début, il avait quatorze ans et
pesait cinquante kilos ; il y passait deux heures à faire
des assouplissements, trois rounds d'entraînement,
taper dans le gros sac de frappe puis dans le sac de
vitesse, sauter à la corde, s'exercer, après quoi il rentrait chez lui faire ses devoirs. Une ou deux fois, il
avait même eu la chance de s'entraîner avec Cooper
Fulham, champion des États-Unis l'année précédente à Boston. La mère de Coleman faisait une
équipe et demie et parfois deux équipes de suite à
l'hôpital ; son père, serveur au wagon-restaurant, ne
rentrait guère chez lui que pour dormir ; Walt, son
frère aîné, avait quitté la maison, d'abord pour l'université puis pour l'armée, de sorte qu'il était libre de
ses allées et venues, ayant par ailleurs fait jurer le
secret à Ernestine. Il veillait à ce que ses notes ne se
ressentent pas de ses activités du soir, il travaillait
pendant l'étude, dans son lit la nuit, et aussi dans
l'autobus au cours de ses navettes (il lui fallait en

prendre deux à l'aller comme au retour), poussant même son effort scolaire pour que personne ne soupçonne qu'il se rendait à Morton Street.

Quand on voulait boxer en amateur, c'est au Newark Boys Club qu'on s'inscrivait. Si l'on était bon, qu'on avait entre treize et dix-huit ans, on se retrouvait opposé aux jeunes des clubs de Paterson, Jersey City, du PAL d'Ironbound, etc. Il y avait des quantités de jeunes dans ce club, certains de Rahway, Linden, Elizabeth, il y en avait même deux qui venaient de Morristown, ainsi qu'un sourd-muet surnommé Motus originaire de Belleville. Mais le gros des jeunes venait de Newark, et c'étaient tous des garçons de couleur. Le club était pourtant dirigé par deux Blancs. L'un des deux, un flic de West Side Park nommé Mac Machrone, portait un pistolet, et il avait dit à Coleman que s'il apprenait qu'il ne faisait pas son parcours, il le flinguait. Mac croyait en la rapidité, et c'est pourquoi il croyait en Coleman. La rapidité, le jeu de jambes et la contre-attaque. Une fois qu'il eut appris à Coleman son équilibre en position debout, comment se déplacer, comment porter les coups, une fois qu'il vit comme il apprenait vite, comme il était intelligent, comme il avait des réflexes rapides, il s'avisa de lui enseigner les subtilités : bouger la tête, esquiver les coups, les bloquer, les contrer. Pour lui apprendre le jab, il lui disait : « C'est comme si tu chassais une mouche, sur ton nez, sauf que tu la chasses sur celui de ton adversaire, c'est tout. » Il apprit à Coleman à remporter un match rien que par son jab. « Tu envoies ton jab, tu bloques vers le bas, et tu contres. Le jab t'arrive dessus, tu l'esquives et tu remises du droit ; et si jamais tu esquives vers l'intérieur, tu remises avec un uppercut ; ou alors tu rentres la tête dans les épaules, et tu lui mets un direct au cœur et un uppercut du gauche à l'estomac.

Tu bloques vers le bas, et tu le contres. Toi, tu es un remiseur, Silky. C'est ça que tu es, et c'est tout toi. » Après quoi ils étaient allés à Paterson. C'était son premier tournoi amateur. Son adversaire lui mettait un jab ; le haut du corps de Coleman partait en arrière, mais il restait bien ferme sur ses jambes, si bien qu'il pouvait revenir et contrer l'autre d'un droit ; il l'avait piégé comme ça pendant tout le combat. L'autre ne changeait pas de tactique, Coleman n'en avait pas changé non plus, et il avait remporté les trois rounds. Au Club, c'était devenu son style. Quand Silk le Styliste mettait des punchs, on ne pouvait pas dire qu'il restait planté là sans rien faire. La plupart du temps, il attendait que son adversaire porte un coup, après quoi il lui en portait lui-même deux ou trois, puis se dégageait, de nouveau en attente. Il frappait mieux en laissant venir son adversaire qu'en le menant. Résultat, à seize ans, dans les seuls comtés d'Essex et de Hudson au cours de tournois amateurs à la salle d'exercice, au Knights' Club de Pythias, dans des exhibitions réservées aux anciens combattants à l'hôpital des vétérans, il avait bien dû battre trois champions des Gants d'or. Il se disait donc qu'il aurait déjà pu remporter 112, 118, 126 points... Sauf qu'il n'y avait pas moyen de s'inscrire aux tournois sans avoir son nom dans les journaux — auquel cas ses parents l'apprendraient. Et puis un beau jour, ils l'apprirent tout de même. Comment, il ne le sut jamais. Quelle importance ? Ils l'apprirent par quelqu'un, voilà tout.

Un dimanche qu'ils étaient tous réunis autour de la table, après la messe, son père lui demanda : « Ça a bien marché, pour toi, Coleman ?

— Bien marché où ça ?

— Au Knight's Club de Pythias, hier soir. Comment t'en es-tu sorti ?

— Qu'est-ce que c'est le Knight's Club de Pythias ?

— Je ne suis tout de même pas né d'hier, mon fils, tu sais. Le Knight's Club de Pythias, c'est l'endroit où le tournoi a eu lieu, hier soir. Il y avait combien de matchs au programme ?

— Quinze.

— Et tu t'en es sorti comment ?

— J'ai gagné.

— Combien de combats as-tu gagné, jusqu'ici, en comptant les tournois et les exhibitions, depuis tes débuts ?

— Onze.

— Et combien en as-tu perdu ?

— Jusqu'à présent, aucun.

— Et la montre, combien en as-tu tiré ?

— Quelle montre ?

— Celle que tu as gagnée au Lyons Veterans Hospital. Celle que les anciens combattants t'ont offerte pour ta victoire. Celle que tu as mise au clou dans Mulberry Street, à Newark, la semaine dernière, Coleman. »

L'homme était au courant de tout.

« Combien, d'après toi ? » osa dire Coleman sans lever les yeux, tout de même ; en fixant au contraire les broderies de la belle nappe du dimanche.

« Tu en as tiré deux dollars, Coleman. Quand penses-tu passer professionnel ?

— Je ne fais pas ça pour l'argent, dit-il, les yeux toujours baissés. Ça m'intéresse pas, l'argent. Je fais ça pour le plaisir. On ne se lance pas dans la boxe si on n'y prend pas plaisir.

— Sais-tu ce que je te dirais, Coleman, sais-tu ce que je te dirais si j'étais ton père ?

— Tu *es* mon père.

— Ah oui ?

— Bien sûr !

— Pas si sûr, pas sûr du tout. Je me demandais si ça n'était pas plutôt Mac Machrone, du Club de Newark, ton père.

— Voyons, papa, c'est mon entraîneur, Mac.

— Je vois. Mais alors qui est ton père, sans indiscrétion ?

— Tu le sais bien, c'est toi. C'est toi, mon père, papa.

— Ah oui, c'est bien vrai ?

— Eh non, cria Coleman, c'est pas vrai ! » Sur quoi, au tout début du repas dominical, il quitta la maison comme une fusée, et passa près d'une heure à courir pour s'entraîner. Il prit Central Avenue jusqu'à la limite d'Orange, traversa Orange jusqu'à West Orange, franchit Watchung Avenue vers le cimetière de Rosedale, puis obliqua vers le sud le long de Washington Street en direction de Main Street. Il courait, il lançait des coups, il sprintait, puis il reprenait sa vitesse de croisière, pour sprinter de nouveau ; ensuite, il boxa contre son ombre jusqu'à la gare de Brick Church ; et enfin, il couvrit la distance qui le séparait de la maison au sprint, et rentra dans la pièce où sa famille en était au dessert et où il fut en mesure de s'attabler bien plus calme que quand il s'était enfui, attendant que son père reprenne son discours là où il l'avait laissé. Ce père qui ne perdait jamais son calme. Ce père qui avait une autre manière de vous rentrer dedans. À coups de mots, de discours. Avec ce qu'il appelait la langue de Chaucer, de Shakespeare, de Dickens. Avec cette langue anglaise qui est un bien inaliénable et qu'il prononçait magnifiquement, d'une voix claire, bien timbrée, avec brio, comme si, jusque dans la conversation courante, il était en train de réciter la tirade de Marc Antoine sur le corps de César. Il avait d'ailleurs donné à ses trois enfants un second prénom tiré de la pièce qu'il se rappelait le mieux, et qui était à ses yeux le plus beau fleuron de la littérature anglaise, la plus belle leçon jamais écrite sur la trahison : son aîné s'appelait Walter Antony, son cadet Coleman Brutus, et leur petite sœur Ernestine Calpurnia, du nom de la loyale épouse de César.

La fermeture des banques avait mis un triste point final à l'affaire de Mr Silk. La perte de son officine d'opticien dans East Orange avait été un deuil difficile, sinon impossible. Pauvre papa, disait leur mère, il avait toujours voulu se mettre à son compte. Il avait fait des études dans le Sud, dans sa Géorgie natale — leur mère était du New Jersey. Il avait appris l'agriculture, l'élevage, à l'université. Mais il avait abandonné pour venir dans le Nord, à Trenton, où il s'était inscrit dans une école d'optique. Ensuite, la conscription l'avait entraîné dans la Première Guerre mondiale, au retour de laquelle il avait rencontré leur mère, s'était installé à East Orange avec elle, avait ouvert l'officine, acheté la maison ; et puis il y avait eu le krach, et il se retrouvait serveur dans les wagons-lits. Mais si ce métier le vouait au silence, chez lui, du moins, il lui était loisible de s'exprimer avec toute sa maîtrise du verbe, sa précision, son incisivité, et il avait la formule assassine. Il était très pointilleux sur la qualité de la langue parlée par ses enfants. Tout petits, ils ne disaient jamais : « Regarde le oua-oua », ni même : « Regarde le toutou » ; c'était : « Regarde le doberman, le beagle, le terrier. » Ils apprenaient que les choses se classent. Ils découvraient le pouvoir du terme précis. Il leur enseignait l'anglais en permanence. Même les petits camarades de ses enfants qui passaient à la maison s'entendaient reprendre par Mr Silk.

Du temps qu'il était opticien, et portait par-dessus

son costume de clergyman une blouse blanche de médecin, il avait des heures de travail plus ou moins régulières. Alors, après le dessert, au lieu de quitter la table, il lisait le journal. Ils le lisaient tous. Les enfants, l'un après l'autre, devaient lire le *Newark Evening News*, même Ernestine la benjamine, et pas les bandes dessinées. La grand-mère paternelle de Coleman avait appris à lire auprès de sa maîtresse, et après l'Émancipation, elle était allée étudier dans ce qu'on appelait alors l'École normale et industrielle de Géorgie pour les gens de couleur. Son grand-père paternel était un pasteur méthodiste. Dans la famille Silk, on lisait les classiques. Dans la famille Silk, on n'emmenait pas les enfants voir des matchs de boxe ; on les emmenait au Metropolitan Museum of Art de New York voir les armures, au Planétarium Hayden pour s'instruire sur le système solaire, et, très régulièrement, au Muséum d'histoire naturelle. De plus, en 1937, pour le 4-Juillet, malgré le prix des billets, Mr Silk les emmena tous au Music Box Theatre de Broadway pour voir George M. Cohan dans *I'd Rather Be Right*. Coleman entendait encore son père dire au téléphone à son frère, l'oncle Bobby : « Quand le rideau est tombé sur George M. Cohan, après tous les rappels, tu sais ce qu'il a fait ? Il est sorti pendant une heure et il a chanté toutes ses chansons, jusqu'à la dernière. Quel meilleur premier contact avec le théâtre, pour un enfant ! »

« Si j'étais ton père, dit le père de Coleman tandis que l'adolescent avait repris place solennellement, devant une assiette vide, tu sais ce que je te dirais, à présent ?

— Quoi ? demanda Coleman à voix basse, non pas parce que sa course l'avait essoufflé, mais parce qu'il était tout assagi d'avoir dit à son propre père, qui n'était plus opticien mais serveur dans les wagons-lits désormais, qu'il n'était pas son père.

— Je dirais : "Tu as gagné hier soir ? Bravo. À présent, tu vas pouvoir te retirer sur une victoire. Tu viens de raccrocher les gants." Voilà ce que je dirais, Coleman. »

Les choses furent bien plus faciles, un peu plus tard, après que Coleman eut passé l'après-midi à faire ses devoirs ; entre-temps sa mère avait eu le loisir de parler avec son père et de le raisonner. Il leur fut donc possible de s'installer dans le séjour pour y écouter Coleman vanter les gloires de la boxe et dire pourquoi, à cause de toutes les ressources qu'elle mobilisait si on voulait y exceller, ces gloires étaient supérieures même à celles de la piste cendrée.

C'était sa mère qui posait les questions, à présent, il n'avait pas de mal à lui répondre. Le fils cadet de Gladys Silk était pour elle un cadeau enveloppé dans tous les rêves de promotion qu'elle avait pu faire. Plus il croissait en beauté et en intelligence, plus il lui était difficile de le dissocier de ses rêves. Elle, sensible et douce avec ses malades, savait pourtant, avec les autres infirmières ainsi qu'avec les médecins, les médecins blancs, se montrer exigeante et sévère, leur imposant un code non moins astreignant que celui qu'elle s'imposait à elle-même ; elle pouvait aussi se montrer sous ce jour envers Ernestine. Mais jamais envers Coleman. Lui, il avait droit au régime des malades : sollicitude, gentillesse prévenante. Il obtenait quasiment tout ce qu'il voulait. Le père lui montrait la voie, la mère le nourrissait d'amour. Classique distribution.

« Je ne vois pas comment tu peux avoir de l'agressivité envers quelqu'un que tu ne connais pas, dit-elle, surtout toi, avec ton heureux caractère.

— On n'a pas d'agressivité. On se concentre, c'est tout. C'est un sport. Avant le match, on s'échauffe, on boxe contre son ombre, on se prépare pour ce qui va vous tomber dessus.

— Et si c'est la première fois qu'on voit son adversaire ? demanda son père, réprimant au mieux ses sarcasmes.

— Je veux seulement dire que l'agressivité n'est pas nécessaire, dit Coleman.

— Mais, reprit sa mère, si l'autre est agressif, lui ?

— Ça ne fait rien. On gagne avec sa cervelle, pas avec sa rage. Qu'il soit agressif, on s'en fiche. Il faut réfléchir. C'est comme une partie d'échecs. Comme de jouer au chat et à la souris. On peut mener son adversaire. Hier soir je suis tombé sur ce type qui avait dix-huit ou dix-neuf ans, dans le genre lent. Il m'a mis un jab sur le haut de la tête. Au deuxième coup, j'étais prêt, et boum ! Je suis remonté avec un contre droit, et il a rien vu venir. Je l'ai envoyé au tapis. D'habitude, j'envoie pas mes adversaires au tapis, mais celui-là, si. Et ça a marché parce que j'ai réussi à lui faire croire qu'il pouvait m'avoir une deuxième fois avec son punch.

— Coleman, dit sa mère, je n'aime pas t'entendre parler comme ça. »

Il se leva pour lui faire une démonstration. « Regarde, c'était un punch lent, tu vois ? J'ai vu que son jab était lent, et qu'il allait pas m'attraper. Ça m'a pas fait mal du tout, m'man. Je me suis seulement dit, s'il me le refait, je vais l'esquiver et cogner du droit. Si bien que quand son poing est parti, je l'ai vu venir tellement il était lent, donc j'ai pu contrer et le toucher. Je l'ai envoyé au tapis, m'man, mais pas par agressivité, simplement parce que je boxe mieux que lui.

— Mais, ces jeunes de Newark contre lesquels tu te bats, ils n'ont rien à voir avec tes amis », et elle mentionna avec affection le nom des deux autres

Noirs les plus doués et les mieux élevés de sa classe, au lycée d'East Orange, avec lesquels, en effet, il déjeunait et passait son temps sur place. « Je les vois dans la rue, ces garçons de Newark ; ce sont des brutes. La course, c'est tellement plus civilisé que la boxe, ça te ressemble tellement plus, Coleman. Et puis tu cours si bien, mon chéri !

— Peu importe que ce soit des brutes, ou qu'ils se prennent pour des brutes. Dans la rue, ça compte, mais pas sur le ring. Dans la rue, le type d'hier aurait sans doute pu me laisser sur le carreau. Mais sur le ring ? Avec des règles ? Avec des gants ? Non, non. Il a pas pu me mettre un seul direct.

— Mais quand ils te touchent pour de bon, qu'est-ce qui se passe ? Il faut bien que ça fasse mal. Il y a l'impact, forcément. Et puis c'est tellement dangereux. Pour ta tête. Pour ton cerveau.

— On "mange" le coup, m'man. On nous apprend à rouler la tête. Comme ça, tu vois. Ça réduit l'impact. Il n'y a qu'une fois et une seule où j'aie été un peu sonné, et encore, c'est parce que j'avais boxé comme une cloche, j'avais commis une faute idiote, j'avais pas l'habitude de me battre contre un gaucher. Ça n'est pas pire que de se cogner la tête contre un mur, on est un peu groggy, un peu flageolant. Et puis, subitement, le corps revient à lui. Il suffit de s'accrocher à son adversaire, ou de s'écarter, et la tête se dégage. Quand on prend un coup sur le nez, il peut arriver qu'on ait les yeux qui pleurent une seconde, mais c'est tout. Si on sait ce qu'on fait, c'est pas dangereux. »

Avec cette remarque, la mesure fut comble pour son père. « Moi j'ai vu des hommes prendre un coup qu'ils n'avaient pas vu venir du tout, et quand ça arrive, ils n'ont pas les yeux qui pleurent, ça les assomme purement et simplement. C'est arrivé à Joe Louis lui-même, si tu t'en souviens, non ? Je me trompe? Et si ça peut arriver à Joe Louis, ça peut t'arriver, Coleman.

— Ouais, mais, papa, quand il s'est retrouvé pour la première fois face à Joe Louis, Schmeling a vu une faille. La faille, c'était que quand il jabbait, au lieu de revenir... » De nouveau sur ses pieds, le garçon joignait le geste à la parole : « Au lieu de revenir, il a laissé tomber sa main gauche, vous voyez? alors Schmeling lui est tombé dessus sans arrêt, et c'est comme ça qu'il l'a mis K.-O. C'est tout de la jugeote, c'est vrai, papa, je te jure.

— Ne parle pas comme ça, ne dis pas "je te jure".

— Bon, d'accord. Mais s'il revient pas, quand il se retrouve en position, alors l'adversaire va le pilonner de son droit, et au final il l'aura. C'est ce qui s'est passé la première fois. C'est exactement ce qui s'est passé. »

Mais des combats, Mr Silk en avait vu des tas. On en organisait à l'armée, le soir, pour les troupes. Et les boxeurs se retrouvaient non seulement out comme Joe Louis, mais encore victimes d'entailles si importantes qu'on n'arrivait pas à arrêter l'hémorragie. Sur sa base, il avait vu des boxeurs de couleur qui se servaient de leur tête comme de leur arme la plus meurtrière, c'est sur la tête qu'ils auraient dû porter un gant. Des bagarreurs de rue, des abrutis, qui cognaient comme des sourds avec leur tête jusqu'à ce que leur adversaire soit méconnaissable. Non, Coleman devait se retirer sur une victoire. Et s'il voulait boxer pour le plaisir, pour le sport, alors ce n'était pas au Newark Boys Club qu'il fallait aller (un club tout juste bon pour les gosses des taudis, les illettrés, les petits voyous, qui finiraient dans le caniveau ou en prison, selon Mr Silk). Il fallait aller ici même, à East Orange, sous les auspices de Doc Chizner, qui était dentiste pour l'United Electrical

Workers du temps que lui, opticien, fournissait les lunettes des membres de ce même syndicat. Doc Chizner était toujours dentiste, mais après ses consultations, il apprenait aux fils de médecins, d'avocats et d'hommes d'affaires juifs les rudiments de la boxe, et l'on pouvait être sûr qu'à ses cours personne ne se retrouvait jamais blessé ou mutilé à vie. Le père de Coleman voyait les Juifs, y compris ceux qui avaient la présomption déplaisante du docteur Fensterman, comme des éclaireurs indiens, des gens sagaces, montrant la voie, les ouvertures sociales, le chemin de la réussite à une famille de couleur intelligente.

C'est ainsi que Coleman se retrouva chez Doc Chizner et devint le jeune de couleur que tous les jeunes Juifs de bonne famille connaissaient — le seul sans doute qu'ils connaîtraient jamais. Il devint bientôt l'assistant de Doc. Il enseigna à ces jeunes Juifs non pas les subtilités qui permettaient d'économiser son énergie et ses mouvements que Mac Machrone lui avait appris, à lui son élève vedette, mais les rudiments, puisque aussi bien ils n'en demandaient pas davantage — « Quand je dis un tu fais ton direct quand je dis un un tu fais deux fois ton direct, à un-deux tu jabbes du gauche et tu fais un crochet du droit, un deux trois, jab du gauche, crochet du droit, uppercut du gauche. » Quand les autres étaient rentrés — de temps en temps, il y en avait un qui saignait du nez pour avoir encaissé et qui ne revenait jamais —, Doc Chizner prenait Coleman à part. Certains soirs, il lui développait l'endurance essentiellement en faisant du corps à corps avec lui — on s'empoigne, et on cogne si bien que le sparring paraît un jeu d'enfant en comparaison. Doc exigeait de Coleman qu'il se lève pour faire ses parcours et boxer son ombre au moment où la charrette du laitier arrivait dans le quartier pour sa livraison matinale. À cinq heures du matin, Coleman était dehors, arborant son sweat-shirt gris à capuche, dans le froid, dans la neige s'il le fallait, trois heures et demie avant la première cloche du lycée. Il n'y avait pas un chat dans les rues, personne ne courait, c'était des décennies avant qu'on ait entendu parler du jogging. Il courait cinq kilomètres et mettait des coups sur tout le parcours, s'arrêtant seulement pour ne pas effaroucher le vieux canasson marron du laitier lorsque, encapuchonné comme un moine patibulaire, il arrivait à sa hauteur et le dépassait au sprint. Il avait horreur de ce pensum quotidien, et il n'y manquait jamais.

Quelque quatre mois avant la visite et l'offre du docteur Fensterman, Coleman s'était retrouvé dans la voiture de Doc Chizner, un certain samedi, en route pour West Point où Doc devait arbitrer un match entre l'université de Pittsburgh et l'armée. Il connaissait l'entraîneur de l'équipe universitaire, et il voulait lui montrer comment Coleman boxait, car il était persuadé qu'avec ses notes l'entraîneur pourrait lui procurer une bourse de quatre ans à Pittsburgh, et d'un montant plus élevé que celle qu'il obtiendrait dans l'équipe d'athlétisme; en retour de quoi il lui suffirait de boxer pour la fac.

Sur le trajet, Doc n'alla pas jusqu'à lui souffler de dire à l'entraîneur de Pittsburgh qu'il était blanc. Il lui dit simplement de ne pas préciser qu'il était de couleur.

« Si la question ne se pose pas, tu la mets pas sur le tapis. Tu n'es ni l'un ni l'autre. Tu es Silky Silk, ça suffit, ça fait l'affaire. » Ça fait l'affaire, expression favorite de Doc, autre formule que Silk père ne lui permettait pas d'employer chez lui.

« Il va pas s'en apercevoir ?

— Et comment ? Comment veux-tu qu'il s'en

aperçoive, bon sang ? Voilà le meilleur élève du lycée d'East Orange, il est avec Doc Chizner. Tu veux que je te dise ce qu'il va penser, à supposer qu'il pense quelque chose ?

— Quoi donc ?

— Entre la tête que tu as, et le fait que tu bosses avec moi, il va te prendre pour un de mes petits gars, il va penser que tu es juif. »

Coleman n'avait jamais considéré Doc comme un grand comique, contrairement à Mac Machrone avec ses anecdotes de flic de Newark ; mais celle-là, c'était la meilleure. Il éclata de rire et lui rappela : « Je me destine à l'université Howard, moi, pas à Pittsburgh. Je suis obligé d'aller à Howard. » Si loin que sa mémoire remontât, en effet, son père était bien décidé à l'envoyer, lui, le plus doué de ses trois enfants, dans une université historiquement noire, avec les rejetons plus fortunés de l'élite noire dans les professions libérales.

« Coleman, boxe pour ce type, je t'en demande pas plus. Ça fera l'affaire. Après on verra. »

Sinon pour des excursions éducatives à New York en famille, Coleman n'avait jamais quitté le New Jersey. Il passa donc une fameuse journée à se balader dans West Point en faisant comme s'il était là pour s'inscrire à l'École militaire. Puis il boxa pour l'entraîneur de Pittsburgh contre un adversaire du genre de celui qu'il avait rencontré au Knights de Pythias — un type lent, mais tellement lent qu'au bout de quelques secondes il avait compris que malgré ses vingt ans et son statut de boxeur universitaire, il ne le battrait jamais. Oh la la, se dit-il, si je pouvais boxer contre lui pour le restant de mes jours, je serais meilleur que Ray Robinson. Ce n'était pas seulement parce qu'il pesait trois kilos de plus que le jour des Knights, où il se trouvait sur la liste amateurs : quelque chose qu'il n'aurait même pas su nommer le poussait à être plus offensif qu'il n'avait jamais osé l'être, à ne pas se contenter de gagner. Était-ce parce que l'entraîneur de Pittsburgh ne savait pas qu'il était de couleur ? Pouvait-ce être parce qu'il était seul à connaître le secret de son identité ? Il aimait les secrets, en effet. Il aimait que personne ne sache ce qu'il avait en tête, il aimait penser à sa guise, sans que personne ait les moyens d'en rien savoir. Les jeunes de son âge parlaient d'eux à tort et à travers. Mais il n'y avait là ni pouvoir ni plaisir, à ses yeux. Le pouvoir et le plaisir, c'était le contraire : bloquer l'aveu comme on bloque un punch, il le savait sans qu'on ait besoin de le lui dire, sans avoir besoin d'y réfléchir. Voilà pourquoi il aimait boxer son ombre, et taper dans le sac lourd : il y avait du secret. C'était aussi pourquoi il avait aimé courir, mais la boxe valait encore mieux. Il y avait des types qui tapaient comme des sourds dans le sac, point final. Pas Coleman. Coleman, lui, pensait, tout comme il pensait en classe ou sur la piste quand il courait : il évacuait toute autre préoccupation, il se fermait à toute autre sollicitation, pour s'immerger à fond dans le présent, dans la discipline, la compétition, l'examen ; la fusion absolue avec l'objet à maîtriser. Il savait le faire pour les sciences naturelles, il savait le faire dans les starting-blocks, il savait le faire sur un ring. Il pouvait s'abstraire de ses préoccupations intérieures comme de toute incidence extérieure. Si pendant le match il y avait des gens qui lui criaient des phrases hostiles, il savait y être tout à fait sourd ; et s'il boxait contre son meilleur ami, il savait en faire abstraction de même : après le match, il y aurait tout le temps de renouer amitié. Peur, incertitude, amitié, il savait ignorer ces sentiments, sans s'en départir, mais en s'en démarquant. Ainsi, quand il boxait contre son ombre, il ne faisait pas que se mettre en jambes ; il s'imaginait son adversaire ; dans sa tête, il boxait contre lui. Et sur le ring, face à un adversaire bien réel, morveux, suant, puant, qui lui balançait des coups de toute sa force, le type n'avait toujours pas la moindre idée de ce qu'il avait en tête. Il n'y avait pas de professeur pour réclamer la réponse à cette question. Les réponses qu'on trouvait sur le ring, toutes autant qu'elles étaient, on les gardait pour soi ; et quand on laissait échapper le secret, ce n'était surtout pas par la bouche.

Ainsi, à West Point même, lieu magique, lieu mythique (ce jour-là le drapeau flottant au bout de sa hampe lui paraissait concentrer plus d'Amérique dans le moindre de ses centimètres carrés que tous les drapeaux qu'il avait jamais vus, et le visage d'acier des cadets se parait d'une aura héroïque toute-puissante), ici même, au centre de gravité patriotique du pays, moelle épinière de la colonne vertébrale infrangible de son pays, en ce lieu que ses seize ans investissaient de fantasmes correspondant aux fantasmes officiels, où tout ce qu'il voyait l'emplissait d'une frénésie d'amour, pas seulement pour lui-même mais pour tout le monde visible — à croire que les phénomènes naturels étaient une amplification de son être, le soleil, le ciel, les montagnes, la rivière, les arbres, Coleman Brutus Silky Silk puissance un million —, ici même personne ne connaissait son secret. Alors il s'élança dans le premier round, et, contrairement à l'élève défensif qui avait quitté Machrone sur une victoire, il se mit à cogner son adversaire avec toutes ses tripes. Quand il était face à un type de même force que lui, il lui fallait se servir de ses méninges ; mais quand il tombait sur un type facile à battre et qu'il s'en apercevait assez tôt, il pouvait toujours être plus offensif et le pilonner. C'est exactement ce qui se passa à West Point. En moins de temps qu'il n'en faut pour le dire, il lui avait entaillé la paupière, l'avait fait saigner du nez, et il le cognait dans tous les sens. Et puis il arriva ce qui n'était jamais arrivé. Coleman lança un crochet, et son avant-bras lui parut s'enfoncer aux trois quarts dans le corps de son adversaire, si profond qu'il en fut stupéfait — mais pas tant que l'autre. Avec ses cinquante-huit kilos, Coleman n'était pas du genre à chercher le knock-out. Il ne se plantait jamais vraiment sur ses pieds pour balancer le coup qui tue, ce n'était pas son style, et pourtant ce punch au corps alla si profond que le jeune boxeur universitaire de vingt ans se plia en avant et qu'il le cueillit dans cette partie du corps que Doc Chizner appelait le *labonz*. En plein dans le *labonz*, le gars se plia en deux, et pendant un instant Coleman crut qu'il allait vomir ; alors, avant qu'il vomisse et s'écroule, il se prépara à lui porter un autre coup — tout ce qu'il voyait dans ce Blanc qui s'écroulait, c'était un adversaire qu'il voulait laisser sur le carreau —, mais en cet instant, l'entraîneur de Pittsburgh, qui arbitrait le match, lui cria : « Non, Silky, arrête ! » et comme il portait son dernier droit, l'entraîneur le saisit et arrêta le combat.

« Et avec ça, lui dit Doc sur le chemin du retour, ce petit gars, c'était un sacré boxeur. Mais quand on l'a traîné dans son coin du ring, il a fallu lui dire que le combat était fini. Il était dans ses cordes, mais il avait pas vu venir le coup ! »

Nimbé dans sa victoire, dans la magie, l'extase de ce punch ultime et cette éruption spectaculaire de fureur délicieuse qui l'avait pris de court tout autant que sa victime, Coleman déclara — une fois en voiture il repassait le match dans sa tête, mais on aurait plutôt cru qu'il parlait dans son sommeil : « Il faut croire que j'ai été trop rapide pour lui, Doc.

— Rapide, oui, bien sûr. Rapide, je le savais. Mais fort aussi. C'est le meilleur crochet que je t'aie vu porter, Silky. Tu as été trop *fort* pour lui, mon petit. »

Trop fort ? Vraiment fort ?

Il n'en alla pas moins à Howard. S'il ne l'avait pas fait, son père l'aurait tué, à coups de mots, par la seule force de la langue anglaise. Car Silk père avait pensé à tout : Coleman irait à Howard pour devenir médecin, rencontrer une jeune fille de bonne famille à la peau claire, l'épouser, s'installer, avoir des enfants qui iraient aussi à Howard l'heure venue. Dans cette université cent pour cent noire, les avantages intellectuels et physiques extraordinaires de Coleman le propulseraient au sommet de la bonne société noire et feraient de lui un homme à tout jamais admiré. Or voilà qu'au bout de la première semaine, un samedi qu'il était sorti plein d'enthousiasme avec son camarade de chambre, fils d'un avocat du New Brunswick, pour voir le monument à Washington, ils s'arrêtèrent chez Woolworth acheter un hot-dog, et il se fit traiter de nègre. C'était la première fois ; on ne lui servit pas son hot-dog. On lui refusa un hot-dog, dans le centre de Washington, chez Woolworth, on le traita de nègre : là, il lui fut moins facile de s'abstraire de ses sentiments que sur un ring. À East Orange, le meilleur élève de sa classe, dans le Sud ségrégationniste, un nègre parmi tant d'autres. Dans le Sud de la ségrégation, pas question de faire une exception, pas même pour lui ou pour son camarade de chambre ; on n'entrait pas dans ces subtilités. Le choc fut dévastateur. Nègre ; c'était lui qu'on désignait sous ce terme.

Certes, à East Orange même, il n'avait pas échappé aux formes d'exclusion d'une malveillance mineure qui séparaient sa famille et la petite communauté de couleur du reste de la ville — tout ce qui découlait de ce que son père nommait la « négrophobie » ambiante. Il savait aussi qu'employé des wagons-lits de Pennsylvanie, son père subissait des insultes dans son wagon-restaurant, et que, malgré les syndicats, la discrimination de la compagnie était bien plus humiliante que tout ce que Coleman avait pu connaître à l'école, lui le gamin au teint clair, doté d'une intelligence vive, pétillante, enthousiaste, le brillant élève qui trouvait encore moyen de réaliser des prouesses athlétiques. Il observait son père faire tout son possible pour ne pas exploser, les soirs où il rentrait chez lui après un incident, au travail, qu'il ne pouvait conclure que par un « oui, m'sieur » bien docile s'il tenait à son travail, précisément. Contrairement à une idée reçue, les Noirs à la peau claire n'étaient pas toujours mieux traités. « Chaque fois qu'on a affaire à un Blanc, expliquait-il à sa famille, il a beau avoir les meilleures intentions du monde, il tient notre infériorité intellectuelle pour acquise. D'une façon ou d'une autre, sinon explicitement, du moins par l'expression de son visage, le son de sa voix, son agacement, et même le contraire, c'est-à-dire sa patience, ses prodigieux efforts d'humanité, il vous parle toujours comme si vous étiez un demeuré, il est toujours ébahi que vous ne le soyez pas. — Qu'est-ce qui s'est passé, papa ? » demandait Coleman. Mais, tant par amour-propre que par écœurement, le plus souvent, son père ne précisait pas. Il lui suffisait d'en tirer la leçon. « Ce qui s'est passé, expliquait sa mère, ton père ne va pas s'abaisser à en rendre compte. »

Au lycée d'East Orange, Coleman avait eu des professeurs qu'il sentait ne l'accepter, ne le soutenir qu'à moitié, comparé aux autres élèves doués mais blancs ; mais cette inégalité d'investissement n'était

jamais allée jusqu'à freiner ses visées. Les humiliations, les handicaps en tout genre, il les traitait
comme les haies qu'il avait à sauter. Ne serait-ce que
pour feindre l'impassibilité, il traitait par le mépris
des rebuffades que Walter, par exemple, ne pouvait
ni ne voulait traiter de même ; Walt jouait au football
dans l'équipe universitaire, il travaillait bien, son
teint n'était pas moins une curiosité que celui de
Coleman, et pourtant, il prenait tout revers plus à
cœur. Par exemple, quand il devait rester à la porte
d'un camarade blanc sans qu'on lui propose d'entrer,
quand il n'était pas invité à l'anniversaire d'un de ses
coéquipiers blancs qu'il avait eu la légèreté de
prendre pour un copain, Coleman, qui partageait
sa chambre, en entendait parler pendant des mois.
Le jour où Walt n'obtint pas A en trigonométrie,
il alla tout droit voir son professeur, un Blanc, et lui
dit, bien en face : « Je crois que vous vous êtes
trompé. » Sur quoi le professeur vérifia dans son
carnet de notes, regarda de nouveau les résultats de
Walt, et, tout en reconnaissant son erreur, eut le culot
de déclarer : « Je n'aurais jamais cru que vos notes
étaient aussi élevées », avant de remonter sa
moyenne. Coleman n'aurait pas eu l'idée de demander à un professeur de monter sa note, mais il est vrai
qu'il n'avait jamais eu à le faire. Soit qu'il n'ait pas été
hérissé de défiance, comme Walt, soit qu'il ait eu de
la chance, soit qu'il fût plus intelligent et que réussir
dans ses études lui coûtât moins d'efforts qu'à Walt,
il obtenait son A d'emblée. Et lorsqu'en classe de cinquième ce fut lui qui ne fut pas invité à l'anniversaire
d'un camarade blanc (il s'agissait du petit garçon
d'un gardien d'immeuble, au coin de la rue, un
enfant avec lequel il faisait le trajet de l'école depuis
la maternelle), il ne se considéra pas comme rejeté
par les Blancs, mais, une fois revenu de sa stupéfac-

tion, comme rejeté par le père et la mère de Dicky Watkin, deux crétins. Lorsqu'il donnait des cours chez Doc Chizner, il savait qu'il y avait des jeunes qu'il dégoûtait, qui ne voulaient pas être touchés par lui, entrer en contact avec sa sueur, il pouvait y avoir un gamin qui quittait le club, de temps en temps — là encore, sans doute à cause de ses parents qui ne voulaient pas voir leur fils apprendre auprès d'un Noir, qu'il s'agisse de boxe ou de quoi que ce soit d'autre. Pourtant, contrairement à Walter, qui accusait le coup à chaque humiliation, au bout du compte, il oubliait, traitait par le mépris, ou décidait de faire comme si. Un jour, l'un des coureurs de son équipe fut grièvement blessé dans un accident de voiture et tous ses camarades se précipitèrent pour offrir leur sang à sa famille en vue des transfusions, Coleman parmi eux. Mais son sang fut le seul de l'équipe que la famille ne prit pas ; on le remercia en lui disant qu'on en avait suffisamment, mais il ne fut pas dupe. Non, ce n'était pas qu'il ignorât ce qui se passait ; il était trop intelligent pour ça. Sur les pistes de Newark, il courait contre les Italiens de Barringer, les Polonais d'East Side, les Irlandais de Central et les Juifs de Weequahic. Il savait, il entendait, il surprenait parfois ce qui se passait, il était au courant. Mais il savait aussi ce qui ne se passait pas, au centre de sa vie du moins. La protection de ses parents, celle de Walter, ce frère aîné d'un mètre quatre-vingt-six, sa propre confiance en soi, qui était innée, son charme lumineux, ses prouesses à la course (le garçon le plus rapide de la ville, d'est en ouest) et même la couleur de sa peau, qui faisait qu'on avait un peu de mal à le situer — tous ces éléments amortissaient à son oreille les insultes que Walt trouvait insupportables. Et puis, enfin, il y avait les différences de personnalité : Walt était Walt, plutôt deux fois qu'une, tout autre était Coleman. Il n'y avait sans doute pas de meilleure explication à leurs réactions différentes.

Mais se faire traiter de nègre, lui ? Il était furieux. Et pourtant, sauf à vouloir s'attirer de vrais ennuis, que faire sinon quitter le magasin sans demander son reste. On n'était plus au tournoi amateur des Knights de Pythias. On était chez Woolworth, à Washington DC. Ses poings ne lui serviraient à rien, pas plus que son jeu de jambes ou sa rage. Sans parler même de Walter, comment son père faisait-il pour avaler ce genre de couleuvres ? Car, à quelques variantes près, c'était bien son lot quotidien au wagon-restaurant. Malgré son intelligence précoce, Coleman n'avait encore jamais compris quelle vie protégée il avait menée, jamais jaugé la force d'âme de son père, ni pris la mesure de sa force, de sa puissance — puissance qui ne devait pas tout à sa fonction paternelle. Il voyait enfin tout ce que son père avait été condamné à accepter. Il le voyait comme un homme sans défense, aussi, alors que dans la naïveté de son jeune âge il s'était figuré, à cause de l'attitude hautaine, austère, insupportable parfois de Silk père, qu'il n'y avait rien de vulnérable en lui. Mais en ce jour tardif où quelqu'un avait eu le culot de le traiter de nègre bien en face, lui, Coleman, voilà qu'il reconnaissait quel rempart prodigieux son père avait constitué contre la grande menace américaine.

Cela ne lui rendait pas la vie à Howard plus agréable. Surtout qu'il se mit à penser qu'il était un peu le « nègre » de ses camarades de chambre, avec leurs débauches vestimentaires, leurs poches pleines et leurs vacances d'été : au lieu de traîner dans les rues étouffantes, ou d'aller avec les scouts au fond de la cambrousse du New Jersey, ils partaient dans des camps de vacances chics, faire de l'équitation, du tennis, du théâtre. Qu'est-ce que ça pouvait bien être qu'un cotillon ? Où se trouvait donc Highland Beach ? De quoi parlaient-ils, ces jeunes ? Il était parmi les étudiants de première année les plus clairs de peau, plus clair même que son voisin de chambre au teint couleur thé, mais dans son ignorance de leur monde il aurait aussi bien pu être le plus noir des ouvriers agricoles illettrés. Le jour même de son arrivée, il détestait déjà Howard ; au bout d'une semaine, Washington ; de sorte qu'au début du mois d'octobre, lorsque son père mourut subitement en servant à dîner dans le wagon-restaurant des chemins de fer de Pennsylvanie — le train quittait Philadelphie pour Wilmington par la gare de la Trentième Rue —, Coleman rentra chez lui pour l'enterrement et dit à sa mère qu'il ne retournerait plus à cette fac-là. Sa mère tenta de le faire revenir sur sa décision, de lui représenter qu'il y avait forcément des garçons comme lui de famille modeste, des boursiers qu'il pourrait fréquenter et avec qui il se lierait d'amitié, mais rien de ce qu'elle pouvait dire, pour vrai que ce fût, ne parvint à l'ébranler. Il n'y avait que deux hommes susceptibles de le faire revenir sur une décision qu'il avait prise, son père et Walt, et encore devaient-ils alors quasiment briser sa volonté. Mais Walt était en Italie avec l'armée américaine, et le père devant lequel Coleman devait obtempérer pour ne pas l'irriter n'était plus là pour lui dicter quoi que ce soit de son verbe sonore.

Bien sûr il pleura à l'enterrement, et comprit la perte colossale qu'il venait de subir, sans préavis. Lorsque le pasteur lut, après les passages de la Bible, des extraits de *Jules César* dans le recueil de pièces de Shakespeare que son père affectionnait — ce gros bouquin à la jaquette de cuir molle qui lui faisait toujours penser à un épagneul quand il était petit —, le fils éprouva comme jamais la majesté du père ; la grandeur de son ascension comme celle de sa chute, cette grandeur qu'après un mois de fac, un mois passé loin du cocon familial, il commençait tout juste à entrevoir pour ce qu'elle était.

Le lâche meurt bien des fois avant sa mort.
Le vaillant ne goûte qu'une fois au trépas.
De toutes les merveilles qu'il m'a été donné d'entendre
La plus curieuse est que l'homme doive avoir peur,
Puisque la mort, cette fin nécessaire,
Viendra quand elle viendra.

Le mot « vaillant », avec les accents que le prêcheur lui donna, eut raison des efforts virils de Coleman pour garder son calme, sa maîtrise de soi, rester stoïque ; il mit à nu sa nostalgie enfantine pour cet homme, l'être le plus proche de lui, qu'il ne reverrait jamais, ce père démesuré, à la souffrance secrète, qui avait le verbe si facile, si généreux, qui, par le seul pouvoir de ce verbe, sans l'avoir cherché, avait inspiré à Coleman le désir d'être hors du commun. Réduit sans recours à une détresse au-dessus de ses forces, Coleman pleura, sous le coup de la plus fondamentale, de la plus débordante émotion. L'adolescent qui se plaignait de son père auprès de ses amis le décrivait avec plus de mépris qu'il n'en éprouvait et ne pourrait en éprouver, comme si, en jugeant son père de manière impersonnelle, il avait trouvé une nouvelle méthode pour s'inventer inattaquable, se revendiquer tel. Mais à présent que son père avait cessé de le circonscrire, de le définir, il avait le sentiment que toutes les pendules qu'il avait consultées dans sa vie, toutes les montres, venaient de s'arrêter ; il n'y avait plus moyen de savoir l'heure. Jusqu'à sa façon d'arriver à Washington et son entrée à Howard, que cela lui plaise ou non, c'était son père qui avait écrit son histoire pour lui. À présent, il lui faudrait l'écrire tout seul, et cette perspective le terrifiait. Puis elle cessa de lui faire peur. Trois jours terribles, terrifiants, passèrent, une semaine terrible, deux semaines terribles, jusqu'à ce que, tout à coup, ce fût l'exaltation.

« Que peut-on éviter / Dont la fin est voulue par les dieux tout-puissants ? » Ces vers, tirés de *Jules César*, eux aussi, et que lui avait cités son père, il lui avait fallu attendre que son père soit au tombeau pour prendre la peine de les entendre, et aussitôt il leur donna une exagération romantique. Voilà ce qui avait été voulu par les dieux tout-puissants ! La liberté de Silky. Son moi à l'état pur. Toute la subtilité à être Silky Silk.

À Howard, il découvrit qu'il n'était pas nègre aux seuls yeux de Washington DC — comme si le choc ne suffisait pas, il découvrit qu'il était aussi un Noir. Et un Noir de Howard, qui plus est. Du jour au lendemain, le moi à l'état pur était entré dans un nous, un nous compact et abusif, or il ne voulait rien avoir à faire avec ce nous-là, ni aucun autre nous susceptible de l'opprimer dans l'avenir. On finit par quitter son foyer, berceau du nous, et tout ça pour trouver un autre nous ? Un ailleurs en tout point semblable, un substitut du nous premier ? Certes, puisqu'il avait grandi à East Orange, il était noir, il faisait partie de leur petite communauté de cinq mille âmes, mais en même temps, pour avoir boxé, couru, étudié, avec la même concentration et le même succès partout, pour avoir écumé les rues tout seul d'est en ouest, et, avec ou sans Doc Chizner, avoir franchi la frontière de Newark, il était, sans même y réfléchir, tout le reste en même temps. Il était Coleman, le plus grand des grands pionniers du moi.

Et puis voilà qu'il était parti pour Washington, et

au bout d'un mois se retrouvait nègre, et rien d'autre ; il devenait un Noir et rien d'autre. Non, non et non. Il voyait d'ici le sort qui l'attendait, et il le refusait. D'instinct, il le pressentait, et il regimbait. Pas question de se laisser imposer les préjugés du grand Eux davantage que l'éthique du « nous » minuscule. La tyrannie du nous, du discours du nous, qui meurt d'envie d'absorber l'individu, le nous coercitif, assimilateur, historique, le nous à la morale duquel on n'échappe pas, avec son insidieux *E pluribus unum*. Non au « eux » de Woolworth, non au nous de Howard. À leur place, le moi pur avec toute son agilité. La découverte de soi, le voilà le direct à l'estomac. La singularité. La lutte fervente pour la singularité. L'animal singulier. La relation labile avec le monde. Pas statique, labile. La connaissance de soi, mais dissimulée. Quoi de plus puissant ?

« Défie-toi des ides de mars. » Tu parles ! Défie-toi de rien du tout. Libre. Ses deux remparts perdus — son grand frère de l'autre côté de l'océan et son père mort —, il se retrouvait ses batteries à neuf, libre de faire ce qui lui plaisait, de poursuivre le but le plus colossal, assuré jusqu'à l'os d'être son moi particulier. Libre, sur une échelle inimaginable pour son père. Aussi libre que son père ne l'avait pas été. Libéré désormais non seulement de son père, mais de tout ce que son père avait dû endurer. Obligations, humiliations, obstructions. Blessure, souffrance, bonne figure, honte — toutes les douleurs secrètes de l'échec, de la défaite. Libre au contraire de monter sur la grande scène. Libre de foncer, d'être prodigieux. Libre de jouer le drame illimité et qui définit l'être, des pronoms, nous, eux, et moi.

La guerre n'était pas finie, et, sauf à ce qu'elle s'arrête du jour au lendemain, il allait se retrouver conscrit. Si Walt était en Italie à se battre contre ce salaud de Hitler, pourquoi pas lui ? On était en octobre 1944 et il aurait dix-huit ans dans un mois. Mais il pouvait aisément mentir sur son âge, avancer sa date de naissance du 12 novembre au 12 octobre. Absorbé qu'il était par le chagrin de sa mère (et le choc que lui avait causé son propre départ de la fac), il ne lui était pas venu à l'esprit tout de suite qu'il pouvait aussi mentir sur sa race. Il pouvait jouer sur son teint à sa guise, prendre la couleur qui lui plaisait. Mais pour que l'idée germe dans son esprit, il lui fallut attendre d'être dans le Federal Building, à Newark, avec tous les formulaires d'engagement dans la marine étalés devant lui. Il lui fallut attendre, avant de les remplir, de les lire intégralement, avec le même soin, la même attention méticuleuse qu'il révisait avant les contrôles au lycée — comme si toutes ses activités mineures ou majeures, avec la concentration qu'elles pouvaient requérir, étaient les choses les plus importantes du monde. Or, même en la circonstance, ce ne fut pas lui qui eut cette idée. Elle se manifesta d'abord par son cœur, qui se mit à battre la chamade comme celui de quelqu'un qui s'apprête à commettre son premier crime.

Quand Coleman quitta l'armée, en 1946, Ernestine était déjà inscrite à l'École normale d'instituteurs de la faculté de Montclair State, où Walt lui-même finissait ses études, et ils vivaient tous deux au foyer de leur mère veuve. Mais Coleman, bien décidé à vivre seul de son côté, avait franchi le fleuve et s'était inscrit à l'université de New York. Il avait en fait bien plus envie de vivre à Greenwich Village que d'aller à NYU ; il avait envie d'être poète ou dramaturge, bien plus que d'avoir un diplôme ; mais pour atteindre son but sans avoir à trouver un boulot alimentaire, le mieux était encore d'empocher la bourse des GI.

L'ennui, c'est que dès qu'il se mit à suivre les cours, il rafla des A, se prit au jeu, et, au bout de deux ans, se trouva dans la course pour un titre d'étudiant d'élite et un diplôme de lettres classiques avec les félicitations du jury. Sa vivacité d'esprit, sa mémoire prodigieuse, son aisance verbale lui assuraient les résultats hors pair qu'il avait toujours eus, de sorte que ce qu'il était venu faire à New York se voyait détrôné par ce que tout le monde considérait qu'il devait faire, l'encourageait à faire et l'admirait de faire aussi brillamment. Un schéma se dessinait : il se faisait toujours coopter en raison de ses succès universitaires. Certes, il pouvait accepter cette situation et en jouir, se donner le plaisir d'être anti-conformément conformiste, mais ce n'était pas vraiment son idée. Petit prodige en latin-grec au lycée, il avait obtenu une bourse pour Howard alors que ce qu'il voulait, c'était boxer aux Gants d'or ; et à présent, voilà qu'il n'excellait pas moins dans ces disciplines à la fac, alors que sa poésie, quand il la faisait lire à ses professeurs, ne déchaînait pas leur enthousiasme. Au début, il continua à courir et à boxer pour le plaisir, et puis un jour, au gymnase, on lui proposa un match en quatre rounds à Saint Nick's Arena, où il recevrait trente-cinq dollars pour remplacer un boxeur qui s'était désisté ; il accepta, surtout pour compenser ce qu'il avait perdu aux Gants d'or, et, pour son plus grand bonheur, devint pro en secret.

Ainsi, il y avait la fac, la poésie, la boxe en professionnel, et puis il y avait les filles, des filles qui savaient marcher, s'habiller, bouger dans leurs vêtements, des filles en tout point conformes à ses rêves depuis qu'il avait quitté le centre de réadaptation à la vie civile pour GI à San Francisco et qu'il était arrivé à New York — des filles qui rendaient les rues de Greenwich Village et les allées de Washington

Square à leur meilleur usage. Il y avait de tièdes après-midi de printemps où rien dans l'Amérique triomphante de l'après-guerre (et a fortiori dans le monde antique) n'aurait pu intéresser Coleman davantage que les jambes de la fille qui marchait devant lui. Il n'était d'ailleurs pas le seul démobilisé victime de cette fixation. Dans Greenwich Village, à l'époque, on aurait dit qu'il n'y avait pas de passe-temps plus passionnant pour les ex-GI devenus étudiants que d'apprécier les jambes des femmes qui passaient devant les cafétérias et les cafés où ils s'agglutinaient pour lire le journal et jouer aux échecs. Quelle qu'en soit la raison sociologique, ce fut l'âge d'or des jambes aphrodisiaques en Amérique, et une ou deux fois par jour au moins, Coleman en suivait une paire au fil des rues pour ne pas perdre de vue leur forme, leur allure, et leur ligne au repos lorsqu'un feu vert les arrêtait à un carrefour. Et quand il jugeait le moment opportun — il avait suivi la belle assez longtemps pour trouver les mots qu'il faudrait tout en étant affamé d'elle — il accélérait le pas pour la rattraper, et savait plaider sa cause, obtenir de lui faire un bout de conduite, lui demander son nom, la faire rire, et accepter ce rendez-vous qui s'adressait, qu'elle le sût ou non, à ses jambes.

Or les filles aussi aimaient les jambes de Coleman. Steena Palsson, dix-huit ans, exilée du Minnesota, écrivit même un poème où elle en parlait. Elle l'avait écrit à la main, sur une feuille de cahier, signé S, plié en quatre et glissé dans la boîte aux lettres du couloir à tomettes, au-dessus de son sous-sol. C'était deux semaines après leur premier flirt, dans le métro ; c'était le lendemain de leur premier marathon dominical de vingt-quatre heures. Coleman avait foncé à son cours du matin, tandis que Steena se maquillait encore dans la salle de bains ; quelques minutes plus tard, elle commençait sa journée à son tour, non sans avoir déposé ce poème que, malgré l'ardeur si généreusement manifestée la veille, elle n'avait pas osé lui remettre en main propre. Comme l'emploi du temps de Coleman le faisait passer de ses cours à la bibliothèque puis à l'entraînement sur le ring d'un gymnase décrépit de Chinatown, il lui fallut attendre son retour à Sullivan Street, ce soir-là, vers onze heures et demie, pour voir le poème dépasser de la boîte aux lettres :

> *Il a un corps*
> *Un corps magnifique —*
> *Les muscles de ses mollets, de sa nuque.*
>
> *Et puis il est brillant, insolent.*
> *Il a quatre ans de plus que moi,*
> *Mais par moments j'ai l'impression d'être l'aînée.*
>
> *Il est doux, calme et romantique*
> *Même s'il dit qu'il n'est pas romantique.*
>
> *Je suis presque dangereuse pour cet homme.*
>
> *Jusqu'à quel point puis-je parler de*
> *Ce que je vois en lui ?*
> *Je me demande ce qu'il fait*
> *Après m'avoir avalée toute crue.*

Comme il déchiffrait son écriture à toute vitesse, dans la pénombre du hall, il lut d'abord « nègre » à la place de nuque — et de sa nègre... Sa nègre ? Jusque-là, la facilité du jeu l'avait déconcerté. Cette gageure censément inavouable et destructrice se révélait non seulement aisée, mais sans conséquence, sans prix à payer. Or, tout à coup, il suait à grosses gouttes. Il

156

relisait fébrilement, plus vite encore que la première fois, mais les mots ne formaient pas de combinaison intelligible. Sa *quoi* nègre? Ils avaient passé un jour et une nuit ensemble, nus, et à moins de dix centimètres l'un de l'autre, la plupart du temps. Depuis qu'il était bébé, personne d'autre que lui n'avait eu le loisir d'examiner de si près comment il était fait. Puisqu'il n'y avait rien dans son long corps pâle qu'il n'ait observé, rien qu'elle lui ait caché, rien qu'il n'aurait pu se représenter avec un œil de peintre, l'œil de connaisseur d'un amant aussi enthousiaste que méticuleux, puisqu'il avait passé la journée excité par sa présence dans ses narines tout autant que par ses jambes écartées dans son souvenir visuel, il s'ensuivait qu'il n'y avait rien dans son corps à lui qu'elle n'ait absorbé de manière microscopique, rien sur toute cette surface, que l'évolution avait amoureusement rendue unique, rien dans sa configuration spécifique, sa peau, ses pores, les pattes en haut de ses joues, ses dents, ses mains, son nez, ses oreilles, ses lèvres, sa langue, ses pieds, ses couilles, ses veines, sa bite, ses aisselles, son cul, sa toison, ses cheveux, son système pileux, rien dans son rire, son sommeil, sa respiration, ses gestes, son odeur, rien dans les frissons convulsifs qui le saisissaient au moment de jouir, qu'elle n'ait enregistré; et mémorisé; et pesé.

L'acte lui-même en était-il la cause, avec cette intimité absolue à être dans le corps d'une autre personne, lequel, en outre, vous enserre si étroitement? Ou bien était-ce la nudité physique? On retire ses vêtements, on se couche avec quelqu'un, et c'est bien alors que tout ce qu'on a caché, ses singularités, quelles qu'elles soient, si bien cryptées qu'elles soient, seront découvertes; et voilà la raison de la timidité, voilà ce que tout le monde redoute. Dans ce lieu de folie, d'anarchie, à quel point serai-je découvert ? *À présent je sais qui tu es. Je perce à jour ta nègre.*

Mais comment, en voyant *quoi* ? Qu'est-ce que ç'avait bien pu être ? Est-ce qu'elle voyait ce qu'elle voyait parce qu'elle était dano-islandaise, blonde descendante d'une blonde lignée dano-islandaise, élevée dans ce milieu scandinave, chez elle, à l'école, à l'église, n'ayant fréquenté, sa vie durant, que des... ? Et puis Coleman lut correctement le mot du poème. Ce n'était pas nègre, c'était nuque ! Ah, ma nuque, c'est tout ! *Les muscles de ses mollets, de sa nuque.*

Mais alors, que voulait dire : « Jusqu'à quel point puis-je parler de ce que je vois en lui ? » Si encore elle avait écrit « me fier » à ce que je vois en lui, est-ce que le sens aurait été plus clair ? Ou moins clair ? Plus il lisait cette simple strophe, plus elle lui devenait opaque ; et plus elle lui était opaque, plus il était sûr que Steena avait deviné le problème qu'il allait causer dans sa vie. Sauf si « ce que je vois en lui » signifiait familièrement « ce que je lui trouve », comme les sceptiques quand ils demandent à un amoureux : « Mais enfin, qu'est-ce que tu lui trouves ? »

Et puis il y avait aussi « parler ». Parler, mais à qui ? Parler, bavarder, ou alors, révéler, dénoncer ? Et dangereuse pour cet homme : de quel danger s'agissait-il ?

Chaque fois qu'il tentait de percer le sens de son texte, il se dérobait. Au bout de deux minutes passées debout dans le couloir, sa seule certitude fut qu'il avait peur. Et il en fut stupéfait. Et comme toujours chez lui, sa fragilité épidermique, en le prenant au dépourvu, lui fit honte, déclencha l'alarme, alerta sa vigilance en défaut.

Intelligente, vaillante et belle, Steena n'avait tout de même que dix-huit ans, et elle débarquait de Fergus Falls, Minnesota ; et pourtant, voici qu'elle l'intimidait davantage — avec sa splendeur dorée sans équivoque, presque absurde — que n'importe quel adversaire sur un ring. Même le soir du bordel de Norfolk, où la femme déjà couchée l'avait regardé retirer son uniforme — une pute bien en chair, aux gros seins, méfiante, pas franchement laide, mais ne payant guère de mine, et peut-être aux deux tiers métisse elle-même — et avait souri aigrement en lui lançant : « T'es un nègre noiraud, toi, non? », sur quoi deux gros bras avaient été appelés pour le jeter dehors ; il n'y avait que ce soir-là qu'il se fût senti aussi défait que par le poème de Steena.

Je me demande ce qu'il fait
Après m'avoir dévorée toute crue.

Même ça, il ne le comprenait pas. Assis à son bureau, dans sa chambre, il batailla toute la nuit avec les implications paradoxales de cette dernière strophe, débusquant le sens et puis abandonnant l'une après l'autre des formulations compliquées, tant et si bien qu'au point du jour il n'eut plus qu'une seule certitude : pour Steena, la ravissante Steena, tout ce qu'il avait anéanti en lui ne s'était pas volatilisé.

Erreur monumentale. Son poème ne voulait rien dire. Ce n'était même pas un poème. Sous l'effet de sa propre confusion, des idées, des fragments d'idées, des pensées à l'état brut, chaotiques, qui se bousculaient dans sa tête pendant qu'elle était sous la douche, elle avait déchiré la page d'un de ses cahiers, griffonné les mots comme ils jaillissaient et fourré la feuille dans la boîte aux lettres avant de foncer au travail. Ces lignes, elles lui avaient été inspirées, dictées impérativement par la délicieuse nouveauté de sa surprise. Elle, écrire des poèmes? Allons donc !

Elle avait simplement sauté à travers un cerceau enflammé.

Pendant plus d'un an, tous les week-ends, ils les passèrent au lit, dans sa chambre, se nourrissant l'un de l'autre avec l'avidité de prisonniers au secret qui engloutiraient leur ration quotidienne de pain sec et d'eau. Elle le stupéfia, et se stupéfia elle-même en dansant comme elle le fit un samedi soir, au pied de son canapé convertible, vêtue de sa seule combinette. Elle était en train de se déshabiller ; la radio marchait — c'était Symphony Sid — et d'abord, pour la mettre en train, pour la mettre dans l'ambiance, il y eut Count Basie et une bande de musiciens de jazz qui jammaient sur *Lady Be Good*, un enregistrement live, débridé ; après quoi, encore du Gershwin, la version de *The Man I Love* par Artie Shaw, avec Roy Eldridge pour faire monter la pression. Coleman, à demi couché dans son lit, se livrait à son occupation favorite du samedi soir, quand ils rentraient de leur dîner à cinq dollars (chianti, spaghetti et cannoli) dans leur cave préférée de la Quatorzième Rue : la regarder se déshabiller. Tout à coup, sans qu'il le lui ait suggéré — apparemment à la seule suggestion de la trompette d'Eldridge —, elle entama ce que Coleman se plut à décrire comme le solo de danse le plus serpentin jamais interprété par une fille débarquée de Fergus Fall depuis seulement un an. Elle aurait tiré Gershwin lui-même de sa tombe, avec sa façon de danser et de chanter la chanson. Suscité par la trompette d'un musicien de couleur qui jouait le morceau comme un *Black Torch Song*, une chanson d'amour tragique, là, sous ses yeux, clair comme le jour, s'étalait le pouvoir de sa blancheur. Cette vaste splendeur blanche. « Un jour il viendra, l'homme que j'aime... il sera grand et fort... l'homme que j'aime. » Les mots étaient assez simples pour sortir du cahier d'un enfant du cours préparatoire, mais quand le morceau finit, Steena porta ses mains à son visage, à demi sérieuse, pour cacher son embarras. Or le geste ne la protégea de rien, et moins encore d'avoir envoûté Coleman. Il ne fit que le transporter davantage. « Où t'ai-je donc trouvé, Volupté ? s'exclama-t-il. Comment t'ai-je trouvée ? Qui es-tu ? »

Ce fut alors, dans cette phase de vertige extrême, que Coleman cessa d'aller s'entraîner au gymnase de Chinatown, le soir, et qu'il écourta son parcours matinal pour finir par ne plus du tout prendre au sérieux son statut de pro. Il participa en tout à quatre matchs professionnels qu'il remporta tous, trois de quatre rounds et un de six, son dernier, tous les lundis soir, dans la vieille arène de Saint Nick's. Il ne parla jamais de ces combats à Steena, ni à personne de la fac, et se garda bien de mettre sa famille au courant. Durant ces premières années d'université, ce fut donc un secret de plus, même s'il boxait sous le nom de Silky Silk, et si les résultats des matchs à Saint Nick's étaient publiés en petits caractères, dans un encart de la page des sports, dans les tabloïds du lendemain. Lors de son premier match à quatre rounds et trente-cinq dollars, dès la première seconde du premier round, il était monté sur le ring en professionnel, avec une attitude bien différente de celle du temps où il était amateur. Non pas qu'il ait voulu perdre, même en amateur. Mais en tant que professionnel il se défonça deux fois plus, ne serait-ce que pour prouver qu'il pouvait rester là si bon lui semblait. Aucun des combats ne dura jusqu'à son terme, et au cours du dernier, celui prévu en six rounds — contre Beau Jack, le top de la liste —, match pour lequel il avait reçu cent dollars, il arrêta son adversaire au bout de deux minutes et quelques secondes, sans même éprouver de fatigue à la fin. Au moment où il s'avançait dans la travée pour monter sur le ring, lors de ce match en six rounds, Coleman était passé devant le siège d'honneur de Solly Tabak, le promoteur, qui lui brandissait déjà un contrat — il lui demandait un tiers de ses gains sur les dix années à venir pour être son manager. Solly lui donna une tape sur les fesses et lui chuchota de sa voix charnue : « Le nègre, tu le jauges au premier round, tu vois ce qu'il a dans les tripes, Silky, comme ça, le public, tu lui en donnes pour son argent. » Coleman avait acquiescé avec un sourire, mais tout en montant sur le ring il s'était dit : Va te faire foutre. On me file cent dollars et, moi, je vais laisser ce type me cogner pour que le public en ait pour son argent ? Mais qu'est-ce que j'en ai à foutre du branleur assis au quinzième rang, moi ? Je pèse cinquante-huit kilos pour un mètre soixante-dix, il me prend trois kilos et cinq centimètres et il faudrait que je le laisse me cogner la tête quatre fois, cinq fois, dix fois, pour qu'il y ait plus de spectacle ? Tu peux courir !

Après le combat, Solly fut dépité par la conduite de Coleman. Il la jugea infantile : « T'aurais pu attendre le quatrième round pour sonner le nègre, au lieu de le faire au premier. Les gens en auraient eu pour leur argent. Je te l'avais demandé bien gentiment, et tu m'as pas écouté. On peut savoir pourquoi, gros malin ?

— Parce que je vais pas me traîner un nègre. » Telle avait été la réponse de l'étudiant en lettres classiques de NYU, sorti premier de son lycée, fils émérite de Clarence Silk, opticien, serveur de wagon-restaurant, linguiste, grammairien, à cheval sur la discipline, grand lecteur de Shakespeare. Telle était la mesure de son obstination, de son goût du secret — dans tout ce qu'il faisait, voilà à quel point il s'investissait, ce jeune de couleur du lycée d'East Orange.

Il arrêta les matchs à cause de Steena. Il s'était peut-être trompé du tout au tout en lisant une menace latente dans son poème, mais il demeurait convaincu que les forces mystérieuses — qui rendaient inépuisable leur ardeur sexuelle, qui les transformaient en amants si débridés qu'elle put un jour, elle la néophyte, la provinciale du Midwest, les traiter avec un émerveillement ironique de « cas pathologiques » — finiraient tôt ou tard par révéler aux yeux de Steena l'histoire de sa vie. Comment cela arriverait, il ne le savait pas, ni comment empêcher que cela n'arrive. Mais la boxe n'allait pas arranger les choses. Si elle découvrait la carrière de Silky Silk, elle se poserait des questions qui finiraient pas la mettre sur la voie. Elle savait qu'il avait à East Orange une mère infirmière diplômée, chrétienne pratiquante, un frère aîné qui enseignait en cinquième et quatrième au lycée d'Asbury Park et une sœur en train de finir l'École normale à Montclair State ; elle savait qu'une fois par mois il leur fallait amputer leur dimanche au lit parce qu'il allait déjeuner à East Orange. Elle savait que feu son père avait été opticien — juste opticien —, elle ne savait rien d'autre, pas même qu'il était né en Géorgie. Coleman mettait un point d'honneur à ce qu'elle n'ait aucune raison de douter de ce qu'il lui disait, et une fois qu'il eut laissé tomber la boxe pour de bon, il n'eut même plus besoin de mentir sur ce chapitre-là. Il ne mentait jamais à Steena, d'ailleurs. Il se contentait de suivre les consignes de Doc Chizner le jour où il l'avait emmené à West Point (consignes dont il avait fait sa ligne de conduite une fois dans la marine) : Si la question ne se pose pas, ne la mets pas sur le tapis.

Il avait pris la décision de l'inviter chez lui au déjeuner dominical comme il prenait toutes ses décisions (y compris celle d'envoyer Solly Tabak se faire

163

foutre en sortant son adversaire au premier round) :
sans consulter personne. Ils se connaissaient depuis
bientôt deux ans, Steena avait vingt ans, lui vingt-
quatre, et il ne se voyait déjà plus descendre la Huitième Rue sans elle, quant à s'avancer dans la vie...
La tranquillité conventionnelle avec laquelle elle
vivait le quotidien, conjuguée à l'intensité de ses
abandons le week-end — l'incandescence physique
qui émanait d'elle, cet éclat d'ampoule électrique
dont la puissance relevait quasiment de la sorcelle-
rie —, lui avait assuré une suprématie inattendue sur
une volonté aussi farouchement indépendante que
celle de Coleman : elle ne l'avait pas seulement
affranchi de la boxe, et du défi filial qu'il mettait à
être Silky Silk l'invaincu, le poids coq professionnel,
elle l'avait libéré du désir de toute autre femme.

Pourtant, impossible de lui apprendre qu'il était
de couleur. Les mots qu'il s'entendait lui dire, car il le
faudrait, risquaient d'évoquer la situation et sa
propre personne sous un jour excessivement défavo-
rable. Et s'il lui laissait imaginer sa famille, elle allait
se représenter des gens qui n'avaient rien à voir.
Comme elle ne connaissait pas de Noirs, elle allait se
les figurer à l'image de ceux qu'elle avait vus dans des
films, entendus à la radio, ceux sur lesquels on
racontait des blagues. Il s'apercevait à présent qu'elle
n'avait pas de préjugés et qu'il lui suffirait de rencontrer Ernestine ou sa mère pour voir d'emblée
comme elles étaient conventionnelles, et tout ce
qu'elles avaient en commun avec la respectabilité
lassante qu'elle avait été ravie, pour sa part, de laisser à Fergus Falls. « Il faut que je me fasse bien comprendre — c'est une jolie ville, se hâta-t-elle de lui
dire. C'est beau, c'est peu commun, Fergus Falls,
parce qu'il y a le lac Otter Tail à l'est, et pas bien loin
de chez nous, la rivière du même nom. Et puis, sans

doute, c'est plus civilisé que les autres villes de cette importance dans le coin parce que c'est au sud, à l'est de Fargo Moorhead qui est la ville universitaire de la région. » Son père tenait une quincaillerie et une petite scierie. « C'est un type irrépressible, un géant, il est stupéfiant, mon père. Il est monumental, une dalle de jambon. En une soirée, il te boit un jerrycan de n'importe quel alcool qui lui tombe sous la main. J'ai jamais pu m'y faire. Encore maintenant ça me dépasse. Il n'arrête pas. Un jour, il bataille avec une pièce mécanique et il se fait une grosse entaille dans le muscle du mollet — il l'oublie, il la nettoie pas. Ils ont tendance à être comme ça, les Islandais. C'est des bulldozers. Ce qui est intéressant c'est son caractère. Franchement sidérant, comme type. Mon père, quand il parle avec toi, il lui faut toute la pièce. Et il est pas le seul. Mes grands-parents Palsson sont comme ça. Son père est pareil. Et même sa mère ! — Des Islandais, c'est comme ça qu'on les appelle, je ne le savais même pas. Je ne savais même pas qu'il y en avait ici. Je ne sais absolument rien des Islandais. Quand sont-ils arrivés dans le Minnesota ? » demanda Coleman. Elle haussa les épaules en riant · « Bonne question. À vue de nez, juste après les dinosaures, si tu veux mon avis. — Et c'est ton père que tu as fui ? — Sûrement. Pas facile d'être la fille d'un homme d'une telle combativité. Il te submerge, cet homme, à sa façon. — Et ta mère, il la submerge ? — C'est la branche danoise de la famille, les Rasmussen. Non, elle est insubmersible. Ma mère a trop de sens pratique pour se laisser submerger. Les caractéristiques de sa famille... du reste, je ne crois pas que ce soit particulier à sa famille, je crois que les Danois sont comme ça en général, et qu'ils ne sont guère différents des Norvégiens sous ce rapport, d'ailleurs, ce sont des gens qui s'intéressent aux choses. Aux objets. Les nappes, les assiettes, les vases. Ils sont capables de parler indéfiniment du prix de chaque objet. Le père de ma mère est comme ça aussi, mon grand-père Rasmussen. Toute ma famille maternelle. Des gens sans rêves. Sans part d'irréel en eux. Toute leur vie est faite d'objets, combien ils coûtent, à quel prix on peut les avoir. Quand ma mère va chez les gens, elle examine tous les objets de la maison, elle sait où la moitié d'entre eux ont été achetés, et elle leur dit où ils auraient pu les avoir pour moins cher. Les vêtements, aussi. Le moindre vêtement. C'est la même chose. Le sens pratique, toujours. Ils sont pratiques jusqu'à la moelle, tous autant qu'ils sont. Et économes, avec ça. Très économes. Propres. Très propres. Si je rentre de l'école avec un peu d'encre sous l'ongle parce que j'ai rempli mon stylo, ma mère va le remarquer. Quand elle reçoit à dîner le samedi soir, la table est mise le vendredi à cinq heures. Le couvert est mis, les verres, l'argenterie, tout est là. Et puis elle jette une fine mousseline dessus pour qu'il n'y ait pas un grain de poussière. Tout est organisé à la perfection. Et c'est un cordon-bleu, à condition bien sûr de ne pas aimer les épices, le sel, le poivre. Ou ce qui a du goût en général. Voilà mes parents. Je ne peux pas aller au fond des choses, en particulier avec ma mère. Sur quoi que ce soit. Tout est superficiel. Elle passe sa vie à organiser, et mon père à désorganiser. Alors moi, quand j'ai eu dix-huit ans, et que je suis sortie du lycée, je suis venue ici. Parce que si j'étais allée à la fac à Moorhead ou dans le Dakota du Nord, il aurait fallu que je reste chez mes parents. Alors je me suis dit, tant pis pour la fac, et je suis venue à New York. Et me voilà, moi, Steena. »

C'est ainsi qu'elle expliquait qui elle était, d'où elle venait et pourquoi elle était partie de chez elle. Pour lui, les choses ne seraient pas aussi simples. *Après*, se dit-il. Après, il pourrait enfin s'expliquer et lui demander de comprendre qu'il ne pouvait pas se laisser borner l'horizon par le carcan injuste et arbitraire de la race. Si elle était assez calme pour l'écouter jusqu'au bout, il ne doutait pas qu'il pourrait lui faire voir pourquoi il avait choisi de prendre son avenir en main, au lieu de laisser une société obscurantiste déterminer son destin à sa place — car plus de quatre-vingts ans après la Déclaration d'émancipation, les réactionnaires racistes y jouaient encore un rôle trop grand à son goût. Il l'amènerait à voir que sa décision de se faire passer pour Blanc n'avait rien de répréhensible, que c'était la chose la plus naturelle pour quelqu'un qui avait sa physionomie, son caractère, et sa couleur de peau. Depuis sa plus tendre enfance, tout ce qu'il avait voulu, c'était être libre : pas noir, pas même blanc, mais indépendant, libre. Il ne voulait insulter personne par ce choix, et il n'essayait pas davantage d'imiter des gens qu'il aurait considérés comme supérieurs à lui ; il ne tentait pas même d'exprimer une protestation, en somme, contre sa race à lui, ou la sienne à elle. Il voulait bien croire qu'aux yeux des gens conventionnels, ceux pour qui la vie arrive emballée sous vide, d'une rigidité inattaquable, il commettait là quelque chose de profondément incorrect. Mais son but dans l'existence n'était nullement de ne jamais franchir les limites du correct. Son objectif était au contraire de ne pas se laisser dicter son destin par un monde hostile, ignorant, plein d'intentions haineuses, mais, dans la mesure de ce qui était humainement possible, de le prendre en main. Pourquoi accepter une vie dans d'autres conditions ?

Voilà ce qu'il allait lui dire. Et est-ce qu'elle n'allait pas y entendre une absurdité, un baratin publicitaire destiné à lui vendre un mensonge prétentieux ? Il faudrait qu'elle rencontre les siens, qu'elle affronte bien en face le fait qu'il était aussi « noir » qu'eux, et qu'ils étaient, eux, aussi différents que lui de sa représentation des Noirs ; faute de quoi, ces mots ou n'importe quels autres lui sembleraient relever du trompe-l'œil, eux aussi. Tant qu'elle ne se serait pas mise à table avec Ernestine, Walt et leur mère, tant qu'ils n'auraient pas à tour de rôle échangé des banalités rassurantes au fil de la journée, toutes les explications qu'il pourrait lui donner risquaient bien de faire figure de bobards cosmétiques, racontés pour se glorifier, se justifier, de grands discours ronflants dont la mauvaise foi lui paraîtrait tout aussi méprisable qu'à elle. Non, il ne pouvait pas lui raconter ces conneries-là. Il était au-dessus de ça. S'il la voulait vraiment, cette fille, il fallait de l'audace, et non pas un camouflage rhétorique fumeux à la Clarence Silk.

La semaine précédant leur visite, à défaut de préparer qui que ce soit d'autre, il se mit en condition avec la même concentration mentale qu'avant un combat, et lorsqu'ils descendirent du train, à Brick Church Station, ce dimanche-là, il alla jusqu'à mobiliser les formules qu'il se psalmodiait presque magiquement dans les secondes précédant le gong : « La tâche à accomplir, rien que la tâche. Ne faire qu'un avec la tâche. Interdit de penser à autre chose. » C'est seulement ensuite, au gong, quand il s'élançait depuis son coin de ring, qu'il ajoutait cet appel aux armes plus quotidien : « Au boulot ! »

Les Silk habitaient leur pavillon depuis 1925, soit un an avant la naissance de Coleman. À leur arrivée, le reste de la rue était habité par des Blancs, et ils avaient acheté la petite maison de bois à un couple en délicatesse avec ses voisins, qui tenait à la vendre à des gens de couleur pour les contrarier. Cependant, aucun des riverains ne s'était enfui à leur arrivée, et s'ils n'entretinrent jamais de rapports personnels avec leurs voisins, tout le monde se montra agréable sur cette portion de rue qui menait à l'église épisco-pale, avec son presbytère. Agréable, oui, malgré l'at-titude du curé : lorsqu'il était arrivé, quelques années plus tôt, et que, ayant jeté un coup d'œil sur ses fidèles, il avait repéré pas mal de gens des Bahamas et de la Barbade, anglicans (nombre d'entre eux étaient au service des Blancs riches d'East Orange ; c'étaient des Antillais qui restaient à leur place, au fond de l'église, et se considéraient comme acceptés), penché sur sa chaire, il avait déclaré avant d'entamer le sermon de son premier dimanche : « Je vois que nous avons plusieurs familles de couleur, il va falloir que nous remédiions au problème. » Après avoir consulté le séminaire, à New York, il s'était arrangé pour que les messes et l'enseignement du catéchisme soient assurés au domicile des gens de couleur, en marge de toute loi élémentaire de l'Église. Par la suite, le surveillant général du lycée avait fermé la piscine de son établissement pour que les jeunes Blancs ne soient pas obligés de se baigner avec les jeunes Noirs. C'était une grande piscine, qui servait aux cours et à l'équipe de natation du lycée depuis des années, mais puisque certains parents blancs, qui employaient les parents noirs comme bonnes, chauffeurs, gardiens et jardiniers, y trouvaient à redire, la piscine fut vidée et bâchée.

Sur ce minuscule quartier résidentiel, six kilo-mètres carrés, d'une ville du New Jersey ne conte-nant pas même soixante-dix mille âmes, comme dans tout le pays du temps que Coleman était jeune, il existait des distinctions de classe et de race rigides, sanctifiées par l'église et légitimées par l'école. Pour-tant, dans la modeste rue bordée d'arbres qu'habi-taient les Silk, les gens ordinaires n'avaient pas envers Dieu et l'État les lourdes responsabilités de ceux à qui il incombe de protéger des impuretés toute une communauté humaine, avec sa piscine et ses équipements divers. Par conséquent les voisins se montraient en général aimables avec ces Silk à la peau claire, ces gens tellement respectables — des Noirs, certes, mais selon la formule d'une maman particulièrement tolérante d'un camarade de maternelle de Coleman : « Des gens qui ont un bien joli teint, un peu couleur crème anglaise. » Il leur arrivait même parfois d'emprunter un outil, ou d'aider à trouver la panne quand la voiture refusait de démarrer. Le grand immeuble à l'angle de la rue demeura exclusivement habité par des Blancs jusqu'après la guerre. Puis, fin 1945, quand les gens de couleur commencèrent à affluer depuis le côté de la rue qui donnait sur Orange, des familles d'enseignants, de médecins, de dentistes, tous les jours on vit un nouveau camion de déménagement devant l'immeuble, et la moitié des locataires blancs disparurent en quelques mois. Les choses se tassèrent cependant assez vite, et si le propriétaire se mit à louer à des Noirs pour entretenir l'immeuble, les Blancs qui restèrent dans le voisinage immédiat ne partirent pas sans y être poussés par autre chose que la négrophobie.

Au boulot. Et, tirant la sonnette, il poussa la grande porte en lançant : « Nous voilà ! »

Walt n'avait pas pu venir d'Asbury Park, ce dimanche-là, mais Coleman vit s'avancer dans le couloir sa mère et sa sœur, sortant de la cuisine. Voilà qu'il avait amené sa petite amie chez lui. Correspondait-elle à leur attente, impossible à dire. Sa mère ne lui avait pas posé de questions. Depuis qu'il avait pris la décision unilatérale de s'engager dans la marine sous l'identité d'un Blanc, elle n'osait plus rien lui demander, redoutant les réponses. À présent, sauf à l'hôpital, où elle avait fini par devenir la première infirmière-chef d'étage à Newark, et ce sans l'aide du docteur Fensterman, elle avait tendance à s'en remettre à Walt pour les décisions qui les concernaient, elle et le reste de la famille. Non, elle n'avait posé aucune question sur la jeune fille, elle s'en était abstenue par politesse, et elle avait engagé sa fille à s'en abstenir de même. Coleman, de son côté, n'avait rien dit à personne. De sorte qu'elles se trouvaient en présence de Steena Palsson, avec son teint de lis et de roses, ses escarpins bleus et son sac assorti, sa robe-chemisier en coton à fleurs, ses petits gants blancs et sa toque, la plus correcte, la plus soignée des filles de sa génération, Steena Palsson, héritière américaine d'une lignée islando-danoise qui remontait au roi Canut et au-delà.

Il avait osé, il en avait fait à sa tête, et aucune des trois femmes ne tiqua. Quand on dit que l'espèce est adaptable... Aucune ne chercha ses mots avec embarras, aucune ne demeura muette, mais aucune non plus ne se lança dans un babil effréné. Des banalités furent dites, certes, des platitudes, en veux-tu en voilà, des généralités, des truismes et des clichés à la pelle. Ce n'était pas pour rien que Steena avait grandi sur les bords de l'Otter Tail : on pouvait compter sur elle pour aligner les idées rebattues. Il est plus que probable que si Coleman leur avait mis un bandeau sur les yeux avant la rencontre, et qu'elles l'aient gardé toute la journée, leur conversation n'aurait pas eu plus de contenu que lorsqu'elles se regardaient dans les yeux en souriant sans rien dire. Cette conversation n'aurait eu d'autre intention que celle, communément admise, de ne jamais choquer son interlocuteur pourvu qu'il ne dise rien lui-même qui soit susceptible de vous choquer. La respectabilité à

tout prix . sur ce point, les Palsson et les Silk se rejoi-
gnaient parfaitement.

Le chapitre qui les vrilla, curieusement, fut celui
de la taille de Steena. Certes, elle mesurait un mètre
soixante-dix neuf, soit neuf centimètres de plus que
Coleman, et quinze de plus que sa mère et sa sœur.
Mais le père de Coleman mesurait un mètre quatre-
vingt-trois et Walt un mètre quatre-vingt-six, de sorte
qu'on avait déjà vu des gens grands dans la famille,
même si, en l'occurrence, dans le couple Steena-
Coleman, c'était la femme la plus grande. Pourtant,
les neuf centimètres que lui rendait Steena, disons, la
partie entre ses sourcils et la racine de ses cheveux,
suscitèrent une périlleuse conversation sur les ano-
malies physiques qui frôla la catastrophe, sur quoi,
au bout d'un quart d'heure environ, Coleman sentit
une odeur de brûlé et les femmes, les trois femmes,
se précipitèrent à la cuisine pour empêcher les biscuits de flamber.

Après cela, pendant tout le déjeuner et jusqu'à ce
qu'il fût l'heure pour le jeune couple de rentrer à New
York, tout ne fut que rectitude opiniâtre ; ce fut en
apparence un dimanche de béatitude tel qu'on peut
en rêver dans les familles comme il faut, et par
conséquent aux antipodes de la vie qui, comme la
plus jeune des personnes en présence en avait déjà
fait l'expérience, refuse de se laisser purger ne serait-
ce qu'une demi-minute de son instabilité inhérente,
et à plus forte raison de se laisser réduire à une
essence prévisible.

Ce ne fut que lorsque le train qui les ramenait à
New York entra en gare, à Pennsylvania Station, en
début de soirée, que Steena éclata en sanglots.

Pour autant qu'il ait pu en juger, jusque-là, elle
dormait profondément sur son épaule, s'étant assou-
pie dès le départ de Brick Church pour se remettre de

son épuisement après les efforts de l'après-midi, où elle avait excellé.

« Qu'est-ce que tu as, Steena ?

— Je peux pas ! » cria-t-elle, et sans un mot d'explication, hoquetant, pleurant à gros sanglots, serrant son sac contre sa poitrine, oubliant le chapeau qu'il avait gardé sur ses genoux pendant qu'elle dormait, elle se précipita sur le quai toute seule, comme pour fuir un agresseur, et plus jamais elle ne lui téléphona ni n'essaya de le revoir.

Et quatre ans plus tard, en 1954, ils faillirent se cogner l'un à l'autre devant Grand Central Station, s'arrêtèrent pour se prendre par la main et se parler, tout juste assez longtemps pour réveiller l'étincelle, l'émerveillement mutuel de leurs dix-huit et vingt-deux ans, et puis passer leur chemin, accablés par la certitude qu'aucun accident statistique aussi spectaculaire que cette rencontre fortuite ne pourrait jamais se reproduire. Il était déjà marié, il allait avoir un enfant, il était venu en ville pour la journée en s'absentant de son poste d'assistant de lettres classiques à Adelphi ; elle travaillait dans une agence de publicité, sur Lexington Avenue, à deux pas ; elle était toujours célibataire, toujours jolie, mais femme à présent, le type même de la New-Yorkaise élégante : à la voir, il était clair que la visite à East Orange aurait pu se terminer différemment si elle avait eu lieu en aval de la vie.

Le dénouement de cette visite — mais la vie s'était chargée d'y mettre bon ordre —, voilà qu'il n'arrivait plus à penser à autre chose. Abasourdi de découvrir qu'il n'avait pas réussi à l'oublier, et elle non plus, il rentra chez lui en comprenant — comme il n'avait jamais eu besoin de le comprendre sinon dans la tragédie grecque — qu'il en faut peu pour que la vie prenne tel ou tel tour, et que le destin tient au hasard... sauf que le destin lui-même paraît bien contingent lorsque les choses ne peuvent tourner que d'une seule façon. Autrement dit, il passa son chemin en ne comprenant rien, en sachant qu'il ne pouvait rien comprendre, mais en s'accrochant à l'illusion qu'il aurait compris quelque chose de capital à son entêtement à devenir autonome si seulement... ces choses étaient compréhensibles.

La charmante lettre de deux pages qu'elle lui envoya la semaine suivante à son adresse profession-nelle, cette lettre qui rappelait avec quelle décision il avait « fondu » sur elle la première fois, dans sa chambre de Sullivan Street : « Tu as fondu sur moi, quasiment comme les oiseaux, quand ils survolent la terre ou la mer et qu'ils aperçoivent quelque chose qui bouge, qui éclate de vie, et qu'ils plongent et s'en saisissent », commençait en ces termes : « Cher Cole-man, te rencontrer à New York m'a fait très plaisir. Malgré la brièveté de ce moment, après t'avoir vu, j'ai éprouvé une tristesse automnale, peut-être parce que les six ans écoulés depuis notre rencontre me font voir avec une évidence cruelle que toute cette époque de ma vie est "révolue". Tu étais superbe, et je me réjouis de te savoir heureux... » Elle s'achevait sur une note finale languide, flottante, de sept phrases courtes avec chute mélancolique, qui lui donnèrent, après plusieurs relectures, la mesure de ses regrets à elle, l'aveu voilé de ses remords, aussi, qui s'expri-maient de manière poignante à ses yeux, en une excuse à peine audible : « Enfin, voilà. J'en ai assez dit. Je ne devrais même pas t'importuner, par mes discours. Je te promets de ne plus jamais le faire. Porte-toi bien, porte-toi très très bien. Bien tendre-ment, Steena. »

Il ne jeta jamais la lettre, et quand il la trouvait par hasard dans ses papiers, au milieu d'une recherche quelconque, il s'arrêtait pour la relire, l'ayant oubliée depuis cinq ou six ans. Alors il se disait ce qu'il s'était dit ce jour-là, dans la rue, après lui avoir donné un petit baiser sur la joue pour lui dire au revoir à jamais : que si elle l'avait épousé, comme il le souhaitait, elle aurait tout su, comme il le souhaitait, et qu'alors, ses rapports avec sa famille, avec sa belle-famille, avec leurs enfants, auraient été bien différents de ce qu'ils avaient été avec Iris. Ce qui s'était passé avec sa mère et avec Walt aurait fort bien pu ne pas se passer. Si Steena avait dit d'accord, il aurait mené une autre vie.

Je peux pas ! Il y avait de la sagesse, dans cette formule, une sagesse étonnante chez une jeune fille, une sagesse comme on n'en a guère à vingt ans. Mais enfin, c'était bien pour ça qu'il était tombé amoureux d'elle — parce qu'elle avait cette sagesse fondée sur un solide bon sens, sur l'habitude de penser par soi-même. Si elle ne l'avait pas eue... mais si elle ne l'avait pas eue, elle n'aurait pas été Steena, et il n'aurait pas voulu en faire sa femme.

Il remuait les mêmes pensées vaines, vaines pour un homme comme lui sans génie, sinon pour Sophocle : à savoir que le destin tient à peu de choses... à moins qu'il ne paraisse secondaire quand on ne peut y échapper.

Selon le portrait qu'elle fit à Coleman d'elle et de ses origines, Iris Gittelman avait été une enfant affirmée, intelligente et furtivement rebelle — elle complotait depuis le cours élémentaire pour échapper à son milieu étouffant — qui avait grandi au sein d'un foyer de Passaic vibrant de haine à l'égard de toute forme d'oppression sociale, et surtout de l'autorité des rabbins et de leurs mensonges envahissants. Son père yiddishophone, comme elle le définissait, était un anarchiste hérétique intégral, au point qu'il s'était dispensé de faire circoncire les deux frères aînés d'Iris — aussi bien ses parents n'avaient-ils pas jugé utile de se procurer un certificat de mariage ou de se soumettre à une cérémonie, même civile. Ils se considéraient comme mari et femme, se revendiquaient américains, se déclaraient même juifs, ces deux immigrants athées et sans instruction, qui crachaient sur le sol dès qu'un rabbin venait à passer. Mais ils se déclaraient ce qu'ils se déclaraient librement, sans demander la permission ni quêter l'approbation des instances que son père nommait avec mépris les ennemis hypocrites de tout ce qui est naturel et bon — entendant par là l'ordre établi, les accapareurs du pouvoir. Sur le mur lézardé et noir de crasse, au-dessus de la fontaine à soda, dans la boutique de bonbons que tenait la famille, sur Myrtle Avenue (une boutique-capharnaüm si petite, disait-elle, qu'on n'aurait pas pu les y enterrer tous les cinq, même debout), étaient accrochés deux portraits dans leur cadre, l'un de Sacco et l'autre de Vanzetti, photos arrachées à la page intérieure rotogravée d'un journal. Tous les ans, le 22 août, jour anniversaire de l'exécution de ces deux anarchistes, en 1927, dans le Massachusetts, pour des crimes qu'ils n'avaient commis ni l'un ni l'autre, apprenaient Iris et ses frères, les affaires s'arrêtaient, et la famille montait à l'étage faire retraite et observer un jour de jeûne dans le minuscule appartement sombre, dont le désordre insensé excédait encore celui de la boutique. C'était un rituel mis au point par le père d'Iris, autopromu grand prêtre d'un culte, une version loufoque du Grand Pardon juif. Sur tout le domaine des idées, son père était dans le brouillard le plus total ; ce qu'il y avait de plus viscéral, chez lui, c'était une ignorance incurable, l'amer désespoir des déshérités, la haine révolutionnaire impuissante. Tout était dit poing tendu, tout était harangue. Il connaissait Kropotkine et Bakounine de nom, mais n'avait jamais rien lu de leurs écrits ; quant à l'hebdomadaire anarchiste *Freie Arbeiter Stimme*, écrit en yiddish, il le laissait traîner partout dans l'appartement, mais en lisait rarement plus de quelques mots chaque soir avant de tomber de sommeil. Ses parents, expliqua-t-elle à Coleman — et tout cela sur un ton théâtral, sur un ton scandaleusement théâtral, dans un café de Bleecker Street, cinq minutes après qu'il l'eut draguée dans Washington Square —, ses parents étaient des gens simples, en proie à un rêve éveillé qu'ils n'avaient pas les moyens d'exprimer clairement ou de défendre rationnellement, mais pour lequel ils auraient avec un zèle fanatique sacrifié famille, amis, affaires, la bonne volonté de leurs voisins, et jusqu'à leur propre santé mentale, voire, pire, celle de leurs enfants. Ils savaient seulement avec quoi ils n'avaient rien de commun, et à mesure qu'elle avançait en âge, il sembla à Iris que c'était à peu près le reste du monde. La société telle qu'elle est constituée, avec ses forces en mouvement constant, le réseau inextricable de ses intérêts tendu au maximum, la lutte pour s'imposer, l'assujettissement, les collisions et la collusion des factions, le jargon matois de la moralité, les conventions, ces despotes souriantes, l'instable illusion de stabilité — bref la société telle qu'elle est, a toujours été, et doit être, leur était aussi étrangère que la cour du roi Arthur à un Yankee du Connecticut. Pourtant ce n'était pas parce qu'ils avaient été arrachés à un ailleurs et un passé avec lesquels ils auraient entretenu les liens les plus étroits, et transplantés dans un monde insolite. On aurait plutôt dit qu'ils étaient passés du berceau à l'âge adulte, sans transition, sans qu'on leur ait appris comment la vacherie humaine se canalise et se tient en lisière. Depuis qu'elle était toute petite, Iris n'arrivait pas à décider si ses parents étaient des cinglés ou des visionnaires, ni si la haine farouche qu'elle était censée partager était une révélation de l'affreuse vérité ou un phénomène purement ridicule et peut-être dément.

Tout l'après-midi, elle prodigua à Coleman les mille anecdotes de son folklore enchanté, qui faisaient de son enfance au-dessus de la boutique de bonbons, à Passaic, fille d'individualistes aussi obscurantistes qu'Ethel et Morris Gittelman, une aventure sinistre, moins sortie de la grande littérature russe que d'un almanach comique russe, comme si les Gittelman avaient été des voisins cinglés dans une bande dessinée du dimanche intitulée « Les Mômes Karamazov ». C'était un numéro magistral, éblouissant, pour une fille qui avait tout juste dix-neuf ans et qui avait franchi l'Hudson pour fuir le New Jersey — mais qui ne fuyait pas quelque chose, dans le Village, et parfois depuis des endroits aussi lointains qu'Amarillo ? Sans autre arrière-pensée que d'être libre, de grossir les rangs des beautés exotiques et sans le sou sur la scène de la Huitième Rue, jeune fille sombre de teint et de cheveux, avec une physionomie spectaculaire dessinée à grands traits, enjouée, une puissance d'émotion explosive, et, comme on disait alors, « un beau châssis », suivant des cours d'arts plastiques dans le nord de la ville, qu'elle payait partiellement en posant pour les cours de dessin anatomique, une fille dont le style était de ne rien cacher, et qui ne semblait pas plus redouter de se faire remarquer en public qu'une danseuse du ventre. Sa chevelure valait le coup d'œil, cascade d'anglaises tirebouchonnées, labyrinthe, auréole, dense comme de l'étoupe, chaque boucle assez volumineuse pour faire figure d'ornement de Noël. Toute son enfance perturbée semblait être passée dans les entrelacs de cette chevelure serpentine, cette chevelure arborescente. Sa chevelure inaltérable. On aurait pu faire briller les cuivres avec sans en déranger l'apparence — à croire qu'on l'avait pêchée dans les profondeurs indigo de la mer comme un madrépore enchevêtré sur son récif, un hybride couleur d'onyx, dense et vivant, mi-corail, mi-charmille, peut-être doté de vertus médicinales.

Trois heures durant, elle tint Coleman sous ses sortilèges : son personnage, ses indignations, sa chevelure, ses qualités effervescentes, son intellect adolescent, spontané, en ébullition, et ses capacités d'actrice à s'enflammer, à croire à ses propres outrances. Tant et si bien que Coleman — subtil élixir s'il en fut, dont il était seul à posséder la patente — se fit l'effet de quelqu'un qui n'aurait pas d'image de soi.

Mais lorsqu'il la ramena dans la chambre de Sullivan Street, ce soir-là, tout changea. Il apparut au contraire qu'elle n'avait pas la moindre idée de qui elle était. Une fois franchi le rempart de la coiffure, elle se délitait. Elle devenait l'antithèse de cette flèche pointée sur la vie qu'était Coleman Silk à vingt-cinq ans ; elle militait pour sa liberté individuelle, elle aussi, mais dans une version agitée, une version anarchiste, comme quelqu'un qui cherche sa voie.

Ça ne l'aurait pas arrêtée cinq minutes d'apprendre qu'il était né, qu'il avait grandi au sein d'une famille de couleur, qu'il s'était présenté comme noir la plus grande partie de sa vie ; si elle avait dû garder ce secret à sa demande, il ne lui aurait pas pesé le moins du monde. Elle ne manquait certes pas de tolérance à l'égard de l'insolite, cette Iris Gittelman ; l'insolite, pour elle, c'était au contraire ce qui se conformait aux critères de légitimité. Être deux hommes au lieu d'un seul ? De deux couleurs au lieu d'une ? Marcher dans les rues incognito, déguisé, n'être ni ceci ni cela, mais quelque chose d'intermédiaire ? Avoir une double, une triple, une quadruple identité ? Pour elle, il n'y avait rien d'effrayant dans ces déviances apparentes. Son ouverture d'esprit n'était même pas une qualité morale comme celle dont les libéraux et les libertaires aiment à se prévaloir ; elle relevait plus de la manie, d'un contre-pied forcené du préjugé. Pour elle, c'étaient ces attentes indispensables à la plupart des gens, les sens tenus pour acquis, la confiance en l'autorité, la sanctification de la cohérence et de l'ordre, qui, plus que n'importe quoi d'autre, paraissaient absurdes, démentes au plus haut point. Comment est-ce que les choses se passeraient comme elles se passent, comment pourrait-on lire l'histoire comme on le fait s'il existait, inhérent à l'existence, ce quelque chose qu'on nomme la normalité ?

Et pourtant, ce qu'il dit à Iris, c'est qu'il était juif, Silk étant une américanisation, acquise à Ellis Island, de Silbersweig, qu'un douanier charitable avait imposée à son père. Lui-même portait la marque biblique de la circoncision, comme peu de ses amis noirs d'East Orange à l'époque. Sa mère, infirmière dans un hôpital où la majorité des médecins étaient juifs, avait été convaincue, tendance qui gagnait du terrain, des bénéfices prophylactiques considérables de la circoncision ; de sorte que les Silk avaient sacrifié au rite traditionnel chez les Juifs — et qui commençait tout juste, alors, à gagner la faveur croissante des non-Juifs, qui le faisaient exécuter comme une opération chirurgicale par un médecin, lorsque leur fils atteignait sa deuxième semaine de vie.

Depuis plusieurs années déjà, Coleman laissait

entendre qu'il était juif, ou ne détrompait pas ceux qui le croyaient, car il s'était aperçu qu'à la fac aussi bien que dans les cafés où il traînait, beaucoup de gens tenaient pour acquis qu'il l'était. Il l'avait appris dans la marine, il suffit de se présenter de manière simple et cohérente pour qu'on ne vous pose pas de questions : les détails n'intéressent personne. Les gens qu'il côtoyait, à la fac et au Village, auraient tout aussi bien pu lui attribuer des origines levantines, comme certains de ses potes à l'armée. Mais c'était l'après-guerre, et le narcissisme juif était à son apogée dans l'avant-garde intellectuelle de Washington Square ; le désir de stature qui aiguillonnait leur audace mentale typiquement juive prenait des proportions faramineuses ; il se dégageait de leurs plaisanteries, de leurs anecdotes familiales, de leur rire, de leurs clowneries, de leurs traits d'esprit, de leurs querelles, de leurs insultes même une aura d'influence culturelle aussi forte que celle qui émanait des magazines *Commentary*, *Midstream* et *The Partisan Review*. Dans ces conditions, qu'est-ce qui aurait bien pu l'empêcher de prendre le train en marche, d'autant que ses années de lycée, où il avait appris la boxe aux jeunes Juifs du comté d'Essex sous la houlette de Doc Chizner, lui permettaient de se prévaloir d'une enfance juive dans le New Jersey sans risquer de se couper autant que s'il avait prétendu être un matelot américain d'origine libanaise ou syrienne. Récupérer le prestige factice d'un Juif américain à l'intellect agressif, porté à l'introspection, irrévérencieux, qui se délectait de l'ironie de son existence marginale à Manhattan se révéla beaucoup moins téméraire que s'il avait dû passer des années à rêver et mettre au point son déguisement en solo ; pourtant, et il y trouvait un certain plaisir, il avait le sentiment d'être d'une témérité spectaculaire ; et lors-

181

qu'il se rappelait le docteur Fensterman qui avait offert trois mille dollars à sa famille pour qu'il se plante à ses examens et laisse la place de premier au brillant Bert, la situation lui paraissait en outre d'un comique achevé, une blague colossale unique en son genre, en même temps qu'un règlement de comptes. Quelle idée grandiose, encyclopédique, le monde avait eue de lui accorder cette métamorphose, quel pied de nez sublime ! On n'aurait pas pu rêver création plus originale — et la singularité n'avait-elle pas toujours été l'ambition intime de son ego ? — que cette convergence du fils de son père avec le fils Fensterman.

Voilà qu'il ne jouait plus. Avec Iris, Iris la véhémente, la farouche, l'antithèse de Steena, la Juive non juive, il avait trouvé moyen de se reconstituer, il était enfin dans le vrai. Il en avait fini avec les essayages successifs, finis les préparatifs et les entraînements interminables. Elle était là, la solution, il était là, le secret de son secret, pimenté d'un zeste de ridicule, de ridicule rassurant, rédempteur, petite contribution de la vie à toutes les décisions humaines.

Lui, l'amalgame encore inédit de tous les indésirables de l'histoire d'Amérique, prenait désormais tout son sens.

Il y eut un interlude, cependant. Après Steena et avant Iris, il y eut un interlude de cinq mois nommé Ellie Magee, une fille de couleur, menue et bien faite, avec une peau mordorée et des taches de rousseur sur le nez et les joues, n'ayant pas tout à fait passé la frontière entre l'adolescence et l'âge de femme. Elle travaillait dans une boutique nommée Village Door Shop, sur la Sixième Avenue ; elle y vendait avec enthousiasme des étagères de bibliothèque et des portes, des portes montées sur pieds pour en faire des bureaux et des lits. Le vieux Juif poussif qui était le patron de la boutique disait qu'en engageant Ellie il avait augmenté ses bénéfices de cinquante pour cent. « C'était mort ici, confia-t-il à Coleman, j'arrivais tout juste à joindre les deux bouts. Mais maintenant tout le monde veut se faire un bureau avec une porte, au Village. Quand les gens rentrent dans la boutique, c'est pas moi qu'ils demandent, c'est Ellie. Au téléphone pareil, c'est à elle qu'ils veulent parler. Elle a tout changé, la gamine. » De fait, personne ne lui résistait, et Coleman non plus, qui fut d'abord impressionné par ses jambes juchées sur de hauts talons, et par son naturel ensuite. C'était une fille qui sortait avec les étudiants blancs de la fac à qui elle plaisait, et avec les étudiants de couleur à qui elle plaisait, une jeunesse de vingt-trois ans, pétillante, jamais encore blessée par la vie, qui avait quitté le Yonkers de son enfance pour s'installer dans le Village et y menait la vie gentiment anticonformiste qui faisait la renommée du quartier. Une trouvaille, cette fille. Voilà donc Coleman qui entre lui acheter un bureau dont il n'a pas besoin, et qui, le soir même, l'emmène boire un verre. Après Steena et le choc d'avoir perdu une fille qu'il voulait tellement, le voilà qui s'amuse, le voilà qui revit, et cela dès l'instant qu'ils commencent à flirter à la boutique. Le prend-elle pour un Blanc, alors ? Il n'en sait rien. Intéressant. Et puis ce soir-là, en riant, avec un comique regard en coin, elle lui lance : « T'es quoi, toi, au fait ? » D'emblée, elle a repéré quelque chose et elle ne se fait pas prier pour le dire. Mais cette fois, il ne se met pas à suer à grosses gouttes comme le jour où il avait mal lu le poème de Steena. Il répond : « Qu'est-ce que je suis ? Les blancs ou les noirs, je te laisse le choix, à toi de jouer. — C'est comme ça que tu joues, toi ? — Mais oui. — Alors quand tu sors avec des Blanches, elles te prennent pour un Blanc ? — Elles croient ce qu'elles veulent. — Alors moi aussi, je crois ce que je veux ? — On ne change pas les règles en cours de partie. » Voilà le petit jeu qu'ils jouent, et ils trouvent cette ambiguïté bien excitante. Il n'a pas d'ami vraiment proche, mais ses camarades de fac pensent qu'il sort une fille de couleur, et ses amis à elle croient qu'elle fréquente un Blanc. Il y a une vraie jouissance à se sentir important aux yeux des autres, et presque partout où ils vont, c'est le cas. On est en 1951. Les hommes demandent à Coleman : « Comment elle est ? » Il répond : « Elle est chaude ! » en secouant la main comme les Italiens de son enfance à East Orange. Au fil des jours et des instants, la vie se fait plus drôle, elle prend les dimensions d'une vie de star de cinéma : quand il sort avec Ellie, il est toujours en représentation. Dans la Huitième Rue, on n'y voit que du feu, et il adore ça. Elle a les jambes qu'il faut. Elle rit tout le temps. Elle est femme avec un naturel, une aisance, une innocence enjouée qui l'enchantent. Elle lui rappelle un peu Steena, à ceci près qu'elle n'est pas blanche et qu'ils ne sont donc pas pressés de rendre visite à leurs familles respectives. Pourquoi leur faudrait-il le faire ? Ils vivent dans le Village. L'emmener à East Orange ne lui vient même pas à l'idée. Peut-être parce qu'il n'a pas envie d'entendre le soupir de soulagement qui lui dira, sans passer par les mots, qu'il fait ce qu'on attend de lui. Il pense aux raisons qui l'ont conduit à leur présenter Steena. Être honnête envers tout le monde ? Pour ce que ça lui a servi... Non, non, pas de présentation à la famille. Pour l'instant du moins.

En attendant, il est si bien, avec elle, qu'un soir la vérité sort dans un pétillement. Il lui dit même qu'il est boxeur, ce qu'il n'a jamais pu avouer à Steena. C'est si facile de le dire à Ellie. Qu'elle n'y trouve rien à redire la fait monter dans son estime. Elle n'est pas conformiste, elle pourtant si solide. Il a en face de lui quelqu'un qui est totalement dépourvu d'étroitesse d'esprit. Elle veut tout savoir, cette fille superbe. Alors il parle, et quand il ne se restreint pas, il sait parler avec brio, et Ellie est sous le charme. Il lui raconte la marine. Il lui raconte sa famille, et ils découvrent qu'elle n'est guère différente de sa famille à elle, sauf que son père est toujours vivant ; c'est un pharmacien qui a son officine à Harlem ; bien qu'il ne soit pas ravi que sa fille ait élu domicile dans le Village, heureusement pour elle, il ne peut pas s'empêcher de l'adorer. Coleman lui parle de Howard, lui raconte comme il s'y sentait mal. Ils en parlent beaucoup, parce que c'est là que ses parents voulaient l'envoyer, elle aussi. Et toujours, quel que soit le sujet, il s'aperçoit qu'il n'a aucun mal à la faire rire. « J'avais jamais vu autant de gens de couleur ensemble, lui dit-il, même pour les fêtes de famille, dans le sud du New Jersey. À Howard, je trouvais qu'il y avait trop de Noirs ensemble, des Noirs de toutes religions, des Noirs de tout poil, mais j'avais pas envie d'être parqué avec eux comme ça. Je voyais pas du tout ce que je venais faire là. On était tellement concentrés que toute la fierté que j'avais pu avoir en prenait un coup. Je me sentais complètement diminué par ce milieu concentrationnaire, artificiel. — C'est comme du soda trop sucré, dit Ellie. — À vrai dire, ça n'est même pas qu'on a trop mis de quelque chose, c'est plutôt qu'on a retiré tout le reste. » En parlant à cœur ouvert avec Ellie, Coleman se sent pleinement soulagé. Certes, il n'est plus un héros, mais il n'est pas un salaud non plus, et de loin. Oui, c'est une battante, cette fille. Elle s'est transcendée pour obtenir son indépendance, elle s'est transformée en fille du Village, elle sait tenir sa famille en respect — en somme, elle a grandi comme on est censé grandir.

Un soir, elle l'emmène devant une minuscule bijouterie de Bleecker Street, dont le patron, un Blanc, crée des émaux ravissants. Ils n'ont fait que du lèche-vitrine, ils ont regardé depuis la rue, mais quand ils s'en vont, elle dit à Coleman que le type est noir. « Tu te trompes, c'est pas possible. — Ne me dis pas que je me trompe, répond-elle en riant, c'est toi qui es aveugle. » Un autre soir, vers minuit, elle l'emmène dans un bar de Hudson Street où les peintres se retrouvent pour boire un verre. « T'as vu celui-là, le petit mignon ? » lui dit-elle à voix basse en désignant de la tête un Blanc, joli garçon, d'environ vingt-cinq ans, qui fait du charme à toutes les filles, au bar. « Lui ? Noon ! dit Coleman, qui rit à son tour. — Tu es à Greenwich Village, ici, Coleman Silk, sur les six kilomètres carrés les plus libres de toute l'Amérique. Il y en a un à tous les coins de rue. Toi, dans ta vanité, tu te figures que tu es le seul à avoir rêvé ça. » Et si elle en connaît trois dont elle est sûre, absolument, il doit bien y en avoir dix, sinon plus. « Il en arrive de partout, lui dit-elle, ils vont tout droit dans la Huitième Rue. Comme toi depuis East Orange. — Et moi, dit-il, je n'y vois que du feu. » Ça aussi, ça les fait rire, un vrai fou rire, il est trop nul, incapable de repérer les autres, il faut qu'Ellie soit son guide, qu'elle les lui montre.

Au début, il se roule avec bonheur dans cette solution à son problème. Avec la perte de son secret, il redevient petit garçon. Le petit garçon d'avant le secret. Un diablotin, en somme. Tout le naturel d'Ellie lui permet d'être naturel lui-même, avec aisance, avec plaisir. Quand on se destine à être un chevalier, un héros, on porte cuirasse, et maintenant il savoure le plaisir d'aller sans cuirasse. « T'en as, de la chance », lui dit le patron d'Ellie. Et il répond : « J'en ai, de la chance » en toute sincérité. Avec Ellie, le secret devient caduc. Ce n'est pas seulement qu'il peut tout lui dire, et il lui dit tout en effet, mais il peut rentrer chez lui si et quand l'envie lui en prend. Il peut affronter son frère, alors qu'autrement il sait bien qu'il n'aurait pas pu. Lui et sa mère peuvent retrouver leurs rapports étroits et sans contraintes. Et puis voilà qu'il rencontre Iris, et rien ne va plus. Il s'est bien amusé, avec Ellie, et il s'amuse toujours, mais il lui manque quelque chose. Leur liaison manque d'ambition — son image de soi, qui l'a poussé à agir toute sa vie, n'y trouve pas son compte. Iris arrive, et il remonte sur le ring. Son père lui avait dit : « À présent, tu peux te retirer sur une victoire. Tu as raccroché les gants. » Mais le voilà qui bondit de son coin comme un fauve — il a de nouveau le secret. Et le génie du secret, aussi, ce qui n'est pas donné à tout le monde. Peut-être, en effet, y a-t-il une douzaine de types comme lui qui traînent dans le Village. Mais ce don, tous ne l'ont pas. Ils l'ont, si, mais à une échelle minable : ils passent leur vie à mentir. Ils n'ont pas le sens du secret à la manière grandiose et raffinée de Coleman. Le voilà revenu sur sa trajectoire centrifuge. Il a l'élixir du secret. C'est comme de parler couramment une langue étrangère ; on se trouve en un lieu toujours nouveau pour soi. Il a vécu sans, c'était très bien, il ne s'est rien passé de fâcheux, il n'y avait rien là de critiquable. Il s'est bien amusé, amusé innocemment. Mais ça ne suffisait pas. Certes, il avait recouvré son innocence ; Ellie la lui avait rendue, en effet. Mais à quoi ça sert, l'innocence ? Iris lui donne davantage. Elle fait monter le niveau du vécu. Iris lui rend sa vie à l'échelle où il veut la vivre.

Au bout de deux ans, ils décidèrent de se marier, et ce fut alors, après la licence qu'il avait prise, la liberté qu'il avait connue, les choix qu'il avait osé faire (avait-il déployé assez d'habileté, d'intelligence pour jouer un personnage à la mesure de son ambition, armé pour affronter le monde!), ce fut alors que la première grosse facture tomba.

Coleman se rendit à East Orange, voir sa mère. Mrs Silk ignorait l'existence d'Iris Gittelman, mais ne fut nullement surprise lorsqu'il lui annonça qu'il allait se marier, et que la jeune fille était blanche. Elle ne fut même pas étonnée lorsqu'il lui dit que la jeune fille ne savait pas qu'il était noir. Ce fut plutôt lui l'étonné lorsque, ayant fait sa déclaration d'intentions, il se demanda tout à coup si sa décision dans son entier, la décision la plus monumentale de sa vie, n'était pas fondée sur le détail le plus futile qu'on puisse imaginer : la chevelure d'Iris, sa charmille serpentine, bien plus négroïde que ses cheveux à lui, bien plus proche de ceux d'Ernestine. Petite fille, on citait toujours le mot d'Ernestine : « Pourquoi j'ai pas des cheveux qui volent, comme Maman ? » — voulant dire par là des cheveux que la brise soulève, comme sa mère, mais aussi comme toutes les femmes de la branche maternelle.

Face à l'angoisse de sa mère, Coleman sentit sourdre en lui la peur irréelle, délirante, d'avoir choisi Iris Gittelman uniquement parce que sa physionomie pourrait expliquer la texture des cheveux de leurs enfants.

Mais comment un mobile aussi bassement pratique, aussi grossier, aurait-il pu lui échapper jusque-là ? Parce qu'il n'était nullement vrai ? À voir sa mère souffrir comme elle souffrait, profondément ébranlée par la conduite de son fils mais résolue pourtant, comme il l'était lui-même toujours, à aller jusqu'au bout — comment cette idée pouvait-elle lui paraître autrement que vraie ? Tandis qu'il demeurait assis en face d'elle avec tous les dehors d'une parfaite maîtrise de soi, il avait l'impression très nette d'avoir choisi une femme pour la raison la plus absurde du monde, et d'être l'homme le plus inauthentique.

« Et elle croit que tes parents sont morts, Coleman, c'est ce que tu lui as dit.

— En effet.

— Tu n'as ni frère ni sœur, pas d'Ernestine, pas de Walt ? »

Il acquiesça.

« Et ensuite ? Qu'est-ce que tu lui as dit d'autre ?

— À ton avis ?

— Tout ce qui t'arrangeait. » Ce fut la parole la plus amère qu'elle prononça de tout l'après-midi. Elle n'avait jamais pu et ne pourrait jamais se mettre en colère contre lui. Sa seule vue, depuis qu'il était né, stimulait en elle des sentiments dont elle ne savait pas se défendre, et qui n'avaient rien à voir avec son mérite. « Alors je ne verrai jamais mes petits-enfants », dit-elle.

Il s'était préparé. L'important, c'était de ne plus penser à la chevelure d'Iris, et de laisser parler sa mère, de lui laisser trouver son rythme, et, à partir du flot doux de ses mots, élaborer sa justification à sa place.

« Tu ne me laisseras jamais les voir. Tu ne leur apprendras jamais qui je suis. Tu me diras : "Maman, m'man, tu vas aller à la gare de chemin de fer de New York, et tu vas t'asseoir sur un banc, dans la salle d'attente ; moi, à onze heures vingt-cinq, je passerai devant toi avec mes enfants dans leurs plus beaux habits." Ce sera mon cadeau d'anniversaire, dans cinq ans. "Va t'asseoir là-bas, maman, ne dis rien, et je les ferai passer devant toi lentement." Et tu sais très bien que je serai au rendez-vous. À la gare de chemin de fer, au zoo, à Central Park. Où tu me diras, bien sûr, j'irai. Tu me diras que, si je veux toucher mes petits-enfants, la seule solution, c'est que je vienne en Mrs Brown, que tu m'engages comme baby-sitter, pour les mettre au lit. Tu me diras de venir sous le nom de Mrs Brown, faire le ménage chez toi, et ça aussi, je le ferai. Je ferai ce que tu me diras, bien sûr. Est-ce que j'ai le choix ?

— Tu l'as, non ?

— Le choix ? Ah oui ? Et que faire d'autre, Coleman ?

— Me renier. »

Presque pour rire, elle affecta d'y réfléchir un instant. « Sans doute, je pourrais me montrer aussi impitoyable avec toi. Oui, c'est possible. Mais où veux-tu que je trouve la force de m'infliger à moi-même un traitement aussi féroce ? »

Ce n'était pas le moment de se rappeler son enfance, pas le moment d'admirer sa lucidité, son ironie, ou son courage. Ce n'était pas le moment de se laisser subjuguer par le phénomène quasi pathologique de l'amour maternel. Ce n'était pas le moment d'entendre tous les mots qu'elle ne disait pas, mais qui résonnaient de manière plus convaincante que ceux qu'elle disait. Ce n'était pas le moment d'entretenir d'autres pensées que celles dont il s'était armé en venant. Ce n'était certes pas le moment d'aller chercher des explications, de commencer à exposer avec brio les avantages et les inconvénients, et de prétendre que cette décision était logique, ni plus ni moins. Aucune explication ne pourrait jamais, au grand jamais, s'appliquer à l'ignominie de ce qu'il était en train de lui faire. C'était le moment de se concentrer avec précision sur l'objectif qu'il recherchait là. Si, pour sa mère, le renier était exclu, elle n'avait plus qu'à accuser le coup. Quant à lui, il lui fallait s'exprimer calmement, en peu de mots, oublier la chevelure d'Iris, et, aussi longtemps que nécessaire, laisser sa mère employer les mots de son choix pour absorber en son être la brutalité de l'acte le plus brutal qu'il ait jamais commis.

Il l'assassinait. On n'a pas besoin de tuer son père. Le monde s'en charge. Il y a des tas de forces qui guettent le père. Le monde va lui faire son affaire, et il l'avait faite, en effet, à Mr Silk. Celle qu'il faut assassiner, c'est la mère. Et il était en train de s'y employer, lui, l'enfant qu'elle avait aimé comme elle l'avait aimé. Il l'assassinait au nom de son exaltante idée de la liberté! Tout aurait été beaucoup plus facile sans sa mère. Mais il fallait surmonter cette épreuve s'il voulait être l'homme qu'il avait choisi d'être, séparé sans retour de ce qu'il avait reçu en partage à sa naissance, libre, comme tout humain voudrait l'être, de se battre pour sa liberté. Pour arracher à la vie cette destinée de rechange, dont il dicterait les clauses, il lui fallait faire ce qu'il avait à faire. La plupart des gens ont bien envie de se tirer de l'existence de merde qu'ils ont reçue en partage. Seulement ils ne passent pas à l'acte, et c'est ce qui fait qu'ils sont eux, tandis que lui est lui. Balancer son direct, démolir, et puis fermer la porte à jamais. On ne peut pas faire ça à une mère merveilleuse qui vous aime inconditionnellement et vous a rendu heureux; on ne peut pas lui faire ce chagrin et penser qu'on pourra revenir en arrière. C'est tellement affreux qu'il ne reste plus qu'à vivre avec. Quand on a fait une chose pareille, d'une telle violence, on ne peut plus jamais la défaire — or c'est justement ce qu'il veut. C'est comme à West Point, au moment où le

191

gars s'écroulait. Il a fallu que l'arbitre l'empêche de faire ce que lui dictaient ses tripes. Ce jour-là comme à présent, il faisait l'expérience de son pouvoir en boxeur. Parce que cela aussi faisait partie de l'épreuve, de donner au rejet toute sa vraie significa-tion humaine impardonnable, d'affronter avec tout le réalisme et la clarté possibles l'instant où le destin vient à croiser quelque chose d'énorme. Cet instant est venu, pour lui. Cet homme et sa mère. Cette femme et son fils bien-aimé. Si, pour s'aiguiser comme une lame, il a décidé de faire la chose la plus dure qui soit, à part la poignarder, c'est bien celle-ci. Le voilà placé au cœur même du sujet. C'est l'acte majeur de sa vie, et sciemment, intensément, il en ressent la démesure.

« Je me demande pourquoi je suis prise au dépourvu, Coleman. Je ne devrais pas, pourtant. Tu m'as donné bien des avertissements, depuis le jour de ta naissance ou presque. Même le sein, tu répu-gnais à le prendre. Si, c'est vrai. Maintenant je vois pourquoi. Même ça, ç'aurait pu retarder ton évasion. Il y a toujours eu quelque chose chez nous, et je ne te parle pas de notre couleur, quelque chose dans la famille qui te freinait. Tu penses en prisonnier. Si, Coleman Brutus. Tu es blanc comme neige, et tu penses en esclave. »

Ce n'était pas le moment de rendre hommage à son intelligence, de considérer cette superbe formule comme le véhicule d'une sagesse spéciale. Souvent sa mère disait quelque chose qui donnait à penser qu'elle en savait plus qu'en réalité. L'autre face rationnelle. Cela tenait au fait d'avoir laissé l'art ora-toire à son père, et, en comparaison, de paraître dire ce qui comptait.

« Maintenant je pourrais te dire qu'on ne s'échappe pas, que toutes tes tentatives d'évasion ne feront que

192

te ramener à ton point de départ. C'est ce que ton père te dirait. Et il trouverait bien quelque chose qui aille dans ce sens dans *Jules César*. Mais un jeune homme comme toi, dont tout le monde s'éprend ? Un garçon intelligent, beau, charmant, avec ton physique, ta détermination, ton astuce, avec tous tes dons fabuleux ? Toi, avec tes yeux verts, tes longs cils noirs ? Ma foi, je pense que tu ne devrais pas avoir le moindre problème. En venant me voir, tu auras fait le plus dur, et regarde avec quel calme tu es assis là. C'est parce que tu sais que ce que tu fais est plein de sens. Je sais que c'est sensé, parce que tu ne poursuivrais pas un but insensé. Bien sûr, tu auras des déceptions. Bien sûr, il n'y aura pas grand-chose qui tournera comme tu l'imagines, assis bien calmement en face de moi. Ta destinée personnelle sera bien personnelle, oui. Mais en quoi ? À vingt-six ans, tu ne peux pas en avoir la moindre idée. Seulement, est-ce que ce ne serait pas vrai aussi si tu ne tentais rien ? Je suppose que tout changement de cap dans la vie implique qu'on dise : "Je ne te connais pas", à quelqu'un. »

Elle continua près de deux heures, un long discours sur son indépendance de caractère qui remontait à la petite enfance ; elle absorba adroitement la douleur en racontant ce à quoi elle s'était heurtée, qu'elle ne pouvait espérer contrer, et devrait bien supporter, et pendant ce temps Coleman fit de son mieux pour ne pas remarquer — dans les détails les plus simples, sa chevelure moins épaisse (oui, penser à celle de sa mère, pas à celle d'Iris) — la façon dont sa tête se projetait en avant, ses chevilles enflées, son ventre distendu, l'écart exagéré de ses grandes dents, combien elle avait avancé vers la mort depuis ce samedi, trois ans auparavant, où elle avait déployé des trésors d'amabilité pour mettre à l'aise Steena. À un moment, vers le milieu de l'après-midi, Coleman eut l'impression qu'elle était au bord de la grande métamorphose, qu'elle allait, comme les vieillards, se transformer en une pauvre petite chose contre-faite. Plus elle parlait, plus il croyait voir se produire le phénomène sous ses yeux. Il essayait de ne pas penser à la maladie qui la tuerait, aux obsèques qu'on lui ferait, aux hommages qu'on lui rendrait en la circonstance, aux prières qui s'élèveraient au bord de sa tombe. Mais il essayait aussi de ne pas penser à la façon dont la vie continuerait pour elle, une fois qu'il l'aurait abandonnée : les années passant, elle continuerait à penser à lui, à sa femme, à ses enfants, et avec le temps les liens entre eux se resserreraient pour elle, du fait de ce déni.

Que sa mère vive vieille, qu'elle meure, voilà qui ne saurait avoir d'incidence sur ce qu'il est en train de faire, pas davantage que n'en aura l'histoire de la lutte de sa famille à Lawnside, où elle est née dans une bicoque délabrée, et où elle a vécu avec ses parents et ses quatre frères jusqu'à la mort de son père, quand elle avait sept ans. Sa famille paternelle était établie à Lawnside, New Jersey, depuis 1855. C'étaient des esclaves en fuite qui avaient été amenés dans le Nord par les filières clandestines des Qua-kers, jusqu'au Maryland et dans le sud-ouest du New Jersey. Les Noirs avaient d'abord baptisé l'endroit Free Haven, port libre. Aucun Blanc n'y vivait alors, et aujourd'hui encore il n'y en avait guère qu'une poi-gnée, à la périphérie d'une petite ville de deux mille âmes, où tout le monde descendait d'esclaves en fuite protégés par les Quakers de Haddonfield : le maire en descendait, le chef des pompiers, les chefs de la police, le percepteur, les instituteurs et les écoliers. Mais le caractère unique de Lawnside comme petite ville noire n'aurait su avoir davantage d'incidence sur son choix. Pas plus que celui de Gouldtown, un peu plus au sud dans le New Jersey, du côté de Cape May. C'est de là que venait sa famille maternelle, et c'est là qu'ils partirent vivre, à la mort du père. Une autre colonie de gens de couleur, beaucoup d'entre eux presque blancs, dont sa grand-mère, et tous plus ou moins cousins. « Il y a bien bien longtemps », expliquait-elle à Coleman quand il était petit — en lui simplifiant et lui condensant de son mieux toutes les histoires qu'elle avait entendu raconter —, un esclave avait pour maître un soldat de l'armée de terre qui s'est fait tuer à la guerre contre les Français et les Indiens. L'esclave s'est occupé de la veuve du soldat. Il a tout fait, de l'aube au crépuscule, il a trimé pour subvenir aux besoins. Il coupait le bois, il le transportait, il faisait les récoltes, il a creusé des fondations, bâti une cabane pour les choux; il y a entreposé les choux, les potirons; il a enterré les pommes et les navets pour l'hiver, stocké l'orge et le blé dans la grange, tué le cochon, salé le cochon, abattu la vache, et mis le bœuf en conserve, si bien qu'un jour la veuve l'a épousé, et qu'ils ont eu trois fils. Ces trois fils ont épousé des filles de Gouldtown dont les familles étaient là depuis les origines, au début du XVIIᵉ siècle, et qui, au moment de la Révolution, s'étaient mariées entre elles, liées par des liens multiples. L'une ou l'autre, toutes deux peut-être, descendaient de l'Indien de la grande colonie de Lenape à Indian Fields, qui avait épousé une Suédoise — dans certains endroits, les Suédois et les Finnois avaient supplanté les premiers colons hollandais — et qui avait eu trois enfants avec elle; l'une ou l'autre, toutes deux peut-être, descendaient de deux frères mulâtres amenés des Antilles sur un navire marchand qui remontait le fleuve depuis Greenwich jusqu'à Bridgeton, où ils étaient liés par contrat aux propriétaires terriens qui payaient leur passage, et qui payèrent plus tard le voyage de deux sœurs, deux Hollandaises, dont ils firent leurs femmes ; l'une ou l'autre, toutes deux peut-être, descendaient de la petite-fille de John Fenwick, fils d'un baronnet anglais, officier de cavalerie dans l'armée de Cromwell, et membre de la Société des Amis, qui mourut dans le New Jersey peu d'années après que la Nouvelle-Césarée (province qui s'étendait entre l'Hudson et le Delaware et qui était attribuée par le frère du roi d'Angleterre aux deux propriétaires anglais) prit le nom de New Jersey. Fenwick mourut en 1683 et fut enterré quelque part dans la colonie personnelle qu'il avait achetée, fondée, gouvernée, et qui s'étendait au nord de Bridgeton vers Salem, et au sud et à l'est vers le Delaware.

À dix-neuf ans, Elizabeth Adams, la petite-fille de Fenwick, épousa Gould, un homme de couleur. « Le Noir qui a causé sa perte », comme l'évoquait le grand-père dans son testament où il excluait Elizabeth de toute part de la propriété jusqu'à l'heure où « le Seigneur lui ouvrirait les yeux sur l'abominable transgression qu'elle avait commise envers Lui ». L'histoire disait qu'un seul des cinq fils de Gould et d'Elizabeth, Benjamin Gould, était arrivé à l'âge d'homme, où il avait épousé une Finnoise nommée Ann. Benjamin mourut en 1777, l'année d'après la signature de la déclaration d'Indépendance sur un pont au-dessus du Delaware, à Philadelphie. Il laissait une fille, Sarah, et quatre fils, Anthony, Samuel, Anijah et Elisha, dont Gouldtown prit le nom.

Par sa mère, Coleman découvrit le dédale de leur histoire familiale ; elle remontait au temps de John Fenwick l'aristocrate, qui avait été à cette région sud-ouest du New Jersey ce que William Penn était à la région de Pennsylvanie où était située Philadelphie — et dont on avait parfois l'impression que tout Gouldtown descendait. Puis Coleman entendit l'histoire répétée, à quelques variantes près, par ses grand-tantes et ses grands-oncles, par des arrière-grand-tantes et arrière-grands-oncles, certains presque centenaires, lorsque dans son enfance, avec Walt, Ernestine et leurs parents, ils se rendaient à Gouldtown pour la réunion familiale annuelle, qui rassemblait près de deux cents personnes venues du sud-ouest du New Jersey, de Philadelphie, d'Atlantic City, et même de Boston, pour manger du maquereau, de la poule au pot, du poulet rôti, des glaces maison, des pêches au sirop, des tartes, des gâteaux — pour manger les plats favoris de la famille, jouer au base-ball, chanter des chansons et passer la journée à égrener des souvenirs et raconter des histoires du temps jadis où les femmes filaient, tricotaient, faisaient bouillir le lard gras, et cuire au four d'énormes miches de pain que les hommes emportaient aux champs, du temps où elles faisaient les habits, allaient tirer l'eau au puits, administraient des remèdes à base de simples, des infusions pour traiter la rougeole, des sirops de mélasse et d'oignon contre la coqueluche. Des histoires sur les mères de famille qui tenaient une laiterie où elles faisaient de beaux fromages, sur les femmes qui étaient allées à la ville, à Philadelphie, pour devenir gouvernantes, couturières, maîtresses d'école, et sur celles qui étaient restées au foyer, et dont l'hospitalité était remarquable. Des histoires sur les hommes, dans les bois, qui piégeaient et chassaient le gibier pour avoir de la viande l'hiver, les fermiers qui labouraient les champs, qui coupaient le bois de chauffage, et les barres pour les palissades, qui achetaient, vendaient et abattaient le bétail, et sur ceux qui étaient prospères, les négociants, qui vendaient à la tonne le foin salé pour les poteries de Trenton, ce foin qu'on coupe dans les marais salants qu'ils possédaient le long de la baie et sur les rives du fleuve. Des histoires sur les hommes qui avaient quitté les bois, la ferme, le marais, et le marécage à cèdre pour entrer dans l'armée — certains comme Blancs, d'autres comme Noirs — pendant la guerre de Sécession. Des histoires sur les hommes qui avaient pris la mer pour devenir briseurs de blocus, et sur ceux qui étaient partis à Philadelphie se faire croque-morts, imprimeurs, barbiers, électriciens, cigariers, et pasteurs dans l'Église méthodiste épiscopale africaine — l'un d'entre eux s'étant engagé pour aller à Cuba aux côtés de Teddy Roosevelt et de ses Rough Riders —, et l'histoire de quelques autres qui avaient eu des ennuis, et s'étaient enfuis pour ne jamais revenir. Des histoires d'enfants, aussi, des enfants comme eux, souvent pauvrement vêtus, parfois sans manteau ni souliers, qui dormaient les nuits d'hiver dans les pièces glaciales de maisons rudimentaires, et qui, dans la chaleur de l'été, allaient ramasser le foin à la fourche, le charger et le transporter avec les hommes, mais bien éduqués par leurs parents, catéchisés à l'école des presbytériens, qui leur apprenaient aussi à lire et à écrire, et mangeant toujours à leur faim, même de ce temps-là, le porc, la pomme de terre, le pain, la mélasse et le gibier, de sorte qu'ils devenaient des hommes vigoureux, sains et honnêtes.

Mais quand on décide de ne pas devenir boxeur, ou d'ailleurs spécialiste de lettres classiques, ce n'est jamais à cause de l'histoire des esclaves fugitifs de Lawnside, de l'abondance des victuailles aux réunions de famille à Gouldtown, ou des méandres de la généalogie américaine de sa famille — pas davantage que l'on décide de ne pas devenir quoi que ce soit d'autre pour ces mêmes raisons. Dans l'histoire d'une famille, il y a beaucoup d'éléments qui partent en fumée. Lawnside en est un, Gouldtown un autre, la généalogie un troisième, Coleman Silk en fut un quatrième.

Au cours de ces cinquante dernières années et plus, il ne fut pas le premier enfant, du reste, qui ait entendu parler des fenaisons d'herbe salée pour les poteries de Trenton ou qui ait mangé du maquereau et des pêches au sirop dans les fêtes de Gouldtown, et qui disparaisse ainsi — dans la famille on disait qu'il s'était volatilisé de sorte qu'on avait « perdu toute trace de lui » ou bien encore, variante, qu'il était « perdu pour les siens ».

Le culte des ancêtres — tel était le nom que Coleman donnait à cette pratique. Honorer le passé était pour lui une chose, l'idolâtrie des ancêtres en était une autre. Cet emprisonnement, il n'en voulait à aucun prix.

Ce soir-là, quand il rentra à Greenwich Village après sa visite à East Orange, son frère l'appela au téléphone depuis Asbury Park et cet appel l'entraîna plus vite et plus loin qu'il ne l'avait prévu. « Ne t'approche plus jamais d'elle », l'avertit Walter avec dans la voix une violence à peine contenue, et d'autant plus menaçante d'être contenue — qui rappelait à Coleman quelque chose qu'il n'avait pas entendu depuis la mort de son père. Il y avait une autre force dans la famille, et désormais elle le poussait complètement de l'autre côté. L'acte a été commis en 1953 par un audacieux jeune homme de Greenwich Village ; il s'agit d'une personne précise, en un lieu précis, à un moment précis ; mais désormais le jeune homme est passé de l'autre côté pour toujours. Pourtant, découvre-t-il, telle est bien la question : la liberté est dangereuse. La liberté est très dangereuse. Et on ne dicte pas ses conditions bien longtemps.

« N'essaie même pas de la revoir. Je t'interdis d'avoir le moindre contact avec elle. Pas de coup de fil. Rien. Jamais. Tu m'entends ? dit Walter. Ja-mais. Ne t'avise pas de montrer ta petite face de Blanche-Neige dans cette maison. »

III

Que faire d'une gosse qui ne sait pas lire ?

« Si Clinton l'avait enculée, elle aurait peut-être fermé sa gueule. C'est pas l'homme qu'on raconte, Clinton. S'il l'avait retournée et enculée, dans le bureau ovale, on n'en serait pas là.

— Mais il l'a jamais dominée, il a pas pris de risques.

— Il faut bien voir que dès qu'il est entré à la Maison-Blanche, il a cessé de dominer. Il pouvait plus. Il dominait pas Willey non plus. C'est pour ça qu'elle lui en a voulu. Une fois devenu président, il a perdu cette capacité de dominer les femmes qu'il avait dans l'Arkansas. Tant qu'il a été attorney général et gouverneur d'un petit État obscur, ça lui allait comme un gant.

— C'est vrai. Y a qu'à voir Gennifer Flowers.

— Qu'est-ce qui se passe, en Arkansas ? Quand on tombe, on tombe pas de haut, on est toujours en Arkansas.

— C'est vrai. Et en plus on s'attend à ce que vous soyez porté sur le cul. C'est la tradition.

— Seulement quand on arrive à la Maison-Blanche, on peut plus dominer, et quand on peut plus dominer, Miss Willey se retourne contre vous, et Miss Monica se retourne contre vous. Il aurait dû s'assurer de sa loyauté en l'enculant. Ç'aurait dû être un pacte entre eux. Une chose qui les aurait liés. Seulement voilà, il y a pas eu de pacte.

— Mais il faut dire qu'on lui a fait peur. Elle était sur le point de se taire, tu sais. Starr l'a intimidée. Dix mecs avec elle, dans cet hôtel ? À lui faire du rente-dedans ? C'était du sexe de groupe, un viol collectif que Starr a mis en scène, dans cet hôtel.

— Ouais, ça c'est vrai, mais elle parlait déjà à Linda Tripp.

— Ah, bien sûr.

— Elle parlait à tort et à travers. Elle fait partie de cette culture débile du bla-bla. De cette génération qui est fière de son manque de profondeur. Tout est dans la sincérité du numéro. Sincère, mais vide, totalement vide. C'est une sincérité qui part dans tous les sens, une sincérité pire que le mensonge, une innocence pire que la corruption. Quelle avidité ça cache, cette sincérité, et ce jargon ! Ce langage extraordinaire qu'ils ont, tous, et on dirait qu'ils y croient, quand ils parlent de leur manque de valeur, alors qu'en disant ça ils estiment au contraire avoir droit à tout. Cette impudence qu'ils baptisent faculté d'amour, l'avidité brutale qu'ils camouflent sous la prétendue "perte de leur estime de soi". Hitler aussi manquait d'estime de soi. C'était son problème. L'arnaque que ces jeunes ont montée ! Cette mise en scène de la moindre émotion. Leurs "relations". Ma relation. Il faut que je clarifie ma relation. Dès qu'ils ouvrent la bouche, j'ai envie de grimper aux rideaux. Tout leur discours est un florilège des conneries qui ont traîné ces quarante dernières années. La clôture narrative. Autre cliché, tiens. Mes étudiants n'arrivent pas à maîtriser leur pensée. La clôture narrative ! Ils sont polarisés sur le récit conventionnel avec commencement, milieu et fin — toute expérience, si ambiguë qu'elle soit, si épineuse, si mystérieuse, doit se prêter à ce cliché de présentateur télé normatif et bien-pensant. Le premier qui me parle de clôture narrative, je vous le recale. Je vais leur en donner, moi, de la clôture narrative, leur chapitre est clos.

— En admettant même qu'elle soit narcissique jusqu'au bout des ongles, que ce soit une petite garce manipulatrice, ou la petite Juive la plus exhibition-niste de toute l'histoire de Beverly Hills, corrompue jusqu'à l'os par les privilèges, il le savait d'avance. Il pouvait la percer à jour. S'il est pas foutu de percer Monica Lewinsky à jour, avec Saddam Hussein, il va être un peu mal. S'il est pas foutu de percer Monica Lewinsky à jour et de déjouer ses plans, faut pas qu'il soit président, le type. Là oui, il y a une vraie raison de le destituer. Mais enfin, il l'a bien vu, tout ça. Il a tout vu. Je crois pas qu'il se soit laissé hypnotiser bien longtemps par le grand récit de sa vie. Qu'elle était totalement corrompue, et totalement innocente, ça lui a pas échappé, évidemment. Son extrême inno-cence : c'était ça, sa corruption, c'était sa corruption, sa folie, sa rouerie. C'est cet alliage des deux qui fai-sait sa force. Quand il avait fini sa journée de grand général des armées, c'était ça, le charme qu'il lui trouvait, son absence de profondeur. L'intensité de son manque de profondeur, c'est ça qui lui plaisait, et le manque de profondeur de son intensité. Ces anec-dotes sur son enfance, où elle se vantait de son obsti-nation adorable : "Tu vois, j'avais que trois ans, mais j'étais déjà quelqu'un." Je suis sûr qu'il a bien com-pris que chaque fois qu'il faisait quelque chose qui ne correspondait pas à ses illusions, son estime d'elle-même allait encore en prendre un coup. Seulement ce qu'il voyait pas, c'était qu'il fallait l'enculer. Pour-quoi ? Mais pour qu'elle se taise. Il a eu une conduite curieuse, là, notre président. C'est la première chose qu'elle lui a montré, son cul. Elle le lui a mis sous le nez. Elle le lui a offert. Et il en a rien fait. Il me dépasse, ce type-là. Il l'aurait enculée, elle serait jamais allée parler à Linda Tripp. Parce qu'elle aurait pas eu envie de parler de ça.

— Elle a eu envie de parler du cigare.

— C'est pas pareil, c'est des enfantillages. Non, il ne lui a pas imposé régulièrement une pratique dont elle n'ait pas envie de parler. Quelque chose dont il aurait eu envie, lui, et pas elle. La voilà, son erreur.

— C'est par la rondelle que passe la loyauté.

— Moi, je suis pas sûr que ça l'aurait fait taire. Je suis pas sûr que la faire taire était humainement possible. C'est pas Gorge Profonde, cette fille, c'est Grande Gueule.

— Reconnais quand même qu'elle a permis plus de révélations sur l'Amérique que n'importe qui depuis Dos Passos. C'est elle qui a collé un thermomètre dans le cul du pays, oui. La trilogie américaine de Monica.

— L'ennui, c'est qu'elle a obtenu de Clinton ce qu'elle obtenait de tous les autres. Elle aurait voulu qu'il lui donne autre chose, lui. Il était le président, et elle une terroriste de l'amour. Elle voulait qu'il soit différent du prof avec qui elle avait eu une liaison.

— Ouais, c'est sa gentillesse qui l'a foutu dedans. C'est intéressant, d'ailleurs. Pas sa brutalité, sa gentillesse. Il n'a pas imposé son jeu, il a joué le sien à elle. Elle le contrôlait parce qu'il voulait bien. Il lui fallait ça. Il avait tout faux. Tu sais ce que Kennedy lui aurait répondu si elle était venue lui demander du boulot? Tu sais ce que Nixon lui aurait répondu? Harry Truman et même Eisenhower lui auraient dit la même chose. Parce que le général qui a mené les opérations de la Seconde Guerre mondiale, il savait aussi être désagréable. Ils lui auraient dit que non seulement ils n'allaient pas lui donner de boulot, mais que personne ne lui en donnerait pour le restant de ses jours. Qu'elle trouverait même pas un emploi de taxi à Hot Springs au Nouveau-Mexique. Rien. Qu'on saboterait la pratique de son père et qu'il serait au chômage, lui aussi. Que sa mère retrouverait jamais d'emploi, son frère non plus, que personne de sa famille ne gagnerait plus un sou si elle osait seulement souffler mot des onze pipes. Onze. Elle est même pas allée jusqu'à douze pour faire un compte rond. Moi, je dis que moins de douze pipes en deux ans, ça vous fait pas rafler la Coupe des coupes de la débauche, si ?

— C'est sa prudence, c'est sa circonspection qui l'a foutu dedans. Si, si. Il a géré ça en juriste.

— Il voulait pas lui donner de preuves. C'est pour ça qu'il voulait pas jouir.

— Là-dessus, il avait raison. Dès l'instant qu'il a joui, il était foutu. Elle tenait la came. Elle avait un échantillon. La preuve par le foutre. S'il l'avait enculée, la nation se serait vu épargner cet abominable traumatisme. »

Ils rirent. Ils étaient trois.

« Il s'est jamais abandonné tout à fait. Il gardait l'œil sur la porte. Il avait son propre système, dans l'affaire. Et elle, elle essayait de faire monter les enchères.

— C'est pas ce que fait la Mafia ? On impose à quelqu'un quelque chose dont il ne veut pas parler. C'est comme ça qu'on le tient.

— On l'implique dans une transgression mutuelle, comme ça on est dans la corruption réciproque. Bien sûr.

— Donc son problème à lui, c'est qu'il est pas assez corrompu, en fait.

— Absolument, oui. Et pas assez averti.

— Il est le contraire de ce qu'on lui reproche, insuffisamment condamnable.

— Bien sûr. Une fois qu'on s'est engagé sur cette voie, pourquoi fixer des limites à ne pas franchir ? Est-ce que ça n'était pas passablement artificiel ?

— Dès l'instant qu'on fixe des limites à ne pas franchir, on montre qu'on a peur, et dès qu'on a peur, on est foutu ; on est à la merci du portable de Monica.

— Il voulait pas perdre le contrôle, vous comprenez. Rappelez-vous ce qu'il lui a dit : Je veux pas devenir accro à toi, je veux pas que ça devienne une drogue. Ça m'a paru vrai.

— Moi j'ai pensé que c'était du baratin.

— Non, je crois pas. C'est les termes dans lesquels elle a rapporté la phrase qui font baratin, mais je crois que sur le fond, non, il voulait pas de cette dépendance sexuelle. Monica était bonne, mais pas irremplaçable.

— Personne n'est irremplaçable.

— Mais vous ne connaissez pas son champ d'expérience. Il allait pas voir les putes ni rien, lui.

— C'est Kennedy qui fréquentait des putes.

— Ah oui. Ça rigolait pas. Tandis que Clinton, c'est un enfant de chœur.

— Je crois pas que c'était un enfant de chœur, dans l'Arkansas.

— Non, il avait l'échelle juste, là-bas. Ici, il était largué. Et ça devait le rendre dingue. Président des États-Unis, il avait accès à tout et il fallait qu'il touche à rien. L'enfer, quoi. Surtout avec sa sainte-nitouche de femme.

— Tu crois que c'est une sainte-nitouche ?

— Et comment !

— Alors elle et Vincent Foster ?

— Elle tombait amoureuse, mais elle aurait jamais fait de folies parce qu'il était marié. Même l'adultère, elle le rendrait ennuyeux. C'est un remède contre la transgression, cette femme-là.

— Tu crois qu'elle couchait avec Foster ?

— Ben tiens !

— Et maintenant le monde entier est tombé amoureux de cette sainte-nitouche. Voilà la femme dont tout le monde est fou. Le génie de Clinton, c'est d'avoir trouvé un emploi à Foster à Washington. Il l'a casé sur place. Il lui a fait payer son écot à l'administration. Ça, c'est du génie. Là, il s'est comporté en vrai parrain de la Mafia, et il a eu ce moyen de pression sur elle.

— Ouais, ça c'était bien vu. Mais c'est pas ce qu'il a fait avec Monica, et pour parler d'elle, il n'a eu que Vernon Jordan, sans doute le meilleur interlocuteur, du reste. Seulement ils étaient loin de se douter de ce qui se passait. Ils pensaient qu'elle ne parlait qu'à ces petites pétasses californiennes. Jusque-là, on s'en fout. Mais que cette Linda Tripp, ce Iago en jupon, que Starr faisait bosser à la Maison-Blanche... »

Coleman ne surprit pas davantage les commentaires de ce chœur universitaire, car à ce moment il se leva du banc où il réfléchissait sur ce qu'il allait entreprendre, pour se diriger vers le campus. Il n'avait pas reconnu les voix de ces hommes, et comme ils lui tournaient le dos, assis sur le banc de l'autre côté de l'arbre, il n'avait pas vu leurs visages. Il supposa qu'il s'agissait de trois jeunes types, de nouveaux profs de la fac engagés depuis son départ, qui s'étaient arrêtés sur la pelouse pour boire de l'eau minérale ou du Coca sans caféine après un échauffement au tennis et pour se détendre en commentant l'actualité Clinton du jour avant de regagner leurs pénates retrouver femme et enfants. Leur familiarité et leur aisance dans le domaine du sexe lui parurent insolites chez de jeunes assistants, surtout à Athena.

Ils parlaient cru, en outre, ils avaient un langage bien vert pour des plaisanteries de campus. Dommage qu'ils n'aient pas été là de son temps, ces durs... Ils auraient pu lui assurer un cadre de résistance contre... Non, non. Sur le campus, où tous les collègues ne sont pas des partenaires de tennis, ce type de force tend à se dissiper en plaisanteries quand on ne l'autocensure pas purement et simplement. Ils n'auraient sans doute pas été plus courageux que les autres membres de la faculté s'il s'était agi de se rallier à lui. En tout cas, il ne les connaissait pas et ne voulait pas les connaître. Il ne connaissait plus personne. Depuis deux ans à présent, depuis qu'il écrivait *Zombies*, il s'était complètement coupé de ses amis et collègues, de ceux qui avaient partagé sa vie ; si bien que jusqu'à ce jour — juste avant midi, à la suite de l'entretien avec Nelson Primus qui s'était mal terminé au-delà de tout ce qu'on aurait pu craindre et où il s'était surpris lui-même par la rancœur de ses propos —, jusqu'à ce jour, il n'avait même jamais envisagé de quitter Town Street comme il était en train de le faire pour se diriger vers le quartier sud et le monument à la guerre de Sécession, et grimper la colline en direction du campus. Il ne risquait guère de tomber sur une connaissance, sauf le collègue qui ferait cours aux retraités venus passer deux semaines en juillet à l'université du Temps libre, qui proposait entre autres des soirées aux concerts Tanglewood, et des visites aux musées Stockbridge et Norman-Rockwell.

Ce fut précisément ces étudiants d'été qu'il vit tout d'abord lorsque, atteignant le sommet de la colline, il déboucha derrière le vieux pavillon d'astronomie sur la cour d'honneur tachetée de soleil, qui offrait en cet instant une façade universitaire plus kitsch encore que sur la couverture de la plaquette d'Athena. Ils se dirigeaient vers la cafétéria pour y déjeuner, déambulant par deux le long d'un des sentiers qui quadrillaient la cour bordée d'arbres. C'était un cortège de couples, mari et femme, mari et mari, veuve et veuve, veuf et veuf, puis des couples recomposés de veufs et de veuves, qui, se figura Coleman, avaient dû faire connaissance ici même pendant les cours. Tous arboraient des vêtements d'été soignés, beaucoup de chemises et de chemisiers pastel, de pantalons blancs ou kaki, quelques imprimés estivaux à carreaux de chez Brooks Brothers. La plupart des hommes portaient des casquettes à visière, de toutes couleurs, souvent brodées au logo d'une équipe de sport. Pas de fauteuil roulant, de déambulateur, de béquilles ou de cannes en vue. C'étaient des gens de son âge, alertes, apparemment aussi en forme que lui, les uns un peu plus jeunes, les autres manifestement plus âgés, mais jouissant tous de cette liberté qu'assure la retraite à ceux qui ont la chance de respirer sans trop de difficulté, de se mouvoir sans trop de peine, et d'avoir gardé le raisonnement assez clair. C'est parmi eux qu'il était censé se trouver. Avec la partenaire appropriée. Comme il convenait.

Comme il convenait. Le mot de passe en vigueur pour brider presque toutes les aventures hors des sentiers battus, afin de ne mettre personne mal à l'aise. Ces gens ne faisaient pas ce qui lui attirait les critiques, à lui, mais plutôt ce qui était tenu pour convenable par Dieu sait quel moraliste des temps modernes, Barbara Walters, Joyce Brothers, William Bennett, *NBC Rencontres* et consorts. S'il s'était encore trouvé à son poste, il aurait pu faire un cours intitulé « La conduite appropriée dans la tragédie classique grecque », un cours qui serait fini avant de commencer.

Ils s'en allaient déjeuner, découvrant au passage

North Hall, le bel édifice de brique colonial patiné par les intempéries et couvert de lierre où, du temps qu'il était doyen, Coleman Silk avait occupé une décennie durant le bureau en face de la suite du président. Le point de repère architectural de l'université, North Hall et son horloge, une tour hexagonale coiffée d'un clocher pavoisé, cet édifice que les promeneurs du centre-ville pouvaient apercevoir comme les pèlerins apercevaient jadis les cathédrales européennes si imposantes quand ils arrivaient à destination — North Hall sonnait midi lorsqu'il s'assit dans la cour d'honneur, sur un banc, à l'ombre du chêne le plus célèbre car le plus torturé par l'âge, pour réfléchir bien posément sur le carcan des convenances. La tyrannie des convenances. En ce milieu d'année 1998, lui-même demeurait incrédule devant le pouvoir et la longévité des convenances américaines ; et il considérait qu'elles lui faisaient violence ; le frein qu'elles imposent toujours à la rhétorique officielle ; l'inspiration qu'elles procurent à l'imposture personnelle ; la persistance, presque partout, de ces sermons moralisateurs dévirilisants que Mencken nomme le crétinisme, Philip Wylie le Momisme, et les Européens, sans souci d'exactitude historique, le Puritanisme américain ; que Ronald Reagan et ses pairs nomment les valeurs essentielles de l'Amérique et qui maintient sa juridiction impérialiste en se faisant passer pour autre chose — pour n'importe quoi, sauf ce qu'il est. La force des convenances est protéiforme, leur domination se dissimule derrière mille masques : la responsabilité civique, la dignité des *wasps*, les droits des femmes, la fierté du peuple noir, l'allégeance ethnique, la sensibilité éthique des Juifs, avec toute sa charge émotive. À croire que non seulement Marx, Freud, Darwin, Staline, Hitler ou Mao n'ont jamais existé, mais que, pire encore, Sinclair Lewis n'a jamais existé. On croirait, se dit-il, que *Babbitt* n'a jamais été écrit. C'est à croire que la conscience est restée imperméable à tout embryon de réflexion et d'imagination susceptible de la perturber. Un siècle de destruction sans précédent dans son ampleur vient de s'abattre comme un fléau sur le genre humain — on a vu des millions de gens condamnés à subir privations sur privations, atrocités sur atrocités, maux sur maux, la moitié du monde plus ou moins assujettie à un sadisme pathologique portant le masque de la police sociale, des sociétés entières régies, entravées par la peur des persécutions violentes, la dégradation de la vie individuelle mise en œuvre sur une échelle inconnue dans l'histoire, des nations brisées, asservies par des criminels idéologiques qui les dépouillent de tout, des populations entières démoralisées au point de ne plus pouvoir se tirer du lit le matin, sans la moindre envie d'attaquer leur journée... voilà ce qui aura marqué le siècle, et contre qui, contre quoi, cette levée de boucliers ? Faunia Farley. Ici, en Amérique, on prend les armes contre Faunia Farley ou Monica Lewinsky ! Aujourd'hui la vie des gens est perturbée — quel luxe ! — par l'inconvenance du comportement de Clinton et de Silk. La voilà, en 1998, la perversité à laquelle ils doivent faire face. Les voilà, leur torture, leur tourment, leur mort spirituelle. La source de leur grand désespoir moral : Faunia me suce et moi je baise Faunia. Je suis dépravé non seulement parce que j'ai prononcé le mot « zombies » devant une classe d'étudiants blancs — or notez bien que je ne l'ai pas prononcé pendant que j'évaluais les séquelles de l'esclavage, les fulminations des Black Panthers, les métamorphoses de Malcolm X, la rhétorique de James Baldwin ou la popularité d'*Amos and Andy* à la radio, mais simplement en faisant l'appel, comme à l'accoutumée. Je suis dépravé non seulement parce que…

Il lui avait suffi pour se faire ces réflexions de rester moins de cinq minutes sur ce banc, à regarder le joli bâtiment où il avait jadis été doyen.

Mais le mal était fait. Il était de retour. Il était là. Il avait retrouvé la colline dont on l'avait chassé, et du même coup son mépris pour les amis qui ne s'étaient pas ralliés à lui, les collègues qui n'avaient pas voulu le soutenir et les ennemis qui avaient fait si bon marché du sens de toute sa carrière. L'envie de dénoncer la cruauté fantasque de leur idiotie vertueuse l'inondait de fureur. Il avait retrouvé la colline sous l'empire de sa fureur, et il en sentait la violence bannir tout bon sens et exiger une action immédiate.

Delphine Roux.

Il se leva et se dirigea vers son bureau. À un certain âge, se disait-il, mieux vaut pour la santé ne pas faire ce que je m'apprête à faire. À un certain âge, mieux vaut laisser la modération, sinon la résignation, voire la capitulation prendre le pas sur ses opinions. À un certain âge, il faudrait vivre sans trop tendre l'oreille aux griefs du passé, sans résister au présent en voulant défier les conventions bien-pensantes. Cependant, renoncer à jouer tout autre rôle que celui assigné par la société (et en l'occurrence assigné au retraité respectable, car à soixante et onze ans, il n'est pas question d'autre chose), c'était pour Coleman Silk, il l'avait bien montré par la brutalité avec laquelle il avait traité sa mère jadis, proprement inacceptable.

Coleman Silk n'était pas un anarchiste aigri comme le père d'Iris Gittelman. Il n'avait rien d'un boutefeu ni d'un agitateur. Il n'était pas fou. Il n'était pas davantage gauchiste ou révolutionnaire, pas même sur le plan intellectuel ou philosophique, sauf à tenir pour révolutionnaire celui qui considère comme un droit de l'homme d'ignorer les limites les plus contraignantes de la société prescriptive et d'affirmer librement un choix indépendant dans les limites de la légalité, sauf à tenir pour révolutionnaire celui qui s'autorise à dénoncer, une fois arrivé à sa majorité, le contrat établi à sa naissance.

À présent, il était passé derrière North Hall et se dirigeait vers la longue pelouse qui menait à Barton Hall et au bureau de Delphine Roux. Il n'avait pas la moindre idée de ce qu'il allait lui dire — à supposer qu'il la trouve par un jour d'été aussi magnifique, à six ou sept semaines encore de la rentrée ; il ne le sut jamais, car avant même de s'approcher de la large allée dallée de brique qui faisait le tour de l'édifice, il aperçut, derrière North Hall, rassemblés dans un carré d'herbe à l'ombre, près d'un escalier qui menait au sous-sol, cinq gardiens de la fac, tous en uniformes, chemises, pantalons marron comme les livreurs d'UPS, en train de se partager une pizza dans son emballage et de rire de bon cœur d'une plaisanterie faite par l'un d'entre eux. La seule femme du petit groupe, sur laquelle convergeait l'attention de ses collègues en ce déjeuner, celle qui avait raconté la blague, dit quelque chose de drôle ou chambré l'un d'entre eux, et qui se trouvait rire encore plus fort qu'eux, c'était Faunia Farley.

Les hommes paraissaient la trentaine, tout juste. Deux d'entre eux portaient la barbe, et l'un de ces deux barbus, coiffé en longue queue-de-cheval, était particulièrement costaud et bovin. Il était le seul debout, comme pour mieux dominer de sa silhouette Faunia, assise par terre, ses longues jambes tendues devant elle, la tête renversée dans la gaieté de l'instant. Coleman eut la surprise de voir ses cheveux épars. Il ne les avait jamais connus qu'impitoyablement tirés dans un élastique, sauf au lit, où elle l'enlevait pour les laisser retomber sur ses épaules après s'être déshabillée.

Faunia avec les gars. C'étaient eux sans doute, les « gars » dont elle parlait. L'un d'entre eux était divorcé depuis peu ; c'était un mécanicien-garagiste malchanceux qui lui entretenait sa Chevy et qui, les jours où l'engin refusait de démarrer malgré tous ses efforts, la conduisait au travail et la ramenait ; un autre voulait l'emmener voir un film porno les soirs où sa femme était dans l'équipe de nuit à l'usine d'emballage de Blackwell ; un autre encore était si peu déluré qu'il ne savait même pas ce que c'était qu'un hermaphrodite. Quand les « gars » ressortaient dans la conversation, Coleman écoutait sans commentaire, n'exprimant aucun chagrin devant ce qu'elle se trouvait en dire, pour perplexe qu'il fût quant à l'intérêt qu'ils lui témoignaient, étant donné la substance des propos qu'elle voulait bien lui rapporter. Mais comme elle ne passait pas son temps à en parler, et qu'il ne l'y encourageait pas par des questions, les « gars » ne faisaient pas sur Coleman l'impression qu'ils auraient pu faire sur Lester Farley, par exemple. Certes, elle aurait pu préférer de son propre chef être moins libre d'allures avec eux, alimenter moins complaisamment leurs fantasmes ; mais même lorsqu'il était tenté de le lui suggérer, il n'avait pas de mal à s'en abstenir. Elle pouvait parler à qui elle voulait, à bon escient, à tort et à travers, et en supporter toutes les conséquences. Elle n'était pas sa fille. Elle n'était même pas sa « petite amie ». Elle était... qui elle était.

Mais à la regarder sans être vu depuis son poste d'observation discret, contre le mur à l'ombre de North Hall, il n'était pas si facile d'adopter une perspective à ce point détachée et accommodante. Parce qu'en ce moment il voyait — outre ce qu'il voyait invariablement, c'est-à-dire ce qu'une vie aussi peu réussie que la sienne avait fait d'elle — pourquoi elle avait si peu réussi ; de son poste d'observation, à guère plus de dix mètres d'elle, il pouvait examiner comme au microscope comment, lorsqu'il n'était pas là pour lui souffler sa conduite, elle se la laissait souffler par les exemples les plus mal dégrossis, les plus vulgaires, les gens dont les espérances humaines étaient les plus limitées et qui avaient le moins conscience de ce qu'ils étaient. Tout intelligent qu'on soit, la Volupté réalise presque tous les désirs, de sorte qu'il y a des possibilités qu'on n'envisage jamais vraiment, et auxquelles on donne encore moins une évocation vigoureuse ; et parce que évaluer au plus juste les qualités de sa Volupté, c'est bien la dernière chose qu'on ait les moyens de faire... jusqu'au jour, bien sûr, où l'on se glisse sous les ombrages et qu'on la regarde se rouler sur le dos dans l'herbe, les genoux repliés, légèrement écartés, le fromage de la pizza lui dégoulinant sur une main, l'autre brandissant un Coca light, en train de rire comme une folle — de quoi ? de l'hermaphrodisme ? — tandis qu'un gros mécano raté la domine de sa masse, en tout point le contraire de soi et de son mode de vie. Un Farley bis ? Un Les Farley bis ? Peut-être rien d'aussi inquiétant, mais à coup sûr davantage un substitut de Farley qu'un substitut de soi.

Cette scène de campus, qui lui aurait semblé insignifiante si elle lui était apparue un été du temps qu'il était doyen — et la chose avait dû se produire bien des fois —, cette scène de campus anodine, où il aurait même vu une illustration du plaisir qu'il y a à manger dehors par une belle journée, prenait désormais tout son sens, au contraire. Alors que ni Nelson

Primus, ni sa chère Lisa, ni même la dénonciation cryptée que lui avait expédiée Delphine Roux ne l'avaient convaincu de quoi que ce soit, cette scène sans conséquence sur la pelouse, derrière North Hall, lui révélait enfin les dessous de sa propre disgrâce.

Lisa. Lisa et ses chers petits. La minuscule Carmen. Voilà celle qui lui traversa l'esprit en un éclair, la toute petite Carmen, six ans, mais, selon Lisa, beaucoup plus jeune dans sa tête : « Elle est mignonne, mais c'est un bébé. » De fait, il la trouva mignonne, adorable lorsqu'il la vit. Une peau d'un brun très très clair, des cheveux noir de jais en nattes raides, des yeux comme il n'en avait jamais vu à aucun être humain, des yeux comme des charbons ardents, bleus, brillant d'une lumière intérieure, un corps d'enfant aux gestes vifs et souples joliment vêtu de jeans en miniature avec des mocassins et des socquettes éclatantes, un tee-shirt blanc guère plus large qu'un rince-bouteille ; c'était une petite fille pleine de vivacité, apparemment attentive à tout ce qui l'entourait, et à lui en particulier. « Je te présente mon ami Coleman », dit Lisa lorsque l'enfant entra dans la salle d'un pas dégagé, avec sur son petit visage matinal bien débarbouillé un sourire ironique, légèrement amusé, plein de son importance. « Bonjour, Carmen, dit Coleman. — Il avait seulement envie de voir ce qu'on faisait, expliqua Lisa. — D'acc », répondit Carmen, assez aimablement, mais non sans l'étudier avec autant de soin qu'il l'étudiait lui-même, précisément par son sourire, semblait-il. « On va rien changer à ce qu'on fait d'habitude, dit Lisa. — D'acc », répondit Carmen, tout en testant sur lui les effets d'une version plus sérieuse du sourire. Et lorsqu'elle se retourna pour prendre en main les lettres de plastique bleu aimantées sur le petit tableau noir, et que Lisa lui demanda de les faire glisser pour former les mots « vert », « voile », « voiture » et « vue » (« Je te demande toujours de regarder les premières lettres. On va voir si tu lis les premières lettres. Lis-les avec tes doigts », disait Lisa), Carmen ne cessa de se tordre le cou, puis de se tortiller pour regarder Coleman et ne pas perdre contact avec lui. « Un rien la distrait », souffla Lisa à son père. Puis, à haute voix : « Allons, Miss Carmen ; allons, ma puce. Il est invisible. — Quoi ? — Invisible, tu peux pas le voir. » Carmen se mit à rire : « Mais si, je le vois. — Allons, allons, reviens vers moi. Les premières lettres. C'est ça. C'est très bien. Mais il faut que tu lises le reste du mot, aussi, d'accord ? La première lettre, et puis après le reste du mot. C'est bien "vert". Et celui-ci, qu'est-ce que c'est ? Tu le sais. Tu le connais, ce mot. "Voile". C'est bien. » Le jour où Coleman était venu assister à la leçon, le cycle de Rééducation à la Lecture était commencé depuis vingt-cinq semaines, et Carmen avait bien fait quelques progrès, mais ils étaient modestes. Il se souvenait qu'elle avait eu du fil à retordre avec le mot « ton » dans le livre d'histoires illustré qu'elle lisait à haute voix ; il la revoyait se gratter les paupières, tortiller puis mettre en boule son tee-shirt, enrouler ses jambes contre le barreau de sa chaise d'enfant, puis, lentement mais sûrement, laisser glisser son derrière jusqu'au bord du siège — sans pouvoir reconnaître « ton » ni le prononcer. « On est en mars, papa. Vingt-cinq semaines, ça fait long pour en être encore à achopper sur "ton". Ça fait long pour confondre encore "pas pu" et "papou" ; mais au point où on en est, je me contenterai de "ton". Le cycle est censé durer vingt semaines et pas plus. Elle est allée à la maternelle…, elle aurait dû y apprendre quelques mots simples en lecture globale. Mais quand je lui ai fait voir une liste de mots, en septembre, elle m'a dit : "Qu'est-ce que c'est ?" Et elle entrait au cours préparatoire ! Elle ne savait même pas ce que c'était que des mots. Et alors, les lettres... Elle connaissait pas le h ni le j, elle confondait le u avec le c, bon, là encore on comprend, ça se ressemble, à l'œil, mais elle a toujours du mal, au bout de vingt-cinq semaines. Entre le m et le w, le g et le d, elle a toujours du mal ; elle a du mal avec tout. — Tu m'as l'air bien découragée, sur le cas de Carmen. — Écoute, tous les jours une demi-heure ? C'est beaucoup d'enseignement, c'est beaucoup de travail. Elle est censée lire, chez elle ; seulement chez elle, il y a une sœur de seize ans qui vient d'avoir un bébé, alors les parents oublient, ou bien ils s'en fichent. Ce sont des immigrants, l'anglais n'est pas leur langue maternelle, c'est pas facile pour eux de faire la lecture à leurs enfants en anglais, mais en fait elle a jamais appris à lire en espagnol non plus. Et voilà mon lot, bon an mal an. Il faut déjà vérifier si l'enfant sait manipuler un livre ; je leur donne le bouquin, il ressemble à celui-ci, avec une grande illustration de couleur vive sous le titre, et je leur demande : "Montrez-moi par où on commence le livre." Il y en a qui savent, mais la plupart, non. Les lettres imprimées, ça ne leur dit rien du tout. Et encore, dit-elle avec un sourire d'épuisement, infiniment moins engageant que celui de Carmen, ils sont pas censés avoir un handicap, ces gosses-là. Carmen ne regarde pas les mots quand c'est moi qui lis. Elle s'en fiche. Et c'est pour ça qu'on est lessivé à la fin de la journée. Les autres instits aussi ont des tâches difficiles, je sais, mais quand on passe sa journée à voir défiler une série de Carmen, on rentre chez soi vidé, sur le plan émotionnel. Là c'est moi qui peux plus lire. Je peux même plus répondre au téléphone. Je mange une bricole, et puis je me couche. Je les aime, pourtant, ces gosses, je les adore. Mais c'est pire qu'épuisant, ça me tue. »

Faunia s'était assise sur son séant, à présent, et elle avalait le fond de son Coca pendant qu'un des gars, le plus jeune, le plus mince, le plus adolescent d'entre eux, portant un petit bouc incongru, un bandana à carreaux rouges sur son uniforme marron, et, sans doute, une paire de santiags à talons, était en train de ramasser les reliefs du déjeuner pour les mettre dans un sac-poubelle, et que les autres s'étaient mis un peu à l'écart, dans le soleil, pour fumer chacun sa dernière cigarette avant de retourner travailler.

Faunia était seule. Elle avait retrouvé son calme. Assise gravement, sa canette vide à la main, à quoi pensait-elle ? Aux deux ans passés à faire la serveuse en Floride, de seize à dix-huit ans ? Aux hommes d'affaires en retraite qui venaient déjeuner sans leur femme et lui demandaient si elle n'aimerait pas avoir un joli appartement, de jolis vêtements, une jolie Pinto toute neuve, et des comptes ouverts dans toutes les boutiques de vêtements de Bal Harbour et chez le bijoutier, en échange de quoi il lui suffirait d'être leur petite amie quelques soirs par semaine et un week-end de temps en temps ? Ce n'était pas une fois, mais deux, mais trois, qu'elle avait reçu ce genre de proposition, la première année. Après quoi était venue la proposition du Cubain. Cent dollars la passe, nets d'impôts. Pour une grande blonde mince, bien foutue, avec des gros seins, avec sa pêche, son ambition, le cran qu'elle avait, une belle nana en mini-jupe, débardeur et bottes, mille dollars la nuit, à l'aise. Dans un an ou deux, à supposer qu'elle en ait envie, elle pourrait se retirer, elle en aurait les moyens. « Et tu ne l'as pas fait ? demandait Coleman. — Non, ntt ntt, mais crois pas que ça m'a pas donné à penser. Avec ce restau de merde, ces enfoirés de clients, les cuisiniers tous des dingues, les menus que je pouvais pas lire, les commandes que je pouvais pas écrire, fallait que je garde tout bien dans ma tête, c'était pas de la tarte. Seulement je sais peut-être pas lire, mais je sais compter ; je sais faire une addition, une soustraction. Je sais pas lire les mots, mais je sais qui était Shakespeare. Je sais qui était Einstein. Je sais qui a gagné la guerre de Sécession. Je suis pas débile, seulement illettrée. Il y a peut-être pas grande différence, mais quand même. Les chiffres, ça me connaît, tu peux me croire. Te figure pas que j'aie pas pensé que ça pouvait être un bon plan. » Mais Coleman n'avait pas besoin qu'elle le lui précise. Non seulement il pensait bien qu'à dix-sept ans elle ait pu songer sérieusement à michetonner, mais il pensait qu'elle avait fait plus qu'y songer.

« Que faire d'un gosse qui ne sait pas lire ? lui avait demandé Lisa dans son désarroi. C'est la clef de tout, alors il faut bien faire quelque chose, mais justement, faire ça me vide de mon énergie. La deuxième année, c'est censé aller mieux, la troisième encore mieux, et moi c'est ma quatrième année ! — Et ça ne va pas mieux ? — C'est dur, c'est tellement dur. Chaque année est plus dure que la précédente. Mais si les cours particuliers ne marchent pas, qu'est-ce qu'on peut bien faire ? » Eh bien, lui, cette gosse qui ne savait pas lire, il en avait fait sa maîtresse. Farley son punching-ball, le Cubain sa putain (ou une de ses), pensait Coleman en général. Et combien de temps l'était-elle restée ? Était-ce à cela qu'elle pensait avant de rentrer dans North Hall finir le ménage des couloirs ? Est-ce qu'elle se rappelait le temps que ça avait duré, tout ça ? La mère, le beau-père, la fuite pour échapper au beau-père, les villes du Sud, les villes du Nord, les hommes, les coups, les boulots, le mariage, la ferme, le troupeau, la faillite, les enfants, les deux enfants morts. Comment s'étonner que partager une pizza avec les garçons, au soleil, une demi-heure, lui paraisse le paradis ?

« Faunia, je te présente mon ami Coleman. Il va seulement nous regarder travailler.

— D'acc », dit Faunia. Elle est vêtue d'une robe à bretelles en velours côtelé vert, avec des chaussettes blanches immaculées et des souliers vernis noirs ; elle est loin d'avoir l'assurance de Carmen ; c'est une petite fille de race blanche, une jolie petite fille des classes moyennes, calme, bien élevée, un peu abattue en permanence, une enfant aux longs cheveux blonds retenus par des barrettes-papillon, qui, contrairement à Carmen, ne lui manifeste aucun intérêt, aucune curiosité une fois les présentations faites. « Bonjour », dit-elle docilement d'une voix indistincte, et elle se remet à déplacer les lettres aimantées comme une petite fille obéissante, elle pousse du même côté les w, les t, les n, les s, pour grouper sur l'autre moitié du tableau les voyelles.

« Sers-toi de tes deux mains », recommande Lisa, et la petite fait ce qu'on lui dit.

« Qu'est-ce que c'est que ces lettres ? » demande Lisa.

Et Faunia les lit, sans se tromper sur une seule.

« On va prendre quelque chose qu'elle connaît, dit Lisa à son père. Écris "non", Faunia. »

Faunia s'exécute, Faunia écrit « non ».

« C'est très bien. » Maintenant quelque chose qu'elle ne connaît pas. « Écris "bon". »

Long regard concentré sur les lettres, mais qui ne donne rien. Faunia n'écrit rien. Ne fait rien. Elle attend. Elle attend la suite des événements. Elle attend la suite des événements depuis qu'elle est née, et la suite arrive toujours.

« Je veux que tu changes la première partie, Miss Faunia. Allez, tu sais le faire. Qu'est-ce que c'est, la première partie de "bon" ?

— B ». Elle déplace le n et lui substitue le b en début de mot.

« C'est très bien. Maintenant tu vas dire "son", avec tes lettres. »

Elle s'exécute. Son.

« Très bien. Maintenant, lis avec ton doigt. »

Faunia place le doigt sous chaque lettre tout en la prononçant distinctement : « Seu, o, neu.

— Elle est vive, remarque Coleman.

— Oui, mais ça c'est censé aller vite. »

Dans d'autres coins de la grande salle, il y a trois autres enfants, avec trois autres instituteurs spécialisés dans la rééducation à la lecture, de sorte que tout autour de lui Coleman entend des petits lire à voix haute, de leur intonation enfantine qui chante quel que soit le contenu, et il entend les autres instituteurs dire : « Tu la connais, celle-ci, c'est "u", le u de utile », et : « Tu connais ça, c'est "ant". » « Tu la connais, celle-ci, c'est "l". Bien, très bien. » En regardant autour de lui, il s'aperçoit que les trois autres enfants en train d'apprendre sont aussi Faunia. Partout il y a des abécédaires, avec des images d'objets pour illustrer chaque lettre, partout il y a des lettres en plastique à prendre à la main, de couleurs différentes, pour aider l'enfant à former les mots phonétiquement, une lettre à la fois, et partout il y a des piles de livres simples qui racontent les histoires les plus simples : « ... Vendredi nous sommes allés à la plage. Samedi nous sommes allés à l'aéroport. » « Papa Ours, est-ce que Bébé Ours est avec toi ? — Non, dit Papa Ours. » « Ce matin, un chien a aboyé contre Sara. Elle a eu peur. "Essaie d'être une petite fille courageuse, Sara", dit maman. » Outre tous ces livres, toutes ces histoires, toutes ces Sara, ces chiens, ces ours, ces plages, il y a quatre enseignants, quatre maîtres pour Faunia, et pourtant ils n'arrivent pas à lui apprendre à lire au niveau qui est le sien.

« Elle est au cours préparatoire, dit Lisa à son père. On espère qu'en travaillant tous les quatre avec elle du matin au soir, tous les jours, à la fin de l'année, on arrivera à la faire aller un peu plus vite. Mais c'est très difficile de lui donner la motivation.

— C'est une jolie petite fille, dit Coleman.

— Oui, tu la trouves jolie ? Tu aimes ce genre-là ? C'est bien ton genre, la jolie petite blonde qui a du mal à apprendre à lire, le genre aboulique, avec des barrettes-papillon ?

— Je n'ai pas dit ça.

— Pas la peine, je t'ai observé en sa présence », et Lisa désigne du doigt la salle où les quatre Faunia sont assises bien sages devant leur tableau, formant et reformant avec les lettres en plastique de couleur les mots « non », « bon » et « son ». « La première fois qu'elle a épelé le mot "bon" avec son doigt, tu ne la quittais pas des yeux. Écoute, si c'est ce qui te branche, dommage que t'aies pas été là en septembre. Parce qu'en septembre elle savait pas épeler son prénom, ni son nom de famille. Elle sortait de la maternelle, et le seul mot qu'elle reconnaissait sur la liste, c'était "non". Elle ne comprenait pas que les caractères contenaient un message. Elle ne savait pas qu'on lisait la page de gauche avant la page de droite. Elle ne connaissait pas *Boucle d'Or et les trois ours*. "Tu connais *Boucle d'Or et les trois ours*, Faunia ? — Non." Ce qui veut dire que son passage en maternelle — parce que c'est ça qu'on leur apprend, à la maternelle, des contes, des comptines — n'a pas été très convaincant. À présent, elle connaît *Le Petit Chaperon rouge*, mais bon, tu parles ! Ah, si tu l'avais connue en septembre, quand elle sortait de son échec à la maternelle, je te garantis qu'elle t'aurait rendu dingue, papa. »

Que faire d'une gosse qui ne sait pas lire ? D'une gosse qui est en train de sucer un type dans sa camionnette sur l'allée du jardin, pendant que là-haut, dans un minuscule appartement au-dessus du garage, ses jeunes enfants sont censés dormir avec un chauffage — deux enfants sans surveillance, un incendie au kérosène, et elle, elle est dans la camionnette avec ce type. La gosse en fugue depuis l'âge de quatorze ans, en cavale toute sa vie pour fuir le chaos qu'est sa vie. La gosse qui épouse, en mal de stabilité et de protection, l'ancien combattant rentré fêlé de la guerre et qui lui saute à la gorge si elle a le malheur de se retourner dans son sommeil. La gosse qui triche, la gosse qui se cache et qui ment, la gosse qui ne sait pas lire prétendument, mais qui sait, qui fait seulement semblant de ne pas savoir, qui prend sur elle, délibérément, ce handicap invalidant pour mieux se mettre dans la peau d'une catégorie d'intouchables à laquelle elle n'appartient pas et n'a nul besoin d'appartenir, mais à laquelle, pour toutes les raisons aberrantes, elle veut lui faire croire qu'elle appartient. Et même veut *se* faire croire qu'elle appartient. La gosse dont l'existence a tourné à l'hallucination à l'âge de sept ans, à la catastrophe à quatorze et au désastre ensuite, dont la vocation n'est pas d'être serveuse, michetonneuse, fermière, gardienne, mais de rester toute sa vie la belle-fille d'un beau-père libidineux, l'enfant livrée à elle-même d'une mère nombrilique, la gosse qui se méfie de tout le monde, qui voit un escroc en chacun, et qui pourtant n'est protégée contre rien, mais dont la capacité de tenir le coup, sans se laisser intimider, est énorme alors qu'elle n'est qu'une actionnaire minuscule de l'existence, l'enfant aux abois, la fille préférée de la poisse, la gosse à qui tout ce qui peut arriver d'infect dans une existence est arrivé en effet et dont la chance ne donne pas signe de tourner ; elle qui pourtant le trouble, l'excite comme personne depuis Steena, et que sur le plan moral il considère non pas comme l'être le plus répugnant qu'il ait rencontré, mais au contraire le moins vil ; elle vers qui il se sent attiré, après avoir si longtemps visé la direction inverse — à cause de tout ce qu'il a raté en visant la direction inverse —, parce que le sentiment sousjacent d'avoir raison qui l'animait par le passé est exactement celui qui le pousse en avant aujourd'hui ; elle, l'amie intime, contre toute attente, avec qui son union est tout aussi spirituelle que physique, elle qui est tout sauf une poupée de chair sur laquelle il se jetterait deux fois par semaine pour assouvir la bête en lui, elle qui, plus que qui que ce soit d'autre au monde, est pour lui un frère d'armes.

Alors qu'est-ce qu'on en fait, d'une gosse pareille ? On cherche une cabine téléphonique et on rattrape sa bourde au plus vite.

Il croit qu'elle pense à tout ça, depuis le temps que ça dure, la mère, le beau-père, les villes du Sud, les villes du Nord, les hommes, les coups, les boulots, le mariage, la ferme, le troupeau, la faillite, les enfants, les enfants morts, et peut-être, oui... Peut-être est-ce à cela qu'elle pense, maintenant qu'elle est toute seule dans l'herbe, pendant que les gars fument et ramassent les reliefs du déjeuner, même si elle, elle croit penser aux corneilles. Elle y pense très souvent, aux corneilles. Elles sont partout. Elles nichent dans les bois, pas bien loin du lit où elle dort ; elles sont dans le pâturage, quand elle sort déplacer la barrière des vaches, et aujourd'hui on les entend croasser dans tout le campus; alors, au lieu de penser ce que Coleman pense qu'elle pense, elle pense à la corneille qui traînait du côté du magasin, à Seeley Falls, quand, après l'incendie et avant de s'installer à la ferme, elle avait pris une chambre meublée pour essayer de se cacher de Farley; elle pense à la corneille qui traînait dans le parking entre la poste et le magasin, cet oiseau que quelqu'un avait apprivoisé parce qu'il avait été abandonné par sa mère ou bien qu'elle avait été tuée — elle n'avait jamais su pourquoi l'oiseau était orphelin. Et voilà qu'il s'était fait abandonner pour la deuxième fois, et qu'il s'était mis à traîner dans le parking, où le gros de la population passait une fois par jour. Il en avait posé des problèmes, cet oiseau, à Seeley Falls, quand il s'était mis à plonger en piqué sur les gens qui entraient à la poste, à fondre sur les barrettes dans les cheveux des petites filles — comme font les corneilles parce que c'est dans leur nature de collectionner ce qui brille, les éclats de verre, tout ça - -, si bien que la postière, après consultation des quelques habitants concernés, avait décidé de l'amener à la Société Audubon, où on ne le laissait sortir de sa cage qu'une fois de temps en temps. On n'avait pas pu lui rendre sa liberté, parce qu'une corneille qui aime traîner dans les parkings, une fois dans la nature, elle ne peut plus s'adapter. La voix de cet oiseau. Elle se la rappelle à toute heure du jour et de la nuit, au réveil, endormie, insomniaque. Il avait une drôle de voix. Pas comme celle de ses congénères, sans doute parce qu'il avait pas été élevé avec eux. Juste après l'incendie, j'allais le voir, à la Société Audubon, et quand la visite était finie, quand je lui tournais le dos pour partir, il me rappelait avec sa voix. Il était en cage, bien sûr, mais vu ce qu'il était, ça valait mieux pour lui. Il y avait d'autres oiseaux, dans des cages, que les gens avaient amenés parce qu'ils pouvaient plus vivre dans la nature. Il y avait deux petites chouettes. Des boules de plume mouchetées, on aurait dit des peluches. J'allais les voir, elles aussi. Et un faucon émerillon au cri perçant. Des beaux oiseaux. Ensuite je me suis installée ici, et vu que j'étais seule, que je le suis toujours, je me suis mise à connaître ces corneilles comme jamais avant. Et elles à me connaître. Leur sens de l'humour. C'est de l'humour, chez elles ? Peut-être pas, mais moi, en tout cas, c'est ce que j'y vois. Leur démarche. Leur façon de se cacher la tête sous l'aile. De m'engueuler quand j'ai pas de pain à leur donner. Allez, Faunia, va chercher le pain. Elles ont une démarche majestueuse. Elles font la loi aux autres oiseaux. Samedi, j'ai fait un brin de causette avec une buse à queue rousse, dans Cumberland Street, et puis je suis rentrée et j'ai entendu deux corneilles, derrière, dans le verger. J'ai compris qu'il y avait du grabuge. Elles poussaient leur cri d'alarme. Et en effet, j'ai vu trois oiseaux, deux corneilles qui croassaient et qui faisaient déguerpir la buse. C'était peut-être celle à qui je venais de parler. Elles la chassaient. C'est vrai que la buse avait l'air de préparer un mauvais coup. Mais s'en prendre à une buse, tout de même, je vous demande un peu ? Ça les pose auprès des autres corneilles, mais, moi, je sais pas si j'oserais. Même à deux, se prendre une buse. C'est qu'elles sont agressives, ces bestioles. Vachement teigneuses. Un bon point pour elles. J'ai vu une photo, un jour, d'une corneille qui allait carrément chercher la bagarre à un aigle en lui aboyant dessus. Tu penses que l'aigle, il en avait rien à secouer, il la voyait même pas. Mais c'est un sacré numéro, la corneille. Cette façon qu'elle a de voler. Elle est pas aussi jolie que le grand corbeau, quand il vole, qu'il fait tous ces loopings, ces acrobaties merveilleuses. Elle a ce long fuselage à faire décoller, et pourtant, elle a pas besoin de courir pour prendre son élan. Il lui suffit de quelques pas. J'ai observé ça. C'est plutôt une question d'effort, elles font un effort énorme, et elles s'arrachent. Quand j'emmenais les gosses manger au Friendly, il y a quatre ans, on en voyait par milliers. Au Friendly d'East Main Street, à Blackwell, en fin d'après-midi, avant la nuit. Il y en avait des milliers, sur le parking. Congrès de corneilles chez Friendly. Qu'est-ce qu'elles ont, les corneilles, à aimer les parkings comme ça, qu'est-ce qu'il y a derrière ce goût ? On saura jamais, ni pour ça ni pour le reste. Comparés aux corneilles, on s'ennuie un peu à regarder les autres oiseaux. J'admets que le geai bleu a un ressort fantastique. On dirait qu'il marche sur un trampoline. C'est pas mal. Mais la corneille, elle l'a, ce ressort et en plus elle bombe le torse. Vachement impressionnant. Elles tournent la tête de gauche à droite, elles repèrent le terrain. Ah, c'est des caïds, ces oiseaux-là. C'est les plus cools. Leur cri sonore. Écoutez-le, vous m'en direz des nouvelles. Oh, je l'adore, ce cri. Rester en contact, comme ça. Et puis l'appel d'urgence, la sirène qui veut dire « danger ». J'adore. Je sors comme une fusée quand je l'entends. Il peut être cinq heures du matin, je m'en fous. La sirène, moi je sors, on peut être sûr que le spectacle va commencer d'une minute à l'autre. Les autres cris, je dirais pas que je comprends ce qu'ils veulent dire. Rien du tout, peut-être. Parfois c'est un cri bref. Parfois un cri de gorge. Il faudrait pas le confondre avec le cri des corbeaux. Les corbeaux s'accouplent avec des corbeaux, et les corneilles avec des corneilles. C'est extraordinaire qu'ils se trompent jamais. Pas que je sache, en tout cas. Ceux qui disent qu'elles sont moches et que c'est des charognards — et presque tout le monde le dit — ils sont fous. Moi je les trouve belles. Oh, si. Très belles. Leur plumage lisse. Ses nuances. Il est si noir-noir, ce plumage, qu'on y voit du violet. Leur tête. Au départ du bec, cette touffe de poils, leur moustache à elles, ces poils qui sortent entre les plumes. Ça doit porter un nom. Mais le nom, ça compte pas. Jamais. Ce qui compte, c'est que c'est là. Personne sait pourquoi. Mais c'est comme tout le reste — c'est là. Leurs yeux sont noirs, toujours. Elles ont toutes les yeux noirs. Les serres noires. Quel effet ça peut faire de voler ? Aux corbeaux les décollages à la verticale, les corneilles, elles, on dirait que c'est juste leur moyen de transport. Pour autant que j'en juge, elles volent pas pour le plaisir. Elles laissent la gloire de l'essor aux corbeaux. Qu'ils montent à la verticale. Qu'ils fassent du kilométrage, qu'ils battent des records, qu'ils collectionnent les prix. Les corneilles, elles, faut qu'elles aillent d'un point à un autre. Il paraît que je distribue du pain, alors elles sont ici. Il paraît qu'il y a quelqu'un d'autre qui en donne, à trois kilomètres sur la même route, alors elles y vont ; quand je leur jette le pain, il y en a toujours une qui fait le guet, et une autre qu'on entend, au loin. Elles échangent des signaux, pour tenir tout le monde au courant de ce qui se passe. Ça paraît incroyable que chacune fasse le guet pour les autres, mais c'est bien l'impression que ça donne. Je me rappelle quand j'étais gosse, une copine m'a raconté une histoire merveilleuse que sa mère lui avait racontée. Il y avait des corneilles tellement malignes qu'elles avaient compris comment faire casser les noix qu'elles arrivaient pas à ouvrir, en les emportant sur la route ; elles regardaient les feux, les feux de circulation, et elles savaient quand les voitures allaient démarrer — elles étaient tellement intelligentes qu'elles avaient compris comment ça marche, les feux. Alors elles déposaient les noix devant les pneus pour se les faire casser, et dès que le feu passait au vert, elles se tiraient. J'y ai cru, à cette histoire, à l'époque. Je croyais tout ce qu'on me racontait, à l'époque. Et maintenant que je les connais, elles, comme personne, je me suis remise à y croire. Moi et les corneilles. L'équipe qui gagne. Si on veut que ça marche, faut rester avec les corneilles. Il paraît qu'elles se lissent les plumes, entre elles. Ça, je l'ai jamais vu faire. Je les ai vues tout près les unes des autres, et je me suis demandé ce qu'elles fabriquaient, mais je les ai jamais vraiment vues faire ça. D'ailleurs je les ai même pas vues se lisser les plumes toutes seules. Mais enfin, j'habite à côté de leur nid, je suis pas dedans. Dommage, d'ailleurs. J'aurais préféré être une corneille. Oh, si, oh, que si. Y a pas photo. Je préférerais de loin être une corneille. Si elles veulent échapper à quelqu'un ou quelque chose, pas besoin de s'en faire, elles se tirent et c'est tout. Elles ont pas de bagages. Elles s'en vont, et voilà. Quand elles se font écraser par quelque chose, c'est la fin, c'est fini. Qu'elles se déchirent une aile, c'est fini ; qu'elles se cassent une patte, fini. C'est bien mieux que nous autres. Peut-être que je reviendrai en corneille. Qu'est-ce que j'étais avant d'être ce que je suis ? J'étais corneille, tiens, j'en étais une ! et je me disais : « Bon Dieu, qu'est-ce que j'aimerais être cette nana, celle qui a des gros nichons ! » et j'ai été exaucée, mais alors, maintenant, bon Dieu, qu'est-ce que j'aimerais réintégrer mon statut de corneille. C'est un bon nom, ça, pour une corneille. Statut, la corneille. Un bon nom pour un gros oiseau noir. Ça va bien avec leur démarche majestueuse. Statut. Je remarquais tout, moi, quand j'étais gosse. J'adorais les oiseaux. J'ai toujours eu un faible pour les corbeaux, les faucons, les chouettes. Je les vois toujours, les chouettes, la nuit, quand je rentre de chez Coleman

avec ma voiture. Je peux pas m'empêcher de m'arrêter et de sortir de la voiture pour leur parler. Il faudrait pas. Il faudrait que je rentre tout droit
chez moi, avant qu'il me bousille, ce salaud. Qu'est-
ce qu'elles en pensent, les corneilles, quand elles
entendent chanter les autres oiseaux ? Elles trouvent
ça nigaud. Croasser, y a que ça de vrai. Ça n'irait
pas du tout à un oiseau qui a cette démarche, de
gazouiller. Non, on croasse à tue-tête. C'est ça, la
vraie combine, dans la vie. On croasse à tue-tête, on
a peur de rien, et on liquide la viande froide. C'est
qu'il en faut, des victimes de la route, si on veut voler
comme ça. Elles se donnent même pas la peine de la
traîner, elles la bouffent sur place. Quand une voiture
arrive, elles attendent la dernière minute avant de
décoller, mais elles s'éloignent pas vraiment, dès que
la voiture est passée, les voilà de retour en trois petits
bonds et elles se remettent à creuser dans la viande.
Elles mangent au beau milieu de la route. Je me
demande bien ce qui se passe quand la viande pour-
rit. Peut-être qu'elle est jamais pourrie pour elles.
Peut-être que c'est ça, être un charognard ; elles et les
vautours, c'est leur boulot. Ils s'occupent de débarrasser les bois et les routes des cadavres, puisque
nous on n'en veut rien savoir. De par le monde, pas
une corneille qui claque du bec. Pas une qui saute
un repas. Quand la viande se décompose, elles se
sauvent pas. Où y a de la mort, y a des corneilles. Dès
qu'y a de la charogne, elles rappliquent. J'aime bien
ça. Ça me plaît beaucoup. Elles vont le bouffer, ce
raton laveur, quoi qu'il arrive. Elles vont attendre que
le camion lui fende la colonne vertébrale et puis elles
iront sucer toute la bonne moelle qui leur permet de
faire décoller du sol leur belle carcasse noire. Elles
ont des drôles de manières, je dis pas. Mais c'est
comme tout le reste. Je les ai vues, là-haut dans les

arbres, rassemblées, quand elles parlent entre elles, c'est clair qu'il se passe quelque chose. Mais quoi, je le saurai jamais. Il y a une organisation puissante là-haut. Mais est-ce qu'elles savent elles-mêmes ce que c'est, j'en ai pas la moindre idée. Peut-être que c'est comme tout le reste, que ça veut rien dire. Mais je parierais bien que non, moi. Je parierais bien que ça a dix mille fois plus de sens que toutes les conneries qui se passent chez nous, tiens! Enfin, peut-être pas. Peut-être que c'est juste des trucs, comme ça, qui ressemblent à d'autres trucs, mais qui sont pas pareils. C'est peut-être juste un truc génétique. Un truc ou un troc. Vous vous rendez compte, si les corneilles étaient au pouvoir? Est-ce qu'on aurait toujours la même merde, dans ce monde? Ce qu'elles ont, c'est du sens pratique. Dans leur vol. Dans leur manière de parler. Même dans leur couleur. Tout ce noir. Rien que du noir. Peut-être que j'ai été corneille, mais pas sûr. Des fois je me dis que je suis déjà corneille. Oui, ça fait des mois que ça me trotte, cette idée. Pourquoi pas? Y a bien des hommes enfermés dans un corps de femme, et des femmes enfermées dans un corps d'homme, pourquoi je serais pas une corneille prisonnière de mon corps? Et alors là, pour dénicher le toubib qui va me délivrer comme on délivre les autres... le chirurgien qui me permette d'être ce que je suis. À qui je dois m'adresser, moi? Où il faut que je m'adresse, qu'est-ce qu'il faut que je fasse, comment je sors, merde?

Je suis une corneille. Je le sais. J'en suis sûre!

Au bâtiment du restau U, en contrebas de North Hall, Coleman trouva un téléphone à pièces dans le couloir, en face de la cafétéria où les étudiants de l'Auberge des Seniors étaient en train de déjeuner. À travers la porte à double battant, il apercevait les longues tables où les couples se mêlaient joyeusement les uns aux autres.

Jeff n'était pas chez lui ; il devait être dans les dix heures du matin à Los Angeles et Coleman tomba sur le répondeur, si bien qu'il ouvrit son carnet d'adresses pour trouver le numéro de téléphone de son fils à la fac, en priant pour que Jeff ne soit pas déjà parti faire cours. Ce que le père avait à dire à son fils aîné ne pouvait pas attendre. La dernière fois qu'il avait appelé son fils dans un état proche de celui-ci, c'était pour lui dire qu'Iris était morte : « Ils l'ont tuée. Ils cherchaient à m'abattre, et ils l'ont tuée. » C'était ce qu'il avait dit à qui voulait l'entendre, et bien au-delà de ces premières quarante-huit heures. Ç'avait été le début de sa désintégration : la rage avait réquisitionné tout son être. Mais voilà qu'il en avait fini. Fini : telle était la nouvelle qu'il avait à annoncer à son fils. Et à lui-même. Il en avait fini de s'expulser de sa vie précédente. Il se contenterait désormais de quelque chose de moins grandiose que cette proscription qu'il s'était infligée, avec le défi écrasant à la force de caractère qu'elle représentait. Il allait se contenter de vivre son échec avec modestie, organisé qu'il était de nouveau comme un être humain rationnel qui absorbe le fléau et l'indignation. Inébranlable, soit, mais inébranlable avec calme. Dans la paix. La contemplation digne — c'est ça, la combine, aurait dit Faunia. Vivre d'une façon qui n'évoque pas d'emblée Philoctète. Point n'est besoin de vivre comme les personnages de tragédie qui peuplaient son cours. Que le primal soit une solution n'est pas nouveau — il en est toujours ainsi. Tout change avec le désir. C'est la réponse à tout ce qui a été détruit. Mais choisir de perpétuer le scandale en éternisant sa révolte ? J'ai accumulé les bêtises. J'ai accumulé les folies. Et la sentimentalité la plus abjecte. Il a fallu que je me remémore Steena avec du vague à l'âme. Que je fasse l'imbécile en dansant avec Nathan Zuckerman. Que je sombre dans les confidences. Que j'égrène le passé en sa compagnie. Que je le laisse m'écouter. Que je lui aiguise son sens de la réalité, à ce romancier. Que je nourrisse la conscience d'un romancier, avec ses mandibules toujours prêtes. Chaque catastrophe qui s'abat lui est matière première. La catastrophe, c'est sa chair à canon. Mais moi, en quoi la transformer? Elle me colle à la peau. Je n'ai pas le langage, moi, la forme, la structure, la signification; je me passe de la règle des trois unités, de la catharsis, de tout. Encore de l'imprévu intransformé. Comme si on n'en avait pas sa dose. Pourtant, Faunia, la femme, est l'imprévu en personne. Entre elle et l'imprévu, c'est la fusion orgasmique. Les conventions? insupportables. Les principes rigoureux? insupportables. Le contact avec son corps, voilà le seul principe. Il n'y a rien de plus important. Et la force combative de ses sarcasmes. Une étrangère, cette femme, jusqu'à la moelle des os. Le contact avec ce phénomène. L'obligation de régler ma vie sur la sienne, sur ses errances, ses erreurs. Sa vie buissonnière. Avec son étrangeté. La délectation de cet éros des éléments. Prends le marteau de Faunia pour taper sur tout ce à quoi tu as survécu, toutes tes justifications exaltées, et cogne pour t'affranchir. Mais t'affranchir de quoi? De la gloriole d'avoir raison. De la quête ridicule du sens. De la campagne jamais achevée pour la légitimité. L'assaut de la liberté, à soixante et onze ans! La liberté de laisser sa vie derrière soi, un syndrome également connu sous le nom de folie aschenbachienne : « Et avant la tombée de la nuit, le monde apprit avec une émotion révérente la nouvelle de son décès. » Ainsi s'achève *Mort à Venise*. Non, point n'est besoin de vivre comme un personnage de tragédie, dans aucun cours.

« Jeff, c'est papa. C'est ton père.

— Salut ! Comment ça va ?

— Jeff, je sais pourquoi je n'ai plus de nouvelles de toi, et plus de nouvelles de Michael. Mark, je n'y comptais pas. Et Lisa m'a raccroché au nez la dernière fois que j'ai appelé.

— Elle m'a téléphoné. Elle me l'a dit.

— Écoute, Jeff, ma liaison avec cette femme est terminée.

— Ah bon ? Et comment ça se fait ? »

Coleman pense : Parce que c'est un cas désespéré. Parce que les hommes l'ont battue comme plâtre. Parce que ses gosses sont morts dans un incendie. Parce qu'elle travaille comme agent d'entretien. Parce qu'elle n'a reçu aucune instruction, et qu'elle dit ne pas savoir lire. Parce qu'elle est en fugue depuis l'âge de quatorze ans. Parce qu'elle ne me demande même pas : « Qu'est-ce que tu fais avec moi ? » Parce qu'elle sait très bien ce que tout le monde fait avec elle. Parce qu'elle a tout vu tout connu, et qu'il n'y a pas d'espoir.

Mais il se contente de dire à son fils : « Parce que je ne veux pas perdre mes enfants. »

Avec le plus doux des rires, Jeff répond : « Tu aurais beau faire, tu n'y arriverais pas. Pas moyen que tu me perdes, moi. Je ne crois pas non plus que tu étais en train de perdre Mike ou Lisa. Markie, c'est un autre problème. Markie voudrait quelque chose qu'aucun d'entre nous ne peut lui donner. Pas seulement toi, aucun d'entre nous. Il est très triste, le cas de Markie. Quant à dire que nous étions en train de te perdre... nous te perdons depuis que maman est morte, que tu as démissionné de la fac. Il a bien fallu

235

qu'on en prenne notre parti, papa. On n'a pas su quoi faire. Depuis que t'es parti en guerre contre la fac, ça n'a pas été facile de t'atteindre.

— Je m'en rends compte, dit Coleman. Je comprends. » Mais au bout de deux minutes, la conversation lui paraissait déjà insupportable. Son fils aîné, le raisonnable, l'hyper-compétent, l'accommodant, le plus cool, en train de débattre calmement du problème familial avec ce père — ce père-problème —, c'était aussi atroce à supporter que son benjamin quand il entrait en fureur contre lui, qu'il piquait des crises. Il avait donc exigé une sympathie excessive de ses enfants, ses propres enfants ! « Je comprends », répéta-t-il ; comprendre ne faisait qu'aggraver les choses.

« J'espère qu'il n'est rien arrivé de trop épouvantable, dit Jeff.

— Auprès d'elle ? Non, j'ai simplement décidé que ça suffisait comme ça. » Il n'osait pas en dire davantage, de peur de tenir un tout autre discours.

« Tant mieux, dit Jeff. Je suis rudement soulagé. Qu'il n'y ait pas eu de répercussions, si c'est ce que tu veux dire. C'est formidable. »

Des répercussions ?

« Je ne te suis plus, là : comment ça, des répercussions ?

— Tu es libre pour de bon ? Tu es redevenu toi-même ? Au son de ta voix, je te retrouve mieux que depuis des années. Tu as appelé, c'est ça qui compte. J'attendais, j'espérais, et voilà que tu as appelé. Il n'y a rien à ajouter. Tu es revenu. C'est la seule chose qui nous faisait souci.

— Je n'y suis plus, Jeff. Éclaire ma lanterne. De quoi tu me parles, là ? De quelles répercussions s'agit-il ? »

236

Jeff marqua un temps, et lorsqu'il reprit la parole, il le fit à contre cœur. « L'avortement, la tentative de suicide.

— De Faunia?

— Oui.

— Elle a avorté? Elle a tenté de se suicider? Quand ça?

— Papa, tout le monde était au courant, à Athena. C'est comme ça que ça nous est revenu.

— Tout le monde, mais qui, tout le monde?

— Écoute, papa, puisqu'il n'y a pas de répercussions...

— C'est une pure invention, mon fils, voilà pourquoi il n'y a pas de répercussions. C'est une pure invention, tout ça. Il n'y a jamais eu de tentative de suicide ni d'avortement, que je sache. Ni qu'elle sache. Mais tout le monde, c'est qui, au juste? Et puis enfin, bon Dieu, quand vous entendez raconter une histoire pareille, une histoire aussi abracadabrante, pourquoi vous ne prenez pas le téléphone, pourquoi vous ne venez pas me voir?

— Parce que ce n'est pas à moi à le faire. Je ne vais pas, moi, m'en prendre à un homme de ton âge...

— Non, ben non, voyons. Alors, toi, tout ce que tu entends raconter sur un homme de mon âge, si ridicule, malveillant et absurde que ce soit, tu le crois.

— Si je me suis trompé, j'en suis désolé. Tu as raison. Bien sûr, tu as raison. Mais tu sais, ç'a été une période difficile pour nous quatre. Il n'était pas si facile d'entrer en contact avec toi depuis...

— Qui t'a raconté ça?

— Lisa, c'est elle qui l'a appris la première.

— De qui est-ce qu'elle le tenait?

— De plusieurs sources. Des gens, des amis.

— Je veux des noms. Je veux savoir qui est ce "tout le monde". Quels amis?

— Des vieux amis. Des amis d'Athena.

— Ses précieux amis d'enfance. Les rejetons de mes collègues. Qui a pu le leur dire, à eux, je me le demande.

— Il n'y a pas eu de tentative de suicide, alors ? dit Jeff.

— Non, Jeffrey, il n'y en a pas eu. Ni d'avortement non plus, que je sache.

— Eh bien, tant mieux.

— Et quand bien même il y en aurait eu ? Quand j'aurais effectivement mis cette femme enceinte, quand elle serait allée avorter, et qu'après l'avortement elle ait tenté de se suicider ? Imaginons même qu'elle ait réussi, Jeff. Et puis après ? Et puis après, Jeff ? La maîtresse de ton père se tue, qu'est-ce que tu fais ? Tu te retournes contre lui ? Ton criminel de père ? Non, non, non — revenons en arrière, d'un cran, revenons à la tentative de suicide. Ah, ça me plaît, ça. Je me demande dans quel cerveau a germé cette idée de la tentative de suicide. C'est à cause de l'avortement qu'elle essaie de se suicider ? Il faut qu'on le tire au clair, ce mélo que Lisa tient de ses amis d'Athena. Parce qu'elle ne voulait pas avorter ? Parce qu'on le lui a imposé, cet avortement ? Je vois. Je vois la cruauté de la situation. Une mère qui a perdu deux petits enfants dans un incendie se retrouve enceinte de son amant. Extase. Une nouvelle vie commence, une deuxième chance. Un nouvel enfant pour remplacer ceux qui sont morts. Seulement l'amant, lui, il dit : Non. Il la traîne par les cheveux chez l'avorteur, en suite de quoi, naturellement, puisqu'il lui a imposé sa volonté, il prend son corps nu et sanguinolent... »

Jeff avait déjà raccroché.

Mais au point où il en était, Coleman n'avait plus besoin de Jeff pour continuer sur sa lancée. Il lui suffisait de regarder les couples de l'université d'été en train de finir leur café à la cafétéria avant de reprendre les cours; il lui suffisait de les entendre, à l'aise, s'amusant bien, ces gens âgés très comme il faut, s'habillant comme il faut, parlant comme il faut, pour comprendre que, même lorsqu'il s'était conformé aux conventions, cela ne lui avait procuré aucun répit. Sa carrière de professeur, ses fonctions de doyen, le fait d'être resté marié contre vents et marées avec une femme redoutable, et de surcroît le fait d'avoir fondé une famille, eu des enfants intelligents — tout ça ne servait à rien. S'il existait des enfants susceptibles de comprendre ce qui se passait, c'étaient bien les siens, non? Toute cette préparation à l'école, toutes les lectures qu'on leur avait faites, des rayonnages entiers d'encyclopédies, les révisions avant les interrogations écrites, les dialogues, le soir, au dîner, la sensibilisation sans fin, par Iris et par lui, à la nature multiforme de la vie. Le passage au crible du langage. Après tout ce qu'on a fait, le voilà qui m'arrive avec cette mentalité. Après tous les enseignements, les livres, les mots, les scores excellents aux tests d'entrée à l'université, c'est insupportable. Nous qui les avons tellement pris au sérieux. Quand ils disaient une bêtise, on la discutait sérieusement. Après toute l'attention qu'on a prêtée au développement de leur raison, de leur esprit, de leurs facultés d'empathie; au développement de leur scepticisme, d'un scepticisme éclairé; d'une pensée autonome. Et voilà qu'ils avalent la première rumeur venue? Une éducation pareille — nulle et non avenue. Aucune cloison étanche contre la pensée la plus primaire. Ils ne se demandent même pas : « Mais est-ce que ça ressemble à notre père d'agir de cette façon? Est-ce que je le vois faire ça? » Non, leur père est un tiroir qu'on ouvre et qu'on referme. Eux qui n'ont jamais eu le droit de regarder la télévision, voilà qu'ils manifestent une mentalité de feuilleton mélo. Eux qui n'ont eu le droit de lire que les Grecs ou leurs équivalents, voilà qu'ils font de la vie un feuilleton victorien. On a répondu à leurs questions, à toutes leurs questions, sans jamais en éluder une seule. Vous m'avez posé des questions sur vos grands-parents, vous m'avez demandé qui ils étaient, et je vous l'ai dit. Ils sont morts quand j'étais jeune, vos grands-parents. Grand-père quand j'étais au lycée, grand-mère quand j'étais dans la marine. Quand je suis rentré de la guerre, ça faisait longtemps que le propriétaire avait mis toutes leurs affaires à la rue. Il ne restait plus rien. Il m'a expliqué que vu que le loyer ne rentrait plus, il ne pouvait pas se permettre, et patati et patata. Je l'aurais tué, ce fils de pute. Des albums de photos, des lettres, des souvenirs d'enfance, de mon enfance, mais de la leur aussi. Il ne restait plus rien, rien de rien. « Où ils sont nés ? Où ils habitaient ? » Dans le New Jersey. C'étaient les premiers de leur famille à y être nés. Il tenait un bar. Je crois qu'en Russie son père, ton arrière-grand-père, travaillait déjà là-dedans. Il vendait de la bibine aux Russkoffs. « On a des oncles et tantes ? » Mon père avait un frère qui est parti en Californie quand j'étais tout petit, et ma mère était enfant unique, comme moi. Après moi, elle n'a pas pu avoir d'enfant, je n'ai jamais su pourquoi. Le frère, le frère aîné de mon père, est resté Silberzweig, il n'a jamais américanisé son nom, à ma connaissance. Jack Silberzweig. Il était né dans la vieille Europe, alors il a gardé son nom. Quand j'ai pris la mer à San Francisco, j'ai cherché dans tous les annuaires de Californie pour le retrouver. Il était en froid avec mon père. Mon père le considérait comme un feignant, un bon à rien, il ne voulait pas en entendre parler, si bien que personne ne savait au juste dans quelle ville il vivait, oncle Jack. J'ai cherché dans tous les annuaires. Je voulais lui dire que son frère était mort. Je voulais le rencontrer, c'était mon seul parent vivant, du côté de mon père ; quand bien même ç'aurait été un bon à rien. Je voulais faire la connaissance de ses enfants, mes cousins, s'il en avait. J'ai cherché à Silberzweig ; j'ai regardé à Silk ; j'ai regardé à Silber. Peut-être qu'il avait pris le nom de Silber, en Californie. Je n'en savais rien. Et je ne le sais toujours pas, je n'en ai pas la moindre idée. Et puis un beau jour j'ai cessé de chercher. Quand on a pas encore de famille à soi, on est curieux de ces choses. Mais je vous ai eus, et j'ai cessé de me préoccuper d'avoir un oncle, des cousins... Chaque enfant avait entendu la même version de l'histoire. Et le seul qu'elle ait laissé sur sa faim, c'était Mark. Les deux aînés n'étaient guère curieux, mais les jumeaux, eux, insistaient. « Il y a eu d'autres jumeaux, en remontant ? » J'ai cru comprendre — il me semble bien qu'on me l'a dit — qu'il y aurait eu un arrière-grand-père, ou un arrière-arrière grand-père qui avait un jumeau. C'était aussi ce qu'il avait dit à Iris. Car toute cette histoire, il l'avait inventée pour Iris et il la lui avait racontée lors de leur rencontre, du temps de Sullivan Street, sans jamais dévier depuis de ce canevas original. Et le seul à ne pas s'en contenter avait été Mark. « D'où ils venaient, nos arrière-grands-parents ? » De Russie. « De quelle ville ? » J'ai demandé à mon père et à ma mère, mais ils n'avaient pas l'air de le savoir au juste. Chaque fois ils m'en disaient une différente. Il y a eu toute une génération de Juifs comme eux. Ils n'ont jamais bien su. Les vieux n'en parlaient pas beaucoup, et les enfants nés en Amérique n'étaient guère curieux ; ce qui les intéressait, c'était d'être américains, si bien que dans ma famille, comme dans tant d'autres, il y a eu cette amnésie générale des Juifs quant à la géographie. Tout ce que je m'entendais dire quand je posais la question, c'était : « De Russie. » Mais Markie répondait : « C'est gigantesque, papa, la Russie. D'où, en Russie ? » Markie ne le laissait pas s'en tirer à si bon compte. Et pourquoi ? Pourquoi ? Il n'y avait pas de réponse. Markie voulait savoir qui ils étaient et d'où ils venaient — en somme, précisément ce que son père ne pouvait lui dire. Est-ce que c'est pour ça qu'il devient juif orthodoxe ? Qu'il écrit des poèmes bibliques engagés ? Qu'il hait son père à ce point ? Impossible. Il a eu les grands-parents Gittelman, les oncles et tantes Gittelman, les petits cousins Gittelman, plein le New Jersey. Ça ne lui suffisait pas ? Combien il lui en fallait, des parents ? Il lui fallait encore des Silk et des Silberzweig ? Tu parles d'un grief ! Ça ne tenait pas debout. Pourtant, Coleman se posait la question, pour irrationnel qu'il fût d'associer la révolte latente de Mark au secret de son père. Tant que Markie était en conflit avec lui, il ne pouvait s'empêcher de se poser la question, et jamais avec plus de tourments qu'après que Jeff lui raccrocha au nez. Si les enfants qui portaient ses origines dans leurs gènes et qui les transmettraient à leurs propres enfants le soupçonnaient aussi facilement de la pire cruauté envers Faunia, comment se l'expliquer ? Était-ce parce qu'il n'avait jamais pu leur donner d'explications sur leur famille ? Parce qu'il leur devait ces explications ? Que ça n'était pas bien de leur refuser ces éclaircissements ? Allons donc ! Les représailles, on ne les applique pas inconsciemment, sans le savoir. Il n'y avait pas de malentendu de ce genre, il ne pouvait pas y en avoir. Et pourtant, après le coup de fil — en quittant le bâtiment du restau U, en quittant le campus, sur le chemin du retour par les routes de montagnes, en larmes —, c'est exactement le sentiment qu'il avait.

Sur tout le chemin du retour, il se remémora la fois où il avait failli le dire à Iris. C'était après la naissance des jumeaux ; la famille était désormais au complet. Ils avaient réussi — il y était arrivé. Puisque aucun de ses enfants ne portait les stigmates de son secret, c'était comme s'il était délivré de ce secret. Dans l'exubérance qu'il éprouvait à s'en être sorti, il avait bien pensé tout révéler. Oui, il allait faire à sa femme le plus beau cadeau qu'il pouvait lui faire. Il allait dire à la mère de ses quatre enfants ce qu'était vraiment leur père. Il allait dire la vérité à Iris. Tant il était surexcité et soulagé en même temps, tant la terre lui semblait solide sous ses pas, le jour où sa femme avait mis au monde leurs superbes jumeaux et où il avait emmené ses deux aînés à la clinique pour voir leur petit frère et leur petite sœur, le jour où la pire appréhension qu'ils lui inspiraient avait disparu de sa vie.

Mais il n'avait jamais fait ce cadeau à Iris. Cette épreuve lui avait été épargnée, ou cette grâce refusée, à cause du cataclysme qui s'était abattu sur une des amies très chères de sa femme, sa plus proche associée de l'Art Association, une jolie aquarelliste amateur, pleine de raffinement, nommée Claudia McChesney, dont le mari, propriétaire de la plus grosse entreprise en bâtiments du comté, avait pour sa part un secret fracassant : il menait une double vie. Depuis huit ans environ, Harvey McChesney entretenait en effet une femme beaucoup plus jeune que Claudia, comptable dans une usine de chaises près du Taconic, avec laquelle il avait deux enfants, deux bambins de quatre et six ans, qui vivaient dans une petite ville de l'État de New York, de l'autre côté de la frontière du Massachusetts. Il allait la voir toutes les semaines, il l'entretenait, il semblait l'aimer ; et personne, au foyer des McChesney d'Athena, n'en avait rien su, jusqu'au jour où un coup de fil anonyme, émanant sans doute d'un des concurrents du père, avait révélé à Claudia et à ses trois enfants adolescents ce que faisait McChesney en dehors de ses heures de travail. Ce soir-là, Claudia s'était effondrée ; elle avait complètement perdu pied, tenté de se taillader les poignets, et c'était Iris qui avait pris la situation en main vers trois heures du matin : avec l'aide d'un ami psychiatre, elle avait organisé son sauvetage en la faisant admettre avant l'aube à Austin Riggs, l'hôpital psychiatrique de Stockbridge. Et ce fut Iris qui, malgré ses deux bébés à la mamelle et les aînés pas encore d'âge scolaire, lui rendit visite à l'hôpital, parla avec elle, l'apaisant, la rassurant, lui apportant des plantes vertes à soigner, des livres d'art à lire ; qui alla jusqu'à la coiffer, de sorte qu'au bout de cinq semaines — tant grâce à son dévouement qu'aux soins psychiatriques — Claudia était rentrée chez elle prendre les mesures qu'il fallait pour se débarrasser de l'homme qui lui avait fait tant de mal.

En quelques jours, Iris lui avait trouvé le nom d'un avocat de Pittsfield spécialisé dans les affaires de divorce, et, avec tous ses enfants, y compris les nourrissons, attachés à l'arrière du break, elle avait conduit son amie chez l'avocat, pour s'assurer que les démarches préalables à la séparation étaient en route et que Claudia serait bientôt délivrée de McChesney. Ce jour-là, sur le chemin du retour, il avait fallu gonfler le moral de Claudia, mais c'était la spécialité d'Iris, et elle avait veillé à ce que la détermination de son amie ne s'effrite pas dans des inquiétudes résiduelles.

« C'est terrible de faire ça à quelqu'un, disait Iris. Je ne te parle pas du fait d'avoir une maîtresse. C'est déjà dur, mais ce sont des choses qui arrivent; ni même de lui avoir fait ce petit garçon et cette petite fille — non, même pas, quoique ce soit pénible et brutal à découvrir, pour une épouse. Non, c'est le secret : c'est ça le drame, Coleman. C'est pour ça que Claudia n'a plus envie de vivre. "Qu'est-ce qui reste de l'intimité, alors?" Voilà ce qui la faisait pleurer chaque fois qu'elle le disait. "Qu'est-ce qui reste de l'intimité quand il y a un tel secret entre mari et femme." Qu'il ait pu le lui cacher, qu'il ait voulu continuer à le lui cacher, voilà ce qui la laisse désemparée, et voilà pourquoi elle a encore envie de se supprimer, parfois. Elle me dit : "C'est comme si j'avais découvert un cadavre. Trois cadavres, trois corps humains cachés sous le plancher." — Oui, avait dit Coleman, on dirait une tragédie grecque. Ça pourrait se trouver dans *Les Bacchantes*. — Sauf que c'est pire, parce que ça ne se trouve pas dans *Les Bacchantes*, mais dans la vie de Claudia. »

Lorsque, au bout d'un an de psychothérapie externe en clinique, Claudia et son mari parvinrent à un rapprochement, qu'il revint habiter la maison d'Athena et que les McChesney reprirent la vie de famille; lorsque Harvey accepta de ne plus voir l'autre femme, sans renoncer à ses enfants pour lesquels il promit d'être un père responsable, Claudia ne parut pas plus désireuse qu'Iris d'entretenir leur amitié, et, après qu'elle eut démissionné de l'Art Association, les deux femmes ne se fréquentèrent plus et ne se virent plus aux réunions de l'organisation dont Iris était généralement le pivot.

Quant à Coleman, le projet que lui dictait son sentiment de triomphe à la naissance des jumeaux, ce projet de révéler à sa femme son propre secret stupéfiant, il se garda bien de lui donner suite. Il avait été sauvé, se disait-il, de l'acrobatie sentimentale la plus puérile qu'il aurait pu tenter, lui qui, tout à coup, s'était mis à penser comme un imbécile, à croire que tout allait pour le mieux dans le meilleur des mondes, qui s'était mis à oublier sa circonspection, sa prudence, sa défiance de lui-même, à croire toutes les difficultés aplanies, les complications révolues ; à oublier non seulement où il était mais comment il y était parvenu, à abdiquer la diligence, la discipline, l'évaluation scrupuleuse de toute situation... comme si la bataille qui est celle de tout un chacun pouvait être abjurée, comme si être soi-même, ce soi caractéristique et immuable au nom duquel on s'est lancé dans la bataille, relevait d'un choix. Ses derniers-nés étant parfaitement blancs, voilà qu'il avait failli prendre ce qu'il y avait en lui de plus fort et de plus sage pour le mettre en pièces. Mais il avait été sauvé par la voix de la sagesse qui recommande : « Surtout, n'en fais rien. »

Auparavant, déjà, à la naissance de leur premier enfant, il avait failli commettre le même genre de bourde sentimentale. Jeune professeur de lettres classiques à Adelphi, il s'était rendu à l'université de Pennsylvanie pour un colloque de trois jours sur l'*Iliade* ; il avait fait sa communication, pris des contacts, il avait même été discrètement encouragé par un classiciste de renom à poser sa candidature à Princeton, et, sur le chemin du retour, se croyant à l'apogée de sa vie, au lieu de prendre vers le nord sur l'autoroute à péage du New Jersey pour Long Island, il avait failli obliquer vers le sud, par les petites routes des comtés de Salem et de Cumberland, pour se rendre à Gouldtown, le berceau de ses ancêtres maternels où se tenait le grand pique-nique familial annuel quand il était enfant. Oui, ce jour-là aussi, devenu père, il était sur le point de s'offrir le plaisir facile de ces grands sentiments auxquels on aspire quand on cesse de réfléchir. La naissance de son fils ne l'obligeait pourtant pas à tourner en direction de Gouldtown, pas plus que, lors du même voyage, une fois arrivé dans le New Jersey, elle ne l'obligeait à prendre la sortie vers Newark pour se rendre à East Orange. Il lui restait encore une pulsion à réprimer, celle de voir sa mère, de lui raconter ce qui s'était passé, et de lui amener le bébé. La pulsion, deux ans après s'être délesté d'elle, et au mépris de l'avertissement de Walter, de se montrer à sa mère. Non, surtout pas. Il fila donc tout droit chez lui, retrouver sa femme blanche, son enfant blanc.

Et, quelque quarante ans plus tard, alors qu'il roulait vers chez lui, en proie à ses propres rancœurs, tout en se remémorant les meilleurs moments de sa vie — la naissance de ses enfants, l'allégresse, l'excitation toute innocente qui avait accompagné ces naissances, son vœu de silence ébranlé par l'exubérance, son vœu presque annihilé par le soulagement immense — il se remémorait aussi la pire nuit de sa vie, celle où, du temps qu'il était dans la marine, il s'était fait expulser du bordel de Norfolk, le célèbre bordel blanc, Chez Oris. « Dis donc, toi, t'es un nègre noiraud ! » et quelques secondes plus tard, les videurs le catapultaient par la porte ouverte, il dévalait les marches jusqu'au trottoir et se retrouvait dans la rue. Lui, il fallait qu'il aille chez Lulu, sur Warwick Avenue : Va chez Lulu, lui criaient-ils, c'est ta place, cul de nègre. Son front alla heurter le trottoir, mais il parvint tout de même à se relever et courut jusqu'à une ruelle par laquelle il coupa, pour éviter la rue envahie en ce samedi soir par les hommes de la MP, qui balançaient leurs matraques avec ostentation. Il se retrouva dans les toilettes du seul bar où il osa entrer, amoché comme il l'était : un bar pour gens de couleur, à deux pas de Hampton Roads et du ferry de Newport News, qui amenait les marins chez Lulu, à une dizaine de rues de chez Oris. C'était la première fois qu'il entrait dans un bar pour gens de couleur depuis l'époque où il était en classe à East Orange et où, avec un copain, il organisait les paris sur les matchs de football au Billy's Twilight Club de la ligne de Newark. Au cours de ses deux premières années de lycée, outre ses soirées de boxe clandestine, il avait eu ses entrées au Billy's Twilight tout l'automne, et c'était là qu'il avait accumulé son savoir de tavernologue qu'il prétendit par la suite avoir acquis à la taverne de son père juif, lui le petit Blanc d'East Orange.

Il se revoyait lutter pour étancher sa balafre, tenter en vain de l'éponger avec sa vareuse blanche, tandis que le sang continuait de goutter sur toute sa personne. La cuvette sans lunette était recouverte d'une couche de merde, le sol de planches détrempé par la pisse ; quant au lavabo, si on pouvait appeler ça un lavabo, ce n'était plus qu'une auge à crachats et à vomi ; si bien que, lorsque la douleur de son poignet lui fit monter des nausées, il dut vomir contre le mur pour ne pas se pencher sur cette crasse immonde.

C'était un bouge infect et tapageur comme il n'en avait jamais vu, il n'aurait pas pu en imaginer de plus abominable, mais il lui fallait bien se cacher quelque part, et c'est ainsi que, sur le banc le plus éloigné du bar où grouillaient les débris humains, en proie à ses pires terreurs, il se força à boire une bière lentement, pour se calmer, pour amortir la douleur, et ne pas attirer l'attention. Non pas, du reste, que les clients du comptoir se soient donné la peine de lui jeter un regard après qu'il eut payé sa bière et disparu contre le mur derrière les tables vides : ici tout comme au claque blanc, personne ne faisait d'erreur sur sa personne.

Malgré sa deuxième bière, il savait encore qu'il ne se trouvait pas à sa place. Et si la MP le cueillait, si on découvrait pourquoi il s'était fait virer de chez Oris, il était foutu. Ce serait la cour martiale, l'inculpation, une longue peine de travaux forcés, en suite de quoi il serait libéré avec opprobre — tout ça pour avoir menti à la marine sur sa race, pour avoir franchi une porte derrière laquelle les seuls Noirs admis se bornaient à faire la lessive ou à passer la serpillière.

Il en avait fini. Il allait faire son temps dans la marine, son temps dans la peau d'un Blanc, et puis il s'en tiendrait là. Je n'y arriverai pas, autrement, pensait-il, je n'en ai même pas envie. Il n'avait jamais vraiment connu l'humiliation, jusque-là. Il n'avait jamais su ce que c'était de se cacher de la police. Jamais un coup de poing ne l'avait fait saigner — au cours de tous ces rounds de boxe en amateur, il n'avait jamais perdu une seule goutte de sang, ne s'était jamais blessé ni fait mal. Et voilà que sa vareuse était aussi rouge qu'un pansement chirurgical, son pantalon trempé de sang coagulé et, à cause de sa chute sur les genoux dans le caniveau, déchiré et noir de crasse. Il avait le poignet blessé, peut-être même fracassé pour avoir amorti sa chute en tendant la main — il ne pouvait plus le bouger; le toucher l'aurait fait hurler. Il finit sa bière et alla s'en chercher une autre pour endormir la douleur.

Voilà ce qu'il avait gagné à ne pas accomplir l'idéal paternel, à faire bon marché des commandements paternels, à abandonner tout à fait feu son père. Si seulement il avait suivi l'exemple de son père, de Walter, sa vie aurait pris une tout autre tournure. Mais non content d'avoir enfreint la loi en mentant pour entrer dans la marine, voilà qu'il avait récidivé en cherchant à baiser une Blanche, ce qui le plongeait dans le pire désastre. « Laisse-moi finir l'armée, laisse-moi en sortir et jamais plus je ne mentirai. Finir mon service, je n'en demande pas plus ! » C'était la première fois qu'il s'adressait à son père depuis qu'il était mort d'une attaque au wagon-restaurant.

S'il persistait dans son mensonge, sa vie était sans issue. Comment Coleman le savait-il ? Parce que son père lui répondait. La vieille autorité réprobatrice résonnait toujours dans la poitrine de son père, elle y vibrait toujours, la légitimité sans équivoque de l'homme droit. Si Coleman continuait, il finirait égorgé au fond d'un fossé. Il était beau, tiens, en ce moment ! Il fallait voir où il était tombé, où il se cachait ! Et pourquoi ? Et comment ? À cause de son credo, de son credo insolent, arrogant : « Je ne suis pas des vôtres, je ne vous supporte pas, je ne fais pas partie de votre "nous" noir. » Il avait livré son grand combat héroïque contre leur nous — on voyait où ça l'avait mené ! —, on voyait où elle l'avait mené, cette lutte passionnée pour préserver sa précieuse singularité, sa révolte en solo contre le destin noir, lui le grand homme du défi ! C'est là que tu es venu chercher la signification profonde de l'existence, Coleman, dans ce bouge ? On te donnait un monde d'amour, et toi, c'est pour ça que tu l'as abandonné ? Quelle erreur tragique, quel manque de jugement ! et tu n'es pas le seul à en pâtir ! Nous en pâtissons tous. Ernestine, Walt, ta mère, moi. Moi dans ma tombe, mon père dans la sienne. Est-ce que tu as d'autres projets grandioses, Coleman Brutus ? D'autres êtres à fourvoyer, à trahir ?

Cependant, il ne pouvait pas quitter le bar, il redoutait la MP, la cour martiale, la cellule, la démobilisation infamante qui le poursuivrait toute sa vie. Il était en proie à un bouleversement trop fort pour faire autre chose que boire jusqu'à ce que, comme de

250

juste, il soit rejoint sur son banc par une prostituée manifestement de sa race.

Lorsque la MP le retrouva, au matin, on attribua le sang de ses blessures et la fracture de son poignet, ainsi que son uniforme souillé et froissé, au fait qu'il avait passé la nuit au quartier noir — encore une de ces bites blanches en mal de chatte noire qui, après s'être fait nettoyer, lessiver, et proprement tatouer en prime, avait été laissé dans le parking du ferry-boat hérissé de bris de verre pour que les charognards le dépouillent.

US Navy, disait sobrement le tatouage; les mots ne mesuraient pas plus d'un centimètre, inscrits à l'encre bleue entre les bras d'une ancre qui ne mesurait guère plus du double. Par rapport à bien des tatouages militaires, celui-ci n'était pas spectaculaire, discrètement gravé sur le bras droit, au niveau de la clavicule, facile à cacher en somme. Mais lorsqu'il se rappelait comment on la lui avait faite, cette marque n'évoquait pas seulement la turbulence de la pire nuit de sa vie, mais aussi tout ce qu'il y avait derrière cette turbulence — il y voyait le signe de toute son histoire, d'un héroïsme indissociable de la disgrâce. Dans ce tatouage bleu, il pouvait voir une image vraie, intégrale, de lui-même. Sa biographie ineffaçable s'y lisait, de même que le prototype de l'ineffaçable, puisqu'un tatouage est l'emblème de ce qui ne part pas. On y lisait de même la colossale entreprise, les forces du monde extérieur, toute la chaîne de l'imprévu, les dangers de la révélation, ceux de la dissimulation, l'absurdité même de la vie se lisait dans ce stupide petit tatouage bleu.

Ses problèmes avec Delphine Roux avaient commencé dès le premier semestre où il s'était remis à enseigner, lorsque l'une de ses étudiantes, que le professeur Roux affectionnait tout particulièrement, était allée la trouver en tant que présidente du département pour se plaindre des pièces d'Euripide qu'étudiait Coleman dans son cours sur la tragédie grecque. Les pièces en question, *Alceste* et *Hippolyte*, l'étudiante nommée Elena Mitnick les trouvait « dégradantes pour les femmes ».

« Alors, que dois-je faire pour complaire à Miss Mitnick, rayer Euripide de mon programme ?

— Pas du tout. Il est clair que tout dépend de la façon dont vous enseignez cet auteur.

— Et quelle est la méthode prescrite, à l'heure actuelle ? » avait-il persiflé, tout en pensant qu'il n'avait ni la patience ni la civilité requises pour se lancer dans ce genre de débat. En outre, il serait plus facile de confondre Delphine Roux sans s'engager dans le débat, précisément. Elle avait beau déborder de suffisance intellectuelle, elle n'avait que vingt-neuf ans, et quasiment aucune expérience extra-universitaire ; nouvelle à son poste, elle n'avait guère d'ancienneté à la fac ni dans le pays. Il avait compris au cours de leurs entrevues précédentes que la meilleure tactique, s'il voulait faire échec à ses tentatives pour marquer sa supériorité hiérarchique, et même une supériorité pointilleuse (« Il est clair que », etc.), était de manifester une indifférence complète à l'égard de son jugement. Car même si elle ne pouvait pas le sentir, elle ne supportait pas non plus que le parcours universitaire qui impressionnait tant d'autres de leurs collègues n'ait pas encore écrasé l'ancien doyen. Malgré elle, elle ne pouvait s'empêcher d'être intimidée par l'homme qui, cinq ans plus tôt, l'avait engagée à contrecœur à sa sortie de Yale et qui, par la suite, n'avait jamais nié le regretter, surtout quand les abrutis de leur département avaient installé à sa direction une jeune femme d'une telle confusion mentale.

À ce jour, elle continuait d'être désarçonnée par sa présence, exactement comme elle aurait voulu qu'il soit désarçonné par la sienne. Il avait quelque chose qui la ramenait toujours à son enfance, à sa peur d'enfant précoce d'être percée à jour. Et à cette autre peur d'enfant précoce : passer inaperçue. Trembler d'être découverte, brûler de se faire remarquer — cruel dilemme. Il avait quelque chose qui lui faisait passer son propre anglais au crible, alors qu'elle s'y trouvait parfaitement à l'aise en toute autre circonstance. Chaque fois qu'ils se retrouvaient face à face, quelque chose lui disait qu'il mourait d'envie de lui attacher les mains dans le dos.

Quelque chose, mais quoi ? La façon dont il l'avait évaluée, sexuellement, lors du premier entretien qu'il lui avait fait passer, dans son bureau ? Ou le fait qu'il n'ait pas réussi à l'évaluer sexuellement ? Elle n'avait pas pu deviner ce qu'il devinait d'elle, et cela, justement, un matin où elle savait qu'elle avait joué le grand jeu. Elle avait voulu être superbe, et elle avait réussi. Elle avait voulu parler avec aisance, et elle y était parvenue. Elle avait voulu paraître compétente, et n'y avait pas manqué, elle en était sûre. Et pourtant, il l'avait considérée comme une écolière. La petite Tartempion, gamine insignifiante.

Enfin, c'était peut-être à cause du kilt — un mini-kilt qui pouvait rappeler un uniforme d'écolière, surtout sur une toute petite brune mince au visage de chat mangé par ses yeux, une jeune femme qui devait peser quarante-cinq kilos tout habillée. En mettant ce kilt, avec un cachemire noir à col roulé, des collants noirs et des bottes, elle n'avait pas cherché à se désexualiser (les universitaires américaines qu'elle avait rencontrées jusque-là lui semblaient s'y employer avec zèle), mais elle n'avait pas davantage cherché à l'aguicher. On disait qu'il avait dans les soixante-cinq ans, mais il ne faisait pas plus vieux que son père, quinquagénaire. Il lui rappelait même un des associés de son père, plus jeune, dans leur compagnie d'ingénierie, qui, comme quelques autres, la reluquait depuis l'âge de douze ans. Lorsque, assise en face du doyen, elle avait croisé les jambes, le rabat de son kilt s'était ouvert, et elle avait attendu une ou deux minutes pour le remettre en place, ce qu'elle avait fait avec la même indifférence qu'elle aurait refermé son portefeuille : en effet, quand bien même elle paraîtrait gamine, elle n'était pas une écolière, affligée de peurs d'écolière, coincée, corsetée par des principes d'écolière. Elle ne voulait pas donner cette impression, mais il n'était pas non plus question de laisser le rabat ouvert pour lui donner à croire qu'elle avait envie qu'il passe l'entretien à regarder ses cuisses minces dans son collant noir. Par ses choix vestimentaires, dans ses manières, elle s'était appliquée à lui faire sentir la dynamique de facteurs complexes qui la rendait si intéressante, à vingt-quatre ans.

Le seul bijou, la seule parure qu'elle portait ce jour-là, une grosse bague à son majeur gauche, elle l'avait choisie pour éclairer d'un jour différent l'intellectuelle qu'elle était, pour montrer que, tout en jouissant des belles choses sans fausse honte, sans déguiser son appétit, et en connaisseur, elle n'en consacrait pas moins toute sa vie à la recherche universitaire. La bague, copie XVIIIe siècle d'une chevalière romaine, était une grosse bague d'homme qui avait été portée par un homme. Sur l'agate ovale, sertie horizontalement — ce qui donnait au bijou cette lourdeur masculine —, on voyait Danaé recevoir Zeus sous la forme d'une pluie d'or. À Paris, quatre ans auparavant, lorsqu'elle avait vingt ans, le propriétaire de la bague — seul professeur à qui elle avait été incapable de résister, et avec qui elle avait vécu une liaison passionnée — la lui avait offerte en gage d'amour. C'était lui aussi, soit dit en passant, un spécialiste de lettres classiques. Lors de leur rencontre, dans son bureau, il lui avait paru si lointain, si critique, qu'elle s'était trouvée paralysée de peur jusqu'au moment où elle avait découvert qu'il jouait la séduction à rebours. Était-ce aussi le jeu du doyen Silk ?

Mais malgré le volume de la bague voyante, le doyen ne demanda pas à regarder de près l'averse d'or gravée dans l'agate, et Delphine décida que ce n'était pas plus mal. Pourtant, les circonstances dans lesquelles elle l'avait obtenue auraient, s'il en était besoin, montré chez elle une audace digne d'une femme adulte, mais il y aurait vu au contraire une complaisance frivole, un signe de son *manque* de maturité. Du reste, sauf espoir ténu, elle pensait qu'il l'avait vue sous ce jour-là dès l'instant qu'ils s'étaient serré la main, et elle ne se trompait pas. Coleman la percevait comme trop jeune pour ce poste, en proie à trop de contradictions encore irrésolues, manifestant une certaine folie des grandeurs pour elle-même, faisant son intéressante comme une petite fille, une petite fille insuffisamment maîtresse d'elle-même, prompte à réagir si on faisait mine de la désapprouver, affligée d'une vulnérabilité confinant au génie, et vouée, en tant qu'enfant et que femme, à collectionner les réussites, les admirateurs, les conquêtes autant par excès que par défaut de confiance en soi. Quelqu'un d'intelligent pour son âge, trop intelligent, même, mais souffrant d'un décalage affectif, et, sur presque tous les autres plans, carrément en retard.

Il se représentait assez bien le tableau d'après son CV, ainsi que d'après un essai autobiographique annexe qui détaillait son parcours intellectuel, commencé à l'âge de six ans. Certes, ses qualifications étaient excellentes, mais tout chez elle (atouts compris) lui semblait particulièrement déplacé pour une petite université comme Athena. Issue d'un milieu favorisé, élevée rue de Longchamp, dans le XVIᵉ arrondissement. M. Roux, ingénieur, patron d'une entreprise de quarante personnes. Mme Roux, son épouse, née de Walincourt, de vieille noblesse provinciale, mère de trois enfants, spécialiste de littérature médiévale française, claveciniste émérite, musicologue spécialisée dans cet instrument, spécialiste d'histoire vaticane, etc. — le etc. pesait son poids ! Cadette des trois enfants, seule fille, Delphine avait fait ses études secondaires au lycée Janson-de-Sailly, où elle avait étudié la philosophie et le français, l'anglais et l'allemand, le latin... « lu la littérature française dans son acception classique ». Après le lycée Janson, le lycée Henri-IV, où elle avait approfondi sans ménager sa peine la littérature française, et la philosophie, l'anglais, et la littérature anglaise. À vingt ans, après le lycée Henri-IV, l'École normale supérieure de Fontenay, avec l'élite intellectuelle française... « on n'en reçoit que trente par an ». Thèse : « Le déni de soi chez Georges Bataille » (Bataille, allons bon, pour changer !). À Yale, les étudiants chics travaillent tous sur Bataille ou Mallarmé. Il n'a pas grand mal à comprendre ce qu'elle cherche à lui faire comprendre, d'autant qu'il connaît un peu Paris pour y avoir, grâce à une bourse Fulbright, passé un an avec femme et enfants, du temps qu'il était jeune professeur ; il connaît un peu ces jeunes Français ambitieux, formés dans les lycées d'élite. Parfaitement préparés, connaissant les intellectuels qui comptent, des jeunes très intelligents, immatures, dotés de l'éducation française la plus snob, se préparant ardemment à être enviés toute leur vie. On les voit traîner le samedi soir dans des petits restaurants vietnamiens pas chers rue Saint-Jacques, parler des grands problèmes, jamais de banalités, jamais de la pluie et du beau temps — débats d'idées, philosophie et politique, à l'exclusion de tout autre sujet. Même pendant leurs loisirs, lorsqu'ils sont en tête à tête avec eux-mêmes, ils pensent à l'incidence de Hegel sur la vie intellectuelle française au XXe siècle. L'intellectuel s'interdit d'être frivole. La vie, c'est la pensée. Conditionnés à être violemment marxistes ou violemment antimarxistes, ils souffrent d'un effarement congénital devant tout ce qui est américain. Voilà de quel milieu (et on en passe) elle arrive à Yale ; elle pose sa candidature pour assurer des cours de premier cycle et s'inscrire dans un séminaire de doctorat ; alors, comme elle le note dans son essai autobiographique, elle est l'une des deux seules candidatures françaises acceptées. « Je suis arrivée à Yale très cartésienne, et là-bas, le paysage est bien plus pluraliste, polyphonique. » Ses jeunes étudiants l'amusent. Elle cherche encore leur côté intellectuel. Elle est sidérée par la façon dont ils s'amusent. Leur façon de penser, de vivre, hors de toute idéologie, dans le chaos. Ils n'ont jamais vu un film de Kurosawa — même ça, ils l'ignorent. Elle, à leur âge, elle avait vu *tout* Kurosawa, *tout* Tarkovski, *tout* Fellini, *tout* Antonioni, *tout* Fassbinder, *tout* Wertmuller, *tout* Satyajit Ray, *tout* René Clair, *tout* Wim Wenders, tous les Truffaut, les Godard, les Chabrol, les Resnais, les Rohmer et les Renoir. Eux, ils n'avaient vu que *Star Wars*. À Yale, elle est sérieuse, elle reprend sa mission intellectuelle et suit des cours avec les professeurs les plus branchés. Elle se sent tout de même un peu perdue. Elle ne sait que penser. Surtout auprès des autres thésards. Elle a l'habitude de fréquenter des gens qui parlent la même langue intellectuelle qu'elle, alors que ces Américains... et tout le monde ne la trouve pas si intéressante que ça. Elle pensait qu'en arrivant en Amérique elle allait déchaîner des : « Oh la la, une normalienne ! » mais en Amérique, personne n'est à même d'apprécier l'itinéraire très spécifique qui est le sien, et son prestige considérable. Elle n'obtient pas le type de reconnaissance auquel elle est accoutumée, en temps que membre en herbe de l'élite intellectuelle française. Elle ne suscite même pas le type de jalousie auquel elle est accoutumée. Elle se trouve un directeur de thèse et elle écrit son doctorat. Elle le soutient. La voilà docteur. Elle est allée très vite : elle avait déjà tellement travaillé en France ! Elle avait fait tant d'études, s'y était si entièrement consacrée qu'elle était désormais prête à avoir un poste de prestige dans une université de prestige — Princeton, Columbia, Cornell, Chicago —, mais voilà qu'elle n'obtient rien du tout. Consternation. Quoi, un poste de professeur temporaire à l'université d'Athena ? Où est-ce, qu'est-ce ? Elle fait la fine bouche. Jusqu'à ce que son directeur de thèse lui dise : « Delphine, ici, sur le marché, on décroche un beau poste après en avoir eu un petit. Professeur temporaire à l'université d'Athena ? Vous n'en avez peut-être jamais entendu parler, mais nous, si. C'est un établissement tout à fait honorable, et un premier poste tout à fait honorable. » Ses camarades d'études étrangers lui disent qu'elle est trop bien pour Athena, ça ne serait pas digne d'elle. Mais ses camarades d'études américains, qui tueraient père et mère pour trouver un boulot de prof à la chaufferie du supermarché, jugent son dédain caractéristique de Delphine. À contrecœur, elle pose sa candidature, et la voilà, avec son kilt et ses bottes, dans le bureau du doyen Silk, en face de lui. Pour avoir le prochain poste, le poste chic, il faut en passer par Athena. Sauf que pendant près d'une heure le doyen Silk va l'écouter quasiment se disqualifier pour le poste en question. Structure narrative et temporalité. Les contradictions internes de l'œuvre d'art. Rousseau s'avance masqué, mais sa rhétorique le trahit (la tienne aussi, en somme, se dit le doyen, au vu de l'essai autobiographique). La voix du critique n'a pas moins de légitimité que celle d'Hérodote. Narratologie. Diégétique. La différence entre diégésis et mimésis. L'expérience entre parenthèses. La qualité proleptique du texte. Coleman n'a pas besoin de lui demander ce que ce jargon veut dire. Il le sait, dans l'original grec, ce que les mots de Yale veulent dire, ce que les mots de l'École normale supérieure veulent dire. Et elle, le sait-elle? Il y travaille depuis trois décennies, il n'a pas de temps à perdre. Il se demande : Pourquoi une femme aussi belle tente-t-elle de dissimuler la dimension humaine de son expérience sous ces mots-là? Peut-être parce qu'elle est si belle, justement. Il se dit : Elle est si contente d'elle, elle se leurre tellement.

Certes, elle avait les qualifications. Seulement, pour Coleman, elle incarnait le type de prestige universitaire bidon dont les étudiants d'Athena avaient besoin comme de la peste, et dont, circonstance aggravante, le succès auprès des enseignants de second ordre était assuré.

Sur le moment, il avait cru faire preuve d'ouverture d'esprit en l'engageant. Mais c'était sans doute davantage parce qu'elle était si séduisante, bon sang, si jolie, si troublante — d'autant plus qu'elle avait ce charme filial.

Delphine Roux s'était trompée sur le sens à donner à son regard ; elle avait pensé, avec son goût pour le mélodrame — un handicap à sa finesse, cette pul-

sion non seulement de tirer des conclusions mélo-
dramatiquement hâtives, mais de succomber à leur
trouble érotique —, qu'il avait envie de lui attacher
les mains derrière le dos. Ce dont il avait envie, pour
toutes les raisons possibles et imaginables, c'était de
ne pas la voir traîner dans le secteur. Alors il l'avait
engagée. Et c'était là qu'avait commencé leur mésen-
tente.

À présent, c'était elle qui le convoquait dans son
bureau, c'était elle qui posait les questions. En 1995,
l'année où Coleman avait quitté son poste de doyen
pour revenir à l'enseignement, Delphine, avec son
charme de tanagra, son chic encyclopédique, les
indices pseudo-enfantins qui laissaient transparaître
sa sensualité secrète, joints aux raffinements des
séductions de l'ENS (que Coleman décrivait comme
une permanente inflation de l'ego), avait gagné le
cœur de tous les nigauds de professeurs, et elle qui
n'avait pas encore trente ans — mais guignait peut-
être ce poste que Coleman venait de quitter — arrivait à la présidence de leur petit département, qui
avait absorbé une douzaine d'années auparavant
celui des autres langues, et le vieux département de
Lettres classiques où Coleman avait fait ses débuts
comme assistant. Le nouveau département des
Langues et Littératures employait onze personnes,
un professeur de russe, un autre d'italien, un troisième d'espagnol, un quatrième d'allemand, Delphine pour le français et Coleman Silk pour les
langues anciennes, auxquels s'ajoutaient cinq chargés de cours surmenés, jeunes assistants ou jeunes
étrangers venus pour études, assurant les cours de
premier cycle.

« Le contresens de Miss Mitnick sur ces deux
pièces s'enracine si profondément dans des préoccu-

pations idéologiques étriquées, des querelles de clocher, qu'il ne prête même pas à rectification.

— Mais alors, vous ne niez même pas ce qu'elle dit, que vous n'avez rien fait pour l'aider.

— Une étudiante qui vient me raconter que je lui tiens un discours phallocentriste ne mérite pas que je l'aide.

— Ah voilà, dit Delphine sur un ton léger. C'est bien le problème, donc. »

Il rit, spontanément, et aussi à dessein. « Vous croyez ? L'anglais que je parle n'offre pas assez de nuances pour l'intellect raffiné de Miss Mitnick ?

— Coleman, ça faisait longtemps que vous n'étiez pas entré dans une classe.

— Et vous, vous n'en êtes jamais sortie, rétorqua-t-il délibérément avec un sourire délibérément irritant. Ma chère amie, ces pièces, j'ai passé ma vie à les lire et à y réfléchir.

— Mais jamais dans l'optique féministe d'Elena.

— Ni dans l'optique juive de Moïse. Pas même dans l'optique nietzschéenne de l'optique symptomatique, qui est si à la mode.

— Coleman Silk est le seul être sur la planète qui n'ait pas d'autre optique que l'optique littéraire pure et désintéressée.

— Ma chère amie, (encore ? et pourquoi pas ?), à de très rares exceptions près, nos étudiants sont d'une ignorance qui donne une idée de l'infini. Leur éducation laisse cruellement à désirer, leur vie est un désert intellectuel. Ils arrivent ici en ne sachant rien, et repartent souvent dans le même état. Et ce qu'ils savent le moins faire, quand je les vois pour la première fois, c'est lire le théâtre classique. Enseigner à Athena, surtout en ces années 1990, enseigner ce qui est de loin la génération la plus bête de toute l'histoire de l'Amérique, c'est comme de se promener sur

Broadway en parlant tout seul, à ceci près que, dans Manhattan, les dix-huit personnes qui vous entendraient soliloquer seraient sur le macadam, tandis que, ici, elles sont dans votre classe. Ce que ces étudiants savent tend vers zéro. Moi qui les pratique depuis près de quarante ans, et Miss Mitnick est assez représentative de leur niveau, je peux vous dire qu'ils ont besoin comme de la fièvre d'une optique féministe sur Euripide. Offrir à ces lecteurs naïfs une optique féministe sur Euripide est l'un des moyens les plus sûrs de leur fermer l'esprit avant même que la réflexion ait eu la moindre chance de venir à bout d'une seule de leurs assimilations imbéciles. J'ai du mal à croire qu'une femme instruite comme vous, comme vous issue de l'université française, voie vraiment dans une optique féministe sur Euripide autre chose qu'une profonde niaiserie. Vous aurait-on si vite endoctrinée, ou s'agit-il d'une bonne vieille réaction carriériste, du souci de ménager le féminisme des collègues ? Parce que si c'est du carriérisme pur, là, ça ne me gêne pas. C'est humain, je comprends. Mais si vous vous impliquez intellectuellement dans cette idiotie, alors je suis mystifié, parce que vous n'êtes pas une idiote. Vous êtes trop maligne pour ça. Parce qu'en France, à l'École normale supérieure, il ne viendrait sûrement à l'idée de personne de prendre ces balivernes au sérieux. Si ? Lire deux pièces comme *Hippolyte* et *Alceste*, écouter des débats en classe sur chacune d'elles pendant une semaine, et ne rien trouver d'autre à dire qu'elles "dégradent l'image de la femme", moi je n'appelle pas ça une optique, bon Dieu, moi j'appelle ça se gargariser de mots, avec le dernier gargarisme à la mode.

— Elena n'est qu'une étudiante, elle a vingt ans, elle apprend.

— Cette sentimentalité envers vos étudiants ne vous sied guère, ma chère amie. Prenez-les au sérieux. Elena n'apprend rien du tout. Elle répète comme un perroquet. Et si elle s'est précipitée chez vous, c'est sans doute que ce qu'elle répète, c'est votre discours.

— Ce n'est pas vrai, mais si ça peut vous faire plaisir de me coller ce genre d'étiquette culturelle, à votre aise, il fallait s'y attendre. Si ça vous rassure, si ça vous donne un sentiment de supériorité, allez-y, mon cher ami, se délecta-t-elle à lui répondre avec un sourire, elle aussi. La façon dont vous avez traité Elena l'a choquée. Voilà pourquoi elle s'est précipitée dans mon bureau. Vous lui avez fait peur. Elle était retournée.

— C'est que je prends des tics agaçants quand je suis confronté aux conséquences d'avoir engagé quelqu'un comme vous.

— Et certains de nos étudiants prennent des tics agaçants quand ils sont en butte à une pédagogie fossile. Si vous vous obstinez à enseigner la littérature à la manière rébarbative dont vous avez pris l'habitude, si vous insistez pour aborder la tragédie grecque sous l'angle prétendument humaniste comme vous le faites depuis les années 1950, les conflits de ce genre n'ont pas fini de surgir.

— Tant mieux, dit-il, qu'ils surgissent. » Sur quoi, il sortit. Et puis, le semestre suivant, lorsque Tracy Cummings se précipita chez le professeur Roux, au bord des larmes, tout juste capable de parler, sidérée d'avoir découvert que, derrière son dos, le professeur Silk lui avait appliqué une odieuse épithète raciste en présence de ses camarades, Delphine avait décidé qu'elle perdrait son temps à convoquer Coleman dans son bureau pour qu'il se disculpe. Il ne se montrerait pas plus aimable que la dernière fois où une étudiante était venue se plaindre chez elle. Elle savait d'expérience que, si elle le convoquait, il adopterait le même ton condescendant et paternaliste — encore une parvenue qui osait lui demander des comptes, encore une femme dont il devrait tourner les préoccupations en dérision, à supposer qu'il daigne y répondre. Elle avait donc soumis le problème au nouveau doyen de la faculté, un homme accessible. Depuis ce jour-là, elle avait eu le loisir d'occuper son temps de manière plus constructive, avec Tracy ; elle l'avait calmée, réconfortée, quasiment prise en charge, cette adolescente noire sans parents, si démoralisée que, les premières semaines après l'incident, pour l'empêcher de prendre ses cliques et ses claques et de s'enfuir — s'enfuir où ? —, Delphine avait obtenu la permission de la retirer de son foyer d'étudiantes pour la loger dans une chambre d'amis, chez elle, et d'en faire, temporairement, sa pupille. Certes, à la fin de l'année universitaire, Coleman Silk avait, en se retirant délibérément de la faculté, quasiment fait l'aveu de sa culpabilité dans l'affaire des zombies, mais les dégâts sur Tracy s'étaient révélés trop catastrophiques pour quelqu'un d'aussi peu sûr de soi au départ : incapable de se concentrer sur son travail à cause de l'enquête, redoutant que le professeur Silk n'ait braqué contre elle les autres enseignants, elle avait raté toutes ses matières. Elle avait plié bagage et quitté non seulement la fac mais la ville, elle avait quitté Athena où Delphine espérait lui trouver du travail, des cours particuliers, et la tenir à l'œil jusqu'à ce qu'elle puisse retourner en cours. Un beau jour, Tracy avait pris un car pour l'Oklahoma, dans l'idée de s'installer chez sa demi-sœur à Tulsa, mais, même munie de l'adresse de cette dernière, Delphine n'avait jamais pu joindre son étudiante.

Et voilà qu'elle avait entendu parler de la relation

de Coleman Silk avec Faunia Farley, une liaison qu'il faisait tout son possible pour cacher. Elle n'en était pas revenue : soixante et onze ans, à la retraite depuis deux ans, et il n'avait pas rendu les armes ! Puisqu'il n'avait plus de petites étudiantes, remettant en question ses préjugés, à intimider, plus de jeunes Noires en mal de nourritures spirituelles à ridiculiser, plus de jeunes collègues femmes menaçant son hégémonie à snober et à insulter, il avait réussi à exhumer des bas-fonds de la fac une candidate à l'asservissement qui était le type même de la vulnérabilité féminine : une femme battue dans toute sa splendeur. Quand Delphine passa au bureau du personnel pour apprendre tout ce qu'elle pouvait sur les antécédents de Faunia, quand elle lut le dossier sur l'exmari, la mort atroce des deux petits enfants, dans un mystérieux incendie que d'aucuns soupçonnaient l'ex-mari d'avoir allumé, quand elle découvrit l'illettrisme qui condamnait Faunia aux tâches les plus subalternes, elle comprit que Coleman Silk avait déniché le rêve le plus fou du misogyne : en Faunia Farley, il avait trouvé quelqu'un d'encore plus démuni qu'Elena ou Tracy, la parfaite victime à écraser. Pour toutes celles qui, à Athena, avaient osé s'en prendre à ses prétentions ridicules, Faunia Farley devrait répondre, désormais.

Et il n'y a personne pour l'empêcher, pensait Delphine. Personne pour lui barrer la route.

Quand elle comprit qu'il échappait désormais à la juridiction de l'université et que, par conséquent, plus rien ne l'empêchait de prendre sa revanche sur elle — mais oui, sur elle, qui s'était employée à faire échec à son terrorisme intellectuel sur ses étudiantes, qui avait veillé à ce qu'il soit dépouillé de son autorité, à ce qu'on lui retire ses cours —, elle ne contint plus son indignation. Il lui avait trouvé un substitut : Faunia Farley, et c'est à travers elle qu'il contre-attaquait. Car, enfin, le visage de cette femme, son nom, sa silhouette, qui peuvent-ils vous rappeler, sinon moi ? C'est mon portrait, mon image dans le miroir. En prenant dans vos filets une femme qui, comme moi, travaille à la fac d'Athena, qui, comme moi, n'a même pas la moitié de votre âge, mais qui est par ailleurs en tout point le contraire de ce que je suis, vous masquez habilement votre désir tout en manifestant de manière flagrante qui vous cherchez à anéantir. Vous êtes trop avisé pour l'ignorer, et, tout ex-ponte que vous êtes, assez brutal pour en jouir. Mais, de mon côté, je ne suis pas assez sotte pour ne pas voir que, en effigie, c'est à moi que vous vous en prenez.

L'illumination lui était venue si subitement, en phrases si spontanément percutantes, que, tout en signant son nom au bas de la deuxième page, en lui libellant une enveloppe aux bons soins de la poste locale, elle s'échauffait le sang : fallait-il qu'il soit malfaisant pour faire son jouet d'une femme aussi terriblement désavantagée, qui avait déjà tout perdu, pour transformer par pur caprice en bête à plaisir un être humain blessé, et tout cela à seule fin de se venger d'une autre. Comment pouvait-il faire une chose pareille, même lui ? Non, elle ne changerait pas une syllabe à ce qu'elle avait écrit, et elle ne se donnerait pas la peine de taper à la machine pour lui faciliter la lecture. Elle se refusait à édulcorer son message dont les lettres penchées par le dégoût et l'indignation étaient assez éloquentes. Qu'il ne sous-estime pas sa détermination : rien ne comptait davantage pour elle que de dénoncer Coleman Silk pour ce qu'il était.

Mais vingt minutes plus tard, elle déchirait la lettre. Et heureusement, heureusement. Quand elle succombait à son idéalisme débridé, elle ne voyait pas toujours son côté chimérique. Elle avait bien raison de vouloir admonester un prédateur aussi répréhensible. Mais se figurait-elle pouvoir sauver une épave comme Faunia Farley alors qu'elle n'avait même pas pu sauver Tracy ? Se figurait-elle pouvoir l'emporter sur un homme qui, dans l'amertume de son grand âge, était désormais exempt non seulement de toute entrave institutionnelle, mais — fameux humaniste ! — de toute considération humaine ? Elle ne pouvait pas se leurrer davantage qu'en se croyant à armes égales avec la ruse de Coleman Silk. Même une lettre si clairement rédigée dans la rage froide et le dégoût, une lettre qui l'informait sans équivoque que son secret était éventé, qu'il était démasqué, traqué, il se débrouillerait pour la retourner contre elle, la mettre en cause, la compromettre et, le cas échéant, l'abattre purement et simplement.

Il était sans scrupule, il était paranoïaque ; que cela lui plaise ou non, elle devait prendre en compte des considérations pratiques ; des considérations qui ne l'auraient peut-être pas retenue du temps qu'elle était une lycéenne marxisante, oubliant parfois tout bon sens, il fallait bien le dire, quand elle se découvrait impuissante à sanctionner l'injustice. À présent, elle était professeur d'université, elle avait été titularisée très tôt, elle était déjà directrice de son département, et un jour, selon toute vraisemblance, elle obtiendrait Princeton, Columbia, Cornell, Chicago ou, qui sait, elle retournerait à Yale en triomphe. Une lettre comme celle-ci, signée, que Coleman Silk ferait passer de main en main, jusqu'à ce qu'elle tombe entre celles de quelqu'un qui, par envie, par jalousie, parce qu'elle réussissait trop jeune, cette garce, pourrait vouloir saper sa carrière... Oui, avec son audace, cette lettre où sa fureur se donnait libre cours, il s'en servirait pour la tourner en dérision, prétendre qu'elle manquait de maturité, et qu'il fallait bien se garder de lui donner un poste à responsabilités. Il avait des relations, il connaissait encore du monde — il en était capable. Il s'en ferait un plaisir, il gauchirait si bien son propos que...

Vite, elle déchira la lettre en petits morceaux et, au centre d'une feuille vierge, avec un stylo bille rouge qu'elle n'aurait jamais pris pour sa correspondance, en grosses majuscules où personne ne reconnaîtrait sa main, elle écrivit :

Il est de notoriété publique que

Mais ce fut tout. Elle s'arrêta là. Trois soirs plus tard, quelques instants après avoir éteint la lumière, elle se releva et, ayant recouvré sa lucidité, se mit à son bureau dans l'intention de froisser, abandonner et oublier tout à fait le morceau de papier où l'on pouvait lire : « Il est de notoriété publique que... » Pour le remplacer, penchée au-dessus du bureau sans s'asseoir, de peur de manquer de courage si elle en prenait le temps, elle écrivit d'un trait les dix autres mots qui suffiraient à lui apprendre qu'il serait bientôt démasqué. L'enveloppe fut libellée, timbrée, et, une fois le billet anonyme glissé dedans, cachetée, la lampe de bureau éteinte, Delphine, soulagée à l'idée qu'elle avait agi avec toute la décision que la situation le permettait, s'était recouchée, moralement prête à dormir du sommeil du juste.

Mais il lui fallut d'abord faire taire tout ce qui la poussait à se relever pour déchirer l'enveloppe et relire ce qu'elle avait écrit ; pour voir si le texte était trop sobre, trop faible, ou au contraire trop véhément. Bien entendu, ce n'était pas son style habituel. Ça ne pouvait pas l'être. C'était bien pour ça qu'elle l'avait choisi, ce style — racoleur comme un slogan, trop au premier degré, trop vulgaire, pour qu'on le lui attribue. Mais c'était peut-être précisément pour quoi elle se méprenait sur son message, peu convaincant. Il fallait qu'elle se lève pour voir si elle avait pensé à déguiser son écriture, pour voir si, par inadvertance, dans son exaltation, sous le coup de la colère, elle n'aurait pas signé. Il lui fallait vérifier qu'elle n'avait pas, à son insu, révélé son identité. Et quand ce serait ? Il fallait signer ! Toute sa vie elle avait lutté pour ne pas se laisser intimider par les Coleman Silk qui, forts de leurs privilèges, écrasent leur entourage et n'en font qu'à leur tête. Parler aux hommes, leur parler sans complexe. Même s'ils étaient plus âgés. Apprendre à ne pas se laisser impressionner par leur autorité présumée ou leurs prétentions à la sagacité. Comprendre que sa propre intelligence comptait. Oser se considérer comme leur égale. Et, lorsqu'elle avançait un argument qui ne passait pas, apprendre à ne pas céder à l'envie de capituler, apprendre à mobiliser sa logique, son assurance, son sang-froid pour continuer à discuter, quoi qu'ils puissent dire ou faire pour la réduire au silence. Apprendre à revenir à la charge, à soutenir son effort au lieu de s'effondrer. Apprendre à défendre son point de vue sans battre en retraite. Elle n'était pas censée se soumettre à lui, ni à personne. Il n'était plus le doyen qui l'avait engagée. Il n'était pas directeur du département. C'était elle qui l'était, à présent. Le doyen Silk n'était plus rien, aujourd'hui. Il fallait en effet qu'elle rouvre l'enveloppe pour signer de son nom. Il n'était rien. La phrase était rassurante comme un mantra : rien.

Pendant des semaines, elle promena l'enveloppe dans son sac à main ; elle passait en revue ses raisons non seulement de l'envoyer, mais même de la signer. Il jette son dévolu sur cette femme brisée qui est bien incapable de lui tenir tête. Qui ne risque pas de faire le poids contre lui. Qui n'a même aucune existence intellectuelle. Il jette son dévolu sur une femme qui n'a jamais su se défendre, qui est incapable de se défendre, la plus faible femme qui soit, une proie facile, radicalement inférieure à lui en tout point — et le paradoxe de ses mobiles est architransparent : parce que, pour lui, toutes les femmes sont inférieures, parce qu'il a peur de celles qui pensent. Parce que, moi, je sais parler en mon propre nom, parce que je refuse de me laisser bousculer, parce que je réussis, je suis séduisante, je suis indépendante, j'ai reçu une éducation de premier ordre, un diplôme qui ne l'est pas moins...

Et puis, une fois à New York, où elle s'était rendue un samedi pour voir l'exposition Jackson Pollock, elle sortit l'enveloppe de son sac et faillit glisser le billet de douze mots anonyme dans une boîte de l'immeuble de la Direction du port, la première boîte qu'elle ait vue à sa descente du car Bonanza. Elle l'avait encore à la main en montant dans le métro, mais, lorsque la rame s'ébranla, elle laissa l'éloquence du métro agir sur elle. Le métro new-yorkais continuait de la sidérer et de l'exciter. Dans le métro parisien, elle n'y pensait jamais, mais ici l'angoisse mélancolique des voyageurs lui donnait toujours l'impression qu'elle avait bien fait de venir en Amérique. Il était le symbole des raisons de sa venue — de son désir de voir la réalité sans se voiler la face.

L'exposition Pollock eut un tel impact émotif sur elle qu'en passant devant ces toiles prodigieuses elle se sentait gagnée par l'exaltation turbulente qui caractérise la folie érotique. Lorsque le téléphone portable d'une visiteuse retentit, au moment même où le chaos de la toile intitulée *Number 1A, 1948* faisait irruption dans un espace qui, jusque-là, pendant cette journée, pendant cette année, n'avait été que son corps, elle entra dans une telle colère qu'elle se retourna en s'exclamant : « Madame, si je m'écoutais, je vous étranglerais ! »

Puis elle se rendit à la bibliothèque municipale de la Quarante-Deuxième Rue. Elle n'y manquait jamais lorsqu'elle se trouvait à New York. Elle allait dans les musées, dans les galeries, au concert, au cinéma voir les films qui ne passeraient jamais dans l'effroyable salle de ce bled d'Athena, et pour finir, quelles qu'aient pu être les raisons qui l'amenaient à New York, elle venait passer une heure ou deux dans la grande salle de lecture, pour lire le livre qu'elle avait apporté avec elle.

Elle lit. Elle regarde autour d'elle. Elle observe. Elle joue à s'amouracher de celui-ci ou de celui-là. À Paris, elle a vu le film *Marathon Man* au cours d'un festival (personne ne le sait, mais elle est d'une sentimentalité affligeante, au cinéma, elle pleure souvent). Dans *Marathon Man*, la fausse étudiante traîne à la bibliothèque municipale de New York, où elle se fait draguer par Dustin Hoffman, de sorte que la bibliothèque a toujours eu à ses yeux cette aura romanesque. Jusqu'ici, personne n'est venu la draguer, sauf un étudiant en médecine, trop jeune, mal dégrossi, qui a eu d'emblée des mots malheureux. Il lui a parlé de son accent d'entrée de jeu, et elle l'a trouvé insupportable. Un garçon sans le moindre vécu ; elle se faisait l'effet d'être une aïeule, à côté de lui. À son âge, elle avait déjà eu tant de liaisons. Elle avait tant réfléchi, ressassé, tant souffert à différents niveaux de son être — à vingt ans, donc bien plus jeune que lui, elle avait vécu sa grande histoire d'amour non pas une fois, mais deux. Elle était d'ailleurs venue aux États-Unis en partie pour la fuir, cette histoire d'amour (et fuir de même le rôle de figurante auquel elle était réduite dans cette pièce trop longtemps à l'affiche — celle qui s'appelait *Etc.* — et qui relatait la vie scandaleusement réussie de sa mère). Mais elle se retrouvait bien seule dans sa quête d'un homme avec qui se lier.

D'autres, en la draguant, disent parfois des choses à peu près acceptables, assez ironiques, assez malicieuses pour la charmer; seulement — parce que, de près, elle est encore plus belle qu'ils ne l'auraient cru, et, pour une si frêle créature, plus arrogante qu'ils ne l'auraient supposé — elle les intimide et ils battent en retraite. Ceux dont elle croise le regard sont immanquablement ceux qui ne lui plaisent pas. Quant aux autres, ceux qui sont perdus dans leurs livres, délicieusement abandonnés à leur lecture, délicieusement désirables, eh bien... ils sont perdus dans leurs livres, précisément. Qui cherche-t-elle ? Elle cherche l'homme qui la reconnaîtra pour ce qu'elle est. Le Grand (re)Connaisseur.

Aujourd'hui, elle lit, en français, un livre de Julia Kristeva, un des plus fabuleux traités jamais écrits sur la mélancolie. Or, en face d'elle, à la table à côté, elle voit un homme en train de lire — ô surprise — un livre en français, un livre du mari de Julia Kristeva, Philippe Sollers. Sollers est un écrivain dont elle refuse aujourd'hui de prendre au sérieux le côté ludique, elle qui l'a tant pris au sérieux à un stade antérieur de son développement intellectuel. Les écrivains français ludiques ne la satisfont plus, de même que les écrivains d'Europe centrale ludiques, comme Kundera... mais là n'est pas la question, à la bibliothèque municipale de New York. La question, c'est cette coïncidence; cette coïncidence presque louche. En proie au manque et à l'agitation, elle se lance dans une foule de spéculations sur l'homme en train de lire Sollers pendant qu'elle lit Kristeva; elle

272

ressent l'imminence non seulement de la drague, mais de la liaison. Elle devine que cet homme brun de quarante, quarante-deux ans, a tout juste la gravité qu'elle ne trouve chez personne à Athena. Ce qu'elle est en mesure d'inférer, à le voir bien tranquillement assis à lire, lui donne l'espoir croissant qu'il va se passer quelque chose.

Et en effet il se passe quelque chose : une jeune fille vient le rejoindre, une jeune fille, décidément, encore plus jeune qu'elle, et les voilà partis tous deux. Alors Delphine prend ses affaires, quitte la bibliothèque, et, sitôt qu'elle voit une boîte aux lettres, sort le billet de son sac, ce billet qu'elle transporte depuis un mois, et le fourre dans la fente avec une exaspération qui rappelle celle avec laquelle elle a lancé à la visiteuse de l'exposition Pollock qu'elle avait envie de l'étrangler. Et voilà ! C'est parti ! J'y suis arrivée ! Bravo !

Il se passe bien cinq secondes avant que l'étendue de sa bourde ne l'accable et qu'elle sente ses jambes flageoler. « Oh, mon Dieu ! » Même anonyme, même sous le masque de ce style vulgaire qui n'est pas le sien, les origines de sa lettre ne feront pas mystère pour quelqu'un qu'elle obnubile comme Coleman Silk.

À présent, il ne va plus *jamais* lui laisser de répit.

IV

De quel cerveau malade ?

Après ce mois de juillet, je n'ai revu Coleman vivant qu'une seule fois. Lui-même ne m'avait jamais parlé de cette visite à l'université ni du coup de fil à son fils Jeff, depuis le bâtiment du syndicat étudiant. Si j'ai appris qu'il se trouvait sur le campus ce jour-là, c'est parce que quelqu'un l'avait observé — son ancien collègue Herb Keble, par hasard, depuis la fenêtre de son bureau : à la fin de son discours, lors des obsèques, il fit allusion à cette image de Coleman caché dans l'ombre du mur de North Hall ; manifestement il ne voulait pas se faire voir, pour des raisons sur lesquelles Herb ne pouvait que spéculer. Quant au coup de téléphone, je l'ai découvert pour avoir parlé avec Jeff Silk, après la cérémonie ; il m'en a touché un mot, d'où j'ai déduit que Coleman était sorti de ses gonds pendant la communication. C'est de la bouche même de Nelson Primus que j'ai appris la visite faite un peu plus tôt le même jour au bureau de l'avocat, visite qui s'était terminée, comme le coup de fil, par une diatribe écœurée de Coleman. Ce sont les dernières conversations que le fils et l'avocat ont eues avec lui. Coleman ne les a pas rappelés davantage qu'il ne m'a rappelé — apparemment il n'a plus rappelé personne — et il a dû débrancher son répondeur car bientôt, lorsque j'ai essayé de le joindre, le téléphone sonnait indéfiniment dans le vide.

Il était pourtant chez lui, tout seul ; il n'était pas parti. Je le savais, parce que après avoir téléphoné en vain pendant deux semaines, un samedi soir, début août, je suis passé en voiture à la nuit close pour m'en assurer. Peu de pièces étaient éclairées, mais une chose est sûre : lorsque je me suis arrêté devant chez lui, sous les branches énormes des érables antiques, que j'ai coupé le moteur et suis resté immobile dans ma voiture sur la route goudronnée au creux de la pelouse, par les fenêtres ouvertes de la maison de planches blanches aux volets noirs s'échappait de la musique de danse — cette émission du samedi soir qui le ramenait à Steena Palsson et au sous-sol de Sullivan Street, après guerre. Il est donc bien là, tout seul avec Faunia, chacun protégeant l'autre du reste de la terre, chacun représentant pour l'autre le reste de la terre. L'épreuve qu'est cette existence une fois dépassée, ils dansent, dévêtus sans doute, transportés dans un paradis qui n'est pas de ce monde par un désir charnel bien de ce monde ; leur accouplement est le drame où ils décantent l'amertume et la fureur de leur vie. Il m'avait rapporté cette phrase de Faunia, prononcée alors qu'ils étaient encore sous le charme d'une de leurs soirées où ce qui se passait entre eux leur semblait si intense. Comme il lui disait : « C'est plus que du sexe », elle avait répondu, catégorique : « Non. C'est parce que tu as oublié ce que c'est, le sexe. Le sexe, c'est ça. Va pas tout foutre en l'air en prétendant que c'est autre chose. »

Qui sont-ils à présent ? L'épure d'eux-mêmes. L'essence de la singularité. La douleur cristallisée en passion. Ils ne regrettent peut-être même plus que les choses soient ce qu'elles sont. Ils sont trop retranchés dans l'écœurement pour ça. Ils ont réussi à faire surface malgré ce qui s'est amoncelé sur eux. Dans la vie, plus rien ne les tente, ne les excite, n'éclipse leur haine de la vie que cette intimité. Qui sont ces gens si radicalement disparates, si incongrûment alliés, à soixante et onze et trente-quatre ans ? Ils sont la catastrophe qui les guette. Sur le tempo de Tommy Dorsey et les rengaines sirupeuses de Frank Sinatra jeune, ils s'acheminent, nus comme la main, vers une mort violente. En ce monde, chacun joue la fin de partie à sa manière. Eux, c'est ainsi qu'ils s'y prennent. Ils ne pourront plus s'arrêter à temps, désormais. Les jeux sont faits.

Je ne suis pas le seul à écouter leur musique, depuis la route.

Voyant que Coleman ne me rappelait pas, j'en ai conclu qu'il ne voulait plus rien avoir à faire avec moi. Il s'était passé quelque chose, et je tenais pour acquis — comme on le fait lorsqu'une amitié prend fin abruptement, surtout si elle est récente — que j'en étais responsable, sinon pour avoir commis une indiscrétion qui l'ait profondément agacé ou choqué, du moins par le métier que je faisais, l'homme que j'étais. N'oublions pas que, au départ, Coleman était venu me trouver parce qu'il espérait contre toute logique me persuader d'écrire le livre qui expliquerait comment la faculté avait tué sa femme ; permettre à ce même écrivain de fourrer son nez dans sa vie privée était sans doute la dernière chose qu'il avait envie de faire désormais. Je ne savais qu'en conclure, sinon ceci : me cacher les détails de sa vie avec Faunia lui paraissait bien plus sage, pour une raison ou pour une autre, que de continuer à me faire ses confidences.

Bien entendu, à l'époque, je ne savais rien de ses vraies origines — autre point sur lequel j'allais être

276

fixé lors de ses obsèques. J'étais donc loin de me douter que si nous ne nous étions jamais rencontrés au cours des années précédant la mort d'Iris, s'il avait même *évité* que nous nous rencontrions, c'était parce que j'avais moi-même grandi à quelques kilomètres d'East Orange et que, connaissant la région mieux que la moyenne des gens, je risquais d'en savoir trop long ou de devenir trop curieux pour ne pas regarder ses racines à la loupe. Et si j'avais été un des petits Juifs de Newark qui venaient chez Doc Chizner après les cours apprendre à boxer ? De fait, j'avais été un de ces petits Juifs, mais pas avant 1946-1947, et à cette époque Silky n'apprenait plus aux gamins comme moi à se planter sur leurs deux pieds pour mettre des directs ; il était déjà étudiant de NYU, boursier GI.

Le fait est que, ayant cultivé mon amitié au moment où il écrivait son ébauche de *Zombies*, il avait pris le risque — risque inconsidéré s'il en fut — de se faire démasquer à près de soixante ans d'intervalle comme le meilleur élève du lycée d'East Orange, le jeune Noir qui boxait dans l'État au cours de tournois amateurs, qui était sorti du club de Morton Street avant d'entrer dans la marine en se faisant passer pour Blanc ; me laisser tomber au milieu de cet été-là relevait du simple bon sens, même si je n'étais pas en mesure de comprendre pourquoi.

Mais j'en reviens à la dernière fois que je l'ai vu : un samedi d'août, en proie à la solitude, j'ai pris ma voiture et me rendis à Tanglewood pour assister à la répétition publique du concert qui aurait lieu le lendemain. Une semaine après ce jour où j'avais garé ma voiture devant chez lui, Coleman me manquait toujours, ainsi que l'agrément d'avoir un ami proche, et j'ai donc décidé de me mêler au public restreint de ces samedis matin, qui ne remplit guère qu'un quart du kiosque à musique ; un public d'estivants, de mélomanes, d'étudiants en musicologie de passage, mais surtout de touristes du troisième âge, nantis de sonotones et pourvus de jumelles ; certains feuilletant les pages du *New York Times* et venus en car passer la journée dans les Berkshires.

Peut-être était-ce l'insolite de la situation — pour une fois, je sortais, je me livrais à une brève expérience d'animal social (ou feignant de l'être) — ou peut-être l'illusion fugitive que ces gens âgés rassemblés dans le public étaient des embarqués, des déportés, qui attendaient que la musique exubérante les prenne sur son aile, les soustraie à la prison trop tangible de la vieillesse ; toujours est-il qu'en ce matin ensoleillé où soufflait la brise, lors du dernier été de Coleman Silk, le kiosque à musique m'a rappelé l'une de ces vastes jetées à claire-voie avec leurs madriers d'acier, ces cavernes qui enjambaient l'Hudson ; on aurait dit que l'une de ces vastes jetées construites au temps où les paquebots mouillaient sur les docks de Manhattan avait été extraite des eaux dans toute sa masse et catapultée à deux cents kilomètres vers le nord pour se poser intacte sur la grande pelouse de Tanglewood, après un atterrissage parfait, au milieu des grands arbres et des panoramas montagneux de la Nouvelle-Angleterre.

Tout en me dirigeant vers un siège isolé que j'avais repéré, l'un de ces rares sièges vides proches de la scène que personne n'avait retenu en y jetant un pull ou une veste, je me répétais que nous allions tous quelque part, que nous étions même déjà partis et arrivés, tous ensemble, en laissant tout derrière nous... alors que nous nous préparions simplement à écouter l'Orchestre symphonique de Boston répéter du Rachmaninov, du Prokofiev et du Rimski-Korsakov. Le sol du kiosque à musique est en terre battue, idéal pour rappeler que le siège qu'on occupe a les pieds sur la terre ferme. Tout en haut de l'édifice, les oiseaux vous gazouillent aux oreilles entre deux mouvements interprétés par l'orchestre — hirondelles et roitelets qui arrivent à tire-d'aile depuis les bois de la combe et repartent d'un trait : jamais oiseau n'osa quitter avec une telle désinvolture l'arche de Noé qui flottait sur les eaux. Nous nous trouvions bien à trois heures de voiture de l'océan Atlantique, mais je n'arrivais pas à me défaire de cette impression d'être où je me trouvais, tout en ayant largué les amarres, avec le reste des retraités, pour une destination inconnue dans le mystère des flots.

Était-ce seulement à la mort que je pensais en évoquant ce débarquement ? À la mort et à moi ? À la mort et à Coleman ? Ou bien peut-être à la mort et à un rassemblement de gens qui trouvaient encore du plaisir à se faire transporter en car comme une bande de campeurs en balade, un jour d'été, alors que, multitude humaine palpable, entité de chair sensible et de sang rouge et chaud, seule les séparait du néant une tranche de vie mince comme du papier à cigarette ?

Le programme qui précédait la répétition était tout juste en train de finir lorsque je suis arrivé. Un conférencier animé, vêtu d'un tee-shirt et d'un pantalon kaki, se tenait devant les fauteuils d'orchestre vides pour présenter au public le dernier morceau qu'on allait entendre. Il en passait des extraits au magnétophone, et parlait avec enthousiasme des « qualités sombres et rythmées » des *Danses symphoniques*. Lorsqu'il a eu fini et que le public eut applaudi, quelqu'un est sorti des coulisses pour déhousser les timbales et étaler les partitions sur les lutrins. Au fond de la scène, deux machinistes ont paru, portant les harpes, puis les musiciens ont fait

279

leur entrée et se sont répandus sur les planches en bavardant entre eux, tous vêtus de façon aussi décontractée que le conférencier — un hautboïste en sweat-shirt gris à capuche, deux contrebassistes en jeans délavés, puis les violons, hommes et femmes également habillés, m'a-t-il semblé, chez Banana Republic. Tandis que le chef d'orchestre chaussait ses lunettes — un chef d'orchestre invité, Sergiu Commissiona, Roumain âgé en col roulé, avec une crinière neigeuse, et des espadrilles bleues aux pieds —, tandis que le public recommençait à applaudir avec une courtoisie enfantine, j'ai aperçu Coleman et Faunia qui remontaient la travée en quête de sièges sur le devant.

Les musiciens s'étaient déjà installés et ils s'accordaient : la métamorphose qui changerait ces paisibles vacanciers en puissante machine à musique bien huilée était imminente lorsque la grande blonde au visage émacié et le bel homme grisonnant et élancé, quoique un peu plus petit qu'elle, et beaucoup plus âgé malgré sa démarche sportive de jeune homme, se sont dirigés vers deux sièges vides, trois rangs devant moi, à quelques mètres sur la droite.

Le Rimski-Korsakov était une féerie pour hautbois et flûtes dont le public trouva la douceur irrésistible ; quand l'orchestre est arrivé à la fin de la première partie du programme, la foule des vieillards s'est répandue de nouveau en applaudissements enthousiastes comme une fontaine d'innocence. Et en effet, les musiciens avaient mis au jour les plus jeunes et les plus innocentes de nos idées sur la vie, ce désir indestructible que les choses soient ce qu'elles ne sont pas et ne pourront jamais être. C'est du moins ce que je me suis dit en tournant les yeux vers mon ex-ami et sa maîtresse : or ils m'ont paru bien moins insolites, bien moins isolés sur le plan humain que je me les figurais depuis que j'avais perdu Coleman de vue. Ils ne ressemblaient nullement à des amants intempérants, surtout Faunia, dont le visage à la morphologie yankee m'évoquait une pièce dotée de fenêtres mais dépourvue de porte. Ils ne donnaient nullement l'impression d'être en conflit avec l'existence, sur le sentier de la guerre ou sur la défensive. Peut-être que toute seule, dans ce milieu qui ne lui était pas familier, Faunia aurait paru moins à l'aise, mais, Coleman auprès d'elle, ses affinités avec le décor ne semblaient pas moins grandes que ses affinités avec lui. Ils n'avaient en rien l'air d'un couple de desperados, mais paraissaient plutôt parvenus à la quintessence de la sérénité, totalement étrangers aux sentiments ou aux fantasmes que leur présence pourrait susciter où que ce soit dans le monde, et surtout dans le comté du Berkshire.

Je me suis demandé si Coleman l'avait chapitrée avant de venir pour qu'elle se tienne comme il le souhaitait. Je me suis demandé si elle l'aurait écouté s'il l'avait fait. Je me suis demandé si elle avait besoin d'être chapitrée en la matière. Je me suis demandé pourquoi il l'avait amenée à Tanglewood. Simplement pour lui faire entendre de la musique ? Pour lui faire voir et entendre des musiciens sur scène ? Aux environs de Tanglewood, sous les auspices d'Aphrodite, l'ancien professeur de lettres classiques était-il en train de jouer les Pygmalions pour faire de Faunia la récalcitrante, la délinquante, une Galatée civilisée, une femme de goût ? Avait-il entrepris de faire son éducation, de lui former l'esprit, avait-il entrepris de l'arracher à la tragédie de son étrangeté ? Ce lieu était-il la première grande étape qui conduirait leur couple rebelle sur la voie d'une vie plus orthodoxe ? Déjà ? Et pourquoi, d'ailleurs ? Pourquoi, puisque tout ce qu'ils étaient ensemble, tout ce qu'ils partageaient était venu d'une relation souterraine, clandestine, primaire? Pourquoi prendre la peine de normaliser, de régulariser leur alliance, pourquoi même essayer de sortir « en couple »? Se retrouver en public ne ferait en somme qu'éroder l'intensité de leurs rapports, était-ce vraiment ce qu'ils voulaient? Ce qu'il voulait, lui? Cet apprivoisement était-il devenu essentiel dans leur vie, ou bien leur présence n'avait-elle nullement cette signification? Était-ce une plaisanterie de leur part, un numéro d'agitateurs, une provocation délibérée? Souriaient-ils sous cape, ces bêtes de sexe, ou bien étaient-ils tout simplement venus écouter la musique?

Puisqu'ils ne se levaient pas pour se dégourdir les jambes pendant que l'orchestre faisait une pause et qu'on roulait un piano sur la scène — on allait jouer le *2ᵉ Concerto* pour piano de Prokofiev —, je suis resté à ma place, moi aussi. Il faisait frisquet sous le kiosque, la fraîcheur semblait plus automnale qu'estivale; mais le soleil qui inondait la vaste pelouse réchauffait ceux qui préféraient profiter du spectacle à l'extérieur, public jeune dans l'ensemble, couples d'une vingtaine d'années, mères tenant au bras de petits enfants, familles venues pique-niquer qui sortaient déjà les provisions du coffre de leur voiture. Trois rangs devant moi, Coleman, la tête un peu inclinée vers Faunia, lui parlait tranquillement, sérieusement, mais de quoi, bien sûr, je l'ignorais.

Car nous sommes dans l'ignorance, n'est-ce pas? *Il est de notoriété publique que...* Qu'est-ce qui fait que les choses se passent comme elles se passent? Ce qui sous-tend l'anarchie des événements qui s'enchaînent, les incertitudes, les accrocs, l'absence d'unité, les irrégularités choquantes qui caractérisent les liaisons. Personne n'en sait rien, professeur Roux. À dire « il est de notoriété publique que », on ne fait qu'invoquer un cliché, que commencer à banaliser l'expérience, et ce qui est insupportable, c'est l'autorité sententieuse des gens quand ils répètent ce cliché. Ce que nous savons, hors clichés, c'est que personne ne sait rien. On ne peut rien savoir. Même les choses que l'on sait, on ne les sait pas. Les intentions, les mobiles, la logique interne, le sens des actes ? C'est stupéfiant, ce que nous ne savons pas. Et plus stupéfiant encore, ce qui passe pour savoir.

Tandis que les spectateurs reprenaient peu à peu leurs places, je me suis mis à imaginer, de manière caricaturale, la maladie incurable qui, sans qu'on s'en soit aperçu, était déjà à l'œuvre en chacun de nous jusqu'au dernier. Je visualisais les vaisseaux sanguins qui se bouchaient sous les casquettes de base-ball, les tumeurs malignes qui bourgeonnaient sous les permanentes blanches, les organes qui avaient des ratés, qui s'atrophiaient, qui se bloquaient, les milliards de cellules meurtrières qui poussaient subrepticement le public entier vers le désastre imprévisible autant qu'inéluctable. Je ne pouvais pas m'en empêcher. Cette mort sidérante qui nous décimait, nous emportait tous. L'orchestre, le public, le chef d'orchestre, les machinistes, les hirondelles, les roitelets — pensez aux chiffres rien que pour Tanglewood d'ici à l'an 4000. Multipliez autant qu'il le faudra. On ne cesse de périr. Quelle idée ! De quel cerveau malade est-elle sortie ? Et pourtant, qu'il fait beau, aujourd'hui ! C'est un jour béni, un jour parfait, qui ne laisse rien à désirer dans une villégiature du Massachusetts, elle-même la plus jolie, la plus bénigne que la terre ait portée.

Et puis voici Bronfman. Bronfman le brontosaure, Mr Fortissimo ! Entre Bronfman pour jouer Prokofiev à un tel tempo, avec une telle fougue qu'il met ma morbidité K.-O. Il a une carrure spectaculaire, force de la nature camouflée dans son sweat-shirt ; il s'est glissé sous le kiosque à musique après s'être échappé du cirque où il est Hercule, et il considère le piano comme un défi dérisoire lancé à la force gargantuesque dont il jouit avec délices. Yefim Bronfman, on s'attend davantage à le voir déménager le piano qu'à l'entendre en jouer. C'était la première fois que je voyais quelqu'un s'attaquer au piano comme ce petit Juif russe mal rasé, trapu et vigoureux. Quand il a eu fini, je me suis dit, le piano, il est bon pour la casse. Il l'écrase. Il ne lui laisse rien cacher. Tout ce qu'il a dans le ventre doit sortir, et sortir les mains en l'air. Et quand tout sort, en effet, quand tout est dehors, jusqu'à la dernière pulsation, le pianiste se lève et s'en va en nous abandonnant à notre rédemption. Avec un petit signe de la main désinvolte, il disparaît, et quoiqu'il emporte avec lui son feu avec une énergie prométhéenne, nos propres vies nous paraissent à présent inextinguibles. Que personne ne meure ! Et personne ne mourra si ça ne tient qu'à Bronfman.

Il y a eu un autre entracte dans la répétition, et lorsque Faunia et Coleman se sont levés, cette fois pour quitter le kiosque, j'ai fait de même. J'ai attendu qu'ils passent devant moi, n'étant pas très sûr de savoir en quels termes aborder Coleman ni d'ailleurs — puisqu'il ne semblait pas plus désireux de ma compagnie que de toute autre ici — s'il fallait l'aborder. Pourtant il me manquait. Et que lui avais-je donc fait ? Ce désir d'avoir un ami est remonté à la surface comme lors de notre première rencontre, et de nouveau, à cause de son magnétisme, d'une séduction que je n'ai jamais vraiment su définir, je n'ai pu m'en débarrasser de manière convaincante.

Marchant trois mètres derrière eux, je les ai regardés s'avancer parmi un groupe de spectateurs qui piétinait pour remonter vers la pelouse ensoleillée, Coleman de nouveau en train de parler à Faunia, une main posée entre ses omoplates, paume contre sa colonne vertébrale pour la guider tout en lui expliquant je ne sais quoi qu'elle ne savait pas. Une fois dehors, ils ont entrepris de traverser la pelouse, sans doute en direction de la grande porte et du champ de terre qui faisait parking, et je n'ai plus tenté de les suivre. Lorsque mon regard est passé sur le kiosque, j'ai vu sous les feux de la rampe les huit magnifiques contrebasses alignées sur leur éclisse, telles que les musiciens les avaient posées avant de sortir. Pourquoi cette image m'évoquait-elle la mort qui nous guettait tous, cela m'échappait. Un cimetière d'instruments horizontaux ? Est-ce qu'ils n'auraient pas pu me suggérer l'image plus joyeuse d'une bande de baleines ?

J'étais debout sur la pelouse, à m'étirer, à me chauffer le dos au soleil encore quelques secondes avant de reprendre place pour écouter le Rachmaninov, lorsque je les ai vus revenir — il faut croire qu'ils ne s'étaient écartés du kiosque que pour faire quelques pas, à moins que Coleman n'ait voulu montrer à Faunia le panorama côté sud. À présent ils retournaient entendre l'orchestre conclure sa répétition publique par les *Danses symphoniques*. Histoire de grappiller quelques bribes d'information, je me suis dirigé droit sur eux, quoique, de toute évidence, ils n'aient besoin de personne. Avec un signe de la main, j'ai hélé Coleman en ces termes : « Bonjour, hé, bonjour, Coleman », et leur ai barré le passage.

« Il me semblait bien vous avoir aperçu », répondit-il. Sans en croire un mot j'ai pensé : Qu'est-ce qu'il aurait pu dire de mieux pour la mettre à l'aise, pour me mettre à l'aise, et pour s'y mettre lui-même ?

Avec ce charme sans mélange de doyen expérimenté et d'un commerce agréable, il ne semblait nullement agacé par ma présence inopinée, et déclara : « Quel phénomène, ce Bronfman. J'étais en train de dire à Faunia qu'avec lui le piano vient de prendre dix ans !

— C'est un peu ce que je me disais, moi aussi.

— Je vous présente Faunia Farley. Faunia, c'est Nathan Zuckerman, vous vous êtes rencontrés à la ferme. »

Plus proche de ma taille que de la sienne, maigre et austère, des yeux qui ne laissaient pas passer grand-chose, voire rien du tout, un visage décidément peu expressif. Sensualité, zéro ; impossible à repérer. Hors de la laiterie, tout ce qu'il pouvait y avoir de tentant en elle se fermait. Elle réussissait à se déguiser en passe-muraille — avec l'instinct de l'animal, qu'il soit prédateur ou proie.

Elle portait des jeans délavés et des mocassins, comme Coleman, ainsi qu'une chemise dont elle avait remonté les manches, une chemise déguenillée boutonnée jusqu'en bas et qu'elle lui avait empruntée (je la reconnaissais).

« Vous m'avez manqué, dis-je à Coleman. Et si je vous emmenais dîner quelque part tous les deux, un soir ?

— Bonne idée, oui, faisons ça. »

Faunia n'écoutait plus. Son regard se promenait sur la cime des arbres. Ils ondoyaient au vent, mais elle les regardait comme s'ils parlaient. Alors je me suis rendu compte qu'il lui manquait une case, et je ne parle pas d'une capacité à suivre les menus propos. J'aurais été en peine de nommer ce que c'était au juste. Ce n'était pas l'intelligence. Ce n'était pas l'équilibre. Ce n'était pas la bonne tenue, la bienséance — elle s'en sortait très bien dans ce domaine. Ce n'était pas la profondeur, elle n'avait rien d'une femme superficielle. Ce n'était pas l'intériorité, sa vie intérieure semblait riche, au contraire. Ce n'était pas la santé mentale ; elle était saine et, avec son mélange de docilité et de hauteur, elle semblait supérieure par l'autorité de sa souffrance. Pourtant cette femme avait décidément une case de vide.

J'ai remarqué une bague au majeur de sa main droite. La pierre était d'un blanc laiteux, une opale. Je fus certain que c'était lui qui la lui avait offerte.

Contrairement à Faunia, Coleman était très présent ou, du moins, il en donnait l'impression, avec une certaine volubilité. Je savais qu'il n'avait nulle intention d'emmener Faunia dîner avec moi, ni avec personne d'autre.

« On pourrait aller à l'Auberge de Madamaska, on y mange en terrasse. Ça vous dirait ? »

Je n'avais jamais vu Coleman plus courtois que lorsqu'il m'a répondu ce mensonge : « Mais bien sûr. Il faut absolument qu'on y aille, on va y aller, mais c'est nous qui allons vous inviter. Nathan, on en reparle », dit-il brusquement en saisissant la main de Faunia. Et, désignant d'un signe de tête le kiosque, il ajouta : « Je veux que Faunia entende le Rachmaninov. » Sur quoi les amants disparurent, « enfuis, comme l'écrivait Keats, dans la tourmente ».

Il s'était passé tant de choses, en moins de deux minutes (ou plutôt j'en avais l'impression, car en fait il ne s'était rien produit de capital), qu'au lieu de regagner ma place je me suis mis à faire les cent pas, en somnambule tout d'abord, traversant sans but la pelouse émaillée de pique-niqueurs pour contourner la moitié du kiosque et rebrousser chemin jusqu'au point où la vue sur les Berkshires au cœur de l'été est la plus belle qu'on puisse trouver à l'est des Rocheuses. J'entendais à l'arrière-plan les danses de Rachmaninov jouées dans le kiosque, mais à cela près, j'aurais pu me trouver tout seul niché dans le repli de ces vertes collines. Je m'assis sur l'herbe, stupéfait, incapable de m'expliquer mon intuition : cet homme avait un secret. Cet homme au profil affectif absolument convaincant, crédible, cette force dont l'histoire faisait la force, cet être gentiment matois, au charme lisse, cet homme viril, apparemment sans failles, a un secret immense. Comment est-ce que j'en arrive à cette conclusion ? Pourquoi, un secret ? Parce que ce secret est là lorsqu'il est avec Faunia, et que quand il n'est pas avec elle il est là aussi. C'est précisément ce secret qui fait son magnétisme. C'est ce qu'on n'arrive *pas* à trouver chez lui qui fascine, et c'est ce qui m'attire depuis le début, cette énigme qu'il garde par-devers lui pour n'en faire part à personne. Il s'est arrangé comme la lune pour ne montrer qu'une face à la fois. Et je n'ai pas les moyens de le rendre visible en totalité. Il y a un vide. C'est tout ce que je peux dire. Ensemble, ils sont deux vides. Il y a un vide en elle aussi, et quant à lui, il a beau donner l'apparence d'un homme solide sur ses deux pieds, et même à l'occasion d'un adversaire obstiné sachant ce qu'il veut, ce géant de la faculté en colère qui a préféré démissionner plutôt que d'avaler les couleuvres humiliantes, quelque part il y a un vide en lui, quelque chose qui a été effacé, excisé, mais je n'ai pas la moindre idée de ce que c'est... Je ne sais même pas si j'ai raison de me mettre ça dans la tête, ou si mon ignorance d'un autre être humain se cache derrière des spéculations extravagantes.

Trois mois plus tard, lorsque j'ai appris son secret et que je me suis mis à écrire ce livre — ce livre qu'il m'avait demandé d'écrire au départ, mais que je n'écrivais pas forcément comme il l'aurait souhaité —, j'ai compris enfin ce qui sous-tendait leur pacte : il lui avait raconté toute son histoire ; Faunia était la seule à savoir comment Coleman Silk était devenu lui-même. Comment je sais qu'elle le savait ? Je n'en sais rien. Je n'ai pas pu m'en assurer, je n'en ai pas les moyens. Maintenant qu'ils sont morts, personne ne peut savoir. Pour le meilleur ou pour le pire, je ne peux faire que ce que chacun fait quand il croit savoir : j'imagine ; j'en suis réduit à imaginer. Il se trouve que c'est ainsi que je gagne ma vie, c'est mon métier, je ne fais plus rien d'autre à présent.

Lorsque Les sortit de l'hôpital des vétérans et qu'il se lia avec son groupe de soutien pour ne pas retomber dans l'alcool ni piquer des crises, le but à long terme que lui fixa Louie Borrero fut un pèlerinage au Mur — sinon le vrai, celui de Washington, le Monument aux morts du Vietnam, du moins le Mur ambulant, qui arriverait justement à Pittsfield en novembre. Washington DC était une ville où Les s'était juré de ne jamais mettre les pieds à cause de sa haine du gouvernement et, depuis 1992, de son mépris pour le planqué qui était l'hôte de la Maison-Blanche. Lui demander de faire le voyage depuis le Massachusetts serait sans doute trop lui demander, d'ailleurs : pour quelqu'un qui sortait tout juste de l'hôpital, l'aller et retour en car représenterait une charge d'émotion trop lourde à soutenir, et ce pendant trop longtemps.

Pour préparer Les à aller voir le Mur ambulant, Louie s'y prit comme avec tous les autres : il l'emmena d'abord dans un restaurant chinois ; il lui demandait d'aller dîner chinois avec quatre ou cinq autres gars, autant de fois qu'il serait nécessaire — deux, trois, sept, douze ou quinze fois s'il le fallait — pour qu'il soit capable de tenir jusqu'à la fin du repas, de manger tous les plats depuis la soupe jusqu'au dessert, sans tremper sa chemise de sueur, sans trembler à ne plus pouvoir tenir sa cuillère, sans sortir en courant toutes les cinq minutes pour respirer, sans finir par vomir dans les toilettes où il se serait barricadé pour se cacher, et, bien entendu, sans disjoncter face au serveur chinois.

Louie Borrero assurait le contact à cent pour cent ; il avait arrêté la drogue depuis douze ans et il prenait ses médicaments ; venir en aide aux vétérans constituait, disait-il, sa propre thérapie. Après trente ans et des poussières, ils étaient encore beaucoup sur le sable, en souffrance, si bien que Louie passait le plus clair de son temps à sillonner l'État dans son van : il dirigeait des groupes de soutien pour les vétérans et leurs familles, leur trouvait des médecins, les emmenait à des réunions d'anciens alcooliques, écoutait tous leurs ennuis tant domestiques que psychiatriques et financiers, les conseillait sur leurs problèmes de VA, et essayait de les faire aller à Washington voir le Mur.

Car cette idée du Mur, il en avait la paternité. Il organisait tout : il affrétait les cars, pourvoyait aux repas et, avec la gentillesse et la camaraderie qui étaient les siennes, il s'occupait personnellement des gars qui mouraient de peur à l'idée de pleurer trop fort, d'avoir la nausée, voire de mourir d'une crise cardiaque. Avant le départ, ils se dégonflaient toujours, en disant plus ou moins la même chose : « Pas question. Moi, j'y vais pas, au Mur. Je peux pas y aller, je verrais le nom d'untel. Pas question. Rien à faire. Je peux pas. » Les, entre autres, avait dit à Louie . « J'en ai entendu parler, de ton dernier voyage. On m'a raconté comment c'était merdique. Vingt-cinq dollars par tête pour le bus, repas compris, en principe, et tous les mecs disent que le déjeuner c'était de la merde — ça valait pas deux dollars. Le mec de New

York, il a pas voulu attendre, le chauffeur. C'est pas vrai, Lou ? Il a voulu rentrer tôt pour faire une course à Atlantic City ! Faut arrêter les conneries, mec. Il a bousculé tout le monde, ils ont pris le temps de rien, et encore il attendait un gros pourboire ! C'est pas pour moi, ça, Lou. Pas question, putain, merde. Si on m'oblige à voir deux types en treillis tomber dans les bras l'un de l'autre en pleurant, moi je vais gerber ! »

Mais Louie savait toute l'importance de ces visites pour certains : « Les, on est en mille neuf cent quatre-vingt-dix-huit. C'est la fin du XXᵉ siècle, Lester. Il est temps que tu voies le truc en face. Ça se fera pas en un jour, je le sais, personne te le demande. Mais il est temps de gérer ton programme, mon pote. L'heure est venue, là. On va pas *commencer* par le Mur. On va démarrer en douceur. On va commencer par un res-tau chinois. »

Seulement, pour Les, ça ne s'appelait pas démar-rer en douceur. Parce que Les, quand ils allaient chercher un plat à emporter, à Athena, il était obligé de rester dans la voiture pendant que Faunia se fai-sait servir. S'il entrait, il avait envie de tuer les bridés dès qu'il les voyait. « Mais c'est des Chinois, disait Faunia, pas des Viets. — Je m'en branle, moi, de ce qu'ils sont ! C'est toujours des bridés ! Un bridé, c'est un bridé. »

Comme s'il n'avait pas assez mal dormi, depuis vingt-six ans, la semaine précédant leur dîner au res-taurant chinois, il ne dormit pas du tout. Il dut bien téléphoner cinquante fois à Louie pour lui dire qu'il déclarait forfait, et la moitié des appels au moins, il les passa après trois heures du matin. Mais Louie écoutait, en dépit de l'heure, il le laissait dire tout ce qui lui passait par la tête, il était même d'accord avec lui, et murmurait patiemment : « Ouais, mm, ouais, mm », d'un bout à l'autre de la conversation ; mais à la fin il lui rivait toujours son clou en disant : « Tu vas te mettre à table là-bas, Les, tu vas faire de ton mieux. On t'en demande pas plus. Quoi qu'il puisse te passer par la tête, que tu sois triste, que tu sois en colère, que ce soit de la haine, de la rage, on sera tous autour de toi, et toi tu vas essayer de rester en place, de pas sortir en courant, de rien faire, quoi. — Et le serveur, alors ? Comment tu veux que je fasse, en présence du serveur, merde ! Je peux pas, Lou. Je vais disjoncter ! — Le serveur, je m'en charge. Tout ce que je te demande, c'est de rester assis. » À chaque objection que Les soulevait, y compris le risque qu'il tue le serveur, Louie répondait qu'on lui demandait seulement de rester assis. Comme si ça suffisait, de rester assis, pour empêcher un homme de tuer son pire ennemi.

Ils étaient cinq dans le van de Louie lorsqu'ils se rendirent à Blackwell, un soir, à peine deux semaines après sa sortie d'hôpital. Il y avait Louie, qui leur tenait lieu de père, de mère, de frère et de chef, Louie, chauve, rasé de près, bien habillé, vêtu d'affaires qui sortaient de chez le teinturier, avec sa casquette noire de vétéran du Vietnam et sa canne ; avec ses épaules tombantes, la bedaine qu'il portait haut, ce petit bonhomme avait un peu l'air d'un pingouin parce qu'il marchait avec raideur sur ses jambes malades. Venaient ensuite les grands costauds qui n'ouvraient guère la bouche : Chet, le peintre en bâtiment trois fois divorcé qui avait été dans les marines — il avait terrorisé trois épouses, ce mastodonte indéchiffrable, avec sa queue-de-cheval, et son absence totale de désir de parler ; et puis Lynx, un ancien fusilier, qui avait perdu un pied en sautant sur une mine et travaillait chez Midas, les pots d'échappement. Enfin, il y avait un drôle de bonhomme famélique, décharné, plein de tics, souffrant d'asthme, et qui avait perdu presque toutes ses molaires; il disait s'appeler Swift, ayant changé de nom légalement à sa démobilisation, comme si le fait de ne plus s'appeler Joe Brown ou Bill Green comme à l'heure de la conscription devait le remplir d'allégresse tous les matins au saut du lit, une fois rentré dans ses foyers. Depuis le Vietnam, sa santé était quasi ruinée par toutes les maladies de la peau, de l'appareil respiratoire et des nerfs qu'on puisse imaginer; et, à présent, il nourrissait envers les anciens combattants de la guerre du Golfe une vindicte qui dépassait même le dédain de Les. Sur la route de Blackwell, pendant que Les commençait déjà à trembler et à sentir ses jambes flageoler, Swift compensa avantageusement le silence des costauds. Sa voix d'asthmatique refusait de se taire. « Leur problème majeur, c'est qu'ils peuvent plus aller à la plage ? Ils flippent dès qu'ils sont à la plage parce qu'ils voient du sable ? Merde ! Tu parles de soldats du dimanche, les mecs ! Un beau jour, ils ont un tout petit peu vu le feu. C'est ça qui les fait chier. Ils étaient réservistes, ils auraient jamais cru qu'on allait les appeler, et puis voilà qu'on les a appelés. Et encore, ils ont fait que dalle. Ils savent pas ce que c'est, la guerre. T'appelles ça une guerre, toi ? Une guerre terrestre qui dure quatre jours ? Ils en ont tué combien, des bridés, eux ? Ils ont de la peine parce qu'ils ont pas pu choper Saddam Hussein. Ils avaient qu'un seul ennemi, Saddam Hussein. Faut pas me la faire ! Ils ont pas de problèmes, ces mecs-là. Tout ce qu'ils veulent, c'est ramasser du blé sans trop se fatiguer. De l'urticaire, non mais ! Tu sais combien j'en ai eu moi, des éruptions, avec l'Agent Orange ? Je tiendrai pas jusqu'à soixante balais, et ces mecs, ils s'en font pour leur urticaire ! »

Le restaurant chinois était sis à la lisière nord de

Blackwell, sur la voie express, juste après la fabrique de papier aux fenêtres condamnées, ses arrières donnant sur la rivière. La bâtisse de béton était longue et basse, rose, avec une grande façade vitrée ; on l'avait peinte jusqu'à mi-hauteur en trompe-l'œil de briques — de briques roses. Des années auparavant, c'était un bowling. Dans la grande baie vitrée, les lettres au néon imitant des caractères chinois annonçaient en vacillant dangereusement : Palais de l'Harmonie.

La vue de cette enseigne suffit à anéantir en Les toute lueur d'espoir. C'était au-dessus de ses forces, il n'y arriverait jamais. Il allait complètement disjoncter.

La monotonie de ces mots à répéter et, pourtant, la force qu'il lui fallait pour surmonter sa terreur. Le fleuve de sang dans lequel se vautrer rien que pour gagner sa place à table en passant devant le bridé qui se tenait à la porte, tous sourires. Et l'horreur, une horreur à devenir dingue, contre laquelle il n'y avait pas de protection — du bridé qui lui tendait le menu, tous sourires. Bouffonnerie achevée : le bridé lui servait un verre d'eau ! Lui offrir de l'eau, à lui ! La source de toute sa souffrance était peut-être bien cette eau. Voilà quel degré de folie il avait atteint.

« C'est bon, Les, tu t'en sors bien. Tu t'en sors très bien, dit Louie. Il suffit que tu prennes un plat à la fois. Jusqu'ici, c'est très bien. Maintenant je veux que tu t'occupes du menu. Rien que le menu, allez, ouvre-le. Tu l'ouvres et je veux que tu te concentres sur les soupes. À présent, tout ce que je te demande, c'est de te commander une soupe. C'est tout. Si tu arrives pas à te décider, on décidera pour toi. Ils ont un potage wonton extra, ici.

— Putain de serveur, dit Les.

— Il est pas serveur, Les. Il s'appelle Henry. C'est le patron. Les, on se concentre sur la soupe. Henry, il

294

est là pour faire tourner la boîte, ni plus ni moins. Le reste, il en sait rien. Il en sait rien, et il veut pas le savoir. Alors, cette soupe?

— Qu'est-ce que vous prenez, vous autres? » C'était lui qui avait dit ça. Les. En plein drame, dans son désespoir, il avait réussi à se dégager de la tourmente et à leur demander ce qu'ils prenaient

« Du wonton, répondent-ils tous.

— Très bien, du wonton, alors.

— C'est bon, dit Louie. Maintenant on va commander la suite. Vous voulez qu'on partage? Ça va faire trop, Les, ou bien tu veux un plat pour toi tout seul? Les, qu'est-ce que tu veux? Du poulet, des légumes, du porc? Tu veux du lo mein avec des nouilles? »

Il essaya de voir s'il pouvait recommencer : « Et vous autres, qu'est-ce que vous prenez?

— Eh ben, il y en a qui vont prendre du porc, d'autres du bœuf.

— Je m'en fous. » Et il s'en foutait parce que cette situation, cette comédie de la commande au restaurant chinois, se jouait sur une autre planète; elle n'avait rien à voir avec ce qui se passait ici.

« Du porc sauté? Du porc sauté pour Les. C'est bon. À présent, Les, tout ce que je te demande, c'est de te concentrer, et Chet va te verser du thé. O.K., c'est bon?

— Empêche ce putain de serveur d'approcher. » En effet, du coin de l'œil il percevait du mouvement.

Louie héla le serveur : « Monsieur! Monsieur! Monsieur, si vous voulez bien rester où vous êtes, on va venir vous passer notre commande. Si ça vous gêne pas. On va vous l'apporter la commande — vous approchez pas. » Mais le serveur ne semblait pas comprendre, et lorsqu'il fit mine de venir à leur table, Louie se leva maladroitement mais promptement sur ses mauvaises jambes. « Monsieur ! C'est *nous* qui allons vous l'apporter, la commande. À *vous*. D'accord, ça marche ? » dit Louie en se rasseyant. « Bon », ajouta-t-il avec un hochement de tête en direction du serveur qui s'était immobilisé, trois mètres derrière la table. « Voilà, c'est ça, c'est parfait. »

La salle du Palais de l'Harmonie était sombre, avec des plantes artificielles grimpant le long des murs, et pas loin d'une cinquantaine de tables alignées sur toute sa longueur. Seules quelques-unes étaient occupées, et toutes trop loin pour que les clients remarquent l'éclat qui venait de se produire avec les cinq dîneurs. Par précaution, Louie s'assurait toujours, en entrant, que Henry l'avait placé à l'écart. Lui et Henry n'en étaient pas à leur premier dîner de vétérans.

« Bon, écoute, Les, on maîtrise la situation. Tu peux lâcher le menu, maintenant. Les, lâche le menu. Une main après l'autre. La droite, et puis la gauche. Voilà. Chet va te le plier. »

Les deux grands costauds, Chet et Lynx, avaient pris place de part et d'autre de Les. Louie les avait chargés d'assurer la police de la soirée, et ils savaient exactement quoi faire si Les avait un geste inconsidéré. Swift était assis de l'autre côté de la table ronde, à côté de Louie qui avait Les pour vis-à-vis. À présent, sur le ton coopératif d'un père qui apprend à son fils à faire de la bicyclette, il dit à Les : « Je me souviens, la première fois que je suis venu ici, je pensais que je tiendrais pas jusqu'au bout. Tu t'en sors rudement bien. Moi, la première fois, j'ai pas été foutu de lire le menu. Je voyais danser les lettres. J'ai cru que j'allais défoncer la fenêtre pour me tirer. Y avait deux mecs, ils ont été obligés de me sortir, je tenais pas sur ma chaise. Toi, tu te débrouilles bien,

Les. » Si Les avait été en mesure de remarquer autre chose que le tremblement effroyable de ses propres mains, il se serait rendu compte qu'il voyait Swift libéré de ses tics pour la première fois. Swift sans ses tics et ses têtes de Turc. Voilà pourquoi Louie l'avait amené avec eux — aider un pote à tenir jusqu'au bout d'un dîner chinois semblait ce qu'il savait faire de mieux. Ici, au Palais de l'Harmonie mieux que nulle part ailleurs, l'espace d'un dîner, il semblait recouvrer contact avec la réalité. Il n'inspirait plus guère le sentiment d'être une épave qui se traînait dans la vie à quatre pattes. Ici, dans ce débris humain pétri de douleurs et d'amertume, on retrouvait un lambeau de ce qui avait jadis été du courage. « Tu t'en tires rudement bien, Les. Tu t'en sors bien. Il faut juste que tu boives un peu de thé. Chet va servir.

— Respire, dit Louie. C'est ça, respire, Les. Si tu tiens plus le coup, après la soupe, on s'en ira. Mais il faut que tu tiennes pour le premier plat. Si tu flanches au porc sauté, ça fait rien. Mais il faut que tu tiennes jusqu'au bout de la soupe. On va décider d'un code si tu veux sortir. Tu me le donneras si tu peux plus faire autrement. On va prendre "feuille de thé", ça te va ? Il suffira que tu le dises pour qu'on sorte. Feuille de thé. C'est tout. Si t'as besoin, tu sais quoi dire. Mais seulement si t'en as besoin. »

Le serveur restait figé à quelques pas, le plateau aux cinq bols de soupe dans les bras. Chet et Lynx se levèrent d'un bond et apportèrent la commande.

À présent, Les n'a qu'une envie, c'est de dire « feuille de thé » et de se tirer, putain. Pourquoi pas ? Il faut que je me tire d'ici. Faut que je me tire.

En se répétant : « Faut que je me tire », il arrive à se mettre en transe, et, sans aucun appétit, à entamer sa soupe. À avaler un peu de bouillon. « Faut que je me tire d'ici », et ça fait écran au serveur, au patron ;

seulement ça ne fait pas écran aux deux femmes assises à une table contre le mur, qui sont en train d'écosser des petits pois qu'elles laissent tomber dans une marmite. À dix mètres d'elles, Les sent très bien leur eau de toilette bon marché qu'elles se sont vaporisée derrière leurs quatre oreilles de niacouées — ça sent aussi fort que de la terre fraîchement retournée. Avec le même fabuleux don de survie qui lui a permis de détecter à l'odeur de sa crasse un tireur d'élite silencieux isolé dans l'épaisseur d'encre de la jungle vietnamienne, il sent les deux femmes, et il commence à disjoncter. Personne ne lui a dit qu'il y aurait des femmes en train de faire ça, ici. Combien de temps elles vont faire ça ? Deux jeunes femmes. Deux bridées. Pourquoi elles sont venues s'asseoir ici pour faire ça ? « Faut que je me tire d'ici. » Mais il ne peut pas bouger, parce qu'il ne peut pas fixer son attention sur autre chose que sur les femmes.

« Pourquoi elles font ça, ces femmes ? demande-t-il à Louie. Pourquoi elles arrêtent pas ? Il faut vraiment qu'elles fassent ça sans arrêt ? Elles vont faire ça toute la nuit ? Elles vont faire ça à longueur de temps ? Y a une raison ? On peut me la dire ? Fais-les arrêter !

— On se calme, dit Louie.

— Je suis calme. Je veux savoir, c'est tout — elles vont continuer comme ça ? On peut pas les arrêter ? Y aurait pas moyen ? »

Il hausse le ton à présent, et il n'est pas plus facile de maîtriser le phénomène que d'arrêter les deux femmes.

« Les, on est au restaurant. Dans un restaurant, on prépare des haricots.

— Des petits pois. C'est des petits pois.

— Les, il te reste de la soupe et le plat suivant arrive. Le plat suivant, c'est à ça qu'il faut penser, et rien qu'à ça. Le monde s'arrête là. Tout est là. C'est là que ça se passe. Tout ce qu'on te demande, c'est de manger ton porc sauté et ça ira.

— Je veux plus de ma soupe.

— C'est vrai ? dit Lynx. Tu vas pas manger ce qui reste ? T'as fini ? »

Assiégé de toutes parts par la catastrophe qui s'annonce — combien de temps peut-on faire passer sa souffrance dans la mastication ? — Les parvient à articuler : « Prends la. »

Et c'est alors que le serveur s'avance — avec la nette intention d'emporter les bols vides.

« Non ! » rugit Les. Voilà Louie de nouveau sur ses pieds ; on dirait un dompteur de cirque, à présent ; il fait reculer le serveur d'un signe de sa canne tandis que Les s'est ramassé comme pour parer à l'attaque.

« Vous, vous restez là, dit Louie au serveur. Vous bougez pas. On va vous apporter les assiettes. N'approchez pas de la table. »

Les femmes qui écossaient leurs petits pois se sont figées, sans même que Les ait eu besoin de se lever pour franchir la distance qui les sépare et leur apprendre.

Et Henry a compris ce qui se passe, à présent, c'est clair. Ce jeune homme mince et bien bâti, qui porte des jeans, un tee-shirt criard et des tennis, Henry, le type qui sourit, qui verse l'eau et qui est le patron, regarde à présent Les depuis la porte, les yeux écarquillés. Il sourit, mais il fait des yeux ronds. Cet homme est une menace. Il bloque la sortie. Il faut qu'il dégage.

« Tout va bien, crie Louie à Henry. C'est très bon. Un régal. C'est pour ça qu'on revient. » Puis, s'adressant au serveur : « Attendez que je vous fasse signe. » Sur quoi il baisse sa canne et se rassied. Chet et Lynx ramassent les assiettes vides et se lèvent pour les mettre sur le plateau du serveur.

« Il y en a d'autres, demande Louie, il y en a d'autres qui ont quelque chose à raconter sur leur première fois ici ?

— Ntt », dit Chet tandis que Lynx se met joyeusement en devoir de liquider le bol de Les.

Cette fois, dès que le serveur arrive de la cuisine avec la suite de leur commande, Chet et Lynx sont debout d'un bond et vont à la rencontre de ce bridé de merde sans lui laisser le temps d'oublier les consignes et de s'approcher de la table.

Et maintenant les plats sont là, ils s'étalent devant lui. Manger, souffrance. Du bœuf aux crevettes lo mein ; une cassolette de moo goo gai ; du bœuf aux poivrons ; du porc sauté ; des travers de porc ; du riz ; le riz, souffrance ; la vapeur qui se dégage des plats, cette souffrance ; leur odeur, souffrance. Tout ce qui est là est censé le sauver de la mort. Lui permettre de renouer avec le petit Les. Le voilà, le rêve qui revient sans cesse : retrouver le petit garçon de la ferme, celui d'avant la cassure.

« Ça a l'air bon.

— Ça a pas que l'air.

— Tu veux que Chet t'en mette un peu sur ton assiette ou bien tu préfères te servir tout seul, Les ?

— J'ai pas faim.

— Ça fait rien, dit Louie, tandis que Chet est en train de lui mettre un monceau de nourriture dans son assiette. T'es pas obligé d'avoir faim. C'est pas dans le contrat.

— C'est bientôt fini ? demande Les. Il faut que je me tire d'ici, moi. Sans déconner, les mecs. Faut que je me tire. J'ai ma dose. J'en peux plus. J'ai l'impression que je vais perdre les pédales. J'ai ma dose. Vous avez dit que je pouvais m'en aller. Faut que je sorte.

— J'entends pas le mot de passe, Les, dit Louie, alors on va continuer à manger. »

À présent, il est secoué de tremblements. Il n'arrive plus à manger son riz, qui tombe de la fourchette tellement il tremble.

Par-dessus le marché, bordel de Dieu, voilà le serveur qui s'amène avec l'eau. Il fait le tour de la table, et il s'approche de Lester par-derrière, on sait même pas d'où, c'est un autre, celui-là. « Stop, crie Louie, reculez ! » un quart de seconde avant que Les hurle : « Yaaah », en sautant à la gorge du serveur qui laisse le pot à eau se fracasser à ses pieds.

Les deux femmes en train d'écosser des petits pois se mettent à hurler.

« Il a pas besoin d'eau ! » Louie, qui s'est dressé sur ses pieds et qui hurle en brandissant sa canne au-dessus de sa tête, fait figure de dingue aux yeux des femmes. Mais si elles pensent que Louie est dingue, alors elles n'ont rien vu. Elles n'ont pas idée.

À d'autres tables, des gens se sont levés, et Henry se précipite pour leur expliquer la situation calmement jusqu'à ce qu'ils se rasseyent. Il leur a dit que ces hommes sont d'anciens combattants du Vietnam, et que chaque fois qu'ils viennent chez lui, il considère comme son devoir de patriote de bien les recevoir et de s'accommoder de leurs problèmes une heure ou deux.

À partir de ce moment-là, il règne un silence total dans le restaurant. Les chipote, et les autres engloutissent leurs portions, jusqu'à ce qu'il ne reste plus sur la table que le contenu de son assiette.

« T'en veux plus ? demande Lynx. Tu le manges pas, ça ? »

Cette fois, il n'a même pas la force d'articuler : « Prends-le. » Parce que s'il souffle ces deux mots, tous ceux qui sont enterrés sous le parterre du restaurant vont sortir se venger. Un seul mot, et si on n'était pas là pour voir comment c'était la première fois, on n'y coupe pas cette fois-ci.

Voici les biscuits qui disent la bonne aventure. D'habitude, ils adorent ça. Lire son avenir, en rire, boire du thé, qui n'aimerait pas ça ? Mais Les braille : « Feuille de thé », et il se lève. Alors Louie dit à Swift : « Accompagne-le dehors, le lâche pas, Swiftie. Tiens-le à l'œil. Le perds pas de vue. On va payer, nous. »

Sur le chemin du retour, le silence règne. Lynx se tait parce qu'il a l'estomac chargé. Chet se tait parce que, après avoir cherché toutes ces bagarres qui lui ont coûté si cher, il sait que, pour un paumé comme lui, le silence est la seule façon de se montrer sympathique. Swift se tait lui aussi, amer, insatisfait, parce que avec les néons vacillants ils ont laissé derrière eux le souvenir de lui-même qui lui était revenu au Palais de l'Harmonie. Il s'emploie en ce moment à attiser sa douleur.

Les se tait parce qu'il dort. Après les dix jours d'insomnie opiniâtre qui ont précédé cette virée, il est enfin hors de combat.

Lorsqu'on a déposé tous les autres au passage, et que Louie, seul dans le van avec Les, l'entend se réveiller, il dit : « Les ? Les ? Tu t'en es bien tiré, Lester. Quand je t'ai vu transpirer, je me suis dit, hmm, il va jamais y arriver. Si t'avais vu comment t'étais blême. J'en revenais pas. J'ai cru que le serveur était foutu. » Louie, qui a passé ses premières nuits de démobilisé menotté au radiateur du garage, chez sa sœur, pour s'empêcher de tuer le beau-frère qui avait eu la gentillesse de le ramener quarante-huit heures seulement après son retour de la jungle, Louie dont les heures de veille tournent si exclusivement autour des besoins des autres qu'il n'a plus une minute à lui pour laisser s'exprimer ses pulsions diaboliques, qui depuis douze ans ne boit plus, ne se drogue plus, passe par les Douze Étapes aux réunions des Alcooliques anonymes, prend religieusement ses médicaments (contre l'angoisse, du Klonopin, contre la dépression, du Zoloft, contre les brûlures de ses chevilles, les morsures de ses genoux, et les douleurs lancinantes dans ses hanches, du Salsalate, un anti-inflammatoire qui, la moitié du temps, a surtout pour effet de lui donner des brûlures d'estomac, des gaz et la chiasse), a réussi à évacuer de sa vie assez d'immondices pour être capable de parler avec civilité, et de se sentir sinon bien dans sa peau, du moins pas fou d'amertume à l'idée de devoir passer le restant de ses jours à se traîner sur ses jambes minées par les douleurs, à devoir se redresser sur ce socle de sable, Louie l'insouciant déclare : « Je me suis dit, il va lui faire son affaire. Mais tu vois, mon gars, non seulement t'as tenu pendant la soupe, mais t'as tenu jusqu'aux biscuits qui disent la bonne aventure. Tu sais à combien de fois je m'y suis repris, moi, pour tenir jusque-là ? Quatre fois, il m'a fallu, Les. Le premier coup je me suis précipité aux chiottes, et ils ont mis un quart d'heure à m'en faire sortir. Tu sais ce que je vais dire à ma femme ? Je vais lui dire : "Les s'en est bien tiré. Les, il a été nickel." »

Mais lorsqu'il fut temps d'y retourner, Les refusa. « Ça te suffit pas que j'y sois allé une fois ? — Je veux que tu manges. Je veux que tu marches normalement, que tu parles normalement, et que tu manges ce qu'il y a à manger. On s'est fixé un nouvel objectif. — J'en veux plus, de tes objectifs ! J'ai passé le test, j'ai tué personne. Ça te suffit pas ? » Mais la semaine suivante, les voici qui retournent au Palais de l'Harmonie, mêmes personnages, même verre d'eau, même menu, et même eau de toilette bon marché dont a été inondée la chair asiatique et qui se répand jusqu'à Les dans sa suavité galvanisante, odeur révélatrice qui lui permet de traquer sa proie. La deuxième fois, il mange ; la troisième fois il mange *et* il passe sa commande — mais il ne faut toujours pas que le serveur s'approche de la table ; et la quatrième fois, ils le laissent les servir et Les mange comme un ogre, il mange à s'en faire exploser les boyaux, il mange comme s'il n'avait pas vu de nourriture depuis un an.

À la sortie du restaurant, c'est l'allégresse générale. Chet lui-même est joyeux : Chet parle ! Chet braille : « *Semper fi !* »

« La prochaine fois, dit Les sur le chemin du retour, encore ivre de se sentir ressusciter, la prochaine fois, Louie, tu vas dépasser les bornes, tu vas me demander d'aimer ça ! »

Mais la prochaine étape, c'est de voir le Mur en face. Il faut qu'il aille voir écrit le nom de Kenny. Et ça, il ne peut pas. C'était déjà terrible d'aller le chercher dans le bottin qu'ils avaient à la VA ; il en a été malade pendant une semaine. Il n'arrivait plus à penser à rien d'autre. Il y pense encore tout le temps, d'ailleurs. Kenny, là, à côté de lui, la tête arrachée. Jour et nuit, il pense : Pourquoi Kenny, pourquoi Chip, pourquoi Buddy, pourquoi eux et pas moi ? Parfois il se dit que c'est eux les veinards, parce que pour eux c'est fini. Non, non, le Mur, il y va pas, pas question, négatif. Ce mur-là ? Non et non. Peux pas. Veux pas. Et basta.

Danse pour moi.

Ils sont ensemble depuis six mois, à peu près, alors un soir, il lui dit : « Allez, danse pour moi », et dans la chambre, il met le CD de *The Man I Love*, celui avec les arrangements d'Artie Shaw, et Roy Eldridge à la trompette. Danse pour moi, dit-il en desserrant son étreinte et en lui désignant le plancher, au pied du lit. Et elle, sans se troubler, se lève de ce lit où elle était en train de sentir l'odeur, l'odeur de Coleman déshabillé, de son corps doré au soleil ; elle se lève de ce lit où elle était blottie, nichée contre son flanc nu, les dents et la langue encore toutes blanches de son foutre, sa main posée doigts écartés sur le bas-ventre de cet homme, la touffe de poils crépus et poisseux. Tandis qu'il la suit de son regard d'aigle, de son regard vert qui ne fuit pas sous ses longs cils sombres, il n'a pas du tout l'air d'un vieillard vidé de sa substance, au bord de l'évanouissement, mais plutôt de quelqu'un qui se presserait contre une vitre. Elle s'exécute sans coquetterie ; pas comme Steena en 1948 ; pas parce que c'est une chic fille, une jeune fille gentille qui danse pour le plaisir de lui faire plaisir, une jeune fille gentille qui ne comprend pas vraiment ce qu'elle est en train de faire et qui se dit : « Je peux lui faire ce plaisir, il en a envie, et je peux le faire, alors je le fais. » Non, aujourd'hui ce n'est pas vraiment la scène innocente et naïve du bourgeon qui éclôt, de la pouliche qui devient jument. Faunia sait danser, oui, mais elle ne danse pas comme une femme qui arrive tout juste à la maturité, elle ne se donne pas cette représentation idéalisée d'elle-même, de lui, des vivants et des morts, ce flou artistique qui est le propre de la jeunesse. Il dit : « Allez, danse pour moi », et elle, qui a le rire facile, répond dans un rire : « Pourquoi pas ? Je suis généreuse pour ces choses-là », et elle se met en mouvement, elle lisse sa peau comme une robe froissée, elle vérifie qu'elle a ce qu'il faut où il faut, tendu, osseux, ou galbé comme il faut ; elle sent son propre effluve, cette odeur végétale évocatrice et familière au bout de ses doigts qu'elle laisse glisser depuis son cou jusqu'à ses oreilles chaudes puis sur ses joues et ses lèvres et dans ses cheveux, ses cheveux blonds grisonnants, poissés, collés ensemble par la dépense physique ; elle joue avec comme elle jouerait avec des algues, elle joue à se dire que ce sont des algues, depuis toujours, un grand bouquet d'algues ruisselantes, saturées d'eau salée, et puis, qu'est-ce que ça lui coûte, après tout ? En voilà, une affaire. Il suffit de plonger les mains, de verser abondamment. Puisque c'est ce qu'il veut, il faut séduire cet homme, le prendre au piège. Il ne serait pas le premier.

Consciente de ce qui est en train d'advenir, de ce lien qui les met en phase, elle avance, elle marche sur ce plancher devenu ses planches, elle avance, au pied du lit, voluptueusement échevelée, encore un peu poisseuse des heures passées, enduite et onctueuse de leur dernier coït, blonde, blanche, sauf dans les endroits exposés au soleil de la ferme, avec une demi-douzaine d'écorchures, un genou éraflé comme celui d'une enfant parce qu'elle a glissé dans l'étable, sur les deux bras et les deux jambes des égratignures minces comme des fils, en voie de cicatrisation, parce qu'elle manœuvre la barrière des vaches ; ses mains rougies et durcies, blessées par les éclats de fibre de verre qu'elle s'y plante quand elle manœuvre la barrière, quand elle retire et qu'elle plante les piquets chaque semaine ; une meurtrissure rouge en forme de pétale qu'elle a dû se faire à la laiterie, à moins qu'il ne la lui ait faite lui-même, à la naissance du cou, une autre, violacée, celle-là en haut de sa cuisse peu musclée ; des boutons, morsures d'insectes, un cheveu à lui, un de ses cheveux posé comme un caractère d'imprimerie, comme un grain de beauté gris pâle, ténu, contre sa joue ; la bouche entrouverte pour laisser voir le dessin de ses dents. Elle ne se hâte pas d'aller là où elle va, car tout le plaisir est d'y aller. Elle bouge, et à présent il la voit, il voit ce corps longiligne qui suit la musique, ce corps élancé tellement plus robuste qu'il n'y paraît, avec ses seins curieusement lourds ; il la voit incliner son corps comme on tend une louche, il la voit se pencher de plus en plus sur le long manche bien droit de ses jambes, se pencher vers lui, louche pleine à ras bord du liquide qu'il y a déposé. Sans résistance, l'homme est allongé sur les vaguelettes du drap, la tête sur une nébuleuse d'oreillers roulés en boule, le regard au niveau des hanches de la femme, de son ventre, son ventre qui danse, et il la voit, il voit chaque atome d'elle, il la voit et elle sait qu'il la voit. Ils sont en phase. Elle sait qu'il veut qu'elle réclame quelque chose. Il veut que j'évolue là, sous ses yeux, et que je revendique mon dû. Quoi donc ? Lui-même. Lui. Il m'offre sa personne. O.K., mec, là tu fais monter la pression, mais on y va. Et alors, en le toisant avec subtilité, elle évolue, elle évolue, et commence alors le transfert de pouvoir en règle ; et elle a grand plaisir à danser sur cette musique tandis que s'opère la passation du pouvoir et qu'elle sait qu'il lui suffirait de claquer dans ses doigts pour qu'il sorte du lit en rampant et vienne lui lécher les pieds. La danse est à peine commencée que, déjà, elle pourrait l'éplucher et le manger comme un fruit. Je suis peut-être une femme battue, une femme de ménage ; je suis à la fac, je nettoie la merde des autres ; je suis à la poste, je nettoie la merde des autres, et ça endurcit terriblement de toujours laver la saleté des autres ; si tu veux savoir, ça craint, et ne me dis pas qu'y a rien de mieux sur le marché ; mais moi, c'est mon boulot, c'est ce que je fais ; je fais trois boulots parce que d'ici six jours ma bagnole va rendre l'âme, et qu'il va falloir que je m'en paie une autre, pas chère mais qui roule, alors voilà, je suis obligée de faire trois boulots, et c'est pas la première fois ; sans compter qu'à la ferme, c'est un boulot infernal, oui, tu trouves ça super, tu me dis que ça a l'air formidable, Faunia, quand elle s'occupe des vaches, n'empêche qu'à la fin d'une journée de taf, je te le dis, j'ai les reins cassés, moi... Mais ma vie s'arrête pas là, parce qu'à présent je suis nue dans une chambre avec un homme, et je le vois couché là, avec sa bite et son tatouage de matelot, et tout est calme, il est calme lui aussi, ça le défonce de me voir danser, alors il est très calme ; il en a pris plein la gueule, lui aussi. Il a perdu sa femme, il a perdu son boulot, il a été humilié publiquement comme professeur raciste, et c'est quoi un prof raciste ? Raciste, on le devient pas comme ça du jour au lendemain, on est découvert subitement, mais on l'est depuis toujours. C'est pas comme si on avait fait une gaffe, une fois, quand on est raciste, c'est qu'on l'a toujours été. Tout d'un coup, on devient un raciste de la première heure. Ça vous colle à la peau sans même que ce soit vrai ; et pourtant il est calme ; j'ai cet effet sur lui. Je peux le calmer comme ça, et lui peut me calmer comme ça. Il me suffit de continuer à bouger. Il me demande de danser pour lui, et moi je pense : Pourquoi pas ? Pourquoi pas, sauf que ça va lui donner espoir que j'entre dans son jeu, que je fasse comme si. Il va faire semblant que le monde nous appartient, et je vais le laisser faire, je vais jouer le jeu. Et d'ailleurs ? Je veux bien danser, mais faut pas qu'il oublie. Ça va pas plus loin, même si je ne porte rien d'autre qu'une bague d'opale, rien d'autre que la bague qu'il m'a donnée. Je suis debout devant mon amant, toute nue, lumière allumée, et je danse. D'accord, t'es un homme, t'es plus de première jeunesse, tu as une vie et je n'en fais pas partie, mais je sais ce que nous sommes en train de faire. Toi, tu viens à moi en homme, et moi je viens à toi. C'est déjà beaucoup, mais c'est tout. Je danse devant toi nue, sous la lumière, toi aussi tu es nu, et le reste ne compte plus. C'est la chose la plus simple que nous ayons faite — c'est ça. Va pas tout foutre en l'air en pensant qu'il y a davantage. Tu le penses pas, et moi je veux pas. C'est pas la peine d'aller chercher plus loin. Tu sais quoi? Je te vois, Coleman.

Alors elle dit à haute voix : « Tu sais quoi? Je te vois.

— Ah oui? Alors c'est l'enfer qui commence.

— Tu es en train de te dire — si tu veux le savoir — est-ce qu'il y a un Dieu? Tu voudrais bien savoir pourquoi tu es venu au monde. Pour qui pour quoi? Voilà pourquoi : tu es là, et je fais ça pour toi. Tu n'as pas besoin de penser que tu es quelqu'un d'autre, que tu te trouves ailleurs. Quand tu es une femme, tu es au lit avec ton mari, et tu baises pas pour baiser, tu baises pas pour jouir, tu baises parce que tu es au lit avec ton mari et que ça s'impose; quand tu es un homme, tu es avec ta femme, tu la baises, mais tu penses que tu voudrais baiser la femme de ménage de la poste; O.K., eh ben, tu sais quoi? Toi, tu y es, avec la femme de ménage. »

Il dit, doucement, en riant : « Et ça prouve l'existence de Dieu?

— Si ça la prouve pas, y a plus d'espoir.

— Danse encore.

— Une fois qu'on est mort, qu'est-ce que ça peut faire de pas avoir épousé la bonne personne?

— Rien du tout. Même quand on est vivant, d'ailleurs. Danse toujours.

— Qu'est-ce qui est important, alors, Coleman, qu'est-ce qui compte?

— Ça.

— Bravo! Tu commences à comprendre.

— Pourquoi, c'est de ça qu'il s'agit? Tu m'apprends?

— Il était bien temps que quelqu'un s'y mette. Oui, je t'apprends. Mais ne me regarde pas comme si j'étais bonne à autre chose, à quelque chose de plus. Ne fais pas cette erreur. Reste avec moi. T'en va pas. Restes-en là. Pense à rien d'autre. Reste avec moi. Je ferai tout ce que tu voudras. T'en as eu combien des femmes qui t'ont dit ça, et en toute sincérité ? Je ferai tout ce que tu voudras. Perds pas la tête, Coleman ; va pas chercher midi à quatorze heures. On est là pour faire ce qu'on est en train de faire et c'est tout. Pense pas à demain. Ferme toutes les portes, avant et après. Toutes les préoccupations sociales, fais-les taire. Tout ce que la société, cette merveilleuse société, nous demande, nos positions sociales ? Il faudrait que je fasse ceci, ceci, cela ? Rien à foutre. Ce que t'es censé être, ce que t'es censé faire, tout ça, ça tue la vie. Je peux continuer à danser, si c'est ça le contrat. Le petit moment secret, si c'est ça le contrat. Cette tranche qu'on y gagne. Cette tranche de temps. Ça va pas plus loin, et j'espère que tu le sais.

— Danse encore.

— Ce qu'on fait, c'est ça qui compte, si j'arrêtais de penser que...

— Quoi ? De penser quoi ?

— J'étais une petite salope, toute gamine déja.

— Ah oui ?

— Il se racontait toujours que ça venait pas de lui, mais de moi.

— Ton beau-père.

— Oui, c'est ce qu'il se disait. Peut-être même qu'il avait raison. Mais j'avais pas le choix, à huit ans, neuf ans, dix ans. C'était la brutalité qui était moche.

— Quel effet ça te faisait quand tu avais dix ans ?

— J'avais l'impression qu'on me demandait de soulever la maison et de la porter sur mon dos.

— Quel effet ça te faisait, la nuit, quand la porte de ta chambre s'ouvrait et qu'il entrait ?

— C'est comme les enfants dans un pays en guerre. Tu les as déjà vues, dans les journaux, ces photos d'enfants au milieu de leurs villes bombardées ? C'est pareil. C'est gros comme une bombe. Seulement, moi, j'avais beau me faire bombarder, j'étais encore debout. C'était ça, ma disgrâce, que j'étais encore debout. Et puis j'ai attrapé douze-treize ans, mes nichons poussaient. J'ai commencé à saigner. Tout d'un coup, j'étais plus qu'un corps autour de ma chatte... Mais toi, pense à la danse et va pas chercher plus loin. Toutes les portes fermées avant et après, Coleman. Je te vois, Coleman. Tu les fermes pas, les portes. Tu les as toujours, tes fantasmes d'amour. Tu veux que je te dise ? Moi, il me faut un type plus vieux que toi. Un à qui les gamelles de la vie ont fait passer le goût de l'amour. T'es trop jeune pour moi, Coleman. Non mais regarde-toi. T'es qu'un môme amoureux de sa prof de piano. T'es en train de tomber amoureux de moi, Coleman, et t'es bien trop jeune pour quelqu'un comme moi. Il me faut un type bien plus âgé. À mon avis, il me faut un type qui ait au moins cent ans. T'aurais pas un pote en fauteuil roulant, à me présenter ? Ça me dérange pas, les fauteuils roulants. Je peux toujours pousser en dansant. T'as peut-être un frère aîné ? Regarde-toi, Coleman. T'es en train de me regarder avec des yeux de collégien. S'il te plaît, appelle vite ton copain, le vieux. Je veux bien continuer à danser, mais appelle-le au téléphone, que je lui parle. »

Et tout en disant ça, elle sait bien que c'est justement ce discours et sa danse qui le font tomber amoureux d'elle. Et c'est tellement facile. J'en ai attiré, des hommes, des tas de queutards : les queutards me trouvent et ils viennent à moi, je parle pas de ceux qui ont juste une queue, de ceux qui ont rien compris — quatre-vingt-dix pour cent des mecs —, mais des hommes, des jeunes gens, des vrais mâles qui comprennent de quoi il retourne, comme Smoky. Y a des avantages, on se foutrait des claques de pas les avoir, mais ça, je l'ai, même tout habillée, et y a des types qui le savent — ils savent ce que c'est, et c'est pour ça qu'ils me trouvent, c'est pour ça qu'ils viennent à moi, mais là, avec toi, c'est comme si j'enlevais sa sucette à un bébé. Bien sûr, qu'il se rappelle. Comment il pourrait ne pas se rappeler. Quand on y a goûté une fois, y a pas de danger qu'on oublie. Ah, la la. Ça fait deux cent soixante fois que je te suce, quatre cents fois que tu me baises classique, cent six fois que tu m'encules, et c'est maintenant qu'on commence à flirter. Mais c'est comme ça que ça se passe. Combien de gens se sont aimés avant d'avoir baisé, depuis que le monde est monde ? Et moi, combien de fois j'ai aimé *après* avoir baisé ? Ou bien est-ce que c'est une grande première, nous deux ?

« Tu veux savoir comment je me sens ? lui demande-t-elle.

— Oui.

— Je me sens tellement bien !

— Si c'est comme ça, il n'y a pas moyen de s'en sortir vivant ?

— Alors là, je te reçois cinq sur cinq. T'as raison, Coleman. Ça ne peut mener qu'à la catastrophe. Tu donnes encore là-dedans à soixante et onze ans ? Ça te chamboule encore à soixante et onze ans ? Tstt, tstt. Il vaudrait mieux revenir au truc de base.

— Danse encore, dit-il en appuyant sur le bouton de la stéréo de chevet pour que l'album revienne sur la plage de *The Man I Love*.

— Non, non. Je t'en supplie. Il faut que je pense à ma carrière de femme de ménage.

— Ne t'arrête pas.

— Ne t'arrête pas, répète-t-elle, j'ai déjà entendu ça quelque part. » En fait, il est rare qu'elle entende le verbe conjugué autrement qu'à la forme négative. Par un homme. Et même par elle. « J'ai toujours cru que ça tenait en un seul mot, tarrêtepas, dit-elle.

— C'est le cas. Danse encore.

— Alors ne perds pas la tête. Un homme et une femme dans une chambre, nus. On a tout ce qu'il nous faut. On n'a pas besoin de l'amour. Ne te diminue pas, ne joue pas au minus sentimental. Tu en meurs d'envie, mais ne cède pas. Ne perdons pas ce qui nous arrive. Imagine, Coleman, imagine qu'on maintienne les choses comme elles sont. »

Il ne m'a jamais vue danser comme ça, il ne m'a jamais entendue parler comme ça. Ça fait d'ailleurs si longtemps que je n'avais pas parlé comme ça... je croyais avoir oublié. Ça fait si longtemps que je m'embusque. Personne ne m'a jamais entendue parler comme ça. Les faucons et les corbeaux, parfois, dans les bois, mais autrement, personne. Ce n'est pas comme ça que j'ai coutume de distraire les hommes. Je ne me suis jamais lâchée à ce point. Rends-toi compte.

« Rends-toi compte, lui dit-elle, tu t'amènes tous les jours — et puis tout d'un coup, voilà. La femme qui veut pas être propriétaire de tout. La femme qui veut être propriétaire de rien. »

Pourtant, jamais elle n'a voulu autant posséder quelque chose.

« La plupart des femmes veulent être propriétaires de tout. De ton courrier, de ton avenir, de tes fantasmes. "Comment tu oses baiser une autre femme que moi ? C'est moi, ton fantasme, point final. Pourquoi tu regardes des films pornos alors que tu m'as à domicile ?" Elles veulent être propriétaires de l'homme que tu es, Coleman. Mais le plaisir n'est pas

313

de posséder quelqu'un. Le plaisir c'est ça, c'est d'avoir un challenger avec soi dans la pièce. Oh, je te vois, Coleman. Je pourrais bien te faire cadeau de toute ma vie, il me resterait toi. Rien qu'en dansant. Ça n'est pas vrai, je me trompe ? Ça te plaît, Coleman ?

— Quelle chance ! dit-il en la regardant, éperdument. Quelle chance incroyable ! La vie me le devait, ça.

— Ah oui ?

— Il n'y a pas deux femmes comme toi, Hélène de Troie.

— Hélène de Nullepart, Hélène de Rien.

— Danse encore.

— Je te vois, Coleman. Je te vois très bien. Tu veux savoir ce que je vois ?

— Bien sûr.

— Tu veux savoir si je vois un vieillard, non ? Tu as peur que je voie un vieillard, et que je me sauve en courant. Tu as peur que je voie toutes les différences avec un homme jeune, et que si je vois les trucs qui pendent, les trucs qui manquent là, alors tu me perdras. Parce que t'es trop vieux. Mais tu sais ce que je vois, moi ?

— Quoi ?

— Je vois un gamin. Je te vois tomber amoureux comme un gamin. Et il faut pas. Il faut surtout pas. Tu sais ce que je vois d'autre ?

— Oui.

— Oui, je le vois, à présent. Je vois un vieillard. Je vois un vieillard qui meurt.

— Dis-moi.

— Tu as tout perdu.

— Tu le vois ?

— Oui. Tout sauf moi qui danse. Tu veux savoir ce que je vois ?

— Quoi?

— Tu méritais une meilleure donne, Coleman. Voilà ce que je vois. Je vois que t'es furieux. Voilà comment tu vas finir, en vieillard furieux. Et les choses n'auraient pas dû se passer comme ça. Ta fureur, voilà ce que je vois. Je vois la colère, et la honte. Je vois que tu comprends comme un vieillard ce que c'est que le temps. On ne le comprend qu'à l'approche de la fin. Mais maintenant, toi, tu comprends. Et ça te fait peur. Parce que tu peux pas recommencer. Tu peux pas avoir à nouveau vingt ans. Ça va pas revenir. Et c'est comme ça que ça s'est terminé. Et ce qui est encore pire que d'être mourant, ce qui est encore pire que d'être mort, c'est de penser aux enfoirés qui t'ont fait ce tort. Qui t'ont tout volé. Voilà ce que je vois en toi, Coleman. Je le vois parce que j'en sais quelque chose. Les enfoirés qui ont changé tout le cours de ta vie en un clin d'œil. Ils t'ont pris ta vie, et ils l'ont foutue en l'air. C'est bien ta vie à toi qu'ils ont prise, en décidant de la jeter à l'égout. Tu ne t'es pas trompé de danseuse. Ils décident de ce qui doit partir à la poubelle, et ils ont décidé que tu devais partir. Ils ont bafoué, humilié, détruit un homme sur un problème dont tout le monde savait bien qu'il était bidon. Un petit mot de merde qui voulait rien dire du tout pour eux, moins que rien. Et c'est exaspérant.

— Je ne me rendais pas compte que tu m'écoutais. »

Elle rit, femme au rire facile. Et elle danse. Sans l'idéalisme, l'idéalisation, les rêves utopiques de la jeune fille en fleur; malgré tout ce qu'elle sait de la réalité, malgré le vain, l'irréversible désespoir de sa vie, malgré le chaos, l'indifférence, elle danse! Et elle parle comme elle n'a jamais parlé à un homme. Les femmes qui baisent comme elles ne sont pas censées parler comme ça. C'est du moins ce qu'aiment à penser les hommes qui ne baisent pas de femmes comme elle. C'est ce qu'aiment à penser les femmes qui ne baisent pas comme elle. C'est ce que tout le monde aime à penser : Faunia, cette idiote. Mais tant qu'ils voudront. J'en suis ravie. « Oui, Faunia, cette idiote, elle t'écoutait quand tu parlais. Comment elle s'en sortirait, autrement, Faunia, cette idiote ? Mon rôle d'idiote, c'est ma grande réussite, Coleman. Je m'y montre sous mon jour le plus sensé. Figure-toi, Coleman, que je t'ai regardé danser, moi aussi. Comment je le sais ? Parce que tu es avec moi. Qu'est-ce que tu ferais avec moi, si t'avais pas la rage au cœur, merde, et moi, qu'est-ce que je ferais avec toi, si j'avais pas la rage ? C'est ça qui fait la grande baise, Coleman, cette rage qui écrase tout sur son passage. Alors ne la perds pas.

— Danse encore.

— Jusqu'à ce que je tombe ?

— Jusqu'à ce que tu tombes. Jusqu'au dernier soupir.

— Tout ce que tu voudras.

— Où est-ce que je t'ai trouvée, Volupté ? Comment est-ce que je t'ai trouvée ? Qui es-tu ? demande-t-il en appuyant de nouveau sur la touche qui enclenche *The Man I Love*.

— Je suis tout ce que tu veux. »

Le seul tort de Coleman avait été de lui lire dans le journal du dimanche un article sur le président et Monica Lewinski, et voilà qu'elle s'était levée en braillant : « Mais tu peux pas m'épargner tes laïus, bon Dieu ! J'en ai marre, moi, des laïus ! Je suis incapable d'apprendre, moi, j'apprends pas, je veux même pas apprendre ! Alors arrête de me donner des leçons, merde, ça sert à rien ! » Sur quoi elle l'avait planté là, en plein petit déjeuner.

Elle a commis l'erreur de passer la nuit. Elle n'est pas rentrée chez elle, et à présent elle le déteste. Qu'est-ce qu'elle déteste le plus ? Qu'il fasse de sa souffrance une affaire d'État. Il se figure vraiment que ce que tout le monde pense et dit de lui à la faculté d'Athena a brisé sa vie. Une bande d'enfoirés à qui sa tête revient pas, c'est pas un drame. Mais alors, pour lui, c'est la pire des choses jamais arrivée. Eh non, c'est pas un drame. Deux gosses qui meurent asphyxiés, oui, c'est un drame. Un beau-père qui te rentre le doigt dans le con, d'accord, c'est un drame. Perdre son boulot à la veille de la retraite, c'est pas un drame. Voilà ce qu'elle déteste chez lui — sa souf-france d'enfant gâté par la vie. Il croit qu'on lui a jamais donné sa chance ? De la douleur, de la vraie, c'est pas ce qui manque sur cette terre, et lui, il aurait jamais eu sa chance ? Tu veux que je te dise quand t'as pas la moindre chance de t'en sortir ? C'est quand, après la traite du matin, ton mari te cogne sur la tête avec un tuyau en fer. J'ai même pas vu venir le coup — et c'est lui qui aurait pas eu sa chance ! C'est à lui que la vie devrait quelque chose !

Les choses se ramènent à ça : le matin, au petit déjeuner, elle refuse qu'on lui donne des leçons. Monica n'aura peut-être pas un bon boulot à New York, pauvre chérie ! Tu sais quoi ? J'en ai rien à foutre. Tu crois que ça l'inquiète, elle, que j'aie mal aux reins après la traite quand j'ai fini ma saleté de journée à la fac ? Quand je balaie la merde des autres à la poste parce qu'ils sont pas foutus de se servir de la poubelle ? Tu crois que ça l'inquiète, Monica ? Elle arrête pas d'appeler la Maison-Blanche, et on la rap-pelle jamais, ça doit être l'horreur. Et c'est terminé pour toi ? C'est terrible, ça aussi ? Ben, pour moi, ça n'a jamais commencé. C'était fini avant de commen-cer. Prends-toi un coup de tuyau sur la tête, tu m'en diras des nouvelles. Hier soir ? Oui, il y a eu hier soir. C'était bien, c'était fabuleux, j'en avais besoin, moi aussi. N'empêche que j'ai toujours mes trois boulots. Ça n'a rien changé. C'est pour ça qu'il faut prendre les choses comme elles viennent, parce que ça ne change rien. Je raconte à maman que son mari met ses doigts dans mon corps, quand il vient, la nuit — ça ne change rien. Puisque maman le sait, à présent, peut-être qu'elle va m'aider. Mais rien ne change rien. Nous avons connu cette nuit de danse. Mais ça ne change rien. Il me lit ce qui se passe à Washington. Mais qu'est-ce que ça change, hein, ça change quoi ? Il me lit ces articles sur les frasques de Bill qui se fait sucer la bite à Washington. C'est toujours pas ce qui va m'aider quand ma bagnole me laissera en carafe. Tu penses vraiment que ça compte, ces petites histoires, à l'échelle du monde ? Ça compte pas, ça compte que dalle ! J'avais deux gosses. Ils sont morts. Si j'ai pas l'énergie pour plaindre Monica et Bill, ce matin, mettons que c'est à cause de mes deux gosses, d'accord ? Et si c'est mon tort, tant pis. Il me reste plus assez de compassion pour pleurer sur toutes les grandes misères du monde.

Il aurait pas fallu passer la nuit. Il aurait pas fallu tomber sous le charme à ce point. Même quand la tempête faisait rage, elle est rentrée chez elle. Même quand elle mourait de peur que Farley la suive et l'oblige à quitter la chaussée pour se précipiter dans la rivière, elle est rentrée. Mais hier soir, elle est restée. À cause de cette danse, elle a passé la nuit, et ce matin elle est en colère. Elle est en colère contre lui. Quelle belle journée en perspective, voyons un peu ce que raconte le journal. Après une nuit pareille, il veut voir ce que raconte le journal ! Peut-être que s'ils n'avaient pas parlé, s'ils avaient simplement déjeuné ensemble, et qu'elle soit partie après, passer la nuit n'aurait pas été une erreur. Mais se lancer dans ce laïus! Il pouvait pas faire pire. Qu'est-ce qu'il aurait dû faire, en somme? Il aurait dû lui proposer une bricole à manger et la laisser rentrer. Mais c'est la faute de la danse. Je suis restée. Je suis restée comme une gourde. Rentrer dormir dans son lit, c'est capital pour une fille comme moi. Il y a beaucoup de choses sur lesquelles je ne suis pas claire, mais là, je suis sûre de ce que j'avance : rester passer la nuit, ça veut dire quelque chose. Le fantasme de Coleman et Faunia. On commence à cultiver le fantasme du « pour toujours », le plus trivial de tous. J'ai une chambre à moi, que je sache. C'est peut-être pas une bonbonnière, mais c'est chez moi. J'ai qu'à y aller. Baise jusqu'à pas d'heure, d'accord, mais tire-toi après. Pour Memorial Day, il y a eu un orage, un orage à déchirer le ciel, qui vous tonnait dans les montagnes, qui crépitait comme si une guerre venait d'éclater. Attaque-surprise sur les Berkshires. N'empêche qu'à trois heures du matin, moi, je me suis levée, je me suis rhabillée et je suis rentrée. Les éclairs crépitaient, les arbres se fendaient en deux, les branches s'écrasaient, je me prenais des décharges de grêle sur la tête, mais je suis rentrée. Fouettée par ce vent, je suis rentrée. La montagne était en train d'exploser, mais je suis rentrée. Rien que pour aller de la maison à la voiture, j'aurais pu me faire tuer, j'aurais pu être foudroyée par un éclair, mais je ne suis pas restée. Je suis rentrée chez moi. Quant à rester au lit toute la nuit avec lui... C'était la pleine lune, la terre entière se taisait, la lune, le clair de lune, partout. Un aveugle aurait trouvé le chemin de chez lui, par une nuit pareille, et moi je ne suis pas rentrée. Et je n'ai pas fermé l'œil. Pas moyen. Une nuit blanche. J'avais peur de le toucher en me retournant. Je savais pas comment faire, un type à qui je lèche la rondelle depuis des mois! Il a fallu que je reste comme une pestiférée sur le bord du lit jusqu'à l'aube, à regarder l'ombre de ses arbres s'étendre sur la pelouse. Il m'avait dit : « Tu devrais rester », mais il n'en avait pas envie, et moi j'ai dit : « Je crois que je vais te prendre au mot », et je l'ai fait. On aurait pu espérer qu'il y en ait au moins un des deux qui tienne bon, mais non. Il a fallu qu'on cède à la pire des tentations. Les putes me l'ont dit, dans leur grande sagesse de professionnelles : « Les hommes te paient pas pour que tu passes la nuit, ils te paient pour que tu te tires. »

Mais de même qu'elle sait ce qu'elle déteste, elle sait ce qu'elle aime bien, chez lui. Sa générosité. C'est si rare, pour elle, de se trouver en rapport, de près ou de loin, avec quelqu'un de généreux. Et la force qui émane de lui parce qu'il n'est pas homme à vous cogner à coups de tuyau. S'il insistait, je serais même forcée de reconnaître que je suis intelligente. C'est pas ce que j'ai fait ou presque, hier soir? Il m'écoutait, alors j'ai été intelligente. Il m'écoute, il est loyal envers moi. Il ne me fait jamais de reproches. Il ne trame rien contre moi. Alors pourquoi se mettre dans une telle rage? Il me prend au sérieux. C'est sincère. C'est ce qu'il a voulu dire en me faisant cadeau de cette bague. Ils l'ont dépouillé, alors il est venu à moi dans sa nudité. Au moment le plus noir de sa vie. Je peux pas dire que je les ai collectionnés, les hommes comme lui. Il m'aiderait à acheter ma voiture, si je le laissais faire. Il m'aiderait à tout acheter, si je le laissais faire. C'est sans douleur, les rapports avec cet homme. Rien que le son de sa voix, ses intonations, rien que de l'entendre, ça me rassure.

Et c'est pour ça que tu te sauves? C'est pour ça que tu cherches la bagarre, comme une gamine? C'est le hasard le plus total si tu l'as rencontré, c'est ton premier hasard heureux — c'est ton dernier hasard heureux, aussi, et, toi, tu t'énerves et tu t'enfuis comme une gamine ? Tu veux vraiment que ça finisse ? Tu veux revenir au temps où tu le connaissais pas ?

Pourtant elle s'enfuit, elle quitta la maison en courant et sortit la voiture de la grange pour passer sur l'autre versant de la montagne, rendre visite à la corneille de la Société Audubon. À huit kilomètres de chez Coleman, elle quitta la route pour prendre un étroit chemin de terre qui tournicotait sur cinq cents mètres au bout desquels paraissait, accueillante, une maison à étage, aux tuiles de bois gris, jadis habitée par des hommes et aujourd'hui QG de la société, sise à l'orée des bois et des pistes naturelles. Elle s'arrêta sur l'allée de gravier, tout contre la barrière de rondins, et se gara devant le hêtre où le panneau cloué indiquait le jardin des simples — sa voiture était la seule alentour. Elle était arrivée. Mais elle aurait aussi bien pu dégringoler au bas de la montagne.

Des mobiles musicaux accrochés près de l'entrée tintinnabulaient dans la brise, cristallins, mystérieux ; on aurait dit qu'un ordre religieux invitait le visiteur à rester méditer et observer autour de lui, on aurait dit qu'on célébrait là un culte mineur mais touchant. Cependant le pavois n'avait pas été hissé sur sa hampe, et le panneau de la porte annonçait que l'endroit n'ouvrirait pas avant treize heures, le dimanche. Malgré tout, lorsqu'elle poussa, la porte n'offrit pas de résistance ; alors elle traversa l'ombre matinale ténue des cornouilliers sans feuilles et pénétra dans le hall où s'entassaient de grands sacs pleins de graines pour les oiseaux, qui n'attendaient plus que les chalands de l'hiver, et de l'autre côté de ces sacs, empilés jusqu'à la fenêtre contre le mur du fond, des cartons contenant divers types de mangeoires pour oiseaux. À la boutique-cadeaux, on vendait ces mangeoires avec des livres sur la nature, des cartes géographiques, des cassettes avec des enregistrements de cris d'oiseaux et toutes sortes de babioles sur le motif animalier ; la lumière n'était pas allumée, mais quand elle se tourna de l'autre côté, dans la grande salle d'exposition qui abritait une maigre collection d'animaux empaillés plus un modeste assortiment de spécimens vivants — tortues, serpents, quelques oiseaux en cage —, se trouvait une jeune fille du personnel, une fille de dix-huit, dix-neuf ans avec de bonnes joues qui lui dit : « Salut ! » et ne s'offusqua pas de la voir là en dehors des heures d'ouverture. Si loin dans la montagne, au premier novembre, une fois que les feuillages avaient perdu leurs belles couleurs d'automne, les visiteurs se faisaient rares, et elle n'allait pas mettre à la porte quelqu'un qui arrivait à neuf heures et quart du matin, même si la tenue de cette femme ne paraissait guère appropriée au froid de la mi-automne dans les Berkshires puisqu'elle portait apparemment, outre son pantalon de sport molletonné, un haut de pyjama d'homme à rayures et n'avait aux pieds qu'une paire de chaussons ouverts qu'on appelle des mules. En outre, ses longs cheveux blonds n'avaient pas encore été brossés ni peignés. Mais enfin, dans l'ensemble, elle semblait plus décoiffée que débauchée, si bien que la fille, qui était en train de donner des souris à manger à un serpent dans un carton à ses pieds — elle tenait chaque souris au bout de pincettes jusqu'à ce que le serpent darde sa tête, l'avale et que commence l'infiniment lent processus d'ingestion —, se contenta de lui lancer : « Salut ! » et de vaquer de nouveau à ses tâches du dimanche matin.

La corneille était dans la cage du milieu, à peu près de la taille d'une penderie, et placée entre celle des deux petites nyctales et celle de la buse. Prince était bien là. Elle se sentait déjà mieux.

« Salut, Prince, mon grand. » Et elle lui adressa des claquements de langue, clac, clac.

Elle se retourna vers la fille qui donnait à manger au serpent. Elle n'était pas là, autrefois, lorsque Faunia venait voir sa corneille ; elle était sans doute nouvelle ; relativement nouvelle, en tout cas. Ça faisait des mois maintenant que Faunia elle-même n'était pas venue rendre visite à l'oiseau, depuis qu'elle était avec Coleman. Ça faisait déjà un certain temps qu'elle n'avait pas cherché moyen de fausser compagnie à la race humaine. Et ses visites étaient moins régulières depuis la mort des enfants, tandis que de leur vivant il lui arrivait de passer quatre à cinq fois par semaine. « Il peut sortir, hein ? il peut sortir une minute.

— Bien sûr, dit la fille.

— J'aimerais bien le prendre sur mon épaule », dit Faunia qui se pencha pour ouvrir le loquet maintenant la porte de verre de la cage. « Oh, bonjour, Prince ! Oh, Prince, que tu es un bel oiseau ! »

Une fois la cage ouverte, la corneille se percha sur le haut de la porte et y resta, tendant le cou de tous côtés.

Elle rit doucement · « Quelle expression superbe ! Il me toise », lança-t-elle à la fille. « Regarde », dit-elle à l'oiseau en lui montrant sa bague d'opale, cadeau de Coleman. C'était la bague qu'il lui avait offerte dans la voiture, le samedi d'août où ils étaient allés à Tanglewood. « Regarde, viens-là. Viens voir ici », chuchota-t-elle à l'oiseau en lui tendant son épaule.

Mais le corbeau refusa l'invite et rentra d'un bond dans sa cage pour reprendre sa vie sur son perchoir.

« Prince n'est pas d'humeur », dit la fille.

« Chéri, roucoula Faunia. Viens, viens par ici. C'est Faunia, c'est ton amie. Mon petit à moi. Allez, viens. » Mais l'oiseau ne voulait rien savoir.

« S'il sait que vous voulez l'attraper, il ne descendra pas, dit la fille. » À l'aide de ses pincettes, elle prit une autre souris parmi celles du plateau et l'offrit au serpent qui avait enfin enfourné dans sa gueule, millimètre par millimètre, la dernière qu'elle lui avait donnée. « S'il sait que vous essayez de le prendre, en général, il s'approche pas, mais s'il a l'impression que vous vous occupez pas de lui, alors il descend. »

Elles rirent toutes deux de ce comportement quasi humain.

D'accord, dit Faunia, je vais lui foutre la paix un moment. » Elle s'approcha de la fille : « J'adore les corneilles, c'est mon oiseau favori. Avec les corbeaux. J'habitais Seeley Falls, avant, alors je connais toute l'histoire de Prince. Je le connaissais déjà du temps qu'il traînait du côté de chez Higginson. Il volait les barrettes des petites filles. Il aime tout ce qui brille, les couleurs vives. Il était connu pour ça. Il y avait des petits articles sur lui, dans le journal. On racontait toute son histoire, les gens qui l'avaient élevé, après la destruction de son nid, et pourquoi il roulait des mécaniques devant le supermarché. C'était punaisé là, lui dit-elle en désignant un panneau d'affichage à l'entrée de la salle. Elles sont où, ces coupures de journaux ?

— Il les a lacérées. »

Faunia éclata de rire, bien plus fort que la fois précédente. « C'est lui qui les a lacérées ?

— À coups de bec. Il les a mises en pièces.

— Il voulait pas qu'on sache d'où il venait ? Il avait honte de ses origines ? Prince ! s'écria-t-elle en se tournant face à la cage dont la porte était restée ouverte, tu as honte de ton triste passé ? Oh, tu es un bon garçon, tu es un brave corbeau. »

À présent, elle remarquait l'un des animaux empaillés sur des socles, dans la pièce : « C'est un lynx, ça ?

— Oui, dit la fille, qui attendait patiemment que le serpent ait fini de darder sa langue en direction de la souris morte et qu'il l'ait attrapée.

— Il a été pris par ici ?

— Je sais pas.

— J'en ai vu, dans les montagnes. Celui que j'ai vu, il était tout à fait comme lui, là. Si ça se trouve, c'est même lui. » Elle rit de nouveau. Elle n'était pas ivre. Elle n'avait même pas avalé la moitié de son café avant de s'enfuir de la maison, alors un verre... Mais son rire retentissait comme celui d'une femme qui en a déjà bu plusieurs. En fait, elle se sentait simplement bien, là, avec le serpent, la corneille, le lynx empaillé, aucun d'entre eux ne cherchant à lui faire la leçon. Aucun d'entre eux ne s'apprêtant à lui faire la lecture du *New York Times*. Aucun d'entre eux ne tentant de lui faire subir des cours de rattrapage sur l'histoire de la race humaine ces trois derniers millénaires. Elle savait tout ce qu'elle avait besoin de savoir sur l'histoire de la race humaine : les brutes et les sans défense. Elle n'avait que faire des dates et des noms. Les brutes et les sans défense. De deux choses l'une, merde ! Personne ici n'allait la pousser à apprendre à lire, parce que personne ne savait, à part la fille. Le serpent, lui, il savait sûrement pas. Il savait tout juste bouffer les souris. Lentement et tout à loisir. Il avait tout son temps.

« C'est quoi, comme serpent ?

— Un serpent noir à rats.

— Il les mange tout entières ?

— Ouais.

— Ça se digère dans les boyaux.

— Ouais.

— Et il en mange combien ?

— Là c'est sa septième, mais il l'a avalée assez lentement, même pour lui. Ça va peut-être être sa dernière.

— Il en mange sept par jours ?

— Non, par semaine, par quinzaine.

— Et il sort de temps en temps ou bien c'est toute sa vie, ça ? » demanda-t-elle en désignant la cage de verre d'où le serpent avait été extrait pour se faire nourrir, dans la boîte en plastique.

« Il passe toute sa vie là-dedans.

— Il en a de la chance ! » dit Faunia qui se retourna pour regarder le corbeau, de l'autre côté de la pièce, toujours sur son perchoir, dans sa cage. « Écoute, Prince, moi je suis ici, et toi tu es là-bas, et je m'intéresse pas du tout à toi. Si tu veux pas venir te percher sur mon épaule, je m'en fous pas mal. » Elle montra du doigt un autre animal empaillé. « Et lui, là, qu'est-ce que c'est ?

— Un aigle pêcheur. »

Elle l'évalua, jetant un regard aigu à ses serres acérées : « Il a pas l'air commode », dit-elle avec un rire sonore.

Le serpent envisageait sa huitième souris. « Si j'arrivais à faire bouffer sept souris à mes gosses, moi, je serais la plus heureuse des mères. »

La fille sourit et dit : « Dimanche dernier, Prince est sorti, il volait dans la pièce. Aucun de nos oiseaux ne sait voler. Il est le seul. Il est même assez rapide.

— Ah oui, je sais.

— Je suis sortie jeter de l'eau, et il est allé tout droit vers la porte, pour se percher dans les arbres. Au bout de quelques minutes, il est arrivé trois ou quatre corneilles. Elles l'ont encerclé dans l'arbre.

Elles devenaient dingues. Elles l'embêtaient. Elles lui donnaient des coups sur le dos. Elles piaillaient. Elles lui rentraient dedans et tout et tout. Elles avaient rappliqué en quelques minutes. Prince a pas la voix qu'il faut. Il connaît pas la langue des corneilles. Elles l'aiment pas beaucoup par ici. Si bien qu'il a fini par descendre vers moi, parce que j'étais là. Elles l'auraient tué.

— Voilà ce qui arrive quand on a été élevé par l'homme. Voilà ce qui arrive quand on a traîné toute sa vie avec des individus comme nous. C'est la souillure de l'homme. » Elle le dit sans dégoût, ni mépris, ni condamnation. Pas même avec tristesse. *C'est comme ça.* Avec sa sécheresse coutumière, c'est tout ce que Faunia disait à la fille en train de donner à manger au serpent : Nous laissons une souillure, nous laissons une trace, nous laissons notre empreinte. Impureté, cruauté, sévices, erreur, excrément, semence — on n'y échappe pas en venant au monde. Il ne s'agit pas d'une désobéissance originelle. Ça n'a rien à voir avec la grâce, le salut, ni la rédemption. La souillure est en chacun. À demeure, inhérente, constitutive. La souillure qui est là avant sa marque. Sans son signe, elle est là. La souillure tellement intrinsèque qu'elle n'a pas besoin d'une marque. La souillure qui *précède* la désobéissance, qui *englobe* la désobéissance, défie toute explication, toute compréhension. C'est pourquoi laver cette souillure n'est qu'une plaisanterie. Et même une plaisanterie barbare. Le fantasme de la pureté est terrifiant. Il est dément. Qu'est-ce que la quête de la purification, sinon une impureté de plus ? Tout ce qu'elle voulait dire de la souillure, c'est qu'on n'y échappait pas. Il va de soi que Faunia ne pouvait pas penser autrement : créatures inévitablement souillées que nous sommes. Réconciliée avec cette horrible imperfection d'origine, elle est comme les Grecs, les Grecs de Coleman. Comme leurs dieux. Ils sont mesquins. Ils se disputent, ils se battent, ils haïssent, ils tuent, ils baisent. Zeus ne pense qu'à baiser : les déesses, les mortelles, les génisses, les ourses — et pas seulement sous sa forme à lui, mais, parce que c'est plus excitant, en prenant celle de la bête. Pour saillir une femme en taureau colossal. Pour s'offrir l'excentricité de la pénétrer sous l'aspect d'un cygne blanc qui bat des ailes. Il n'y a jamais assez de chair pour le roi des dieux, ni assez de perversité. Toute cette folie que le désir fait naître. Cette dépravation, cette dissolution. Les plaisirs les plus frustes. Et la fureur de cette épouse qui voit tout. Pas le dieu des Hébreux, infiniment seul, infiniment obscur, monomaniaque dans son essence de dieu unique hier aujourd'hui demain, qui n'a rien de mieux à faire que de s'inquiéter des Juifs. Pas non plus l'homme-dieu des chrétiens, parfaitement désexualisé, avec sa mère immaculée et toute la culpabilité et la honte qu'inspire cette désincarnation subtile. Mais plutôt Zeus le Grec, aux prises avec ses aventures, expressif, plein de vie, capricieux, sensuel, dans ses noces exubérantes avec la richesse de son existence ; rien d'un dieu solitaire, et rien d'un dieu caché. La souillure divine, au contraire. Cette religion-là, Faunia y verrait un fidèle miroir de la réalité si Coleman la lui avait révélée. Elle coïncide avec le fantasme outrecuidant d'avoir été fait à l'image de Dieu — soit, mais pas le nôtre, *le leur*. Un dieu débauché, un dieu corrompu, un dieu de la vie s'il en fut. Dieu : à l'image de l'*homme*.

« Ouais, c'est sûrement ça, le drame des humains qui élèvent des corneilles, répondit la fille sans bien saisir le raisonnement de Faunia mais sans passer tout à fait à côté non plus. Après, elles reconnaissent plus leur propre espèce. Lui, en tout cas. Et il faudrait, pourtant. Ça s'appelle l'empreinte. En fait, Prince, c'est une corneille qui sait pas être corneille. »

Tout à coup, Prince se mit à croasser, non pas en émettant le vrai cri des corneilles, mais avec cette voix qu'il s'était découverte par hasard, et qui rendait fous ses congénères. Il était sorti sur le haut de la porte, à présent, et il poussait des cris perçants.

Faunia se retourna avec un sourire engageant et lui dit : « Je vais prendre ça comme un compliment, Prince.

— Il imite les écoliers qui viennent ici et qui l'imitent, expliqua la fille. Vous savez, quand les gosses en sortie de groupe imitent la corneille ? C'est ça qu'il entend, lui. Les gosses font ça. Il s'est inventé une langue. D'après les gosses. »

Faunia, de sa voix étrange, déclara : « J'adore cette voix étrange qu'il s'est inventée. » En attendant, elle avait retraversé la pièce pour s'approcher de la cage, et elle n'était plus qu'à quelques centimètres de la porte. Elle leva la main, celle qui portait la bague, et dit à l'oiseau : « Tiens, tiens, regarde ce que je t'ai apporté pour jouer. » Elle retira la bague et la tendit à son niveau pour qu'il puisse la voir de près. « Elle lui plaît, ma bague d'opale.

— D'habitude on lui donne des clefs, pour jouer avec.

— Ah, mais c'est qu'il a eu de la promotion. Comme nous tous. Trois cents dollars, dit Faunia, allez, viens jouer avec. On t'offre une bague de prix et tu n'apprécies pas ?

— Il va la prendre, dit la fille. Il va l'emporter dans sa cage. Il est rat ! Il prend sa nourriture et il la flanque dans les fissures de la paroi pour donner de grands coups de bec dedans. »

À présent, l'oiseau serrait la bague dans son bec et

secouait la tête de droite à gauche. Alors, la bague roula sur le sol. Il venait de la laisser tomber.

Faunia se baissa, la ramassa, et la lui tendit de nouveau. « Si tu la fais tomber, je te la rends plus. Tu le sais. Je te fais cadeau d'une bague à trois cents dollars. Pour qui tu te prends, espèce de mac ! Si tu la veux, prends-la ; d'accord, O.K. ? »

Il la cueillit de nouveau dans son bec et la serra fermement.

« Merci », dit Faunia. Puis elle chuchota, pour que la fille ne l'entende pas : « Emporte-la dans ta cage. Vas-y, elle est pour toi. »

Mais il la laissa tomber de nouveau.

« Il est très malin, cria la fille à Faunia. Quand on joue avec lui, on lui met une souris dans une boîte qu'on ferme. Et il arrive toujours à ouvrir la boîte. C'est incroyable. »

Une fois de plus Faunia récupéra la bague et la lui offrit, et, une fois de plus, l'oiseau la prit et la fit tomber.

« Oh, Prince ! Tu l'as fait exprès ! C'est devenu un jeu, alors ? »

Croa, croa, croa. La corneille éructa son cri singulier à la figure même de Faunia.

Elle leva la main et se mit à lui caresser la tête, puis, tout doucement, le corps, en allant de haut en bas, et la corneille la laissa faire. « Oh, Prince, que tu as un beau plumage brillant. Il me chantonne une petite chanson, dit-elle d'une voix ravie, comme si elle venait de percer le secret de toute chose. Il chantonne », et elle se mit à fredonner en retour : « fiou, fiou, ummm ummm », en imitant l'oiseau qui était effectivement en train d'émettre un léger mugissement sous la caresse des plumes de son dos. Puis tout à coup, clac, clac, il se mit à claquer du bec. « Oh, c'est bon », chuchota Faunia, puis elle tourna la tête vers la fille, et, de son rire le plus franc, elle demanda : « Il est à vendre ? Ce clac clac m'a conquise, je vais le prendre. » Pendant ce temps, elle approchait ses lèvres du bec qui claquait, pour murmurer : « Oui, je vais te prendre, je vais t'acheter.

— Il mord, quand même. Attention à vos yeux, dit la fille.

— Oh, je le sais, qu'il mord. Il m'a bien mordue une fois ou deux. Le jour où on s'est rencontrés, il m'a mordue. Mais il claque du bec, aussi. Ah, écoutez-le claquer, les enfants. » Et elle se remémora à quel point elle avait voulu mourir. Deux fois. Là-haut dans sa chambre, à Seeley Falls. Le mois qui avait suivi la mort des enfants, deux fois j'ai essayé de me tuer, dans cette chambre. D'ailleurs, en intention, la première fois, c'est tout comme si j'avais réussi. Je le sais d'après ce que l'infirmière m'a raconté. Le machin, sur l'électrocardiogramme, qui définit les battements du cœur, on le voyait même plus. En principe, c'est mortel, elle m'a dit. Mais il y a des filles qui ont de la veine. Et j'avais tant voulu mourir. Je me revois prendre une douche, me raser les jambes, mettre ma plus jolie jupe. La longue, en jean, la portefeuille. Et mon chemisier de chez Brattleboro, cette fois-là, cet été-là, le brodé. Je me rappelle le gin, et le Valium, Je me rappelle vaguement la poudre, je sais plus comment ça s'appelle. Un genre de mort-aux-rats, amère ; j'en avais fourré un pudding au caramel. Est-ce que j'ai allumé le four ? Est-ce que j'ai oublié ? Est-ce que j'étais toute bleue ? Combien de temps j'ai dormi ? Quand est-ce qu'ils ont décidé d'enfoncer la porte ? Je ne sais toujours pas qui l'a fait. Pour moi, c'était l'extase, de me préparer. Il y a des instants de la vie qui méritent d'être célébrés. Des instants de triomphe. C'est pour ça qu'on a inventé les beaux vêtements. Oh, ce que je m'étais bien pomponnée. Je m'étais fait une tresse, je m'étais maquillé les yeux. Ma mère aurait été fière de moi, et c'est pas peu dire. Je lui avais téléphoné la semaine d'avant, pour lui apprendre que les gosses étaient morts. Première fois que je l'appelais depuis vingt ans. « C'est Faunia, maman. — Je ne connais personne de ce nom-là, désolée. » Et elle a raccroché. La garce. Quand je suis partie de la maison, elle a raconté à tout le monde : « Mon mari est strict, et Faunia n'arrivait pas à respecter les règles. Elle n'a jamais réussi à respecter les règles. » Couverture classique. Comme si on avait déjà vu des petites filles de bonne famille se sauver parce que leur beau-père est strict ! Si elle s'enfuit, espèce de garce, c'est parce que le beau-père n'est pas strict, justement. Parce que le beau-père est pervers, et qu'il est toujours après elle. En tout cas, moi, j'ai mis mes plus beaux vêtements. C'était bien le moins. La deuxième fois, je n'ai pas fait d'effort pour m'habiller. Et ça, ça veut tout dire. Le cœur n'y était plus, du fait que la première fois, ça avait raté. La deuxième fois, c'était brutal, impulsif, sans joie. La première fois avait mis tant de temps à venir, des jours et des nuits, il y avait une telle attente. Les mixtures, acheter la poudre, obtenir les ordonnances. Mais la deuxième fois, c'était bâclé. J'étais pas inspirée. Je crois que je me suis arrêtée parce que je supportais plus d'étouffer, ma gorge suffoquait, j'étouffais vraiment, je suis allée dénouer la rallonge. Il n'y avait pas eu ce genre de précipitation, la première fois. C'était calme, paisible. Les enfants partis, il n'y avait plus à s'inquiéter de personne, et j'avais tout mon temps. Si seulement j'avais fait ça bien. Quel plaisir j'y avais pris ! Finalement, quand il n'y en a pas, il y a ce dernier moment de joie où la mort devrait venir à l'appel de votre colère, sauf qu'on ne ressent pas de colère, mais seulement une exaltation. Je n'arrête pas d'y penser. J'y ai pensé toute la semaine. Il me lit des articles sur Clinton dans le *New York Times*, et moi, je ne pense qu'au docteur Kevorkian et à sa machine au gaz carbonique. Il suffit d'inspirer profondément. D'avaler jusqu'à ce qu'il n'y ait plus rien à inspirer.

« C'étaient de si beaux enfants, il a dit. On n'imagine jamais que ces choses-là puissent vous arriver, à vous ou à vos amis. Du moins Faunia a la foi que ses enfants sont avec Dieu, maintenant. »

Voilà ce qu'un connard a raconté aux journaux : DEUX ENFANTS ASPHYXIÉS DANS UN INCENDIE DOMESTIQUE. « "D'après les premiers comptes rendus de l'enquête, a dit le sergent Donaldson, les indices montrent qu'un chauffage mural..." Les riverains de cette route de campagne disent s'être aperçus de l'incendie lorsque la mère... »

Lorsque la mère des enfants a réussi à s'arracher à la bite qu'elle suçait.

« Le père des enfants, Les Farley, est sorti du hall quelques instants plus tard, ont dit les voisins. »

Prêt à me tuer une bonne fois pour toutes. Il m'a pas tuée. Et puis, moi non plus, je me suis pas tuée. Incroyable. Incroyable que personne n'ait encore expédié la mère des enfants morts.

« Non, je l'ai pas fait, Prince. Même ça, je l'ai raté. Et voilà comment », murmure-t-elle à l'oiseau dont le noir lustré est chaud sous sa main, et lisse, comme aucune surface jamais caressée par elle, « un corbeau qui ne sait pas vraiment être corbeau, et une femme qui ne sait pas vraiment être une femme... Nous sommes faits l'un pour l'autre. Épouse-moi. Tu es ma destinée, oiseau ridicule ». Puis elle fit un pas en arrière, et s'inclina : « Adieu, mon Prince ».

Et l'oiseau répondit. D'un cri haut perché qui ressemblait tellement à « Cool, cool, cool », que de nouveau elle éclata de rire. Elle se tourna pour faire au revoir à la fille et lui dit : « C'est toujours mieux que ce que les types ordinaires veulent bien me donner ! »

Et elle laissa la bague, cadeau de Coleman. Pendant que la fille avait le dos tourné, elle l'avait glissée dans la cage. Fiancée à un corbeau. La combine qui gagne.

« Merci ! cria Faunia.

— De rien, bonne journée », répondit la fille. Sur quoi Faunia retourna chez Coleman finir son petit-déjeuner et voir comment les choses allaient tourner de son côté à lui. La bague est dans la cage. Prince a la bague. Une bague à trois cents dollars.

L'excursion à Pittsfield pour voir le Mur ambulant eut lieu le 11 novembre, où l'on hisse le drapeau à mi-hampe et où on défile dans de nombreuses villes, tandis que les grands magasins font leurs soldes. Ce jour-là, les anciens combattants comme Les sont plus écœurés par leur pays, leurs compatriotes et leur gouvernement que n'importe quel autre jour de l'année. Alors comme ça, tout d'un coup, il était censé marcher au pas dans un défilé à deux sous, aux accents d'une fanfare, pendant que les gens agitaient des drapeaux ? Tout d'un coup, ça allait être un instant de bonheur pour tout le monde de reconnaître les vétérans du Vietnam ? Comment ça se fait qu'ils lui aient craché à la gueule quand il était rentré, s'ils étaient si contents de le voir là, aujourd'hui ? Comment ça se fait qu'il y ait des vétérans à la rue pendant que l'autre planqué dormait à la Maison-Blanche ? Willie l'anguille, commandant en chef des armées. Cet enfoiré. Il pelotait les gros nichons de sa Juivasse pendant que le budget des anciens combattants partait à vau-l'eau. Il a menti sur sa vie sexuelle ? Tu parles ! Le gouvernement, il ment sur tout ! Non, le gouvernement des USA avait déjà joué assez de mauvais tours à Les Farley sans ajouter encore la bouffonnerie de la Fête des anciens combattants. Et pourtant, il était là, en ce jour d'entre les jours, en route pour Pittsfield, dans le van de Louie. Ils se dirigeaient vers la réplique miniature du Mur, qui, depuis quinze ans ou presque, faisait le tour du pays. Du 6 au 16 novembre, on pourrait voir le monument au parking du Ramada Inn, sous l'égide des Vétérans d'outre-mer de Pittsfield. Avec Les se trouvait l'équipe même qui lui avait permis de traverser l'épreuve du dîner chinois. Ils n'allaient pas le laisser s'y pointer tout seul, et ils l'avaient rassuré sur ce point depuis le début : on y sera avec toi, on te soutiendra, on sera avec toi vingt-quatre heures sur vingt-quatre s'il le faut. Louie était allé jusqu'à lui dire qu'après, si c'était nécessaire, il pourrait rester chez lui, avec lui et sa femme, tout le temps qu'il faudrait, et qu'ils s'occuperaient de lui. « T'auras pas besoin de rentrer chez toi tout seul, Les, si tu veux pas. D'ailleurs je crois pas que tu devrais. Tu viens habiter chez moi et Tess. Tess, elle a tout vu. Tessie, elle comprend. T'as pas besoin de t'en faire pour elle. Quand je suis rentré, elle est devenue ma motivation. Moi, Je me disais, j'ai de conseils à recevoir de personne. J'entrais en rage pour un rien. Tu connais ça, tu sais tout ça, Les. Mais, Dieu merci, Tessie est restée auprès de moi avec constance. Et si tu veux, elle te soutiendra, toi aussi. »

Louie était un frère pour lui, le meilleur qu'un homme puisse espérer, mais parce qu'il voulait pas lui foutre la paix avec cette excursion au Mur, parce qu'il insistait avec un tel zèle fanatique pour qu'il le voie, ce mur, Les avait bien du mal à ne pas le prendre à la gorge et l'étrangler, ce salopard. Portoricain de merde, boiteux à la manque, fous-moi la paix, putain ! Arrête de me répéter que, à toi, il t'a fallu dix ans pour y aller, au Mur. Arrête de me répéter que ça t'a changé la vie. Arrête de me raconter que tu as fait la paix avec Mikey. Arrête de me raconter ce que Mikey t'a dit, là-bas. Je veux pas le savoir.

Pourtant, ils sont partis, ils sont en route, et de nouveau Louie lui répète : « "Je t'en veux pas, Louie", voilà ce qu'il m'a dit Mikey, et voilà ce que Kenny va te dire. Ce qu'il me disait, Les, c'est que ça allait, que je pouvais continuer à vivre.

— J'en peux plus, Lou, fais demi-tour.

— Relax, mon pote, on est presque à mi-chemin.

— Fais demi-tour, putain !

— Les, tu pourras jamais savoir si t'y vas pas. Il faut que t'y ailles, dit Louie gentiment, il faut que tu voies toi-même.

— Mais je veux *pas* voir, moi.

— Et si tu reprenais un peu de tes médicaments ? Un peu d'Ativan, un peu de Valium. Ça va pas te faire de mal d'augmenter un peu la dose. Donne-lui de l'eau, Chet. »

Une fois à Pittsfield, quand Louie eut garé le van en face du Ramada Inn, ce ne fut pas une mince affaire d'en extraire Les. « J'y vais pas », disait-il, et les autres restèrent autour du véhicule, dehors, à fumer, pour donner à l'Ativan le temps d'agir, avec le Valium. Depuis la rue, Louie l'avait à l'œil. Il y avait des tas de voitures de police et de cars. Une cérémonie était en train de se dérouler devant le Mur, on entendait quelqu'un parler dans un micro, un élu local, sans doute le quinzième à dégoiser depuis le matin : « Les gens dont les noms sont inscrits derrière moi sur ce mur sont vos parents, vos amis, vos voisins. Ce sont des chrétiens, des juifs, des musulmans, des Noirs, des Blancs, des Amérindiens — tous américains. Ils avaient fait serment de défendre et de protéger leur patrie, et ils ont donné leur vie pour tenir parole. Jamais aucun honneur, aucune cérémonie n'exprimera pleinement notre reconnaissance et notre admiration. J'aimerais partager avec vous un poème qui a été déposé devant le Mur il y a quelques semaines, dans l'Ohio : "Nous vous revoyons, souriants et fiers, et forts / Vous nous avez dit de ne pas nous inquiéter / Nous revoyons ces dernières embrassades..." »

Et quand le discours fut fini, il y en eut un autre « ... Mais avec ce mur de noms derrière moi, quand je regarde la foule, et que j'y vois les visages d'hommes de cinquante ans, comme moi, certains portants des médailles, et d'autres des vestiges d'uniforme, quand je vois un fond de tristesse dans leurs yeux, c'est peut-être ce qui reste du regard sur la ligne d'horizon que nous avons appris quand nous n'étions que des frères de misère, des fantassins, à quinze mille kilomètres de chez nous — quand je vois tout ça, je suis ramené trente ans en arrière. Le monument permanent que celui-ci reproduit a été inauguré le 13 novembre 1982, sur le Mall de Washington. Il m'a fallu à peu près deux ans et demi pour y aller. Quand je repense à cette époque, je sais que, comme beaucoup d'anciens du Vietnam, Je me gardais bien d'y aller, de peur de raviver les souvenirs douloureux. Si bien qu'un soir, à Washington, au coucher du soleil, je suis allé au Mur tout seul. J'ai laissé ma femme et mes enfants à l'hôtel — nous revenions de Disneyland — et j'y suis allé ; je me suis rendu tout seul devant son point le plus haut, à peu près là où je me tiens en ce moment. Et alors les souvenirs sont arrivés, un tourbillon d'émotions. Je me suis rappelé les gens avec qui j'avais grandi, joué au ballon, et qui sont sur ce mur, des gars de Pittsfield. Je me suis rappelé mon opérateur radio, Sal. On s'était rencontrés au Vietnam. On avait joué à "T'es d'où, toi?". Du Massachusetts. Du Massachusetts, mais où, dans le Massachusetts? De West Springfield, il était. Je lui ai dit que j'étais de Pittsfield, et il est mort un mois après mon départ. Je suis rentré en avril, j'ai acheté le journal local, et j'ai vu que Sal ne viendrait pas me retrouver à Springfield ou à Pittsfield pour boire un verre. Je me suis souvenu d'autres hommes avec qui j'avais servi... »

Puis il y eut une fanfare — une fanfare de l'infanterie, sans doute — qui joua l'*Hymne des Bérets verts*, d'où Louie conclut qu'il valait mieux attendre la fin de la cérémonie pour faire sortir Les. Il avait en effet chronométré leur arrivée de façon à leur épargner les discours et la musique qui prend aux tripes, mais, sur place, le programme avait sans doute commencé avec un peu de retard, de sorte qu'on était encore en plein dedans. En jetant un coup d'œil à sa montre, cependant, il vit qu'on allait sur midi : on n'en avait sans doute plus pour longtemps — et tiens! les voilà qui finissaient, justement. Le clairon solitaire jouait la *Sonnerie aux morts*. Ça n'était pas plus mal. Déjà pas drôle d'écouter la *Sonnerie aux morts* depuis la rue, parmi les voitures de flics et les cars vides, mais alors là-bas, au milieu des gens en larmes, la sonnerie plus le Mur... Il y eut la *Sonnerie aux morts*, déchirante, avec ses dernières notes terribles, puis la fanfare joua *God Bless America* et Louie entendit des gens, devant le Mur, chanter en chœur : « Depuis les montagnes, jusqu'aux prairies, les océans blancs d'écume... » et un instant plus tard, tout était dit.

À l'intérieur du van, Les tremblait toujours, mais apparemment il ne regardait plus derrière lui en permanence, et ne levait plus la tête qu'une fois de temps en temps pour voir passer les « machins ». Alors Louie s'introduisit laborieusement dans le véhicule et s'assit auprès de lui, sachant bien qu'en

338

cet instant toute la vie de Les se résumait à sa terreur de ce qu'il allait trouver ; il s'agissait donc désormais de le faire sortir, de l'emmener devant le Mur pour en finir.

« On va envoyer Swift en avant, Les, pour qu'il te trouve Kenny. Il est long, ce mur. Au lieu que ce soit toi qui cherches parmi tous ces noms, Swift et les autres vont y aller et ils vont te le repérer. Les noms sont écrits sur les panneaux par ordre chronologique. Ils y sont selon la date, du premier au dernier gars. On a la date de Kenny, tu nous as donné sa date, alors ça devrait pas prendre bien longtemps de le trouver.

— J'y vais pas. »

Lorsque Swift revint au van, il entrebâilla à peine la portière et dit à Louie : « Ça y est, on a Kenny, on l'a trouvé.

— O.K., c'est bon, Lester. Oublie ton angoisse. Tu vas marcher jusque là-bas. C'est derrière l'hôtel, en tournant le coin. Il va y avoir d'autres gens en train de faire la même chose que nous. Il y a eu une petite cérémonie officielle, mais c'est fini, t'as pas besoin de t'en faire. Y aura pas de discours, pas de baratin. Il y aura juste des gosses, des parents, des grands-parents, et ils vont tous faire la même chose. Ils vont poser des gerbes de fleurs. Ils vont dire des prières. Et puis, surtout, ils vont chercher des noms. Ils vont parler entre eux comme font les gens, Les, et il y en aura qui pleureront. C'est tout ce qu'il y a là-bas. Alors tu sais ce qui t'attend. Tu vas prendre ton temps, mais tu vas venir avec nous. »

Le temps était d'une tiédeur insolite pour un mois de novembre, et en s'approchant du Mur ils virent des tas de types en bras de chemise, et même des femmes en short. À la mi-novembre, les gens portaient des lunettes de soleil, mais à part ça, les fleurs, les gens, les enfants, les grands-parents, tout correspondait exactement à ce que Louie avait décrit. Le Mur ambulant lui-même ne le surprit pas, il l'avait vu dans des magazines, sur des tee-shirts, et une fois, à la télé, il avait aperçu le grand, celui de Washington, avant d'éteindre aussitôt. Là, s'étendant sur tout le macadam du parking, il voyait ces panneaux solidaires désormais familiers, cimetière perpendiculaire de dalles verticales noires biseautées à chaque bout, et portant des noms gravés en lettres blanches, en rangs serrés. Le nom de chaque mort était long à peu près comme le quart du petit doigt. Il avait fallu ça pour loger les 58 209 hommes qui n'allaient plus en promenade ni au cinéma, mais réussissaient à avoir une forme de vie, à travers leurs noms gravés sur un mur d'aluminium noir mobile, soutenu par un frêle cadre de bois dans le parking d'un Ramada Inn du Massachusetts.

La première fois que Swift était allé voir le Mur, il n'avait pas pu sortir du car ; les autres avaient dû le traîner, le traîner sur tout le chemin, jusqu'à ce qu'il soit devant. Après quoi il avait dit : « On entend le Mur pleurer. » La première fois que Chet y était allé, il avait cogné dessus à coups de poing en hurlant : « C'est pas le nom de Billy qu'il devrait y avoir, là, non, Billy, non, c'est le mien ! » La première fois que Lynx y était allé, il avait tendu la main pour le toucher, et sa main était restée comme ça, il pouvait plus la retirer — il avait eu un genre d'attaque, selon le médecin de la VA. La première fois que Louie était allé voir le Mur, il avait pas mis longtemps à comprendre de quoi il retournait, et il était allé droit au but : « Bon, Mikey, il avait dit à haute voix, me voilà, je suis là. » Et de sa voix à lui, Mikey avait répondu « Ça va, Lou, t'en fais pas. »

Toutes ces histoires sur ce qui peut se passer la première fois, Lester les connaît. Et maintenant, il est là pour la première fois, et il n'éprouve rien. Il ne se passe rien. Tout le monde lui dit qu'il va aller mieux, tu vas te faire à cette réalité, chaque fois que t'y retourneras ça ira mieux, jusqu'à ce qu'on puisse t'emmener à Washington et que tu retrouves le nom de Kenny sur le Grand Mur, et là, ça sera la vraie guérison spirituelle — et malgré toute cette mise en scène, il ne se passe rien. Mais rien. Swift a entendu le Mur pleurer — Les, lui, n'entend rien. Il ne ressent rien, il n'entend rien, et même, il ne se rappelle rien. C'est comme quand il a vu ses deux gosses morts. Tout ce cérémonial, et rien du tout. Il avait peur que l'émotion le submerge, et il n'éprouve rien, et c'est pire. Ça montre qu'en dépit de tout, en dépit de Louie et des virées au restaurant chinois, des médicaments, de la désintox, il avait bien raison de croire depuis le début qu'il était déjà mort. Au restaurant chinois, il a éprouvé quelque chose, et ça l'a temporairement induit en erreur. Mais à présent il est bien sûr d'être mort, parce qu'il n'arrive même pas à faire resurgir le souvenir de Kenny. Ce souvenir le torturait, dans le temps, et maintenant il ne peut plus établir aucun rapport avec lui.

Comme c'est sa première fois, les autres gravitent plus ou moins autour de lui. Ils ne s'éloignent que brièvement, un à la fois, pour aller rendre hommage à leurs propres compagnons d'armes, mais il y a toujours quelqu'un qui reste avec lui pour l'avoir à l'œil ; et celui qui revient l'entoure toujours de ses bras, le serre dans ses bras. En ce moment, ils se croient tous en phase comme jamais, et ils croient tous, parce que Les a l'air sonné comme il se doit, qu'il est en train de vivre l'expérience qu'ils ont voulu qu'il vive. Ils ne se doutent pas que quand il lève les yeux vers les trois drapeaux américains qui flottent, ainsi que celui des prisonniers de guerre et des portés disparus, à mi-hampe, au-dessus du parking, au lieu de penser à Kenny ou à la Fête des anciens combattants, il se dit que si les couleurs flottent à Pittsfield, c'est qu'on a enfin établi que Les Farley est mort. Officiel : tout à fait mort, et pas seulement à l'intérieur. Il ne le dit pas aux autres : à quoi bon ? La vérité s'impose. « Fier de toi, lui chuchote Louie. Je savais que t'en serais capable. Je savais que ça se passerait comme ça. » Swift est en train de lui dire : « Si jamais t'as besoin d'en parler... »

Une sérénité l'envahit, à présent, qu'ils prennent tous pour une réussite thérapeutique. Le Mur des Guérisons — c'est ce que dit le panneau devant l'hôtel, et c'est bien l'effet obtenu. Quand ils en ont fini de rester devant le nom de Kenny, ils déambulent le long du Mur avec Les, sur toute la longueur, et retour. Tous, ils regardent les gens chercher des noms, ils laissent Lester s'imprégner de la scène, ils lui font savoir qu'il est bien là à ce qu'il fait. « Ce mur-là, c'est pas pour grimper dessus, mon cœur », dit doucement une femme à un tout petit garçon en le ramenant de la partie basse par-dessus laquelle il regardait. « C'est quoi, son nom ? C'est quoi, le nom de famille de Steve ? » dit un homme âgé à sa femme tout en passant l'un des panneaux au crible, en comptant soigneusement avec son doigt, rang par rang, depuis le sommet. « C'est là », entendent-ils une femme dire à un petit bout de chou qui sait à peine marcher ; elle met un doigt sur un nom : « C'est là, mon poussin. C'est oncle Johnnie », et elle fait un signe de croix. « Tu es sûr que c'est à la ligne vingt-huit ? demande une femme à son mari. — J'en suis sûr. — Alors il doit être là ; panneau quatre, ligne vingt-huit. Je l'ai trouvé à Washington. — Écoute, je le vois pas. Je vais recompter. » « C'est mon cousin, dit une femme. Il était là-bas, il a ouvert une bouteille de Coca, et elle a explosé. Elle était piégée. Dix-neuf ans. Dix-neuf ans. À l'arrière. Il repose en paix, s'il plaît à Dieu. » Il y a un vétéran portant le képi de la Légion, agenouillé devant l'un des panneaux ; il aide deux dames noires, habillées comme pour la messe. « Comment il s'appelle ? demande-t-il à la plus jeune. — Bates, James. — Il est ici, dit le vétéran. — Il est là, m'man », dit la plus jeune.

Du fait que le Mur est deux fois moins grand que celui de Washington, il y a pas mal de gens obligés de s'agenouiller pour chercher les noms, et par conséquent les plus âgés, en particulier, ont bien du mal à les repérer. Des fleurs emballées dans de la cellophane sont posées contre le mur. Il y a un poème manuscrit sur un bout de papier qu'on a scotché au bas des dalles. Louie se penche pour lire les mots : « Étoile brillante, étoile éclatante, toi la première étoile allumée ce soir... » Il y a des gens qui ont les yeux rouges à force de pleurer. Il y a des anciens avec des casquettes noires comme celle de Louie, certains y ont accroché leurs médailles. Il y a un petit garçon joufflu d'une dizaine d'années qui tourne le dos au Mur, obstinément, en disant à une dame : « Je veux pas le lire ! » Il y a un gars plein de tatouages qui porte un tee-shirt de la première division d'infanterie (le tee-shirt annonce « La Grande Rouge »), qui serre ses bras contre son corps, et qui déambule dans un état second, en proie à des pensées terribles. Louie s'arrête, pose la main sur lui, et le serre dans ses bras. Toute l'équipe le serre dans ses bras ; ils s'arrangent même pour que Les en fasse autant. « Deux de mes copains de lycée sont là, ils ont été tués à vingt-quatre heures d'écart, dit un homme, dans les parages. Et on les a tous les deux veillés dans le même funérarium. Ç'a été un triste jour pour le lycée de Kingston. » « Il a été le premier d'entre nous à partir là-bas, dit quelqu'un d'autre, et le seul à ne pas revenir. Et tu sais ce qu'il aurait voulu, sous son nom, là ? Exactement la même chose qu'au Vietnam, moi je vais te le dire : une bouteille de Jack Daniel's, une paire de belles bottes, et un brownie fourré aux poils de chatte. »

Il y a un groupe de quatre gars qui parlent entre eux, et quand Louie les entend se remémorer leurs souvenirs, il s'arrête pour les écouter, et les autres attendent là, avec lui. Les quatre inconnus ont les cheveux gris — ils ont tous le cheveu rare et gris à présent, ou des boucles grises, ou encore, pour l'un d'entre eux, une queue-de-cheval grise, qui sort de sa casquette de Vétéran.

« Toi, t'étais motorisé, là-bas, non ?

— Ouais. On a pas mal crapahuté, mais tôt ou tard, on savait bien qu'on retournerait au camion.

— Nous, on a pas mal marché. On est allés jusqu'au Plateau central, où c'était le délire. On a fait toutes ces montagnes de merde.

— Il y a un autre truc, dans les transports, c'est que t'es jamais à l'arrière. Je crois que de tout le temps que j'ai fait là-bas, presque onze mois, j'ai dû me trouver sur ma base à mon arrivée, et quand je suis parti en reconnaissance, c'est tout.

— Quand les pistes bougeaient, ils savaient bien qu'on s'amenait ; et ils savaient aussi quand on allait être là. Alors ils nous attendaient avec le B 40, le lance-roquettes. Ils avaient tout le temps de cibler le tir, ils t'en réservaient une avec ton nom dessus. »

Tout à coup Louie s'immisce dans leur conversation : « On est là, dit-il de but en blanc aux quatre inconnus. On est là, hein ? On est tous là. On va échanger nos noms. On va échanger nos noms et nos adresses. » Et il sort son carnet de sa poche de derrière et, en s'appuyant sur sa canne, écrit tout ce qu'ils lui disent, pour pouvoir leur envoyer le bulletin d'information qu'il publie avec Tessie et envoie, à ses frais, deux fois par an.

Puis les voilà qui passent devant des chaises vides. Ils ne les avaient pas vues en venant, tellement ils étaient préoccupés par Les, qu'ils voulaient amener au Mur sans qu'il tombe, sans qu'il s'enfuie. Au bout du parking, il y a quarante et un vieux fauteuils métalliques pliants, d'un gris sale, sans doute récupérés dans un sous-sol d'église, et qu'on a disposés en demi-cercle comme pour une cérémonie de remise de diplôme, ou de médaille — trois rangs de dix et le dernier de onze. On les a disposés ainsi avec le plus grand soin. Scotché au dossier de chaque siège se trouve un nom — au-dessus du siège vide, un nom, un nom d'homme, imprimé sur une carte blanche. Tout un groupe de sièges, isolés, à l'écart, et, pour être sûr que personne ne s'asseye dessus, une corde les entoure sur les quatre côtés, avec un nœud souple d'étamine noir et pourpre.

Et une gerbe s'y trouve accrochée, une grande gerbe d'œillets rouges, et lorsque Louie, à qui rien n'échappe, s'arrête pour les compter, il découvre comme il s'y attendait qu'il y a quarante et une fleurs.

« Qu'est-ce que c'est ? demande Swift.

— C'est les gars de Pittsfield qui sont tombés. C'est leurs fauteuils vides, explique Louie.

— Ah, l'enflure ! dit Swift. Tu parles d'un massacre. Faut se battre pour gagner, sinon faut pas y aller. C'était vraiment une enflure ! »

Mais l'après-midi n'est pas fini pour eux. Sur le trottoir, devant le Ramada Inn, il y a un type maigre qui porte des lunettes, un manteau beaucoup trop chaud pour le temps qu'il fait, et qui paraît bien déjanté — il prend à partie les passants inconnus, il les montre du doigt, il postillonne à force de hurler, et voilà les flics qui sortent de leurs bagnoles pour essayer de le raisonner, pour le calmer avant qu'il frappe quelqu'un, ou qu'il dégaine un flingue et qu'il se mette à tirer. Dans une main, il a une bouteille de whisky — apparemment, c'est tout ce qu'il a sur lui. « Regardez-moi, il hurle, je suis une merde, et tous ceux qui me regardent le savent ! Et qui c'est qui m'a fait ça ? C'est Nixon ! C'est Nixon, c'est Nixon qui m'a fait marron, en m'envoyant au Vietnam ! »

Malgré la grande solennité avec laquelle ils s'entassent dans le van, chacun sous le fardeau de ses souvenirs, il y a du soulagement à voir Les, contrairement au gars qui craquait dans la rue, calme comme on ne l'avait jamais vu. Ce ne sont pas des hommes accoutumés à exprimer des sentiments transcendants, mais en présence de Les, ils éprouvent les émotions qui accompagnent ce genre d'élan. Sur le chemin du retour, chacun d'entre eux, Les excepté, saisit, au degré le plus haut qui lui soit accessible, le mystère d'être vivant et de se trouver dans le flux.

Il avait l'air serein, mais il faisait semblant. Il avait pris sa décision. Il allait se servir de sa voiture. Il les balancerait par-dessus bord, et lui avec. Il prendrait le long de la rivière, il leur arriverait dessus, dans la même file, la leur, au virage, au méandre de la rivière.

Il a pris sa décision. Rien à perdre, tout à gagner. C'est pas une de ces fois où on se dit, bon, s'il se passe ça, si je vois ça, si je pense ça, je le fais, et sinon non. Il a pris sa décision de telle sorte qu'il ne réfléchit même plus. Il s'est engagé dans une mission-suicide, et en lui c'est l'agitation des grands jours. Pas de mots. Pas de pensées. Il ne s'agit plus que de voir, d'entendre, de sentir — c'est la colère, l'adrénaline, c'est la résignation. On est pas au Vietnam. On est au-delà.

(De nouveau interné à la VA de Northampton l'année suivante, il essaie de dire en bon anglais à la psychologue ce pur état de non-être. Tout ça sous le secret médical, de toute façon. Elle est médecin, ça reste entre eux, question de déontologie. « À quoi pensiez-vous ? — Pensais pas. — Vous avez bien dû penser à quelque chose. — À rien. — À quel moment êtes-vous monté dans votre camionnette ? — À la nuit tombée. — Vous aviez dîné ? — Pas dîné. — Quelle était votre intention, en montant dans votre camion ? — Je savais ce que je voulais faire. — Vous saviez où vous alliez ? — Je voulais me le faire. — Qui ça ? — Le Juif, le professeur juif. — Pourquoi vous alliez faire ça ? — Pour me le faire. — Pourquoi, il le fallait ? — Il le fallait. — Pourquoi ? — À cause de Kenny. — Vous alliez le tuer ? — Oh oui, j'allais nous tuer tous. — C'était prémédité, alors ? — Non, pas prémédité. — Vous saviez ce que vous faisiez. — Oui. — Mais vous ne l'avez pas prémédité. — Non. — Vous vous croyiez encore au Vietnam ? — Pas au Vietnam. — Vous aviez des flash-back ? — Pas de flash-back. — Vous vous croyiez dans la jungle ? — Pas dans la jungle. — Vous pensiez que ça irait mieux après ? — Rien pensé. — Vous pensiez aux enfants ? C'était une forme de représailles ? — Pas de représailles. — Vous en êtes bien sûr ? — Pas de représailles. — Cette femme, m'avez-vous dit, a tué vos enfants. Vous m'avez dit : "C'est une pipe qui a tué mes enfants." Est-ce que vous n'essayiez pas de la faire payer ? De prendre votre revanche ? — Pas de revanche. — Vous étiez déprimé ? — Non, pas déprimé. — Vous sortiez dans l'intention de tuer deux personnes, sans parler de vous tuer aussi, et vous n'étiez pas en colère ? — Non, non, finie la colère. — Monsieur, vous montez dans votre camionnette, vous savez où les trouver, vous foncez dans leurs phares. Est-ce que vous êtes en train de me dire que vous n'avez pas essayé de les tuer ? — Je les ai pas tués. — Qui les a tués ? — Ils se sont tués tout seuls. »)

Conduire. C'est tout ce qu'il fait. Préméditer sans préméditer, savoir sans savoir. Les autres phares lui arrivent dessus, et puis ils disparaissent. Pas de collision ? O.K., pas de collision. Une fois qu'ils ont quitté la chaussée, il change de file et il continue à rouler. Il roule toujours. Le lendemain matin, en attendant de partir pour la journée avec son équipe de la voirie, il en entend parler au garage de la ville. Les autres sont déjà au courant.

Il n'y a pas eu collision, donc. Pourtant, lui, il lui avait bien semblé, mais enfin il n'a pas les détails, si bien que quand il rentre chez lui, après sa virée, et qu'il sort de la camionnette, il n'est pas sûr de ce qui s'est passé. Grande journée pour lui. 11 novembre. Fête des anciens combattants. Le matin, il s'en va avec Louie voir le Mur, l'après-midi il rentre, et le soir, il sort tuer tout le monde. Il l'a fait ? Impossible à savoir, parce qu'il n'y a pas eu collision. Mais c'est quand même un grand jour du point de vue thérapeutique. La deuxième moitié aura été plus thérapeutique que la première. Maintenant, il est parvenu à une vraie sérénité. Maintenant, Kenny peut lui parler. Ils étaient au feu côte à côte, lui et Kenny, ils étaient tous les deux passés en automatique, quand Hector, leur chef d'équipe, a ordonné en criant : « Prenez vos armes, on se tire d'ici ! » et puis voilà que Kenny est mort. Aussi vite que ça. Sur une colline. Ils étaient sous le feu ennemi, ils se repliaient. Et Kenny est mort. Pas possible. Kenny, son pote, un petit gars de la campagne, du même milieu que lui, sauf qu'il était du Missouri, ils allaient monter un élevage ensemble, un gars qui a vu mourir son père quand il avait six ans, qui a vu mourir sa mère quand il en avait neuf, et qui a été élevé ensuite par un oncle qu'il adorait et dont il parlait tout le temps, un fermier prospère, avec une exploitation de belle taille, cent quatre-vingts vaches laitières, douze machines à traire pouvant traire six vaches à la fois — Kenny vient d'avoir la tête emportée, il est mort.

À présent, on dirait que Les communique avec son pote. Il lui a montré qu'il l'avait pas oublié. Kenny voulait qu'il le fasse, alors il l'a fait. Maintenant il sait que ce qu'il a fait — quoi au juste, il n'est pas très sûr — il l'a fait pour Kenny. Même s'il a tué quelqu'un et qu'il va en taule, ça n'a pas d'importance — ça ne peut pas en avoir, puisqu'il est déjà mort. C'était la dernière chose qu'il restait à faire pour Kenny. À présent, les voilà quitte. Il sait que tout va bien de ce côté-là.

(« Je suis allé au Mur, et puis il y avait son nom et ç'a été le silence. J'ai attendu, attendu tant et plus, je l'ai regardé, il m'a regardé. J'ai rien entendu, rien ressenti, et c'est comme ça que j'ai compris que ça n'allait pas, pour lui. Il restait quelque chose à faire. Je savais pas quoi. Mais il m'aurait pas laissé comme ça. C'est pour ça qu'y avait pas de message pour moi. Parce qu'il me restait quelque chose à faire pour lui. Et maintenant ? Maintenant ça va, il est satisfait. Maintenant il peut reposer en paix. — Et vous, vous êtes toujours mort ? — Mais vous êtes conne ou quoi ? À quoi ça sert, alors, que j'essaie de vous parler, espèce de conne ! J'ai fait ça parce que je suis *déjà* mort ! »)

Le lendemain matin, à la première heure, il entend dire au garage qu'elle était avec le Juif, dans cet accident. Tout le monde reconstitue les faits : elle devait être en train de le sucer et il a perdu le contrôle de son véhicule, si bien qu'ils ont quitté la chaussée, défoncé la barrière et plongé tout droit dans les hauts-fonds de la rivière. Le Juif a perdu le contrôle de sa voiture.

Non, il n'associe pas cet accident avec ce qui s'est passé la veille au soir. Il était sorti en voiture, c'est tout ; dans un état d'esprit tout différent.

Il dit : « Ah ouais ? Qu'est-ce qui s'est passé ? Qui l'a tuée ?

— C'est le Juif. Il est sorti de la route.

— Elle devait être en train de le sucer.

— C'est ce qui se dit. »

Et c'est tout. Là-dessus non plus, il n'éprouve rien. Il n'éprouve toujours rien. Sinon sa souffrance personnelle. Pourquoi tant souffrir de ce qui lui est arrivé, à lui, alors qu'elle continue à faire des pipes aux vieux Juifs ? C'est lui qui souffre, et puis elle, elle se lève, et elle quitte le terrain.

En tout cas, pendant qu'il boit lentement son café au garage de la ville, c'est comme ça qu'il voit les choses.

Quand tout le monde se lève pour monter dans les camions, Les déclare : « M'est avis qu'on entendra plus de musique sortir de cette maison, le samedi soir. »

On ne comprend pas de quoi il parle, comme souvent, mais on rit quand même, et là-dessus, la journée de travail commence.

Si elle précisait qu'elle vivait dans l'ouest du Massachusetts, ses collègues abonnés à la *New York Review of Books* risquaient de remonter jusqu'à elle, surtout si elle décrivait son physique, et déclinait ses qualités. D'un autre côté, si elle ne précisait pas où elle habitait, elle risquait de ne pas obtenir une seule réponse dans un rayon de cent cinquante, deux cents, voire cinq cents kilomètres. Par ailleurs, étant donné qu'à travers toutes les annonces qu'elle avait étudiées dans la revue les femmes avouaient quinze à trente ans de plus qu'elle, comment faire pour dire son âge, et donc pour offrir d'elle un portrait fidèle, sans donner à soupçonner qu'elle devait avoir un vice caché, quelque chose qui clochait : une femme se prétendant si jeune, si séduisante, si accomplie, en être réduite à passer une petite annonce pour trouver un homme ? Si elle se décrivait comme passionnée, l'adjectif n'allait-il pas être hâtivement interprété par les obsédés comme une provocation délibérée, signifiant « facile », ou pire encore, auquel cas il allait lui pleuvoir un déluge de candidatures strictement indésirables. À l'inverse, qu'elle donnât l'impression d'être un bas-bleu pour qui le sexe passait nettement après les préoccupations intellectuelles, la recherche ou la carrière, et elle ne manquerait pas de s'attirer les réponses d'une catégorie d'hommes beaucoup trop « chastes et purs » pour quelqu'un comme elle, dotée d'une sensualité à fleur de peau, d'une composante érotique non négligeable. Si elle se déclarait « jolie », elle se fondrait dans la masse des filles « ratissant large » ; mais par ailleurs, si elle se déclarait d'emblée « très belle », si elle avait le courage d'affronter la vérité en évoquant le mot qui n'avait jamais paru excessif à ses amants, « *éblouissante** » (« *éblouissante ! tu as un visage de chat** »), spectaculaire, ou si, pour être précise en une trentaine de mots, elle invoquait la ressemblance notée par ses aînés avec Leslie Caron — son père se délectait outre mesure à en faire état—, il n'y aurait guère qu'un mégalomane pour ne pas être intimidé, pour accepter de la prendre au sérieux en tant qu'intellectuelle. Qu'elle écrivît « photo souhaitée », ou même simplement « photo svp » et l'on risquait d'en déduire à tort qu'elle plaçait la beauté au-dessus de l'intelligence, de l'érudition ou des raffinements culturels ; d'ailleurs, on pourrait très bien lui envoyer une photo retouchée, trop ancienne, ou qui soit carrément celle d'un autre. Cette demande risquait de décourager les hommes dont elle souhaitait la candidature. Mais si elle ne demandait pas de photo, elle courait le risque d'aller jusqu'à Boston, New York et plus loin encore pour dîner avec un homme qui ne lui conviendrait pas du tout, voire qui lui déplairait. Et qui ne lui déplairait d'ailleurs pas que physiquement. Et si c'était un menteur ? Et si c'était un charlatan ? Un psychopathe ? S'il avait le sida ? S'il était violent, vicieux, marié, indigent ? Si c'était un désaxé, dont elle ne pourrait plus se débarrasser ? Si elle donnait son nom et son adresse professionnelle à un dragueur patenté ? Cependant, à la première rencontre, comment ne pas donner son nom ? Une personne honnête, sans dissimulation, qui recherche une histoire d'amour passionnée censée déboucher sur le mariage et la fondation d'un foyer ne pouvait guère commencer par mentir sur un chapitre aussi fondamental que son nom. Quant à la question de la race, ne devrait-elle pas ajouter la mention courtoise « race indif. » ? Sauf que la race ne lui était pas indifférente. Elle devrait l'être, elle aurait dû l'être, et elle l'aurait peut-être été sans le fiasco qu'elle avait connu à Paris, à l'âge de dix-sept ans, et qui l'avait convaincue qu'un partenaire d'une autre race n'était pas envisageable, parce que inconnaissable.

Elle était jeune et aventureuse, alors, elle ne voulait pas s'embarrasser de circonspection. Issu d'une bonne famille de Brazzaville — fils de magistrat à la Cour suprême, disait-il —, il était venu faire des études à Nanterre dans le cadre d'un échange. Il s'appelait Dominique et elle l'avait pris pour son alter ego dans l'amour de la littérature, l'ayant rencontré à une

des conférences données par Kundera. Il l'avait draguée sur place, et à la sortie ils se régalaient encore
des considérations de Kundera sur *Madame Bovary*,
atteints qu'ils étaient tous deux de ce qu'elle considérait avec une certaine jubilation comme la Kunde-
rite. C'est que, à leurs yeux, Kundera était légitimé
par les persécutions subies en tant qu'écrivain
tchèque, et par le fait qu'il avait perdu la grande
bataille historique de libération menée par le peuple
tchécoslovaque. La dimension ludique de son œuvre
ne leur paraissait pas frivole, nullement frivole. *Le
livre du rire et de l'oubli*, ils l'adoraient. Il y avait
quelque chose qui inspirait confiance, dans cet écrivain. Son côté Europe de l'Est. Sa nature inquiète
d'intellectuel. Le fait que tout semblait difficile pour
lui. Ils étaient tous deux conquis par sa modestie, son
attitude d'anti-star, et tous deux croyaient à son
ethos de la pensée et de la souffrance. Toutes ces tribulations intellectuelles. Et puis son physique. Delphine était emballée par son physique de boxeur
retouché par la poésie, où elle lisait le signe des collisions inhérentes à son être.

Après la drague à la conférence de Kundera, l'expérience avec Dominique s'était située sur le seul
plan physique — de l'inédit pour elle. Seul le corps
était en jeu. Si parfaitement en phase avec la conférence de Kundera, elle s'était crue en phase avec
Dominique lui-même, et tout s'était passé très vite.
Au seul niveau de son corps. Dominique n'avait pas
compris qu'elle cherchait autre chose que du sexe.
Elle avait envie d'être autre chose qu'une pièce de
viande qu'on embroche et qu'on arrose. Or c'était
précisément ce qu'il avait fait, de son propre aveu :
l'embrocher, l'arroser. Il ne s'intéressait à rien
d'autre, et surtout pas à la littérature. Sois sexe et
tais-toi — telle avait été son attitude, où elle s'était en

somme laissé piéger, jusqu'à la nuit catastrophique où elle était allée chez lui et l'avait trouvé l'attendant avec un de ses amis. Non pas qu'elle en ait retiré des préventions raciales, mais elle se disait qu'elle ne se serait jamais trompée à ce point sur quelqu'un de sa race. C'était son pire échec, et elle ne s'en remettait pas. La rédemption n'était venue qu'avec le professeur qui lui avait fait cadeau de la bague romaine. Du sexe, oui, fabuleux, mais *avec* métaphysique. Sexe et métaphysique avec un homme qui fait le poids, et n'en tire pas vanité. Quelqu'un comme Kundera. C'est l'idéal.

Le problème à résoudre, seule devant son ordinateur, longtemps après la tombée de la nuit, dernière présence dans Barton Hall, incapable de quitter son bureau, incapable d'affronter une nuit de plus dans son appartement sans même la compagnie d'un chat, le problème est de glisser dans l'annonce, quelle que soit la subtilité du code, quelque chose qui dise en substance « hommes de couleur s'abstenir ». Si l'on découvrait à Athena qu'elle s'était livrée à cette restriction, *elle* — ça ne passerait jamais ; elle avait grimpé trop vite les échelons de la hiérarchie universitaire. Cependant, elle n'avait pas le choix, il lui fallait demander une photo alors qu'elle savait bien — elle le savait parce qu'elle s'efforçait de penser à tout, de proscrire toute naïveté et, d'après sa maigre expérience de femme seule, de prendre en compte les comportements des hommes — que rien n'empêcherait l'homme assez sadique ou pervers d'envoyer une photo particulièrement équivoque sur le plan racial.

Décidément, il était trop risqué de passer une annonce pour rencontrer un compagnon d'un calibre introuvable parmi les hommes d'une fac aussi atrocement provinciale qu'Athena. Et d'ailleurs, elle était au-dessus de ça, elle ne pouvait pas le faire, elle ne devait pas le faire. Mais elle avait beau évaluer les aléas, les dangers caractérisés de se présenter à des inconnus comme une femme en quête d'un compagnon à sa mesure, elle avait beau savoir que la présidente du département de Langues et Littératures serait bien avisée de ne rien révéler d'autre à ses collègues que le visage d'un professeur-chercheur sérieux au lieu de se découvrir comme une femme ayant des désirs et des besoins qui, quoique humains, pouvaient être délibérément déformés pour les tourner en dérision, elle prenait le risque ; elle, qui venait de dépêcher par e-mail à ses collègues ses réflexions sur les thèses de troisième cycle, essayait de formuler une petite annonce qui corresponde aux codes linguistiques classiques de la *New York Review* en la matière, mais qui n'en donne pas moins un compte rendu fidèle de son calibre à elle. Elle planchait sur le problème depuis plus d'une heure à présent, et elle n'avait toujours pas trouvé de formule qui ménage assez son amour-propre pour l'envoyer par e-mail à la revue, au besoin sous pseudonyme.

Ouest Mass. 29 a. Prof. fac. Parisienne, menue, passionnée, tt aussi à l'aise ds Molière que

Berkshires. Cérébrale ; belle universit. Tt aussi à l'aise devt médaillons de veau qu'à la barre du dépt des Lettres class., cherche

Univers., célib., race bl., sér., cherche

Cél., race bl., universit., diplômée Yale. Petite brunette élégante née à Paris ; attirée par recherche, amateur litt., cherche

Séduis. universit., sér., cherche

Française résid. Mass. Cél., race bl., doct. État,
cherche

Cherche quoi, au fait ? N'importe quoi. N'importe
quoi sauf ces hommes d'Athena — les faiseurs de
boutades, les efféminés tendance vieilles dames, les
timorés, les pères de famille forcenés, les papas-
poules, tous si sérieux, si émasculés. Le fait qu'ils se
vantent d'exécuter la moitié des tâches domestiques
la révolte. C'est insupportable. « Oui, il va falloir que
j'y aille, il faut que je relève ma femme. Il faut que je
change les couches aussi souvent qu'elle, vous comprenez. » Les entendre se vanter d'être serviables la
révulse. Qu'ils partagent les tâches, soit, mais qu'ils
aient le bon goût de n'en rien dire. Pourquoi se donner en spectacle dans le rôle du mari qui fait sa part ?
Qu'ils le fassent, mais qu'ils se taisent ! Son écœurement la différencie fortement de ses collègues
femmes qui valorisent au contraire la « sensibilité »
de ces hommes. Ce déluge de louanges à leurs
femmes, c'est donc de la « sensibilité » ? « Oh, Sara
Lee est une si prodigieuse ceci ou cela... Elle a déjà
publié quatre articles et demi... » Le Grand Sensible
se doit d'être le chantre de son épouse. Il ne sait pas
parler d'une exposition au Met de New York sans
cette préface : « Sara Lee dit que... » Soit ils font
l'éloge de leur femme de manière hyperbolique, soit
ils sombrent dans un silence de mort. Le mari se tait ;
il s'enfonce dans la dépression. C'est un phénomène
qu'elle n'a jamais rencontré dans aucun autre pays.
Si Sara Lee n'arrive pas à trouver de poste à l'université alors que lui, mettons, a bien du mal à garder le
sien, il préférera le perdre pour ne pas qu'elle croie se
faire flouer. Il irait jusqu'à tirer une certaine fierté
d'un renversement de situation qui l'obligerait à res-

ter au foyer pendant qu'elle travaillerait. Cet homme-là, une Française, et même une Française féministe, le trouverait navrant. La Française est intelligente, sexy, elle est vraiment indépendante, elle : s'il parle plus qu'elle, où est le problème ? Y a t-il de quoi prendre feu et flammes ? On ne l'entendra jamais dire : « Ooh, vous avez vu comme elle est sous la coupe de cette brute de mari assoiffé de pouvoir ? » Non, plus elle est femme, plus la Française veut que l'homme projette une aura de pouvoir. Oh, comme elle l'avait appelé de ses vœux à son arrivée à Athena, cinq ans auparavant, cet homme de pouvoir ! Seulement voilà, le gros des collègues hommes encore un peu jeunes, c'est cette bande de pères de famille émasculés, peu stimulants sur le plan intellectuel, terre à terre, époux thuriféraires de Sara Lee — elle en a étiqueté le type sous le vocable « Papa Pampers » pour la plus grande joie de ses amis parisiens.

Et puis il y a les Coiffés. Les Coiffés sont les écrivains résidents, ce phénomène américain d'une rare prétention. Sans doute n'a-t-elle pas vu les plus puants d'entre eux dans la petite université d'Athena, mais les deux spécimens locaux sont tout de même gâtés. Ils viennent faire cours une fois par semaine, ils sont mariés, ils lui font des avances, ils sont infernaux. Quand pouvons-nous déjeuner ensemble, Delphine ? Désolée, pense-t-elle, mais vous ne m'impressionnez pas. Ce qu'elle aimait chez Kundera, pendant ses conférences, c'est qu'il était toujours un peu en retrait, voire un peu minable, parfois, grand écrivain *malgré lui** en tout cas c'est ainsi qu'elle le percevait, et c'est ce qu'elle aimait en lui. Mais elle n'aime pas, elle trouve même insupportable le genre : C'est moi l'écrivain qui sévit en Amérique et qui, quand il la regarde, pense (elle en est sûre) : Toi, la Française, tu auras beau avoir ton assurance, ton élégance, ton éducation élitiste, cent pour cent françaises, tu ne seras jamais qu'une universitaire, tandis que moi, je suis l'écrivain — nous ne sommes pas sur un pied d'égalité.

Ces écrivains-résidents, pour autant qu'elle en juge, consacrent un temps considérable à leurs couvre-chefs. Oui, le poète comme le prosateur font une extraordinaire fixation sur leur chapeau, et c'est pourquoi dans ses lettres elle les épingle comme « les Coiffés ». L'un des deux se déguise en Charles Lindbergh, et porte donc son antique casque de pilote ; la relation entre ce casque et l'écriture, surtout l'écriture stipendiée, échappe à Delphine. Les lettres pleines d'esprit qu'elle envoie à Paris font état de ses spéculations en la matière. L'autre auteur, c'est le genre feutre mou — le type discret — avec la plus grande affectation, comme il se doit ; il doit bien passer huit heures devant son miroir pour obtenir cette allure décontractée. Il est vaniteux, ses livres vous tombent des mains, il est marié pour la cent quatre-vingt-sixième fois, et incroyablement imbu de lui-même. Il lui inspire plus de mépris que d'antipathie. D'ailleurs, perdue au fin fond des Berkshires, en mal de romance, il lui arrive d'avoir pour les Coiffés des sentiments mitigés et de se demander si elle ne devrait pas les prendre au sérieux, ou du moins les envisager comme partenaires érotiques. Mais non, comment faire, après ce qu'elle a écrit à Paris... Il faut qu'elle leur résiste, ne serait-ce que parce qu'ils essaient d'emprunter son propre vocabulaire. Parce que l'un des deux, le plus jeune, celui qui est tout juste un peu moins fat que l'autre, a lu Bataille, parce qu'il a une vague teinture bataillienne, une vague teinture hégélienne, elle est sortie avec lui plusieurs fois. Jamais un homme ne s'est désérotisé aussi vite sous ses yeux : à chaque mot qu'il prononçait, puisqu'il parlait son langage à elle — sur lequel elle commence du reste à avoir quelques doutes —, ses lectures le discréditaient irrémédiablement en tant que partenaire.

Tandis que les plus âgés, les moins branchés, ceux qui portent des vestes en tweed, les « humanistes »... Certes, dans les colloques, dans les articles, il lui faut bien se conformer à la langue de sa profession, mais l'humaniste est la part d'elle-même qu'elle a parfois conscience de trahir, et c'est pourquoi ces hommes l'attirent ; parce qu'ils sont fidèles à eux-mêmes, et la considèrent comme une traîtresse, elle le sait bien. Ses cours trouvent une audience, mais ils n'ont que mépris pour cette audience, ils voient là un phénomène de mode. Les hommes d'un certain âge, les humanistes, les humanistes traditionalistes de la vieille école, ceux qui ont tout lu, ceux qui vivent l'enseignement comme un sacerdoce, à son sens, lui donnent parfois l'impression d'être un peu superficielle. Son public les fait rire, ses recherches, ils les méprisent. Dans les réunions, ils n'ont pas peur de dire ce qu'ils pensent, alors qu'il y aurait de quoi ; en cours, ils n'ont pas peur de dire leur sentiment, alors qu'il y aurait de quoi, là encore. Le résultat, c'est que, devant eux, elle se lézarde. Comme elle n'a pas elle-même une si inébranlable conviction quant au prétendu discours qu'elle a acquis à Paris et à New Haven, elle se lézarde en son for intérieur. Pourtant ce langage qu'elle emploie lui est indispensable si elle veut réussir. Toute seule en Amérique, elle a besoin de tant de choses pour réussir. Or, tout ce qu'il faut pour réussir est plus ou moins compromettant, si bien qu'elle a le sentiment d'être de moins en moins authentique ; et elle a beau dramatiser sa situation en disant que, tel Faust, elle a fait un « marché de dupes », cela ne l'avance guère.

Il y a des moments où elle a le sentiment de trahir

Kundera à titre personnel et alors, en silence, quand elle est seule, elle se le représente et lui parle ; elle lui demande pardon. Le propos de Kundera, dans ses conférences, était de libérer l'intelligence de la sophistication française, de parler du roman comme traitant des êtres humains, de la comédie humaine ; son propos était de délivrer ses étudiants des pièges séduisants du structuralisme et du formalisme, de l'obsession de la modernité, de les purger de cette théorie française dont on les avait gavés ; l'écouter lui a procuré un soulagement immense, car malgré sa réputation, sa réputation croissante dans la recherche, elle a toujours trouvé difficile d'aborder la littérature sous l'angle de la théorie littéraire. Entre ce qui lui plaisait et ce qu'elle était censée admirer, entre ce qu'elle était censée dire de ce qu'elle était censée admirer et la façon dont elle se parlait à elle-même des auteurs qui lui étaient précieux, il y avait parfois un tel décalage que son sentiment de trahir Kundera, sans être le problème majeur de sa vie, lui inspirait parfois la honte qu'il y aurait à trahir en son absence un amant gentil et confiant.

Curieusement, le seul homme avec qui elle soit sortie souvent se trouve être le personnage le plus conservateur du campus, Arthur Sussman, un divorcé de soixante-cinq ans, économiste à l'université de Boston, qui devait devenir secrétaire d'État au Trésor durant le second mandat de Ford. Il est un peu raide, un peu corpulent, et porte toujours costume. Il a horreur des quotas ethniques, il déteste Clinton, il vient de Boston une fois par semaine, on le paie une fortune et il est censé donner du cachet à la fac, situer Athena sur la carte universitaire. Les femmes, en particulier, sont convaincues que Delphine a couché avec lui, ne serait-ce que parce qu'il a eu du pouvoir autrefois. Elles les voient parfois déjeuner ensemble à la cafétéria. Il arrive à la cafétéria, affichant un air d'ennui abominable jusqu'à ce qu'il la voie ; et lorsqu'il lui demande s'il peut s'asseoir à sa table, elle lui répond : « Vous nous faites l'honneur de votre présence, aujourd'hui — quelle libéralité ! » ou quelque chose du même style. Il aime bien qu'elle se moque de lui — jusqu'à un certain point. Pendant le déjeuner ils ont ce que Delphine appelle une « vraie conversation ». Avec un excédent budgétaire de trente-neuf milliards de dollars, lui dit-il, le gouvernement ne rend rien aux contribuables. Ce sont eux qui ont gagné cet argent, c'est à eux qu'il revient de le dépenser ; il n'est pas normal que des bureaucrates décident à leur place de ce qu'ils doivent faire de leur argent. Au fil du déjeuner, il lui explique en détail pourquoi il faut confier la Sécurité sociale aux spécialistes des investissements privés. Tout le monde devrait investir dans son avenir, lui dit-il. Pourquoi confier au gouvernement le soin d'y pourvoir ? La Sécurité sociale vous a rapporté *tant*, alors que sur la même période de temps des placements boursiers vous auraient rapporté deux fois plus, voire davantage ? Le maître mot de son argument, c'est toujours la souveraineté de l'individu, la liberté individuelle ; ce qui lui échappe, ose dire Delphine à l'ex-futur secrétaire d'État, c'est que la plupart des gens n'ont pas assez d'argent pour que se pose la question du choix, et pas assez d'instruction pour prendre la mesure des situations — la maîtrise du marché n'est pas suffisante. Son modèle, elle ne se prive pas de le lui montrer, repose sur une notion de la liberté individuelle qui se ramène à une souveraineté radicale en termes de marché. L'excédent budgétaire et la Sécurité sociale, telles sont les deux questions qui le tracassent, et ils en parlent tout le temps. Apparemment, s'il déteste Clinton, c'est surtout pour avoir proposé une version démocrate de ce qu'il souhaitait lui-même. « Encore heureux qu'on ait viré ce petit branleur de Bob Reich, dit-il, il aurait fait dépenser des milliards de dollars à Clinton pour recycler des gens sur des emplois qu'ils sont incapables d'occuper. Encore heureux qu'il ait quitté le cabinet. Au moins, ils ont mis Bob Rubin à sa place, ça fait déjà un type de bon sens, qui sait où on enterre les corps. Au moins, entre lui et Alan, les taux d'intérêt sont à leur place, et ils ont maintenu le redressement... »

La seule chose chez lui qui plaise à Delphine, outre ses propos d'initié grincheux sur les problèmes économiques, c'est qu'il connaît aussi Marx et Engels sur le bout du doigt. Plus impressionnant, il connaît de très près leur *Idéologie allemande*, texte qui l'a toujours fascinée et qu'elle adore. Quand il l'emmène dîner à Great Barrington, les choses prennent un tour à la fois plus romantique et plus intellectuel qu'aux déjeuners à la cafétéria. Pendant le dîner, il aime bien parler français avec elle. L'une de ses conquêtes, il y a des lustres, était une Parisienne, dont il est capable de parler pendant des heures. Delphine n'est pas bouche bée quand il parle de cette liaison parisienne, cependant, ni des innombrables flammes qui l'ont précédée et suivie. Il se vante en permanence de ses bonnes fortunes, avec une suavité qu'elle cesse assez vite de trouver suave, en somme. Qu'il puisse se figurer l'impressionner avec ses conquêtes l'exaspère, mais elle s'en accommode et sombre seulement dans un léger ennui, parce que par ailleurs elle a plaisir à dîner avec un homme intelligent, affirmé, un homme du monde qui a beaucoup lu. À table, lorsqu'il lui prend la main, elle lui glisse invariablement un mot qui lui suggère, avec tout le tact requis, que, s'il s'imagine coucher avec elle, il perd la tête. Parfois, dans le parking, il l'attire à lui en lui entourant les fesses de ses mains, et il la serre. « Je ne peux tout de même pas sortir avec vous à longueur de temps sans que la passion s'en mêle un peu, lui dit-il. Je ne peux pas sortir une femme aussi belle que vous, parler avec elle tant et plus et m'en contenter. — En français, on a un dicton..., lui dit-elle. — Qui dit quoi ? demande-t-il, espérant faire l'acquisition d'un bon mot en prime de sa soirée. — J'ai oublié, répond-elle avec un sourire, ça me reviendra », et c'est ainsi qu'elle se dégage de ses bras étonnamment puissants. Elle le prend par la douceur, parce que ça marche, et elle le prend par la douceur parce qu'il croit que c'est une question d'âge, alors que, comme elle le lui explique dans la voiture, sur le chemin du retour, cela n'est rien d'aussi banal. « C'est une question d'état d'esprit, je suis ainsi faite », lui dit-elle, et en désespoir de cause, la voilà débarrassée de lui pour deux ou trois mois, jusqu'à ce qu'elle le voie reparaître à la cafétéria et la chercher des yeux. Parfois il lui téléphone tard, la nuit, ou aux petites heures du matin ; il est dans son lit à Back Bay, et il a envie de parler de sexe avec elle. Elle préfère parler de Marx, répond-elle, et il n'en faut pas plus pour mettre un terme aux entreprises de cet économiste conservateur. Et pourtant les femmes qui ne l'aiment pas sont persuadées qu'elle a couché avec lui parce qu'il a du pouvoir. Il ne leur vient pas à l'esprit qu'avec la vie lugubre et solitaire qui est la sienne ça ne l'intéresse pas de devenir une maîtresse qu'Arthur Sussman arborerait à son revers. L'une d'entre elles aurait dit, paraît-il, qu'elle est tellement « dépassée, tellement Simone de Beauvoir », voulant dire par là que Simone de Beauvoir s'était vendue à Sartre, que c'était une femme très intelligente mais, en fin de compte, l'esclave de Sartre. Pour ces femmes, qui l'observent au déjeuner avec Arthur Sussman et qui se méprennent complètement, tout est problème, tout renvoie à des positions idéologiques, tout est trahison, il s'agit toujours de se vendre. Beauvoir s'est vendue, Delphine s'est vendue, etc. Delphine a quelque chose qui les fait verdir de jalousie.

Encore un problème pour elle : elle ne tient pas à s'aliéner ces femmes, et pourtant, philosophiquement, elle n'est pas moins isolée d'elles que des hommes. Elle serait mal avisée de le leur dire, mais elles sont plus féministes qu'elle, à l'américaine du moins ; elle serait mal avisée de le leur dire, car elles se désintéressent assez d'elle comme ça, et semblent toujours savoir quelles sont ses positions, et soupçonner ses mobiles et ses visées : elle est séduisante, jeune, mince, d'une élégance naturelle, elle est montée si vite si haut que sa réputation commence déjà à franchir les limites de l'université, et, comme ses amies parisiennes, elle n'a nul besoin de s'encombrer de leurs clichés, ces clichés mêmes qui émasculent si vigoureusemnent les Papa Pampers. Il n'y a que dans son billet anonyme à Coleman Silk qu'elle ait emprunté leur rhétorique, et encore, au départ de manière fortuite, sous le coup de la tension nerveuse, mais finalement de propos délibéré, pour masquer son identité. Au vrai, elle n'est pas moins émancipée que ces féministes d'Athena, peut-être même l'est-elle davantage, elle qui a quitté son pays, qui a eu l'audace de quitter la France, qui travaille beaucoup à son poste, et tout autant à ses publications, et qui veut réussir. Seule comme elle l'est, il faut bien qu'elle réussisse. Car elle est toute seule, sans appui, sans foyer, expatriée, *dépaysée**. Dans un pays libre, certes, mais souvent si tristement *dépaysée**. Des ambitions, oui, elle en a, et davantage que toutes ces rigides amazones féministes réunies. Mais elle plaît aux hommes, et parmi eux à un homme aussi éminent qu'Arthur Sussman, mais elle s'amuse à porter la dernière veste Chanel sur un jean serré ou une robe débardeur en été, elle a un faible pour le cuir et le cachemire, et cela les femmes ne le lui pardonnent pas. Elle se fait bien une règle de fermer les yeux sur leurs accoutrements effroyables, elle, alors de quel droit s'attardent-elles sur ce qu'elles considèrent comme relaps dans ses allures ? Elle n'ignore rien de ce qu'elles disent dans leur agacement. Elles disent ce que disent les hommes qu'elle respecte à contrecœur, elles dénoncent son imposture, elles lui contestent toute légitimité, et c'est d'autant plus blessant. Elles disent : « Elle trompe les étudiants. » « Comment se fait-il qu'ils ne voient pas clair dans le jeu de cette femme ? » « Ils ne voient pas que c'est un phallocrate français travesti ? » Elles disent qu'on l'a élue présidente du département parce qu'il n'y avait personne d'autre. Et elles se moquent de son vocabulaire. « Mais c'est qu'elle doit son audience à son charme intertextuel. C'est sa relation à la phénoménologie. Quelle phénoménologue de choc, ah ah ah ! » Elle sait bien ce qu'elles disent pour la tourner en dérision, et pourtant, en France et à Yale, elle se souvient d'avoir vécu pour ce vocabulaire ; elle pense qu'on ne peut pas faire de bonne critique littéraire sans. Il lui faut bien connaître les phénomènes d'intertextualité. Est-ce que ça la condamne à l'imposture ? Non ! ça veut seulement dire qu'elle est inclassable. Il y a même des milieux où on verrait là ce qui fait son aura. Mais qu'on soit un tant soit peu inclassable dans un trou perdu comme cette fac, voilà qui agace tout le monde — et jusqu'à Arthur Sussman. Bon sang, elle pourrait quand même accepter de faire l'amour au téléphone ! Mais qu'on soit inclassable, ici, qu'on soit quelque chose d'inassimilable, et c'est l'enfer qui commence. Que cet aspect d'elle fasse partie de son *bildungsroman*, qu'elle se soit toujours épanouie ainsi, voilà ce que personne ne comprend, à Athena.

Il y a une cabale de trois femmes — une professeur de philosophie, une de sociologie et une troisième d'histoire — qui la rendent particulièrement folle. Leur animosité contre elle tient au seul fait qu'elle n'est pas un bœuf de labour, comme elles, qu'elle a du chic, qu'elle n'a pas lu toutes les revues savantes. Parce que leurs notions de l'indépendance, américaines, diffèrent des siennes, françaises, on se désintéresse d'elle en disant qu'elle fait le jeu des mâles de pouvoir. Mais qu'a-t-elle fait au juste pour s'attirer leur méfiance, sinon mener si aisément ses rapports avec les hommes de la faculté ? C'est vrai qu'elle est allée dîner à Great Barrington avec Arthur Sussman. Est-ce que ça veut dire qu'elle ne se considère pas comme son égale intellectuellement ? La question ne se pose même pas, dans son esprit. Ce n'est pas qu'elle soit flattée de sortir avec lui, mais elle est curieuse de l'entendre parler de *L'Idéologie allemande*. Du reste, au début, elle a essayé de déjeuner avec ces trois femmes, et quelle condescendance ! Elles se sont bien gardées de lire ce qu'elle écrit — aucune d'entre elles n'en a jamais lu une seule ligne. Leur préjugé est purement épidermique. Tout ce qu'elles voient, c'est que Delphine se sert de ce qu'elles appellent avec dérision « sa petite aura française » sur les hommes titulaires de leur poste. Pourtant, elle est si fort tentée de courtiser la cabale, de dire à ces femmes sans circonlocutions qu'elle ne l'aime pas, sa fameuse aura française, sinon elle vivrait en France. Et qu'elle n'a pas la mainmise sur les professeurs mâles, car elle n'a la mainmise sur personne. Sinon que ferait-elle là, toute seule, dernière personne encore dans son bureau de Barton Hall, à dix heures du soir ? Il ne se passe guère de semaine sans que ses tentatives auprès de ces trois femmes se soldent par un échec, ces femmes qui l'enragent, qui la déconcertent mais qu'elle ne peut circonvenir ni par le charme ni par la stratégie subtile, qu'elle ne peut séduire d'aucune manière. « Les Trois Grâces », comme elle les appelle dans ses lettres à Paris, sauf qu'elle l'écrit perfidement avec deux s, Les Trois Grasses. Il y a des soirées, des soirées où elle se soucie peu d'aller, où les Trois Grasses sont infailliblement présentes. Quand une célèbre intellectuelle féministe vient sur le campus, Delphine aimerait tout de même bien qu'on l'invite, mais on ne l'invite jamais. Qu'elle aille à la conférence tant qu'elle voudra, le dîner se passe sans elle. Tandis que le trio infernal qui fait la loi y est toujours.

En révolte imparfaite contre sa spécificité française, spécificité qui l'obsède pourtant, soustraite volontairement à son pays, sinon à elle-même, piégée par le désaveu des Trois Grasses au point de calculer sans cesse quelle réaction pourrait lui gagner leur estime sans obscurcir davantage l'idée qu'elle se fait d'elle-même, ni se trouver aux antipodes des aspirations de la femme qu'elle a naguère été naturellement, parfois déstabilisée jusqu'à se sentir coupable du décalage entre la façon dont elle doit traiter la littérature si elle veut réussir dans son métier et les raisons qui l'ont amenée à la littérature, Delphine, à sa grande surprise, est quasiment isolée en Amérique. Expatriée, isolée, en rupture de ban, ne sachant plus que penser de l'essentiel dans la vie, dans un état de désarroi, de demande désespéré, cernée de toutes parts par des censeurs qui voient en elle l'ennemi juré. Tout ça parce qu'elle a eu l'enthousiasme de partir en quête d'une existence bien à elle. Qu'elle a eu le courage de refuser l'image d'elle-même qu'on lui prescrivait. Elle s'est subvertie elle-même, pense-t-elle, dans un effort admirable pour se constituer. La vie est vraiment moche de lui avoir fait ce qu'elle lui a fait. Foncièrement moche et vindicative, de lui avoir dicté un destin qui n'obéisse pas aux lois de la logique mais au caprice hostile de la perversité. Qu'on laisse le champ libre à sa vitalité, et on courrait presque moins de danger entre les mains d'un criminel endurci. Moi, je vais partir en Amérique, être l'auteur de ma propre vie, dit-elle. Je me construirai toute seule, hors de l'héritage orthodoxe de ma famille. Je me battrai contre cet héritage, avec une subjectivité passionnelle poussée au paroxysme, un individualisme dans ce qu'il a de meilleur — et voilà qu'elle se retrouve coincée dans un drame qui échappe à son contrôle. En fin de compte, elle n'est l'auteur de rien du tout. Le désir de maîtriser les choses est bien là, mais c'est elle qui est maîtrisée.

Pourquoi lui faut-il être si désemparée ?

Delphine serait totalement isolée sans la secrétaire du département, Margo Luzzi, une divorcée falote d'une trentaine d'années, tout aussi solitaire qu'elle, d'une compétence rare et d'une timidité absolue, qui ferait n'importe quoi pour elle et vient parfois manger son sandwich dans son bureau : voilà finalement la seule femme adulte qui soit l'amie de la présidente, à Athena. Et puis il y a les écrivains-résidents. Apparemment, ils aiment en elle très exactement ce que les autres détestent. Seulement, c'est elle qui ne les supporte pas. Comment a-t-elle fait pour se retrouver ainsi en porte à faux ? Et comment s'en sortir ? De même qu'elle ne trouve aucun réconfort à exagérer ses compromis en se décrivant comme victime faustienne d'un marché de dupes, elle n'est guère avancée de considérer avec complaisance son « porte-à-faux » comme un « exil intérieur à la Kundera ».

Cherche. Eh bien soit, cherche. Il faut, comme disent les étudiants, y aller ! Cél., race bl., excell. universit., charme juvénile, menue, féminine, née en France, cult. parisienne, diplômée de Yale, Mass. cherche... ? C'est le moment de l'écrire noir sur blanc. Ne te dissimule plus la vérité de ce que tu es ni de ce que tu cherches. Une femme spectaculaire, brillante, multi-orgasmique, cherche... cherche... cherche avec une précision qui ne souffre aucun compromis.

À présent elle écrivait fébrilement :

Homme alliant solidité et maturité. Libre. Indépendant. Spirituel. Enjoué. Audacieux. Direct. Excellente éducation. Esprit d'irrévérence. Charme. Connaisseur et amateur de grands livres. S'exprimant bien sans affectation. Mince. Un mètre soixante-dix, soixante-douze. Teint mat. Yeux verts appréciés. Âge indifférent. Mais intellect indispensable Cheveux gris acceptés, et même bienvenus...

Et c'est alors, alors seulement que l'homme mythique appelé en toute sincérité sur l'écran prit les traits de quelqu'un qu'elle connaissait déjà. Aussitôt elle cessa d'écrire. Elle n'avait fait là que s'exercer, qu'essayer de se libérer un peu de ses inhibitions avant de se remettre en devoir de composer une annonce pas trop diluée par la circonspection. Elle n'en fut pas moins ébahie de voir à quoi, ou plutôt à qui, elle était arrivée. Dans sa détresse, il lui importait surtout d'effacer au plus vite les quarante et quelque mots inutiles. Elle songeait aussi aux nombreuses raisons, humiliation comprise, d'accepter sa défaite comme une bénédiction et d'abandonner tout espoir de sortir un jour de son porte-à-faux par le biais de ce stratagème affreusement compromettant... Elle se dit que si elle était restée en France, elle n'aurait jamais eu besoin d'une annonce pour quoi que ce soit, et encore moins pour trouver un homme... Elle se dit que venir en Amérique a été la décision la plus courageuse qu'elle ait jamais prise, ô combien courageuse, elle était loin de s'en douter à l'époque. Elle l'a fait parce que c'était l'étape dictée par son ambition, une ambition nullement vulgaire, d'ailleurs, mais noble au contraire, celle de gagner son indépendance, seulement voilà, maintenant elle en paie les conséquences. L'ambition. L'aventure. Le *glamour*. Le *glamour* qu'il y a à partir pour l'Amérique. Le sentiment de supériorité. La supériorité du départ. Je suis partie pour le plaisir de revenir un jour, « fortune faite », de rentrer chez moi en triomphe. Je suis partie parce que je voulais pouvoir rentrer chez moi et qu'on dise — qu'on dise quoi au juste ? « Elle y est arrivée. Elle l'a fait. Et si elle y est arrivée, c'est que rien ne lui est impossible. Une fille qui pèse quarante-sept kilos pour un mètre cinquante-six tout juste, une fille de vingt ans, toute seule, elle est partie toute seule, illustre inconnue, et elle a réussi. Elle s'est faite toute seule. Personne ne la connaissait. Elle a fait son chemin toute seule. » Et de qui donc voudrais-je entendre ces mots ? « Notre fille qui est en Amérique... » Je voulais qu'ils disent, qu'ils soient obligés de dire : « Elle a fait son chemin toute seule en Amérique. » Parce que en France je ne pouvais pas réussir, pas vraiment, à cause de ma mère, et de son ombre, qui plane sur tout ce qui nous entoure — l'ombre de ses talents accomplis, mais surtout, et c'est pire, celle de sa famille, l'ombre des Walincourt qui portent le nom des terres que Saint Louis leur a données au XIIe siècle, et dont les idéaux sont restés ceux du XIIIe siècle. Comme Delphine haïssait ces vieilles familles sans mésalliances de l'aristocratie provinciale, toutes semblables dans leurs idées, leur allure, leurs pratiques religieuses étouffantes. Malgré leur ambition dévorante, leur façon de pousser leurs enfants, ils les élèvent dans les mêmes litanies de la charité, de l'abnégation, de la discipline, de la foi, et du respect — pas le respect de l'individu, non! (à bas l'individu!), mais le respect des traditions familiales. Plus fortes que l'intelligence, plus fortes que la créativité, plus fortes que l'épanouissement profond de soi hors de leurs normes, plus fortes que tout, les traditions de ces crétins de Walincourt. Chez eux, c'était sa mère qui en était la gardienne, qui les imposait au foyer et qui leur aurait enchaîné sa fille unique, du berceau à la tombe, si celle-ci n'avait pas eu la force de prendre ses jambes à son cou sitôt adolescente. Les enfants Walincourt de la génération de Delphine n'avaient qu'une alternative, le conformisme le plus absolu ou la révolte délétère qui les condamnait à être incompris, et l'exploit de Delphine était précisément d'avoir échappé aux deux. Issue d'un milieu dont peu de gens s'émancipaient, elle avait réussi une évasion unique en son genre. En venant en Amérique, à Yale, à Athena, elle avait en fait surpassé sa mère, qui n'aurait jamais pu rêver de quitter la France : sans le père de Delphine et son argent, Catherine de Walincourt n'aurait même pas pu rêver de quitter sa Picardie pour Paris, à vingt-deux ans, puisque, hors de sa Picardie et de la forteresse de sa famille, elle n'aurait plus été grand-chose. Son nom lui-même n'aurait plus rien voulu dire. Moi, je suis partie parce que je cherchais à réussir de manière indiscutable, à ma manière à moi, qui n'ait rien à voir avec la leur... Elle se dit que si elle ne trouve pas d'homme, en Amérique, ce n'est pas parce qu'elle ne peut pas en trouver, mais parce qu'elle ne les comprend pas, ces hommes, et qu'elle ne les comprendra jamais, parce qu'elle ne parle pas assez bien la langue. Elle qui est si fière de parler l'anglais couramment, qui le parle en effet couramment, elle ne parle pas la langue, en fait. Je crois que je les comprends, et je les comprends. Ce que je ne comprends pas, ce n'est pas ce qu'ils disent, c'est tout ce qu'ils ne disent pas, quand ils parlent. Ici, elle ne se sert que de cinquante pour cent de son intelligence, alors qu'à Paris elle comprenait chaque nuance. Quel est l'intérêt d'être intelligente, ici, puisque du fait que je ne suis pas du pays, je deviens bête *ipso facto*... Elle se dit que le seul anglais qu'elle comprenne vraiment bien — non, le seul américain —, c'est l'américain universitaire, qui n'est guère américain justement. Voilà pourquoi elle n'arrive pas et n'arrivera jamais à pénétrer ce pays, voilà pourquoi il n'y aura jamais d'homme dans sa vie, voilà pourquoi elle ne sera jamais chez elle ici, voilà pourquoi ses intuitions sont fausses et le seront toujours, la vie intellectuelle douillette qu'elle a connue lors de ses études est révolue à jamais, et pour le restant de ses jours, elle sera condamnée à comprendre onze pour cent de ce pays et zéro pour cent de ces hommes... Elle se dit que tous ses avantages intellectuels ont été annulés par son dépaysement... Elle se dit qu'elle a perdu sa vision périphérique : elle voit ce qui se passe devant elle, mais rien du coin de l'œil, ce qu'elle a ici n'est pas la vision d'une femme de son intelligence, c'est une vision aplatie, exclusivement frontale, celle d'une immigrante, d'une personne transplantée ou qui n'a pas trouvé sa place... Elle se dit : Pourquoi suis-je partie ? À cause de l'ombre maternelle ? Voilà donc pourquoi j'ai abandonné tout ce qui m'appartenait, tout ce qui était familier, tout ce qui avait fait de moi un être subtil et non ce désastre d'incertitudes que je suis devenue. Tout ce que j'aimais, je l'ai abandonné. On fait ça quand il est devenu impossible de vivre dans un pays occupé par les fascistes, mais pas parce qu'on veut échapper à l'ombre maternelle... Elle se dit : Pourquoi suis-je partie, qu'est-ce que j'ai fait, c'est impossible. Mes amis, nos discussions, ma ville, les hommes, tous les hommes intelligents. Des hommes pleins d'assurance avec qui converser. Des hommes doués d'assez de maturité pour comprendre. Stables, passionnés, virils, forts. Des hommes que je n'intimide pas. Des hommes, légitimement, sans ambiguïté... Elle se dit : Pourquoi est-ce qu'on ne m'a pas empêchée de partir, pourquoi est-ce qu'on n'a pas essayé de me raisonner ? J'ai quitté mon pays depuis moins de dix ans, et j'ai l'impression que ça fait déjà deux vies... Elle se dit qu'elle est restée la petite fille de sa maman, Catherine de Walincourt-Roux, qu'elle n'a pas changé d'un iota... Elle se dit qu'être française à Athena lui confère peut-être un certain exotisme aux yeux des indigènes, mais qu'aux yeux de sa mère ça ne lui confère et ne lui conférera jamais rien d'extraordinaire... Elle se dit que, oui, c'est pour cela qu'elle est partie, pour échapper à cette ombre maternelle immuable dont elle prenait ombrage, et que c'est ce qui lui interdit le retour, et qu'à présent elle est rigoureusement nulle part, entre-deux, ni ici ni là-bas... Elle se dit que, sous les apparences de sa spécificité française, elle est la femme qu'elle a toujours été, et que la grande réussite de cet exotisme français est d'avoir fait d'elle une étrangère au malheur consommé, une incomprise... Elle se dit qu'elle est dans une situation pire qu'en porte à faux — qu'elle est en exil, un exil auto-imposé, absurde, angoissant, loin de sa propre mère... et en se disant toutes ces choses, elle oublie que tout à l'heure, au départ, au lieu d'adresser l'annonce à la *New York Review of Books*, elle l'a automatiquement adressée aux destinataires de sa communication précédente, aux destinataires de presque toutes ses communications, les dix autres membres du département de Langues et Littératures. Elle oublie ce détail, et puis, dans le tourbillon de ses émotions, dans son égarement, au lieu d'appuyer sur la touche « effacer », elle ajoute une erreur infime et archicourante à une autre en appuyant au contraire sur la touche « envoyer ». Et voilà donc irrémédiablement partie l'annonce qui demande un duplicata, un fac-similé de Coleman Silk, et elle l'envoie non pas à la rubrique adéquate de la revue, mais à chaque membre du département.

Il était plus d'une heure du matin quand le téléphone sonna. Elle avait fui son bureau depuis longtemps, elle s'était sauvée avec une seule idée en tête : prendre son passeport et quitter le pays. L'heure habituelle de son coucher était passée depuis longtemps lorsque le téléphone sonna pour lui annoncer la nouvelle. La bévue d'avoir envoyé son annonce par e-mail la plongeait dans une telle angoisse qu'elle était encore debout à arpenter furieusement son appartement, à s'arracher les cheveux, à se regarder avec dérision dans la glace et à courber la tête sur la table de cuisine pour pleurer dans ses mains. Comme tirée en sursaut du sommeil — le sommeil de cette vie d'adulte jusque-là si bien défendue —, elle sursautait en criant : « Non ! C'est un mauvais rêve, j'ai pas fait ça ! » D'accord, mais qui alors ? Autrefois, elle avait toujours l'impression qu'il y avait des gens qui s'ingéniaient à la piétiner, pour se débarrasser d'elle parce qu'elle les dérangeait, des brutes contre lesquelles la vie lui avait à ses dépens appris à se défendre. Mais cette nuit, personne à incriminer : elle avait causé sa ruine de sa propre main.

Dans son affolement, sa panique, elle tentait de trouver un subterfuge, n'importe lequel, pour empêcher le pire, mais son désespoir incrédule lui faisait voir comme si elle y était le déroulement inéluctable du pire cataclysme : dans les heures qui viendraient, au point du jour, les portes de Barton Hall allaient s'ouvrir, chacun des collègues du département allait entrer dans son bureau, mettre l'ordinateur en route, et découvrir là, régal matinal pour accompagner son café, l'annonce réclamant un duplicata de Coleman Silk et qu'elle n'avait eu nulle intention d'envoyer. Cette annonce serait lue une fois, deux fois, trois fois par tous les membres du département, qui, par la voie de l'e-mail, en feraient profiter à leur tour, et jusqu'au dernier, les chargés de cours, les professeurs, le personnel administratif, le secrétariat, les étudiants.

Tous ses élèves la liront. Sa secrétaire la lira. D'ici la fin de la journée, le président de l'université l'aura lue, ainsi que le conseil d'administration. Quand bien même elle prétendrait qu'il s'agit d'une facétie, d'une plaisanterie à usage interne, pourquoi le conseil d'administration permettrait-il à une petite facétieuse de rester à Athena ? Surtout une fois que sa plaisanterie aura été reprise par le journal des étudiants, comme elle ne manquera pas de l'être. Et par la presse locale. Et par les journaux français !

Sa mère, quelle humiliation pour elle ! Et pour son père, quelle déception ! Tous les conformistes cousins Walincourt vont se repaître de sa défaite ! Tous ses oncles pétris de conservatisme, ses tantes confites en dévotion qui œuvrent de concert à maintenir rigide le carcan du passé — ils vont en faire des gorges chaudes à la messe, assis sur les bancs du snobisme. Et si elle expliquait qu'elle se livrait à des expériences sur la petite annonce comme forme littéraire, qu'elle était toute seule dans son bureau et qu'elle s'amusait à composer une petite annonce comme... un haïku utilitaire? Non, ça ne l'avancerait à rien. C'est trop ridicule. Rien ne l'avancera à rien. Sa mère, son père, ses frères, ses amis, ses professeurs, Yale. *Yale!* La nouvelle du scandale va parvenir à tous les gens qu'elle connaît, et la honte l'accompagnera partout sans rémission. Où s'enfuir, même avec son passeport? Montréal? La Martinique? Et de quoi vivra-t-elle? Non, non, une fois qu'on saura cette histoire, les bastions les plus reculés de la francophonie ne lui permettront plus d'enseigner. La vie professionnelle pure et prestigieuse, objet de toute cette stratégie, de ce travail harassant, cette vie de l'esprit irréprochable, immaculée... Et si elle appelait Arthur Sussman? Il va lui trouver une solution. Il peut décrocher son téléphone et appeler qui il veut. C'est un dur, il est malin, et pour ce qui est des rouages du monde, c'est l'Américain le plus intelligent et le plus influent qu'elle connaisse. Les gens qui ont du pouvoir, comme Arthur, même lorsqu'ils sont intègres, ne se sentent pas prisonniers du besoin de dire la vérité en toute circonstance. Il va trouver l'explication qui sauve. Il va imaginer un stratagème. Mais une fois qu'elle lui aura raconté sa mésaventure, pourquoi se mettrait-il en frais pour la tirer d'affaire? Tout ce qu'il va se dire, c'est que Coleman Silk lui plaisait plus que lui. Sa vanité va penser à sa place et lui dicter la conclusion la plus bête. Il va penser ce que tout le monde va penser: qu'elle soupire après Coleman Silk, qu'elle ne rêve pas d'Arthur Sussman mais de Coleman Silk plutôt que des Papa Pampers ou des Coiffés. Comme il va s'imaginer qu'elle est amoureuse de Coleman Silk, il va raccrocher brutalement et ne lui adressera plus jamais la parole.

Récapituler. Se repasser le film des événements. Essayer de prendre assez de recul pour agir rationnellement. Elle n'a pas voulu l'envoyer, cette annonce. Elle l'a écrite, certes, mais elle s'est trouvée gênée de l'envoyer, elle n'a pas voulu l'envoyer, et d'ailleurs elle ne l'a pas envoyée, elle est partie toute seule. C'est pareil pour la lettre anonyme — elle ne voulait pas l'envoyer; elle l'avait emportée à New York sans intention de l'envoyer, et elle est partie. Mais ce qui est parti, cette fois-ci, c'est plus grave, bien plus grave. Cette fois-ci, elle est si désespérée qu'à une heure vingt la chose la plus rationnelle à faire lui paraît être de téléphoner à Arthur Sussman sans se soucier de ce qu'il va penser. Il faut qu'Arthur l'aide. Qu'il lui dise quoi faire pour défaire ce qu'elle a fait. Or, voilà qu'à une heure vingt précise le téléphone qu'elle tient dans sa main pour composer son numéro se met à sonner. C'est Arthur qui est en train de l'appeler !

Mais non, c'est Margo, sa secrétaire. « Il est mort, dit celle-ci en pleurant si fort que Delphine n'est pas bien sûre de comprendre. — Margo, vous allez bien ? — Il est mort ! — Mais qui ? — Je viens de l'apprendre, Delphine. C'est affreux. Je vous appelle, je n'ai pas pu m'en empêcher, il fallait bien. Il fallait que je vous annonce cette nouvelle affreuse. Oh, Delphine, il est tard. Je sais bien qu'il est tard... — Non ! Pas Arthur ! crie Delphine. — Le doyen Silk, dit Margo. — Il est mort ? — Il a eu un accident de voiture abominable. C'est trop affreux. — Mais comment ça, un accident ? Margo, qu'est-ce qui s'est passé ? Où ça s'est passé ? Parlez lentement. Reprenez. Qu'est-ce que vous me dites ? — Dans la rivière. Avec une femme. Dans sa voiture. Un accident. » À présent Margo est incapable de s'exprimer de façon cohérente, et Delphine est tellement sous le choc que, plus tard, elle ne se rappellera pas avoir posé le téléphone, s'être précipitée dans son lit en larmes ni y être restée à hurler son nom.

Elle repose le combiné et passe les pires heures de son existence.

À supposer que l'annonce leur fasse croire qu'il lui plaisait, qu'elle l'aimait, qu'est-ce qu'ils penseraient à cette heure de la voir se comporter comme sa veuve! Elle ne peut pas fermer les yeux, car dès qu'elle les ferme elle voit les siens, ces yeux verts insistants, qui explosent. Elle voit la voiture plonger depuis la route, il fonce tête la première, et à l'instant de l'accident ses yeux explosent. « Non, non! » Mais quand elle ouvre les yeux pour cesser de voir les siens, alors elle voit ce qu'elle a fait, et le ridicule qui s'ensuivra. Les yeux ouverts, elle se voit dans sa disgrâce, les yeux fermés, elle le voit se désintégrer. Toute la nuit le pendule de la souffrance passe de l'une à l'autre vision.

Elle se réveille dans le même état d'urgence qu'elle s'est endormie. Elle ne se rappelle plus pourquoi elle tremble. Elle croit qu'elle a fait un cauchemar. Un cauchemar où elle voyait ses yeux exploser. Mais non, c'est bien réel, il est mort. Et l'annonce aussi est bien réelle. Tout est réel, et il n'y a rien à faire. Je voulais qu'ils disent... et à présent ils vont dire : « Notre fille d'Amérique? Nous ne prononçons plus son nom. Elle n'existe plus pour nous. » Quand elle essaie de recouvrer son calme et de définir un plan d'action, elle n'arrive plus à penser; il n'y a plus que cet égarement, cette spirale de l'abrutissement qu'engendre la terreur. Il est à peine cinq heures du matin. Elle ferme les yeux pour essayer de dormir, de chasser toutes ces horreurs, mais sitôt qu'elle les ferme, elle voit les siens. Ils la fixent, et ils explosent.

Elle s'habille, elle pousse des cris. Elle sort de chez

elle, l'aube blanchit à peine. Sans maquillage, sans un bijou. Visage nu, horrifié. Coleman Silk est mort.

Lorsqu'elle arrive sur le campus, il n'y a personne. Que les corbeaux. Il est si tôt qu'on n'a pas encore hissé le drapeau. Tous les matins, elle le cherche des yeux, au sommet de North Hall, et tous les matins, quand elle le voit, elle a un instant de satisfaction. Elle a quitté son pays, elle a osé — elle est en Amérique ! Elle éprouve du contentement à considérer son propre courage, à savoir que les choses n'ont pas été faciles. Mais le drapeau américain est absent, et elle ne s'en aperçoit pas. Elle ne voit rien d'autre que ce qu'elle doit faire.

Elle a une clef de Barton Hall, et elle entre. Elle va jusqu'à son bureau. C'est déjà ça. Et elle tient bon. Elle réfléchit, à présent. Bon. Mais comment pénétrer dans leurs bureaux et parvenir aux ordinateurs ? Voilà ce qu'elle aurait dû faire hier soir, au lieu de se sauver comme une voleuse. Pour recouvrer son sang-froid, prévenir le désastre qui menace de ruiner sa carrière, il faut qu'elle continue à réfléchir. Elle a passé sa vie à ça. Qu'est-ce qu'on lui apprend d'autre, depuis qu'elle est entrée à l'école ? Elle quitte son bureau et s'engage dans le couloir. Elle y voit clair à présent, son but est fixé. Il lui suffit d'entrer, et d'effacer le message ; c'est son droit, c'est elle qui l'a émis. Et encore. Sans le faire exprès. Elle n'en est pas responsable, il est parti tout seul. Mais lorsqu'elle pousse la poignée des bureaux, elle les trouve bouclés. Alors elle essaie de les ouvrir avec ses propres clefs, celle du bâtiment d'abord, puis celle de son bureau. Aucune des deux ne fonctionne, bien entendu. Elles n'auraient pas fonctionné la veille, elles ne fonctionnent pas à présent. C'est bien beau de penser, mais la pensée d'Einstein lui-même ne lui ouvrira pas ces portes.

De retour dans son bureau, elle déverrouille ses

dossiers. Qu'est-ce qu'elle cherche ? Son CV. Pourquoi chercher son CV ? Il est fini, son CV. Elle est finie, notre fille d'Amérique. Puisque c'est la fin, elle arrache tous les dossiers accrochés au classeur et les jette par terre. Elle vide le tiroir. « Nous n'avons pas de fille en Amérique. Nous n'avons pas de fille. Seulement des fils. » À présent, elle ne s'efforce plus de penser qu'elle devrait penser. Au contraire, elle se met à jeter les objets. Tout ce qui s'empile sur son bureau. Tout ce qui orne ses murs — ça se casse, et alors ? Elle a tenté sa chance, et elle a échoué. C'est la fin de son parcours sans fautes, et de la vénération de ce parcours sans fautes. « Notre fille d'Amérique a échoué. »

Elle sanglote en décrochant le téléphone pour appeler Arthur. Il va sauter à bas de son lit et venir aussitôt de Boston. Dans moins de trois heures il sera à Athena. À neuf heures il sera là ! Mais le numéro qu'elle compose est le numéro d'urgence collé sur l'appareil. Elle n'avait pas plus l'intention de composer ce numéro que d'envoyer les deux lettres. Elle a seulement ressenti le besoin trop humain qu'on vienne à son secours.

Elle n'arrive pas à parler.

« Allô, dit l'homme au bout du fil. Qui est à l'appareil ? » Elle parvient tout juste à souffler les deux mots les plus irréductibles de la langue. Le nom qu'on porte. Irréductible et irremplaçable. Tout ce qu'elle est. Qu'elle a été, plutôt. Aujourd'hui les deux mots les plus dérisoires du monde.

« Qui ? Professeur qui ? Je n'ai pas compris, professeur.

— C'est la Sécurité ?

— Parlez plus fort, professeur. Oui, vous êtes bien à la Sécurité du campus.

— Venez », supplie-t-elle, et de nouveau la voilà

en larmes. « Venez tout de suite. Il s'est passé quelque chose d'affreux.

— Professeur, où êtes-vous ? Professeur, qu'est-ce qui s'est passé ?

— Je suis à Barton Hall. » Elle le répète pour qu'il comprenne. « Bureau 121, à Barton Hall. Professeur Roux.

— Qu'est-ce qui se passe, professeur ?

— Quelque chose d'affreux.

— Vous êtes indemne ? Qu'est-ce qui ne va pas ? Qu'est-ce que c'est ? Il y a quelqu'un, là ?

— Il y a moi.

— Ça va aller ?

— Quelqu'un s'est introduit par effraction.

— Introduit où ça ?

— Dans mon bureau.

— Mais quand, professeur, quand ?

— Je ne sais pas. Pendant la nuit. Je ne sais pas.

— Ça va aller, professeur ? Professeur ? Professeur Roux ? Vous êtes toujours là ? À Barton Hall, vous êtes sûre ? »

Hésitation. Elle essaie de réfléchir. Est-ce que j'en suis sûre ? Tout à fait sûre ? « Absolument sûre, dit-elle en hoquetant sans plus pouvoir se retenir. Dépêchez-vous, s'il vous plaît ! Venez tout de suite, s'il vous plaît ! On s'est introduit dans mon bureau par effraction ! C'est un champ de bataille ! C'est affreux, c'est abominable ! Mes affaires ! On a violé le secret de mon ordinateur ! Vite !

— Vous avez été cambriolée ? Vous savez par qui ? Vous savez qui s'est introduit dans votre bureau ? C'est un étudiant ?

— C'est le doyen Silk. Dépêchez-vous !

— Professeur, professeur, vous êtes là ? Professeur Roux, le doyen Silk est mort.

— On me l'a dit. C'est affreux, je suis au courant »,

et là-dessus elle se mit à hurler, à pousser des cris perçants, devant l'horreur de la situation, et le dernier forfait qu'il avait commis, commis envers elle, elle, elle, après quoi sa journée sombra dans le délire.

La nouvelle sidérante que le doyen Silk avait trouvé la mort dans un accident de voiture avec une femme de ménage de l'université venait tout juste de se répandre dans la dernière salle de cours lorsque le bruit courut de surcroît que le bureau de Delphine Roux avait été mis à sac, et que le doyen avait tenté un dernier canular en ligne quelques heures seulement avant la collision fatale. Les gens avaient déjà du mal à croire toutes ces extravagances qu'une nouvelle histoire, sur les circonstances de l'accident, celle-là, parvenait de la ville et mettait un comble à la confusion. Malgré ses détails abominables, elle semblait émaner d'une source sûre, le frère du policier qui avait découvert les corps. Selon sa version, le doyen aurait perdu le contrôle de son véhicule pour la bonne raison que, assise à ses côtés, la femme de ménage était en train de lui faire une gâterie pendant qu'il conduisait. La police en était arrivée à cette hypothèse d'après le désordre de ses vêtements et la position du corps de la femme dans l'espace de la voiture au moment où l'épave avait été découverte, puis retirée de la rivière.

Les membres de la faculté dans leur ensemble, e en particulier les plus anciens, ceux qui connais saient Coleman Silk depuis des années, refusèrent tout d'abord d'ajouter foi à cette histoire, et ils furent scandalisés par la crédulité avec laquelle on l'avait avalée comme une vérité incontestable — la cruauté de l'insulte les atterrait. Mais à mesure que la journée s'avançait et qu'on apprenait de nouveaux détails sur le cambriolage, et davantage encore sur la liaison de l'ancien doyen avec la femme de ménage (beaucoup de gens en parlaient, qui les avaient vus ensemble, au cours de leurs sorties furtives), il devint de plus en plus difficile aux anciens de la faculté de demeurer dans leur « déni pathétique », selon la formule des journaux du lendemain, à la rubrique « histoires de vies ».

Les heures passant, on se souvint que, deux ans auparavant, personne n'avait voulu croire qu'il ait pu traiter ses deux étudiants noirs de zombies ; on se souvint qu'après la démission dictée par la disgrâce il s'était coupé de ses anciens collègues, et que, dans les rares occasions où on le croisait en ville par hasard, sa brusquerie frôlait l'impolitesse ; on se souvint que dans ses imprécations haineuses contre tout ce qui touchait Athena, il avait fini par se brouiller avec ses propres enfants. Et alors, ceux-là mêmes qui avaient commencé la journée en refusant de croire que Coleman Silk ait pu trouver une mort aussi igno-minieuse, les anciens qui jugeaient impensable qu'un homme de sa stature intellectuelle, un profes-seur charismatique, un doyen dynamique et influent, un homme de soixante-dix ans passés encore plein de charme et de vigueur, bon pied bon œil, père de quatre enfants formidables, ait pu abandonner tout ce qu'il estimait naguère pour foncer tête baissée dans la mort scandaleuse d'un excentrique, d'un marginal en rupture de ban, ces gens-là eux-mêmes furent obligés de voir les choses en face : la méta-morphose radicale qui avait suivi l'affaire des zom-bies n'avait pas seulement conduit Coleman Silk à cette fin infamante ; elle avait aussi, et c'était inexcu-sable, causé la mort tragique de Faunia Farley, la malheureuse illettrée de trente-quatre ans qu'il avait prise pour maîtresse — c'était désormais de noto-riété publique — sur ses vieux jours.

V

Le rituel de purification

Deux enterrements.

Celui de Faunia, d'abord, tout là-haut, au cimetière de Battle Mountain, le long duquel, même de jour, je ne roule jamais sans un frisson, tant m'impressionne le mystère de ses pierres tombales antiques, cette atmosphère d'immobilité, de temps arrêté, rendue plus sinistre encore par la forêt domaniale préservée qui s'élève contre un ancien champ funéraire indien — lieu sauvage jonché de blocs de pierre, couvert d'arbres touffus, veiné de cascades cristallines bondissant de corniche en corniche, territoire du coyote, du lynx et même de l'ours brun, où des troupeaux de biches viennent faire des incursions, nombreuses comme avant la colonisation, paraît-il. Les femmes de la ferme avaient acheté la concession de Faunia à l'orée même des bois noirs, et organisé l'innocente cérémonie au bord de la tombe encore vide. La plus extravertie des deux, qui répondait au nom de Sally, a présenté son associée de la laiterie ainsi que leurs enfants et commencé en ces termes le premier des deux éloges funèbres : « Nous avons tous vécu avec Faunia à la ferme, et si nous sommes ici ce matin, c'est pour la même raison que vous : rendre hommage à une vie. »

Elle parlait avec animation, d'une voix sonore ; c'était une petite femme vive au visage rond, vêtue d'une longue robe sac, et elle était bien déterminée à voir les choses sous un angle qui cause le moins de chagrin possible aux six enfants élevés à la ferme, endimanchés pour la circonstance, et portant tous à la main une poignée de fleurs qui seraient jetées sur le cercueil avant la mise en terre.

« Qui pourrait oublier son grand rire chaleureux ? Elle savait nous plier en quatre avec ce rire contagieux, et avec ses trouvailles. Mais Faunia était aussi, comme vous le savez, un être à la spiritualité profonde. Un être plein de spiritualité, a-t-elle répété, en quête de spiritualité — le mot qui décrit le mieux ses convictions étant celui de panthéisme. Son dieu, c'était la nature, et son culte de la nature s'étendait à son amour pour notre petit troupeau de vaches puisque, à bien dire, cette créature si bienveillante est la mère nourricière de la race humaine. Faunia avait le plus grand respect pour l'institution de la ferme familiale. Avec Peg, moi et nos enfants, elle aidait à faire vivre ici cette forme d'élevage comme une part viable de notre héritage culturel. Son dieu, elle le plaçait dans tout ce que vous voyez chez nous à la ferme, et tout ce que vous voyez ici, sur Battle Mountain. Nous avons choisi à Faunia cette dernière demeure parce qu'elle est sacrée depuis que les premiers habitants de la région sont venus y dire adieu à ceux qu'ils aimaient. Les merveilleuses histoires que Faunia racontait à nos enfants — sur les hirondelles de l'étable, les corneilles des champs, les buses à queue rousse qu'on voit planer au-dessus de nos prés —, c'étaient les histoires même qu'on aurait pu entendre ici, sur la crête de cette montagne, avant que l'équilibre écologique des Berkshires n'ait été perturbé par l'arrivée de... »

L'arrivée de qui-vous-savez. L'écologisme rousseauisant du reste de l'éloge m'a interdit tout à fait de rester concentré.

Le second hommage a été prononcé par Smoky Hollenbeck, l'ancienne vedette du sport universitaire qui administrait aujourd'hui les bâtiments, le patron de Faunia, patron et même davantage pendant un temps, cela je le savais par Coleman qui l'avait engagé. C'était au harem de Smoky que Faunia s'était trouvée recrutée pratiquement dès son premier jour de femme de ménage, et c'était de ce harem qu'elle avait été congédiée sans préavis après que Les Farley avaient flairé la nature de leurs relations.

Smoky n'a pas parlé, comme Sally, de la pureté de Faunia fille de la nature ; en tant que représentant de l'université, il a insisté sur sa compétence de femme de ménage, à commencer par sa bonne influence sur les jeunes étudiants dont elle entretenait les chambres.

« Ce qui a changé pour les étudiants quand Faunia est arrivée, c'est qu'ils avaient affaire à une personne qui les accueillait toujours avec le sourire, leur disait Bonjour, Ça va, C'est guéri votre rhume, Comment ça se passe les cours. Elle trouvait toujours un moment pour leur parler et faire leur connaissance avant de se mettre au travail. Petit à petit, elle avait cessé d'être invisible pour eux, ce n'était plus simplement une femme de ménage, elle avait gagné leur respect. Du fait qu'ils la connaissaient, ils faisaient toujours plus attention à ne pas lui laisser de désordre à ranger derrière eux. On voit la différence avec une autre femme de ménage, dont on ne croise jamais le regard, qui garde ses distances avec les étudiants, qui ne s'intéresse pas à ce qu'ils font et ne veut pas le savoir. Faunia, elle n'a jamais été comme ça, ah non. L'état des chambres des étudiants, je l'ai vérifié, est fonction directe des rapports qu'ils ont avec la femme de ménage. Le nombre de fenêtres cassées qu'il faut réparer, de trous dans les murs, qui viennent des coups de pied et des coups de poing qu'ils leur donnent pour se défouler, quelle qu'en soit la cause. Les graffitis. Tout ce qu'on peut imaginer. Eh bien, quand un bâtiment était suivi par Faunia, on n'avait aucun problème de ce genre. Au contraire, les lieux incitaient au travail productif, à l'étude, et intégraient le jeune dans la vie de l'université... »

Performance éblouissante de ce jeune père de famille, bel homme, grand et frisé, qui avait précédé Coleman dans les faveurs de Faunia. À l'entendre, on n'aurait pas davantage rêvé d'entretenir une relation charnelle avec sa femme de ménage modèle qu'avec la conteuse panthéiste de Sally. « Le matin, a-t-il poursuivi, elle s'occupait de North Hall et des bureaux administratifs. La marche de sa journée pouvait varier un peu, mais il y avait des tâches de base à effectuer tous les matins, et elle s'en acquittait à la perfection. Les corbeilles à papier étaient vidées, les toilettes, il y en a trois dans l'immeuble, nettoyées. Elle passait la serpillière où et quand il le fallait. Elle passait l'aspirateur tous les jours dans les parties à grande circulation, et toutes les semaines dans les parties moins fréquentées. Elle faisait la poussière à la même fréquence, en général. Les carreaux des portes du sas, sur le devant et sur le derrière, elle les lavait presque tous les jours, selon le passage. Faunia a toujours été très compétente, et elle faisait très attention aux détails. Il y a des moments où on peut passer l'aspirateur et d'autres pas — et on n'a jamais eu la moindre réclamation, pas la moindre, sur ce chapitre. Elle a très vite compris quand il fallait effectuer chaque tâche pour gêner le moins possible les gens qui travaillent. »

Sur les quatorze personnes, sans compter les enfants, que j'avais dénombrées autour de la tombe, le contingent de la faculté semblait se réduire à Smoky et aux quelques collègues de Faunia à l'entretien, quatre hommes en veste et cravate, qui écoutaient sans mot dire cet hommage rendu à son travail. D'après mes conjectures, les autres personnes présentes étaient des amis de Peg et de Sally, ou des gens du coin qui prenaient leur lait à la ferme et avaient fait la connaissance de Faunia en venant le chercher. Cyril Foster, le postier, chef de la brigade des pompiers volontaires, était le seul que je reconnaissais. Il l'avait rencontrée à la poste du petit village où elle venait faire le ménage deux fois par semaine, et où Coleman l'avait vue pour la première fois.

Et puis il y avait le père de Faunia, un homme âgé, imposant. Sally avait fait état de sa présence dans son éloge. Il était assis dans un fauteuil roulant à quelques pas seulement du cercueil, assisté par une femme encore jeune, une Philippine, infirmière ou compagne, qui se tenait debout juste derrière lui, et qui avait gardé un visage impassible pendant toute la cérémonie alors qu'on le voyait, lui, se cacher le front dans ses mains, et fondre en larmes de temps en temps.

Je n'apercevais donc personne à qui attribuer l'éloge en ligne que j'avais trouvé la veille, diffusé sur le site où la faculté discutait l'actualité. Le courrier portait cet en-tête :

De : clytemnestre@maisondatrée.com
À : groupe de discuss fac
Sujet : mort d'une faunia
Date : 12 nov. 1998

J'étais tombé dessus par hasard, la curiosité m'ayant fait ouvrir le calendrier des discussions de la faculté pour voir si l'enterrement du doyen Silk était à l'ordre du jour. Pourquoi ce libellé ? Se voulait-il gag, blague ? Fallait-il n'y voir ni plus ni moins que la satisfaction d'un caprice sadique, ou bien était-ce un acte de traîtrise délibérée ? Delphine Roux pouvait-elle en être l'auteur ? Était-ce le dernier en date de ses anathèmes anonymes ? Je n'en croyais rien. Elle aurait eu trop peu à gagner en poussant davantage l'ingénieuse fable du pillage de son bureau, et trop à perdre si on en venait d'une manière ou d'une autre à lui attribuer la paternité de l'adresse Clytemnestre@maisondatrée. D'ailleurs, pour autant qu'on pût en juger, les intrigues delphiniennes types ne se caractérisaient guère par de tels raffinements ; elles sentaient au contraire leur improvisation hâtive, leur hystérie à la petite semaine, purs produits de la surchauffe, divagations d'amateur, qui paraissent aberrantes à leur auteur même, dans l'après-coup : c'étaient des contre-attaques dénuées de provocation machiavélique, malgré leurs conséquences néfastes.

Non, cet acte de malfaisance avait plus que probablement été *dicté* par la malfaisance de Delphine, mais il était plus habile, il dénotait plus d'assurance, plus de diabolisme professionnel, et de loin — du venin, raffiné jusqu'à la quintessence. Or, cet acte luimême, qu'allait-il inspirer à son tour ? Où s'arrêterait la lapidation publique ? La crédulité avait-elle des bornes ? Comment ces gens pouvaient-ils répéter la fable inventée par Delphine Roux ? Cette imposture si transparente, ce mensonge si flagrant, comment pouvaient-ils y croire ? Et comment établir le moindre lien avec Coleman Silk ? Impossible. Mais qu'à cela ne tienne ! Cette histoire tirée par les cheveux — il serait entré par effraction, il aurait violé ses dossiers, son ordinateur, envoyé cet e-mail aux collègues —, ils la croyaient, ils voulaient la croire, ils n'avaient qu'une hâte : la colporter. C'était une histoire qui n'avait pas de sens commun, une histoire abracadabrante, et pourtant personne, en public du moins, n'exprimait le moindre doute élémentaire sur sa véracité. Pourquoi cet homme mettrait-il à sac le bureau de sa collègue en attirant l'attention sur le fait qu'il y était entré par effraction, s'il avait décidé de monter un canular ? Pourquoi irait-il rédiger cette annonce spécifique alors que les neuf dixièmes de ceux qui la liraient ne risquaient pas de voir quel rapport elle pouvait avoir avec lui ? Qui, à part Delphine Roux, aurait l'idée de faire le rapprochement avec lui ? Il fallait être fou pour agir de la sorte. Or, avait-on la moindre preuve de sa folie ? Ce comportement dément avait-il des précédents au cours de sa vie ? Fou, Coleman Silk, l'homme qui, navigateur solitaire, avait fait opérer à l'université un virage à cent quatre-vingts degrés ? Amer, indigné, isolé, oui — mais fou ? Les gens de l'université savaient pertinemment qu'il ne l'était nullement, et pourtant, comme lors de l'affaire des zombies, ils étaient prêts à faire comme s'ils le croyaient. Il suffisait de formuler une accusation pour la prouver. D'entendre une allégation pour la croire. L'auteur du forfait n'avait pas besoin de mobile, au diable la logique, le raisonnement. Il suffisait d'une étiquette. L'étiquette tenait lieu de mobile. Elle tenait lieu de preuve. Elle tenait lieu de logique. Pourquoi est-ce que Coleman Silk a fait ça ? Parce qu'il est ceci, parce qu'il est cela, parce qu'il est l'un et l'autre. On savait qu'il était raciste, on sait qu'il est misogyne. Il est trop tard dans le siècle pour le traiter de communiste, mais naguère on n'aurait pas procédé autrement. Voilà donc un acte misogyne commis par un homme qui s'est déjà montré coupable d'un propos raciste ignoble à l'encontre d'une étudiante vulnérable. Ça explique tout. Ça, et la folie.

Les potins, la jalousie, les rancœurs, l'ennui, les mensonges, ces fléaux des trous perdus. Non, les poisons de la province n'arrangent pas les choses. Les gens s'ennuient, ici, ils sont envieux, leur vie est sans surprises, alors, sans se poser trop de questions sur cette fable, ils la répètent — au téléphone, dans la rue, à la cafétéria, en classe. Ils la répètent chez eux, à leurs maris, à leurs femmes. Non seulement l'accident ne laisse pas le temps de prouver qu'il s'agit d'un mensonge ridicule — sans l'accident, elle n'aurait jamais pu le raconter, ce mensonge. Mais la mort de Coleman Silk est la providence de Delphine Roux. Sa mort est son salut. La mort intervient pour tout simplifier. Les doutes, les états d'âme, les incertitudes, les voilà balayés par cette grande niveleuse qu'est la mort.

En regagnant tout seul ma voiture, après l'enterrement de Faunia, je n'avais toujours pas moyen de savoir qui, à la faculté, pouvait bien avoir la tournure d'esprit nécessaire pour imaginer cette circulaire Clytemnestre — la circulaire en ligne, forme d'art la plus diabolique qui soit en raison de son anonymat — et je n'avais pas la moindre idée de ce que ce quelqu'un — ou n'importe qui d'autre — pourrait ensuite vouloir diffuser par le même canal. Tout ce que je savais avec certitude, c'est que les germes de la malfaisance étaient semés, et qu'en ce qui concernait la conduite de Coleman Silk aucune allégation n'était trop absurde pour que quelqu'un en tire des leçons indignées. Une épidémie venait d'éclater à Athena — telles étaient les pensées qui me venaient sous le choc immédiat de sa mort —, et comment l'enrayer ? Elle était là. Les éléments pathogènes étaient là. Dans l'éther. Dans cette compulsion universelle, on pouvait lire éternelle, ineffaçable, la preuve de la nocivité de la créature humaine.

Tout le monde écrivait *Zombies*, à présent — tout le monde sauf moi, pour l'instant.

> Je vais vous demander de réfléchir [ainsi commençait la circulaire] à des questions auxquelles on répugne à réfléchir. Non pas seulement à la mort violente d'une femme de trente-quatre ans innocente, ce qui est déjà affreux en soi, mais aux circonstances particulières de cette horreur, et à l'homme qui les a orchestrées avec un art consommé pour parachever le cycle de sa vengeance contre l'université d'Athena et ceux qui furent ses collègues.
>
> Certains d'entre vous savent peut-être qu'au cours des heures précédant le meurtre-suicide perpétré par Coleman Silk — car c'est bien ce qu'a commis cet homme le soir où il a quitté la chaussée pour franchir la rampe de sécurité et se jeter dans la rivière — il s'est introduit par effraction dans le bureau d'un professeur à Barton Hall, qu'il a mis ses papiers à sac et qu'il a envoyé un courrier Internet en son nom dans l'intention de mettre son poste en péril. Le tort qu'il lui a causé, ainsi qu'à la faculté, est négligeable. Mais derrière ce cambriolage et ce faux, on trouve la malfaisance infantile, la détermination, la véhémence qui, au cours de la soirée, poussées à leur paroxysme monstrueux, lui ont inspiré en même temps de se tuer et d'assassiner de sang-froid une femme de ménage de la faculté qu'il avait quelques mois plus tôt, avec un parfait cynisme, convaincue de le satisfaire sexuellement.
>
> Imaginez, je vous prie, la triste situation de cette femme, fugueuse à l'âge de quatorze ans, dont la scolarité s'est arrêtée en classe de cinquième et qui est restée pour ainsi dire illettrée jusqu'à la fin de sa courte vie. Imaginez-la face à la rouerie d'un professeur d'université en retraite qui, au cours des seize ans où il a été le plus autocratique des doyens, a exercé davantage de pouvoir que le président de l'université lui-même. Avait-elle la moindre chance de

résister à sa force supérieure ? Et une fois qu'elle lui a cédé, qu'elle s'est trouvée asservie par une force d'homme pervers bien supérieure à la sienne, avait-elle la moindre chance de deviner à quelles fins vengeresses il allait se servir de son corps surmené, dans la vie d'abord, dans la mort ensuite ?

De tous les tyrans sans scrupules qu'elle avait subis, de tous les hommes violents, insatiables, brutaux et déchaînés qui l'avaient tourmentée, frappée, brisée, aucun ne nourrissait autant d'intentions aussi vindicatives, aussi impitoyables que celui qui avait des comptes à régler avec l'université d'Athena et qui a donc élu une de ses représentantes pour en tirer vengeance, de la manière la plus tangible qui soit : dans sa chair, dans ses membres, dans son sexe, dans sa matrice. La violence faite à son corps dans l'avortement auquel il l'a obligée il y a quelques mois, cet avortement qui a précipité sa tentative de suicide, n'est qu'une agression parmi tant d'autres perpétrées sur le terrain miné de son intégrité physique. Nous connaissons désormais le tableau effroyable trouvé sur le lieu du meurtre, nous connaissons la mise en scène pornographique dont il a accompagné la mort de Faunia, pour mieux afficher dans la même image indélébile l'assujettissement, l'asservissement de cette femme, et à travers elle de toute la faculté, à sa fureur et à son mépris. Nous savons, nous découvrons — car les détails horrifiants de l'enquête policière commencent à filtrer — que les bleus sur le corps mutilé de Faunia n'ont pas tous l'accident pour origine, malgré sa violence cataclysmique. Le médecin légiste a découvert des traces d'hématomes sur ses fesses et ses cuisses qui n'ont rien à voir avec l'impact de l'accident ; ce sont des contusions administrées, peu avant la mort, par des moyens bien différents : un instrument contondant, ou un poing humain.

Pourquoi ? Petit mot, assez grand pourtant pour nous rendre tous fous. Mais il faut bien convenir qu'un esprit aussi malade, aussi tortueux que celui de l'assassin de Faunia n'est pas facile à sonder. À la source des désirs de cet homme, il y a des ténèbres que ceux d'entre nous qui n'ont ni nature violente ni desseins vengeurs, ceux qui se sont accommodés des contraintes de la civilisation sur leur part brute et primaire, ne connaîtront jamais. Le cœur des ténèbres humaines est inexplicable. Mais que cet accident de voiture ne soit pas un accident, j'en ai la certitude, aussi sûrement que je m'unis dans la douleur avec tous ceux qui pleurent la mort de Faunia Farley d'Athena, qui connut l'oppression dès les premiers jours de son innocence et jusqu'à l'instant de sa mort. Cet accident n'avait rien d'un accident. C'est l'œuvre de Coleman Silk, qui y aspirait de toutes ses forces. Pourquoi ? À ce pourquoi-là, je peux et je vais répondre. Pour les anéantir l'un et l'autre, mais avec eux, toute trace du rôle de tourmenteur qu'il avait joué auprès d'elle, lui, son dernier bourreau. Afin de l'empêcher de le dénoncer pour ce qu'il était, il l'a entraînée avec lui au fond de la rivière.

Reste à imaginer la noirceur des crimes qu'il était résolu à cacher.

Le lendemain, on enterrait Coleman aux côtés de sa femme, dans le cimetière, jardin tiré au cordeau, de l'autre côté de la mer verte et plate des terrains de sport du campus, au pied de la chênaie, derrière North Hall et sa tour de l'horloge, point de repère hexagonal. La veille au soir, je n'avais pas pu trouver le sommeil, et je me suis levé ce matin-là dans une agitation telle, à la pensée de cet accident dont on détournait le sens pour le présenter au monde sous un jour tendancieux, que je ne suis pas parvenu à rester en place assez longtemps pour finir mon café. Comment mettre à plat ces mensonges ? Quand bien même on établit qu'une allégation est mensongère, dans une petite ville comme Athena, une fois la calomnie répandue, il en reste toujours quelque chose. Au lieu de rester chez moi à arpenter la maison fébrilement jusqu'à l'heure de partir au cimetière, j'ai mis ma cravate et ma veste et décidé de descendre traîner dans Town Street, me donner l'illusion que je savais quoi faire de mon écœurement.

De mon écœurement et du choc, aussi. Je ne pouvais m'habituer à l'idée qu'il était mort, et encore moins à le voir enterrer. Sans même parler du reste, la mort d'un homme de soixante-dix ans en pleine vigueur et en pleine santé dans un accident invraisemblable était en soi affreusement poignante — à tout prendre, une crise cardiaque, un cancer, une embolie auraient été plus plausibles. Qui plus est, j'en étais déjà convaincu, j'en avais été convaincu dès l'annonce de la nouvelle, l'accident ne se serait jamais produit sans la présence dans le secteur de Les Farley et de son pick-up. Certes, rien de ce qui arrive aux gens n'est jamais trop absurde pour arriver, mais tout de même, si Les Farley était de la partie, s'il était la cause première de l'accident, il y avait alors un peu mieux qu'un embryon d'explication à l'anéantissement brutal, dans la même catastrophe opportune, de son ex-femme honnie et de l'amant exaspérant à qui, dans son obsession, il avait donné la chasse.

À mes yeux, cette conclusion ne relevait pas d'un refus d'admettre l'inexplicable comme tel, mais c'était précisément le sentiment de la police de l'État lorsque, le matin qui suivit l'enterrement de Coleman, je suis allé parler aux deux officiers de police qui, s'étant trouvés les premiers sur les lieux de l'accident, avaient découvert les corps. Leur examen du véhicule n'avait rien révélé qui corroborât en quelque façon mon scénario. L'information que je leur apportais — le fait que Farley traquait Faunia, qu'il espionnait Coleman, que leur confrontation avait failli tourner au pugilat le jour où il avait surgi des ténèbres en vociférant, devant la porte de la cuisine —, tout cela a été patiemment consigné, ainsi que mon nom, mon adresse et mon numéro de téléphone. On m'a remercié de mon concours et assuré que tout ce que j'avais dit demeurerait strictement confidentiel; s'il y avait lieu, on me contacterait.

On ne me contacta jamais.

En sortant, je me suis retourné pour dire : « Est-ce que je peux vous poser une question ? Est-ce que je peux vous demander comment les corps étaient disposés, dans la voiture ?

— Qu'est-ce que vous voulez savoir, monsieur ? » m'a demandé l'officier de police Balich, le plus gradé de ces deux hommes jeunes, un type au zèle discret, avec un visage en lame de couteau, et dont la famille croate, cela me revenait, possédait autrefois l'auberge de Madamaska.

— Qu'est-ce que vous avez trouvé au juste, quand vous les avez découverts ? Quelle place est-ce qu'ils occupaient ? Ils étaient dans quelle posture ? À Athena, le bruit court que...

— Non, monsieur, a dit Balich en secouant la tête, ça n'était pas le cas. Il n'y a rien de vrai dans tout ça.

— Vous savez à quoi je fais allusion ?

— Oui, monsieur. Mais ici, il s'agit clairement d'un excès de vitesse. Un virage comme celui-là, on ne peut pas le prendre à une vitesse pareille. Même un pilote de course ne l'aurait pas fait. Alors un vieux avec deux verres dans le nez qui lui embrouillent les idées, prendre ce virage comme une tête brûlée...

— Je ne crois pas que Coleman Silk ait jamais conduit comme une tête brûlée, brigadier.

— Ma foi, monsieur..., a dit Balich en levant les paumes vers moi pour me suggérer que, sauf le respect qu'il me devait, ni lui ni moi n'en saurions jamais rien, c'est bien le professeur qui était au volant ».

Le moment était venu où l'officier de police Balich espérait bien qu'au lieu de m'immiscer bêtement dans son enquête comme un détective amateur, et de faire valoir plus longtemps mes arguments, j'allais prendre congé poliment. Il m'avait appelé monsieur assez souvent pour me faire savoir que je n'aurais pas le dessus, si bien que je suis parti, en effet, et, comme je l'ai dit, il n'y a eu aucune suite.

Le jour où Coleman devait être enterré était une de ces journées de novembre à la tiédeur d'arrière-saison et au soleil étincelant. La semaine précédente, les dernières feuilles étaient tombées des arbres, de sorte que les contours des montagnes se trouvaient à présent exposés au soleil jusqu'à la roche-mère, avec leurs articulations et leurs stries hachurées comme une gravure ancienne, et ce matin-là, tandis que je me rendais à Athena pour l'enterrement, la rugosité lumineuse d'un paysage lointain caché par les feuillages depuis le printemps dernier faisait naître en moi, à contretemps, un sentiment de réémergence, de renouveau possible. L'organisation si logique de la surface de la terre, qu'on pouvait désormais admirer, révérer, pour la première fois depuis des mois, m'évoquait la terrible force abrasive du glacier déferlant qui avait érodé ces montagnes tout au bout de sa tonnante course vers le sud. Il ne passait qu'à quelques kilomètres de chez Coleman et il avait craché des rochers gros comme des frigos de restaurant avec la rapidité d'un ball-trap ; lorsque j'ai dépassé la pente abrupte et boisée qu'on appelle là-bas le jardin de rocaille, et que j'ai vu, nus et crus, sans la parure des feuilles d'été et de leurs ombres mouvantes, les rochers cyclopéens couchés en vrac sur le flanc comme dans un Stonehenge mis à sac, précipités les uns contre les autres, leur masse intacte, j'ai repensé avec horreur au choc qui avait arraché Coleman et Faunia à leurs vies dans le cours du temps, et qui les avait catapultés dans le passé de la terre. Tous deux étaient désormais aussi lointains que les glaciers. Que la création de la planète. Que la création tout court

C'est alors que je décidai d'aller à la police. Si je ne m'y suis pas rendu le matin même, avant l'enterrement, c'est en partie parce que, au moment où je garais ma voiture en ville, de l'autre côté de la pelouse, j'ai aperçu à la devanture du restaurant Pauline's Place le père de Faunia en train de prendre son petit déjeuner — assis à une table avec la femme qui pilotait son fauteuil roulant, la veille, dans le cimetière de montagne. Entrant aussitôt, j'ai pris la table vide à côté de la leur, passé ma commande et me suis absorbé ostensiblement dans *La Gazette de Madamaska* que quelqu'un avait oubliée près de mon siège, sans rien perdre pour autant de leur conversation.

Ils parlaient d'un journal. Parmi les effets personnels de Faunia que Sally et Peg avaient remis à son père se trouvait son journal intime.

« Tu n'as pas besoin de le lire, Harry, tu n'as pas besoin de ça.

— Il le faut bien, a-t-il dit.

— Non, il ne faut pas, a dit la femme, crois-moi, rien ne t'y oblige.

— Ça ne peut pas être pire que tout le reste.

— Tu n'as pas besoin de lire ça. »

La plupart des gens se vantent de talents qu'ils n'ont que dans leurs rêves ; Faunia, elle, faisait croire qu'elle n'était pas parvenue à cette compétence cruciale dont presque tous les écoliers du monde, en un an ou deux, acquièrent au moins les rudiments.

Et cela, je l'appris avant même d'avoir fini mon jus de fruit. Son illettrisme était une comédie ; elle avait décidé que sa situation l'exigeait. Mais pourquoi ? Y voyait-elle une source de pouvoir ? Son unique source de pouvoir ? Mais un pouvoir acquis à quel prix ? Voilà qui méritait réflexion. Elle s'infligeait l'illettrisme. Elle l'endossait volontairement. Non pas pour s'infantiliser, cependant, pour se présenter comme une gamine dépendante, mais au contraire pour éclairer d'un jour cru cette personnalité barbare bien assortie au monde qui l'entourait. Non pas pour rejeter en l'instruction une convention étouffante, mais pour lui faire échec par un savoir archaïque supérieur. Elle n'avait rien contre le fait de savoir lire en soi, simplement, il lui semblait juste de faire semblant de ne pas savoir. Ça mettait du piquant dans sa vie. Elle avait un besoin insatiable de toxines, de tout ce qu'on n'est pas censé être, montrer, dire, penser, mais qu'on est pourtant, et qu'on montre, et qu'on dit, et qu'on pense, qu'on le veuille ou non.

« Je ne peux pas le brûler, a dit le père de Faunia. Il est à elle. Je ne peux tout de même pas le mettre à la poubelle.

— Eh bien, moi, je peux, a dit la femme.

— Ce n'est pas bien.

— Toute ta vie, tu as marché sur ce champ de mines. Tu as ta dose.

— C'est tout ce qui reste d'elle.

— Il y a le revolver. Ça aussi, ça reste. Il y a les balles, Harry. Voilà ce qu'elle a laissé.

— La vie qu'elle a vécue..., a-t-il dit soudain au bord des larmes.

— Elle est morte comme elle a vécu. C'est pour ça qu'elle est morte.

— Il faut que tu me donnes ce journal.

— Non, c'est déjà assez dur d'être venus ici.

— Si tu le détruis, si tu le détruis... je ne réponds de rien.

— J'agis seulement pour ton bien.

— Qu'est-ce qu'elle dit, dedans ?

— Ça ne se répète pas.

— Oh mon Dieu !

— Mange. Il faut que tu manges quelque chose. Elles ont l'air bonnes, ces crêpes.

— Ma fille, a-t-il dit.

— Tu as fait tout ce que tu pouvais.

— J'aurais dû l'enlever à sa mère quand elle avait six ans.

— Tu ne savais pas. Comment est-ce que tu aurais pu prévoir ?

— Je n'aurais jamais dû la laisser avec cette femme.

— Et nous, a répondu sa compagne, on n'aurait jamais dû venir ici. Il ne manquerait plus que tu tombes malade ici. Ça serait complet.

— Je veux les cendres.

— Ils auraient dû les enterrer, les cendres, ici même, avec elle. Je sais pas pourquoi ils l'ont pas fait.

— Je veux les cendres, Syl. Ce sont mes petits-enfants. C'est tout ce qui me reste de tout ça.

— Je m'en suis occupée, des cendres.

— Non !

— Tu n'avais pas besoin de ça. Tu en as vu assez comme ça. Je ne veux pas qu'il t'arrive du mal. Pas question d'emporter ces cendres dans l'avion.

— Mais qu'est-ce que tu en as fait, au juste ?

— Je m'en suis occupée. Je l'ai fait avec respect. Mais elles ne sont plus là.

— Oh, mon Dieu !

— C'est fini, lui a-t-elle dit. Tout est fini. Tu as fait ton devoir. Tu as fait plus que ton devoir. Tu n'as pas à en faire plus. Maintenant, fais-moi plaisir, mange quelque chose. J'ai fait les valises. J'ai réglé la note. On n'a plus qu'à te ramener à la maison.

— Ah, tu es la meilleure des femmes, Sylvia. C'est toi la meilleure.

— Je ne veux pas que tu souffres davantage. Je ne les laisserai pas te faire souffrir.

— Tu es la meilleure.

— Essaie de manger un peu. Ça a l'air vraiment bon.

— Tu en veux ?

— Non, je veux que tu manges, toi.

— Je ne mangerai jamais tout ça.

— Mets du sirop. Tiens, je vais le faire. Je te le verse. »

Je les ai attendus dehors, sur la pelouse, et lorsque j'ai vu le fauteuil sortir du restaurant, j'ai traversé. Tandis qu'elle poussait le fauteuil, je me suis présenté, en me maintenant à la hauteur de l'homme. « J'habite ici. J'ai connu votre fille. Pas très bien, mais je l'ai rencontrée plusieurs fois. J'étais à son enterrement hier. Je vous y ai vu. Je vous présente toutes mes condoléances. »

C'était un homme grand et charpenté, bien plus vaste qu'il ne m'avait paru à l'enterrement, affalé dans son fauteuil. Il mesurait sans doute pas loin d'un mètre quatre-vingt-cinq, mais il avait la face inexpressive de Faunia, une ressemblance criante, lèvres minces, menton anguleux, nez aquilin, yeux bleus enfoncés dans les orbites, avec au-dessus, bordée de cils pâles, cette paupière renflée, ce coussinet de chair qui m'avait frappé, à la ferme, comme son signe particulier exotique, son seul attribut troublant. Avec son visage sévère et osseux, le père avait l'expression d'un homme condamné à l'emprisonnement dans ce fauteuil, mais aussi pour le restant de ses jours à une angoisse plus terrible. Costaud comme il était, ou avait dû être, il ne restait plus rien de lui que sa peur. Cette peur que j'ai vue, au fond de son regard, à l'instant où il levait les yeux pour me remercier. « Vous êtes très gentil », m'a-t-il dit.

Il devait être à peu près de mon âge, mais sa manière de parler dénotait une enfance dans la bonne bourgeoisie de la Nouvelle-Angleterre, avec des traditions qui remontaient bien avant notre naissance. J'avais repéré ce trait quand nous étions au restaurant — l'homme avait, par sa diction même, cet accent quasi britannisé des classes possédantes, partie liée avec les conventions et les formes d'une tout autre Amérique.

« Vous êtes la belle-mère de Faunia ? » ai-je demandé, pensant que c'était une manière comme une autre d'attirer l'attention de la femme, et, peut-être, de l'engager à ralentir, puisque je supposais qu'ils se dirigeaient vers l'hôtel College Arms, et qu'ils allaient tourner le coin.

« Je vous présente Sylvia.

— Est-ce que vous pourriez vous arrêter un instant, par hasard, pour que je puisse lui dire un mot ?

— On a un avion à prendre. »

Voyant bien qu'elle était résolue à le débarrasser de moi séance tenante, j'ai dit, en me maintenant toujours à la hauteur du fauteuil roulant : « Coleman Silk était mon ami. Il n'a pas fait cette embardée fatale. C'était impossible. Pas comme ça. On l'a forcé à quitter la chaussée. Je sais qui est responsable de la mort de votre fille. Et ce n'est pas Coleman Silk.

— Arrête de me pousser, Sylvia, arrête de me pousser une minute.

— Non. C'est du délire. Ça suffit.

— C'est son ex-mari, ai-je dit. C'est Farley.

— Non, a-t-il dit faiblement, comme si je lui avais tiré un coup de revolver. Non, non.

— Monsieur ! » Elle s'était enfin arrêtée, mais la main qui avait lâché le fauteuil venait de se lever pour me prendre par le revers de ma veste. La femme était petite et frêle ; c'était une jeune Philippine au visage café-au-lait, un petit visage implacable, et je voyais bien, à la sombre détermination de ses yeux sans peur, que le désordre des affaires humaines n'avait pas droit de cité dans les parages de ceux qui étaient sous sa protection.

« Vous ne pourriez pas vous arrêter un instant ? On ne pourrait pas aller s'asseoir sur la pelouse pour parler un peu ?

— Cet homme n'est pas bien portant. Vous mettez à rude épreuve les forces d'un homme gravement malade.

— Mais vous êtes en possession d'un journal appartenant à Faunia.

— C'est faux.

— Vous avez un revolver qui a appartenu à Faunia.

— Allez-vous-en, monsieur. Laissez-le tranquille, je vous préviens. » Là-dessus, elle m'a donné une poussée ; de la main qui tenait mon revers, elle m'a repoussé.

« Elle s'est procuré ce revolver pour se protéger contre Farley, ai-je dit.

— Pauvre chérie », m'a-t-elle rétorqué.

Je ne savais plus que faire, sinon les escorter le long de la pelouse, jusqu'au porche de l'auberge. À présent, le père de Faunia pleurait sans se cacher.

Lorsqu'elle s'est retournée et m'a vu encore là, elle a déclaré : « Vous avez fait assez de dégâts comme ça. Partez ou j'appelle la police. » Il y avait une grande férocité dans cette minuscule personne. Je l'ai compris : il n'en fallait sans doute pas moins pour maintenir en vie le père de Faunia.

« Ne détruisez pas ce journal, ai-je dit à la jeune femme. C'est un témoignage.

— Des saletés, oui, un témoignage de saletés !

— Syl, Sylvia...

— Tous les mêmes. Elle, son frère, sa mère, son beau-père, toute cette bande maudite, toute sa vie ils ont piétiné cet homme. Ils l'ont volé. Ils l'ont trompé. Ils l'ont humilié. C'était une délinquante, sa fille. Elle s'est fait engrosser et elle a eu un enfant à seize ans — un enfant qu'elle a abandonné dans un orphelinat. Un enfant que son père aurait élevé. Une vulgaire putain, voilà ce qu'elle était. Les revolvers, les hommes, la drogue, les saletés, le sexe. Et l'argent qu'il lui a donné, qu'est-ce qu'elle en a fait, hein ?

— Je ne sais pas. Je n'étais pas au courant de cette histoire d'orphelinat. Je ne suis pas au courant pour l'argent.

— C'était pour acheter de la drogue ! Elle l'a volé pour de la drogue !

— Je ne sais rien de tout ça.

— Tous les mêmes, dans cette famille — des ordures ! Un peu de pitié, je vous en prie ! » Je me suis tourné vers lui : « Je veux que la personne responsable de ces deux morts rende des comptes à la loi. Coleman Silk n'a fait aucun mal à votre fille. Il ne l'a pas tuée. Je vous demande que nous parlions une minute seulement.

— Laisse-le faire, Sylvia.

— Non et non. Plus question de laisser faire personne. Tu les as tous laissés faire assez longtemps. »

Il y avait maintenant un attroupement sur le porche de l'auberge, et dans les étages des gens s'étaient mis aux fenêtres. Peut-être s'agissait-il des derniers amateurs de feuilles venus chercher ce qui restait de l'embrasement automnal. Peut-être étaient-ce d'anciens élèves de la fac. Il y en avait toujours une poignée en ville, des gens entre deux âges, ou d'âge mûr, qui revenaient voir ce qui avait disparu et ce qui restait, avec le meilleur souvenir, avec un souvenir ébloui de ce qu'ils avaient vécu dans ces rues en l'année mille neuf cent et des poussières variables. Peut-être étaient-ce des visiteurs venus admirer les maisons coloniales restaurées — il y en avait un front de plus d'un kilomètre sur les deux rives de Ward Street ; la société historique d'Athena les jugeait sinon aussi grandioses que celles de Salem, du moins sans égales à l'ouest de la Maison aux sept pignons. Ces gens qui avaient élu domicile dans les chambres « d'époque » du College Arms, avec leur décoration fidèle, ne tenaient pas à être réveillés par des vociférations sous leurs fenêtres. Dans un endroit aussi pittoresque que South Ward Street, par une aussi belle journée, un esclandre de ce genre — paralytique en larmes et minuscule Asiatique glapissant contre un quidam aux allures de professeur d'université mais qui, apparemment, leur tenait des propos odieux — devait leur sembler plus inattendu, plus choquant qu'au carrefour d'une grande ville.

« Si je pouvais voir le journal...

— Il n'y a pas de journal », a-t-elle dit. Alors, je n'ai plus eu qu'à la regarder le pousser sur la rampe d'accès et passer la grande porte.

Retournant à Pauline's Place, j'ai commandé une tasse de café, et, sur du papier à lettres que la serveuse alla me chercher sous la caisse, j'ai écrit :

> Je suis l'homme qui vous a abordé près du restaurant de Town Street, à Athena, le lendemain de l'enterrement de Faunia, au matin. J'habite sur une route de campagne, à quelques kilomètres de chez Coleman Silk, le défunt, qui, comme je vous l'ai dit, était mon ami. C'est par Coleman qu'à plusieurs reprises j'ai rencontré votre fille. Il m'a aussi parfois parlé d'elle. Ils ont eu une liaison passionnée, mais tout à fait dénuée de sadisme. Il a été essentiellement un amant pour elle, mais il lui est arrivé de jouer le rôle du professeur et de l'ami. Si elle a sollicité son appui, je doute qu'il ait jamais fait la sourde oreille. Tout ce qu'elle aurait pu absorber de sa tournure d'esprit ne risquait pas de lui empoisonner la vie.

Je ne sais pas ce qui vous sera parvenu des rumeurs malveillantes circulant à Athena sur les circonstances de l'accident. Rien, j'espère. Mais justice doit être faite, en l'occurrence, ce qui relègue ces bêtises au second plan. Deux personnes ont été assassinées. Je sais qui les a assassinées. Je n'ai pas assisté au meurtre, mais je sais qu'il a eu lieu, j'en suis absolument certain. Mais pour espérer être pris au sérieux par la police ou par un avocat, il faut que je fournisse des preuves. Si vous avez en votre possession quelque chose qui révèle l'état d'esprit de Faunia ces derniers mois, ou même qui remonte à l'époque de son mariage avec Farley, je vous demande de ne pas le détruire. Je pense à des lettres qu'elle aurait pu vous envoyer au fil des années, ainsi qu'à des objets personnels trouvés dans sa chambre après sa mort et que vous auraient remis Sally et Peg.

Voici mon numéro de téléphone et mon adresse...

Mais je ne suis pas allé plus loin. Je me proposais d'attendre leur départ pour obtenir du concierge de l'hôtel, sous un prétexte quelconque, le nom de l'homme et son adresse, en suite de quoi je lui posterais ma lettre par le prochain courrier. À défaut, cette adresse, je me la procurerais par Sally et Peg. Mais j'ai renoncé à mon projet. Tout ce que Faunia avait pu laisser dans sa chambre, Sylvia l'avait déjà jeté ou détruit, et ma lettre allait prendre le même chemin dès qu'elle parviendrait à son destinataire. Cet être minuscule qui avait pour vocation d'empêcher le passé de tourmenter son homme n'allait pas laisser entrer dans ses murs ce qu'elle n'avait pas toléré dans notre face-à-face. Au reste, je ne trouvais rien à redire à son attitude. Si en effet c'était une famille où l'on se transmettait la souffrance comme une maladie, alors, il ne lui restait plus qu'une chose à faire, afficher un panneau de quarantaine comme ceux qu'on voyait dans mon enfance sur les portes des malades contagieux, parfois réduit à son Q majuscule, pour informer les gens sains. La petite Sylvia était cette majuscule redoutable autant qu'incontournable.

J'ai déchiré ce que j'avais écrit et traversé la ville à pied pour me rendre à l'enterrement.

Le service funèbre de Coleman avait été organisé par ses enfants, et ils étaient tous les quatre sur le parvis de la Rishanger Chapel, pour accueillir un par un les fidèles. L'idée de faire la cérémonie à Rishanger, la chapelle de l'université, relevait d'une décision familiale et c'était, je l'ai compris, l'élément clef d'une stratégie concertée : il s'agissait d'annuler le bannissement que leur père s'était imposé, et de le réintégrer, sinon dans la vie, du moins dans la mort, à la communauté où s'était déroulée sa carrière prestigieuse.

Sitôt que je me suis présenté, Lisa, la fille de Coleman, m'a pris à part et m'a entouré de ses bras : « Vous étiez son ami. Vous étiez le seul ami qui lui restait. Vous êtes sans doute la dernière personne à l'avoir vu vivant, m'a-t-elle chuchoté entre ses larmes.

— Nous avons été amis quelque temps », ai-je dit, en taisant le fait que notre dernière rencontre datait de plusieurs mois — un samedi matin d'août, à Tanglewood — et qu'à cette époque il avait déjà sciemment laissé tomber en quenouille notre brève amitié.

« Nous l'avons perdu, m'a-t-elle dit.

— Je sais.

— Nous l'avons perdu », a-t-elle répété, sur quoi elle s'est mise à pleurer sans plus essayer de parler.

Au bout d'un moment, je lui ai dit : « J'avais du plaisir à sa compagnie, je l'admirais. Je regrette de ne pas l'avoir connu plus longtemps.

— Pourquoi ce qui s'est passé ?

— Je ne sais pas.

— Est-ce qu'il est devenu fou ? Est-ce qu'il avait perdu la raison ?

— Non, absolument pas.

— Alors comment est-ce que tout ça a pu arriver ? »

Puisque je ne répondais pas, et comment l'aurais-je pu, sinon en commençant d'écrire ce livre, elle s'est détachée lentement de moi, et, pendant les quelques secondes où nous sommes restés encore face à face, j'ai vu qu'elle ressemblait à son père, tout autant que Faunia au sien : c'était le même visage au contour précis, ce visage de chiot, les mêmes yeux verts, la peau mate, et sa silhouette elle-même, malgré des épaules plus menues, rappelait la morphologie discrètement athlétique de Coleman. De sa mère, Iris Silk, elle semblait avoir hérité ce seul trait génétique : une prodigieuse crinière noire et frisée. Sur toutes les photos d'Iris, et j'en avais vu beaucoup dans les albums de famille que Coleman m'avait montrés, les traits de son visage semblaient presque insignifiants tant le relief de sa personnalité, pour ne pas dire son essence, paraissait concentré dans cet attribut théâtral, triomphal. Chez Lisa, au contraire de sa mère, la chevelure formait contraste avec la personne plus qu'elle n'en émanait.

Après ce bref moment passé auprès d'elle, j'ai eu le sentiment très net que le lien désormais brisé entre Lisa et son père s'imposerait à elle, jour après jour, tout le reste de sa vie. D'une manière ou d'une autre, l'image de son père se mêlerait étroitement à tout ce qu'elle penserait, ferait, ou ne réussirait pas à faire. Elle qui l'avait aimé si exclusivement du temps qu'elle était sa petite fille chérie, mais qui était brouillée avec lui au moment de sa mort, en paierait les conséquences sans répit.

Les trois Silk mâles — Mark, le frère jumeau de Lisa, et les deux aînés, Jeffrey et Michael — m'ont accueilli avec moins d'effusion. Je n'ai rien vu de la véhémence de Mark, fils offensé, et une heure ou deux plus tard, lorsqu'il a perdu toute retenue au bord de la tombe, ce fut avec la sévérité de quelqu'un dont le chagrin est inconsolable. Jeff et Michael, eux, étaient de toute évidence les plus solides des enfants Silk, et l'empreinte physique de leur robuste mère se lisait chez eux en clair : à défaut de leur avoir légué sa chevelure (tous deux étaient chauves), elle leur avait transmis sa stature, son noyau dur de confiance en soi, son autorité généreuse. Ils n'étaient pas hommes à se prendre les pieds dans les tapis de l'existence, et cela ressortait des quelques mots qu'ils prononçaient pour vous accueillir. À rencontrer Jeff et Michael, surtout côte à côte, on trouvait à qui parler. Quand on rencontrait Coleman lui-même du temps de sa splendeur, avant qu'il n'ait commencé à déjanter entre les murs toujours plus étroits de sa rage, avant que les succès qui l'avaient jadis singularisé, qui étaient lui, n'aient disparu de sa vie, on trouvait sûrement à qui parler. Il ne fallait sans doute pas chercher ailleurs la raison de ce consensus pour compromettre le doyen, consensus qui s'était dégagé si vite quand il avait été accusé d'avoir tenu à voix haute cet ignoble propos raciste.

Malgré toutes les rumeurs qui circulaient en ville, l'affluence à ce service funèbre dépassait de loin mon attente ; et certainement celle que Coleman aurait pu avoir. Les six ou sept premières travées étaient déjà pleines, et des gens affluaient derrière moi, lorsque j'ai trouvé un siège vacant vers le milieu de l'église, derrière quelqu'un en qui j'ai reconnu — je l'avais vu pour la première fois la veille — Smoky Hollenbeck. Se rendait-il compte qu'un an plus tôt il avait bien failli avoir son propre service funèbre à la Rishanger Chapel ? Peut-être était-il venu davantage pour remercier la Providence que par égard pour l'homme qui lui avait succédé dans les faveurs de Faunia.

À côté de Smoky se tenait une femme qui était sûrement son épouse, une jolie blonde d'une quarantaine d'années, une camarade d'études que, si j'avais bonne mémoire, il avait épousée dans les années soixante-dix et à qui il avait fait cinq enfants depuis. En jetant un coup d'œil circulaire, je me suis aperçu que, à l'exception des enfants de Coleman, les Hollenbeck étaient parmi les gens les plus jeunes de l'assistance. Elle se composait essentiellement d'anciens d'Athena, professeurs et administrateurs que Coleman avait connus près de quarante ans avant la mort d'Iris et sa propre démission. À voir réunis autour de son cercueil ces vétérans venus à la Rishanger Chapel pour l'accompagner à sa dernière demeure, qu'aurait-il pensé ? Sans doute se serait-il dit quelque chose comme : « Quelle occasion rêvée de se tresser des lauriers ! Mais qu'ils doivent donc se sentir vertueux, ces hommes, de ne pas m'avoir gardé rancune de mon mépris ! »

Assis là parmi eux, on s'étonnait tout de même que des gens si instruits, si policés, aient pu céder si volontiers à la tentation ancestrale de voir un homme incarner le mal à lui tout seul. Pourtant ce besoin existe, il est profond, il a la vie dure.

Une fois la porte extérieure refermée et les enfants Silk assis au premier rang, j'ai vu que la chapelle était presque aux deux tiers pleine — trois cents personnes, peut-être plus, attendaient là que cet événement humain immémorial et naturel absorbe leur terreur de la fin ; j'ai vu aussi que, seul de ses frères, Mark Silk portait la kippa.

Comme tout le monde ou presque sans doute, je

m'attendais à ce qu'un des enfants Silk monte le premier au pupitre pour prendre la parole. Mais une
seule personne devait parler ce matin-là, et ce fut
Herb Keble, le spécialiste de sciences politiques
engagé par le doyen Silk, premier professeur noir
d'Athena. De toute évidence, la famille l'avait élu
comme orateur au même titre qu'elle avait choisi la
chapelle pour le service funèbre : dans l'idée de réha-
biliter le nom du père, de faire tourner à l'envers
l'horloge d'Athena et de rendre à Coleman son statut
et son prestige d'antan. En me rappelant avec quelle
solennité sévère Jeff et Michael m'avaient chacun
pris la main, et m'avaient dit en m'appelant par mon
nom : « Merci d'être venu, il est crucial pour notre
famille que vous soyez là », déclaration qu'ils faisaient sans doute à chaque nouvel arrivant, parmi
lesquels beaucoup leur étaient connus depuis l'enfance, j'ai pensé : Ils n'ont pas l'intention de s'en tenir
là, ils ne relâcheront pas leur effort avant que le bâtiment administratif soit rebaptisé Coleman Silk Hall.
   Le fait que l'église soit presque comble ne devait
sans doute rien au hasard. Ils avaient dû passer leurs
journées au téléphone depuis l'accident, et encadrer
les fidèles comme on cornaquait les électeurs jusqu'aux urnes du temps du vieux maire Daley, à Chicago. Et fallait-il qu'ils aient travaillé Keble au corps,
lui que Coleman avait tout particulièrement accablé
de son mépris, pour qu'il se constitue lui-même bouc
émissaire des péchés d'Athena ! Plus je pensais à ces
fils Silk en train de faire violence à Keble, de l'intimider, de l'engueuler, de dénoncer son hypocrisie,
voire de le menacer carrément pour la façon dont il
avait trahi leur père deux ans plus tôt, plus ils me
plaisaient, et plus Coleman me plaisait d'avoir
engendré ces deux solides gaillards intelligents qui
ne s'embarrassaient pas de vains scrupules pour

rétablir sa réputation. Ces deux hommes allaient m'aider à mettre Les Farley hors d'état de nuire pour le restant de ses jours.

C'est du moins ce que je me suis plu à croire jusqu'au lendemain après-midi, juste avant leur départ ; car alors, sans plus de ménagements que je les soupçonnais d'en avoir eu pour Herb Keble, ils m'ont fait savoir qu'il fallait que j'arrête tout ; que j'oublie Les Farley et les circonstances de l'accident, et que je me garde de pousser la police à enquêter plus avant. Ils n'auraient pas pu me signifier plus clairement leur absolue réprobation, au cas où mon zèle intempestif déclencherait un procès dont la liaison de leur père avec Faunia Farley deviendrait le point de mire. Faunia Farley, ils ne voulaient plus en entendre parler, et surtout pas au cours d'un procès fracassant que la presse s'empresserait de monter en épingle et qui prendrait racine dans la mémoire locale, pour reléguer le Coleman Silk Hall au rang des rêves inaccessibles.

« Ce n'est pas vraiment la femme qu'on serait heureux de lier au souvenir de son père, m'a dit Jeffrey. Il y a notre mère pour ça, a repris Michael, cette petite connasse de bas étage n'a rien à voir avec nous. Rien », a répété Jeffrey. Devant leur ardeur et leur résolution, on avait du mal à croire que, là-bas en Californie, ils enseignaient les sciences à l'université ; on les aurait mieux vus diriger la Twentieth Century Fox...

Herb Keble était un homme élancé, à la peau très noire ; un vieillard aujourd'hui ; et, sans être voûté ni traîner la jambe, il avait cependant la démarche un peu raide ; son maintien sévère et sa voix intimidante de juge capable de vous envoyer à la potence évoquaient un peu le prêcheur noir qui ne plaisante pas.

412

Il lui a suffi de dire : « Je m'appelle Herb Keble »,
pour en imposer à son auditoire ; placé où il était,
derrière l'estrade, il lui a suffi de regarder le cercueil
de Coleman Silk en silence, puis de se tourner vers
les fidèles et de se présenter pour susciter le
recueillement où vous plonge la récitation des
psaumes. Il était austère comme est austère la lame
qui vous menace si vous ne savez pas la manipuler
avec toute la précaution requise. En un mot,
l'homme était impressionnant, dans son attitude
comme dans sa physionomie, et on voyait bien pourquoi Coleman avait pu vouloir l'engager pour briser
les barrières raciales à Athena, dans le même esprit
que Branch Rickey avait sélectionné Jack Robinson
comme premier joueur noir du base-ball professionnel. Au départ, on concevait mal que les enfants Silk
aient pu obtenir de lui ce qu'ils voulaient par l'inti-
midation ; mais il fallait compter avec le goût de la
mise en scène de soi, la vanité sacerdotale de ceux
qui sont habilités à administrer les sacrements, deux
traits accusés chez lui. Il faisait tout à fait l'effet
d'être le seul maître à bord après Dieu.

« Je m'appelle Herbert Keble, a-t-il commencé. Je
suis directeur du département de Sciences politiques. En 1996, j'ai été de ceux qui n'ont pas jugé
bon de prendre fait et cause pour Coleman quand il
a été accusé de racisme. Moi qui étais arrivé à la
faculté seize ans plus tôt, l'année même où il avait été
nommé doyen, moi, à qui il avait accordé son premier entretien de recrutement. C'est bien trop tard
que je me présente devant vous pour m'accuser
d'avoir fait défaut à mon ami, mon protecteur, bien
trop tard, je le répète, pour essayer de redresser les
torts, les torts terribles, navrants, qui lui ont été faits
par l'université d'Athena.

« Au temps du prétendu incident raciste, j'ai dit à

Coleman : "Je ne peux pas prendre ton parti." Je parlais de propos délibéré, quoique peut-être pas exclusivement par opportunisme, par carriérisme et par lâcheté comme il s'est empressé de le croire. Je me disais que j'avancerais mieux sa cause en œuvrant en coulisses à désamorcer l'opposition ; car si je m'alliais publiquement avec lui, on ne manquerait pas de m'affubler bêtement du surnom d'Oncle Tom, le bon nègre de service, pour me réduire à l'impuissance. La voix de la raison, je me réservais de la faire entendre à l'intérieur plutôt qu'à l'extérieur, puisque ceux que le prétendu propos raciste de Coleman avait outragés en arrivaient à le diffamer, et à diffamer l'université avec lui, pour couvrir l'échec personnel de deux étudiants. Je me figurais qu'à force d'habileté et de patience je parviendrais à apaiser les foudres sinon des plus acharnés de ses adversaires, du moins des membres les plus réfléchis et les plus pondérés de notre communauté afro-américaine, et de leurs sympathisants blancs, dont l'hostilité n'avait jamais été qu'un réflexe passager. Je me disais que tôt ou tard, tôt si possible, je pourrais engager le dialogue entre Coleman et ses accusateurs. Ainsi, on aboutirait à la promulgation d'une mise au point sur le malentendu à l'origine du conflit, ce qui aurait le mérite de mettre un terme équitable à la triste affaire qui s'était ensuivie.

« J'ai eu tort. Je n'aurais jamais dû dire à mon ami : "Je ne peux pas prendre ton parti dans cette affaire", j'aurais dû lui dire : "Je *dois* prendre ton parti", et j'aurais dû m'employer à combattre ses ennemis non pas insidieusement et de l'intérieur, comme j'en ai eu la mauvaise inspiration, mais sans équivoque, honnêtement, au grand jour, car alors mon soutien l'aurait réconforté. Au lieu de cela, il a nourri le sentiment accablant d'avoir été abandonné, et la blessure s'est infectée au point de le brouiller avec ses collègues, de le faire démissionner de l'université pour vivre dans un isolement autodestructeur qui, j'en suis convaincu et j'en frémis, a été la cause assez directe de sa mort, de cet accident de voiture de l'autre nuit, gâchis tragique qui n'avait pas lieu d'être. Ma voix aurait dû s'élever pour dire ce que je dis à présent, devant ses ex-collègues, ceux qui travaillaient avec lui, son personnel, et pour dire, surtout, devant ses enfants, Jeff et Mike, qui sont venus de Californie, et Mark et Lisa, qui sont venus de New York, dire en tant que membre le plus ancien et le plus titré de la communauté afro-américaine au sein du personnel enseignant d'Athena :

« Coleman Silk n'a jamais dévié d'une ligne de conduite parfaitement égalitaire envers ses étudiants tant qu'il a servi à la faculté. Jamais.

« Cet écart supposé n'a jamais eu lieu. Jamais.

« Ce qu'il a été forcé de subir, les accusations, les auditions, l'enquête, demeure une tache sur l'intégrité de cette institution aujourd'hui encore, aujourd'hui plus que jamais. Ici, dans cette Nouvelle-Angleterre que l'on associe plus que tout autre État, historiquement, à la résistance de l'individu contre une communauté répressive — que l'on pense à Hawthorne, à Melville, à Thoreau —, un individualiste américain qui ne prenait pas les règles pour les choses les plus sérieuses de la vie, un individualiste américain qui refusait d'accepter l'orthodoxie de la coutume et les vérités établies sans les soumettre à examen, un individualiste américain qui n'a pas toujours vécu selon les normes de la bienséance et du bon goût — un individualiste américain *par excellence*, en somme — a été, encore une fois, si impitoyablement trahi par ses voisins et amis qu'il a fini ses jours dépouillé de son autorité morale par leur bêtise moralisatrice. Oui, c'est bien nous, cette communauté de censeurs imbéciles, qui nous sommes abaissés à éclabousser si honteusement la réputation de Coleman Silk. Et je parle surtout pour ceux qui, comme moi, savaient, parce qu'ils le connaissaient intimement, combien il était dévoué à son université, et avec quelle intégrité il se consacrait à sa tâche d'enseignant, nous qui, leurrés par je ne sais quelles considérations, l'avons trahi. Je le répète, nous l'avons trahi. Nous avons trahi Coleman, et nous avons trahi Iris.

« La mort d'Iris, la mort d'Iris Silk, survenue au cœur de... »

Deux sièges sur ma gauche, la femme de Smoky Hollenbeck était en larmes, ainsi que plusieurs autres autour d'elle. Smoky lui-même était penché en avant, le front reposant légèrement dans ses mains jointes sur le dossier du banc de devant, en une posture vaguement ecclésiastique. Je suppose qu'il voulait faire penser à sa femme, ou à moi, ou à tout autre observateur, que l'idée même du tort injustement fait à Coleman Silk lui était insupportable. Je suppose qu'il voulait faire étalage de sa compassion ; mais moi qui étais au fait de ce qu'il dissimulait, ce père de famille modèle, moi qui connaissais le substrat dionysiaque de sa vie, j'avais du mal à avaler ça.

Mais Smoky mis à part, l'attention, la concentration, la concentration aiguë avec laquelle on buvait les paroles de Herb Keble me paraissait assez sincère pour imaginer que bien des gens présents auraient du mal à ne pas déplorer l'injustice faite à Coleman Silk. Je me demandais bien entendu si les rationalisations par lesquelles Keble expliquait son attitude lors de l'affaire des zombies venaient de lui, ou si elles lui avaient été soufflées par les fils Silk pour lui permettre d'accéder à leur demande tout en sauvant

la face. Je me demandais si ces rationalisations rendaient compte des raisons pour lesquelles il avait dit
ces mots que Coleman m'avait si souvent répétés
avec amertume : « Je ne peux pas prendre ton parti. »

Pourquoi la parole de cet homme me laissait-elle
sceptique ? Parce qu'à partir d'un certain âge la
méfiance devient une seconde nature et qu'on a tendance à ne plus croire personne ? Certes, deux ans
plus tôt, s'il s'était tu au lieu de prendre fait et cause
pour Coleman, la raison en était celle qui pousse toujours les gens à se taire : leur intérêt. Le sens pratique
n'est pas un mobile aux ressorts ténébreux. Herb
Keble faisait partie de tous ceux qui réécrivent l'histoire pour la caschériser — même s'il le faisait avec
une certaine audace, somme toute intéressante, en
prenant la faute sur lui. Restait qu'il n'avait pas été
fichu d'agir en temps utile. Aussi pensai-je, de la part
de Coleman : Espèce d'enfoiré.

Lorsque Keble, descendu de l'estrade, a serré la
main à chacun des enfants Silk avant de retourner à
sa place, ce geste simple n'a fait qu'intensifier l'exaltation presque violente née de son discours. Qu'allait-il se passer à présent ? Pendant un instant, ce fut
le vide. Le silence, le cercueil, la foule ivre d'émotion.
Puis Lisa s'est levée, a monté les quelques marches
et, depuis le lutrin, a annoncé : « Le dernier mouvement de la Troisième Symphonie de Mahler. » C'est
tout. Ils ont fait sauter tous les verrous. Ils ont passé
du Mahler.

Or il y a des fois où l'on ne peut pas écouter du
Mahler. Quand il vous soulève, quand il vous secoue,
il va jusqu'au bout. À la fin du mouvement, tout le
monde pleurait.

Pour ma part, en tout cas, je crois que rien d'autre
au monde n'aurait pu me déchirer autant, sauf d'entendre Steena Palsson dans sa version de *The Man I*

417

Love, tel qu'elle l'avait interprété au pied du lit de Coleman, dans Sullivan Street, en 1948.

Le trajet jusqu'au cimetière, trois rues à traverser, a été mémorable en ceci qu'il est passé complètement inaperçu. Un instant plus tôt, nous étions pétrifiés par la vulnérabilité infinie de l'adagio, par cette simplicité sans artifice ni stratégie qui se déploie, pourrait-on dire, au rythme accumulé de la vie, avec toute la réticence que met la vie à finir... un instant plus tôt, nous étions pétrifiés par la juxtaposition délicate de grandeur et d'intimisme qui débute dans l'intensité des cordes, calme, mélodieuse, retenue, et puis qui monte en vagues jusqu'à la fausse fin imposante menant à la vraie, la fin prolongée, monumentale... un instant plus tôt, nous étions pétrifiés par une élégie orgiaque, avec sa montée en puissance, son essor, son apothéose, et sa retombée, cette élégie qui roule sans fin sur un rythme soutenu qui ne varie jamais, et qui ne cède que pour mieux revenir, comme une douleur ou un désir qui ne veut pas finir... un instant plus tôt, nous étions, sur les instances croissantes de Mahler, dans le cercueil avec Coleman, en phase avec la terreur de l'éternité et le désir effréné d'échapper à la mort, et voilà que tout à coup, Dieu sait comment, nous nous retrouvions à soixante ou soixante-dix personnes au cimetière pour le regarder porter en terre, rituel passablement simple, solution au problème qui en vaut bien une autre et pour autant jamais tout à fait compréhensible : chaque fois, il faut le voir pour le croire.

La plupart d'entre nous n'avaient sans doute pas prévu d'accompagner le corps jusqu'au tombeau, mais les enfants Silk s'entendaient à faire naître l'émotion et la prolonger. Telle était, selon moi, la raison pour laquelle nous étions si nombreux à nous agglutiner au plus près du trou qui allait être la demeure éternelle de Coleman, comme si nous avions hâte de nous y glisser pour prendre sa place, pour nous offrir en substituts, en victimes sacrificielles, moyennant quoi il reprendrait comme par magie la vie exemplaire qui, de l'aveu même de Herb Keble, lui avait été quasiment ravie deux ans auparavant.

Coleman devait être enterré auprès d'Iris. Sur la pierre tombale de celle-ci, on pouvait lire les dates suivantes : 1932-1996, et sur la sienne, 1926-1998. Qu'ils sont abrupts, les chiffres ! Et qu'ils laissent dans l'ombre toutes les connotations.

J'ai entendu le début du kaddish avant de comprendre que quelqu'un l'avait entonné. Sur le moment, j'ai cru que la prière nous parvenait d'un autre coin du cimetière, alors qu'elle était prononcée sur l'autre rive de la tombe où Mark Silk, le fils benjamin, le fils rebelle, le fils qui, comme sa sœur jumelle, ressemblait le plus à son père, se tenait debout tout seul, son livre à la main et le yarmulke sur sa tête, chantant à voix basse, entre ses larmes, la prière juive familière.

Yisgadal, v'yiskadash...

La plupart des Américains, dont moi et sans doute les frères et sœurs de Mark, ne savent pas ce que veulent dire ces mots, mais presque tout le monde reconnaît leur message réfrigérant : un Juif est mort. Encore un. Comme si la mort n'était pas une conséquence de la vie mais de la judéité.

Lorsque Mark a eu achevé, il a refermé le livre, et alors, lui qui venait d'inspirer à chacun d'entre nous une sérénité lugubre, il s'est laissé aller à l'hystérie. Ainsi s'achevait l'enterrement de Coleman. Cette fois, nous étions pétrifiés par la vision de Mark : ses nerfs lâchaient, il battait l'air de ses bras, il pleurait à gros sanglots. Cette lamentation délirante, plus ancienne encore que la prière qu'il avait prononcée, est montée en intensité jusqu'à ce qu'il voie sa sœur se précipiter vers lui les bras tendus ; alors il a tourné vers elle son visage de Silk ravagé par la peine, et s'est écrié avec une stupeur d'enfant : « Nous ne le reverrons plus jamais. »

L'idée qui m'est venue à l'esprit n'est pas des plus généreuses. Ce jour-là, il y avait pénurie d'idées généreuses. J'ai pensé : Et alors, qu'est-ce que ça va changer ? Tu ne te précipitais pas pour venir le voir, quand il était encore de ce monde.

Il faut croire que Mark s'était figuré avoir son père sous la main pour le haïr *ad vitam aeternam*. Pour le haïr jusqu'à la moelle. Alors, peut-être, en temps opportun, quand les scènes d'accusations auraient atteint leur paroxysme, quand il aurait fouetté son père jusqu'à la mort ou presque avec les verges de ses griefs filiaux, il lui aurait pardonné. Il se figurait que Coleman allait rester là jusqu'à la fin de la pièce, à croire qu'ils vivaient tous deux non pas dans la vie réelle mais sur le versant méridional de l'acropole, dans un théâtre à ciel ouvert consacré à Dionysos où, devant dix mille spectateurs, et selon la règle des trois unités, on parcourait chaque année le grand cycle cathartique. Le désir humain d'avoir un début, un milieu et une fin — une fin dont la grandeur soit proportionnelle au début et au milieu — n'a jamais été si bien réalisé que dans les pièces enseignées par Coleman à l'université d'Athena. Seulement, en dehors de la tragédie classique du Ve siècle avant Jésus-Christ, attendre la fin du processus, et a fortiori un aboutissement juste et parfait de celui-ci, relève d'une illusion trop sotte pour un adulte.

Les gens commençaient à s'éparpiller. J'ai vu les Hollenbeck reprendre l'allée entre les tombes et se diriger vers la rue toute proche, le mari un bras passé autour des épaules de sa femme, tel un bon berger. Je vis Nelson Primus, qui avait représenté Coleman lors de l'affaire des zombies, et avec lui une jeune femme enceinte qui pleurait, sa femme, sans doute. J'ai vu Mark avec sa sœur, car il avait encore besoin qu'elle le console, j'ai vu Jeff et Michael, qui avaient dirigé cette opération de main de maître, en train de parler calmement à Herb Keble, à quelques pas de moi. Moi, je n'arrivais pas à m'en aller, à cause de Les Farley. Loin de ce cimetière, il continuait de se faire les muscles sans être inquiété ni être accusé d'aucun crime, sécrétant autour de lui une réalité primaire, cette brute épaisse qui percutait la voiture de n'importe qui n'importe quand, pour toutes les raisons viscérales qui justifiaient son bon plaisir.

Certes, moi je sais qu'il n'y a pas de fin au processus, pas d'aboutissement juste et parfait. Mais pour autant, à quelques pas du cercueil qui reposait dans la tombe fraîchement creusée, on n'aurait pu m'ôter de l'idée que cette fin-ci laissait à désirer, même si elle était censée rendre à Coleman sa place prestigieuse dans l'histoire de l'université. Trop de vérité demeurait encore cachée.

J'entendais par là la vérité sur sa mort, et non pas celle qui allait se faire jour quelques instants plus tard. Il y a vérité et vérité. Le monde a beau être plein de gens qui se figurent vous avoir évalué au plus juste, vous ou votre voisin, ce qu'on ne sait pas est un puits sans fond. Et la vérité sur nous, une affaire sans fin. De même que les mensonges. Pris entre deux feux, me disais-je. Dénoncé par les esprits intègres, vilipendé par les vertueux, puis exterminé par un fou criminel. Excommunié par ceux qui ont la grâce, les élus, les évangélistes omniprésents des mœurs du moment, et puis expédié par un démon brutal. Deux appétits humains se sont rejoints en lui. Le pur et l'impur, dans toute leur véhémence, mouvants, semblables dans le besoin de se trouver un ennemi. Les mâchoires de la scie se sont refermées sur lui, pensais-je. Il s'est fait trancher le cou par les dents acérées de ce monde. Ce monde d'hostilité.

Une femme, toute seule, était restée auprès de la tombe ouverte. Elle ne disait rien et n'avait pas l'air de pleurer. Elle n'avait même pas l'air d'être tout à fait à ce qu'elle vivait — cet enterrement, au cimetière. Elle aurait tout aussi bien pu être au coin de la rue, en train d'attendre patiemment son bus. Sa manière de tenir son sac, bien sagement devant elle, m'évoquait une femme déjà prête à payer son ticket et se laisser emporter vers sa destination. À la morphologie de sa mâchoire et au dessin de sa bouche, à un certain prognathisme du bas de son visage, et aussi à son casque de cheveux, j'ai vu qu'elle n'était pas blanche. Mais elle n'avait pas la peau plus foncée qu'une Grecque ou qu'une Marocaine, et je n'aurais peut-être même pas rapproché ces indices pour la compter automatiquement parmi les Noirs si Herb Keble ne s'était pas trouvé parmi les dernières personnes encore présentes. À cause de son âge — elle pouvait avoir soixante-cinq ou soixante-dix ans —, je l'ai prise pour la femme de Keble. Comment s'étonner alors de cet état de transe où elle semblait plongée ? Il n'avait pas dû être facile d'entendre son mari se désigner publiquement comme bouc émissaire d'Athena, quels qu'aient pu être ses mobiles. Je pouvais comprendre qu'elle ait beaucoup à réfléchir, et qu'assimiler ce qui venait de se passer risque de prendre plus de temps que l'enterrement ne l'avait permis. Elle devait encore méditer sur ce qu'il avait dit à la Rishanger Chapel. Elle était encore là-bas, sans doute.

Je me trompais.

Comme je me retournais pour m'en aller, elle s'est retournée en même temps, de sorte que nous nous sommes trouvés face à face, à moins de cinquante centimètres l'un de l'autre.

« Je m'appelle Nathan Zuckerman, lui ai-je dit, j'ai été ami avec Coleman vers la fin de sa vie.

— Enchantée, m'a-t-elle répondu.

— Je crois que votre mari a créé l'événement, aujourd'hui. »

Elle ne m'a pas lancé un regard qui me signifie mon erreur. Elle ne m'a pas ignoré, elle n'a pas décidé de se débarrasser de moi et de passer son chemin. Elle ne semblait pas non plus se demander quoi faire, ce qui devait pourtant être le cas. Un ami de Coleman sur la fin de sa vie ? Étant donné sa propre identité, elle ne pouvait guère que dire : « Je ne suis pas Mrs Keble », et s'en aller.

Mais elle est demeurée en face de moi, où elle était, sans expression, si frappée de mutisme par les événements et les révélations de la journée qu'il devenait tout à coup impossible de ne pas comprendre qui elle était par rapport à Coleman. Ce n'est pas sa ressemblance avec lui, cependant, qui s'est imprimée dans mon esprit, et promptement, par ajustements rapides, comme on met au point un télescope pour voir une étoile lointaine. Ce que j'ai vu — lorsque enfin j'ai vu et percé à jour le secret de Coleman — c'est la ressemblance avec Lisa, qui était encore plus la nièce de sa tante qu'elle n'était la fille de son père.

Chez moi, au cours des heures suivantes, c'est donc par Ernestine que j'ai appris presque tout ce que je sais de la prime jeunesse de Coleman à East Orange. Elle me révéla que le Dr Fensterman avait fait pression pour qu'il rate ses examens de terminale et cède la place de *valedictorian* à Bert, son fils ; que

Mr Silk père avait déniché la maison d'East Orange en 1926, cette petite maison de bois qu'elle-même habitait toujours, achetée « à un couple en délicatesse avec ses voisins, et qui avait décidé de la vendre à des gens de couleur pour les embêter », m'expliquat-elle. (« On voit bien à quelle génération j'appartiens, me dit-elle un peu plus tard ce jour-là, je dis "de couleur". ») Elle me raconta que son père avait perdu son officine d'opticien pendant la crise de 1929, et qu'il lui avait fallu du temps pour s'en remettre. « Je ne suis d'ailleurs pas sûre qu'il s'en soit remis », concluait-elle. Elle me raconta qu'il avait trouvé un emploi de serveur dans les wagons-lits, et qu'il y était resté jusqu'à sa mort. Elle m'apprit qu'il appelait l'anglais la « langue de Chaucer, Shakespeare et Dickens », et qu'il avait veillé non seulement à ce que ses enfants parlent comme il fallait, mais encore pensent avec logique, soient capables de classer, d'analyser, de décrire, d'énumérer. D'apprendre l'anglais, mais aussi le latin et le grec. Il les emmenait dans les musées de New York, et voir les pièces de Broadway ; et quand il avait découvert le secret de Coleman, sa carrière de boxeur, il lui avait dit de sa voix qui débordait d'autorité sans jamais avoir à hausser le ton : « Si j'étais ton père, je te dirais : "Tu as gagné, hier soir ? Tant mieux. Tu vas pouvoir te retirer sur une victoire." » Ernestine m'apprit que Doc Chizner, mon propre maître de boxe l'année où j'avais suivi des cours du soir à Newark, avait auparavant pris une option sur le talent de Coleman quand celui-ci avait quitté le Boys' Club, qu'il avait voulu le faire boxer pour l'université de Pittsburgh, où il aurait pu lui obtenir une bourse en tant que boxeur blanc, mais que Coleman s'était inscrit à l'université de Howard, parce que c'était le projet de son père. Que leur père était mort d'une attaque pendant qu'il servait le dîner dans le train, un soir, et que Coleman avait aussitôt quitté Howard pour s'engager dans la marine — en tant que Blanc. Qu'après la marine, il s'était installé à Greenwich Village pour aller à NYU. Qu'un beau dimanche il avait amené avec lui une jeune fille blanche, une jolie fille du Minnesota. Que ce jour-là, les biscuits avaient brûlé tant on faisait attention à ne pas dire ce qu'il ne fallait pas. Que, heureusement pour tout le monde, Walt, qui enseignait déjà à Asbury Park, n'avait pas pu rentrer déjeuner, et que tout s'était passé si merveilleusement que Coleman n'avait pas eu à se plaindre. Ernestine me dit combien la mère de Coleman s'était montrée aimable envers la jeune fille, Steena. Combien toutes deux avaient été attentionnées et gentilles envers elle, et réciproquement. Que leur mère avait toujours été un bourreau de travail, et qu'à la mort de leur père, par son seul mérite, elle avait gagné le poste d'infirmière-chef au service de chirurgie de l'hôpital de Newark, première femme de couleur à occuper ces fonctions. Qu'elle adorait son Coleman, qu'il ne pouvait rien faire pour tuer l'amour de sa mère. Même sa décision de passer le reste de sa vie à affecter d'être né d'une autre femme, une mère qu'il n'avait jamais eue, et qui n'avait jamais existé, même ça n'avait pas réussi à la libérer de lui. Et après qu'il était venu lui annoncer qu'il allait épouser Iris Gittelman, et qu'elle ne serait jamais la belle-mère de sa belle-fille ni la grand-mère de ses petits-enfants, Walt lui avait défendu de jamais recontacter sa famille, et il avait dit sans ambages à leur mère — il avait la main de fer de son père — qu'elle ne devrait pas davantage songer à le contacter.

« Je sais qu'il agissait au mieux, a dit Ernestine. Il pensait que c'était la seule façon d'empêcher maman de souffrir. De souffrir à cause de Coleman à chaque anniversaire, chaque fête carillonnée, chaque Noël. Il pensait que si les relations n'étaient pas tout à fait rompues, il risquait de lui briser le cœur encore mille fois comme il l'avait fait ce jour-là. Walt était furieux qu'il soit venu à East Orange sans avoir préparé personne, sans nous avoir avertis, et qu'il ait imposé ses termes à une femme âgée, veuve de surcroît. Fletcher, mon mari, trouvait toujours la même raison à l'attitude de Walter, mais je crois qu'il se trompait. Je ne crois pas que Walter ait jamais été vraiment jaloux de la place qu'occupait Coleman dans le cœur de maman. Je ne suis pas d'accord. Je crois qu'il s'est senti insulté, et qu'il s'est emporté — pas seulement au nom de maman, mais au nom de nous tous. Walt était celui d'entre nous qui s'intéressait le plus à la politique ; c'était couru d'avance, qu'il serait furieux. Pour ma part, moi, je n'étais pas furieuse et je ne l'ai jamais été, mais je comprends Walter. Tous les ans, pour l'anniversaire de Coleman, je l'appelais à Athena. Jusqu'à il y a trois jours, d'ailleurs. C'était son anniversaire, son soixante-douzième anniversaire. Je me dis qu'il s'est tué en rentrant chez lui après son dîner d'anniversaire. J'avais téléphoné pour lui présenter mes vœux et, comme ça ne répondait pas, j'ai rappelé le lendemain. Voilà comment j'ai appris qu'il était mort. Quelqu'un a décroché le téléphone, chez lui, et me l'a dit. Je comprends maintenant que c'était un de mes neveux. Je n'appelais chez lui que depuis la mort de sa femme et sa démission de la faculté ; depuis qu'il vivait seul. Avant, je l'appelais à son bureau. Je n'en ai jamais rien dit à personne. Pour quoi faire ? Je lui téléphonais à chaque anniversaire. Je lui ai téléphoné quand maman est morte, je lui ai téléphoné quand je me suis mariée, quand j'ai eu mon fils, quand mon mari est mort. On

avait toujours de bonnes discussions, tous les deux.
Il aimait bien savoir les dernières nouvelles, et même
celles deWalter, et de ses promotions. Et chaque fois
qu'Iris accouchait, pour Jeffrey, pour Michael et puis
pour les jumeaux, il m'appelait. Il m'appelait à
l'école. C'était toujours une terrible épreuve, pour
lui. Avoir tant d'enfants, c'était tenter le diable. Ce
passé sur lequel il avait tiré un trait, ses enfants y restaient liés par les gènes, et il y avait toujours le risque
que les gènes ressortent de manière flagrante. Ça
l'angoissait beaucoup. Ce n'était pas impossible, ce
sont des choses qui arrivent. Ça ne l'a pas empêché
de faire ses enfants. Ils étaient partie intégrante de
son plan de vie, du projet de mener une vie régulière
et bien remplie, une vie productive. Je crois quand
même que, les premières années surtout, et bien sûr
avant la naissance de chaque enfant, c'est une décision qui l'a fait bien souffrir. Rien n'échappait jamais
à sa vigilance, et ses sentiments non plus. Il avait pu
se couper de nous, mais pas de ses sentiments. Et
c'était particulièrement vrai en ce qui concernait les
enfants. Je pense qu'il en est lui-même arrivé à considérer qu'il était affreux de cacher à quelqu'un
quelque chose d'aussi crucial que ses origines, que
c'était leur droit inné, de connaître leur généalogie.
Et puis c'était dangereux, aussi. Pensez au drame
dans leurs vies, si jamais leurs enfants naissaient
avec des marques de sang noir. Jusque-là, il avait eu
de la chance, et ç'a encore été le cas avec ses deux
petits-enfants en Californie. Mais pensez à sa fille,
qui n'est pas encore mariée. Supposez qu'un jour elle
prenne un mari blanc, ce qui est plus que probable,
et qu'elle donne naissance à un bébé noir, c'est possible, ça peut toujours arriver. Comment voulez-vous
qu'elle s'explique ? Qu'est-ce qu'il va penser, son
mari ? Il va penser qu'il n'est pas le père de l'enfant.

Et que ce père est noir, par-dessus le marché. C'est d'une cruauté effrayante, de la part de Coleman, de n'avoir rien dit à ses enfants, monsieur Zuckerman. Et là, ce n'est pas Walter qui parle, c'est moi. Si Coleman avait l'intention de se taire sur sa race, alors il fallait qu'il en paie le prix, et qu'il s'abstienne d'avoir des enfants. Il le savait très bien, il ne pouvait pas ne pas le savoir. Alors qu'il a posé une bombe à retardement. Et j'avais toujours l'impression que cette bombe était à l'arrière-plan de ses préoccupations quand il me parlait d'eux. Surtout quand il me parlait non pas de Lisa mais de Mark, son jumeau, celui qui lui a donné tant de mal. Il me disait que Markie le détestait sans doute pour des raisons qui lui étaient propres, mais qu'on aurait dit qu'il avait compris la vérité. "Je récolte ce que j'ai semé, il me disait, même si c'est indirect. Markie ne peut pas se payer le luxe de me haïr pour ce qui en vaudrait vraiment la peine. Je l'ai dépossédé aussi de ce droit inné." Et moi je lui répondais : "Mais rien ne dit qu'il t'aurait détesté pour ça, Coleman. — Non, tu ne me comprends pas. Il ne m'aurait pas détesté d'être noir. Ce n'est pas ce que je voulais dire par 'ce qui en vaudrait vraiment la peine'. Il m'aurait détesté de ne jamais lui avoir dit cette vérité, qu'il avait le droit de savoir." Seulement, comme il y avait trop de risques de malentendus, on a fini par ne plus en parler. Mais il était clair qu'il n'arrivait pas à oublier que sa relation avec ses enfants reposait sur un mensonge, un mensonge terrible, et que Markie en avait eu l'intuition, qu'il avait plus ou moins compris, dans son enfance, qu'eux, les enfants porteurs des gènes de leur père, pouvaient les transmettre à leurs propres enfants, y compris dans des marques physiques flagrantes, tout en n'ayant jamais vraiment su qui ils étaient. Bien sûr, ce n'est qu'une spéculation, mais je pense parfois que Coleman voyait en Markie la punition de ce qu'il avait fait à sa propre mère. Mais enfin, ça, ajouta-t-elle en femme scrupuleuse, il ne l'a jamais dit lui-même ; quant à Walter, je voulais seulement dire qu'il essayait de remplir la fonction de notre père en empêchant que notre mère se fasse briser le cœur à longueur de temps.

— Et il y est parvenu ? ai-je demandé.

— Ah, monsieur Zuckerman, elle ne s'en est jamais remise. Jamais. Quand elle est morte, à l'hôpital, quand elle délirait, vous savez ce qu'elle disait ? Elle appelait l'infirmière comme les malades l'appelaient autrefois elle-même. "Mademoiselle, elle lui disait, il faut me conduire au train, j'ai un bébé malade à la maison." Elle le répétait sans cesse : "J'ai un bébé malade à la maison." Moi qui me trouvais à son chevet, qui lui tenais la main, moi qui la regardais mourir, je savais bien qui était ce bébé malade. Walter aussi le savait. C'était Coleman. Maintenant, est-ce qu'elle se serait mieux portée si Walter n'avait pas pris sur lui de bannir Coleman à jamais, comme il l'a fait, là-dessus je ne suis pas fixée. Mais la grande force de Walter, en tant qu'homme, c'est son pouvoir de décision. Coleman l'avait aussi. Dans notre famille, les hommes ne sont pas des indécis. Papa était un homme décidé, son père aussi, qui était pasteur méthodiste, en Géorgie. Ces hommes-là, quand leur décision est prise, c'est terminé. Mais cette force de caractère a un prix. Une chose est claire, en tout cas, je l'ai comprise aujourd'hui, et je regrette que mes parents ne soient plus là pour le voir : nous sommes une famille d'enseignants. À commencer par ma grand-mère paternelle. Quand elle était jeune, et encore esclave, c'est sa maîtresse qui lui avait appris à lire. Ensuite, après l'Émancipation, elle a fait ses études à ce qui s'appelait alors l'École normale et industrielle de Géorgie pour les Gens de Couleur. C'est comme ça que les choses ont commencé, et c'est comme ça qu'on est tous devenus ce qu'on est. Et c'est ce que j'ai compris en voyant les enfants de Coleman. Tous professeurs, sauf un. Et nous, Walt, Coleman, moi, on a enseigné tous les trois. Mon fils à moi, c'est une autre histoire. Il a laissé tomber la fac. Nous avons eu quelques désaccords, et à présent il a un "être cher", comme on dit, sur lequel nous ne sommes pas d'accord non plus. Il faut vous dire qu'il n'y avait pas de professeur de couleur dans les écoles blanches d'Asbury Park, quand Walter est arrivé, en 1947. Il a été le premier, ne l'oubliez pas. Et par la suite leur premier proviseur noir, puis leur premier recteur noir. Ça vous montre bien qui est Walt. Il y avait déjà une communauté bien établie de gens de couleur, mais il a fallu attendre l'arrivée de Walter, en 1947, pour que les choses se mettent à changer. Et ça a beaucoup tenu à son pouvoir de décision, justement. Quoique vous soyez un produit de Newark, je ne suis pas sûre que vous sachiez que la ségrégation scolaire est restée légale et constitutionnelle jusqu'en 1947 dans le New Jersey. Dans la plupart des communautés, il y avait des écoles pour les uns, et des écoles pour les autres. Dans le sud de l'État, il y avait une séparation stricte au niveau du primaire. À partir de Trenton, New Brunswick et plus au sud, les écoles étaient séparées. De même qu'à Princeton et Asbury Park. À Asbury Park, quand Walter est arrivé, il y avait une école qui s'appelait Bangs Avenue, est ou ouest. Les Blancs qui habitaient dans le secteur la fréquentaient, ainsi que les Noirs. Il y avait un seul bâtiment, mais divisé en deux, avec une palissade entre les deux parties du bâtiment, d'un côté les jeunes de couleur, et de l'autre les jeunes Blancs. De même, d'un côté les professeurs étaient blancs, et de l'autre, ils étaient noirs. Le principal était blanc. À Trenton, à Princeton — et on ne considère pas Princeton comme le sud du New Jersey — il y a eu des écoles distinctes jusqu'en 1948. À East Orange et Newark, non. Quoique autrefois, à Newark même, il y avait une école primaire pour les Noirs. C'était au début du siècle. Mais en 1947, et j'en arrive au rôle de Walter dans l'histoire parce que je voudrais que vous le compreniez, mon frère, je voudrais que vous replaciez sa relation avec Coleman dans le contexte plus large de l'époque. C'était bien des années avant le Mouvement pour les droits civiques. Même ce qu'a fait Coleman, la décision qu'il a prise, malgré ses ancêtres noirs, de vivre comme un membre d'un autre groupe racial, n'avait rien de rare, avant le Mouvement pour les droits civiques. On en faisait des films, vous vous rappelez ? Il y en avait un qui s'appelait *L'héritage de la chair*, et il y en a eu un autre avec Mel Ferrer, le titre ne me revient pas, mais il a eu du succès, celui-là aussi. Changer de groupe racial, vu qu'il n'y avait pas de droits civiques, pas d'égalité, pour ainsi dire, les gens y pensaient, à l'époque, Blancs comme Noirs. C'était peut-être plus dans leur tête que dans la réalité, mais ça faisait rêver comme un conte de fées. Enfin, en 1947, le gouverneur de l'État a réuni une assemblée pour réviser la constitution du New Jersey. Les choses ont commencé comme ça. L'une de ces révisions constitutionnelles a mis fin à la ségrégation dans les écoles et dans la Garde nationale. La seconde partie, le second changement, disait que les enfants n'auraient plus à passer devant une école pour en fréquenter une autre, dans leur quartier. C'était formulé à peu près en ces termes ; Walter pourrait vous le répéter mot pour mot. Ces amendements ont éliminé la ségrégation dans l'école publique et dans la Garde nationale.

Le gouverneur et les conseils d'administration ont reçu l'ordre de mettre la réforme en place. Le ministère a conseillé à toutes les instances locales de mettre en œuvre des opérations visant à l'intégration. On conseillait de commencer par l'intégration du personnel enseignant, puis, avec le temps, d'intégrer les écoles au niveau des élèves. Mais Walter, avant même d'aller enseigner à Asbury Park, du temps qu'il était élève à Montclair State quand il est rentré de la guerre, faisait partie de ceux qui avaient une conscience politique — de ces ex-GI qui se battaient déjà activement pour l'intégration des écoles dans le New Jersey. Avant la révision de la constitution, et ensuite aussi, naturellement, Walter est resté parmi les plus actifs dans la lutte pour l'intégration des écoles. »

Ce qu'elle voulait faire ressortir, c'est que Coleman, lui, n'était pas un ex-GI qui se battait pour l'intégration, l'égalité et les droits civiques. Selon Walt, il ne se battait jamais pour une autre cause que la sienne. Silky Silk. Voilà au nom de qui et pour qui il se battait, et voilà pourquoi il n'a jamais pu le supporter, même quand il était enfant. Il ne roulait que pour lui, disait Walt. Il ne se mouillait que pour lui. Il voulait seulement s'échapper.

Nous avions fini de déjeuner chez moi depuis plusieurs heures, mais l'énergie d'Ernestine ne trahissait aucune baisse de régime. Toutes ces idées que son cerveau brassait, et pas seulement parce que Coleman venait de mourir, mais parce que la personnalité de son frère était un mystère qu'elle tentait d'éclaircir depuis cinquante ans, tout cela la faisait parler avec plus de précipitation qu'on n'en aurait peut-être attendue chez cette institutrice de province. C'était une femme extrêmement comme il faut, qui semblait en bonne santé, quoique un peu émaciée, et jamais on ne lui aurait prêté d'appétits excessifs. À son vêtement comme à son maintien, à ses manières de table méticuleuses, et même à sa façon d'occuper sa chaise, on voyait bien qu'elle était d'un tempérament à se soumettre sans difficulté aux conventions sociales, et qu'en cas de conflit son réflexe le plus viscéral serait d'endosser automatiquement le rôle du médiateur — sachant toujours faire triompher le bon sens, plus portée à écouter qu'à faire de grands discours ; pour autant, l'effervescence entourant la mort de ce frère qui s'était déclaré Blanc, le sens bien particulier que prenait la fin de sa vie qui, pour sa famille, n'avait été qu'une longue désertion arrogante, délibérée et perverse, ne pouvait guère s'expliquer par des raisons ordinaires.

« Maman est morte sans avoir jamais compris pourquoi Coleman avait fait ça. "Il a été perdu pour les siens", c'était sa formule. Il n'était pas le premier dans la famille de maman. Il y en avait eu d'autres. Mais précisément, c'étaient les autres. Ce n'était pas Coleman. Coleman n'avait jamais regimbé devant le fait d'être noir. Pas tant que nous l'avons connu, en tout cas. C'est vrai. Être noir ne lui avait jamais posé de problème. On voyait maman assise dans son fauteuil, le soir, figée, et on savait qu'elle se demandait : Est-ce que c'est à cause de ceci, à cause de cela ? Est-ce que c'était pour échapper à son père ? Mais son père était déjà mort. Maman avançait des raisons, mais aucune n'était jamais valable. Est-ce qu'il trouvait les Blancs mieux que nous ? Ils avaient plus d'argent, c'est sûr, de là à dire qu'ils étaient mieux... Est-ce qu'il le pensait ? Nous n'en avons jamais eu la moindre preuve. Bon, des gens qui une fois adultes quittent la maison et cessent tout commerce avec leur famille, il y en a toujours eu, pas besoin d'être de couleur. Ça se voit tous les jours, dans le monde entier. Ils détestent tellement tout ce qui touche à leur famille qu'on ne les revoit plus. Mais Coleman n'avait pas de haine, quand il était jeune. C'était l'enfant le plus enthousiaste, le plus optimiste qu'on puisse rêver. Quand j'étais enfant, j'étais sûrement plus mal dans ma peau. Walt était plus mal dans sa peau que lui. Coleman, avec ses succès, l'attention que les gens lui portaient... non, maman n'a jamais rien compris, elle ne s'est jamais remise de son chagrin. Les photos de son fils, ses bulletins scolaires, ses médailles d'athlétisme, l'album de sa promotion, son certificat de *valedictorian* — même des jouets à lui, des jouets qu'il aimait quand il était petit —, elle rassemblait tous ces objets, et elle les regardait fixement comme un médium regarde sa boule de cristal, comme s'ils allaient lui permettre de débrouiller l'écheveau. Est-ce qu'il a dit à quelqu'un ce qu'il avait fait ? D'après vous, monsieur Zuckerman, il l'a avoué à sa femme ? À ses enfants ?

— Je ne crois pas. Je suis même sûr que non.

— Alors il a été lui-même jusqu'au bout. Il s'était fixé ce but et il s'y est tenu. C'était ce qu'il y avait d'extraordinaire chez lui, tout petit déjà ; il ne déviait jamais de son but. Il s'engageait dans ses décisions avec une espèce d'entêtement. Malgré tous les autres mensonges qu'avait rendus nécessaires le premier et le plus gros d'entre eux, mensonges à sa famille, ses collègues, il a tenu jusqu'au bout. Il a même fallu qu'il se fasse enterrer comme un Juif. Ô Coleman, a-t-elle dit avec tristesse, toi si résolu, toi le Fonceur », et là, elle était plus proche du rire que des larmes.

Enterré comme un Juif, pensais-je, et, si mes spéculations sont les bonnes, assassiné en tant que tel. Autre problème posé par le masque.

« S'il l'a reconnu auprès de quelqu'un, dis-je, peut-être est-ce cette femme avec laquelle il est mort, Faunia Farley. »

434

Il était clair qu'Ernestine ne voulait pas entendre parler de cette femme. Mais son bon sens l'a tout de même poussée à demander : « Qu'est-ce que vous en savez ?

— Savoir, je n'en sais rien. C'est une idée que je me fais. Ça s'inscrirait bien dans le pacte que j'ai senti entre eux — qu'il le lui ait dit. » Par ce « pacte entre eux », j'entendais leur reconnaissance mutuelle qu'il n'y avait aucune manière de s'en sortir proprement, mais je ne me suis pas expliqué là-dessus, auprès d'elle en tout cas. « Écoutez, avec ce que j'ai appris de vous aujourd'hui, il n'y a rien chez Coleman que je ne doive pas repenser. Je ne sais plus quoi penser de rien.

— Eh bien, vous voilà devenu membre honoraire de la famille Silk, alors. Chez nous, à part Walter, pour tout ce qui touche Coleman, personne n'a jamais su quoi penser. Pourquoi avoir pris ce parti, pourquoi s'y être tenu, pourquoi est-ce qu'il a fallu que maman meure comme elle est morte. Si Walt n'avait pas imposé ses termes, qui sait comment les choses auraient tourné ? Qui sait si Coleman ne l'aurait pas dit à sa femme, les années passant, avec le recul du temps ? Peut-être qu'il aurait fini par le dire à ses enfants. Peut-être qu'il l'aurait dit au monde entier. Mais Walt a tout figé, et ça, ce n'est jamais une bonne idée. Coleman a agi comme il l'a fait, il n'avait pas trente ans. C'était une tête brûlée de vingt-sept ans. Il n'allait pas les avoir toujours, ses vingt-sept ans. On n'allait pas rester éternellement en 1957. Les gens vieillissent. Les nations vieillissent. Les *problèmes* eux-mêmes vieillissent. Il peut même leur arriver de mourir de leur belle mort. Seulement Walt a tout figé. Bien sûr, à court terme, du point de vue de la classe moyenne noire policée, c'était avantageux, socialement, de faire ce qu'a fait Coleman.

Alors qu'aujourd'hui ce serait la dernière des bourdes. Aujourd'hui, un Noir des classes moyennes un tant soit peu intelligent qui voudrait envoyer ses enfants dans les meilleures écoles, au besoin avec prise en charge complète, n'aurait jamais l'idée de dire qu'il n'est pas de couleur. Ce serait la dernière chose à faire. On pourra bien avoir la peau aussi claire qu'on voudra, on serait bien mal inspiré de tenter le coup, alors qu'hier c'était avantageux. Si bien que, après tout, où est la différence ? Mais est-ce que je peux dire ça à Walter ? Est-ce que je peux lui dire : "Finalement, où est la différence ?" Ne serait-ce que pour le mal que Coleman a fait à maman, et aussi parce que, aux yeux de Walter, il y avait une lutte à mener, à l'époque, et que Coleman a refusé de la mener — ne serait-ce que pour ces deux raisons, il est hors de question que je le lui dise. Mais ne croyez pas qu'au fil des années je n'aie pas essayé. Parce qu'au fond Walter n'est pas un homme dur. Vous voulez que je vous parle de mon frère Walter ? En 1944, il avait vingt et un ans, et il était fusilier dans une compagnie de fantassins noirs. Il était avec un autre soldat de sa compagnie, sur la crête d'une colline qui dominait une vallée où passaient des voies ferrées, en Belgique. Voilà qu'ils aperçoivent un soldat allemand longeant la voie ferrée vers l'est. Il a un petit sac passé sur l'épaule, et il sifflote. Le soldat qui était avec Walter le met en joue. "Qu'est-ce que tu fous ? lui demande Walter. — Je vais le tuer. — Mais pourquoi ? Arrête ! Qu'est-ce qu'il est en train de faire ? Il marche. Il est probablement en train de rentrer chez lui !" Walter a dû arracher son fusil de force à son copain, un petit gars de Caroline du Sud. Ils ont descendu la colline, ils ont arrêté l'Allemand et ils l'ont fait prisonnier. En effet, il rentrait en Allemagne. Il avait une permission, et il ne savait pas rentrer autrement qu'en suivant les voies vers l'est. C'est Walter qui lui a sauvé la vie. Combien il y en a, des soldats qui ont fait ça ? Mon frère Walter est un homme résolu, qui sait être dur s'il le faut ; mais il est humain. C'est *parce qu'*il est humain qu'il considère qu'on aide sa race dans tout ce qu'on fait. Si bien que j'ai essayé de le convaincre, de le convaincre avec des arguments auxquels je ne croyais qu'à moitié moi-même. Coleman est un produit de son temps, je lui ai dit. Il n'a pas pu attendre les droits civiques pour jouir des siens, alors il a sauté une marche. "Replace-le dans sa perspective historique, je dis à Walt. Tu es prof d'histoire, replace-le dans un contexte plus vaste. Aucun de vous deux ne s'est résigné à son sort. Vous étiez tous les deux des battants, et vous vous êtes tous les deux battus. Tu as livré ton combat et Coleman le sien." Mais c'est un type de raisonnement qui n'a jamais marché avec Walter. Rien n'a jamais marché. "C'était sa manière à lui de devenir un homme", je lui dis — mais il refuse de l'admettre ; pour lui c'était sa manière de *ne pas* devenir un homme. "D'accord, il me dit, d'accord, ton frère est plus ou moins ce qu'il serait s'il était resté noir, sauf qu'il serait noir. Mais ce *sauf que*, il fait toute la dif-férence." Walt n'a jamais pu revenir sur sa façon de voir Coleman. Qu'est-ce que vous voulez que j'y fasse, monsieur Zuckerman ? Que je déteste mon frère Wal-ter pour ce qu'il a fait à Coleman en figeant la famille dans le temps ? Que je déteste mon frère Coleman pour ce qu'il a fait à maman, pauvre femme, qui en a souffert jusqu'au dernier jour de sa vie ? Parce que si je commence à détester mes deux frères, pourquoi m'arrêter en si bon chemin ? Pourquoi ne pas détes-ter mon père pour toutes ses erreurs ? Pourquoi ne pas haïr feu mon mari ? Ce n'était pas un saint, mon mari, je vous prie de me croire. Je l'aimais, mais je suis lucide. Et mon fils, donc ? Voilà un garçon qu'on n'aurait pas de mal à détester. Il fait même tout son possible pour vous faciliter la tâche. Seulement le danger, avec la haine, c'est que quand on commence il en monte cent fois plus qu'on en aurait voulu. Je ne connais rien de plus difficile à brider que la haine. Il est plus facile de renoncer à la bouteille que de juguler sa haine, et ça n'est pas peu dire.

— Avant ce matin, vous saviez pourquoi Coleman avait démissionné ? lui demandai-je.

— Non, je ne le savais pas. Je croyais qu'il avait atteint l'âge de la retraite.

— Il ne vous l'a jamais dit ?

— Non.

— Si bien que vous ne pouviez pas comprendre de quoi parlait Keble.

— Pas tout à fait. »

Je lui ai donc raconté l'affaire des zombies, toute l'histoire, et quand j'ai eu fini, elle a secoué la tête et dit aussitôt : « Je crois que c'est bien la bourde la plus énorme jamais perpétrée dans un établissement d'études supérieures. On croirait plutôt que ça s'est passé dans un terreau d'ignorance. Persécuter un professeur d'université, quelles que soient sa personnalité et sa couleur, l'insulter, le déshonorer, le spolier de son autorité, de sa dignité, de son prestige, pour quelque chose d'aussi crétin, d'aussi trivial ! Je suis la fille de mon père, monsieur Zuckerman, la fille d'un père pointilleux sur le chapitre des mots ; or, au fil des jours, les mots que j'entends employer me paraissent de moins en moins décrire la réalité. D'après ce que vous me dites, tout est possible, aujourd'hui, dans une université. Il faut croire que les gens y ont oublié ce que c'est qu'enseigner ; il faut croire qu'on y joue plutôt une énorme farce. Chaque époque a ses autorités réactionnaires, et à Athena

438

elles ont l'air de tenir le haut du pavé. Faut-il vraiment avoir si peur des mots qu'on emploie ? Qu'est donc devenu le premier amendement de la Constitution des États-Unis ? Dans mon enfance, comme dans la vôtre, on recommandait que chaque élève quittant le lycée se voie remettre, avec son diplôme, un exemplaire de la Constitution. Vous vous en souvenez ? Il était obligatoire d'étudier l'histoire américaine pendant un an, et l'économie pendant un semestre ; ces exigences sont révolues, bien sûr, il n'est pas de mise d'"exiger", aujourd'hui. Le jour de la remise du diplôme, dans beaucoup de lycées, la tradition voulait que le proviseur vous remette votre parchemin, et que quelqu'un d'autre vous donne l'exemplaire de la Constitution. Ils sont tellement rares, de nos jours, ceux qui se font une idée claire de la Constitution ! Chez nous, en Amérique, pour autant que j'en juge, on s'abêtit à vue d'œil. Quand on pense à toutes ces universités qui organisent des cours de remise à niveau sur des connaissances censées être acquises en troisième ! À East Orange, il y a bien longtemps qu'on n'enseigne plus les auteurs de l'Antiquité. Les élèves n'ont jamais entendu parler de *Moby Dick*, alors vous pensez s'ils l'ont lu ! L'année où j'ai pris ma retraite, je voyais arriver des jeunes qui me disaient que pour le mois de l'histoire des Noirs, ils ne liraient qu'une biographie de Noir écrite par un Noir. Mais qu'est-ce que ça peut faire que l'auteur soit blanc ou noir ? je leur demandais. Moi, ce mois de l'histoire des Noirs, il m'agace ! Ce mois de février où on nous impose de nous concentrer sur l'histoire des Noirs, ça m'agace ! J'assimile ça à du lait qui serait sur le point de tourner : il serait encore buvable, mais il aurait mauvais goût. Quitte à étudier Matthew Henson, il me semble qu'il faut en parler avec les autres explorateurs.

— Je ne sais pas qui est Matthew Henson », ai-je avoué à Ernestine, tout en me demandant si Coleman, lui, le savait, s'il aurait voulu le savoir, ou si, justement, ne pas le savoir avait compté parmi les mobiles de sa décision.

« Monsieur Zuckerman..., m'a-t-elle dit assez gentiment mais pour me faire honte tout de même.

— Monsieur Zuckerman n'a pas connu les bienfaits du mois de l'histoire des Noirs, quand il était jeune.

— Qui a découvert le pôle Nord ? » m'a-t-elle demandé. Tout à coup, elle s'est mise à me plaire énormément, et plus elle se faisait pédante et dictatique, plus elle me plaisait. Quoique pour des raisons tout autres, elle commençait à me plaire autant que son frère m'avait plu. Et je voyais à présent que si on les avait mis côte à côte, il n'aurait pas été bien difficile de voir qui il était. Il est de notoriété publique que... Ah, Delphine Roux, triple idiote ! Sa propre vérité, personne ne la connaît, et souvent — comme c'était précisément le cas de Delphine Roux — on est même le dernier à la connaître. « Je ne me souviens plus si c'était Peary ou Cook. J'ai oublié lequel est arrivé au Pôle le premier.

— Que ce soit l'un ou l'autre, Henson y est arrivé avant lui. Lorsque le reportage est paru dans le *New York Times*, il a reçu l'hommage qui lui était dû. Mais aujourd'hui, quand on écrit l'histoire, il n'est question que de Peary. C'est comme si on racontait que sir Edmund Hillary a escaladé l'Everest sans mentionner le nom de Tenzing Norkay. Ce que je voulais dire..., a repris Ernestine — elle était dans son élément, à présent, un modèle de correction professionnelle et pédagogique, et, contrairement à Coleman, tout ce que son père avait voulu qu'elle soit. Ce que je voulais dire, c'est que si on fait un cours sur la santé, par exemple, alors on parle de Charles Drew. Vous en avez entendu parler ?

— Non.

— Vous devriez avoir honte, monsieur Zuckerman. Je vais vous éclairer dans un instant. Mais on parle de Charles Drew à l'occasion d'un cours sur la santé. On ne le case pas au mois de février. Vous comprenez ce que je veux dire ?

— Oui.

— On apprend ce que ces personnages ont fait en étudiant les explorateurs, les médecins, et tous les autres. Mais de nos jours, on met le Noir à toutes les sauces. J'ai essayé de m'en imprégner de mon mieux, mais ça n'a pas été facile. Il y a des années, le niveau était excellent, au lycée d'East Orange. Les élèves qui en sortaient, surtout dans les sections d'élite, n'avaient que l'embarras du choix pour entrer à l'université. Ah, si vous me lancez sur ce sujet... Ce qui est arrivé à Coleman, avec ce mot de "zombies", s'inscrit dans le même échec colossal. Du temps de mes parents, et encore du mien et du vôtre, les ratages étaient mis sur le compte de l'individu. Maintenant, on remet la matière en cause. C'est trop difficile d'étudier les auteurs de l'Antiquité, donc c'est la faute de ces auteurs. Aujourd'hui, l'étudiant se prévaut de son incompétence comme d'un privilège. Je n'y arrive pas, c'est donc que la matière pèche. C'est surtout que pèche ce mauvais professeur qui s'obstine à l'enseigner. Il n'y a plus de critères, monsieur Zuckerman, il n'y a plus que des opinions. Souvent j'essaie de démêler ce qu'étaient les choses, autrefois. Ce qu'était l'éducation. Ce qu'était le lycée d'East Orange. Ce qu'était la ville d'East Orange elle-même. La rénovation urbaine a détruit East Orange, ça ne fait pas de doute pour moi. On a parlé, *on*, les pères de la cité, de tous les bienfaits qui découleraient de cette rénovation urbaine. Les commerçants ont eu une peur bleue, et ils sont partis ; à mesure qu'ils partaient, les affaires sont tombées. Et puis la Route 280 et le *parkway* ont découpé notre petite ville en quartiers. Le *parkway* a éliminé Jones Street, il a anéanti le centre de notre communauté de couleur. Puis est arrivée la Route 280. Ç'a été une intrusion dévastatrice. Quels dégâts pour notre communauté ! Comme il fallait faire passer l'autoroute, l'État a acheté les jolies maisons qui bordaient Oraton Parkway, Elmwood Avenue, Maple Avenue, et elles ont disparu du jour au lendemain. Dans le temps, je réussissais à faire toutes mes courses de Noël dans Main Street — bon, disons entre Main Street et Central Avenue. À l'époque, on disait que Central Avenue était la Cinquième Avenue des deux villes d'Orange. Et vous savez ce qu'on a aujourd'hui ? On a une supérette. On a un Dunkin' Donuts. Il y avait une Pizza Domino, mais ils ont fermé. Il y a un autre fast-food à la place à présent. Et puis un pressing. Seulement la qualité n'a plus rien à voir. Ce n'est plus pareil. Honnêtement, je suis obligée de prendre ma voiture et de monter à West Orange pour faire mes courses. Mais ça n'était pas le cas à l'époque, ça n'était pas nécessaire. Tous les soirs, quand on sortait promener le chien, moi, j'accompagnais mon mari, sauf s'il faisait trop mauvais. On allait jusqu'à Central Avenue, à deux rues de chez nous, on la longeait sur quatre pâtés de maisons, on traversait, et puis on faisait du lèche-vitrines sur le chemin du retour. Il y avait une boutique B. Altman, une boutique A. Russek. Une Black, Starr et Gorham. Il y avait un Bachrach, le photographe. Une très jolie boutique pour hommes, chez Minks, tenue par des Juifs, sur Main Street. Il y avait deux cinémas, le Hollywood sur Central Avenue et le Palace sur Main Street. Elle était pleine d'animation, notre petite ville... »

East Orange était pleine d'animation. Et quand

ça ? Avant. Avant la rénovation urbaine. Avant qu'on ait cessé d'étudier les auteurs de l'Antiquité. Avant qu'on cesse de distribuer la Constitution aux élèves de terminale. Avant que les universités donnent des cours de remise à niveau pour apprendre ce qui devrait être su depuis la troisième. Avant qu'on consacre un mois à l'histoire des Noirs, avant qu'on construise le *parkway* et qu'on fasse passer la 280. Avant qu'on persécute un professeur d'université pour avoir prononcé en classe le mot « zombies ». Avant qu'elle soit obligée de monter à West Orange pour faire ses courses. Avant que tout change, y compris Coleman Silk. Avant. Tout était différent. Et rien ne sera plus jamais pareil, déplora-t-elle, ni à East Orange, ni ailleurs en Amérique.

À quatre heures, lorsque je suis sorti pour la raccompagner au College Arms où elle avait pris une chambre, la lumière de l'après-midi déclinait à vue d'œil, et le jour, plombé de nuages menaçants, avait pris le visage des bourrasques de novembre. La veille, on avait enterré Faunia, et le matin même Coleman, sous un ciel printanier, mais tout à coup les éléments étaient bien décidés à annoncer l'hiver. Un hiver qui nous arrivait à quatre cents mètres d'altitude. Gare !

J'étais bien tenté de raconter à Ernestine ce jour d'été où, à peine quatre mois plus tôt, Coleman m'avait conduit à la ferme pour regarder Faunia faire la traite de cinq heures dans la chaleur vespérale (ou plutôt pour le regarder regarder Faunia), mais une sagesse élémentaire me commandait de m'en abstenir. Ce qui pouvait manquer à Ernestine de données pour comprendre la vie de Coleman, elle ne tenait pas à le découvrir. Intelligente comme elle l'était, elle n'avait posé aucune question sur la façon dont il avait vécu ses derniers mois, et encore moins sur les circonstances et la cause de sa mort. Bonne, vertueuse, elle préférait fermer les yeux sur les détails précis de sa fin tragique. Elle ne souhaitait pas davantage établir un rapport biographique entre la révolte impérieuse qui l'avait coupé de sa famille, peu avant la trentaine, et la détermination acharnée avec laquelle, quelque quarante ans plus tard, il s'était dissocié d'Athena pour en devenir le paria, le renégat. Je n'étais nullement certain qu'il y ait un rapport entre les deux décisions, une boucle bouclée de l'une à l'autre, mais la chose méritait réflexion, me semblait-il. Comment un personnage tel que Coleman pouvait-il exister? Quel homme était-il au juste? L'idée qu'il se faisait de lui-même était-elle moins valable, plus valable que les idées que les autres se faisaient de ce qu'il aurait dû être? Peut-on jamais savoir ces choses? Mais concevoir la vie comme une affaire dont le but est caché, la coutume comme un phénomène qui ne permet pas forcément la réflexion, la société comme attachée à une image d'elle-même qui est peut-être gravement entachée d'erreur, l'individu comme ayant sa réalité propre au-delà des déterminants sociaux qui le définissent, et qui lui paraissent peut-être, à lui, particulièrement irréels — bref, toutes ces interrogations, qui stimulent l'imagination humaine, n'étaient guère de mise dans le cadre de son allégeance indéfectible aux canons des règles ancestrales.

« Je n'ai lu aucun de vos livres, m'a-t-elle dit dans la voiture. J'ai tendance à préférer les romans policiers, à présent, surtout anglais. Mais quand je serai chez moi, je vais lire quelque chose de vous.

— Vous ne m'avez pas dit qui était le docteur Charles Drew.

— Le docteur Charles Drew, m'a-t-elle expliqué, a découvert comment empêcher le sang de coaguler, ce qui a permis de le stocker. Puis il a été blessé dans un accident de voiture, et comme l'hôpital le plus proche ne prenait pas les gens de couleur, il est mort en se vidant de son sang. »

Ce fut toute notre conversation durant les vingt minutes que prit la descente vers la ville. Le torrent de révélations était tari. Ernestine avait dit tout ce qu'elle avait à dire. Il s'ensuivait que Charles Drew et son destin à l'ironie cruelle prenaient une signification nouvelle — propre à éclairer d'un jour particulier Coleman et l'amer retournement du sien — qui, pour être impondérable, n'en était pas moins troublante.

Coleman venait de m'être démasqué, or je n'aurais rien pu imaginer de plus mystifiant que cette mise à nu. Maintenant que je savais tout, c'était comme si je ne savais rien. Et au lieu que les révélations d'Ernestine unifient mon idée de lui, non seulement il me devenait inconnu, mais l'image que j'en avais perdait sa cohérence. Dans quelle mesure, jusqu'à quel point son secret avait-il déterminé sa vie quotidienne, saturé ses pensées quotidiennes ? Au fil des années, ce secret brûlant ayant refroidi, était-il devenu un secret oublié, négligeable, quelque chose comme un coup d'audace, un pari qu'il aurait fait avec lui-même à l'époque ? Sa décision lui avait-elle ouvert l'aventure qu'il recherchait, ou bien était-elle en soi l'aventure ? Était-ce de donner le change qui lui procurait du plaisir, l'exécution même de cette acrobatie, le fait de traverser la vie incognito ? Ou bien avait-il seulement refermé la porte sur un passé, un peuple, une race avec lesquels il ne voulait avoir aucun commerce, ni dans l'intimité ni à titre officiel ? Était-ce l'obstruction sociale qu'il avait voulu contourner ? N'était-il qu'un Américain parmi tant d'autres qui, dans la grande tradition des pionniers, avait accepté l'encouragement de la démocratie à se délester de ses origines si la quête de son bonheur en dépendait? Était-ce davantage, était-ce moins? Jusqu'à quel point ses mobiles étaient-ils mesquins? Pathologiques? Et quand bien même ils auraient été les deux, quelle importance? Quand bien même, a contrario, ils n'auraient été ni l'un ni l'autre, là encore, quelle importance? À l'époque où je l'avais rencontré, le secret n'était-il plus qu'une teinture largement diluée dans le coloris général de l'homme, ou bien au contraire la totalité de son être n'était-elle qu'une teinture dans la mer sans rivage d'un secret à longueur de vie? Avait-il jamais relâché sa vigilance, ou n'avait-il vécu qu'en éternel fugitif? Revint-il un jour de sa surprise de s'en sortir aussi bien, du fait qu'il pouvait affronter le monde toutes forces intactes après son forfait, de pouvoir apparaître aux yeux de tous si bien dans sa peau? En admettant qu'à un certain moment l'équilibre ait penché vers sa nouvelle vie alors que l'ancienne s'estompait dans le temps, la crainte d'être démasqué, le sentiment qu'il allait être découvert avait-il disparu pour autant? Lorsqu'il était venu me voir pour la première fois, rendu fou de douleur par la perte de sa femme, le *meurtre* de sa femme selon lui, cette femme redoutable avec laquelle il avait passé sa vie à se battre mais envers qui il avait retrouvé un dévouement profond à l'instant de sa mort, lorsqu'il avait déboulé chez moi en proie à l'idée délirante qu'à cause de cette mort il m'incombait d'écrire son livre à sa place, ne fallait-il pas voir dans cette lubie une confession cryptée? Des zombies! Être défait par un mot. Le mettre au pilori pour ça, c'était, selon Coleman, réduire sa vie à une dimension dérisoire — ce mensonge réglé comme papier à musique, cette supercherie admirablement calibrée, tout. Des zombies! Elle devenait dérisoire, la comédie, qu'il jouait avec

446

maestria, de cette vie aux dehors conventionnels et à la singularité feutrée : une vie sans rien qui dépasse, parce que tout l'excès est lié au secret. Comment s'étonner que l'accusation de racisme l'ait fait bondir ? Tout se passait comme s'il devait ses succès à une infamie. Comment s'étonner que toutes les accusations, d'ailleurs, l'aient fait bondir ? Son crime dépassait de loin tout ce dont on cherchait à l'accabler. Qu'il ait prononcé le mot « zombies », qu'il ait une maîtresse deux fois plus jeune que lui, des enfantillages, tout ça. Des transgressions pitoyables, minables, ridicules, des niaiseries de collégien pour un homme qui, dans son désir de sortir du rang, avait, entre autres choses, fait ce qu'il avait fait à sa mère, qui s'était rendu chez elle et, fort de son grandiose idéal de vie, lui avait déclaré : "C'est fini. Finie l'histoire d'amour. Tu n'es plus ma mère, tu ne l'as jamais été." Quelqu'un qui a l'outrecuidance de faire une chose pareille ne cherche pas seulement à être blanc. Il veut être *capable* de ce geste. Il ne s'agit pas tant d'une liberté euphorique qui vous griserait. On est plutôt du côté de l'*Iliade* et de sa sauvagerie, le livre favori de Coleman sur la rapacité humaine. Dans l'*Iliade*, chaque meurtre a sa spécificité, chacun représente une boucherie plus brutale que la précédente.

Et pourtant, après ce geste, il avait fait échec au système. Après, il était parvenu à ses fins et ne s'était plus jamais aventuré hors de la citadelle des conventions. Ou plutôt, il avait vécu à l'intérieur et en même temps, subrepticement, au-delà, parfaitement à l'extérieur — telle était la plénitude de sa vie d'homme qui s'était créé tout seul. Certes, il avait réussi très longtemps, jusqu'au fait que tous ses enfants étaient blancs — mais il n'avait pas réussi à terme. Ses œillères lui avaient interdit de voir un phénomène tout à fait incontrôlable. L'homme qui avait décidé de se forger une destinée historique, qui avait entrepris de faire sauter le verrou de l'histoire et qui y était parvenu, qui avait brillamment réussi à changer son lot, n'en était pas moins piégé par une histoire avec laquelle il n'avait pas compté : celle qui n'est pas encore tout à fait l'histoire, celle dont l'horloge sonne tout juste, celle qui prolifère au moment où j'écris, qui s'accroît au fil des minutes et que l'avenir saisira mieux que nous. Le *nous* qui est inévitable : l'instant présent, le lot commun, l'humeur du moment, l'état d'esprit du pays, l'étau historique qu'est l'époque où chacun vit. Il avait été aveuglé, en partie, par le caractère effroyablement provisoire de toute chose.

Lorsque nous sommes arrivés dans South Ward Street, et que j'ai garé ma voiture devant le College Arms, j'ai dit : « J'aimerais bien faire la connaissance de Walter un jour. J'aimerais lui parler de Coleman.

— Walter n'a pas prononcé le nom de Coleman depuis 1956. Il ne voudra pas parler de Coleman. Coleman a fait carrière dans l'université la plus blanche de Nouvelle-Angleterre, il a choisi d'enseigner les auteurs antiques, la matière la plus blanche de toutes celles proposées : pour Walter, Coleman est plus blanc que les Blancs. Pour lui, ça se passe de commentaire.

— Vous allez lui dire que Coleman est mort ? Vous allez lui dire d'où vous venez ?

— Non, à moins qu'il ne me le demande.

— Vous allez prendre contact avec les enfants de Coleman ?

— Pour quoi faire ? C'était à Coleman de leur parler, ce n'est pas à moi.

— Pourquoi m'avez vous parlé, à moi ?

— Je ne vous ai pas parlé. Vous m'avez dit : "Vous

êtes la sœur de Coleman", j'ai répondu oui. Je n'ai fait que dire la vérité. Je n'ai rien à cacher, moi. » C'était la parole la plus sévère qu'elle ait eu de tout l'après-midi pour Coleman et pour moi. Jusqu'alors, elle avait scrupuleusement gardé ses distances avec l'effondrement de la mère et la fureur du frère.

C'est alors qu'elle a tiré un portefeuille de son sac et l'a ouvert pour me faire voir des clichés sous plastique. « Mes parents, dit-elle, après la Première Guerre mondiale. Lui rentre tout juste de France. »

Un jeune couple devant un porche de brique, la jeune femme menue, en grand chapeau et longue robe d'été, et le jeune homme, grand, dans son uniforme de soldat, avec képi et bandoulière à cartouches en cuir, gants de cuir, et hautes bottes de cuir souple. Ils avaient la peau très claire, mais c'étaient bien des gens de couleur. À quoi le voyait-on ? À rien, sinon au simple fait qu'ils n'avaient rien à cacher, précisément.

« Beau jeune homme. L'uniforme lui va bien, dis-je. Il était dans la cavalerie, peut-être ?

— Non, simple fantassin.

— Votre mère, je ne la vois pas aussi bien, son chapeau lui fait un peu d'ombre.

— On ne contrôle pas sa vie à cent pour cent », reprit Ernestine. Et sur ce résumé lapidaire qui était la déclaration la plus philosophique qu'elle ait faite, elle a remis son porte feuille dans son sac, m'a remercié pour le déjeuner, et, se coulant de nouveau, de façon presque palpable, dans le moule de son existence ordinaire et ordonnée, cette existence qui se démarquait rigoureusement de tous les miroirs aux alouettes, blancs ou noirs ou intermédiaires, elle est sortie de la voiture. Moi, au lieu de rentrer, j'ai traversé la ville pour retourner au cimetière, et, après m'être garé dans la rue, j'ai passé la grille sans bien savoir ce qui m'arrivait. Debout dans l'obscurité qui s'épaississait, devant la terre mal nivelée qu'on avait amoncelée grossièrement sur le cercueil de Coleman, j'ai été complètement saisi par son histoire, par son début et par sa fin, et séance tenante j'ai commencé ce livre.

Je me suis demandé tout d'abord comment les choses s'étaient passées lorsque Coleman avait dit la vérité à Faunia sur ses origines — à supposer qu'il la lui ait jamais dite, à supposer, plutôt, qu'il n'ait pas pu faire autrement. À supposer que ce qu'il n'avait pas pu me dire d'emblée le jour où il avait fait irruption chez moi, en m'ordonnant quasiment « Écrivez mon histoire, bon Dieu ! », et qu'il avait été tout aussi incapable de me dire lorsqu'il avait dû (à cause du secret, je le comprenais à présent) abandonner le projet de l'écrire lui-même, il n'avait pas pu s'empêcher de le lui avouer enfin, à cette femme de ménage de l'université devenue sa compagne d'armes, la première et la dernière personne depuis Ellie Magee devant laquelle il ait pu se déshabiller, se retourner et montrer ainsi son dos nu, avec la clef saillante du mécanisme qui avait remonté son être pour sa grande échappée. Ellie, avant elle Steena, et enfin Faunia. La seule femme à ne jamais connaître son secret était aussi celle avec qui il avait fait sa vie, son épouse. Pourquoi Faunia ? De même qu'il est humain d'avoir un secret, il est humain de le révéler tôt ou tard. Même, comme dans le cas présent, à quelqu'un qui ne pose pas de questions et qui, penserait-on, est une aubaine pour le détenteur d'un tel secret. Mais même à elle, surtout à elle. Parce que si elle ne posait pas de questions, ce n'était pas par sottise, par refus de voir les choses en face ; si elle ne posait pas de questions, c'était, selon Coleman, à mettre au compte de sa dignité blessée.

« Je veux bien convenir que je me trompe, dis-je à mon ami désormais transformé, je veux bien admettre que rien de tout ça ne soit nécessairement vrai, mais allons-y quand même : quand vous essayiez de savoir si elle avait vraiment fait le tapin, quand vous essayiez de percer son secret, à elle... » Et là, devant sa tombe, où on aurait pu croire que tout ce qu'il avait été se trouvait annulé, ne serait-ce que par la masse et le poids de cette terre, j'attendis longuement qu'il parle, et je finis par l'entendre demander à Faunia quel était le plus sale boulot qu'elle ait fait. Puis j'attendis encore, je dus attendre un moment, et peu à peu je saisis les vibrations insolentes de sa voix à elle, cette voix brusque. Et c'est ainsi que tout commença : moi, debout dans un cimetière embué de nuit, mon métier m'amenant à battre la mort sur son propre terrain.

« Après les gosses, après l'incendie, l'entendis-je lui répondre, je prenais tous les boulots qui se présentaient. J'étais dans le coltard. Là-dessus, il y a eu un suicide. Ça s'était passé dans les bois, du côté de Blackwell. Avec une carabine et des plombs pour le gibier à plumes. Le corps avait déjà été évacué. Une femme que je connaissais, Sissie, une poivrote, m'appelle pour monter l'aider. Elle se préparait à partir là-haut nettoyer la maison. "Tu vas trouver ça bizarre, mais je sais que t'as le cœur bien accroché et que t'es capable. Tu pourrais pas me donner un coup de main ?" Il y avait un homme et une femme qui vivaient là-bas, avec leurs enfants, et ils s'étaient disputés, alors il était passé dans la pièce à côté et il s'était fait sauter le caisson. "Je monte faire le ménage", me dit Sissie, et moi je l'accompagne. J'avais besoin d'argent, et puis, de toute façon, je savais pas ce que je faisais, alors j'y vais. L'odeur de la mort. Voilà ce que je me rappelle. Métallique. Une odeur de sang. Cette odeur. Elle est ressortie seulement quand on s'est mises à nettoyer. L'effet s'est pas fait sentir avant que l'eau chaude entre en contact avec le sang. C'était un chalet de bois. Il y avait du sang partout sur les murs. Bang bang, et le gars il gicle sur les murs, partout. Une fois que le désinfectant et l'eau chaude se sont mis dessus... ben dis donc. J'avais des gants en caoutchouc, mais j'ai dû mettre un masque, parce que même moi, je supportais plus. En plus il y avait des éclats d'os sur les murs, le sang les avait collés. Le gars, il s'était tiré la balle dans la bouche. Bang bang. Donc forcément il y avait des éclats d'os et de dents. On les voyait. Il y en avait partout. Je me souviens que j'ai regardé Sissie. Je l'ai regardée, et elle a secoué la tête. "Putain, mais même pour le fric, qu'est-ce qui nous prend de faire ça!" On a fini le boulot de notre mieux. Cent dollars de l'heure. Et encore, je trouve que c'était pas cher payé.

— Le juste prix, ç'aurait été combien? entendis-je Coleman lui demander.

— Mille dollars. Il aurait fallu brûler cette saloperie de chalet. Il y en avait pas, de juste prix. Sissie est sortie. Elle tenait plus. Mais moi, avec mes deux petits gosses morts, et Lester au train, qui me lâchait pas jour et nuit, qu'est-ce que ça pouvait me foutre? Je me suis mise à fouiner dans la maison. Parce que je peux être comme ça. Je voulais comprendre pourquoi il avait fait ça, le mec. Ça m'a toujours fascinée. Pourquoi les gens se tuent. Pourquoi il y a des serial killers. La mort en général. Ça me fascine. J'ai regardé leurs photos. J'ai essayé de voir s'il y avait eu du bonheur. J'ai cherché dans toute la maison. Puis je suis arrivée à l'armoire à pharmacie. Les médocs, les flacons. Là, en tout cas, y avait pas de bonheur. Il avait sa petite pharmacie personnelle. Des remèdes psychiatriques, je suppose. Des trucs qu'il était censé prendre et qu'il avait pas pris. On voyait bien qu'il essayait de trouver un soutien. Mais ça a pas marché, il arrivait pas à prendre ses remèdes.

— Qu'est-ce que tu en sais ? lui demanda Coleman.

— J'en sais rien. Je me dis que. C'est mon histoire à moi. C'est ma version.

— Peut-être qu'il avait pris ses médicaments, et qu'il s'est tué quand même.

— Ça se peut. Ce sang. Ça colle, le sang. Pas moyen de le faire partir, sur le plancher. Les serviettes y passaient, l'une après l'autre. Il restait de la couleur. À force, c'était de plus en plus rose, mais ça voulait pas partir complètement. On aurait dit que c'était encore vivant. On a mis du désinfectant industriel, rien à faire. Une odeur métallique, douceâtre, écœurante. Moi, les haut-le-cœur, je connais pas. Je me concentre sur autre chose. Mais j'ai failli gerber.

— Ça a pris combien de temps ?

— On est restées à peu près cinq heures. J'ai joué les détectives. Il avait dans les trente-cinq ans. Je sais pas ce qu'il faisait comme boulot ; il était dans la vente. C'était le genre bûcheron. Montagnard. Une grande barbe, une tignasse. Elle, petite et menue ; un joli petit visage, le teint clair. Les cheveux bruns, les yeux sombres. Très discrète, intimidée. En tout cas, c'est l'idée que je m'en suis faite d'après les photos. Lui, le grand bûcheron costaud ; elle, la petite femme discrète. Je sais pas. Mais j'ai envie de savoir. Moi, j'étais une mineure émancipée. J'ai quitté l'école. Je m'y faisais pas. Et d'une, ça m'ennuyait. Pendant ce temps-là, il s'en passait, chez les gens. Chez moi, rappelle-toi qu'il s'en passait ! Qu'est-ce que j'en avais à foutre d'aller à l'école apprendre la capitale du Nebraska ? Je voulais savoir, moi. Sortir, voir du pays. C'est pour ça que je suis partie en Floride. C'est pour ça que j'ai fini par me trimbaler partout, et c'est pour ça que je me suis mise à fouiner dans ce chalet. Pour voir. Je voulais connaître le pire. Qu'est-ce que c'est, le pire ? Tu le sais ? C'est qu'elle était là au moment où il a fait ça. Quand on est arrivées, elle était sous assistance psychiatrique.

— Alors c'est la pire chose que tu aies eu à faire ? Le plus sale boulot ?

— Le plus macabre, oui. J'en ai vu de toutes les couleurs, mais ça, c'était pas que macabre. D'un autre côté, c'était fascinant. Je voulais comprendre le pourquoi. »

Elle voulait connaître le pire. Pas le meilleur, le pire. Par quoi elle entendait : la vérité. Qu'est-ce que c'est, la vérité ? Alors il la lui avait dite. Elle était la première femme depuis Ellie à la découvrir. La première personne depuis Ellie. Parce qu'il l'aimait, en cet instant, à l'imaginer en train de récurer le sang sur le plancher. Il ne s'était jamais senti aussi proche d'elle. Était-ce possible ? Il ne s'était jamais senti aussi proche de personne ! Il l'aimait. Parce que c'est dans ces moments qu'on aime quelqu'un, quand on le voit vaillant face au pire. Pas courageux, pas héroïque. Seulement vaillant. Elle ne lui inspirait aucune réserve. Aucune. C'était au-delà de la stratégie, du calcul. C'était instinctif. Quelques heures plus tard, l'idée se serait peut-être révélée mauvaise, mais en cet instant, non. Il avait confiance en elle et voilà tout. Il avait confiance en elle : elle récurait le sang sur le plancher. Elle n'était pas croyante, pas bien-pensante, pas déformée par le conte de fées de la pureté, quelles qu'aient pu être les autres perversions qui la défiguraient. Elle n'avait pas le goût de juger autrui, elle en avait trop vu dans sa vie pour tomber dans cette imposture. Elle n'allait pas se sauver comme Steena, quoi qu'il lui dise. « Qu'est-ce que tu penserais, lui demanda-t-il, si je te disais que je ne suis pas blanc ? »

Sur le moment, elle s'était contentée de le regarder ; et si elle était stupéfaite, sa stupéfaction n'avait duré qu'un quart de seconde, pas plus. Après quoi elle avait éclaté de rire, de ce grand rire qui n'appartenait qu'à elle. « Qu'est-ce que je penserais, je penserais que tu m'annonces quelque chose que j'ai deviné depuis longtemps.

— Allons donc !

— Tu ne me crois pas ? Je sais qui tu es. J'ai vécu dans le Sud, moi. Je les connais tous. Bien sûr que je le sais. Comment est-ce que tu me plaisais autant, sinon ? Parce que t'es prof de fac ? Ça me rendrait dingue si c'était que ça.

— Je ne te crois pas, Faunia.

— Libre à toi. Il est fini, ton interrogatoire ?

— Quel interrogatoire ?

— Sur le pire boulot que j'aie fait dans ma vie ?

— Bien sûr », répondit-il. Il attendait qu'elle commence son propre interrogatoire sur le fait qu'il n'était pas blanc. Mais cet interrogatoire ne vint jamais. Apparemment, elle s'en fichait. Et elle ne se sauva pas. Quand il lui raconta toute l'histoire, elle écouta, certes, mais pas parce qu'elle trouvait ça ahurissant, incroyable, et certainement pas répréhensible. Non, pour elle, c'était la vie.

En février, j'ai reçu un appel d'Ernestine, peut-être parce que c'était le mois de l'histoire des Noirs et qu'elle se souvenait qu'elle devait me parler de Matthew Henson et du docteur Charles Drew. Peut-être pensait-elle qu'il était temps de reprendre en main mon éducation sur les questions raciales, surtout dans les domaines dont Coleman avait choisi de se couper, ce monde d'East Orange, si foisonnant, en prêt-à-découvrir, ces six kilomètres carrés aux détails vibrants de réalité, cette roche-mère solide et lyrique : une enfance réussie, tous les garde-fous, les allégeances, les luttes, la légitimité tenus pour acquis, sans rien de théorique, sans rien de spécieux ni d'illusoire — l'étoffe euphorique d'heureux débuts dans l'existence, tout palpitants d'excitation et de bon sens, sur quoi son frère Coleman avait tiré un trait.

À mon grand étonnement, elle m'annonçait que Walter Silk et sa femme viendraient d'Asbury Park le dimanche, et que si la longueur du trajet ne me faisait pas peur, je serais le bienvenu au déjeuner dominical. « Vous vouliez faire la connaissance de Walt, et je me suis dit que vous auriez peut-être envie de voir la maison. Il y a des albums de photos. Il y a la chambre de Walt et de Coleman, les lits jumeaux sont toujours là. On en avait fait la chambre de mon fils, mais les montants d'érable sont restés. »

Voilà qu'on m'invitait à voir l'opulence de cette famille Silk dont Coleman s'était délesté comme d'une servitude pour aller habiter une sphère qui corresponde mieux à son échelle — afin de devenir quelqu'un d'autre, quelqu'un de son choix, et d'être l'auteur de son destin en s'assujettissant ailleurs. Il s'était délesté de toute cette culture noire et de ses ramifications, dans l'idée qu'il ne pouvait pas l'écarter autrement. Tant d'attente, tant de menées secrètes, tant de passion, tant de subtilité et de dissimulation, derrière cette soif de quitter la maison et de se métamorphoser.

Devenir un être neuf. Bifurquer. Le drame qui sous-tend l'histoire de l'Amérique, il suffit de se lever et en route ! avec l'énergie et la cruauté que requiert cette quête enivrante. « Je serais ravi de venir, ai-je répondu.

456

— Je ne vous garantis rien, mais enfin, vous êtes adulte, vous êtes assez grand pour vous défendre. »

J'ai ri : « Qu'est-ce que vous essayez de me dire ?

— Walter a beau aller sur ses quatre-vingts ans, c'est toujours un gros fourneau qui flambe. Vous n'allez pas apprécier ce qu'il dit.

— Sur les Blancs ?

— Sur Coleman. Coleman, ce menteur, ce calculateur, ce fils dénaturé, ce traître à sa race.

— Vous lui avez annoncé sa mort.

— J'ai décidé de le faire, oui. Je l'ai dit à Walter. Nous sommes de la même famille. Je lui ai tout raconté. »

Une semaine plus tard, le courrier m'apportait une photo, accompagnée d'un mot d'Ernestine : « Je suis tombée dessus par hasard et j'ai pensé à votre visite. Si elle vous plaît, gardez-la en souvenir de votre ami Coleman Silk, je vous en prie. » C'était un vieux cliché passé, en noir et blanc, un agrandissement dix sur douze d'une photo qui avait dû être prise dans une cour, avec un Brownie ; elle représentait Coleman en machine de guerre que son adversaire allait découvrir à la sonnerie du gong. Il ne pouvait pas avoir plus de quinze ans, mais les traits ciselés, qui étaient d'une juvénilité si charmante chez l'homme fait, donnaient à l'adolescent une virilité d'adulte. Comme un professionnel, il arborait l'expression de défi farouche, le regard impérieux du carnivore traquant sa proie, tout s'effaçant de sa physionomie sinon l'appétit de victoire et le savoir-faire meurtrier. Le regard était au niveau de l'objectif, impérieux comme un ordre, tandis que le petit menton pointu s'enfonçait dans l'épaule maigre. Il tenait ses gants prêts au combat, dans la position classique, devant lui, comme s'ils étaient lestés, en plus du poids de ses poings, de tout l'élan vital de sa décennie et demie — leur circonférence était supérieure à celle de son visage. On avait l'impression subconsciente qu'il avait trois têtes, ce jeune-là. La pose menaçante annonçait crânement : Je suis boxeur, mes adversaires, je les mets pas K.O., j'en fais de la chair à pâté. Je les surclasse jusqu'à ce qu'ils déclarent forfait. Il n'y avait pas de doute, c'était bien le frère qu'elle avait surnommé le Fonceur ; d'ailleurs, au dos de la photo, la jeune main d'Ernestine avait écrit au stylo-plume ces mots dont l'encre bleue s'effaçait : Le Fonceur.

C'est quelqu'un, elle aussi, me disais-je ; et après avoir trouvé un cadre de plastique transparent pour la photo du jeune boxeur, je la posai sur mon bureau. Coleman n'avait pas le monopole de l'audace familiale. C'est un cadeau hardi, me disais-je, qui me vient d'une femme hardie malgré les apparences. Je me demandais ce qu'elle avait en tête en m'invitant à déjeuner chez elle, et je me demandais ce que j'avais en tête en acceptant. Il était étrange que la sœur de Coleman et moi ayons été si enchantés de la compagnie l'un de l'autre — mais il ne fallait pas oublier que tout ce qui touchait Coleman était dix fois, vingt fois, cent mille fois plus étrange.

L'invitation d'Ernestine, la photo de Coleman — voilà comment je me mis en route pour East Orange, le premier dimanche de février après que le Sénat eut voté contre la destitution de Bill Clinton, et voilà comment je me retrouvai sur une route de montagne loin de tout, que je n'emprunte jamais lors de mes navettes ordinaires, mais qui constitue un raccourci pour attraper la Route 7. Et c'est ainsi que je remarquai, garé à l'orée d'un grand champ que sans cela j'aurais dépassé sans y faire attention, le pick-up gris en piteux état avec son autocollant Prisonniers de guerre/Portés disparus — celui de Les Farley, pas de doute. Voyant le pick-up, convaincu que c'était le sien, je fus incapable de continuer ma route comme si de rien n'était et je rétrogradai au point mort. Faisant alors marche arrière, je me garai sur le bas-côté, devant son véhicule.

Je suppose que je ne croyais pas vraiment à ce que je faisais — sinon, comment l'aurais-je fait ? —, mais depuis presque trois mois la vie de Coleman Silk m'était plus proche que la mienne, et il était donc impensable que je me trouve ailleurs que là, dans le froid, en haut de la montagne, ma main gantée sur le capot du véhicule même qui, sortant de sa voie, avait déboulé face à Coleman pour l'envoyer, avec Faunia, basculer par-dessus la rampe dans la rivière, le soir de son soixante-douzième anniversaire. Si c'était l'arme du crime, alors le criminel ne pouvait pas être bien loin.

Lorsque je réalisai où je me dirigeais, et que je me pris à considérer combien il était étrange d'avoir des nouvelles d'Ernestine, d'être convié à rencontrer Walter, de passer mes jours et parfois mes nuits à penser à un homme que j'avais connu moins d'un an et qui n'était jamais devenu mon ami intime, le cours des événements me parut somme toute logique. Voilà ce qui arrive quand on écrit des livres. Ce n'est pas seulement qu'une force vous pousse à partir à la découverte des choses ; une force les met sur votre route. Tout à coup, tous les chemins de traverse se mettent à converger sur votre obsession.

Et c'est ainsi que l'on fait ce que j'étais en train de faire. Coleman, Coleman, Coleman, toi qui n'es plus, tu régis désormais mon existence. Bien sûr que tu ne pouvais pas l'écrire, ce livre. Tu l'avais déjà écrit — c'était ta vie. Écrire à la première personne, c'est révéler et cacher à la fois, mais pour toi il ne pouvait s'agir que de cacher, donc la tâche était impossible. Ton livre, c'était ta vie — et ton art ? Une fois le mécanisme enclenché, ton art a été d'être un Blanc. D'être, selon la formule de ton frère, « plus blanc que les Blancs ». Telle fut ton invention singulière : chaque jour tu t'éveillais pour réaliser cet être dont tu étais l'auteur.

Il n'y avait plus guère de neige sur le sol, à peine quelques flaques qui dessinaient une toile d'araignée sur les chaumes du champ sans clôture ; pas de piste à suivre. Alors je traversai résolument, jusqu'à un fin rideau d'arbres, derrière lequel j'apercevais un second champ ; je marchai jusqu'à lui, le traversai de même et, passant un nouveau rideau d'arbres, plus dense celui-là, épaissi par de hauts sapins, je vis de l'autre côté l'œil brillant d'un lac gelé dont l'ovale se terminait en pointe des deux côtés et qu'entouraient des collines brunâtres poudrées de neige, puis des montagnes, dont les courbes, appelant la caresse, se profilaient à l'infini. Il m'avait suffi de marcher cinq cents mètres depuis la route pour me retrouver en intrus, que dis-je, sur un territoire interdit. J'avais presque le sentiment d'enfreindre la loi... Je me retrouvais, sans aucun titre à ma présence, sur un des territoires les plus purs, les plus originels, les plus inviolés, les plus sereins qui entourent les lacs et les étangs de Nouvelle-Angleterre et qui vous donnent, justifiant la prédilection qu'on a pour eux, une idée du monde avant l'avènement de l'homme. La puissance de la nature peut être très apaisante. Et ce lieu était apaisant, en effet, qui interrompait toute pensée triviale sans pour autant vous accabler du sentiment de l'éphémère de la vie face à l'éternité du néant. C'était un paysage dont l'échelle se situait, rassurante, en deçà du sublime. L'homme pouvait en absorber la beauté dans son être sans se sentir réduit à peu de chose, ni envahi par la peur.

Presque au milieu de la glace se tenait une silhouette solitaire, en pardessus marron et casquette noire, assise sur un seau jaune trapu, et penchée au-dessus d'un trou dans la glace, une canne à pêche raccourcie entre ses mains gantées. Je ne m'engageai sur la glace que lorsque l'homme, levant les yeux, m'eut aperçu. Je ne voulais pas le surprendre ni même en donner l'impression, surtout si c'était vraiment Les Farley. Car en l'occurrence, ce n'était pas le genre d'homme qu'on avait envie de surprendre.

Bien sûr, je songeai à faire demi-tour, revenir à ma voiture, remonter dedans, et poursuivre vers la Route 7 en direction du sud, pour traverser le Connecticut vers la 684 et, de là, prendre le Garden State Parkway. Je m'imaginais jetant un coup d'œil à la chambre de Coleman, au frère de Coleman qui, à cause de son acte, le poursuivait de sa haine même après sa mort. Je pensai à tout cela, et à rien d'autre en traversant la glace pour voir de plus près le meurtrier de Coleman. Jusqu'au moment où je lui lançai « 'jour, ça va ? », je me dis : Que tu lui tombes dessus en douce ou pas, ça ne change rien, tu es l'ennemi. Et sur ce théâtre vide, tout blanc de neige, le *seul* ennemi.

« Ça mord ? demandai-je.

— Bof, couci-couça. » Il se borna à me couler un regard, tout en restant concentré sur le trou dans la glace, semblable à une douzaine ou une quinzaine d'autres, découpés dans cette glace dure comme du roc et disséminés au hasard sur une quinzaine de mètres carrés. Selon toute apparence, ces trous avaient été creusés par un instrument qui se trouvait sur la glace, à quelques pas de son seau jaune, un pot de détergent de trente litres, en fait. Cette chignole consistait en un tuyau de métal d'environ un mètre vingt, au bout duquel on avait adapté une mèche

461

spiralée, impressionnante, que l'on actionnait en tournant une manivelle ; l'objet brillait comme neuf dans le soleil. Une perceuse.

« Ça passe le temps, faut pas en demander plus », marmonna-t-il.

À l'entendre, on aurait cru que j'étais non pas la première personne mais la cinquantième à traverser la glace, après avoir marché cinq cents mètres depuis un sentier perdu dans la montagne, et tout ça pour lui demander si la pêche était bonne. Comme il portait un bonnet de laine noire enfoncé sur le front et les oreilles, et qu'il arborait un bouc grisonnant et une moustache assez fournie, on ne pouvait voir de son visage qu'une bande étroite. Si l'on y distinguait un signe particulier, c'était peut-être sa largeur — sur un axe horizontal, ce visage était une plaine oblongue, sans relief. Il avait le sourcil noir et broussailleux, les yeux bleus, passablement écartés du nez, lequel, centré au-dessus de la moustache, était celui d'un enfant, comme épaté, pas encore poussé. Sur cette étroite bande de visage que laissaient voir le mufle poilu et le bonnet de laine, toutes sortes de principes étaient à l'œuvre, tant sur le plan géométrique que sur le plan psychologique, et aucun ne semblait en congruence avec les autres.

« C'est beau par ici, dis-je.

— Bien pour ça que je viens.

— C'est paisible.

— Près de Dieu, dit-il.

— Ah bon, vous ressentez ça ? »

À présent, il se débarrassait de son masque d'introversion, il laissait tomber un peu de l'humeur dans laquelle je l'avais saisi, et il semblait sur le point de voir en moi autre chose qu'un élément de distraction saugrenu. Sa posture n'avait pas changé — il s'intéressait toujours plus à la pêche qu'à la causette — mais son côté ours avait été, partiellement du moins, dissipé par sa voix, plus riche, plus méditative que je ne l'aurais imaginée. Une voix presque réfléchie, encore que rigoureusement impersonnelle.

« C'est le sommet de la montagne, reprit-il. Y a pas d'habitations, pas de maisons nulle part. Pas de pavillons sur le lac. » Après chacune de ses déclarations, il marquait un lourd temps de réflexion — la remarque était péremptoire, le silence saturé. À la fin de chaque phrase, c'était à se demander s'il n'interromprait pas là son commerce avec vous. « Il se passe pas grand-chose ici. Y a pas beaucoup de bruit. Quinze hectares de lac. Pas un gars avec une perceuse électrique, donc pas de bruit, pas d'essence qui pue. Trois cents hectares de bonne terre sans clôture et de bois. C'est un endroit magnifique. Calme et tranquillité. Et propre, en plus. C'est propre, ici. Loin du tohu-bohu et de la folie ambiante. » Il acheva en levant les yeux pour me jauger, m'évaluer. Un bref coup d'œil, opaque à quatre-vingt-dix pour cent, et d'une transparence alarmante quant aux dix pour cent qui restaient. J'étais incapable de voir si cet homme avait le moindre humour.

« Tant que je garde le secret, dit-il, ça restera comme ça.

— C'est bien vrai.

— Eux, ils vivent en ville. Ils vivent dans le tohu-bohu du boulot. C'est la folie pour aller bosser. Au boulot, c'est la folie. Pour rentrer du boulot, encore la folie. La circulation. Les embouteillages. Ils sont coincés. Moi, je m'en suis sorti. »

Je n'avais pas besoin de demander qui ils étaient, « eux ». J'avais beau ne pas vivre en ville, ne pas avoir de perceuse électrique, je faisais partie d'« eux », nous étions tous des « eux », sauf cet homme recroquevillé au-dessus du lac, en train d'agiter une canne à pêche et de parler à un trou dans la glace, cet homme qui préférait s'adresser, plutôt qu'à moi, représentant des « eux », à l'eau glacée au-dessous de nous.

« De temps en temps il passe un randonneur, un skieur de fond, quelqu'un comme vous. Il repère mon camion. D'une façon ou d'une autre on me voit, là où je suis, alors les gens viennent vers moi, et c'est à croire que quand on est sur la glace, les gens comme vous qui sont pas pêcheurs... », il leva de nouveau les yeux vers moi, pour jauger une fois de plus, par divination, par gnose, mon impardonnable degré d'altérité. « Vous êtes pas pêcheur, je présume ?

— Non, je ne suis pas pêcheur, en effet. J'ai vu votre pick-up. Je me baladais par ce temps superbe, voilà tout.

— Ben, ils sont pareils que vous, me dit-il, comme si mon cas avait été clair pour lui dès l'instant que j'étais apparu sur la berge du lac. Ils viennent toujours quand ils voient un pêcheur, ils sont curieux, ils demandent ce qu'il a pris, quoi. Alors moi, ce que je fais... » Sauf qu'à ce moment-là j'eus l'impression que son esprit avait calé, qu'il bloquait sur cette idée : *Mais qu'est-ce que je raconte ? Mais de quoi je parle ?* Lorsqu'il reprit le fil de ce qu'il disait, mon cœur se mit à battre de peur. Maintenant sa partie de pêche est gâchée, me dis-je, alors il a décidé de s'amuser un peu à mes dépens. Il fait son numéro, à présent. Il ne pêche plus, il est rentré dans la peau de Les, avec tout ce que cela implique, et n'implique pas.

« Alors moi, ce que je fais, reprit-il, c'est ce que j'ai fait quand je vous ai vu. Je ramasse tout de suite les poissons que j'ai pris, et je les mets dans un sac en plastique, sous mon seau, le seau sur lequel je suis assis. Comme ça on les voit pas. Et quand les gens arrivent et qu'ils me demandent : "Vous en avez pris ?", je leur réponds : "Rien du tout. Je pense pas qu'il y en ait par ici." J'en ai peut-être pris trente, déjà. Excellente journée. Mais je leur dis : "Ben non, je m'en vais. Ça fait deux heures que je suis là et j'ai même pas fait une touche." À tous les coups, ils tournent les talons et ils s'en vont. Ils vont voir ailleurs. Et ils racontent partout que cet étang vaut rien pour la pêche. C'est vous dire si c'est un secret. Je deviens peut-être un peu malhonnête, mais cet endroit, c'est quasiment le secret le mieux gardé du monde.

— Et me voilà au courant, à présent. » Je voyais bien qu'il n'y aurait pas moyen de le faire rire de connivence à l'idée du subterfuge dont il usait auprès des intrus dans mon genre, pas moyen de le détendre en souriant de ses propos, je n'essayai donc pas. Je réalisai que, même s'il ne s'était rien dit de vraiment personnel, par sa décision, sinon par la mienne, nous étions allés trop loin pour que sourire nous avance à quelque chose. J'étais engagé dans une conversation qui, en ce lieu retiré, loin du monde, ce lieu pris dans les glaces, semblait soudain de la plus haute importance. « Je sais aussi que vous êtes assis sur une vraie marée de poissons, dis-je, sous ce seau. Combien, aujourd'hui ?

— Écoutez, vous avez l'air d'un type qui sait garder un secret. Dans les trente, trente-cinq prises, aujourd'hui. Ouais, vous m'avez l'air d'un type réglo. Je crois que je vous reconnais, du reste. Vous êtes pas l'écrivain ?

— C'est exact.

— Bien sûr. Je sais où vous habitez. De l'autre côté du marais où il y a le héron. Chez Dumouchel. C'est la bicoque à Dumouchel, là-bas.

— C'est bien Dumouchel qui me l'a vendue. Mais dites moi, puisque j'ai l'air d'un type qui sait garder un secret, pourquoi vous vous asseyez ici et pas là-bas ? Vous avez tout ce grand lac gelé pour vous. Comment vous choisissez l'endroit où vous vous installer ? » S'il ne se mettait peut-être pas en frais pour me retenir, moi, en tout cas, je faisais tout mon possible pour ne pas partir.

« Alors ça, on sait jamais, me dit-il. On commence par se mettre à l'endroit où on en a pris la dernière fois. Si on en a pris la fois d'avant, on revient s'y mettre.

— Ça répond à ma question. Je m'étais toujours demandé. » Va-t'en, à présent, pensai-je. Cette conversation doit te suffire, et largement. Mais l'idée de cet homme me faisait m'attarder. Le fait de cet homme. Ce n'était pas de la spéculation. Ce n'était pas de la méditation. Ce n'était même pas le mode de fonctionnement de l'esprit qui accompagne l'écriture de fiction. C'était la chose en soi. Les lois de la prudence qui, hors de mon métier, régissaient ma vie depuis cinq ans se trouvaient tout à coup suspendues. J'avais été incapable de faire demi-tour au moment où je traversais la glace, et à présent je ne pouvais pas davantage m'enfuir. Ce n'était pas une question de courage. Ni de raison ni de logique. Il était là. C'était toute la question. Avec ma peur. Dans ce lourd pardessus marron, ce bonnet noir de sentinelle, ces bottes de caoutchouc à semelle épaisse, dans ces mitaines en treillis de chasseur (ou de soldat ?) habillant ces grandes mains, se trouvait l'homme qui avait assassiné Coleman et Faunia, j'en étais sûr. Ils n'avaient pas quitté tout seuls la chaussée pour aller se jeter dans la rivière. Il était là, l'assassin. C'était lui. Comment partir ?

« Le poisson est toujours là, demandai-je, quand vous vous remettez à l'endroit où vous étiez la fois d'avant ?

— Ah, ma foi non. Les poissons, ça se déplace par bancs. Un jour ils vont être à la pointe nord de l'étang, et le lendemain, ils pourront très bien être tout au sud. Il peut se faire qu'ils soient au même endroit deux fois de suite. Vous allez les retrouver. Leur tendance, aux poissons, c'est de se mettre par bancs, et de pas trop bouger, tellement l'eau est froide. Ils s'adaptent à la température de l'eau, et elle est tellement froide qu'ils bougent moins, et qu'ils ont moins besoin de manger. Mais si on tombe sur un coin où ils sont groupés, alors là on en prend des tas. Seulement il y a des jours où on revient au même étang, vu qu'on peut jamais le couvrir tout entier, et où on va essayer cinq ou six coins différents, creuser des trous et pas faire une touche. On n'en prend pas un. On n'a pas repéré le banc. Alors on reste assis indéfiniment.

— Près de Dieu, dis-je.

— Tout juste. »

Sa facilité à s'exprimer, qui était bien la dernière chose à laquelle je m'attendais, me fascinait, ainsi que l'exactitude avec laquelle il était disposé à m'expliquer la vie d'un étang quand les eaux sont froides. Comment savait-il que j'étais « l'écrivain » ? Savait-il aussi que j'étais l'ami de Coleman ? Que j'avais assisté à l'enterrement de Faunia ? À présent, il lui passait sans doute par la tête autant de questions sur moi qu'il m'en passait sur lui. Cette cime, vaste espace courbe et lumineux, froide voûte terrestre qui berçait un ample ovale d'eau douce prise en glace dure comme pierre, l'activité ancestrale qu'est la vie d'un lac, la formation de la glace, le métabolisme des poissons, les forces muettes et immémoriales à l'œuvre sans répit — tout cela donnait l'impression que notre rencontre se déroulait sur le toit du monde, et se réduisait à celle de nos deux cerveaux programmés pour la méfiance, tant il est vrai que la seule introspection qui reste ici-bas est celle de la haine et de la paranoïa.

« Et alors, à quoi est-ce que vous pensez quand vous n'en prenez pas ? À quoi vous pensez quand ça ne mord pas ?

— Je m'en vais vous le dire, à quoi je pensais. Je pensais à des tas de trucs. Je pensais à Willie l'Anguille, notre président, ce putain de petit veinard. Je pensais à ce type qui se tire toujours de tous les mauvais pas, et puis je pensais à ceux qui se tirent jamais de rien. Ceux qui ont pas évité la conscription, et qui s'en sont pas sortis. Y a pas de justice, quand même.

— Le Vietnam..., dis-je.

— Ouais. On montait dans ces saloperies d'hélicoptères — quand j'ai rempilé j'étais mitrailleur d'hélico, et tout à l'heure, je pensais à la fois où on était partis au Nord-Vietnam pour recueillir deux pilotes. J'étais assis sur mon seau, et je pensais à ce moment-là. Willie l'Anguille, ce fils de pute ! Je pensais à cet enfoiré, cette ordure, en train de se faire sucer la bite aux frais du contribuable dans le Bureau ovale, et puis je pensais à ces deux pilotes, coincés dans un raid aérien au-dessus de Hanoi ; ils étaient salement touchés, et nous on avait capté leur appel sur la radio. On était même pas un hélico de sauvetage, mais on se trouvait pas loin, ils lançaient un SOS en disant qu'ils allaient être obligés de sauter, parce qu'à cette altitude, s'ils sautaient pas, ils se crashaient. Nous on était même pas un hélico de sauvetage, puisqu'on était des mitrailleurs, mais on a pris le risque, pour sauver deux vies. On avait même pas la permission de monter, mais on y est allés. On agit d'instinct, dans ces moments-là. On est tombés d'accord, les deux mitrailleurs, le pilote et le copilote, même si les chances étaient minces, vu qu'on avait pas de couverture. On est montés quand même — pour essayer de les récupérer. »

Il est en train de me raconter une histoire de guerre, pensai-je. Il sait très bien ce qu'il fait. Il veut en venir à quelque chose de précis. Quelque chose qu'il veut que j'emporte avec moi jusqu'à la berge, jusqu'à la voiture, jusqu'à la maison qu'il sait que j'habite — il a tenu à me le dire. Parce que je suis « l'écrivain »? Ou bien quelqu'un qui sait sur son compte un secret bien plus grand que celui de son étang? Il tient à me faire savoir que peu de gens ont vu ce qu'il a vu, été là où il a été, fait ce qu'il a fait, et, si nécessaire, referait encore. Il a assassiné au Vietnam, et il a ramené l'assassin avec lui dans les Berkshires. Depuis le pays de la guerre, le pays de l'horreur, il l'a ramené ici, dans cet ailleurs, qui ne comprend rien à rien.

La perceuse se détache sur la glace. Franchise brutale de la perceuse. Il ne pourrait pas y avoir d'incarnation plus solide de notre haine que le métal impitoyable de cette perceuse, dans ce bout-du-monde où nous sommes.

« Bon, ben, nous on se dit, si on doit mourir on mourra. Alors on monte, on met le cap sur leur signal-radio, on en voit un qui saute en parachute, on descend dans la clairière, et on le cueille comme une fleur. Il saute, on le récupère, on décolle, on rencontre aucune résistance. Là-dessus on lui demande : "T'as une idée d'où?" et lui, il répond : "Il a dérivé par là-bas." Alors on reprend de l'altitude, seulement, à ce moment-là, ils nous avaient repérés. On a avancé encore un peu, pour essayer de trouver l'autre parachute, et là, ça a été l'enfer, un vrai merdier. C'était pas croyable, je vous le dis. L'autre gars, on a jamais pu le récupérer. L'hélico se faisait canarder comme pas possible. Ra-ta-ta-ta-ta-ta. Les mitrailleuses, la DCA. Il a bien fallu faire demi-tour et se magner le cul pour se tirer ct d'enfer. Et je me rappelle que le gars qu'on avait récupéré s'est mis à pleurer. C'est là que je voulais en venir. C'était un pilote de la marine. Ils étaient basés sur le *Forrestal*. Et il était sûr que l'autre gars s'était fait tuer, ou prendre ; alors il s'est mis à chialer. C'était l'horreur pour lui. Son pote. Mais on pouvait pas y retourner. On pouvait pas risquer l'hélico et les cinq types dedans. C'était déjà un coup de bol d'en avoir récupéré un des deux. On est donc rentrés à la base, on a examiné l'hélico — y avait cent cinquante et un impacts de balles dessus, dites donc ! Y avait aucune ligne hydraulique de touchée, ni l'alimentation en carburant, mais les rotors, ils étaient criblés, ils avaient morflé un maximum. Ils étaient un peu tordus. Si le rotor arrière est touché, vous tombez, mais ç'a pas été le cas. Ils ont descendu cinq mille hélico pendant cette guerre, vous le saviez, ça ? Deux mille huit cents chasseurs, qu'on a perdus. Deux cent cinquante B52 en altitude pendant qu'ils bombardaient le Nord. Mais ça, le gouvernement, il vous le dit jamais. Ils vous disent que ce qu'ils veulent bien vous dire. C'est jamais Willie l'Anguille qui se fait prendre. C'est le gars qui est parti servir son pays. À tous les coups. Non, y a pas de justice, quand même. Vous savez à quoi je pensais ? Je pensais que si j'avais un fils, il serait ici avec moi. Il pêcherait dans la glace. Voilà ce que je me disais quand vous êtes arrivé. En levant les yeux, je vous ai vu venir, et je rêvassais, quoi, je me disais : Ça pourrait être mon fils. Pas vous, pas un homme comme vous, mais mon fils.

— Vous n'avez pas de fils ?
— Non.
— Vous ne vous êtes jamais marié ? »

Cette fois, il ne me répondit pas tout de suite. Il me regarda, et mit le cap sur moi comme si j'étais un signal émis par deux pilotes en train de sauter, mais il ne me répondit pas. Parce qu'il sait, pensai-je. Il sait que j'ai assisté à l'enterrement de Faunia. On lui a dit que « l'écrivain » s'y trouvait. Pour quel genre d'écrivain me prend-il? Un auteur de livres sur des crimes comme le sien? Un auteur de livres sur les meurtriers et leurs meurtres?

« C'était voué à l'échec », dit-il enfin, le regard revenu au trou dans la glace au-dessus duquel il agita sa canne, d'un coup de poignet, une douzaine de fois. « Le mariage, il était voué à l'échec. Je suis rentré du Vietnam avec trop de colère, de ressentiment. Je souffrais de STPT, comme ils disent : Stress et Troubles Post-Traumatiques. Voilà ce qu'ils m'ont dit. Quand je suis rentré, je voulais plus reconnaître personne. Quand je suis rentré, j'arrivais plus à fonctionner dans le cadre d'ici, de la vie civile, civilisée. Comme qui dirait, j'étais resté là-bas trop longtemps, c'était complètement dingue. Porter des fringues propres, voir les gens se dire bonjour, sourire, se recevoir, conduire des voitures — j'arrivais plus à fonctionner là-dedans. Je savais plus parler aux gens, je savais plus dire bonjour. Pendant longtemps, je suis resté à l'écart. Je prenais ma voiture, je faisais un tour, je marchais dans les bois — c'était carrément malsain. Je voulais être à l'écart de moi-même. Je comprenais rien à ce qui m'arrivait. Mes potes me téléphonaient, moi je rappelais pas. Ils avaient peur que je me tue dans un accident de voiture, ils avaient peur que je... »

Je l'interrompis : « Pourquoi est-ce qu'ils avaient peur que vous vous tuiez dans un accident de voiture?

— Je buvais. Je prenais le volant et j'étais ivre.

— Et vous avez eu un accident? »

Il sourit. Il ne marqua pas de pause et n'essaya pas de me faire baisser les yeux. Il ne me lança même pas de regard particulièrement menaçant. Il ne me sauta pas à la gorge. Il sourit simplement, avec une bonne grâce dont je ne l'aurais pas cru capable. Avec une insouciance délibérée, il haussa les épaules et déclara : « Là, vous me posez une colle. Je savais pas ce qui m'arrivait, vous pigez ? Un accident, est-ce que j'ai eu un accident ? Je m'en serais même pas aperçu. Faut croire que non. Quand on souffre de ce qu'ils appellent des troubles post-traumatiques, il y a des trucs qui vous reviennent dans le subconscient, vous vous croyez encore au Vietnam, dans l'armée. Moi je suis pas allé à l'école. Je savais même pas ça. Les gens m'en voulaient à mort pour telle ou telle chose que j'avais faite, mais ils savaient pas ce que j'endurais, et moi-même je le savais pas — vous voyez. Parce que, moi, j'ai pas de potes instruits qui sachent ces trucs-là. Moi, tous mes potes, c'est des connards. Des gros connards à cent pour cent, garantis sur facture. » Nouveau haussement d'épaules. Pour rire ? Pour s'efforcer d'en rire ? Non, c'était plutôt une forme de sinistrose insouciante. « Qu'est-ce que vous voulez que j'y fasse ? » conclut-il d'un air d'impuissance.

Il me mène en bateau. Il se joue de moi. Parce qu'il sait que je sais. Nous sommes seuls ici, lui et moi, je sais, et il sait que je sais. Et la perceuse le sait, elle aussi. Tout ce que tu sais et qu'il te faut savoir, et le tout inscrit dans la mèche d'acier en tire-bouchon.

« Comment avez-vous découvert que vous souffriez de STPT ?

— Une colorée à la VA. Je vous demande pardon : une Afro-Américaine. Elle a une maîtrise. Vous en avez une, vous ?

— Non, répondis-je.

— Ben elle, si. Et c'est comme ça que j'ai appris, sinon j'en saurais toujours rien. C'est comme ça que j'ai commencé à en apprendre sur mon cas, ce que j'endurais. Ils me l'ont dit. Et je suis pas le seul. Croyez pas que je sois le seul. Y a des milliers de types qui passaient le même enfer que moi. Des milliers de types qui se réveillaient en pleine nuit et qui se croyaient revenus au Vietnam. Des milliers de types que leurs potes appelaient au téléphone, et qui rappelaient pas. Des milliers de types à faire des rêves abominables. Alors c'est ce que j'ai raconté à cette Afro-Américaine, et elle a compris de quoi il retournait. Avec sa maîtrise, elle a été capable de m'expliquer ce qui se passait dans mon subconscient, et que c'était pareil pour des milliers et des milliers d'autres gars. Le subconscient, ça se contrôle pas. C'est comme le gouvernement. *C'est* le gouvernement, d'ailleurs. C'est le gouvernement tout craché. Ça vous fait faire des trucs que vous voulez pas faire. Des milliers de gars se sont mariés, et leur mariage était voué à l'échec, à cause de toute la colère et de tout le ressentiment qu'ils avaient dans leur subconscient, à cause du Vietnam. Elle m'a expliqué tout ça. Moi, on m'a rapatrié du Vietnam comme de rien, on m'a mis dans un C41 pour les Philippines, puis dans un jet de la World Airways jusqu'à la base aérienne de Travis, et puis on m'a filé deux cents dollars pour rentrer chez moi. Donc en tout et pour tout, ça m'a pris, on va dire trois jours, du Vietnam à chez moi. Retour à la civilisation. Et on est foutu. Et votre femme, quand bien même vous vous mariez dix ans plus tard, elle est foutue aussi. Elle est foutue pareil. Et qu'est-ce qu'elle a fait, elle? Rien.

— Vous souffrez toujours de STPT?

— Ben disons que j'ai encore tendance à m'isoler, hein? Qu'est-ce que vous croyez que je fous ici?

— Mais vous ne prenez plus le volant ivre, vous n'avez plus d'accident.

— Il a jamais été question d'accident! Vous m'écoutez pas ou quoi? Je vous l'ai déjà dit, j'en ai pas eu, que je sache.

— Et votre mariage était voué à l'échec?

— Ah! pour ça, oui. C'était ma faute. À cent pour cent. Une femme adorable. Irréprochable, absolument. C'est tout ma faute. Toujours. Elle méritait mieux que moi, bon sang.

— Qu'est-ce qu'elle est devenue? »

Il secoua la tête, haussa les épaules d'un air triste, soupira — quel boniment, mais quel boniment *architransparent*! : « Aucune idée. Elle s'est tirée, tellement je lui faisais peur. Je lui foutais une trouille bleue. Mon cœur va vers elle, où qu'elle soit. Une femme tout à fait irréprochable.

— Pas d'enfants?

— Non, pas d'enfants. Et vous?

— Non.

— Vous êtes marié?

— Je l'ai été.

— Ben ça nous met dans le même bateau, vous et moi. Libres comme l'air. Vous écrivez quel genre de livres, des polars?

— Je ne dirais pas ça.

— Des histoires vraies?

— Parfois.

— Quoi? Des romans d'amour? demanda-t-il en souriant. Pas de la pornographie, j'espère. » Il parlait comme s'il lui répugnait d'envisager cette idée malséante. « J'espère bien que notre écrivain est pas venu s'installer chez Mike Dumouchel pour écrire et publier de la pornographie.

— Je parle des gens comme vous, dans mes livres.

— Ah bon ?

— Oui. Des gens comme vous, et de leurs problèmes.

— Dites-moi le nom d'un de vos livres.

— *La tache*.

— Ah ouais ? Je peux le trouver ?

— Il n'est pas encore sorti. Je ne l'ai pas fini.

— Je vais l'acheter.

— Je vous en enverrai un exemplaire. Comment
vous vous appelez ?

— Les Farley. C'est ça, envoyez-le-moi. Quand
vous l'aurez fini, envoyez-le au garage. Garage muni-
cipal, Route 6, Les Farley. » Voilà qu'il s'était remis à
me leurrer. Il leurrait tout le monde, en somme, lui-
même, ses amis. « Notre écrivain, dit-il en se mettant
à rire à cette idée. Moi et les potes, on va le lire. » À
vrai dire, ce n'était pas un rire franc ; disons plutôt
qu'il tâtait l'appât de l'éclat de rire, qu'il en faisait le
tour sans y plonger vraiment la dent. Il s'approchait
dangereusement de l'hameçon de la rigolade, mais
pas assez près pour y mordre.

« Mais j'espère bien », dis-je.

Je ne pouvais pas m'en aller sur-le-champ. Pas sur
cette note, pas à l'instant où il était en train de se
départir, si peu que ce soit, de sa neutralité affective,
pas tant qu'il devenait plus envisageable de voir un
peu plus loin en lui. « Vous étiez comment, avant de
partir à la guerre ? lui demandai-je.

— C'est pour votre livre ?

— Oui, oui. » Cette fois c'était moi qui riais carrément. Sans l'avoir voulu, dans un débordement de
défi aussi vigoureux que ridicule, je lançai : « C'est
tout pour mon livre. »

Et lui aussi se mit à rire avec plus d'abandon, sur
ce lac de dingues.

« Vous recherchiez la compagnie des gens, Les ?

— Ouais, tout à fait.

— Vous aimiez voir du monde ?

— Ouais.

— Vous aimiez vous amuser ?

— Ah ! ouais. J'avais des tas d'amis. Des bagnoles qu'allaient vite. Tout ça, quoi. Bon, je bossais tout le temps. Mais quand je bossais pas, ouais.

— Et vous, les anciens du Vietnam, vous allez tous à la pêche dans la glace ?

— Je sais pas. » Petite amorce de rire, une fois de plus. Je me disais : Il a moins de mal à tuer quelqu'un qu'à se laisser aller à une franche gaieté.

« Ça fait pas si longtemps que je me suis mis à pêcher dans la glace. C'est quand ma femme s'est tirée. J'ai loué une petite bicoque au fond des bois, à ras de l'eau, sur l'Étang de la Libellule. J'étais toujours allé à la pêche, en été, mais la pêche dans la glace, ça m'avait jamais trop intéressé. Je me figurais qu'il faisait trop froid, vous comprenez. Et puis le premier hiver que j'ai passé sur l'étang... j'étais pas moi-même, cet hiver-là, j'avais ces vacheries de troubles post-traumatiques, j'ai vu un gars sortir pêcher. Alors je l'ai regardé passer une ou deux fois, et puis un jour je me suis habillé et je me suis approché ; il prenait des tas de poissons, de la perche jaune, de la truite, tout. Moi, je me suis dit, ça mord aussi bien qu'en été, peut-être même mieux. Il suffit de bien se couvrir, et de bien s'équiper. C'est ce que j'ai fait. Je suis descendu en ville m'acheter une perceuse, une belle (il me la désignait du geste), une canne à pêche et des leurres. Il y en a des centaines, de toutes sortes. Des centaines de fabricants, de marques. Il y en a de toutes les tailles. On perce un trou dans la glace et on laisse tomber son leurre préféré, avec un hameçon. Le leurre, il faut le faire monter et descendre, c'est juste un coup de poignet. Parce que, vous comprenez, il fait noir, sous la glace. Ah, pour ça, il fait noir », me dit-il, et pour la première fois il me regarda avec *trop peu* d'opacité, de fourberie, de duplicité. Il répéta : « Vraiment noir », d'une voix dont les accents me glacèrent le sang. Des accents qui dissipaient tous les doutes sur les circonstances de l'accident de Coleman. « Alors le moindre éclair les attire. Il faut croire qu'ils s'adaptent à l'obscurité. »

Non, il n'est pas stupide. C'est une brute, un tueur, mais pas si bête que je croyais. Ça n'est pas la cervelle qui lui manque, d'ailleurs, dès qu'il y a un masque, elle manque rarement.

« Parce qu'il faut bien qu'ils mangent, m'expliquait-il scientifiquement. Leur corps s'adapte au froid extrême et leurs yeux à l'obscurité. Ils sont sensibles au mouvement. S'ils voient le moindre éclair, ou s'ils sentent les vibrations du leurre qui bouge, ça les attire. Ils sont sûrs que c'est vivant, et peut-être que ça se mange. Mais si vous agitez pas le leurre, vous faites pas une touche. Si j'avais un fils, vous voyez, et c'est à ça que je pensais, je lui apprendrais le coup de poignet. Je lui apprendrais à appâter le leurre. Il y a différentes sortes d'appâts, vous voyez, la plupart c'est des larves de mouches ou d'abeilles qu'on élève exprès pour la pêche dans la glace. Alors moi et Les junior, on irait au magasin qui vend des articles de pêche, et on en achèterait. Ils vous les vendent dans une petite tasse, vous savez. Si je l'avais, mon petit Les, aujourd'hui, si j'avais un fils à moi, au lieu d'être condamné à traîner ces saletés de troubles pour le restant de mes jours, je serais ici avec lui, pour lui apprendre tout ça. Je lui montrerais comment on se sert de la perceuse », dit-il en me la désignant du doigt, derrière lui sur la glace, et encore hors de sa portée. « Moi, j'ai pris une perceuse de douze. Ils les font de dix à vingt. Moi, c'est le douze que je préfère, pour le trou, c'est parfait. J'ai jamais eu de mal à sortir un poisson par un trou de douze. Des mèches de quinze, c'est un peu trop large. C'est trop large parce que les lames font trois centimètres de plus ; dit comme ça, ça paraît peu, mais à voir, tenez, je vais vous montrer. » Il se leva et prit la perceuse. Malgré le pardessus rembourré, et les bottes qui alourdissaient sa silhouette d'homme plutôt petit et trapu, il se déplaçait avec agilité sur la glace, et il s'empara de la perceuse d'un geste ample, comme on cueillerait la batte sur un terrain quand on rentre au banc en petites foulées après avoir couru une balle à la volée. Il revint vers moi et me brandit à la figure la longue mèche brillante de la perceuse. « Regardez. Là ! »

Là. Là était l'origine, là était l'essence. Là.

« Si vous regardez une mèche de douze par rapport à une de quinze, vous verrez qu'il y a une grande différence. Quand on fore à la main une couche de glace qui peut faire entre trente et cinquante centimètres, on peine beaucoup plus avec du quinze qu'avec du douze. Avec celle-ci, je vous perce une couche de glace de quarante-cinq centimètres en vingt secondes. À condition que les lames soient bien aiguisées. Tout est là. Il faut toujours avoir de bonnes lames coupantes. »

J'acquiesçai. « Il fait froid, sur la glace.

— Et comment !

— Je ne m'en étais pas rendu compte jusqu'à maintenant, mais je commence à avoir froid. Au visage. Ça me transperce. Je ferais mieux d'y aller.

— Pas de problème. Et puis maintenant vous savez tout ce qu'il faut savoir sur les particularités de la pêche dans la glace, hein ? Peut-être que vous aurez envie d'écrire un livre là-dessus, plutôt qu'un polar. »

En traînant les pieds à reculons, un demi-pas à la fois, j'avais parcouru un mètre, un mètre cinquante en direction de la rive, mais il n'avait pas lâché la perceuse, et sa main en tenait encore la mèche au niveau où étaient mes yeux avant que je me lève. Complètement dominé, j'avais amorcé ma retraite. « Et maintenant, en plus, vous connaissez mon coin secret. Mais vous en parlerez à personne, hein ? C'est chouette d'avoir son coin secret. On n'en parle à personne. On apprend à se taire.

— Avec moi, ça ne risque rien.

— Il y a un ruisseau qui descend de la montagne en coulant sur les corniches, je vous l'ai dit, ça ? J'ai jamais pu trouver sa source. C'est un flot continu qui se jette dans le lac, depuis la montagne, et à la pointe sud du lac, il y a un déversoir naturel, où l'eau s'échappe. » Il me désignait l'endroit, de sa main qui tenait encore la perceuse, sa grande main dont une mitaine découvrait le bout des doigts. « Et puis il y a beaucoup de sources, sous le lac. L'eau remonte des profondeurs, si bien qu'elle se renouvelle tout le temps. Elle se purifie. Et les poissons, il leur faut une eau pure pour survivre, grossir, prospérer. Il y a tous ces ingrédients-là, ici. Et c'est un don de Dieu, l'homme n'y a pas mis la main. C'est pour ça que c'est propre, et c'est pour ça que je viens. Dès que l'homme s'en mêle, il faut passer au large, c'est ma devise. La devise d'un gars qui a le subconscient plein de troubles post-traumatiques. Loin de l'homme, près de Dieu. Alors rappelez-vous, mon coin, il doit rester secret. Un secret s'ébruite pas, monsieur Zuckerman, si on le répète pas.

— Message reçu.

— Et puis, hein, monsieur Zuckerman, le bouquin...

— Quel bouquin ?

— Le vôtre. Il faudra me l'envoyer.

— Il est posté, c'est comme si vous l'aviez », lui dis-je en repartant sur la glace. Je m'éloignai lentement, le laissant derrière moi, sa perceuse à la main. Je n'étais pas au bout de mes difficultés. À supposer que je m'en sorte, mes cinq ans de vie solitaire dans ma maison touchaient à leur fin. Quand je finirais le livre, si je le finissais, il me faudrait élire domicile ailleurs.

Une fois parvenu sur la berge, je me retournai pour voir si, se ravisant, il allait me suivre dans les bois pour me faire mon affaire avant que j'aie eu la chance de pénétrer dans la maison d'enfance de Coleman Silk, pour m'attabler avec sa famille, invité blanc au déjeuner dominical comme Steena Palsson avant moi. Il me suffit d'être de nouveau face à lui pour éprouver une peur terrible de la perceuse — alors même qu'il s'était rassis sur son seau. La glace blanche du lac encerclant une tache minuscule, un homme, seul marqueur humain dans toute cette nature, telle la croix que trace l'illettré sur la feuille de papier : c'était là, sinon toute l'histoire, du moins le tableau dans son entier. Il est rare qu'en cette fin de siècle la vie offre une vision aussi pure et paisible que celle d'un homme solitaire, assis sur un seau, pêchant à travers quarante-cinq centimètres de glace, sur un lac qui roule indéfiniment ses eaux, au sommet d'une montagne arcadienne, en Amérique.

DU MÊME AUTEUR

COLLECTION FOLIO

3850. Collectif — *Les Nouveaux Puritains.*
3851. Maurice G. Dantec — *Laboratoire de catastrophe générale.*
3852. Bo Fowler — *Scepticisme & Cie.*
3853. Ernest Hemingway — *Le jardin d'Éden.*
3854. Philippe Labro — *Je connais gens de toutes sortes.*
3855. Jean-Marie Laclavetine — *Le pouvoir des fleurs.*
3856. Adrian C. Louis — *Indiens de tout poil et autres créatures.*
3857. Henri Pourrat — *Le Trésor des contes.*
3858. Lao She — *L'enfant du Nouvel An.*
3859. Montesquieu — *Lettres Persanes.*
3860. André Beucler — *Gueule d'Amour.*
3861. Pierre Bordage — *L'Évangile du Serpent.*
3862. Edgar Allan Poe — *Aventure sans pareille d'un certain Hans Pfaal.*
3863. Georges Simenon — *L'énigme de la Marie-Galante.*
3864. Collectif — *Il pleut des étoiles...*
3865. Martin Amis — *L'état de L'Angleterre.*
3866. Larry Brown — *92 jours.*
3867. Shûsaku Endô — *Le dernier souper.*
3868. Cesare Pavese — *Terre d'exil.*
3869. Bernhard Schlink — *La circoncision.*
3870. Voltaire — *Traité sur la Tolérance.*
3871. Isaac B. Singer — *La destruction de Kreshev.*
3872. L'Arioste — *Roland furieux I.*
3873. L'Arioste — *Roland furieux II.*
3874. Tonino Benacquista — *Quelqu'un d'autre.*
3875. Joseph Connolly — *Drôle de bazar.*
3876. William Faulkner — *Le docteur Martino.*
3877. Luc Lang — *Les Indiens.*
3878. Ian McEwan — *Un bonheur de rencontre.*
3879. Pier Paolo Pasolini — *Actes impurs.*
3880. Patrice Robin — *Les muscles.*
3881. José Miguel Roig — *Souviens-toi, Schopenhauer.*
3882. José Sarney — *Saraminda.*
3883. Gilbert Sinoué — *À mon fils à l'aube du troisième millénaire.*
3884. Hitonari Tsuji — *La lumière du détroit.*
3885. Maupassant — *Le Père Milon.*